U0710528

中國文學研究典籍叢刊

文鏡秘府論校箋

〔日〕遍照金剛 撰
盧盛江 校箋

中華書局

圖書在版編目(CIP)數據

文鏡秘府論校箋/(日)遍照金剛撰;盧盛江校箋. —北京:中華書局,2019.10(2024.7 重印)
(中國文學研究典籍叢刊)
ISBN 978-7-101-14081-1

Ⅰ.文… Ⅱ.①遍…②盧… Ⅲ.《文鏡秘府論》-校勘 Ⅳ.I207.22

中國版本圖書館 CIP 數據核字(2019)第 188409 號

責任編輯:馬　婧　李若彬
封面設計:周　玉
責任印製:陳麗娜

中國文學研究典籍叢刊
文鏡秘府論校箋
〔日〕遍照金剛 撰
盧盛江 校箋
*
中 華 書 局 出 版 發 行
(北京市豐臺區太平橋西里 38 號　100073)
http://www.zhbc.com.cn
E-mail:zhbc@zhbc.com.cn
大廠回族自治縣彩虹印刷有限公司印刷
*
850×1168 毫米 1/32 · 20½印張 · 2 插頁 · 430 千字
2019 年 10 月第 1 版　2024 年 7 月第 4 次印刷
印數:4401-5300 册　定價:98.00 元

ISBN 978-7-101-14081-1

《中國文學研究典籍叢刊》出版説明

中國古代學者對文學的認識、思考、研究和總結，是以多種形式書寫、流傳並發生影響的，有的是理論性的專著，有的是隨筆式的評論，有的是作品前後的序跋，有的是作品之中的評點。這些典籍數量豐富，種類衆多，涉及各個時期的不同的文學現象和文學思潮，以及不同的作家作品和文體文類。對這些典籍文獻的收集、整理，在近百年來，一直是學術界著力的重點，取得了很大的成績。

爲了進一步推動這一工作的進展，我們組織了《中國文學研究典籍叢刊》，選擇歷代具有代表性的、比較重要的典籍，採用所能得到的善本，進行深入的整理。因各類典籍情況差異較大，整理的方式也因書而異，不求一律，或校勘，或標點，或注釋，或輯佚，詳見各書的前言與凡例。《叢刊》的目的，是系統地爲學術界提供一套承載著中國古代學者文學研究成果的，内容更爲準確、使用更爲方便的基礎資料。我們熱切地期待學術界的同仁們參與這一澤惠學林的工作，並誠摯地歡迎讀者對我們的工作提出批評指正。

中華書局編輯部

二〇〇六年六月

前言

一

《文鏡秘府論》是一部日本人編撰的中國詩文論著作。

《文鏡秘府論》的編撰者空海(七七四—八三五),俗姓佐伯直,空海爲其受具足戒之法號,入唐時從惠果接受學法灌頂名爲遍照金剛,卒後日本天皇贈謚號弘法大師。日本寶龜五年(七七四),空海出生於四國讚岐國多度郡屏風浦(今四國島香川縣善通寺市)。父佐伯直田公,其母阿刀氏。其舅阿刀大足,爲桓武天皇皇子伊豫親王學士,以孔儒文學而知名。空海十五歲入京,依其外舅學《論語》《孝經》、史傳、文章等。十八歲時,又入大學明經科,從直講味酒淨成學《毛詩》《尚書》等,從岡田牛養博士學《左氏春秋》等。

空海十二歲時即以奉佛爲事。十五歲入京,即於石淵寺訪僧正勤操和尚,受虚空藏求聞持法。十八歲,作《聾瞽指歸》,後改寫定名爲《三教指歸》,解釋儒、佛、道三家不同的思想要旨,表達學佛的決心。二十歲,在勤操僧正主持下,於和泉國槇尾山寺(今和泉市槇尾山施福寺)剃度受沙彌戒,二十二歲,於奈良東大寺壇院受具足戒,法名空海。此後至入唐的數年間，空海當是遍遊日本名山，訪師求法，鑽研佛典。

八〇四年，在明知海上航行艱難危險的情況下，空海自請隨第十七次遣唐使入唐。七月六日從日本出發，經歷「暴雨穿帆，戕風折舵」的險難，在海上漂泊三十四個晝夜，八月十日始漂至福州長溪縣赤岸鎮，又經數月旅途顛簸，始於十二月抵長安。空海抵長安後，住長安佛教文化中心西明寺，歷訪名寺，尋道求法。次年五月上旬，訪青龍寺，首次進謁佛教真言宗第七代祖師惠果高僧。六月、七月、八月三次接受惠果的灌頂。惠果授空海以遍照金剛的法名，以空海爲繼承第八代祖師，傳法器予空海。惠果於八〇五年十二月十五日入寂，次年一月，空海參加葬禮，並被公推爲惠果碑文的撰寫人。四月，他啓程抵越州，八月由明州出發登船，於十月二十日回到日本。

空海回國後不久，新即位的平城天皇封空海爲大法師。八〇八年，天皇敕居槙尾山寺。八〇九年嵯峨天皇即位，空海入住平安京高雄山寺，開始傳播真言宗。八一六年，得天皇敕賜紀伊高野山，作爲傳播真言宗的基地。八一九年，着手建立高野山伽藍金剛峰寺。八二三年，再得天皇敕賜京都東寺作爲又一傳教基地。八二四年被敕封少僧都，八二七年更被敕封大僧都。空海圓寂後，八五七年天皇追贈爲大僧正，八六四年贈印法大和尚，九二一年贈謚弘法大師。

二

空海是日本文化史上的重要人物。他創立了日本佛教真言宗，在語言文字、文學、書法、教育等方面也有傑出貢獻。他主持編成日本第一部漢字字典《篆隸萬象名義》，繼吉備真備創造日本片假名之後，創造了平假名。他的詩文作品編成了《性靈集》。書法上他是一代大師。他創辦了日本歷史上第一所民間學校——綜藝種智院。

《文鏡秘府論》是空海以傳佈佛教爲主的諸多文化業績中，所作的又一貢獻。

奈良、平安時代，日本爲自身的發展，抱著極大的熱情學習漢文化。爲寫好朝政公文，還有貴族社會中的日常交往，都需要學好漢文章。《文鏡秘府論》客觀上正爲日本人學習和寫作漢詩文提供了隨身卷子。

從密教的觀點看，言語就是法的顯現方式，離開虚僞，去除誇飾，返歸本心，這樣的真實的言語纔是法性真如的如實的顯現，這就是真言。把言語看作法曼荼羅，把自身提高到崇高至純的真言，正確的言語、正確的文章，纔能成就真言之相。收入《文鏡秘府論》的聲韻、體勢、對屬、聲病之論，在空海看來，都可以説是陶冶真言的規矩準繩。

從文學上來説，空海既要爲中國六朝至唐的詩文論作一彙編總結的工作，又要爲文章寫作提供一寫作準式。空海是以爲，編入《文鏡秘府論》的，都是值得收藏於秘府的珍貴典籍，這些同時又是文章寫作需要借鑒銓衡的龜鏡。

空海自幼受到六朝詩文論的薰陶，又有很深的佛學造詣，入唐繼承惠果衣鉢，成爲真言宗第八代祖師，又使《文鏡秘府論》的編撰宗旨更帶有密教真言宗色彩。空海入唐，爲佛教的同時，注意學習中國文學，包括詩文論，攜回王昌齡《詩格》等詩學著作，同時利用原來傳入日本的中國典籍，客觀上爲《文鏡秘府論》的編撰作了一定的資料準備。

引發空海編撰的動機，有兩個人物值得注意。一是嵯峨天皇。政治上，在天皇與貴族代表藤原氏的明爭暗鬥中，空海佈道弘法明確以「鎮護國家」爲號召，全力支持嵯峨天皇，而嵯峨天皇則以皇室之力幫助空海創立真言宗。文學藝術上，嵯峨天皇多才多藝，書法與空海並稱「二聖」，對文學也非常愛好。空海入唐攜回的詩文集，都獻給了嵯峨天皇，這些作品，有的編入了《文鏡秘府論》，如王昌齡《詩格》。弘仁七年作呈嵯峨天皇的《敕賜屏風書了即獻表並詩》，空海談到了調聲、避病、格律問題。空海獻給嵯峨天皇的作品集，空海獻表談到的調聲、避病、格律等問題，則成了《文鏡秘府論》的重要内容。空海與嵯峨的文學交誼，對引發空海編撰《文鏡秘府論》應該有過某種間接作用。

值得注意的還有空海的弟子。《文鏡秘府論》天卷序空海自述寫作緣起，説：「雖然，志篤禪默，不屑此事。爰有一多後生，扣閑寂於文囿，撞詞華乎詩圃。音響難默，披卷函杖，即閲諸家格式等……」他説，《文鏡秘府論》撰述的直接動機，在於「一多後生」熱心文筆，懇請大師撰述。「一多後生」何所指，各家理解不同。空海《三教指歸序》：「爰有一多親識，縛我以五常索，斷我以乖忠孝。」這裏所謂「一多親識」，指空海外舅阿刀大足。而所謂「一多後生」，一説指一人及多人，一説指一個優秀的後輩，一説指一多法界説之後輩。不管「一多」一詞作何解釋，「一多後生」都當指空海弟子。由於後生弟子的懇請，促成了《文鏡秘府論》的編撰。

《文鏡秘府論》的編撰，當在弘仁八年（八一七）之後。天卷序所説的「一多後生」熱心文筆，懇請大師撰述，應該在這一年。「一多後生」的「一多」，當指《易》大衍義的「兩少一多」，當指三十二這個數。「一多後生」當指空海弟子實慧，實慧三十二歲，正好在弘仁八年。空海向嵯峨天皇獻詩文集，作《敕賜屏風書了即獻表並詩》，談到調聲、避病、格律等與《文鏡秘府論》直接相關的問題，這一年，正是弘仁七年（八一六），此前未談到這些問題。也正是這一年，嵯峨天皇敕賜高野山，使空海第一次創立自己的弘道基地，這是真言宗事業更爲輝煌的起點。可能就在這時，空海考慮真言宗理論體系的完善，考慮陶冶真言的規矩準繩問題。次年，即弘仁八年（八一七），空海派弟子實慧前往高野山建立寺院。

可能就在臨行前，師徒交談，促成了《文鏡秘府論》一書的編撰。可能在弘仁八年（八一七）至九年（八一八）的一年間寫成初稿，弘仁十年（八一九）五月着手建立高野山伽藍金剛峰寺以後又進行修訂，因此加筆署名「金剛峰寺禪念沙門遍照金剛撰」。

三

《文鏡秘府論》並不是一稿寫成，而是先有初稿，爾後修訂定稿。

三寶院本地卷封面裏頁和成簣堂本地卷記有兩個卷首。和《文鏡秘府論》其他傳本比較，這兩個本子保存的卷首明顯不同。其他傳本衹有「十七勢、十四例、十體、六義、八階」等，而三寶院本封面裏頁地卷卷首還列有「八對皎」「八對」「一種七對」「六對札」，成簣堂本則有「八對」「八對天」「六對札」「一種七對」，在署名「遍照金剛」之旁，還注有「八對皎」。由此可以知道，現在編入東卷的所有内容，包括對屬論和《筆札七種言句例》，最初都編在地卷，修訂之後，原屬地卷的對屬論整個地被移入東卷，綜合成「二十九種對」，《筆札七種言句例》也整個地被移入東卷。應當有一個編有對屬論的地卷，祇是我們今天已經看不到這個地卷正文，祇能從三寶院本封面裏頁和成簣堂本看到這兩個卷首。這是第一點印象。

這兩個卷首之間也不一樣。三寶院本封面裹頁的「十五例」，成簣堂本作「十四例」，「四」字旁注有一「五」字又以紅筆劃掉。我們知道，地卷初稿原作「十五例」，有「十四避忌之例」，修訂後「十四避忌之例」移入西卷《文二十八種病》「第十七忌諱病」，因此改「十五例」爲「十四例」。這就説明，三寶院本封面裹頁卷首作成更早，因此作「十五例」，而成簣堂本卷首已改「十五例」爲「十四例」，應當作成更晚。如果把三寶院本封面裹頁地卷卷首稱之爲草本「初稿」或爲「一稿」，則成簣堂本地卷卷首顯然是草本「二稿」。這是第二點印象。

「九意」「六志」二項，成簣堂本有而三寶院本封面裹頁卷首未見。這有兩種可能，一種可能，三寶院本封面殘缺，「九意」「六志」二項恰好在殘缺部位。另一種可能，是草本「一稿」時未計劃這二項，而到「二稿」時纔編入，因此成簣堂本卷首纔出現這二項。這是第三點印象。

除和三寶院本封面裹頁一樣有「八對」「六對札」之外，成簣堂本還有「八對天」，而「一種七對」作「二種七對」，「八對皎」則注在「遍照金剛」之旁。這説明，到草本「二稿」之時，對屬論的内容不但還没有從地卷删去，而且還有增加，至少增加了「八對天」即元兢八種對(「天」字爲「元」字形訛)，還可能在「一種七對」的基礎上，增加至「二種七對」。

這是第四點印象。

既然草本「二稿」時對屬論的内容還在地卷，那麽，現存没有對屬論内容的地卷正文，就應當是「三稿」，這時空海不可能寫現在的東卷。就是説，空海「初稿」「二稿」都祇寫到地卷爲止，東卷以下還没有寫，就停下來考慮修改。直到地卷「三稿」，確定把對屬論的内容從地卷删除移走，這纔開始寫東卷以下的内容。就是説，東卷以下當是地卷「三稿」的時候纔開始寫的。這是第五點印象。

這兩個卷首和其他各本一樣，都有卷題「地」字，由此可知，空海在編撰此書之初，已經決定以「天、地……」爲卷次。如天卷序所説的，要「配卷次於六合」，全書擬編「天、地……」六卷。但這恐怕祇是大致的構想，具體哪一卷編哪些内容，空海可能並没有想得太細，比如，對屬論的内容，是編入地卷還是編入其他卷，並未完全確定。「初稿」「二稿」都準備把對屬論編入地卷，寫着寫着，覺得不妥，纔編入東卷，這已經是地卷完成「三稿」之後的事了。空海在寫地卷之初，應當還没有確定，至少没有完全確定，東卷具體寫什麽東西。這是從這兩個地卷卷首得出的第六點印象。

總起來就是説，初稿、二稿空海都祇從天卷寫到地卷。地卷共寫了「三稿」。地卷初稿時，作「十五例」，「二稿」時，把「十五例」改爲「十四例」。地卷初稿、二稿時，對屬論都在地卷，直到地卷「三稿」，纔把對屬論整個地移入東卷，也纔繼續寫東西南北各卷。就是說，地卷已經「三稿」，東西南北各卷纔有「初稿」。

這之後，可以提出幾點。一、原來可能想在北卷之後，再寫「對屬法」一類内容，但後來打消了這一計劃。二、西卷原作「三十種病」，原有水渾、火滅二病，後來將水渾、火滅二病改屬第一平頭病，將「三十種病」改爲「二十八種病」。三、西卷卷首總篇目、西卷《論病》《文二十八種病》的篇目，是後來補寫的。四、東卷《論對》也可能是東卷正文完成之後補加的。五、天卷也有過修改，而天卷正文之首的篇目是修改之後補寫的。六、初稿之後，可能還有過其他一些補正補注。比如，對文中詞語的補釋和原典例證的補充説明，還有補注原典出處，一些地方還可能補加了題名，還有對原文的一些删改。七、天卷序也是後來補加的。

總起來看，空海《文鏡秘府論》的撰寫修訂大致過程如下：一、大致設想配卷次於六合。二、天卷、地卷正文初稿。三、天卷改「七種韻」爲「八種韻」。地卷二稿，「十五例」改爲「十四例」(「十四避忌之例」後移入西卷《文二十八種病》「第十七忌諱病」)，可能補《九意》《六志》二篇。四、地卷三稿，對屬論及《筆札七種言句例》由地卷移入東卷，撰寫東、西、南、北各卷初稿，北卷末可能原擬再寫「對屬法」，未果。五、少量補釋補注(注詞語，補充例證、異説、原典出處、個别題名），爾後又删去一些補注和原典出處。六、補寫天卷序、天卷正文之首的篇目、東卷《論對》。七、西卷修訂，「水渾」「火滅」二病改屬第一平頭病，「三十種病」改爲「二十八種病」。八、補寫西卷卷首總篇目以及西卷序《論病》並修訂，編寫《文二十八種病》的篇目。

《文鏡秘府論》的卷次，一作「天、地、東、南、西、北」，以南卷在西卷之前。實際西卷當在南卷之前，作「天、地、東、西、南、北」。根據之一，在《文鏡秘府論》天卷序。根據之二，在《眼心抄》的排序。這兩處都恰好符合天、地、東、西、南、北的順序。根據之三，是醍醐寺甲本天卷裏貼紙，有「秘府論天東西南四帖在也……弘治三年九月」字樣，也是西卷在南卷之前。根據之四，是高山寺乙本和丙本，高山寺乙本西卷封面有「文鏡秘府論卷第□」，「第」字後的字當爲「四」字，被墨筆塗掉，右旁補一「五」字。高山寺丙本封面有「文鏡秘府論卷第□」，「第」字後的字可辨認出爲「五」字，此字用一斜筆劃掉，右旁補一「四」字。高山寺丙本南卷的封面實際原爲高山寺乙本南卷的封面。從這兩個本子看，西卷原排在第四，而南卷原排在第五。醍醐寺甲本天卷裏貼紙寫於弘治三年，弘治三年爲公元一五五五年，時爲室町時代。高山寺乙本抄於平安末年，都是比較早的本子，這兩個本子上的材料，更爲可信，《文鏡秘府論》的卷次作「天地東西南北」更合原意。

四

《文鏡秘府論》的價值，首先是保存了大量已佚的中國中唐以前的聲韻及詩文作法的文獻。

這些文獻，有的僅在史志目録中有著録，有的甚至未見任何著録，而《文鏡秘府論》都保存了它們的佚文。可知《文鏡秘府論》直接引録的已佚書有：梁沈約《四聲譜》，天卷《調四聲譜》引有佚文。隋劉善經《四聲指歸》，天卷《四聲論》及西卷論文病引有此書佚文。隋時著作《帝德録》，見引於北卷。初唐間佚名撰《文筆式》，中國古代文獻未提及此書，僅《日本國見在書目》有著録，《文鏡秘府論》地卷之《六志》《八階》，東卷之《二十九種對》《筆札七種言句例》，西卷之論文病，南卷之《論體》《定位》引有此書佚文或與之内容相同的佚文。唐上官儀《筆札華梁》，其佚文或内容與之相同的佚文見引於地卷《八階》《六志》，東卷之《二十九種對》《筆札七種言句例》，西卷之論文病等處。唐元兢《詩髓腦》，僅《日本國見在書目》有著録，《文鏡秘府論》天卷《調聲》、東卷《二十九種對》、西卷論文病等處引有佚文。唐元兢《古今詩人秀句序》，爲南卷所引。唐崔融《唐朝新定詩格》，僅《日本國見在書目》有著録，佚文見引於《文鏡秘府論》天卷《調四聲譜》、地卷《十體》、東卷《二十九種對》、西卷論文病等處。另外，西卷保留有撰者不明的《詩式》《詩體》的片斷之論。南卷「或曰《易》曰觀乎天文」以下所引可能爲唐上官儀、元兢等集《芳林要覽》的序文。

日本尚存而中國已佚的則還有隋唐間杜正倫撰《文筆要決》，見引於北卷《句端》。保存的文獻中，如《九意》，撰者不明，撰者爲中國人還是日本人亦不明，有可能爲空海自己根據中國文獻編成，而編録於地卷。

直接引用的有些文獻雖然尚存，但《文鏡秘府論》保存的往往是另一種版本，如晉陸機《文賦》，從異文看，與傳本《文選》本當屬不同版本。如唐殷璠《河岳英靈集叙》、唐王昌齡《詩格》、唐皎然《詩議》等，也往往較現存别的本子内容更爲完整，可作勘誤輯佚的重要版本依據。

《文鏡秘府論》還間接引録有一些重要文獻。如與沈約同時的洛陽王斌《五格四聲論》。此書《隋書·經籍志》不載，《日本國見在書目》小學家有「《五格四聲》一卷」，不著撰人，當即王斌作。《文鏡秘府論》地卷《八階》「和詩階」、西卷《文二十八種病》鶴膝條、傍紐條間接所引可能爲此書之佚文。如沈約《答甄公論》、北魏甄琛《磔四聲》、北魏常景《四聲讚》、北齊陽休之《韻略》，天卷《四聲論》間接引録有佚文。北齊李概《音譜決疑》，天卷《四聲論》、南卷《論文意》注間接引録有佚文。晉吕静《韻集》、劉宋王微《鴻寶》，天卷《四聲論》有引述。丘遲《集鈔》、褚亮等《古文章巧言語》，南卷引元兢《古今詩人秀句序》有引述。由《文鏡秘府論》，我們還知道當時許敬宗等人編有總集性類書《芳林要覽》。《文鏡秘府論》引録的有些已佚資料雖然未標書名，但同樣非常重要。比如，西卷《文二十八種病》引録有一些明確標明爲沈約、劉滔、王斌論聲病的内容。

這些已佚文獻，或尚存文獻中的已佚文字，保存了極有價值的内容，其中包括六朝以來詩律聲病説、近體詩及文的作法技巧、綜論、風體論等内容。這些内容，有的僅見於《文鏡秘府論》，如水渾、火滅、木枯、金缺、繁説、忌諱、傍突、相濫、雜亂、文贅、駢拇等詩病，筆之隔句上尾、踏發之病，「五言平頭正律勢尖頭」等調聲之例，换頭、護腰、相承之類調聲之術，八種韻中很多用韻之例，《帝德録》等。相近或相同的内容，有的雖亦見於其他尚存典籍，但或以《文鏡秘府論》之原典爲最早，或《文鏡秘府論》之内容較之有異，更詳盡，更爲可靠。如平頭、上尾等詩病，論聲韻紐及其關係、四聲流變、十七勢等，這些極有價值的資料，可以幫助我們解決相關的很多問題。比如，西卷《文二十八種病》引沈約論平頭、上尾、蜂腰、鶴膝、小紐、大紐，劉滔論上尾、蜂腰、傍紐、正紐，王斌論蜂腰、鶴膝、傍紐。《文鏡秘府論》所引齊梁時沈約、劉滔、王斌諸家之説，足可以證明沈約時已有八病之説。比如，從《文鏡秘府論》的材料，我們清楚地知道，平頭、上尾等病自身有一個怎樣的演變過程，平頭病怎樣由原來的前兩字同聲爲病，變爲第一字同平聲不爲病，第二字同聲無問平上去入皆是巨病，又怎樣有了雙換頭、單換頭，有了正律勢尖頭，而逐漸發展爲成熟的詩律。對屬論怎樣由嚴格單一走向寬鬆靈活，走向多樣化，由外在的對偶走向内在的對偶，看了《文鏡秘府論》南卷的《論體》《定位》，我們也就知道，《文心雕龍》之後，文章體貌風格論、熔裁謀篇的理論有了怎樣的發展。研究六朝至唐的文學思想，如果不利用《文鏡秘府論》的材料，不對其進行研究，很多問題的面貌就無法弄清，很多發展綫索就連接不起來，就會是一個很大的缺陷。

《文鏡秘府論》還保存有不少六朝至唐代佚詩佚文，這也是很有價值的。天卷保存的佚詩似均爲完篇，有五言詩十一首五十六句，三言雜言佚詩二首二十一句，計十三首七十七句。地卷保存的五言詩多爲佚句，似也可能有完篇，計五十六首一百六十六句，七言一首二句。東卷存五言佚詩三十二首八十二句。西卷存五言佚詩四十四首一百二十四句，四言佚詩一首三句，計四十五首一百二十七句。南卷存五言佚詩一首十句。北卷存五言佚詩一首二句。這樣統計，《文鏡秘府論》全書六卷計存佚詩一百五十首四百六十六句，其中五言佚詩一百四十六首四百四十句，三言雜言佚詩二首二十一句，七言佚詩一首二句，四言佚詩一首三句。

另外，天卷《詩章中用聲法式》也保存有許多詩之佚句。還有一些詩篇，今存唐及以後的詩格類等著作保存有一些詩句，而《文鏡秘府論》保存這些詩篇已佚的另一些詩句。如東卷《二十九種對》引佚名「天清白雲外」詩，傳《魏文帝詩格》存二句而《文鏡秘府論》存四句；西卷《文二十八種病》引上官儀詩「曙色隨行漏」，王昌齡《詩中密旨》存二句而《文鏡秘府論》存六句；上官儀詩「池牖風月清」，王昌齡《詩中密旨》存二句而《文鏡秘府論》存四句等等。

佚詩之外，還有佚文。佚文主要保存在西卷、北卷。西卷《文二十八種病》收録佚文九篇三十二句，其中有四篇，今存其他文獻存有它的另一些佚文。《文筆十病得失》收録佚文三十三篇一百一十二句。除去一篇兩處引録篇名重出，西卷計收佚文四十一篇一百四十四句。這當中仍可能有些篇名重出者，但數字大體如此。北卷收録佚文十七篇四十六句。這樣統計，《文鏡秘府論》共收録佚文五十八篇一百九十句。

除此之外，東卷《筆札七種言句例》尚存有類似的二言、三言、四言、六言、七言等諸多句例。

統計可能會有疏漏，但大體可知其保存佚詩佚文的狀況。應該説，這不是一個太小的數字。這些佚詩佚文，是瞭解這一時期文學情況的重要的補充材料。要瞭解這一時期詩文作法的特點面貌、聲韻詩律的情況，這些佚詩佚文都是具體的切實的例證材料。這些佚詩佚文還是考證這時詩人生平思想的重要一手史料。傅璇琮先生就曾據《文鏡秘府論》録存王昌齡佚詩《上同州使君伯》，考知王昌齡有一個伯父，曾做過同州刺史；據佚詩《上侍御七兄》，考知王昌齡有七兄爲侍御史，由此推測王昌齡早期，他的一家近親中，没有什麽人有顯赫的官職，他自己的生活不免於貧賤，於是祇好以文字求謁於當權者。又比如天卷《調聲》存録唐元兢五言佚詩《於蓬州野望》八句，這是元兢僅存的一首詩作，據詩意，知作於蓬州貶所。據這首詩，我們可以推測元兢嘗遭斥逐於蓬州。據《舊唐書·地理志》，蓬州距京二千二百一十里，放流二千餘里，其罪亦不爲輕。這就留下了考證其生平事跡的一條重要綫索。不論尚存詩還是已佚詩，《文鏡秘府論》提供的多是另一種本子，在對其他詩文資料勘誤時可資利用。

從日本文化史、文學史的角度看，《文鏡秘府論》成爲了日本漢詩學的第一部著作，它奠定了日本漢詩學的基礎。而它對日本文化的影響不僅在漢詩學，還在悉曇學、日本歌學。

就悉曇學來説，《文鏡秘府論》也是日本第一部著作。後來日本的學者討論悉曇學問題，都要引用《文鏡秘府論》的材料。從信範《九弄十紐圖私釋》、了尊《悉曇輪略圖抄》到心覺《悉曇要抄》、杲寶《悉曇字記創學抄》，都可以看到這種影響的痕跡。

就歌學來説，《文鏡秘府論》的影響也是明顯的。《文鏡秘府論》不是歌學，但是其中的内容與日本歌學有密切關係。我們看風體論。日本歌體論很多名目、分類方法，便直接摹仿甚至取自中國詩學。「十體」是日本歌體的基本名目、基本分類，所謂「忠岑十體」「道濟十體」「定家十體」。歌體而分類爲「十」，稱爲「十體」，這當是受到編入《文鏡秘府論》的崔融《唐朝新定詩體》中「十體」的影響。日本歌體論的分類名目還有「八階」。《喜撰式》有詠歌「八階」。論體而稱「八階」，顯然也源自編入《文鏡秘府論》的「八階」這一名目。就具體名目來説，《喜撰式》的詠歌「八階」如詠物階、贈物階、述懷階、和歌階等，顯然也出自《文鏡秘府論》的《八階》。「忠岑十體」的「直體」，和《文鏡秘府論》崔融《十體》中的「直置體」及《六志》的「直言志」相似。「忠岑十體」的「寫思體」可能從《文鏡秘府論》《八階》中的「寫心階」仿脱而來。日本歌學風體論概念的内在涵義和《文鏡秘府論》也有一致之處。

《文鏡秘府論》對日本漢詩學的影響當然更爲直接。這裏主要看對屬論。空海把對屬論精心編入《文鏡秘府論》，反映日本學人對漢詩形式特點的一種認識。基於這種認識，形成了日本漢詩在形式美追求上的一些特點：律詩多，講對仗的詩多。日本漢詩對仗工穩圓熟，對屬形式多樣化。的名對、異類對、平對、雙聲對、疊韻對、互成對這樣一些常用的對仗形式自不必説，即使一些不常用的對仗形式，日本漢詩也能運用自如。比如雙擬對、聯綿對、字對、聲對、鄰近對、切側對、奇對、回文對、字側對、意對、含境對、偏對、雙虛實對、總不對對等，都可以舉出一些例詩來。而在理論上，日本漢詩學也有探討。作於平安時代的《作文大體》、作于江户時代的《詩轍》和《松陰快談》，這些著作論對屬，很多是以《文鏡秘府論》所論爲基礎，同時有些問題也融入了他們新的理解，自《文鏡秘府論》形成的對漢詩對屬特點的認識，是深深地進入日本詩學中去了。

還要説説《文筆眼心抄》。《文筆眼心抄》和《文鏡秘府論》密切有關。它删削《文鏡秘府論》的材料而成，從這個意義看，它可以説是《文鏡秘府論》的删削本，或説簡編本。但是，《文筆眼心抄》將删削的材料大多作了重新編排，又有相對的獨立性，可以説是一個删略重編本。《文筆眼心抄》的史料絶大部分採自《文鏡秘府論》，從這點看，它的史料價值遠不能和《文鏡秘府論》相比。但是，它也保存了一些《文鏡秘府論》之外的史料。《眼心抄》保存了「土崩」「觸絶」「爽切」三病的内容，這三病的内容，是《文鏡秘府論》所没有的。《文筆眼心抄》新擬了一些條目，如「二十七問答體」「總道物色體」等，這些條目是空海根據中國詩論材料自擬，還是中國詩論原有的，有待考證。不管怎樣，《眼心抄》提供了一些新的概念。《文筆眼心抄》也在《文鏡秘府論》之外保存了五言佚詩十五首三十句，七言佚詩一首二句。因此，要更爲完整地瞭解六朝至唐聲病詩學面貌，既要看《文鏡秘府論》，也要看《文筆眼心抄》。還有一點值得注意。《文筆眼心抄》對《文鏡秘府論》進行删削重編，《文鏡秘府論》用和《文筆眼心抄》同樣的方法，對中國詩文論的材料删削重編。《文筆眼心抄》和《文鏡秘府論》的關係，就是《文鏡秘府論》和中國詩文論的關係。瞭解空海處理材料的這種方法，也就容易從《文鏡秘府論》考察中國詩文論的面貌。《文筆眼心抄》和《文鏡秘府論》的關係，是這種考察的一個重要參照系。也因此，本書將《文筆眼心抄》的材料融入校箋之中。

五

我們把《文鏡秘府論》今存的和歷史上曾經流傳而今已不存的本子，都稱之爲傳本。昭和以前的傳本，包括抄本和刻本，存在一個傳本系統。《文鏡秘府論》的傳本有其特殊性。江户以前所知的傳本都是抄本。這些抄本，都没有用題記等形式標明它們之間的傳承關係。要瞭解它們之間的傳承關係，主要的依據，在傳本異文。

空海自筆草本當然是最早的本子，是一切傳本的源頭。「草本」應該就是初稿本。「草本」今已不存，我們從古抄本保留的痕跡，知道它的面貌。古抄本保留痕跡，都不稱爲初稿本，而稱爲「草本」，或尊稱「御筆」「御草」「御草案本」等。這裏所稱的「草本」「御筆」「御草」「御草案本」，應該是特指空海自筆草本。它反映的是空海初寫《文鏡秘府論》時最原始的面貌。

「草本」可能有過提綱。成簣堂本地卷本文和三寶院本地卷封面裏頁各有一個地卷卷首，這兩個卷首，就當是「草本」提綱性質的東西。「草本」編撰過程時有删削修改。把「草本」删削修改後的内容抄定，應該就是修訂本。但是，從各種跡象看，空海並沒有親筆另行抄定。他的初稿（包括提綱）和修改删削，都在同一份稿頁上。他的大師地位、他的作書習慣、當時繁雜的事務，都決定了他不會也不太可能花時間工工整整地把修改後的内容另行抄定。把「草本」抄定，是後人的事。「草本」有些地方字體、書寫格式都比較隨意，有的甚至辨不出哪是修改前的内容，哪是修改後的内容，哪些該删，哪些該補，因此有了好幾種抄定本。有的保留了「草本」的一部分痕跡，我們姑稱之爲「草本抄定本 A」。有的則保留了「草本」的另一部分痕跡，姑稱之爲「草本抄定本 B」。有的多保留修訂後的内容，而把修訂前的内容删去，姑稱之爲「修訂抄定本」。

在這些本子中，有一種是「證本」。「證本」未見留存，現在所能掌握的，是現存傳本中保留的「證本」痕跡。前面説到的「草本抄定本」「修訂抄定本」，都是我們爲討論方便，自己設定的名稱，而「證本」則是現存抄本中經常提到的名稱。在《文鏡秘府論》的流傳史上，它應該是特指一種本子。這種本子，保留了「草本」的一些痕跡，但其西卷删去了水渾、火滅二病，總衹有二十八種病，「草本」其他許多重要内容也未保存，因此「證本」不等於「草本」。它是比較多地依據修訂後的内容抄定的一種本子。除沒有水渾、火滅二病，沒有「草本」一些夾注外，有十八處别本作大字正文而「證本」作雙行小字注文，有十處别本另行抄寫，而「證本」未另分行，衹是緊接於上行之下書寫。保留「證本」材料最早的本子是宫内廳本。宫内廳本抄於一一三八年，「證本」是抄於這之前的一種本子。「證本」的抄寫者，可能是爲空海編《性靈集》的大弟子真濟，也可能是空海的外甥智證大師圓珍。「證本」對後來一些傳本影響比較大。

現存一些傳本（主要是古抄本）的欄眉、行間、頁邊夾注中，還提到一些本子，除「草本」「證本」外，還有「孰本」「點本」「别本」「或本」「異本」「イ本」。「點本」可能指加有訓點的本子，抄於平安時的現存傳本有的不加訓點。這些本子都抄於平安末以前，都未見留存，衹在現存一些抄本的注文中保留一些痕跡，有的也保留了「草本」一些材料，但可能都衹是普通的用於校核的本子。

現存傳本中可知抄寫年代最早的在平安末年。《文鏡秘府論》的古抄本，有的在題記中明確標明抄寫年代，有的雖未標明年代，但署有抄寫者姓名，可據以考證該抄本的年代。《文鏡秘府論》古抄本多有爲日人讀懂漢文所加的日語訓點。日語訓點有許多種類，不同年代訓點有不同特點，根據這些，也可能推斷古抄本的年代。另外，不同年代造紙技術不同，紙質不同，用科學的方法鑒别紙質，甚至剪一小角化驗，也是確定古抄本年代的一種方法。由此我們可以知道《文鏡秘府論》古抄本的年代。

昭和（一九二六—一九八九）年間之前的傳本，平安末有宫内廳本（一一三八年或稍前）、成簣堂本、三寶院本、高山寺甲本（長寬三年，一一六五），平安末鎌倉初有高山寺乙本、丙本，醍醐寺甲本，鎌倉初期有仁和寺甲本，鎌倉中期有寶壽院本、楊守敬攜回古抄本、正智院甲本、新町三井高遂氏藏本，鎌倉後期有寶龜院本（嘉元元年，一三〇三年）、正智院丙本，室町末有六地藏寺本（永正十六年即一五一九年之前不久）、醍醐寺乙本（據醍醐寺整理，在室町後期，弘治三年即一五五七年）、正智院乙本，天正二十年（一五九二）有義演寫本，文禄五年（一五九六）有醍醐寺丙本，江户初之前有松本文庫本，江户初仁和寺乙本、江户刊本(寬文、貞享間,一六六一—一六八八年刊),元文元年(一七三六)有維寶《文鏡秘府論箋》,江户末期有天海藏本,明治(一八六八—一九一二)時有江户刊本復刊本,明治四十三年(一九一〇)有祖風宣揚會《弘法大師全集》刊本(此本有大正十二年重刊本),大正十年(一九二一)有池田蘆洲編《日本詩話叢書》刊本。這些傳本都尚留存。未見傳本留存的,據《埼玉名家著述目録》,尚有行願(一七五一—?)《文鏡秘府論冠注》十五卷,仁和寺本題記還提到一個「醍醐寺報恩院本」。

這些本子,寶壽院本、寶龜院本(東)和六地藏寺本屬同一系統。這一系統,比較多地保留了「證本」面貌,特别是它們的東卷。六地藏寺本和「證本」一樣,没有水渾、火滅二病,總祇有二十八種病。六地藏寺本可能還與「草本」參校過。這一系統中,寶壽院本和六地藏寺本關係更爲密切。六地藏寺本應是直接承傳寶壽院本或它的忠實轉寫本。和寶壽院本關係密切的,還有正智院乙本。

義演抄本西卷卷末有題記,明確説所據爲「證本」。這個本子西卷在一些重要之處與屬「證本」的六地藏寺本異文相同,也印證了這一點。但義演抄本和六地藏寺本有聯繫又有區别。它們分屬「證本」系統内不同的子系統。和義演抄本同一子系統的,還有醍醐寺甲本西卷和仁和寺甲本西卷。這三個本子有許多獨有的異文。但這三個本子也和其他本子參校過，所以把「證本」之外的水渾、火滅二病收録進來，但其排序仍按二十八種病，與「證本」合。

松本文庫本、江户刊本、維寶箋本、祖風會全集本以及醍醐寺乙本當屬一子系統，這幾個本子有許多共有乃至獨有的異文。這幾個本子和「證本」有密切聯繫，有不少和寶壽院本、六地藏寺本共有甚至獨有的異文。這幾個本子有幾條其他本子未録的草本資料，説明這幾個本子和某一系草本轉抄本（姑稱之爲草本轉抄本B）參校過。這幾個本子和一般修訂本也有某種聯繫。這是混合程度較大的幾個本子。

醍醐寺甲本、仁和寺甲本的天、東、南、北卷，寶龜院本的天卷，仁和寺乙本和醍醐寺丙本（均殘北卷），還有義演抄本的天、東、南卷，當屬一系。這幾個本子都有不少共有乃至獨有的異文。這幾個本子，也偶見留存「草本」材料，如保存水渾、火滅二病。此外，基本未見「草本」痕跡，也未見「證本」那種帶特徵性的異文。這一系當屬「修訂抄定本」一系。未存的報恩院本也當屬這一系。這一系統中，醍醐寺甲本、仁和寺甲本、寶龜院本（天卷）、義演抄本的天、東、南卷爲一小支，醍醐寺丙本、仁和寺乙本、報恩院本又當是一支系。

這之外的本子，又有幾種類型。

三寶院本、天海藏本爲一類。三寶院本和天海藏本全六卷獨有的異文實在太多了，天海藏本應是三寶院本（或它的轉抄本）的忠實轉抄本。三寶院本保存的「草本」材料最多。現在所知的「草本」材料，除少部分保存在寶龜院等本的地卷外，基本上載録在三寶院本。另外，它還和證本、點本、或本、異本、亻本等本校録過。三寶院本是以「草本」爲基礎，綜合其他本子材料最多的一個本子。但它校録的「草本」資料，和松本文庫等本的不同，所據當爲「草本」另一系的轉抄本，我們姑稱之爲「草本轉抄本A」一系。和三寶院本有密切關係的是成簣堂本。三寶院本地卷的祖本可能即是成簣堂本，至少直接參校了成簣堂本，或者兩個本子同有一個祖本。屬於這一系統的，還有正智院本甲本、新町三井家本、義演抄本北卷。

宮内廳本、高山寺乙本、高山寺丙本和正智院丙本爲一類。宮内廳本見過「證本」，校録時，「證本」就在案頭，但它完全未從「證本」，不但不用，而且似乎有意排斥「證本」。它校録所據當爲「草本」和「修訂抄定本」。就與「草本」關係來説，宮内廳本近於三寶院本一系，校録的「草本」異文，除個别者外，均見於三寶院本。至於松本文庫本一系所用的「草本」異文，一概未用。就「草本」和「修訂抄定本」兩者，宮内廳本似更近於「修訂抄定本」，不過校録了一些「草本」異文。三寶院本中還有很多「草本」異文宮内廳本未予校録。這原因，就因爲宫内廳本更近於「修訂抄定本」。「修訂抄定本」一系中，宫内廳本、高山寺乙本等又與屬這一系統的醍醐寺甲本、仁和寺甲本、義演抄本不同。前者與後者很少共有特别是獨有的異文。醍醐寺甲本等用的是一類祖本，宫内廳本等則用這一系的另一類祖本，同時校録三寶院本一系的「草本」異文。這是宫内廳本一系的主要特點。

寶龜院本地卷是很特别的一種本子。它用了三寶院本一系的「草本」材料。但它所用的一些「草本」異文，卻不見於三寶院本，而見於松本文庫本一系。寶龜院本寫於嘉元元年（一三〇三），比松本文庫本等要早三百年。寶龜院本地卷屬「草本轉抄本 B」一系中現存較早的本子。

尚有未存的行願《文鏡秘府論冠注》。其年代較維寶《文鏡秘府論箋》（作於一七三六年）晚。這個本子爲十五卷，疑受維寶《文鏡秘府論箋》分十八卷的影響，或者原爲十八卷，而殘十五卷，若然，則行願《冠注》當屬維寶《文鏡秘府論箋》一系。行願《文鏡秘府論冠注》也可能據天卷序「總有一十五種類」而分十五卷，若然，則其屬哪一傳本系統無法考證。

這是《文鏡秘府論》傳本及其系統的大致面貌。

六

對《文鏡秘府論》的整理研究在日本開始較早。作於一七三六年的維寶《文鏡秘府論箋》，是第一個整理本。維寶箋對詞語有全面的箋注，尤精於典據之考釋，其引證之翔實，殊爲難得。但著眼點在詞語之箋注，而不在校勘，精於章句訓典，而疏於文義之探繹。且畢竟屬草創，諸多抄本諸多材料未能利用。雖有原典考據，而非所長，時誤劉善經爲劉滔，天卷《調聲》《四聲論》，西卷前八病元兢《詩髓腦》、劉善經《四聲指歸》之原典均未注出，對王斌《五格四聲論》等一些引用文獻的面貌也疏於考證。

其後有行願《文鏡秘府論冠注》。行願《冠注》當亦有注，但未存，其面貌無法得知，但既是「冠注」，則可能是簡注，因爲若爲詳注，則文句必繁，欄眉之冠狹小之處無法容納。

此後，在日本，注意到文學上的空海，對《文鏡秘府論》進行研究，則當自一九〇九年幸田露伴《文學上的弘法大師》始。此後至一九四七年，包括校勘記在内的各種整理研究論文近四十篇，涉及《文鏡秘府論》之作年、原典考辨、詩律聲病説、與日本文學關係等多方面問題，亦有從日本國語學角度研究古抄本中古訓點者。這一時期雖多有所見，但整理校勘所據校本限於版行本、宫内廳本、高山寺本、觀智院本等少數本子，資料尚少，疏誤尚多。原典考辨還有很多尚無結果(如《筆札華梁》的作者、南卷《論文意》和北卷《句端》等的出處問題)。《文鏡秘府論》的其他大量問題尚未涉及,已涉及的問題不少也未及深入。這衹是一個草創的階段。

一九四八年至一九五三年,小西甚一《文鏡秘府論考》之《研究篇》(上、下)及《考文篇》陸續出版。這是系統整理研究《文鏡秘府論》的第一部著作。此著之《考文篇》以宫内廳本、三寶院本、高山寺甲本等十七種古抄本和二種版刻本作校考,在當時所用本子最多,資料豐富,校考細緻。此著之《研究篇》,考論及於《文鏡秘府論》的成書年代及撰寫緣由、和《文筆眼心抄》的關係及引用的原典等問題,現存各本情況及其系譜等書志學問題,此外自音韻聲律,至句格體勢,到創作理論,自中國詩文論之源流,到對日本文學之影響,舉凡《文鏡秘府論》所及問題,幾無遺漏,一一梳理,全面系統,創説頗多,奠基拓荒,功不可没。但尚存傳本仍未能收羅完備。未及見到六地藏寺本,尚不知還有松本文庫本、楊守敬本、義演抄本,這些本子多屬「證本」一系,小西甚一未能查知,因此未能勾畫出「證本」系統的面貌,對整個傳本系統面貌的描述也有疏誤和不足。已用之本子,材料也有遺漏。如高山寺甲本夾注中關於「證本」的材料,此條材料對認識「證本」的面貌甚有助益,而未予校録,終有遺珠之憾。時經五十年,相關研究已有很大進展,有些問題尚可深究或商榷，如空海的編撰思想、一些文論範疇的解釋、原典的考證等。小西甚一所長在日本文學史，因此，中國詩文論的相關問題可再深入者似更多。材料利用範圍似還可擴大，如利用日本考古學、民俗學資料，似還可找到解決一些問題的途徑。

小西甚一之後，校勘校注的成果，重要的有中澤希男的系列論文。中澤希男以細實考證見長，自一九三四年發表《文鏡秘府論札記》，至一九五四年前後發表《文鏡秘府論札記續記》，一九六五年前後發表《文鏡秘府論校勘記》，前後三十年，盡其力於《文鏡秘府論》的考證校勘，尤以西卷文病説的原典考證，縝密周詳，多有可取之創見。祇是有些處略嫌繁瑣。興膳宏的《文鏡秘府論譯注》也是一重要成果。此時中國王利器校注本已出版，興膳宏譯注仍能在維寶箋和王利器校注的基礎上，查得不少原典出據，闡釋《文鏡秘府論》中詩文論，尤多精闢之見。祇是旨在譯注，體例所限，校勘上雖有新發現，畢竟未能更多用力，而前人諸多新見，也無法盡行吸收容納。還有林田慎之助、田寺則彦氏的校本。二氏占得地利，以今存年代最早的三個全本之一、保存原始資料最多且一般人難得一見的三寶院本爲底本，詳録其資料，細緻考訂，得以澤惠學界。

此外，小西甚一之後，日本發表有五十餘篇研究論文，另有一些專著有專章論及《文鏡秘府論》，在很多具體問題上都有進一步深入的研究。

八二〇年之後一千年，《文鏡秘府論》一直流傳在日本。最早接觸到《文鏡秘府論》的中國人，是清末的楊守敬。楊守敬自一八八〇年起五年内作爲駐日公使隨員，訪求流失到日本的中國珍籍，第一次訪知這部日本人編撰的中國詩文論著作，並帶回兩個本子，一是江户刊本，一是古抄零本。楊守敬攜回古抄零本，殘東、西二卷，寫於鐮倉時期，原狩谷望之掖齋藏本，曾藏北京故宫大高殿，現藏臺北故宫博物院。楊氏著《日本訪書志》，其中專篇叙述《文鏡秘府論》，强調此書保存佚文秘篇的價值，甚具慧眼。這是中國對這部著作的第一段評論文字。

此後，一九四九年之前，儲皖峰專取《文鏡秘府論》論病部分，作成《文二十八種病》（包括西卷《文二十八種病》《文筆十病得失》和天卷序），提出一些有價值的校勘意見。羅根澤著《魏晉南北朝文學批評史》和《隋唐五代文學批評史》，運用《文鏡秘府論》的材料考證六朝至唐初的病犯論、對屬論和詩格著作的真僞等問題，提出許多重要的觀點。羅根澤又著《文筆式甄微》，考證編入《文鏡秘府論》的《文筆式》之原典及作年。郭紹虞多篇論文討論永明聲律論，對《文鏡秘府論》的問題多有論及。這時還有任學良的校注，後收入王利器《文鏡秘府論校注》。任學良於《文鏡秘府論》用力甚勤，爲不少詞語作了精當的注釋，於原典考辨也有可取意見。

一九四九年之後，大陸方面，周維德校點《文鏡秘府論》於一九七五年出版，是大陸第一個完整的整理本。王利器《文鏡秘府論校注》於一九八三年出版，這是當時國内最詳盡的校注本。二本在校勘上都有新見。王利器校注本更主要的成績，是對《文鏡秘府論》所及詞語、典故、詩篇及其作者等，作了全面詳盡的注釋，既多用維寶箋之成果，也多有獨立之新見。王利器校注本對原典等問題也有不少很好的考辨意見。

惜周維德校點和王利器校注所用底本均不佳，校本亦少。王利器没有條件做傳本調查，没有條件使用最好的底本和儘可能多的校本，所引校本材料，均轉引自近人（日本加地哲定）整理維寶《文鏡秘府論箋》時所加的注。維寶《箋》已屬整理本，不是原本，近人之注更是二次轉手的資料。經核對原文，這些加注不少是不可靠的。校勘上原文有重要遺漏，典型的是地卷《九意》「春意」篇闕「裙開鳳轉，袖動鸞飛。美人。登山意亂，入谷心疑。山行」四句二十字。有訛誤。至於一些古抄本夾注中保存的空海自筆草本等資料，未能校録輯存，無法爲研究者進一步利用。注釋上解決了不少問題，但也存在不少問題。不少當注可注的未注。一般詞語注得多，對理解該書詩文理論直接相關的許多概念反而未注。已有的注釋有的有誤或注不達意。

這兩種校（注）本之外，與《文鏡秘府論》有關的研究，集中在聲病説及詩格著作的考辨和體勢論的研究上。一些問題有深入的解釋。大陸郭紹虞、詹鍈、傅璇琮、羅師宗强、管雄、楊明、張少康、葛曉音、劉躍進、張伯偉、吴小平、馮春田、向長清、何偉棠等的研究成果值得注意。港臺對《文鏡秘府論》的研究有很大成就。特别是潘重規、饒宗頤、王晉光、王夢鷗、劉渼等的研究值得注意。

中國、日本之外，美國學者對《文鏡秘府論》也有研究。現在所知，有理查·懷恩賴特·鮑德曼將《文鏡秘府論》譯作英文，同時就一些問題發表看法。有梅維恒、梅祖麟，討論《文鏡秘府論》中很多問題和梵語的關係，認爲沈約他們是在梵語詩病理論的影響下發明了聲體詩，試圖用漢語來創造在梵語韻律中所達到的悦耳的效果，《文鏡秘府論》所論不少詩病，與梵語有關。有李珍華，主要研究《文鏡秘府論》南卷《論文意》和地卷《十七勢》。

七

二〇〇六年，中華書局出版筆者《文鏡秘府論彙校彙考》。二〇一五年，此書修訂本出版。二〇一三年，人民文學出版社還出版筆者《文鏡秘府論研究》。

《文鏡秘府論彙校彙考》及其修訂本對《文鏡秘府論》作了比較全面的帶總結性的整

理。筆者兩赴日本，歷時兩年，爲查清日本傳本和其他資料，求師訪學，進深山，訪寺院，入宫内廳，對傳本進行全面調查。蒙日本各寺院長老和其他各方先生的幫助，雖歷經艱難，但收穫甚大。在小西甚一基礎上，新得一些重要本子。小西甚一用過的本子，除個别已無法見到者外，均一一覆查校核，於夾注中發現不少有用的新材料。清理出一個傳本系統，在此基礎上，進行校勘。確定可靠的本文，校録可靠的傳本其他資料。這兩方面，都因對傳本作了全面調查而新有所得。彙録前人的校勘成果和前人未校録的有價值的資料，並審慎定奪從取，勘比各説，尋找根據，凡取一説，都經謹慎考慮，不敢盲從妄取，並盡力提出自己的看法。糾正前人整理本在校勘上的一些疏誤。就《文鏡秘府論》的整理來説，目前爲止，可以説，二書所用本子最全，彙録校勘資料最多，本文應當更爲可靠。

彙校的基礎上，二書進行彙考。《文鏡秘府論》彙考涉及面廣，資料分散。不但涉及詩學、文學，還涉及語言學、音韻學，涉及密教佛學，涉及中國，還涉及日本，涉及中日文化交流史，涉及日本悉曇學、漢詩學、歌學，後來發現，個别問題甚至還涉及考古學、民俗學，而且還是日本考古學、民俗學。二書儘可能反映最重要的成果，涉及面儘可能廣，儘可能使相關成果得到全面具體的反映，儘可能反映最新成果。前人考證注釋成果可以依據或可備一説者，儘量廣採博取，不論長篇巨製還是單篇論文，不論久有影響的考論，還是最近發表的新作，不論直接研究《文鏡秘府論》的，還是研究其他問題時有所涉及，祇有間接關係的，不論中國、日本，海内、海外，不論已出版發表的，還是尚未發表的，凡有獨得之見，均盡力搜尋網羅，務求顯其異彩，唯恐遺珠棄玉，不敢妄爲湮没。一些複雜的特别是有爭議的問題，儘量將各家之説收羅完備。取用成説，必經多方比較，審慎考察之後，方作選擇。力求有新意，有自己的工作。力求尋找新的材料，找到更確切的説法，常常反復斟酌，最後確定其説。因此能糾正前人注釋上的一些錯誤，一些問題因此有新的材料，能找出更切合詞意的典據，一些問題能作出新解釋，提出新問題。

二〇一三年筆者出版的《文鏡秘府論研究》，是在校勘整理基礎上全面進行理論研究與考證。作爲校勘整理著作的姊妹篇，《文鏡秘府論研究》在分析《文鏡秘府論》研究歷史與存在問題的基礎上，全面考察《文鏡秘府論》的傳本，包括草本、證本和其他未存本，以及現存傳本，考察傳本系統和卷次。考證《文鏡秘府論》的原典，包括《九意》作者考，《文筆式》、王昌齡《詩格》考，皎然《詩議》以及《文鏡秘府論》其他文字出典及校異考。考察《文鏡秘府論》的編撰過程、編撰思想及編撰時間。研究《文鏡秘府論》的聲韻調聲説，包括《調四聲譜》、王昌齡和元兢調聲術研究，《詩章中用聲法式》和《八種韻》研究。研究《文鏡秘府論》的四聲論，包括四聲之目、永明體、北朝聲律和各家四聲説的考察。研究

《文鏡秘府論》的病累説，包括齊梁八病説、隋及初唐八病説的研究，八病説一些問題的綜合思考，從創作實踐看八病説，以及其他病犯説研究。研究《文鏡秘府論》的聲病淵源，探討四聲來源，吠陀三聲在印度，吠陀三聲與中土佛教轉讀及四聲發現的關係。研究《文鏡秘府論》的創作論，包括王昌齡《詩格》、皎然《詩議》創作論，《論體》《定位》《河岳英靈集叙》《古今詩人秀句序》和疑《芳林要覽序》，以及陸機《文賦》創作論研究。研究《文鏡秘府論》對屬論，包括隋至初唐對屬論，王昌齡、皎然對屬論研究，以及唐代對屬論的幾點綜合認識，研究《文鏡秘府論》的體勢論。最後，還研究《文鏡秘府論》詩學的日本化問題，包括《文鏡秘府論》與日本漢詩學，與日本歌學，與日本韻學的研究。

本書濃縮了《文鏡秘府論彙校彙考》及其修訂本和《文鏡秘府論研究》三書之精華，校勘、原典考證與説明，以及詞語箋釋，凡精要之旨，均予彙聚，原文準確，考釋精細，繁述詳論，化爲簡潔，以提綱挈領之筆，得探潛鈎玄之妙，其意更爲明瞭，而其思尤爲顯豁，便於一般研究者和其他讀者使用。

一九九五年五月，我爲研究《文鏡秘府論》第一次赴日，一九九六年九月回國，回國後，筆者即赴北京中華書局拜望傅璇琮先生，得傅先生提攜賜教並規劃研究藍圖。是時即計劃進行《文鏡秘府論》的系列整理研究，包括完成一部總結性、長編性的整理著作，一部理論研究著作，一書供《文鏡秘府論》及相關的研究者用；一部精編性的著作，供一般研究者和其他讀者用。當時計劃的精編性著作，就是這部《文鏡秘府論校箋》。傅璇琮先生在世之時，時時關心筆者關於《文鏡秘府論》的系列整理研究。不意二十四年過去，始遂全願。近年來，無時不對傅先生深懷感恩之思、緬懷之情。傅先生的殷切教誨、慈祥面容，無時不在心頭縈繞。謹以本著，獻給尊敬的傅璇琮先生。

盧盛江

二〇一九年九月

凡例

一、《文鏡秘府論校箋》（簡稱《校箋》）以抄於日本平安末保延四年（一一三八）或稍前，現藏於日本東京宫内廳書陵部，日本東方文化學院一九二七年影印發行的宫内廳本全六卷爲底本。校録異文時，底本稱「原作」，或簡稱「宫本」。

二、本《校箋》用以下《文鏡秘府論》古抄本及《文筆眼心抄》作校本。近今人整理本及校勘研究著作視同參校本。校本和參校本除個别者外，一般用簡稱。校本和參校本如下（括弧内爲簡稱）：

文鏡秘府論成簣堂本（成簣堂本） 又稱觀智院本，殘地卷，藏東京御茶水圖書館，寫於平安末期，有日本古典保存會一九三五年影印本公開發行

文鏡秘府論三寶院本（三寶本） 全六卷，藏和歌山縣高野山三寶院，寫於平安末期

文鏡秘府論高山寺甲本（高甲本） 亦稱長寬寫本，全六卷，藏京都拇尾高山寺，寫於平安末長寬三年（一一六五）

文鏡秘府論高山寺乙本（高乙本） 亦稱無點本，殘天地東西北五卷，寫於平安末鎌倉初

文鏡秘府論高山寺丙本（高丙本）　殘南卷，寫於平安末鎌倉初（案：高山寺乙本與丙本在高山寺作爲一本收藏，丙本封面實爲原乙本之封面，然丙本正文爲稍後補寫，故分稱作兩種）

文鏡秘府論醍醐寺甲本（醍甲本）　殘天東西南四卷，藏京都醍醐寺，寫於平安末鎌倉初

文鏡秘府論仁和寺甲本（仁甲本）　殘天東西南四卷，藏京都仁和寺，寫於鎌倉初期

文鏡秘府論寶壽院本（寶壽本）　殘天東二卷，藏和歌山縣高野山寶壽院，寫於鎌倉中期

文鏡秘府論楊守敬攜回古抄本（楊本）　殘東西二卷，原狩谷望之掖齋藏本，曾藏北京故宫大高殿圖書館，現藏臺北故宫博物院，寫於鎌倉中期

文鏡秘府論正智院甲本（正甲本）　殘天卷，藏和歌山縣高野山正智院，寫於鎌倉中期

文鏡秘府論新町三井高遂氏藏本（新町本）　殘北卷，寫於鎌倉中期

文鏡秘府論寶龜院本（寶龜本）　殘天地東三卷，藏和歌山縣高野山寶龜院，寫於嘉元元年（一三〇三）

文鏡秘府論正智院丙本（正丙本）　殘地卷，藏和歌山縣高野山正智院，寫於鎌倉後期

文鏡秘府論六地藏寺本（六地藏寺本）　全六卷，藏茨城縣水户市郊六地藏寺，寫於室町永正十六年（一五一九）之前不久，有汲古書院六地藏寺藏善本叢刊本一九八四年影印公開發行

文鏡秘府論正智院乙本（正乙本）　殘天卷，藏和歌山縣高野山正智院，當寫於室町末期

文鏡秘府論義演寫本（義演本）　殘天東西南北五卷，藏京都醍醐寺，寫於天正二十年（一五九二）

文鏡秘府論醍醐寺丙本（醍丙本）　殘北卷，藏京都醍醐寺，寫於文禄五年（一五九六）

文鏡秘府論松本文庫本（松本本）　全六卷，藏京都大學人文科學研究所東洋學圖書室，寫於江户初之前

文鏡秘府論醍醐寺乙本（醍乙本）　殘地卷，藏京都醍醐寺，寫於弘治三年（一五五七）

文鏡秘府論仁和寺乙本（仁乙本）　殘北卷，藏京都仁和寺，寫於江户初期

文鏡秘府論江户刊本（江户刊本）　江户寬文、貞享間（一六六一—一六八八）刊

文鏡秘府論箋（所載《文鏡秘府論》本文簡稱「維寶箋本」，所載維寶箋注文簡稱「維寶箋」）　維寶箋　作於一七三六年，有高野山持明院藏本，真言宗全書版刻本，一九三六年

文鏡秘府論天海藏本（天海本）　全六卷，藏京都延曆寺叡山文庫，寫於江户末期

文鏡秘府論（祖風會本）　祖風宣揚會弘法大師全集重刊本一九二三年

文鏡秘府論（詩話叢書本）　池田蘆洲編日本詩話叢書刊本一九二一年

文鏡秘府論豹軒藏本（豹軒藏本）　全六卷，藏京都大學文學部圖書室，寫於昭和年間

文鏡秘府論考（考文篇）（《考文篇》）　小西甚一撰　大日本雄辯會講談社一九五三年

文鏡秘府論（周校）　周維德校點　人民文學出版社一九七五年

文鏡秘府論校注（《校注》引任注）　任學良校注　原稿本，轉引自王利器文鏡秘府論校注

文鏡秘府論校注（《校注》）　王利器校注　中國社會科學出版社一九八三年

文鏡秘府論譯注(《譯注》) 興膳宏譯注 弘法大師空海全集第五卷,築摩書房一九八六年

文鏡秘府論(林田校) 林田慎之助、田寺則彦校勘 定本弘法大師全集第六卷,高野山大學密教文化研究所一九九七年

冠注文筆眼心抄(《眼心抄》) 弘法大師撰,長谷寶秀校注 祖風宣揚會弘法大師全集第三輯,大正十二年(一九二三)再版

文鏡秘府論札記(一、二、三、四)(《札記》) 中澤希男著 斯文第十六編第七、八、十號,第十七編第二號,一九三四年—一九三五年

文鏡秘府論「文二十八種病」解説(《「文二十八種病」解説》) 西澤道寬著 大正大學學報第三十、三十一輯合,一九四〇年

文鏡秘府論「文二十八種病」考(《「文二十八種病」考》) 吉田幸一著 日本文學史上的文學論,東洋大學出版部一九四三年

文鏡秘府論札記續記(一、二、三)(《札記續記》) 中澤希男著 群馬大學紀要人文科學篇第四、五、六卷,一九五五年—一九五七年

隋劉善經四聲指歸定本箋(《四聲指歸定本箋》) 潘重規撰 新亞書院學術年刊第

四期，一九六二年

文鏡秘府論校勘記（一、二、三）（《校勘記》）　中澤希男著　群馬大學紀要人文社會科學篇第十三、十四、十五卷，一九六四年、一九六五年、一九六六年

本書「校箋」中亦簡稱《文鏡秘府論》爲《秘府論》。

三、據傳本材料可知，《文鏡秘府論》成書有一修訂過程，空海先有草本即初稿本，爾後在草本上删改修訂。但草本和修訂本情況甚爲複雜，多處非止一次修訂，草本與修訂本無法明確區分，現存傳本中也無法確定何種爲單純之草本或修訂本，無法僅據草本或修訂本確定正文。因此，本《校箋》所校録之《文鏡秘府論》正文，既不單從草本，亦不單從修訂本，而一般從底本。他本正文存録，而底本正文未存録，即使可確定爲空海草本文字，一般亦祇在校記中作爲異文校録，而不録入作爲正文。但是：（一）據底本有礙文意理解，而據他本前後文意始順暢完整者除外；（二）獨立成段，且存録於他本正文而非僅存録於夾注者除外。但非獨立成段，或祇存録於各本夾注，而非存録於各本正文者，即使可確定爲空海草本異文，亦祇在校記中彙録，而不録入作爲正文。《文筆眼心抄》是對《文鏡秘府論》的縮編，有相對獨立性，可作異文校勘根據，有的大段異文則出校加以説明，並加以箋注，但並不録入作《文鏡秘府論》之正文。

四、原文中各本均作單（雙）行小字注者，一般從之作單（雙）行小字注，各本格式不同者，其格式一般從底本。但底本作小字注，而他本作大字正文者，視前後體例，亦可能據他本改正，並出校説明。但無版本根據者不改。

五、鑒於本《校箋》爲簡注本，故對各傳本異文及各家校箋意見不作彙録。異文校勘不詳與草本、修訂本及《文筆眼心抄》無關之其他異文從一般校勘凡例。列校本根據，而僅列一二種有代表性之校本。校箋意見有取某家之説者，一般也不注明。

六、底本、校本之異體字、俗字等，一般改作規範通行字體，不出校。但是：（一）則天新字出校説明，以作爲原典考證之根據；（二）可能反映草本及其他版本面貌者不改，或在正文中改正，但出校説明；（三）可反映某種韻系歷史面貌者、字義有疑義爭議者，視情況或改或不改，但均出校説明。底本之錯字誤字，均據校本改正，並出校説明。校本之錯字誤字，若是有意保留草本面貌，亦酌情出校。

七、底本、校本正文之外之夾注文字（包括欄眉欄下注與行間夾注、頁邊注），修改痕跡（包括補文及其引綫、誤字訂正、字句顛倒、删削符號、塗改痕跡等），可能保留空海自筆草本資料，故一般出校存録。

八、底本、校本之日本國語訓點材料，包括音訓、聲讀符號、返讀、連讀標記等，於校勘訓釋有價值者，酌情校録。

九、《文鏡秘府論》爲編撰著作，基本上由引文組成，因此以下情況一般不加引號：（一）大段甚至成篇之引文；（二）無法判知終止處之引文；（三）綜合概述性等不便加引號之引文。

十、本《校箋》一些稱謂用詞及相關情況説明如下：

天卷序。天卷《調四聲譜》之前，有空海所作序。此序實乃《文鏡秘府論》之總序，然世人已習稱其爲「天卷序」。爲行文簡便，本《校箋》行文亦採用此一稱謂，目録及書眉，均將此「序」一目置天卷之中，而非置於天卷之前。

東卷《論對》與西卷《論病》。東卷「論對」與西卷「論病」之題既分别爲東卷序與西卷序之小題，空海又以此概括整個東卷與西卷之内容，分别用作此二卷之大題。然本《校箋》行文所説之東卷《論對》與西卷《論病》，除特别説明之外，均分别指東卷序與西卷序。

南卷《論文意》與北卷《論對屬》。「論文意」乃南卷開頭所引王昌齡《詩格》與皎然《詩議》二篇文字之小題，而「論對屬」則乃北卷開頭一段文字之小題。然「論文意」與「論對屬」又與地卷「論體勢等」、東卷「論對」、西卷「論病」一樣，分别爲各卷之大題。空海乃用開頭一篇或幾篇文字之小題，同時概括整卷之内容，分别用作稱指各卷之大題。然本《校箋》行文所説之南卷《論文意》與北卷《論對屬》，除特别説明之外，均分别指南卷開頭所引王昌齡《詩格》與皎然《詩議》（《論文意》）及北卷開頭一段文字（《論對屬》）。

十一、《文鏡秘府論》原文體例並不完全統一。爲保持原貌，一般不予改動。

目録

前言……一
凡例……一
文鏡秘府論　天
序……一
調四聲譜……三
調聲……二五
詩章中用聲法式……四六
七種韻……五五
四聲論……六二
文鏡秘府論　地
論體勢等……九九
十七勢……九九
十四例……一一七
十體……一一六
六義……一二四
八階……一三九
六志……一四九
九意……一五七
文鏡秘府論　東
論對……二〇五
二十九種對……二〇八
筆札七種言句例……二五八
文鏡秘府論　西
論病……二六三
文二十八種病……二六八

文筆十病得失……三五〇
文鏡秘府論　南
論文意……三七九
論體……四三一
定位……四三八
集論……四五四
文鏡秘府論　北
論對屬……四八九
句端……四九六
帝德録……五一三

文鏡秘府論并序　天

金剛峰寺禪念沙門遍照金剛　撰[二]

序[一]

夫大仙利物[三]，名教爲基[四]；君子濟時，文章是本也。故能空中塵中，開本有之字[五]；龜上龍上，演自然之文[六]。至如觀時變於三曜，察化成於九州[七]。金玉笙簧，爛其文而撫黔首[八]；郁乎焕乎，燦其章以馭蒼生[九]。然則一爲名始，文則教源，以名教爲宗，則文章爲紀綱之要也[一〇]。世間出世，誰能遺此乎[一一]？故經説阿毗跋致菩薩，必須先解文章[一二]。孔宣有言：「小子何莫學夫《詩》，《詩》可以興，可以觀，邇之事父，遠之事君。」「人而不爲《周南》《邵南》，其猶正墻面而立也[一三]。」是知文章之義，大哉遠哉[一四]！

【校箋】

〔一〕醍甲本封面裏頁題記「秘府論／天東西南四帖在也／地與北無也／弘治三年九月撓」。維寶箋本卷首作「文鏡秘府論箋卷第一／金剛峰寺密禪僧伽　維寶　編輯／文鏡秘府論并序　天／金剛峰寺禪念沙門遍照金剛撰」。文鏡秘府論：書題，將藏於秘府之典籍編爲詩文製作龜鏡之論之意。秘府：秘藏典籍之府庫。金剛峰寺：弘法大師建立之秘密道場寺院，弘法大師建立金剛峰寺在弘仁十年（八一九）五月三日。禪念：坐禪南山持念瑜伽。遍照金剛：空海大師於唐永貞元年在長安青龍寺東塔院從惠果阿闍梨接受學法灌頂之名。

〔二〕「序」字原無，爲校箋者據「文鏡秘府論并序」及文意而擬。

〔三〕夫大仙利物：以下至「彫龍可期」，弘法大師自序。此序實爲《文鏡秘府論》全書之總序，因繫於天卷之首，爲方便起見，以下統稱作「天卷序」。大仙：涅槃中名佛爲大仙。利物：《易·乾卦·文言》：「利物足以和義。」（《十三經注疏》，中華書局一九八〇年）

〔四〕名教：《弘明集》卷一四：「素王陳訓，以名教爲本。」（四部叢刊本）

〔五〕「故能」二句：意爲一切文字，皆世間自然本有。本有即自然。佛教所謂文字，主要指悉曇文字，有佛造及自然生成二説，空海主自然本有之説。

〔六〕「龜上」二句：《龍魚河圖》：「黄龍從洛水出，詣虞舜，鱗甲成字，令左右寫文竟，龍去。」（《藝文類聚》卷九八，上海古籍出版社一九九九年新二版）《尚書中候》：「堯沉璧于雒，玄龜負書出，背甲赤文成字，止壇，又沉璧于河，黑龜出文題。」（《藝文類聚》卷九九）

〔七〕「州」，原作「洲」，高乙、正甲本同，據三寶等本改。「至如」二句：《易·賁卦·彖傳》：「觀乎天文，以察時變；觀乎人文，以化成天下。」三曜：日月星。

〔八〕「金玉」二句：《孟子·萬章下》：「（孔子）集大成也者，金聲而玉振之也。金聲也者，始條理也;玉振之也者,終條理也。」(《十三經注疏》)秦謂民爲黔首。

〔九〕「郁乎」二句:《論語·八佾》:「周監於二代,郁郁乎文哉。」(《十三經注疏》)《論語·泰伯》:「大哉,堯之爲君也……巍巍乎其有成功也,焕乎其有文章。」蒼生:百姓。

〔一〇〕「然則」四句:一者,數之始,物之極。此處「名教」與「文章」相對,當指有文字内容之文明之教,即空海所言聲字實相之教。

〔一一〕「世誰」,原作「誰世」,據三寶等本改。「世間」二句:空海《梵字悉曇字母並釋義》:「如來説彼實義,若隨字相而用之,則世間之文字也;若解實義,則出世間陀羅尼之文字也。所謂陀羅尼者,梵語也。」(《大正新修大藏經》〔簡稱《大正藏》〕卷八四,日本大正一切經刊行會一九三一年)意謂世間需世間之文字,出世需佛家之陀羅尼文字,要之皆離不開文字。

〔一二〕「故經」二句:《法華經·勸持品》:「爾時世尊,視八十萬億那由他諸菩薩摩訶薩,是諸菩薩皆是阿鞞跋致,轉不退法輪,得諸陀羅尼。」(《中華大藏經》十五册,中華書局一九八五年)阿毗跋致,漢譯作「不退住」,已處在肯定成佛之狀態。意謂修身成佛之阿毗跋致菩薩亦須先解文章。在密教看來,言語乃法之顯現方式,真實的言辭、正確的文章,始爲法性,始能成就真言之相。收入《文鏡秘府論》的四聲、八種韻、十七勢、十四例、六義、十體、八階、二十九種對、三十種病等等,均可謂陶冶真言的規矩準繩。

〔一三〕此二段語均出《論語·陽貨》,前段有省略。

〔一四〕《文心雕龍·原道》：「文之爲德也大矣。」（《文心雕龍注》，人民文學出版社一九五八年）空海《獻梵字並雜文表》：「文字之義用，大哉遠哉。」（《性靈集》卷四，《弘法大師空海全集》第六卷，日本築摩書房一九八四年）

文以五音不奪、五彩得所立名，章因事理俱明、文義不昧樹號，因文詮名，唱名得義。名義已顯，以覺未悟。三教於是分鑣〔一〕，五乘於是並轍〔二〕，於焉釋經妙而難入，李篇玄而寡和，桑籍近而爭唱〔三〕。游、夏得聞之日，屈、宋作賦之時〔四〕，兩漢辭宗，三國文伯，體韻心傳〔五〕，音律口授。沈侯、劉善之後〔六〕，王、皎、崔、元之前〔七〕，盛談四聲，爭吐病犯，黄卷溢篋，緗帙滿車〔八〕。貧而樂道者，望絶訪寫〔九〕；童而好學者〔一〇〕，取決無由。

【校箋】

〔一〕三教：空海《三教指歸》：「是故聖者驅人教網三種，所謂釋、李、孔也。雖淺深有隔，並皆聖説。」（《弘法大師全集》第三輯，日本祖風宣揚會編纂，吉川弘文館一九二三年再版）

〔二〕五乘：佛教謂人、天、聲聞、緣覺、菩薩爲五乘。

〔三〕「寡」，原作「寘」，據江户刊本改。「籍」，原作「藉」，從《考文篇》改。「於焉」三句：釋經指佛教；李篇謂老子之書，老子姓李氏；與前文「三教」相應，桑籍當指儒家典籍。爭唱：四科賢哲爭德行政事文學言語之唱也。

〔四〕游、夏：孔子弟子子游與子夏。《論語·先進》：「文學：子游、子夏。」得聞：《論語·公冶長》：「夫子之文章，可得而聞也。」屈、宋：謂屈原、宋玉。

〔五〕體韻：文體調韻。心傳：用佛教語，謂不立文字，不依經卷，唯以師徒心心相印，悟解契合，遞相授受。此喻指歷代雖未以文字論聲律，然已心傳神會。

〔六〕沈侯：沈隱侯沈約（四四一—五一三），南朝宋、齊、梁詩人，史學家。字休文，吴興武康（今浙江湖州南）人，謚隱。《隋書·經籍志》著録沈約著作有《四聲》一卷。事蹟見《梁書·沈約傳》。《文鏡秘府論》天卷《調四聲譜》所引當有沈氏説，天卷《四聲論》、西卷《文二十八種病》間接引有沈約説。

劉善：劉善經。生卒年不詳，隋代文人，河間（今屬河北）人，開皇十九年（五九九），楊廣爲太子，疑劉善經爲太子舍人在是年。《隋書·文學傳》有傳。《校注》引任注：「《指歸》稱齊太子舍人李季節，知氏作《指歸》時在隋世也。季節名概，此稱字而不稱名，以知其與季節同時。古人於時人稱字而不稱名，如《顔氏家訓》之稱李季節、邢子才，而不云李概、邢卲是也。故知劉氏乃由齊入隋者也。又《指歸》所引韻書，以李季節《音譜》爲最晚，並未言及《切韻》，是其未嘗見及也。《切韻》成於隋仁壽元年，由此可推劉氏卒在仁壽元年前或稍後也。其著述之傳者，惟本書所載而已。」兹可備一説。據《隋書·文學傳》、《經籍志》、《日本國見在書目》小學類，知其有《四聲指歸》一卷。本書天卷《四聲論》當爲劉善經《四聲指歸》。又，西卷《文二十八種病》平頭、上尾、蜂腰、鶴膝、大韻、小韻、傍紐、正紐所引有劉氏説，駢拇、枝指（即相重）、疣贅（即繁説）三疾，亦爲劉善經説。一説，南卷《論體》《定位》之部分及西卷《文筆十病得失》之前半亦爲劉善經《四聲指歸》文，然疑非是。

〔七〕王、皎、崔、元：王昌齡、皎然、崔融、元兢。王昌齡（六九八？—七六五？），字少伯，郡望琅邪，京兆萬年（今陝西西安）人。事蹟見《舊唐書》《新唐書》本傳。本傳及《新唐書·藝文志》别集類均著録《王昌齡集》五卷，《郡齋讀書志》卷四上集部别集類載《王昌齡詩》六卷（上海古籍出版社二〇一一年），《崇文總目》卷五載《王昌齡詩》一卷（《叢書集成初編》，中華書局一九八五年），空海《獻雜文表》載《王昌齡集》一卷。空海《書劉希夷集獻納表》載「王昌齡《詩格》一卷」，謂「此是在唐之日，於作者邊偶得此書。古詩格等雖有數家，近代才子，切愛此格」（《性靈集》卷四）。《新唐書·藝文志》總集類載「王昌齡《詩格》二卷」（中華書局一九七五年），陳振孫《直齋書録解題》文史類載「《詩格》一卷，《詩中密旨》一卷，唐王昌齡」（上海古籍出版社一九八七年），《唐才子傳》卷二王昌齡傳謂「有詩集五卷，又述作詩格律、境思、體例共十四篇，爲《詩格》一卷，又《詩中密旨》一卷，及《古樂府解題》一卷」（《唐才子傳校箋》第一册，中華書局一九八七年）。《日本國見在書目》：「《詩格》三卷」（《古逸叢書》），《續群書類從》卷八八四，東京續群書類從完成會一九五九年訂正三版），不著撰人。本書天卷《調聲》、地卷《十七勢》《六義》、南卷《論文意》俱存王氏説。

皎然（七二〇？—七九八？），俗姓謝，字清晝，晚年以字行。湖州長興（今屬浙江）人，郡望陳郡陽夏（今河南太康）。自稱爲謝靈運十世孫，實爲謝安後裔。李肇《國史補》著録皎然「《詩評》三卷」（四庫全書本），王堯臣《崇文總目》著録「晝公《詩式》五卷」，《新唐書·藝文志》著録「《皎然詩集》十卷」，「晝公《詩式》五卷，《詩評》三卷，僧皎然」，《宋秘書省續編到四庫闕書目》別集類著録「僧皎然《詩評》一卷」（清光緒葉氏觀古堂書目叢刊本），鄭樵《通志·藝文略》詩評類著録「晝公《詩式》五卷，僧皎然《詩評》三卷」（中華書局一九八七年），《直齋書録解題》：「《詩式》五卷，《詩議》一卷，唐僧皎然撰」，《宋史·藝文志》文史類著録「僧皎然《詩式》五卷，又《詩評》一卷」（中華書局一九七七年），《唐才子傳》卷四著録「《晝公詩式》五卷」，「《詩評》三卷」（《唐才子傳校箋》第二册，中華書局一九八九年），《澹生堂藏書目》詩文評類著録「僧皎然《詩議》一卷，《中序》一卷，《詩式》二卷，僧清晝」（《紹興先正遺書》第三集）。生平見贊寧《宋高僧傳》卷二九《唐湖州杼山皎然傳》、《唐詩紀事》卷七三、《唐才子傳校箋》卷四。

本書地卷《十四例》《六義》，東卷《二十九種對》鄰近、交絡、當句、含境、背體、偏、雙虚實、假、的名、隔句、雙擬、聯綿、互成、異類、疊韻側諸對，西卷《文二十八種病》之忌諱病，南卷《論文意》均編有皎然説。

崔融（六五三—七〇六），字安成，齊州全節（今山東濟南）人，事蹟見《舊唐書》《新唐書》本傳等。《舊唐書·經籍志》《新唐書·藝文志》著録其編有《珠英學士集》五卷，著有《寶圖贊》一卷，文集六十卷。《日本國見在書目》小學著録「《唐朝新定詩體》一卷」，不著撰人。本書地卷《十體》醍醐寺乙本等注「崔氏新定詩體困十種體」云云，東卷《二十九種對》目次注「右三種出崔氏唐朝新定詩格」，《唐朝新定詩格》（一作「唐朝新定詩體」）爲崔融著。本書天卷《調四聲譜》，地卷《十體》，東卷《二十九種對》切側、雙聲側、疊韻側，及切、雙聲、疊韻、字、聲、字側諸對，西卷《文二十八種病》繁説、齟齬、叢聚、形跡、翻語、相濫、文贅、相反、相重諸病，引有崔融説。

元兢：字思敬，以字行，生卒年不詳，大致活動於唐高宗至武則天時代。《舊唐書·文苑傳》：「元思敬者，總章中爲協律郎，預修《芳林要覽》，又撰《詩人秀句》兩卷，傳於世。」（中華書局一九七五年）《古今詩人秀句》二卷蓋於咸亨二年（六七一）前後以十年之功編成。《新唐書·藝文志》文史類載「《芳林要覽》三百卷」，下注「許敬宗、顧胤、許圉師、上官儀、楊思儉、孟利貞、姚璹、竇德玄、郭瑜、董思恭、元思敬集」，是知元思敬生活年代與上官儀相當。元思敬於總章中（六六八—六六九）始爲正八品上之協律郎，而總章元年上官儀爲三品侍郎已是第四年，是元思敬較之上官儀名位相去甚遠，以此相衡，度其年輩當晚於上官儀。又，皎然《詩式》「重詩意例」云：「疇者協律郎吴兢與越僧元監集《秀句》。」（《吟窗雜録》，明嘉靖四十年刊，日本内閣文庫藏本）一説吴兢即元兢。又，《新唐書·藝文志》總集類云「元兢《古今詩人秀句》二卷」，「元兢《宋約詩格》一卷」，文史類云「元思敬《詩人秀句》二卷」。《日本國見在書目》小學家云「《詩髓腦》一卷，《注詩髓腦》一卷」，不著撰人。總集家云「《古今詩人秀句》，元思敬撰歟」。日本《本朝文粹》卷七《省試詩論》引《詩髓腦》作元兢著。本書東卷《二十九種對》目次注：「右六種對出元兢《髓腦》。」知《詩髓腦》作者爲元兢。本書天卷《調聲》，東卷《二十九種對》平、奇、同、字、聲、側及的名、異類諸對，西卷《文二十八種病》平頭、上尾、蜂腰、大韻、小韻、傍紐、正紐、齟齬、叢聚、忌諱、形跡、傍突、翻語、長擷腰、長解鐙諸病，南卷《集論》，俱直接引有元兢説，東卷《論對》間接引有元兢説。

〔八〕黄卷、緗帙：均泛指書籍。

〔九〕「絶」，原作「絁」（下同），據三寶等本改。

〔一〇〕「而」，原作「魯」，據醍甲等本改。

貧道幼就表舅，頗學藻麗〔一〕，長入西秦〔二〕，粗聽餘論〔三〕。雖然，志篤禪默，不屑此事。爰有一多後生〔四〕，扣閑寂於文囿〔五〕，撞詞華乎詩圃〔六〕。音響難默，披卷函杖〔七〕，即閲諸家格式等，勘彼同異，卷軸雖多，要樞則少〔八〕，名異義同，繁穢尤甚。余癖難療，即事刀筆〔九〕，削其重複，存其單號，總有一十五種類，謂《聲譜》《調聲》《八種韻》《四聲論》《十七勢》《十四例》《六義》《十體》《八階》《六志》《二十九種對》《文三十種病累》《十種疾》《論文意》《論對屬》等是也〔一〇〕。配卷軸於六合〔一一〕，懸不朽於兩曜，名曰《文鏡秘府論》。庶緇素好事之人〔一二〕、山野文會之士〔一三〕，不尋千里，蛇珠自得〔一四〕，不煩旁搜，彫龍可期〔一五〕。

【校箋】

〔一〕空海年始十五，即隨外舅二千石阿刀大足受《論語》《孝經》及史傳等，兼學文章。入京時遊大學，就直講味酒淨成讀《毛詩》《尚書》，問《左氏春秋》於崗田博士，博覽經史，殊好佛經。

〔二〕西秦：此處當既指長安，又泛指中國。

〔三〕餘論：漢司馬相如《子虛賦》：「願聞大國之風烈，先生之餘論也。」（《文選》卷七，中華書局一九七七年）此當指先賢文章聲律之宏論。空海於日本延曆末年三十一歲時奉使入唐，經福州至長安，離京之後在越州，在唐三歲，與朱千乘、朱少端等人以詩文相交，故云粗聽餘論。

〔四〕一多後生：當指空海之少年弟子，疑指實慧。實慧爲十大弟子之首，空海《御遺告》將後事託付給實慧，實慧實爲空海之繼承人。實慧受空海指派向嵯峨天皇獻王昌齡《詩格》等書，實際已接觸《文鏡秘府論》之材料及問題。

〔五〕「囿」，原作「園」，據江户刊本改。

〔六〕「圃」，原作「囿」，據原傍注改。

〔七〕披卷：猶開卷。函杖：即函丈。《禮記·曲禮上》：「若非飲食之客，則布席，席間函丈。」（《十三經注疏》）後用指講學之坐席。

〔八〕卷軸：此指書籍。要樞：緊要樞紐之處。

〔九〕刀筆：古時書寫於竹簡，有誤則用刀削去重寫。此處意爲删削編撰。

〔一〇〕謂《聲譜》：一謂《調四聲譜》或《調聲譜》之訛。《調聲》：此下有《詩章中用聲法式》未列出。《四聲論》以上天卷。《十四例》：此爲修訂本文，初稿本爲《十五例》。《六義》：本文《六義》在《十體》下。《八種韻》：天卷本文作《七種韻》，知《八種韻》爲修訂本文，初稿本爲《七種韻》。《六志》：本文此下尚有《九意》。《六志》以上地卷。《二十九種對》爲東卷。此下尚有《筆札七種言句例》未列出。「累」，原作「菓」，據醍甲等本改。《文三十種病累》：爲初稿本文，修訂本文爲《文二十八種病》。《十種疾》：當即《文筆十病得失》。以上西卷。《論文意》：原誤作「論大意」，據南卷標題改。以上南卷。《論對屬》：北卷。此處「論文意」、「論對屬」當分指南卷、北卷大題，概指南卷、北卷各篇内容，故南卷《論體》《定位》《集論》等，北卷《句端》《帝德録》未列出。

〔一一〕六合：天地四方。《文鏡秘府論》之卷次合於六合之數，一作天地東南西北。然據天卷序所列序目及《文筆眼心抄》正文順序，西卷均在南卷之前。《文鏡秘府論》醍醐寺甲本天卷封面裏頁貼紙有「秘府論天東西南四帖在也……弘治三年九月」，平安末古抄本高山寺乙本即以天地東西南北爲序。故《文鏡秘府論》之卷次當爲天地東西南北，不當爲天地東南西北。西卷以上大致論詩之外在結構與創作方法，至南卷則轉而論詩之意興、格調高下以及條理、修辭等一般性問題，北卷爲一附録。空海蓋按日人方位順序爲東西南北，用層進方式。

〔一二〕緇素：指僧俗。緇爲緇衣，色黑，僧衆之服；素爲白衣，俗人之服。

〔一三〕文會：《論語·顔淵》：「君子以文會友。」

〔一四〕蛇珠：魏曹植《與楊德祖書》：「人人自謂握靈蛇之珠，家家自謂抱荆山之玉。」（《文選》卷四二）此與前文「繁穢尤甚」相對，指諸家格式之要樞精華。

〔一五〕彫龍：劉勰《文心雕龍·序志》：「古來文章，以雕縟成體，豈取騶奭之群言『雕龍』也。」

調四聲譜　調聲　用聲法式　八種韻　四聲論[一]

調四聲譜[二]

諸家調四聲譜[三]，具列如左[四]。

平上去入配四方[五]：

東方平聲 平伻 病別[六]　南方上聲 常上 尚杓[七]

西方去聲 祛麩 去刻[八]　北方入聲 壬衽 任入[九]

凡四字一紐[一〇]。

【校箋】

[一]「調四聲譜」「調聲」等均爲天卷各篇小題。地卷卷首各篇小題「十七勢」「十四例」等之前，有「論體勢等」一語，此爲地卷之大題。東、西、南、北各卷亦有類似大題（東卷「論對」、西卷「論病」、南卷「論文意」、北卷「論對屬」）。南卷「論文意」、北卷「論對屬」既爲卷之大題，又爲前一部分之小題），依此體例，天卷卷首亦當有此類大題。或者編撰天卷時，空海尚未有此意，編地

卷之時始有此意。後來《文筆眼心抄》正文標題「調四聲譜」前有「聲韻」一目。「聲韻」或稱「論聲韻」，或可爲天卷之大題。「用聲法式」四字，正文標題作「詩章中用聲法式」。八種韻：正文作「七種韻」，天卷序作「八種韻」。「七種韻」爲草稿本文，「八種韻」爲修訂本文。可見天卷序及此處「調四聲譜　調聲　用聲法式　八種韻　四聲論」之目録，均爲修訂後所加。四聲論：即《四聲指歸》。「四聲指歸」爲劉善經原題，「四聲論」當爲空海自擬題。

〔二〕調四聲譜：以下編録有沈約《四聲譜》，又編入諸家調四聲之説，故題作「調四聲譜」，而不作「四聲譜」。

〔三〕此一章開頭至「一切反音有此法也」爲第一節，「綺琴」至「庶類同然」爲第二節，此後爲第三節。第一節爲第一家；第二節可能出《文筆式》或《筆札華梁》，爲一家；第三節爲崔融之説，又爲一家。是爲「諸家調四聲譜」之「諸家」。

〔四〕「列」，原作「例」，地卷卷首有「具列如後」，據三寶本注及醍甲等本改。

〔五〕此以下至「一切反音有此法也」爲第一節。日僧安然《悉曇藏》卷二載録《四聲譜》，文字與《調四聲譜》第一節正合。天卷劉善經《四聲論》引甄琛説言及沈約《四聲譜》。《梁書》《南史》本傳、《隋書·經籍志》《通志略》均記載沈約《四聲譜》。故此第一節當爲沈約《四聲譜》。

〔六〕平伻病別：《韻鏡》外轉第三十三開脣音濁並紐第三等作「平〇病欂」，《切韻指掌圖》作「平〇病愎」。《廣韻》「伻」在耕韻平聲，此爲上聲，當爲古今音異。

〔七〕「杓」，原作「杓」，據三寶本及《眼心抄》改。常上尚杓：《韻鏡》内轉第三十一開齒音濁禪紐第三等有「常上尚杓」四字之紐，《切韻指掌圖》作「常上尚妁」。

〔八〕祛麩去刻：《韻鏡》内轉第十一開牙音次清溪紐第三等作「墟去去〇」，「刻」在内轉第四十二開牙音次清溪紐第一等「〇肯〇刻」，《切韻指掌圖》作「胠去去麴」。

〔九〕「衽」，原作「枉」，據三寶等本改。壬衽任入：《韻鏡》内轉第三十八合半齒音清濁第三等作「任荏紝入」。《切韻指掌圖》作「任荏任入」。

〔一〇〕以上《悉曇藏》卷二引《四聲譜》云：「四聲肪四方也：東方是平，平伻病別；南方是上，常上尚夕；西方是去，秥祛去亟；北方是入，任荏衽入。凡四聲字爲紐。」（《大正藏》卷八四）此「四聲圖」爲所知最早用平、上、去、入四字稱指四聲之史料，其平、上、去、入四字恰各在第一、二、三、四之位置，用此方法表明四聲之概念。此四字筆劃簡單易記，其發聲恰好合於四聲，字義亦恰合四聲發音特徵。平聲平長，故稱「平」聲；上聲往上昇揚，故稱「上」聲；去聲聲調去落下降，故稱「去」聲；入聲短促，發聲即須收閉入藏，故稱「入」聲。此外，佛經梵唄及轉讀之「三位七聲」即有「平折放殺」，樂府有《上柱》《平調》《平折》《上聲》之曲，均有「平」字與「上」字，用此四字表示四聲，或亦與此有關。

或六字總歸一入〔一〕：紐，《玉篇》云：女九切，結也，束也〔二〕。

皇晃璜　鑊　禾禍和〔三〕　傍旁徬　薄　婆潑紱〔四〕

光廣珖　郭　戈果過〔五〕　荒恍侊　霍　和火貨〔六〕

上三字，下三字，紐屬中央一字，是故名爲總歸一入〔七〕。

【校箋】

〔一〕「一入」，原作「一紐」。《悉曇藏》作「或六字總歸一入」，下文有「是故名爲總歸一入」，均作「總歸一入」。今據改正。

〔二〕「云」，原作「之」，據三寶本改。《悉曇藏》引《四聲譜》無「紐玉篇云女九切結也束也」之注。此注當非沈約《四聲譜》之原文，亦非周顒所作，或者爲隋唐人所補。此處所據或爲沈約等《四聲譜》之轉抄本，此轉抄本或已誤，故各本均作「總歸一紐」，並有對此「紐」字之補注。

〔三〕皇晃璜鑊：《韻鏡》内轉第三十二合喉音濁一等作「黄晃潢檴」。《切韻指掌圖》作「黄晃攩檴」。禾禍和：《韻鏡》内轉第二十八合喉音濁一等作「和禍和〇」。《切韻指掌圖》作「和禍和活」。

〔四〕傍旁徬薄：《切韻指掌圖》及《韻鏡》内轉第三十一開脣音濁一等並作「傍〇傍泊」。婆潑紱：《切韻指掌圖》作「婆爸縛跋」，《韻鏡》内轉第二十八合脣音濁一等作「婆爸縛〇」。

〔五〕「戈」，原作「弋」，據底本旁注及三寶等本改。光廣珖郭：《切韻指掌圖》、《韻鏡》内轉第三十二合牙音清一等並作「光廣桄郭」。戈果過：《切韻指掌圖》作「戈果過括」，《韻鏡》内轉第二十八合牙音清作「戈果過〇」。

〔六〕荒恍侊霍：《切韻指掌圖》、《韻鏡》内轉第三十二合喉音清一等作「荒慌荒霍」。和火貨：《切韻指掌圖》作「〇火貨豁」，《韻鏡》内轉第二十八合喉音清一等作「〇火貨〇」。

〔七〕此韻紐圖以入字居於中央。上三字「皇晃璜」與下三字「禾禍和」紐屬入聲「鑊」字，並在匣紐。「傍旁徬」與下「婆潑紴」紐屬「薄」字，並在並紐。「光廣珖」與下「戈果過」紐屬「郭」字，並在見紐。「荒恍侊」與下「和火貨」紐屬「霍」字，並在曉紐。故曰「六字總歸一入」，或曰「上三字，下三字，紐屬中央一字」。又，四組字中，上三字均爲帶鼻音之陽類字，下三字均爲不帶鼻音之陰類字。陽類之平上去和陰類之平上去與入聲並列，「總歸一入」，構成陰陽對轉。

四聲紐字，配爲雙聲疊韻如後〔一〕：

郎朗浪落〔二〕　黎禮麗捩〔三〕

剛㧏鋼各〔四〕　笄併計結〔五〕

羊養恙藥〔六〕　夷以異逸〔七〕

鄉響向謔〔八〕　奚篹咥纈〔九〕

良兩亮略〔一〇〕　離邐詈栗〔一一〕

張長帳著〔一二〕　知倁智窒〔一三〕

凡四聲，豎讀爲紐，横讀爲韻〔一四〕。亦當行下四字配上四字，即爲雙聲〔一五〕。若解此法，即解反音法〔一六〕。反音法有二種，一紐聲反音，二雙聲反音〔一七〕，一切反音有此法也。

【校箋】

〔一〕《悉曇藏》引《四聲譜》無「四聲紐字配爲雙聲疊韻如後」十二字。

〔二〕郎朗浪落：《切韻指掌圖》、《韻鏡》内轉第三十一開舌音齒清濁一等同作「郎朗浪落」，來紐。

〔三〕黎禮麗捩：《切韻指掌圖》作「黎邐吏〇」，《韻鏡》外轉第十三開半舌音清濁四等作「黎禮麗〇」，來紐。

〔四〕剛㗆鋼各：《切韻指掌圖》、《韻鏡》内轉第三十一開牙音清一等作「剛甿鋼各」。「甿」，各朗切，見紐。

〔五〕笄併計結：《切韻指掌圖》作「雞几計吉」，《韻鏡》外轉第十三開牙音清四等作「雞〇計〇」。又，《韻鏡》「結」在外轉第二十三開牙音清四等，作「堅繭見結」。

〔六〕羊養恙藥：《切韻指掌圖》、《韻鏡》内轉第三十一開喉音清濁四等作「陽養漾藥」，喻紐。《韻鏡》「羊」在三等。

〔七〕夷以異逸：《悉曇藏》引《四聲譜》《切韻指掌圖》作「頤貤易逸」。《韻鏡》「夷」在内轉第六開喉音清四等，作「夷〇呬〇」；「以」在内轉第八開喉音清濁三等，作「〇以〇〇」；「異」在内轉第八開喉音清濁四等，作「飴〇異〇」；「逸」在外轉第十七開喉音清濁四等，作「寅引酳逸」。

〔八〕鄉嚮向譃：《韻鏡》内轉第三十一開喉音清三等作「香響向譃」。《切韻指掌圖》作「香響向譃」，在曉紐。

〔九〕奚篡咥纈：《切韻指掌圖》作「兮徯系○」，又有「僖豨憙迄」。《韻鏡》内轉第八開喉音清三等作「僖喜憙○」。又《韻鏡》外轉第十三開喉音濁四等作「兮徯蒵○」。《韻鏡》「纈」在外轉第二十三開喉音濁四等作「賢峴見纈」。

〔一〇〕良兩亮略：《韻鏡》内轉第三十一開舌齒音清濁三等同。《切韻指掌圖》作「良兩諒略」，來紐。

〔一一〕「邐」，原作「麗」，據《眼心抄》改。離邐詈栗：《悉曇藏》引《四聲譜》作「離邐儷栗」，《切韻指掌圖》作「鳌里利栗」。《韻鏡》内轉第四開合半舌清濁第三等作「離邐詈○」，「栗」在外轉第十七開半舌音清濁三等，作「鄰嶙遴栗」。

〔一二〕張長悵著：《韻鏡》内轉第三十一開舌音清三等作「張長帳芍」，《切韻指掌圖》作「張長悵勺」，在知紐。「著」在《韻鏡》内三十一開舌音濁三等作「長丈仗著」，《切韻指掌圖》同，在澄紐。

〔一三〕知倁智窒：《切韻指掌圖》作「知掇置窒」，《韻鏡》内轉第四開合舌音清三等作「知掇智○」，知紐。

此韻紐圖上段有鼻音爲陽類，下段無鼻音爲陰類，陰類亦紐屬於入聲。陰聲配入，或因古音有陰入通押之情況，或因考慮音感，未考慮體系；考慮聲調，而未考慮韻尾本身之性質。

〔一四〕「豎讀」二句：上四字與下四字之間並無四聲相承一紐之關係，「豎讀爲紐」當僅謂四聲相承一紐之字，當僅謂上段（或下段）一紐内四聲相承四字而言，而非謂上四字與下四字均同聲紐。下文云「當行下四字配上四字即爲雙聲」，始爲雙聲。

〔一五〕此韻圖提出三個概念：紐、韻、雙聲。「竪讀爲紐」，爲四聲相承之紐，即前文所謂「四聲紐字」；「横讀爲韻」，爲韻，如郎剛羊鄉良張，並爲陽唐韻，爲疊韻；「當行下四字配上四字」，如黎禮麗捩與郎朗浪落並爲來紐，夷以異逸與羊養恙藥並爲喻紐，此爲雙聲。此即前文所謂「配爲雙聲疊韻」者。

〔一六〕反音法：開始於東漢末年而盛行於魏晉六朝之一種文字遊戲，根據漢字發音特點，利用反切原理，將兩個漢字字音分爲聲母與韻母，顛倒反覆組合，切成另外二字。

〔一七〕紐聲反音：當謂指反切上字與歸字即被切字同四聲之紐，非謂反切上字與反切下字同四聲之紐。雙聲反音：當謂反切上字與歸字即被切成之字爲四聲之紐之外雙聲之字，非謂反切下字一般地同雙聲。紐聲反，即所謂「竪讀爲紐」。爲雙聲反，即所謂「當行下四字配上四字即爲雙聲」。何以特意區分紐聲反與雙聲反，當是考慮到詩病正紐與傍紐之區别。

綺琴〔一〕　良首　書林

欽伎　柳觴　深廬

釋曰：竪讀二字互相反也〔二〕，傍讀轉氣爲雙聲〔三〕，結角讀之爲疊韻〔四〕。曰綺琴、云欽伎，互相反也。綺欽、琴伎兩雙聲，欽琴、綺伎二疊韻。上諧則氣類均調〔五〕，下正則宫商韻切〔六〕。持綱舉目，庶類同然。

【校箋】

〔一〕「綺琴」至「庶類同然」，原典未詳。《悉曇藏》未引，不屬《四聲譜》。有「釋曰」之形式，與地卷《八階》《六志》、東卷《二十九種對》、西卷《文二十八種病》一些病目中《文筆式》與《筆札華梁》之「釋曰」形式相類，或者保留齊梁舊貌，而《文筆式》與《筆札華梁》原文録存。

〔二〕「反」，原作「返」，下云「互相反」，據《眼心抄》及三寶等本改。竪讀二字，綺琴切—欽爲正反，琴綺切—伎爲倒反。欽伎切—綺爲正反，伎欽切—琴爲倒反，餘類推，此謂竪讀，此謂互相反。

〔三〕相傍二字，綺、欽均爲溪紐，琴、伎均爲群紐，良、柳均爲來紐，首、觴均爲審紐，書、深均爲審紐，林、廬均爲來紐，均爲雙聲，横傍而讀，以轉其氣，故曰「傍讀轉氣爲雙聲」。

〔四〕結角之字，綺、伎均紙韻，琴、欽均侵韻，良、觴均陽韻，首、柳均有韻，書、廬均魚韻，林、深均侵韻，均爲疊韻，故曰「結角讀之爲疊韻」。

〔五〕就綺欽、琴伎兩雙聲而言，其謂反切上字，與切成之字聲紐諧和，則氣息協調。所謂「氣」，即前面所謂「傍讀轉氣爲雙聲」之氣，聲紐有送氣不送氣之别。

〔六〕就結角讀之爲疊韻，欽琴、綺伎二疊韻而言，反切下字與歸字宫商之調及音韻之類須切合無爽。

崔氏曰〔一〕：傍紐者〔二〕：

風小　月膾　奇今　精西

表豐　外厥　琴羈　酒盈〔三〕

【校箋】

〔一〕「崔氏曰」以下至「餘皆效此」，引自崔融《唐朝新定詩格》。《文鏡秘府論》所引「崔氏」之文，均指崔融。東卷《二十九種對》引有崔氏《唐朝新定詩格》，當即此書。又，西卷《文二十八種病》「第七傍紐」條有：「王斌云：若能迴轉，即應言奇琴、精酒、風表、月外，此即可得免紐之病也。」又曰：「傍紐者，……沈氏所謂風表、月外、奇琴、精酒是也。」與「崔氏曰傍紐者」所説全同，故梁王斌《五格四聲論》乃至沈約《四聲譜》或已有此説，而爲崔融所襲用。崔融及其《唐朝新定詩格》，參地卷《十體》校箋。

〔二〕「傍紐者」下寶壽、六地藏寺等本注「已上三字無異本」。

〔三〕此圖風、表爲脣音非紐和幫紐（沈約時非幫不分），月、外共牙音疑紐，膾、厥共牙音見紐，奇、琴牙音群紐，今、羈牙音見紐，精、酒齒音精紐，西、盈喉音喻紐，均爲雙聲；風、豐屬東韻，表、小爲小韻，月、厥爲月韻，外、膾爲泰韻，奇、羈爲支韻，今、琴爲侵韻，精、盈共清韻，西、酒共有韻，均爲疊韻；除小爲心紐，豐在敷紐，不構成雙聲，或有誤或古今音異外，實際爲一反音圖。然崔融録此圖或者本爲説明傍紐雙聲問題，故有「傍紐者」三字。

紐聲雙聲者〔一〕：

土　煙

天　鴎〔二〕

右已前四字〔三〕，縱讀爲反語〔四〕，横讀是雙聲〔五〕，錯讀爲疊韻〔六〕。何者，土煙、天鴎是反語〔七〕，天土、煙鴎是雙聲，天煙、土鴎是疊韻，乃一天字而得雙聲疊韻〔八〕。略舉一隅而示，餘皆效此〔九〕。

【校箋】

〔一〕「紐聲雙聲者」五字《眼心抄》無。寶壽等本注「已上五字無異本」。日僧信範《九弄十紐圖私釋》引《文鏡秘府論》有「紐聲雙聲者」五字，故此五字當爲《文鏡秘府論》原有。疑「紐聲雙聲」爲紐聲反音與雙聲反音之簡稱，甚疑崔融所據原典「紐聲雙聲」之下本有紐聲反音和雙聲反音之内容，然未予載録，實際衹移録「土煙天鴎」之圖。

〔二〕「土煙天鴎」四字雙行之上，《眼心抄》、三寶、寶壽、六地藏寺、正乙本冠一「天」字，形狀如左：

土　煙

天　天　鴎

「煙」字下，《眼心抄》、三寶本小字注「紐聲」，「鴎」字下，《眼心抄》有小字注「雙聲」。「土煙天隝」四字之上居中冠一「天」字，正與下文「乃一天字而得雙聲疊韻」相應。

〔三〕「已前」二字疑衍。

〔四〕反語：即反切。《顔氏家訓·書證》：「且鄭玄以前，全不解反語，《通俗》反音，甚會近俗。」（《顔氏家訓集解》，上海古籍出版社一九八〇年）又指魏晉南北朝時一種隱語，以二字先正切，後倒切，成爲另二字。此處當指正切倒切均可之反切語，即下文所謂「土煙、天隝是反語」，土煙反天，天隝反土。

〔五〕横讀天、土屬舌音透母，煙、隝屬喉音影母雙聲。

〔六〕錯讀天、煙下平聲一先韻，土、隝上聲十姥韻疊韻。

〔七〕土煙反天，煙土反隝，天隝反土，隝天反煙，故曰是反語。

〔八〕以一「天」字爲例，説明圖中任一字，與鄰近之另二字，均可構成或雙聲（如與「土」字）或疊韻（如與「煙」字）。

〔九〕「效」，原作「放」，據醍甲等本改。「餘皆效此」維寶箋本箋文之後，持明院藏維寶箋本有尾記：「文鏡秘府論箋卷第一終」，《真言宗全書》刊維寶箋本有尾記：「享保二十一年卯月九日南山沙門維寶誌焉/安永二癸巳卯月六日沙門隆勤與焉十六歲/文鏡秘府論箋卷第一終」。享保二十一年爲公元一七三六年，安永二年爲公元一七七三年。

調聲〔一〕

或曰〔二〕：凡四十字詩〔三〕，十字一管，即生其意〔四〕。頭邊二十字，一管亦得〔五〕。六十、七十、百字詩〔六〕，二十字一管，即生其意。語不用合帖〔七〕，須直道天真，宛媚爲上。且須識一切題目義，最要立文，多用其意。須令左穿右穴，不可拘檢〔八〕。作語不得辛苦〔九〕。須整理其道〔一〇〕，格，格，意也。意高爲之格高，意下爲之下格〔一一〕。律調其言〔一二〕，言無相妨〔一三〕。

【校箋】

〔一〕以下《文鏡秘府論箋》卷第二。調聲：調暢聲之平上去入和清濁輕重，以使詩歌音律和諧。「調聲」之題或關聯前篇《調四聲譜》，根據本篇内容，取王昌齡《詩格》中「律調其言」句意而爲空海自擬。

〔二〕「或曰凡四十字詩」至「花裏尋師到杏壇」，多處與南卷《論文意》等處王昌齡説相合，當出王昌齡。然篇中所引皇甫冉二詩、錢起二詩當爲後人所補。所引張謂詩，亦疑爲後人所補。

〔三〕四十字詩：指五言八句詩，主要指五言律詩。

〔四〕十字一管：王昌齡《詩格》（吟窗雜録本，以下除注明者外，所引王昌齡《詩格》均爲吟窗本）「詩有六式」，其六爲「一管摶意」，即此意。意謂兩句十字一意貫通管攝。

〔五〕「二十」，原作「廿」，下同，據江户刊本改。「頭邊」二句：五言詩初始四句二十字貫通管攝，而成一意。

〔六〕六十：五言六韻十二句詩。七十：五言七韻十四句詩。百字詩：五言十韻二十句詩。

〔七〕「帖」，原作「怗」，據《眼心抄》、維寶箋本改。帖：當指帖文、帖經，唐代科舉考試之一法。此借指某種模式。「語不用合帖」，意謂不用合於固有之框架模式。

〔八〕左穿右穴：用佛教語，意謂於佛境中遍游探究，喻指作文須從不同角度盡力展開，窮盡題目之意，不可束縛作詩之思路。王昌齡《詩格》「詩有六貴例」：「三曰貴穿穴。」

〔九〕作語不得辛苦：王昌齡《詩格》「詩有六式」：「三曰不辛苦。」

〔一〇〕須整理其道：道謂文脈詩理，貫通前後文脈詩理，詩思清晰，則自然作詩不辛苦，而達於格高律清之境。

〔一一〕四「格」字，原作「恪」，據三寶本旁注改。疑「整理其道」與「格」字間有闕文。細繹前後文意，「整理其道」自貫通前後文脈詩理言之，「律調其言」自調暢聲韻言之，句式均爲「○○其△」，「格」當從高其立意而言，其句式當爲「○○其格」，疑當爲「意高其格」。「道」「格」「律」分述三事，前後連接，綜括起來，或當爲「整理其道，意高其格，律調其言」，而「格意也……意下爲之下格」云云，則爲「意高其格」之闡釋性注文。

〔一二〕律調：爲王昌齡常用語，南卷《論文意》有「律調之定」「事須細律之」等，意爲以某種規則規範約束之，調暢之。

〔三〕一説「言」爲「音」之誤，可備一説。「言無相妨」，即諧調聲律，音與音之間即無滯澀相礙之弊。

以字輕重清濁間之須穩〔一〕。至如有輕重者，有輕中重，重中輕，當韻之即見〔二〕。且莊字全輕，霜字輕中重，瘡字重中輕，床字全重〔三〕。如清字全輕，青字全濁〔四〕。詩上句第二字重中輕，不與下句第二字同聲爲一管〔五〕。上去入聲一管〔六〕。上句平聲，下句上去入〔七〕；上句上去入〔八〕，下句平聲。以次平聲，以次又上去入；以次上去入，以次又平聲〔九〕。如此輪迴用之，宜至於尾〔一〇〕，兩頭管。上去入相近。是詩律也〔一一〕。

【校箋】

〔一〕輕重清濁：由下文觀之，既以聲紐之清濁論輕重，亦以韻類等論輕重清濁，又以輕重指平仄，故此處之「清濁輕重」當是泛指。以下所論，方有具體所指。間之須穩：輕重清濁之音相間，須讓聲韻平穩諧調。南卷《論文意》：「夫文章，第一字與第五字須輕清，聲即穩也。」

〔二〕「至如」四句：字音輕重之區別，單獨一字一字不易分辨，與相關之韻一併諷詠即可見到。當即值、遇到之意。

〔三〕莊、霜、瘡、床四字聲母均屬齒音下平聲陽韻，《韻鏡》均配列爲内轉第三十一開齒音第二等，莊爲清音，照母，側羊切；霜爲清音，審母，色莊切；瘡爲次清音，穿母，初良切；床爲濁音，牀母，士莊切。此處釋莊、霜、瘡、床四字，可能以聲紐清音爲輕，濁音爲重，不送氣音爲輕，送氣音爲重。又，擦音氣流較塞音、塞擦音稍强，噪音感稍重，故亦爲重。故而，莊，照紐二等，全清塞擦音不送氣，爲全輕。床，牀紐二等，全濁塞擦音，高本漢擬爲送氣濁音，或以爲唐朝北方音中全濁平聲當爲送氣音，故而爲全重。霜、瘡乃介於輕、重間之音。瘡字穿紐二等，爲送氣音，故爲重；爲次清音，清音中含輕之因素，故爲重中輕。霜字審紐二等，全清，故而爲輕；爲擦音，實際需送氣，發音較之塞音、塞擦音均稍重，故而爲輕中重。

〔四〕「如清」二句：清、青均屬《韻鏡》齒音次清（清母）。「清」清韻平聲，三等；「青」青韻平聲，四等。「清字全輕，青字全濁」，其意當爲「清字全輕清，青字全重濁」。當是因二字韻類不同，「清」字爲三等韻，故爲全輕清，「青」字屬四等韻，故爲全重濁。《廣韻》末附「辯四聲輕清重濁法」，平聲下即以「清」爲「輕清」，以「青」爲「重濁」。或者《文鏡秘府論》引王昌齡《詩格》與《廣韻》末附「辯四聲輕清重濁法」均以韻類不同而區分「清」「青」二字音之輕重，王昌齡以輕重辨音，與宋世等韻圖如《韻鏡》之類吻合，或者其時已有等韻之觀念。

〔五〕隨上文舉例作比喻，謂若上句第二字是重中輕，則其下句第二字不可用重中輕者與之同聲，以說明下文所謂上句平聲，下句須上去入之道理，非以此「重中輕」確指平聲或上去入聲之某一聲。此論平頭，平頭尤忌第二字同聲。上下兩句管攝一意，故曰一管。

〔六〕「一管」前原有「一聲」二字，據三寶等本删。疑「上去入聲一管」六字，本爲解釋前句「同聲」二字，王昌齡之意，蓋謂所謂「同聲」即如上去入之同聲，上句與下句不同聲，即爲一管，又謂平聲爲一類，上去入爲一類，未必謂每管之聲或上或去或入均須不同。

〔七〕「上句」三句：承上，當指上句第二字平聲，下句第二字上去入。

〔八〕上句上去入：近體詩律，第二聯（爲一管）上句與第一聯（爲一管）下句須同聲相粘，故曰上句上去入。

〔九〕以上四聯八句，恰好既論律詩之聲律對式，又論其粘式。

〔一〇〕「輪」，原作「輕」，據寶壽等本改。「如此」二句：謂五言詩一聯之内上下句第二字相對，上聯下句與下聯上句第二字相粘，此種粘對當至於末尾。「宜」，《眼心抄》作「直」，亦通。

〔一一〕「兩頭」三句：「頭」，原作「絃」，據《眼心抄》改。「頭」即下文所謂「五言平頭」及元兢所謂「换頭」之「頭」。「兩頭管」，「管」上疑脱「一」字，即「兩頭一管」，即前所謂「十字一管」之意。四聲之中，與平聲相較，上去入聲調相近（均爲仄聲），故曰「上去入相近」，上句兩句均避平頭，且以平聲爲一類，上去入聲爲一類，此之爲詩律。

五言平頭正律勢尖頭〔一〕。

皇甫冉詩曰〔二〕：五言。「中司龍節貴〔三〕，上客虎符新〔四〕。地控吴襟帶〔五〕，才光漢縉紳〔六〕。泛舟應度臘，入境便行春〔七〕。何處歌來暮〔八〕，長江建鄴人〔九〕。」又錢起《獻歲歸山》詩曰〔一〇〕：五言。「欲知禺谷好〔一一〕，久别與春還。鶯暖初歸樹，雲晴却戀山。石田耕種少〔一二〕，野客性情閑。求仲時應見〔一三〕，殘陽且掩關〔一四〕。」又五言絶句詩曰：「胡風迎馬首，漢月送娥眉。久戍人將老，長征馬不肥〔一五〕。」又崔曙《試得明堂火珠》詩曰〔一六〕：「正位開重屋〔一七〕，淩空出火珠〔一八〕。夜來雙月滿〔一九〕，曙後一星孤。天淨光難滅，雲生望欲無。終期聖明代〔二〇〕，國寶在名都〔二一〕。」又陳閏《罷官後却歸舊居》詩曰〔二二〕：「不歸江畔久，舊業已凋殘。露草蟲絲濕，湖泥鳥跡乾。買山開客舍，選竹作魚竿。何必勞州縣，驅馳效一官〔二三〕。」

【校箋】

〔一〕五言平頭正律勢尖頭：此處「平頭」之「頭」與「兩頭管」之「頭」意同。此所謂「平頭」，指五言詩起句一、二字尤其第二字爲平聲，即所謂平起。與詩病之「平頭」有異。例舉五詩中，惟崔曙詩仄起，其餘四首均平起。崔曙詩在《眼心抄》「十二種調聲」中未列於第一「五言平頭正律勢尖頭」之下，而單獨列於第二「五言側頭正律勢尖頭」。所謂「正律勢」，或爲「律詩正體」之意。「尖頭」，查檢「五言正律勢尖頭」例舉五首及下文「七言尖頭律」例舉之二首，首句均未押韻，且首句末字爲仄聲。或者此種格式謂之「尖頭律」。梁劉滔有「平聲賒緩，有用處最多」之説，《文筆式》有「四聲中安平聲者，益辭體有力」之説，南卷《論文意》引王昌齡説亦謂「第一字與第五字須輕清，聲即穩也」，詩之首句首二字爲平聲，聲韻平穩，或者因此以「平頭」爲「正律」。

〔二〕皇甫冉（七一七—七七一）：字茂政，唐詩人。此詩題爲《獨孤中丞筵陪餞韋使君赴昇州》，載《中興間氣集》卷上及《全唐詩》卷二四九。首句平起仄收，首聯對仗。此節引皇甫冉、錢起諸詩，當出於後人之手。又，未見獨孤及爲御史中丞，此詩之「獨孤中丞」實指獨孤峻，非指獨孤及。峻於乾元元年（七五八）至二年爲越州刺史、浙東節度使加御史中丞。

〔三〕中司：御史中丞之俗稱，此指宴會主辦者獨孤中丞。龍節：《周禮・地官・掌節》：「凡邦國之使節，山國用虎節，土國用人節，澤國用龍節。」（《十三經注疏》）

〔四〕上客：客人韋君。韋使君謂韋黄裳，至德二載（七五七）至乾元元年（七五八）爲昇州刺史。虎符：虎形銅製之信物，帝王與臣下各分其半，以此授予臣下兵權，調發軍隊。

〔五〕吴：韋使君任地之昇州在吴。襟帶：山川險要，屏障環繞，如襟似帶。古稱三吴襟帶之國。

〔六〕「光」，《中興間氣集》（《唐人選唐詩新編》，陝西人民教育出版社一九九六年）、《全唐詩》作「高」。縉紳：插笏於紳，喻指高官達宦。

〔七〕行春：謂太守春日出巡。

〔八〕「何處」，《唐皇甫冉詩集》《全唐詩》作「處處」。來暮：稱頌地方官德政利民，來官何暮。

〔九〕「鄴」，《唐皇甫冉詩集》《中興間氣集》《全唐詩》作「業」。建鄴：昇州治江寧（今江蘇南京），三國吴稱建鄴。此詩第二字司客（平仄）、控光（仄平）、舟境（平仄）、處江（仄平），合於前述詩律。

〔一〇〕「錢」，原作「餞」，據《眼心抄》及《全唐詩》改。錢起（七一〇？—七八二？）：字仲文，大曆十才子之一，事蹟散見於《中興間氣集》卷上等。詩見《全唐詩》卷二三七，題爲《歲初歸舊山》，注云：「一本題下有『酬寄皇甫侍御』六字，又作『獻歲初歸舊居酬皇甫侍御見寄』。」（中華書局一九六〇年）皇甫侍御當指皇甫曾，據《唐才子傳》卷三，皇甫曾於大曆元年（七六六）爲侍御史。獻歲：歲首正日。

〔一一〕禺谷：即愚公之谷，借指隱居之地。「禺」通「愚」。此爲首句，平起仄收，亦爲「五言平頭正律勢尖頭」。

〔一二〕「少」，原作「小」，據《眼心抄》及《全唐詩》等改。石田：《吴越春秋·夫差内傳》：「譬由磐石之田，無立其苗也。」（四部叢刊本）

〔一三〕「時應」，《全唐詩》作「應難」。求仲：漢代隱士名。

〔一四〕掩關：關門。此詩第二字知别（平仄）、暖晴（仄平）、田客（平仄）、仲陽（仄平），合於前述詩律。

〔一五〕「久戍」二句爲唐郭震（六五六—七一三）五言律《塞上詩》中句（《全唐詩》卷六六），然前二句郭震詩無，《全唐詩》亦佚。市河寬齋《全唐詩逸》以之繫錢起作。蓋因此詩繫於錢起《獻歲歸山》之後。然《眼心抄》將此詩録於陳閏《罷官後却歸舊居》詩之後，仍題作「又五言絶句詩曰」。故此詩作者不明，未必爲錢起所作。此詩雖非律詩，然首句第二字爲平聲，却亦合於五言平頭。胡風：北風。娥眉：美女。

〔一六〕「曙」，原作「署」，據《眼心抄》、唐芮挺章《國秀集》卷下、宋計有功《唐詩紀事》卷二〇改。崔曙（七〇四？—七三九）：唐詩人。《試得明堂火珠》詩：《國秀集》下作《奉試明堂火珠詩》（《唐人選唐詩新編》），《唐詩紀事》卷二〇作《明堂火珠詩》（中華書局一九六五年），《全唐詩》卷一五五作《奉試明堂火珠》，爲開元二十六年（七三八）崔曙省試時作。《眼心抄》以此詩繫於「五言側頭正律勢尖頭」之下。此詩首句仄起仄收，所以爲「側頭」律。明堂：古代帝王宣明政教之所。火珠：即火齊珠，出南方，狀如水精，正午向日，以艾承之，即火燃。

〔一七〕正位：中正之位。重屋：王宫正堂，夏后氏曰世室，殷人曰重屋，周人曰明堂。

〔一八〕「淩空」，《唐詩紀事》作「中天」。

〔一九〕「滿」，《唐詩紀事》作「合」。

〔二〇〕「終期聖明代」，《國秀集》《全唐詩》作「遥知太平代」。《全唐詩》注：「一作『還知聖明代』。」《唐詩紀事》作「還將聖明代」。

〔二一〕「名」，《唐詩紀事》作「京」。

〔二二〕唐有陳潤（生卒年不詳），蘇州（今屬江蘇）人，大曆五年（七七〇）登明經第，官至坊州鄜城縣令，卒於貞元十六年（八〇〇）前，與陳閏當爲一人，潤、閏形近而誤。《全唐詩》存其詩八首，事蹟散見於《唐詩紀事》卷三九等。此詩《全唐詩》未收，《全唐詩逸》録，云：「見《秘府論》，蓋唐中葉人。」詩平起仄收，《眼心抄》以之列於「五言平頭正律勢尖頭」錢起詩後。

〔三〕「馳」字原無，據高乙等本補。本詩首句第二字（歸）平聲，以次業（仄）、草（仄）、泥（平）、山（平）、竹（仄）、必（仄）、馳（平），合於前所謂「五言平頭正律勢尖頭」之詩律。

齊梁調詩〔一〕。

張謂《題故人别業》詩曰〔二〕：五言。「平子歸田處〔三〕，園林接汝濆〔四〕。落花開户入，啼鳥隔窗聞。池淨流春水，山明斂霽雲。晝遊仍不厭，乘月夜尋君〔五〕。」何遜《傷徐主簿》詩曰〔六〕：五言。「世上逸群士，人間徹總賢〔七〕。畢池論賞託〔八〕，蔣徑篤周旋〔九〕。」又曰：「一旦辭東序〔一〇〕，千秋送北邙〔一一〕。客簫雖有樂，鄰笛遂還傷〔一二〕。」又曰：「提琴就阮籍〔一三〕，載酒覓揚雄〔一四〕。直荷行罩水〔一五〕，斜柳細牽風〔一六〕。」

【校箋】

〔一〕《眼心抄》目次分爲「三平頭齊梁調聲，四側頭齊梁調聲」，然正文題「齊梁調聲」，其例詩僅舉側頭之張謂《題故人别業》詩一首，與目次不合。《文鏡秘府論》則於張謂詩之外例舉三首，其中一首平頭（何遜詩之第三首），另二首爲側頭（何遜詩之第一、二首），内容反而合於《眼心抄》之目次。齊梁體可有二義：一指風格，一指聲律。《文鏡秘府論》所論「齊梁調詩」，當指聲律。王昌齡所謂「齊梁調詩」，於齊梁，爲律體詩尚不成熟之表現，於唐代一部分詩人，則爲律體詩創作過於圓熟以至厭倦之時，有意無意偏離格律之産物。

〔二〕張謂（？—七七八？）：字正言，唐詩人。此詩《全唐詩》未收。

〔三〕平子：東漢文人張衡（七八—一三九）之字。張衡晚年志於隱逸，作《歸田賦》。

〔四〕汝濆：即汝墳，古汝水之堤岸，《詩·周南·汝墳》：「遵彼汝墳。」《汝墳序》：「汝墳，道化行也，文王之化行乎汝墳之國。」（《十三經注疏》）後因以「汝墳」稱美教化廣被之國。

〔五〕此詩首句仄起仄收，合於《眼心抄》目次所謂「側頭齊梁調聲」。此詩第三句首字當平用仄，第四句首字當仄用平，第五句首字當仄用平，此外完全合律。稍有偏離，然亦在詩律允許範圍之內。與前代古體相比，此類詩反映出齊梁詩體之特色。齊梁時實已有此類詩體。或者有意稍偏離詩律，故被視爲齊梁調詩。

〔六〕何遜（四七二？—五一九？）：字仲言，南朝齊梁文人。此詩《何記室集》逸載。徐主簿未詳。李伯齊《何遜集校注》：「未詳，疑指徐伯珍。」（齊魯書社一九八八年）徐伯珍（四一三—四九七），字文楚，南齊文人。

〔七〕徹總，「總」疑爲「聰」之誤，《莊子·外物》：「目徹爲明，耳徹爲聰。」（《莊子集釋》，中華書局一九六一年）

〔八〕 畢池，疑爲「華池」或「習池」之訛。何遜《九日侍宴樂游苑》詩有「禁林終宴晚，華池物色曛」（《何遜集校注》）。《晉書·山簡傳》：「諸習氏荆土豪族，有佳園池，簡每出嬉遊，多之池上，置酒輒醉，名之曰高陽池。」（中華書局一九七四年）賞託：勝託。

〔九〕 蔣徑：即蔣生徑。漢蔣詡，哀帝時爲兖州刺史，王莽攝政，詡稱病免官，隱居鄉里，舍前竹下辟三徑，唯故友羊仲、求仲與之遊，後以「蔣徑」指隱者之所。「世上逸群士」一詩二、四句完全合律，首句第三字，第三句一、三字均當平用仄，然亦在詩律允許範圍。含有律句，合於粘式，又有意稍偏離律體，或者因此稱爲齊梁調詩。首句仄起仄收，合於《眼心抄》目次所謂「側頭齊梁調聲」。

〔一〇〕 東序：《禮記·王制》：「夏后氏養國老於東序。」鄭玄注：「東序東膠亦大學，在國中王宮之東。」

〔一一〕 北邙：山名，因在洛陽之北，故名。東漢、魏晉王侯多葬於此，因借指墓地。

〔一二〕 鄰笛：晉向秀《思舊賦》有「鄰人有吹笛者……感音而歎」之語。「一旦辭東序」一詩合於格律，若嚴格而言，則第三句首字當平而用仄，第四句首字當仄而用平。又首句仄起仄收，或者《眼心抄》目次所謂「側頭齊梁調聲」即指此類。此詩與上詩或者同爲何遜《傷徐主簿》詩。《何記室集》逸載。

〔一三〕 阮籍（二一〇—二六三）：三國魏文人，竹林七賢之一。阮籍善彈琴，曾與孫登長嘯相和，琴音諧會，事見《太平御覽》卷五七九引《孫登别傳》，「提琴就阮籍」或指此事。

〔四〕揚雄（前五三—一八）：西漢末文人、學者。載酒：《漢書·揚雄傳》下：「家素貧，耆酒，人希至其門，時有好事者載酒肴從遊學。」（中華書局一九六二年）

〔五〕「直」，原作「宜」，從《校注》改。維寶箋等並謂「宜」字疑「圓」字省訛。

〔六〕「提琴就阮籍」一詩失粘，首句平起仄收，《眼心抄》目次所謂「平頭齊梁調聲」或即指此類詩。本詩「提琴就阮籍，載酒覓揚雄」二句若以阮籍揚雄比亡友，憶亡友當年情形，則仍當爲何遜《傷徐主簿》中之一章。

七言尖頭律〔一〕。

皇甫冉詩曰〔二〕：「閑看秋水心無染〔三〕，高卧寒林手自栽〔四〕。廬阜高僧留偈別〔五〕，茅山道士寄書來〔六〕。燕知社日辭巢去〔七〕，菊爲重陽冒雨開。淺薄何時稱獻納〔八〕，臨歧終日自遲迴〔九〕。」又曰〔一〇〕：「自哂鄙夫多野性，貧居數畝半臨湍〔一一〕。溪雲帶雨來茅洞〔一二〕，山鵲將雛上藥欄〔一三〕。仙籙滿床閑不厭〔一四〕，陰符在篋老羞看〔一五〕。更憐童子宜春服〔一六〕，花裏尋師到杏壇〔一七〕。」

【校箋】

〔一〕七言尖頭律：《眼心抄》目録分爲「五七言平頭尖頭律，六七言側頭尖頭律」，正文未分，與《文鏡秘府論》同。所謂「尖頭」，仍指首句末字仄聲不押韻。所謂「平頭」，仍謂起句開頭二字尤其第二字爲平聲，亦即所謂平起。所謂「側頭」，則謂起首一句開頭二字尤其第二字爲仄（側）聲。此處舉例之皇甫冉詩爲「平頭」，錢起詩爲「側頭」。所論爲七言律，或者因爲七言律體首句仄聲不押韻與否無所謂正體非正體之分，故而無所謂七言「正律勢」尖頭。

〔二〕此皇甫冉《秋日東郊作》詩，《全唐詩》卷二四九題下注：「（郊）一作『林』。」

〔三〕「染」，《中興間氣集》《唐皇甫冉詩集》《全唐詩》並作「事」。

〔四〕「高卧寒林」：《中興間氣集》《唐皇甫冉詩集》《全唐詩》並作「卧對寒松」。《全唐詩》注：「（卧）一作『坐』。」高卧：隱居。

〔五〕「阜」，《全唐詩》等作「岳」。廬阜：廬山，有東晉高僧慧遠所居之東林寺。

〔六〕茅山：在江蘇句容縣東南，梁陶弘景在此開創道教上清派茅山宗，歷隋、唐、兩宋而不衰。

〔七〕社日：古時祭祀土神之日，一般在立春、立秋後第五個戊日。

〔八〕「淺」，原誤作「殘」，從《全唐詩》等改。「何時」，《全唐詩》等作「將何」。獻納：獻忠心供採納，指作者任拾遺補闕之職。據《唐才子傳》卷三，皇甫冉於大曆二年（七六七）至五年（七七〇）任左拾遺、右補闕之職，詩當作於此時。

〔九〕「自」，《中興間氣集》作「獨」。「遲迴」，《全唐詩》注：「（遲）一作『裴』。」臨歧：本爲面臨歧路，後亦用爲贈別之辭。

〔一〇〕此唐錢起詩，詩當作於乾元二年（七五九）至廣德元年（七六三）作者任藍田尉時期，詩所寫即作者藍田別業生活。詩亦載《全唐詩》卷二三九，題《幽居春暮書懷》。

〔一一〕「貧」，《全唐詩》注：「一作『閑』。」「臨湍」，《全唐詩》注：「一作『村端』。」

〔一二〕「帶」，《全唐詩》作「雜」。「洞」，《眼心抄》《全唐詩》作「屋」。茅洞：猶茅屋。

〔一三〕「鵲」，《全唐詩》作「雀」，注：「一作『鳥』。」「上」，《全唐詩》作「到」，注：「一作『至』。」

〔一四〕仙籙：即仙人籙，指神仙秘籍或道教經典。床：安放器物之支架、几案等。

〔一五〕「陰」，原作「音」，據《全唐詩》改。陰符：即《陰符經》，傳黃帝所撰兵書，此亦泛指道家經典。

〔一六〕春服：《論語·先進》：「莫春者，春服既成，冠者五六人，童子六七人，浴乎沂，風乎舞雩，詠而歸。」

〔一七〕「到」，《全唐詩》作「指」，注：「一作『到』。」杏壇：孔子講學之所，在魯東門外。

元氏曰〔一〕：聲有五聲，角徵宮商羽也。分於文字四聲，平上去入也。宮商爲平聲，徵爲上聲，羽爲去聲，角爲入聲〔二〕。故沈隱侯論云〔三〕：「欲使宮徵相變，低昂舛節〔四〕，若前有浮聲，則後須切響〔五〕。一簡之內，音韻盡殊；兩句之中，輕重悉異。妙達此旨，始可言文〔六〕。」固知調聲之義，其爲大矣〔七〕。調聲之術，其例有三。一曰換頭，二曰護腰，三曰相承。

【校箋】

〔一〕元氏：即元兢，見天卷序校箋。「元氏曰」以下至「三平向下承也」，出元兢《詩髓腦》。關於《詩髓腦》，見東卷「右六種對出元兢髓腦」注。

〔二〕五聲：《書·益稷》：「予欲聞六律、五聲、八音。」（《十三經注疏》）天卷《四聲論》引北齊李概《音譜決疑序》云：「竊謂宫商徵羽角，即四聲也。」元兢説繼承了李概説。又，《悉曇藏》卷二亦曰：「宫商爲平，以徵爲上，以羽爲去，以角爲入。」

〔三〕「侯」，原誤作「候」，今改。沈隱侯：即沈約。

〔四〕「徵」，《文選》《宋書》作「羽」。「低」，原作「位」，據《文選》《宋書》（中華書局一九七四年）改。「舛」，原作「殊」，《宋書》作「互」，據《文選》改。

〔五〕浮聲、切響：聲調二元，可能以浮聲指平聲，切響指側聲。

〔六〕自「欲使宫徵」至「始可言文」，沈約《宋書·謝靈運傳論》中文，又見《文選》卷五〇。

〔七〕「其爲大矣」，《校注》以意作「其爲用大矣」。

一，换頭者〔一〕。

若兢《於蓬州野望》詩云〔二〕：「飄颻宕渠域，曠望蜀門隈〔三〕。水共三巴遠，山隨八陣開〔四〕。橋形疑漢接〔五〕，石勢似煙迴。欲下他鄉淚，猿聲幾處催〔六〕。」此篇第一句頭兩字平，次句頭兩字去上入〔七〕。次句頭兩字去上入，次句頭兩字平。次句頭兩字又平，次句頭兩字去上入〔八〕。次句頭兩字又去上入，次句頭兩字又平〔九〕。如此輪轉，自初以終篇，名爲雙換頭〔一〇〕，是最善也。若不可得如此，即如篇首第二字是平，下句第二字是用去上入；次句第二字又用去上入，次句第二字又用平。如此輪轉終篇，唯換第二字，其第一字與下句第一字用平不妨〔一一〕。此亦名爲換頭，然不及雙換〔一二〕。又不得句頭第一字是去上入〔一三〕，次句頭用去上入，則聲不調也〔一四〕。可不慎歟〔一五〕。

【校箋】

〔一〕換頭：五言詩頭二字爲「頭」，其聲調輪轉變化稱爲換頭，有雙換頭（頭二字均輪換）、單換頭（惟換第二字）二種。《眼心抄》又稱爲「拈二」。此處以平聲與去上入三聲相對，實際已以平仄而論聲律。自梁劉滔之後，此爲四聲二元化更爲明確之認識。換頭實爲避平頭病，又不以四聲而以平仄論病，且强調單換頭，重第二字平仄互换，既提出相對兩句頭二字平仄互换，又提出上聯下句與下聯上句頭二字平仄相粘，實已近於近體詩之粘對之法。

〔二〕兢：即元兢。元兢自舉其詩爲例，故自稱其名。蓬州：北周武帝天和四年（五六九），割巴州之伏虞郡，隆州之隆城郡而置蓬州，在今四川省蓬安縣一帶。此詩《全唐詩》未收，《全唐詩逸》據此採録。

〔三〕「隈」，原作「隅」。「隅」不協韻，當爲「隈」形近而訛，今從《考文篇》改。宕渠：今四川渠縣一帶。蜀門：指劍門，在四川劍閣縣北，山勢險峻，亦代指蜀地。

〔四〕「遠」，原作「達」，據寶壽等本改。三巴：巴郡、巴東、巴西之合稱，相當於今重慶嘉陵江與綦江流域以東大部地區。八陣：三國時諸葛亮推演兵法，作八陣圖，在今重慶奉節。

〔五〕漢：謂天漢。

〔六〕「鄉」，原作「卿」，據高甲等本改。此爲元兢僅存之詩作。由詩意觀之，知元兢曾被貶於蓬州，詩當作於蓬州貶所。

〔七〕本段之「去上入」，《眼心抄》均作「側」。次句頭兩字去上入：例詩次句頭兩字「曠望」並是去聲。

〔八〕「頭」字下原衍「句」字，據三寶等本删。次句頭兩字去上入：例詩第六句「石勢」一入一去。

〔九〕所述格律，大體合於五言平頭正律勢尖頭。若將「上去入」换爲「仄」，自第一句到第八句爲：平平〇〇〇，仄仄〇〇〇。仄仄〇〇〇，平平〇〇〇。平平〇〇〇，仄仄〇〇〇。仄仄〇〇〇，平平〇〇〇。已合於律詩粘對之法。

〔一〇〕《眼心抄》目次作「七五言雙换頭，八單换頭」。

〔一一〕「其第一字」，「第」字原無，據高乙等本補。用平不妨，反映劉滔所謂平聲有用處多之思想。

〔一二〕此即《眼心抄》所謂「單换頭」。前述王昌齡《詩格》所謂「上句第二字重中輕，不與下句第二字同聲爲一管」云云，即合於元兢之單换頭。王昌齡之説當本於元兢。

〔一三〕疑「句頭」與「第一」倒誤，當作「第一句頭字是去上入」。

〔一四〕次句頭用去上入：上下句之第一字不可同爲去上入。西卷「第一平頭」引元兢説，曰《省試詩論》引《髓腦》云：「平頭有二等之病：上句第二字與下句第二字同聲者，巨病也，必避之；上句第一字、下句第一字同上去入者，雖立爲病之文，不避之。」（《本朝文粹》卷七，《新日本古典文學大系》，岩波書店一九九二年）均爲元兢説，可與此參看。

〔一五〕此下《眼心抄》尚有如下文字：「此换頭，或名拈二。拈二者，謂平聲爲一字，上去入爲一字，安第一句第二字，若上去入聲，與第二第三句第二字，皆須平聲，第四第五句第二字還須上去入聲，第六第七句第二字安平聲，以次避之。如庾信詩云：『今日小園中，桃華數樹紅。欣君一壺酒，細酌對春風。』『日』與『酌』同入聲。只如此體，詞合宫商，又復流美，此爲佳妙。」

二，護腰者。

腰，謂五字之中第三字也。護者，上句之腰不宜與下句之腰同聲〔一〕。然同去上入則不可，用平聲無妨也〔二〕。庾信詩曰〔三〕：「誰言氣蓋代〔四〕，晨起帳中歌〔五〕。」「氣」是第三字，上句之腰也，「帳」亦第三字，是下句之腰，此爲不調〔六〕。宜護其腰，慎勿如此也。

【校箋】

〔一〕護腰：上句之腰與下句之腰，即五言詩兩句之第三字與第八字不宜同聲。第三與第八之犯，一稱作「木枯」病。「木枯」病與水渾、火滅、金缺等病，均當爲初唐之説。同爲第三與第八字相犯，稱呼不一，或者説明此一聲病尚在探討之中，故未形成統一之稱呼。

〔二〕此謂同去上入不可用，用平聲則無妨，或者體現劉滔所言平聲有用處多之觀念。

〔三〕庾信（五一三—五八一）：字子山，北周文人。詩句出庾信《擬詠懷二十七首》其二十六。

〔四〕氣蓋代：項羽爲詩有「力拔山兮氣蓋世」之句，見《史記·項羽本紀》（中華書局一九五九年）。《校注》：「『代』，避唐諱改。」

〔五〕「帳」，原作「悵」，據江户刊本改。

〔六〕「氣」「帳」去聲，證明仄聲内不能同去聲。

三，相承者〔一〕。

若上句五字之内，去上入字則多〔二〕，而平聲極少者，則下句用三平承之。用三平之術，向上向下二途，其歸道一也。三平向上承者，如謝康樂詩云〔三〕：「溪壑斂暝色〔四〕，雲霞收夕霏〔五〕。」上句唯有「溪」一字是平，四字是去上入，故下句之上用「雲霞收」三平承之，故曰上承也。三平向下承者〔六〕，如王中書詩云〔七〕：「待君竟不至，秋雁雙雙飛〔八〕。」上句唯有一字是平，四去上入，故下句末「雙雙飛」三平承之，故云三平向下承也〔九〕。

【校箋】

〔一〕相承：《眼心抄》「十二種調聲」分「十向上相承，十一向下相承」二種。此爲五言句仄聲字過多時聲調平衡之法。

〔二〕「則」字疑衍或爲「甚」字之誤。

〔三〕謝康樂：謝靈運（三八五—四三三），劉宋文人，襲封康樂公，世稱謝康樂。舉謝靈運詩爲例，或因謝靈運較重聲律。

〔四〕此謝靈運《石壁精舍還湖中作》詩。「溪」，《文選》作「林」。

〔五〕此下《眼心抄》尚有「又王維詩云：『積水不可極，安知滄海東。』」十五字。唐王維二句詩爲《送秘書晁監還日本國》詩中句。詩爲玄宗天寶十二載（七五三）爲送阿倍仲麻呂（晁衡）歸國而作，元兢在初唐，不當引王維詩爲例。此或爲元兢之後唐人補入。

〔六〕「三」，原作「四」，與「下句末雙雙飛三平承之」者不合，據江户刊本改。

〔七〕王中書：王融（四六七—四九三），字元長，南齊詩人、駢文家，祖籍琅邪臨沂（今屬山東）。仕齊嘗爲中書郎，故稱王中書。《南齊書》卷四七、《南史》卷二一有傳。

〔八〕此王融《古意和王友德元二首》之一。上句「君」一字爲平聲。

〔九〕「三」字原脱，據醍甲等本補。

詩章中用聲法式〔一〕

凡上一字爲一句，下二字爲一句，或上二字爲一句，下一字爲一句三言。上二字爲一句，下三字爲一句五言〔二〕。上四字爲一句，下二字爲一句六言。上四字爲一句，下三字爲一句七言。

三言一平聲：驚七曜。詔八神。轉金蓋〔三〕。

二平聲：排閶闔。度天津。紛上馳〔四〕。

四言一平聲：寶運惟顯。世康禮博。有穆睟儀。愧棘愷悌〔五〕。

二平聲：凝金曉陸。紫玉山抽。丹羽林發。顧惟輕薄〔六〕。

三平聲：高邁堯風。仁風遐闡。皮鄉未群〔七〕。

【校箋】

〔一〕此篇討論三言至七言用聲法式。每句分爲上下兩個分句，乃考慮句子節奏。祇討論平聲，可稱之爲「詩章中平聲用聲法式」，乃是看重平聲之調聲作用。體現劉滔「平聲賒緩，有用處最多」之思想，或者保留有齊梁舊説。或者是用例句方式，討論不同數量及不同位置平聲字給人不同之聲律感受，從而探討最合適之平聲用法。上下分句，有沈約「五言之中，分爲兩句，上二下三」思想影響，而推廣至三言六言七言。篇中既引謝朓歌辭，並寫南方景致，又引庾信詩，寫河朔生活，作者當既瞭解江左作品，更熟悉河朔詩作。所引詩最晚爲庾信之作。本篇作於庾信之後無疑。南北兼融而更熟悉河朔生活及作品，作者可能爲北人，作年或者在南北文學交融或合流之後。既從沈約分句之説，又接受劉滔「平聲賒緩，有用處最多」觀念，作者應是熟悉沈約與劉滔思想之人。故本篇或者出隋劉善經《四聲指歸》。庾信之後，詩歌律化趨勢已很明顯，故本篇所引五言詩有不少律句。然本篇主要探討平聲之用聲法式，而非探討律體化問題，故又多有不合律體平仄之例句。

〔二〕「上二」三句：本書西卷《文二十八種病》「第三蜂腰」：「沈氏云：『五言之中，分爲兩句，上二下三。』」本處所謂「一句」，實指讀詩之一節奏，五言上二下三，六言上四下二，七言上四下三等。

〔三〕「驚」，《南齊書》作「警」。七曜：日月五星。八神：此當指八方之神。金蓋：金色麗天而圓如蓋。

〔四〕「馳」，原作「駄」，據《南齊書》改。閶闔：天門。天津：銀河。「度」爲「渡」之假借。以上例句見《南齊書·樂志》，又載《謝宣城集》卷一（《謝宣城集校注》，上海古籍出版社一九九一年），作《送神歌》。

〔五〕寶運：國運，皇業。槐棘：即三槐九棘，指三公九卿。愷悌：和樂平易。「寶運惟顯」四句出典未詳。《譯注》：「『有穆睟儀』，謝朓《侍宴華光殿曲水奉敕爲皇太子作》詩有『載神留矚，有睟天儀』。」

〔六〕紫玉：紫色寶玉。丹羽：赤色羽毛。《譯注》：「凝金曉陸：梁簡文帝《三日侍皇太子曲水宴詩》：『驪騎晨野，摐金曉陸。』凝，或者爲『摐』之訛。『顧惟輕薄』，簡文帝同詩：『顧惟菲薄，徒承恩裕』。」餘二句出典未詳。

〔七〕皮鄉：維寶箋：「走獸之鄉也。如《寶鑰》云『魚鱉鄉』。」《校注》作「皮卿」。仁風遐闡：《譯注》：「晉潘岳《爲賈謐作贈陸機詩》：『大晉統天，仁風遐揚』與之相近。」餘二句出典未詳。

五言一平聲：九州不足步〔一〕。目擊道存者〔二〕。

二平聲：玄經滿狹室〔三〕。緑水湧春波。雨數斜滕斷。蒙縣闞莊子〔四〕。永慚問津所〔五〕。詠哥殊未已。百行咸所該〔六〕。

三平聲：披書對明燭〔七〕。蘭生半上階。無論更漏緩〔八〕。天命多羸仄。終闕九丹成〔九〕。水潢衆澮來。洊雷揚遠聲〔一〇〕。

四平聲：儒道推桓榮〔一一〕。非關心尚賢〔一二〕。

【校箋】

〔一〕九州不足步：魏曹植《五遊詠》中句。此句西卷《文二十八種病》蜂腰病劉善經引劉滔說，亦作爲五言一平聲之例。

〔二〕目擊道存者：出典未詳。《莊子·田子方》：「若夫人者，目擊而道存矣。」

〔三〕玄經：一指揚雄《太玄經》，此當指《老子》。

〔四〕蒙縣：莊周生宋國睢陽蒙縣。

〔五〕問津：《論語·微子》：「長沮、桀溺耦而耕，孔子過之，使子路問津焉。」

〔六〕百行：《詩·衛風·氓》：「士之耽兮，猶可説也」鄭玄箋：「士有百行，可以功過相除。」「玄經滿狹室」七句：出典均未詳。然「百行」句，梁劉孝威《奉和簡文帝太子》詩有「百行紀司成」，又有「七經咸所精」（《藝文類聚》卷一六）。

〔七〕披書對明燭：《西京雜記》卷二：「（匡衡）勤學而無燭，鄰舍有燭而不逮，衡乃穿壁引其光，以書映光而讀之。」（四部叢刊本）

〔八〕更漏：古代以滴漏計時之器。

〔九〕九丹：《抱朴子·金丹》：「九丹者，長生之要，非凡人所當見聞也。」（《諸子集成》，上海書店一九八六年）

〔一〇〕洊雷揚遠聲：梁劉孝威《奉和簡文帝太子》中句。《易·震卦·象傳》：「洊雷，震。」「三平聲」其餘六句出典未詳。

〔一一〕儒道推桓榮：劉孝威《奉和簡文帝太子》中句。桓榮：東漢初期人。

〔一三〕非關心尚賢：出典未詳。

六言二平聲：合國吹饗蜡賓〔一〕。沙頭白鶴自儛。次宿密縣華亭〔二〕。將士來迎道側。日月馳邁不停。仰瞻梓柚葉青〔三〕。八花沸躍神散〔四〕。

三平聲：客行感思無聊〔五〕。停車向路不乘。奄忽縱橫無益。洞口青松起風。憂從中發愴愴。何不歸棲高觀。不爲時王所顧〔六〕。

四平聲：蒸丹暫來巖下〔七〕。柴門半掩恒雲。濛濛霖雨氣凝。況又流飄他方。南至滎陽停息。何爲貪生自謫。身爲灰土消爛〔八〕。

五平聲：蓬萊方丈相通〔九〕。人生幾何多憂〔一〇〕。風起塵興暝暝。登高臨河顧西〔一一〕。

【校箋】

〔一〕合國吹饗蠟賓：《南齊書・樂志》引謝朓《雩祭歌辭》八首《黑帝》中句。

〔二〕華亭：在今上海松江縣西，吳亡入洛之前，晉陸機常與弟遊於華亭墅中，《世説新語・尤悔》：「陸平原河橋敗，爲盧志所讒，被誅，臨刑歎曰：『欲聞華亭鶴唳，可復得乎？』」（《世説新語箋疏》，上海古籍出版社一九九三年）用作感慨生平，悔入仕途之典。

〔三〕《列子・湯問》：「吳楚之國有大木焉，其名爲櫾，碧樹而冬青，實丹而味酸，……度淮北而化爲枳焉。」（《諸子集成》）維寶箋本加地哲定注：「梓，『橘』之訛歟？」

〔四〕「沙頭白鶴自僊」以下六句出典未詳。

〔五〕「客」，原作「容」，據三寶等本改。

〔六〕「王」，原字不清，不明作「干」或作「于」，原有訓注：「ヲカサ」（「王？」），今從原注作「王」。時王：當代君王。「客行感思無聊」以下七句出典未詳。

〔七〕蒸丹：道教補導服餌之術，傳晉武帝時人李方回等學道於華陰山中，從仙人管城子受此法，《太平御覽》卷六六二、六六九等有載録。

〔八〕「蒸丹暫來巖下」以下七句出典未詳。

〔九〕蓬萊方丈：傳説中的神山，在渤海中。

〔一〇〕魏曹操《短歌行》：「對酒當歌，人生幾何。」（《文選》卷二七）

〔一一〕「蓬萊方丈相通」以下四句出典未詳。

七言二平聲：將軍一去出湖海〔一〕。信是薄命向誰陳。井上雙桐未掩鳳〔二〕。嫁得作賦彈琴聲。寒雁一一渡遼水〔三〕。誰堪坐感篋裏扇〔四〕。三平聲：相抱長眠不願起。自有傾城蕩舟妾〔五〕。燕宫美女舊出名〔六〕。復娉無雙獨立人〔七〕。二人拂鏡開珠幕。都護府裏無相識〔八〕。岱北雲氣晝昏昏〔九〕。自從將軍出細柳〔一〇〕。左掖深閨行且宜〔一一〕。聊看玉房素女術〔一二〕。

四平聲：秋鴻千百相伴至。曾儛纖腰入金谷[一三]。妾用丹霞持作衣。燕山去塞三千里[一四]。金門巧咲本如神。洛城秋風依竹進。玉釵長袖共留賓。唯見《張女》《玄雲》調[一五]。河畔青青唯見草[一六]。前期歲寒保一雙[一七]。

五平聲：高樓岹嶢連粉壁[一八]。可憐春日桃花敷。忖時俱來堪見迎。鴛鴦多情上織機。雲歸沙幕偏能暗[一九]。還嗟團扇匣中秋。深入違違偏易平。將軍勒兵討遼川。初言度燕征玄菟[二〇]。

六平聲：朝朝愁向猶思床。桃花藟蘛無極妍[二一]。春山興雲盡如羅[二二]。

【校箋】

〔一〕「湖」，原作「潮」，據江户刊本改。

〔二〕魏曹叡《猛虎行》：「雙桐生空井，枝葉自相加。」（《藝文類聚》卷八八）

〔三〕「寒雁」句，《校勘記》：「『一一』爲『丁丁』之形訛歟。」庾信《燕歌行》：「寒雁嗈嗈渡遼水，桑葉紛紛落薊門。」（《庾子山集注》卷二，中華書局一九八〇年）「嗈嗈」一作「丁丁」，一作「一一」。

〔四〕漢班婕妤《怨歌行》：「裁爲合歡扇，團團似明月。……棄捐篋笥中，恩情中道絶。」。除「寒雁一一度遼水」句外，「二平聲」「將軍一去出湖海」等五句出典未詳。

〔五〕傾城：《漢書·外戚傳》載李延年歌：「北方有佳人，絶世而獨立。一顧傾人城，再顧傾人國。」

蕩舟妾：《韓非子·外儲説左上》：「蔡女爲桓公妻，桓公與之乘舟。夫人蕩舟，桓公大懼。」（《諸子集成》）

〔六〕《漢武故事》：「又上起明光宫，發燕趙美女二千人充之。」（《太平御覽》卷一七三）

〔七〕無雙：《莊子·盜跖》：「生而長大，美好無雙。」獨立人：即上引李延年歌所謂絶世而獨立之人，指李夫人。

〔八〕都護：官名，漢宣帝時置西域都護，爲西域地區最高長官。

〔九〕岱北雲氣晝昏昏：庾信《燕歌行》中句，「岱」作「代」。代北：今山西北部河北西北部一帶。

〔一〇〕自從將軍出細柳：庾信《燕歌行》中句。細柳：漢將軍周亞夫屯軍細柳營，在今陝西咸陽西南渭河北岸。

〔一一〕左掖：唐時指門下省，此處當指宫城正門左側小門。

〔一二〕玉房：玉飾之屋，多指神仙住處。素女：傳説中古代神女。或言其善房中術或養生術，素女術當指此。「三平聲」「相抱長眠不願起」十句，除「岱北雲氣晝昏昏」「自從將軍出細柳」二句外，其餘八句出典未詳。

〔一三〕纖腰：晉石崇之家妓緑珠，此處泛指富貴人家能歌善舞之家妓。金谷：晉巨富石崇所築之金谷園，此當泛指富貴人家豪華園林。

〔一四〕燕山：指燕山山脈，在河北平原北側。又，今蒙古人民共和國境内之燕然山亦稱燕山。

〔一五〕《張女》《玄雲》：並曲名，後借指仙歌妙曲。

〔一六〕《古詩十九首》其二：「青青河畔草，鬱鬱園中柳。」（《文選》卷二九）

〔一七〕四平聲「秋鴻千百相伴至」以下十句出典未詳。

〔一八〕「岹」，原作「迢」，據三寶等本改。

〔一九〕沙幕：即沙漠。

〔二〇〕「菟」，原作「菟」，從維寶箋加地哲定校改。玄菟：古郡名，漢武帝置，轄今遼寧東部及朝鮮咸鏡道一帶，後泛指邊塞要地。五平聲「高樓岹嶢連粉壁」以下九句出典未詳。

〔二一〕藟蓲：花盛開貌。

〔二二〕六平聲「朝朝愁向猶思床」以下三句出典未詳。

七種韻〔一〕

凡詩有連韻、疊韻、轉韻、疊連韻、擲韻、重字韻、同音韻〔二〕。

一，連韻者。第五字與第十字同音〔三〕，故曰連韻。如湘東王詩曰〔四〕：「嶰谷管新抽〔五〕，淇園竹復脩〔六〕。作龍還葛水〔七〕，爲馬向并州〔八〕。」此上第五字是「抽」，第十字是「脩」，此爲佳也〔九〕。

二，疊韻者〔一〇〕。詩云：「看河水漠瀝，望野草蒼黄。露停君子樹〔一一〕，霜宿女娃蕫〔一二〕。」此爲美矣。

三，轉韻者〔一三〕。詩云〔一四〕：「蘭生不當門〔一五〕，别是閑田草。夙被霜露欺〔一六〕，紅榮已先老。謬接瑶花枝〔一七〕，結根君王池。顧無馨香美，叨沐清風吹〔一八〕。餘芳若可佩，卒歲長相隨。」

四，疊連韻者〔一九〕。第四、第五與第九、第十字同韻，故曰疊連韻。詩曰：「羇客意盤桓，流淚下蘭干。雖對琴觴樂，煩情仍未歡〔二〇〕。」此爲麗也。

【校箋】

〔一〕天卷序與《眼心抄》作「八種韻」。蓋空海初稿本有連韻、疊韻、轉韻、疊連韻、擲韻、重字韻、同音韻等「七種韻」，修訂時加上交鏁韻作「八種韻」，然修訂之内容未寫入天卷正文，祇寫入《眼心抄》。故《文鏡秘府論》正文題仍作「七種韻」。此至「此無妨也」，原典未詳，引李白詩，疑爲中唐文獻。

〔二〕「同音韻」下《眼心抄》有「交鏁韻」。

〔三〕「音」，疑「韻」字形訛。

〔四〕湘東王：即梁元帝蕭繹（五〇八—五五五）。此蕭繹《賦得竹》詩（《藝文類聚》卷九八）前四句。

〔五〕嶰谷：崑崙山北谷名。漢應劭《風俗通義·聲音序》：「昔黄帝使伶倫自大夏之西，崑崙之陰，取竹於嶰谷，生其竅厚均者，斷兩節而吹之，以爲黄鐘之管。」（四部叢刊本）

〔六〕「竹」，《藝文類聚》等作「節」。淇園：在今河南淇縣西北，産竹。《詩·衛風·淇奥》：「瞻彼淇奥，緑竹猗猗。」

〔七〕作龍還葛水：費長房隨壺公入深山，以竹杖與騎，須臾還家，以杖投葛陂中化作龍，見《後漢書·方術傳》。

〔八〕爲馬向并州：《後漢書·郭伋傳》：「伋前在并州，素結恩德，……始至行部，到西河美稷，有童兒數百，各騎竹馬，道次迎拜。」（中華書局一九六五年）

〔九〕「抽」「脩」同屬尤韻，故爲連韻。

〔一〇〕此詩中「蒼黄」疊韻而押韻，故爲「疊韻」，實爲疊韻之韻。

〔一一〕君子樹：木名，似松。

〔一二〕「娃」，原作「姓」，據寶壽等本改。《譯注》作「生」。「霜宿女娃薑」句難解。「女娃薑」，或疑作「女生薑」。《後漢書·左慈傳》：「既已得魚，恨無蜀中生薑。」。一疑爲「女貞橿」之訛。「女貞」一名冬青。橿：《廣韻》：「一名檍，萬年木。」（《廣韻校本》，中華書局二〇〇四年第三版）此四句詩題及出典未詳。

〔一三〕轉韻乃篇中由一韻轉爲另一韻。如下引例詩，前四句「草」「老」上聲皓韻轉爲後六句「枝」「池」「隨」平聲支韻。

〔一四〕此引李白《贈友人》詩全篇。

〔一五〕「門」，《李白集校注》作「户」（上海古籍出版社一九八〇年）。蘭生：《三國志·蜀書·周群傳》：先主殺張裕，諸葛亮救之，先主曰：「芳蘭生門，不得不鉏。」

〔一六〕「夙」，原作「風」，據《李白集校注》改。

〔一七〕「瑶」，原作「摇」，據《李白集校注》改。

〔一八〕「沐」，原作「沫」，據《李白集校注》改。

〔一九〕疊連韻乃第四、第五與第九、第十字同韻，即用疊韻之詞連續押韻，如下引例詩，首句盤桓，二句闌干，均疊韻詞而連韻，得音韻迴環往復之趣，可看作疊韻與下文連韻之合用。

〔二〇〕詩題及撰者未詳。

五，擲韻者〔一〕。詩云：「不知羞，不敢留。但好去，莫相慮。孤客驚，百愁生。飯蔬簞食〔二〕，樂道忘饑，陋巷不疲〔三〕。」此之謂也。又曰：「不知羞，不肯留。集麗城，夜啼聲。出長安，過上蘭〔四〕。指楊都〔五〕，越江湖。念邯鄲〔六〕，忘朝飡。但好去，莫相慮〔七〕。」

六，重字韻者〔八〕。詩云：「望野草青青，臨河水活活〔九〕。斜峰纜行舟，曲浦浮積沫〔一〇〕。」此爲善也。

七，同音韻者〔一一〕。所謂同音而字别也〔一二〕。詩曰：「今朝是何夕，良人誰難覿。中心實憐愛，夜寐不安席〔一三〕。」此上第五字還是「席」〔一四〕，此無妨也〔一五〕。

【校箋】

〔一〕擲韻既連韻，又轉韻，二句連韻，又二句一轉韻，擲去原韻，轉安新韻。如下引例詩一，一二句「羞」「留」尤韻，三四句「去」「慮」轉御韻，五六句「驚」「生」轉庚韻，八九句「饑」「疲」再轉支韻。例詩二，一二句「羞」「留」尤韻，三四句「城」「聲」轉清韻，五六句「安」「蘭」轉寒韻，七八句「都」「湖」轉模韻，九十句「鄲」「飡」轉寒魂韻，末二句「去」「慮」再轉御韻。

〔二〕飯蔬簞食：《論語·述而》：「飯蔬食飲水，曲肱而枕之，樂亦在其中矣。」《論語·雍也》：「一簞食，一瓢飲，在陋巷，人不堪其憂，回也不改其樂。賢哉，回也！」

〔三〕「陋巷」，原作「巷陋」，據寶壽等本改。此數句《校注》斷句如下：「飯蔬簞食樂道，忘饑陋巷不

「疲」字平聲支韻，支脂通押。「食」字入聲職韻。除「食」字不合韻外，其餘均合「擲韻」之格。

疲。」《譯注》斷句如下：「飯蔬簞，食朝飡。樂道忘饑，陋巷不疲。」並不取。「饑」字平聲脂韻，

〔四〕上蘭：漢上林苑宫觀名。

〔五〕楊都：揚州，南北朝時亦指建康。

〔六〕邯鄲：戰國趙國國都。沈既濟《枕中記》述，盧生在邯鄲客店中遇道士吕翁，用其所授瓷枕，睡夢中歷數十年榮華富貴，及醒，店主炊黄粱未熟。沈既濟卒貞元中，《枕中記》述開元故事。此處云「念邯鄲，忘朝飡」，疑由枕上黄粱故事推衍而成。若然，益證此篇爲中唐之作。

〔七〕二詩詩題及撰者未詳，是否爲同一詩亦有疑問。

〔八〕重字韻爲用重字押韻，如下舉例詩，「活活」爲重字押韻。

〔九〕活活：水流聲。一説，水流貌。

〔一〇〕詩題及撰者未詳。

〔一一〕同音韻爲同音之字押韻，如例詩，第五字「夕」與第四句末字「席」同音而押韻。

〔一二〕「所」，《眼心抄》闕。如例詩，字别音同之字押韻，是爲同音韻。

〔一三〕詩題及撰者未詳。

〔一四〕「席」字下《校注》引任注據意補「音」字。

〔一五〕檢上古至唐詩歌，同音押韻甚爲普遍。此謂「此無妨也」，或者時人於同音字押韻看法有異，

《八種韻》作者即就此作答。「同音而字别」無妨，同音又同字是否亦無妨，作者未細述。

以上《文鏡秘府論箋》卷第二。

【附録】

《眼心抄》此下尚有「八交鏁韻」，今附録並校箋如下：

八，交鏁韻。

王昌齡《秋興》詩云[一]：「日暮此西堂，涼風洗脩木。著書在南窗，門館常肅肅。苔草彌古亭，視聽轉幽獨。或問予所營，刈黎就空谷[二]。」

【校箋】

〔一〕此詩偶句木、肅、獨、谷同押入聲屋韻，奇句堂（唐韻）、窗（江韻）同押，亭（青韻）、營（清韻）同押，奇句和偶句交錯押韻，故爲交鏁韻。

〔二〕《全唐詩》卷百四十一録有此詩，「此西」作「西北」，「彌古亭」作「延古意」，「予」作「余」，「黎」作「黍」，「空」作「寒」。崗田充博《登科前後的王昌齡（中）》謂此詩作於開元十四年王昌齡退居灞陵時。

四聲論〔一〕

論曰：經案，陸士衡《文賦》云〔二〕：「其爲物也多姿，其爲體也屢遷。其會意也尚巧，其遣言也貴妍〔三〕。暨音聲之迭代，若五色之相宣。」又云：「豐約之裁〔四〕，俯仰之形，因宜適變，曲有微情。或言拙而喻巧，或理樸而辭輕。或襲故而彌新，或沿濁而更清〔五〕。譬猶儛者赴節以投袂，歌者應絃而遣聲〔六〕。」文體周流，備於茲賦矣。陸公才高價重，絶世孤出，實辭人之龜鏡，固難得文名焉〔七〕。至於四聲條貫，無聞焉爾〔八〕。李充之製《翰林》〔九〕，褒貶古今，斟酌病利，乃作者之師表。摯虞之《文章志》〔一〇〕，區别優劣，編輯勝辭，亦才人之苑囿。其於輕重巧切之韻，低昂曲折之聲，並闕之胸懷，未曾開口〔一一〕。縱復屈、宋奮飛於南楚〔一二〕，揚、馬馳騖於西蜀〔一三〕，或昇堂擅美，或入室稱奇〔一四〕，爭日月之光，竦陵雲之氣〔一五〕。敬通、平子，分路揚鑣；武仲、孟堅，同塗競遠〔一六〕。曹植、王粲、孔璋、公幹之流〔一七〕，潘岳、左思、士龍、景陽之輩〔一八〕，自《詩》《騷》之後，晉、宋已前，杞梓相望〔一九〕，良亦多矣。莫不揚藻敷萼，文美名香，飇彩與錦肆爭華，發響共珠林合韻。然其聲調高下，未會當今，脣吻之間〔二〇〕，何其滯歟〔二一〕。

【校箋】

〔一〕以下《文鏡秘府論箋》卷第三。此篇《四聲論》典出劉善經《四聲指歸》。潘重規《四聲指歸定本箋》:「此論屢稱『經案』『經以爲』『經數聞』『經每見』云云,稱名立論,乃古人著述之體。隋代大儒劉炫爲《五經述議》,亦常稱炫案、炫以爲。此一證也。此論歷引南北朝諸家之説,反覆論辯,於南士則曰『吴人』,曰『江表人士』,於北朝群公則稱其位號:曰魏定州刺史甄思伯,曰魏秘書常景,曰齊僕射陽休之,曰齊太子舍人李節。至若北朝之君,必稱其謚,而南朝諸帝,則直斥其名:曰梁主蕭衍,曰蕭賾。其出自北人之手無疑。此二證也。此論引據頗豐,若陸機《文賦》、李充《翰林》、摯虞《文章志》、沈約《四聲譜》、劉滔、蕭子顯《齊書》、後魏《文苑序》、劉勰《雕龍》、鍾嶸《詩評》、王斌《五格四聲論》、甄思伯《論》、沈氏《答甄公論》、常景《四聲讚》、陽休之《韻略》、李季節《音譜決疑》等,無一非隋以前人著作。此三證也。」(《新亞書院學術年刊》第四期,一九六二年)

〔二〕陸士衡:陸機,參南卷《集論》引《文賦》校箋。《文賦》,載《文選》卷一七,詳見南卷。

〔三〕「妍」下原衍「䀹」字,據三寶等本删。

〔四〕「裁」,原作「齋」,據高甲等本改。

〔五〕「或沿濁而更清」之下,《文選》有「或覽之而必察,或研之而後精」二句。

〔六〕此爲《文賦》對文章音樂性之論述,然僅一般性涉及,未有更具體之論述,雖音聲迭代(平平仄仄)、五色相宣(仄仄平平)恰平仄相對,恐爲偶合。故下文善經謂其「至於四聲條貫,無聞焉爾」。

〔七〕龜鏡:龜能卜吉凶,鏡能别美醜,皆可爲後世取法者。「文名」:《校注》:「『文』疑當作『而』。」

〔八〕條貫:條理,系統。以上謂陸機《文賦》於四聲規則並無明確認識。

〔九〕李充:晉人,生卒年不詳,《隋書·經籍志》總集類:「《翰林論》三卷,李充撰。梁五十四卷。」(中華書局一九七三年)《玉海》卷六二引《中興書目》:「《翰林論》二十八篇,論爲文體要。」(四庫全書本)《晉書·文苑傳序》謂「《翰林》總其菁華」,疑《翰林》者爲總集名,故有五十四卷之多,而其評論則爲《翰林論》,善經所言,乃兼指《翰林論》。

〔一〇〕摯虞(?—三一一):字仲洽,京兆長安(今陝西西安)人,晉文論家,《晉書》卷五一有傳。其著作,《晉書》本傳載:「《文章志》四卷,注解《三輔決録》,又撰古文章,類聚區分爲三十卷,名曰《流别集》,各爲之論,辭理愜當,爲世所重。」《隋書·經籍志》總集類:「總集者,以建安之後,辭賦轉繁,衆家之集日以滋廣,晉代摯虞,苦覽者之勞倦,於是採擿孔翠,芟翦繁蕪,自詩賦以下,各爲條貫,合而編之,謂爲《流别》。」「《文章流别集》四十一卷。梁六十卷,志二卷,論二卷,摯虞撰。《文章流别志論》二卷。摯虞撰。」史部簿録類:「《文章志》四卷。摯虞撰。」摯虞《文章志》《文章流别集》《文章流别論》均已佚,片斷散見於《北堂書抄》《藝文類聚》《太平御覽》等書中,嚴可均《全上古三代秦漢三國六朝文》、張鵬一《關隴叢書》及許文雨《文論講疏》有輯佚。

〔二〕「其於」四句：「之聲並閟」四字，原作小字注於一旁，據三寶等本作正文。切：切合。輕重、低昂，均指聲韻之對立變化。閟：關門，引申爲隱藏。以上謂《翰林》《文章志》未論及聲韻規則。

〔三〕屈宋：屈原（前三四三？—前二七七？）、宋玉（生卒年不詳），均爲戰國楚辭代表作家。

〔三〕「馬馳」三字原無，眉注「馬馳」，據三寶等本補。揚馬：揚雄（前五三—一八）、司馬相如（前一七九—前一一七），均爲西漢大賦代表作家，且均爲西蜀成都人。

〔四〕「擅」，原作「檀」，據三寶等本改。昇堂、入室：《論語·先進》：「子曰：『由也升堂矣，未入於室也。』」揚雄《法言·吾子》：「如孔氏之門用賦也，則賈誼升堂，相如入室矣。」（《諸子集成》）

〔五〕「爭日」二句：劉安《離騷傳》：「《離騷》推其志，雖與日月爭光可也。」（《史記·屈原賈生列傳》）《史記·司馬相如列傳》：「相如既奏《大人之頌》，天子大説，飄飄有淩雲之氣，似遊天地之閒意。」

〔六〕敬通：馮衍（生卒年不詳），字敬通。平子：張衡（七八—一三九，字平子。武仲：傅毅（？—九〇？），字武仲。孟堅：班固（三二—九二），字孟堅。四人並漢文學家。

〔七〕曹植（一九二—二三二）：字子建。王粲（一七七—二一七）：字仲宣。孔璋：陳琳（一五六—二一七），字孔璋。公幹：劉楨（？—二一七），字公幹。四人並建安文學代表。

〔八〕潘岳（二四七—三〇〇）：字安仁。左思（二五二？—三〇六？）：字太沖。士龍：陸雲（二六二—三〇三），字士龍。景陽：張協（生卒年不詳），字景陽。四人並西晉代表作家。

〔一九〕杞梓：並良材，語出《左傳》襄公二十六年。

〔二〇〕脣吻：《文心雕龍·聲律》：「吐納律吕，脣吻而已。」「吹律胸臆，調鍾脣吻。」

〔二一〕以上言歷代名家文采斐然，而未明四聲之理，脣吻之韻。

夫四聲者，無響不到，無言不攝〔一〕，總括三才〔二〕，苞籠萬象。劉滔云〔三〕：「雖復雷霆疾響，蟲鳥殊鳴，萬籟爭吹，八音遞奏〔四〕，出口入耳，觸身動物，固無能越也。」唯當形聲之外，言語道斷〔五〕，此所不論。竟蔑聞於終古，獨見知於季代〔六〕，亦足悲夫。雖師曠調律，京房改姓，伯喈之出變音，公明之察鳥語〔七〕，至於此聲，竟無先悟〔八〕。且《詩》《書》《禮》《樂》，聖人遺旨，探賾索隱〔九〕，亦未之前聞〔一〇〕。

宋末以來，始有四聲之目〔一一〕。沈氏乃著其譜、論〔一二〕，云起自周顒〔一三〕。故沈氏《宋書·謝靈運傳》云〔一四〕：「五色相宣，八音協暢，玄黄律吕〔一五〕，各適物宜。故使宫羽相變，低昂舛節〔一六〕，若前有浮聲，則後須切響〔一七〕。一簡之内，音韻盡殊；兩句之中，輕重悉異。妙達此旨，始可言文。至於先士茂制，諷高歷賞〔一八〕，子建函谷之作〔一九〕，仲宣霸岸之篇〔二〇〕，子荆零雨之章〔二一〕，正長朔風之句〔二二〕，並直舉胸懷，非傍經史〔二三〕，正以音律調韻，取高前式。」劉滔亦云：「得者闇與理合，失者莫識所由〔二四〕。唯知齟齬難安〔二五〕，未悟安之有術。若『南國有佳人』『夜半不能寐』〔二六〕，豈用意所得哉〔二七〕？」蕭子顯《齊書》云〔二八〕：「沈約、謝朓、王融〔二九〕，以氣類相推，文用宫商〔三〇〕，平上去入爲四聲，世呼爲永明體〔三一〕。」

【校箋】

〔一〕「言」疑爲「音」字之誤。凡聲皆或平或上或去或入，皆可歸之於四聲，故曰「夫四聲者，無響不到，無言（音）不攝」。

〔二〕三才：《易·繫辭下》：「有天道焉，有人道焉，有地道焉，兼三才而兩之，故六。」

〔三〕「滔」，原作「洎」，據三寶等本改。劉滔：未詳。《梁書·劉昭傳》：「（昭）子縚，字言明，亦好學，通《三禮》，大同中爲尚書祠部郎，尋去職，不復仕。」（中華書局一九七三年）又《南史·劉昭傳》附傳亦云：「（昭）子縚，字言明，亦好學，通《三禮》。位尚書祠部郎。著《先聖本紀》十卷行於世。」（中華書局一九七五年）劉滔與劉縚當爲一人。西卷《文二十八種病》《文筆十病得失》亦轉引有劉滔之説。

〔四〕八音：金石土革絲木匏竹之音。

〔五〕形聲：形體聲音，形跡聲響。言語道斷：《維摩經·見阿閦佛品》：「一切言語道斷。」（《中華大藏經》十五册）

〔六〕季代：末世。

〔七〕師曠：春秋晉平公時樂師。《孟子·離婁上》：「師曠之聰，不以六律，不能正五音。」京房（前七七—前三七）：西漢易學家、律學家。《漢書·京房傳》：「（京房）好鍾律，知音聲，……房本姓李，推律自定爲京氏。」蔡邕（一三三—一九二）：字伯喈，東漢文人，妙操音律。「變音」指因琴聲中有殺心而音變。蔡邕聞鄰人之客彈琴有變音而出，事見《後漢書·蔡邕傳》。管輅（二〇九—二五六）：字公明，三國時方術家。管輅察鳥語，事見《三國志·魏書·管輅傳》。

〔八〕此聲：平上去入之四聲。《校勘記》：「『此』爲『四』音訛歟。」自「雖復雷霆疾響」起，劉善經引劉滔語，一本至「亦足悲夫」止，一本至「竟無先悟」止。稱齊梁爲風教衰落之「季代」，爲隋時人語。齊梁劉滔不當自言「季代」。故劉善經引劉滔語，當至「固無能越也」止，其餘均爲劉善經評述之語。

〔九〕探賾索隱：語出《易·繫辭上》。

〔一〇〕《禮記·檀弓》：「我未之前聞。」以上言四聲之理生於自然，而歷代聖哲，未之前聞。

〔一一〕周顒當最早提出四聲之目。梁鍾嶸《詩品序》：「王元長創其首，謝朓、沈約揚其波。」《詩品集注》，上海古籍出版社一九九四年）《梁書·庾肩吾傳》：「文士王融、謝朓、沈約，文章始用四聲。」所言均爲用四聲，而非提出四聲。且宋末（四七九年）王融始十三歲，不當提出四聲。《南史·陸厥傳》曾言王斌著《四聲論》行於時，而王斌爲梁時人。四聲之目之最早提出，仍當爲周顒。漢語本有四聲之調。四聲用平上去入四字，或與樂府有關。四聲發現或與反語流行有關，或受悉曇學影響，與佛經誦法、吠陀三聲有關。

〔一二〕沈氏：沈約。關於沈約《四聲譜》，詳下文校箋。由句義觀之，沈約當既著有「譜」，又著有

「論」，「譜」「論」當爲兩種，沈約之「譜」當即指《四聲譜》。沈約關於四聲之「論」則未見史載，或者即指其論及聲律之《宋書·謝靈運傳論》，或者《隋書·經籍志》《通志略》所載之《四聲》即爲《四聲論》亦未可知，或者沈約另有關於四聲之「論」一類的著作，或者其所著《四聲譜》，有譜有論。

〔一三〕周顒：字彦倫，南朝宋齊間文人、音韻學家、佛學家，約生於四四一年，卒於永明八年（四九〇）之後，永明十一年（四九三）之前，一説卒於永明十一年至隆昌元年（四九四）年間。傳見《南史》及《南齊書》本傳。《南史·周顒傳》載：「（周顒）始著《四聲切韻》行於時。」周顒正當佛教新潮濃烈氛圍，梵語及誦讀以一語言新現象而進入中土，時人以新視角審視傳統事物包括語言現象及漢語四聲之時，周顒發現四聲，與其音感與佛教及悉曇學造詣有關。又，其佛教與鳩摩羅什有承傳關係。鳩摩羅什所精通之西方辭體，所引入之婆羅門誦法，或者因此爲周顒所承傳。又《高僧傳》卷一「譯經上」及《出三藏記集》卷一三《經唄導師集》均記載康僧會所傳泥洹唄聲對其時轉讀有影響。據《出三藏記集》卷一一載周顒《抄成實論序》，知周顒恰研習過《泥洹》，其所研習者當即康僧會所傳之泥洹唄聲。「雖或時講」，所謂「講」即誦讀轉讀，此或亦促使其發現四聲。周顒所著《四聲切韻》，或者將四聲與反切合論。

〔一四〕「謝靈運傳云」，原作「謝靈運云」。據《宋書》、維寶箋本補「傳」字。沈約《宋書·謝靈運傳論》亦載《文選》卷五〇。

〔一五〕「玄黄」上，《宋書》《文選》有「由乎」二字。玄黄：天地之色，引申指文采。律吕：音律。

〔一六〕「故」，《宋書》及《文選》作「欲」。「舛」，原誤作「叶」，《宋書》作「互」，今據《文選》改。

〔一七〕「若」字原無，據《宋書》《文選》補。「須」，原作「有」，據《宋書》及《文選》改。

〔一八〕制：創造製作之作品。諷高歷賞：李善注：「言諷詠之者，咸以爲高，歷載辭人，所共傳賞。」

〔一九〕子建函谷之作：指曹植《又贈丁儀王粲》詩，首二句爲：「從軍度函谷，驅馬過西京。」（《文選》卷二四）

〔二〇〕霸岸之篇：指漢王粲《七哀詩》，其中二句爲：「南登灞陵岸，迴首望長安。」（《文選》卷二三）

〔二一〕子荆零雨之章：孫楚《征西官屬送於涉陽候作》詩，其首二句爲：「晨風飄歧路，零雨被秋草。」（《文選》卷二〇）孫楚（？—二九三），晉詩人，字子荆。

〔二二〕正長朔風之句：王讚《雜詩》，首二句爲：「朔風動秋草，邊馬有歸心。」（《文選》卷二九）。王讚（？—三一一），晉詩人，字正長。

〔二三〕「直」，原作「宜」；「非」，原作「作」，據《宋書》《文選》改。「懷」，《宋書》《文選》作「情」。「經史」，《宋書》《文選》作「詩史」。

〔二四〕「識」，原作「誠」，從《四聲指歸定本箋》改。沈約《宋書·謝靈運傳論》：「至於高言妙句，音韻天成，皆闇與理合，匪由思至。」

〔二五〕「難」，原作「雖」，從《四聲指歸定本箋》改。齟齬：此指文辭不協調。

〔二六〕南國有佳人：出曹植《雜詩六首》其四。夜半不能寐：出阮籍《詠懷詩》其一。

〔二七〕以上引沈約《宋書·謝靈運傳論》舉曹植《又贈丁儀王粲》、王粲《七哀詩》、孫楚《征西官屬送於涉陽候作》、王讚《雜詩》等四篇詩作，劉滔之論舉曹植《雜詩六首》其四及阮籍《詠懷詩》其一。沈約、劉滔並非謂六詩八病全無，完善無缺，而是謂其中有高言妙句，有音韻天成之句。先士六詩不少病犯，然亦有不少處並未犯病。多單字平仄相間及交錯疊用四聲之句，此正所謂高言妙句，闇與理合，騷人以來，此秘未覩，而沈約等人正以此爲根據，發展而創新，建立永明聲律之説。

〔二八〕「蕭子顯《齊書》」云云爲蕭子顯《南齊書·陸厥傳》之節略。

〔二九〕「朓」，原誤作「眺」，據《南齊書》改。謝朓（四六四—四九九）：字玄暉，祖籍陳郡陽夏（今河南太康），南齊文學家。《南齊書》卷四七、《南史》卷一九有傳。沈、謝、王並爲竟陵八友，南朝齊詩人。其善聲律，倡永明體事，又見《南史·陸厥傳》《南齊書·陸厥傳》。

〔三〇〕氣類：天卷《調四聲譜》：「上諧則氣類均調，下正則宫商韻切。」

〔三一〕關於「永明體」，據《南史·陸厥傳》記載：「（永明）時盛爲文章，吴興沈約、陳郡謝朓、琅邪王融，以氣類相推轂，汝南周顒善識聲韻。約等文皆用宫商，將平上去入四聲，以此製韻，有平頭、上尾、蜂腰、鶴膝，五字之中，音韻悉異，兩句之内，角徵不同，不可增減，世呼爲永明體。」此外，《南齊書·陸厥傳》《梁書·庾肩吾傳》《南齊書·劉繪傳》《封氏聞見記》等亦有記述。關於「永明體」之特徵，今人或理解爲一個時代之文風，含義較爲寬泛。蕭子顯《南齊書》等所言之「永明體」，則着眼於聲律。其聲律原則，如沈約所言，宫徵相變，低昂舛節，前有浮聲，後須切響云云。四聲八病説自是基本内容，此外，其時已有近體詩律之追求，已注意二三或二二一音步及聲韻節奏。仄仄平平仄、平平仄仄平之類近體詩句式之外，尚有平仄平仄平或仄平仄平仄之類單字平仄間用句式，亦體現前有浮聲，後須切響，一簡之内，音韻盡殊之原則。無論律句抑或非律句，一句之中多平上去入四聲交錯疊用，一三五七單句尾字亦多平上去入四聲交錯疊用，恰體現四聲製韻之原則。此均當爲永明體聲律探求之内容。本段介紹宋末以來四聲之説創始，及南朝盛行之沈約、劉滔等聲律論。

然則蕭賾永明元年〔一〕，即魏高祖孝文皇帝太和之六年也〔二〕。昔永嘉之末〔三〕，天下分崩，關、河之地，文章殄滅〔四〕。魏昭成、道武之世，明元、太武之時〔五〕，經營四方，所未遑也。雖復網羅俊乂〔六〕，獻納左右，而文多古質，未營聲調耳。及太和任運，志在辭彩〔七〕，上之化下，風俗俄移。故《後魏文苑序》云：「高祖馭天，鋭情文學〔八〕，蓋以頡頏漢徹，淹跨曹丕〔九〕。氣遠韻高，艷藻獨構〔一〇〕，衣冠仰止〔一一〕，咸慕新風。律調頗殊，曲度遂改。辭罕淵原，言多胸臆，練古雕今，有所未值〔一二〕。至於雅言麗則之奇〔一三〕，綺合繡聯之美，眇歷年歲〔一四〕，未聞獨得。既而陳郡袁翻、河内常景〔一五〕，晚拔疇類，稍革其風〔一六〕。及肅宗御曆[一七]，文雅大盛，學者如牛毛，成者如麟角[一八]。孔子曰：『才難，不其然乎[一九]？』」從此之後，才子比肩，聲韻抑揚，文情婉麗，洛陽之下，吟諷成群。及徙宅鄴中[二〇]，辭人間出，風流弘雅，泉湧雲奔。動合宮商，韻諧金石者，蓋以千數，海内莫之比也[二一]。郁哉焕乎，於斯爲盛。乃甕牖繩樞之士[二二]，綺襦紈袴之童，習俗已久，漸以成性。假使對賓談論，聽訟斷決，運筆吐辭，皆莫之犯[二三]。

【校箋】

〔一〕「賾」，原誤作「顧」，據《南齊書》改。蕭賾：南朝齊武帝，四八三—四九三年在位，年號永明，正爲沈約等倡聲律，創永明體之時。

〔二〕「太」，原作「大」，據《魏書·文苑傳序》（中華書局一九七四年）改。北魏高祖孝文皇帝，名拓跋宏，四七一—四九九年在位。案：蕭賾永明元年即四八三年，即魏高祖孝文皇帝太和七年，此處言「太和六年」，所記有誤。於南朝皇帝直呼名字，於北朝則稱帝號年號，證作者爲北人。本段叙述北朝聲律説之發展，除末尾部分外，資料幾全用《魏書·文苑傳序》。

〔三〕永嘉（三〇七—三一三），西晉末懷帝年號。

〔四〕「殄」，原作「弥」，據三寳等本改。

〔五〕「昭」，原作「照」，據寳壽本及《魏書·文苑傳序》改。昭成：即魏昭成帝拓跋什翼犍，三三八—

三七六年在位。道武：即魏道武帝拓跋珪，三八六—四〇九年在位。明元：即魏明元帝拓跋嗣，四〇九—四二三年在位。太武：即魏太武帝拓跋燾，四二四—四五二年在位。

〔六〕「俊乂」，原作「後民」，據《魏書·文苑傳序》改。

〔七〕太和：北魏孝文帝（元宏）年號（四七七—五〇〇）。辭彩：此指文學。

〔八〕「馭天」之下原有「鏡」字，雖有「握天鏡」之説，然此處前後多爲整齊四言之句，「鏡」或涉下「鋭」字而衍，據《魏書·文苑傳序》删。鋭情：用心專情。

〔九〕「漢徹」，原作「漁徹」，下句既言「曹丕」，與此相對，上句當從《魏書·文苑傳序》《北史·文苑傳序》（中華書局一九七四年）作「漢徹」。「漢徹」即漢武帝劉徹，其時爲一文學鼎盛時期，故曰「頡頏漢徹」。頡頏：本指鳥飛上下，語出《詩·邶風·燕燕》，此指不相上下。「淹跨」，《魏書·文苑傳序》作「掩踔」，《北史·文苑傳序》作「跨躡」。

〔一〇〕「氣遠」二句，《魏書·文苑傳序》作「氣韻高艷，才藻獨構」，《北史·文苑傳序》作「氣韻高遠，艷藻獨構」。

〔一一〕衣冠：此代指搢紳士大夫。仰止：仰慕。

〔一二〕「練」，《北史·文苑傳序》作「潤」。「值」，《北史·文苑傳序》作「遇」。

〔一三〕「至於」，《北史》作「是故」。雅言：正言。麗則：揚雄《法言·吾子》：「詩人之賦麗以則。」

〔一四〕「年歲」，《北史》作「歲年」。

〔一五〕 袁翻(四七六—五二八)、常景(四八四年之前—五五〇)並北朝魏作家。

〔一六〕「律調頗殊」至「稍革其風」六十四字今本《魏書·文苑傳序》無，《北史·文苑傳序》有。

〔一七〕「及」，《魏書·文苑傳序》無。「肅宗」，《北史·文苑傳序》作「明皇」。「御曆」，《魏書·文苑傳序》作「曆位」。肅宗：孝明帝元詡，宣武帝第二子，五一六—五二八年在位。御曆：皇帝登位，君臨天下。

〔一八〕「如」，原無，行間原注「如」字，據補。「學者」二句：《蔣子萬機論》：「諺曰：『學如牛毛，成如麟角。』言其少也。」(《太平御覽》卷六〇七)

〔一九〕「孔子曰」三字原在「學者如牛毛」之前，據《魏書·文苑傳序》乙正。「才難，不其然乎」：《論語·泰伯》文。

〔二〇〕「徙」，原誤作「從」，從《四聲指歸定本箋》改。徙宅鄴中：五三四年，魏分裂爲東西魏，東魏都城置於鄴。以下叙東魏及繼東魏之後北齊之文學。

〔二一〕「比」，原作「此」，據三寶等本改。

〔二二〕 甕牖：以破甕作窗户。繩樞：以繩繫門樞，言家居貧陋。

〔二三〕 與前段介紹南朝永明聲律論相應，本段論北朝太和以來，文學興盛，文人注重聲韻文情。

又吴人劉勰著《雕龍》篇云〔一〕：「音有飛沈〔二〕，響有雙疊。雙聲隔字而每舛，疊韻離句其必睽〔三〕；沈則響發如斷〔四〕，飛則聲颺不還〔五〕，並鹿盧交往，逆鱗相比〔六〕。迕其際會，則往蹇來替〔七〕，其爲疾病，亦文家之吃也〔八〕。」又云：「聲畫妍蚩，寄在吟詠〔九〕，滋味流於字句，風力窮於和韻〔一〇〕。異音相從謂之和〔一一〕，同聲相應謂之韻。韻氣一定，則餘聲易遣〔一二〕；和體抑揚，故遺響難契矣〔一三〕。」此論，理到優華〔一四〕，控引弘博，計其幽趣，無以間然。但恨連章結句，時多澀阻，所謂能言之者也，未必能行者也〔一五〕。

【校箋】

〔一〕吴人：南北朝時北人對南朝人之稱呼。劉勰（四六六？—五三二？）：南朝齊梁文學理論批評家，字彦和，原籍東莞莒（今屬山東）人。《梁書·文學傳》等有傳。此處所引爲《文心雕龍·聲律》之文，爲後人所引《文心雕龍》文之最古者。

〔二〕「音」，《文心雕龍注》作「凡聲」。

〔三〕「舛」，各本字形參差，據《文心雕龍注》改。「離」，《文心雕龍注》作「雜」，范文瀾注：「疑作離者是，離亦隔也，謂雙韻字在句中隔越成病也。」「其」，《文心雕龍注》作「而」。

〔四〕「如」，《文心雕龍注》作「而」，范文瀾注：「案作『如』字較優。」

〔五〕「音有飛沈」六句：雙疊即雙聲疊韻，謂若用此類字，則須連用一起，若隔字雜句，聲韻便失和諧。此實指傍紐、正紐（句中隔字雙聲）及大韻、小韻（雜句疊韻）之病。「飛沈」與沈約所謂

「浮聲」「切響」當有聯繫，當已意識到聲調可有兩大類，「飛」「沈」與四聲之具體關係則難指實。

〔六〕「鹿盧」，《文心雕龍注》作「轆轤」，意同。「比」，原作「批」，據《文心雕龍注》改。二句意謂飛沈之聲調，雙疊之聲韻，並需如轆轤般錯綜往復而圓轉如意，逆鱗般交互相比而排列整齊。

〔七〕「蹇」，原作「謇」，據《文心雕龍注》改。「替」，《文心雕龍注》作「連」。迕其際會：陸機《文賦》：「如失機而後會，恒操末以續顛，謬玄黄之秩序，故淟涊而不鮮。」往蹇來替：《易・蹇卦》六四爻辭：「往蹇來連。」王弼注：「往則無應，來則乘剛，往來皆難，故曰往蹇來連。」孔穎達正義：「蹇，難也。……馬（融）云：『連亦難也。』」

〔八〕「疾」，原作「疥」，據《文心雕龍注》改。文家之吃：范文瀾注：「聲律謬誤，則喉脣糾紛，猶人之病口吃也。」

〔九〕「畫」，原作「盡」；「蚩」，原作「嗤」，均據《文心雕龍注》改。聲畫：范文瀾注：「此云聲畫，猶言文章聲韻。」妍蚩：聲律和諧謂之「妍」，聲韻失調謂之「蚩」。二句意謂文章聲韻，吟詠之間自能體會。

〔一〇〕「滋味」上，《文心雕龍注》重「吟詠」二字。「字」，原作「下」，據《文心雕龍注》改。「風」，《文心雕龍注》作「氣」。

〔一一〕「從」，原作「慎」，據《文心雕龍注》改。

〔一二〕「則」，原無，據高乙等本補。《文心雕龍注》作「故」。

〔一三〕「難契」之下，《文心雕龍注》闕「矣」字。「異音相從謂之和」六句：沈約所謂宫羽相變，低昂舛節，前有浮聲，後須切響，一簡之内，音韻盡殊，兩句之中，輕重悉異，均爲異音相從，均謂之和，迴避八病之平頭、上尾、蜂腰、鶴膝爲聲調相異且相從，不得隔字雙聲疊韻，迴避傍紐、正紐、大韻、小韻，則爲聲與韻相異且相從。句末所用之韻，上下聯對句與出句平仄相粘，自屬同聲相應。此外，一句之中，如平平仄仄平，平平與仄仄爲異音相從，而一二字與第五字均平聲，此亦當爲同聲相應。某一聲韻確定，以此爲標準，則容易找到與之相應之聲韻，故謂「韻氣一定，則餘聲易遣」。異音相從則不同，音既相異，又須相互配合，以求抑揚和諧之聲韻效果，則有難度，故曰「和體抑揚，故遺響難契矣」。

〔一四〕《校勘記》：「『理到』爲『理致』之訛歟。」優華：三千年開一次之優曇波羅華。

〔一五〕以上評述劉勰《文心雕龍》聲律説。

潁川鍾嶸之作《詩評》〔一〕，料簡次第〔二〕，議其工拙，乃以謝朓之詩末句多謇〔三〕，降爲中品，侏儒一節〔四〕，可謂有心哉。又云：「但使清濁同流，口吻調和〔五〕，斯爲足矣。至於平上去入，余病未能〔六〕。」經謂〔七〕：嶸徒見口吻之爲工，不知調和之有術，譬如刻木爲鳶，摶風遠颺〔八〕，見其抑揚天路，騫翥煙霞，咸疑羽翮之自然〔九〕，焉知王爾之巧思也〔一〇〕。四聲之體調和，此其效乎。除四聲已外，别求此道，其猶之荆者而北魯、燕〔一一〕，雖遇牧馬童子〔一二〕，何以解鍾生之迷〔一三〕。或復云〔一四〕：「余病未能。」觀公此病，乃是膏肓之疾〔一五〕，縱使華佗集藥，鷸鵲投針〔一六〕，恐魂岱宗，終難起也〔一七〕。嶸又稱：「昔齊有王元長者〔一八〕，嘗謂余曰：『宫商與二儀俱生，自古詩人〔一九〕，不知用之〔二〇〕，唯范曄、謝公頗識之耳〔二一〕。』」今讀范侯讚論，謝公賦表，辭氣流靡，罕有掛礙。斯蓋獨悟於一時，爲知聲之創首也〔二二〕。

【校箋】

〔一〕「潁」，原作「穎」，據高乙本及《梁書》改。鍾嶸（四六八？—五一八？）：字仲偉，原籍潁川長社（今河南許昌），南朝梁文學批評家。撰《詩品》三卷，品古今五言詩，論其優劣，凡一百二十二人。《梁書·文學傳》等有傳。《詩評》：即《詩品》，原稱《詩評》。本書從習慣稱《詩品》。鍾嶸《詩品》成書當在梁天監十三年（五一四）以後，而其寫作大概延續了十幾年，於鍾嶸晚年始完成。

〔二〕料簡：料理簡選。

〔三〕「朓」，原作「眺」，據《南齊書》本傳改。鍾嶸《詩品》中評謝朓：「善自發詩端，而末篇多躓，此意鋭而才弱也。」

〔四〕侏儒：梁上短柱。漢桓譚《新論》：「諺曰：『侏儒見一節，而長短可知。』」（《太平御覽》卷四九六）謂能體現事物全貌之局部。

〔五〕《詩品集注》「使」作「令」，「同」作「通」，「和」作「利」。清濁同流：此謂平仄協暢。口吻：嘴脣，此指口脣之音。調和：協調，和諧。

〔六〕《詩品集注》「於」作「如」，「余病」上有「則」字。

〔七〕「經謂」，原作「涇渭」，「經」即劉善經，原誤作「涇」，今改。以下爲劉善經之評語。

〔八〕「刻木」二句：《韓非子·外儲説左上》：「墨子爲木鳶，三年而成，蜚一日而敗。」《莊子·逍遥遊》：「鵬之徙於南冥也，水擊三千里，摶扶摇而上者九萬里。」

〔九〕「自」，原作「行」。「行」疑爲「自」之誤。下文引鍾嶸《詩品序》「自古詩人，不知用之」，此句之「自」字，《文鏡秘府論》各古抄本均作「行」字，「行」顯爲「自」字之誤。從《校勘記》改。

〔一〇〕王爾：古之巧匠。

〔一一〕「猶」，原作「獨」，從維寶箋本加地哲定注改。猶之荆者而北魯、燕：《戰國策·魏策四》：「王之動愈數，而離王愈遠耳，猶至楚而北行也。」（南開大學出版社一九九三年）猶謂南轅北轍。

〔一二〕牧馬童子：黄帝問塗於牧馬童子，事見《莊子·徐無鬼》。

〔一三〕「鍾」，原作「鐘」，當作「鍾」，「鍾生」指「鍾嶸」，今改。

〔一四〕《四聲指歸定本箋》謂「或復云」之「或」字當作「惑」字，與上「迷」字成「迷惑」。

〔一五〕膏肓之疾：晉侯病居肓之上，膏之下，藥不可至，事見《左傳》成公十年。杜預注：「肓，鬲也。

心下爲膏。」

〔一六〕「佗」，原作「他」，據《後漢書·方術傳》改。華佗：後漢名醫。鶣鵲：即扁鵲，戰國時名醫。投針：《後漢書·郭玉傳》：「見有疾者，時下針石，輒應時而見效。」

〔一七〕「魂」下疑有脱字，《四聲指歸定本箋》疑脱「返」字，《校注》疑脱「歸」字，《譯注》疑脱「遊」。《後漢書·烏桓傳》：「赤山在遼東西北數千里，如中國人死者魂神歸岱山也。」起：起死回生。

〔一八〕《詩品集注》「齊」上無「昔」字。王元長：王融。王融與永明體，事見《南齊書·陸厥傳》。

〔一九〕「自」，原作「行」，據《詩品集注》改。

〔二〇〕此句後，《詩品集注》有「唯顔憲子論文乃云：『律吕音調，而其實大謬。』」

〔二一〕「唯」下《詩品集注》有「見」字。「曄」，原作「嘩」，據《詩品集注》改。「謝公」，《詩品集注》作「謝莊」。范曄（三九八—四四五）：字蔚宗。謝莊（四二一—四六六）：字希逸。范曄、謝莊識音韻事，見范曄《獄中與諸甥侄書》。

〔二二〕創首：鍾嶸《詩品序》：「王元長創其首，謝朓、沈約揚其波。」以上駁鍾嶸否定四聲之論，指出范、謝爲知聲之創首。

洛陽王斌撰《五格四聲論》〔一〕，文辭鄭重〔二〕，體例繁多，割析推研〔三〕，忽不能別矣。魏定州刺史甄思伯，一代偉人〔四〕，以爲沈氏《四聲譜》〔五〕，不依古典，妄自穿鑿，乃取沈君少時文詠犯聲處以詰難之。又云：「若計四聲爲紐，則天下衆聲無不入紐。萬聲萬紐，不可止爲四也[六]。」經以爲，三王異禮，五帝殊樂[七]，質文代變，損益隨時，豈得膠柱調瑟，守株伺兔者也[八]。古人有言：「知今不知古，謂之盲瞽。知古不知今，謂之陸沈[九]。」孔子曰：「温故而知新，可以爲師矣[一〇]。」《易》曰：「一開一闔謂之變，往來無窮謂之通[一一]。」甄公此論，恐未成變通矣[一二]。且夫平上去入者，四聲之總名也；征整政隻者[一三]，四聲之實稱也。然則名不離實，實不遠名，名實相憑，理自然矣。故聲者逐物以立名，紐者因聲以轉注[一四]。萬聲萬紐，縱如來言，但四聲者，譬之軌轍，誰能行不由軌乎？縱出涉九州，巡遊四海，誰能入不由户也[一五]？四聲總括，義在於此[一六]。

【校箋】

〔一〕「洛」，原作「略」，據醍甲等本改。「格」，原作「恪」，據江户刊本改。王斌：《南史·陸厥傳》有附傳，云：「時有王斌者，不知何許人。著《四聲論》行於時。斌初爲道人，博涉經籍，雅有才辯，善屬文，能唱導而不修容儀。嘗弊衣於瓦官寺聽雲法師講《成實論》，無復坐處，唯僧正慧超尚空席，斌直坐其側。慧超不能平，乃駡曰：『那得此道人，禄蔌似隊父唐突人。』因命驅之。斌笑曰：『既有叙勳僧正，何爲無隊父道人。』不爲動。而撫機問難，辭理清舉，四坐皆屬目。後還俗，以詩樂自樂，人莫能名之。」此雲法師釋法雲。據《續高僧傳·釋法雲傳》雲法師講

《成實論》在天監七年，則王斌弊衣於瓦官寺聽雲法師講《成實論》亦當在是年。又據《續高僧傳·釋慧超傳》，慧超爲僧正，亦在天監初。又，懷信《釋門自統録》上《梁僞沙門智棱傳》後附記王斌傳：「王斌者，亦少爲沙門，言辭清辯，兼好文義。……又撰《五格八□》，並爲論難之法。」（《大正藏》卷五一）此王斌與《南史·陸厥傳》附傳所云「著《四聲論》行於時」之王斌，及此處所云撰《五格四聲論》之王斌，當爲同一人。《梁僞沙門智棱傳》謂王斌爲「邵陵王雅相賞接」，此邵陵王爲梁武帝第六子蕭綸，蕭綸於天監十三年（五一四）封邵陵郡王。要之，此王斌當爲梁天監中人。《隋書·經籍志》載王彬撰《廊廟五格》，此王彬或即撰《五格四聲論》之王斌。又，《續高僧傳·釋僧若傳》曾記一吴郡太守琅邪王斌，僧若受到王斌稱賞之後，「天監八年敕爲彼郡僧正」（《高僧傳合集》，上海古籍出版社一九九一年）。知此王斌亦爲梁天監中人。此吴郡太守琅邪王斌與《南史·陸厥傳》《梁僞沙門智棱傳》及《文鏡秘府論》所説之王斌是否爲同一人，待考。《五格四聲論》：《隋書·經籍志》不載。《日本國見在書目》小學家有「《五格四聲》一卷」，不著撰人，當即王斌作。《文鏡秘府論》地卷《八階》「和詩階」云：「王斌有言曰：『無山可以減水，有日必應生月。』」又西卷《文二十八種病》「第四鶴膝」曰：「王斌五字制鶴膝，十五字制蜂腰，並隨執用。」又「第七傍紐」云：「王斌云：『若能迴轉，即應言奇琴、精酒、風表、月外，此即可得免紐之病也。』」此均當爲《五格四聲論》中内容。前述《梁僞沙門智棱傳》記王斌者撰《五格八□》，《五格八□》當即《五格八病》。各史料所載《五格四聲論》《四聲論》《五格八□》(《五格八病》)當爲同一個人所著。《廊廟五格》亦可能爲同一人所著。《五格四聲論》《四聲論》《五格八□》(《五格八病》)均與聲病相關,不詳是否爲同一書。或者《五格四聲論》《四聲論》側重四聲,《五格八□》(《五格八病》)側重八病。《廊廟五格》之「五格」,與《五格四聲論》《五格八□》(《五格八病》)之「五格」當有關係。《隋書·經籍志》載王彬《廊廟五格》,前雖有《語對》《語麗》等,然與《道術志》《正訓》等一起被列入雜家,《廊廟五格》未必爲助人作文之類書,所謂「廊廟五格」,或者謂廊廟事之五個方面。若然,「五格四聲論」之「五格」,亦不當指五音,《五格四聲論》,不當爲論述五言詩格律與四聲關係之書。所謂「五格」,或者如後來皎然《詩式》「詩有五格」之説,論詩歌五個方面之問題,或者「五格四聲」論四聲運用之五種格式,「五格八病」論八病表現之五種格式。

〔二〕鄭重:頻繁,反覆多次。

〔三〕「割析」,原作「割拆」,「拆」爲「析」形訛,今改。割析:分析,剖析。以上評王斌《五格四聲論》體例繁多。

〔四〕甄琛(四五二—五二四):字思伯,中山毋極(今河北無極)人。《魏書》卷六八有傳,稱其著有《磔四聲》。是書諸書目均未收録,或者隋以前即已亡佚。由仕歷觀之,僅一般官員而已,且多受排擠貶抑,並無值得稱道之政績與文才,《魏書》稱其性輕簡,好嘲謔,故少風望,所著文章,鄙碎無大體,時有理詣,不知善經何以稱其爲一代偉人。

〔五〕沈約《四聲譜》，以此著録爲最早，以後史籍多有著録。如《隋書·經籍志》：「《四聲》一卷，梁太子少傅沈約撰。」是書或者本於周顒《四聲切韻》。《舊唐書·經籍志》與《新唐書·藝文志》不載，知是書唐代已亡。就天卷《調四聲譜》保存内容觀之，《四聲譜》當有韻紐之圖，故唐釋神珙《四聲五音九弄反紐圖序》謂「梁朝沈約，創立紐字之圖」（《玉篇》末附，四庫全書本）。譜圖之外，是否還有説明文字，是否爲南北朝及前代語音之通譜，《切韻》是否本於《四聲譜》，均不得而知。

〔六〕「若計」四句，當爲甄琛《磔四聲》之文。甄琛爲北魏人，由甄琛之論可知，永明聲病之説不僅風行於南朝，且亦影響及於北朝。

〔七〕「三王」二句：《禮記·樂記》：「五帝殊時，不相沿樂；三王異世，不相襲禮。」鄭玄注：「言其有損益也。」三王：夏、商、周三代之君，指夏禹、商湯、周文王（一説指周武王）。五帝：古代傳説中五位帝王，據《史記·五帝本紀》，爲黄帝（軒轅）、顓頊（高陽）、帝嚳（高辛）、帝堯、虞舜。

〔八〕膠柱調瑟，守株伺兔：均固執拘泥，不知變通之意。《淮南子·齊俗訓》：「今握一君之法籍，以非傳代之俗，譬由膠柱而調瑟也。」（《諸子集成》）守株伺兔，典出《韓非子·五蠹》。

〔九〕盲瞽謂看不見，比喻無知，不明事理。陸沈謂愚昧迂執，不合時宜。語均見《論衡·謝短》。

〔一〇〕温故知新：語見《論語·爲政》。

〔二〕「通」，原作「道」，據醍甲本及《易傳》改。

〔三〕「經以爲三王異禮」以下，批駁甄琛所謂沈約《四聲譜》不依古典妄自穿鑿之論。

〔三〕征整政隻：四字爲一紐，屬《韻鏡》外轉第三十五開齒音清第三等，征爲平聲，整爲同音上聲，政爲去聲，隻爲入聲。又《九弄十紐圖》作「征整正隻」。西卷《文二十八種病》蜂腰條劉善經引劉滔云：「四聲之中，入聲最少，餘聲有兩，總歸一入，如征整政隻、遮者柘隻是也。」知劉善經説明四聲之理，其「征整正隻」之例出自劉滔。

〔四〕「者」「以」二字原無，據江户刊本補。轉注：有一物則有一名，一名則有一聲，萬物萬名，萬物萬聲，故曰聲者乃逐物以立名，立名者，立聲之名也。紐則不同，同聲不同調而已，因其相同之聲而轉變其聲調，一如水之轉向流注，水流則一，方向不同而已，以喻四聲之發聲則一，聲調不同而已，故曰紐者乃因聲以轉注。《水經注·漸水》：「浦陽江水，又東流南屈，又東迴北轉，徑剡縣東，……江水翼縣轉注，故有東渡西渡焉。」此處似借用其意。

〔五〕入不由户：《論語·雍也》：「子曰：誰能出不由户，何莫由斯道也。」「但四」六句説明天下衆聲，無不歸於四聲。

〔六〕「且夫平上去入者」以下，反駁甄琛所謂衆聲無不入紐，萬聲萬紐不可止爲四之論。自「魏定州刺史甄思伯」以下，批駁甄琛詰難沈約的論點，批評其不知變通，同時不知四聲與各别字音之關係。

經數聞江表人士説〔一〕，梁主蕭衍不知四聲〔二〕，嘗從容謂中領軍朱异曰〔三〕：「何者名爲四聲？」异答云：「『天子萬福』，即是四聲〔四〕。」衍謂异：「『天子壽考』，豈不是四聲也〔五〕？」以蕭主之博洽通識，而竟不能辨之。時人咸美朱异之能言，歎蕭主之不悟。故知心有通塞，不可以一概論也〔六〕。今尋公文詠，辭理可觀，但每觸籠網，不知迴避，方驗所説非憑虚矣〔七〕。

【校箋】

〔一〕江表：南朝宋、齊、梁、陳之地。

〔二〕梁主：北朝人稱南朝皇帝爲「主」。蕭衍：梁武帝，五〇二—五四九年在位。

〔三〕「從容」，原作「縱容」，從《四聲指歸定本箋》改。「异」，原作「弃」，據《梁書》改。下同。朱异（四八七—五四九）：字彦和，梁時文人。

〔四〕天子萬福：四字聲調順序爲平上去入。

〔五〕天子壽考：四字聲調順序爲平上去上，不成爲四聲。此一事有異傳。《梁書·沈約傳》：「又撰《四聲譜》，……高祖雅不好焉。帝問周捨曰：『何謂四聲？』捨曰：『天子聖哲是也。』然帝竟不遵用。」《天中記》卷二六引《談藪》：「沙門重公嘗謁梁高祖，問曰：『聞在外有四聲，何者爲是？』答曰：『天保寺刹。』既出，逢劉焯，説以爲能，焯曰：『何如道天子萬福。』」（四庫全書本）

周捨爲首倡四聲論周顒之子，朱异亦爲當時重要文人，受到梁武帝賞識，或者梁武帝多次向臣下問及四聲問題，故此事有多個故事。

〔六〕一概：概爲古代量糧食時刮平斗斛之木，引申爲統一標準。

〔七〕本段評梁武帝不明四聲因此作文不知迴避聲病。

沈氏《答甄公論》云〔一〕：「昔神農重八卦〔二〕，無不純〔三〕，立四象，象無不象〔四〕。但能作詩，無四聲之患，則同諸四象。四象既立，萬象生焉，四聲既周，群聲類焉〔五〕。經典史籍，唯有五聲，而無四聲，然則四聲之用，何傷五聲也？五聲者，宮商角徵羽，上下相應，則樂聲和矣。君臣民事物，五者相得，則國家治矣〔六〕。作五言詩者，善用四聲，則諷詠而流靡；能達八體，則陸離而華潔〔七〕。明各有所施，不相妨廢〔八〕。昔周、孔所以不論四聲者，正以春爲陽中，德澤不偏，即平聲之象；夏草木茂盛〔九〕，炎熾如火，即上聲之象；秋霜凝木落，去根離本，即去聲之象；冬天地閉藏，萬物盡收，即入聲之象〔一〇〕。以其四時之中，合有其義，故不標出之耳。是以《中庸》云：『聖人有所不知，匹夫匹婦，猶有所知焉〔一一〕。』斯之謂也〔一二〕。」

【校箋】

〔一〕沈約《答甄公論》，此文清嚴可均《全上古三代秦漢三國六朝文》未收。甄公，即甄琛。本篇前文載甄琛之論，稱甄琛爲一代偉人，則其論當作於成名之後，北魏世宗之世，南朝梁時，沈約之《答甄公論》亦當作於梁世。

〔二〕重八卦：孔穎達《周易正義序》：「有六爻遂重爲六十四卦也。《繫辭》曰『因而重之，爻在其中矣』是也。然重卦之人，諸儒不同，凡有四説。王輔嗣等以爲伏犧畫卦，鄭玄之徒以爲神農重卦，孫盛以爲夏禹重卦，史遷等以爲文王重卦。」此謂神農重八卦，蓋用鄭玄之説。八卦：乾坤震巽坎離艮兑，象徵天地雷風水火山澤。

〔三〕「無」字上，《校注》重一「卦」字。無不純：《易・繫辭上》孔穎達正義：「剛柔相推而生變化者，八純之卦，卦之與爻，其象既定，變化猶少，若剛柔二氣相推，陰爻陽爻交變，分爲六十四卦，有三百六十四爻，委曲變化，事非一體，是而生變化也。」《易・乾卦》「元亨利貞」孔穎達正義：「言此卦之德，有純陽之性，自然能以陽氣始生萬物，而得元始亨通。」

〔四〕由前句「重八卦，無不純」觀之，此二句當作「立四象，無不象」，第二個「象」字疑衍。豹軒藏本鈴木虎雄注：「『象無不象』，上『象』字疑作『卦』字。」《校勘記》：「疑爲『立四象四象無不象』之誤。」均可備一説。四象：《易・繫辭上》：「易有太極，是生兩儀，兩儀生四象，四象生八卦。」四象有二説，虞翻注：「四象，四時也。」孔穎達正義：「兩儀生四象者，謂金木水火禀天地而有。」由下文觀之，沈約蓋以四時爲四象。沈約之意蓋謂重八卦則一切之卦均統攝於八純之卦即八個基本卦象内，四象既立，則萬象無不統攝於四象之内，以此説明四聲既立，則一切聲音均可統攝於四聲之内，即下文所謂「四聲既周，群聲類焉」之意，説重八卦，仍爲説明四聲。

〔五〕兩「焉」字，原均作「烏」，據三寶等本改。

〔六〕「君臣民事物」三句：《禮記·樂記》：「宫爲君，商爲臣，角爲民，徵爲事，羽爲物：五者不亂，則無怗滯之音矣。」

〔七〕流靡：梁慧皎《高僧傳·經師篇》述轉讀之聲云：「動韻則流靡弗窮，張喉則變態無盡。」（中華書局一九九二年）四聲、八體：下文引常景《四聲讚》：「四聲發彩，八體含章。」《日本國見在書目》：「《四聲八體》一卷。」八體：當即指「八病」。由本篇前段言「四聲之體調和」等材料可知，聲律詩病亦可稱「體」。鍾嶸《詩品》等並以「四聲」與「八病」或病犯對稱，此處沈氏《答甄公論》所言之「八體」與下文常景所言之「四聲發彩，八體含章」，亦以「八體」與「四聲」對稱。又西卷《論病》以「八體」與「十病、六犯、三疾」等病犯之稱並列，是知沈氏《答甄公論》及常景所言之「八體」乃聲律聲病之體，「八體」亦即「八病」。通達八體，知避八病，故可稱「陸離而華潔」，可稱「八體含章」。陸離：參差錯綜，此當指聲之參差錯落。

〔八〕「廢」，原作「癈」，據江户刊本改。五聲用於音樂教化，四聲利於文學創作，故曰「各有所施，不相妨廢」。

〔九〕「夏」，原作「憂」，據三寶等本改。

〔一〇〕「正以」十二句：《漢書·律曆志上》：「故春爲陽中，萬物以生；秋爲陰中，萬物以成」；「夏假也，物假大，乃宣平，火炎上」；「少陰者，西方。西，遷也，陰氣遷落物，於時爲秋」；「太陰者，北方，北，伏也，陽氣伏於下，於時爲冬。冬，終也，物終臧，乃可稱」。神珙《四聲五音九弄反紐圖序》引《四聲譜》：「平聲者哀而安，上聲者厲而舉，去聲者清而遠，入聲者直而促。」劉復《四聲實驗録》：「就上方所研究的十二處六十二音而作一總比較，則知：一、平聲的音，最爲平實，因爲他的曲折最少。二、上聲的聲最高，因爲大多數的上聲的全部或一部，都高出於中綫之上。祇有南京和北京的上，廣州和福州的下上是例外。三、去聲的音最曲折，因爲除潮州上去和廣州的上下兩去之外，其餘都是曲折較多的綫。四、入聲的音最短，不短的祇是武昌長沙(和北京)。」(中華書局一九五一年)

〔二〕「聖人」三句：語出《禮記·中庸》。「有所」下，原有「以」字，據《禮記·中庸》删。「焉」，原作「烏」，據三寶等本改。

〔三〕本段引録沈約《答甄公論》，借四象八卦，解釋四聲原理，説明四聲與五聲區别，借春夏秋冬之象，説明四聲聲調特點。

魏秘書常景爲《四聲讚》曰〔一〕：「龍圖寫象〔二〕，鳥跡摛光〔三〕。辭溢流徵，氣靡輕商〔四〕。四聲發彩，八體含章〔五〕。浮景玉充〔六〕，妙響金鏘。」雖章句短局〔七〕，而氣調清遠。故知變風俗下〔八〕，豈虚也哉〔九〕。

齊僕射陽休之〔一〇〕，當世之文匠也〔一一〕，乃以音有楚、夏，韻有訛切〔一二〕，辭人代用，今古不同，遂辨其尤相涉者五十六韻〔一三〕，科以四聲，名曰《韻略》〔一四〕。制作之士咸取則焉〔一五〕，後生晚學，所賴多矣〔一六〕。

齊太子舍人李節〔一七〕，知音之士〔一八〕，撰《音譜決疑》〔一九〕，其序云：「案《周禮》：『凡樂，圜鍾爲宫〔二〇〕，黄鍾爲角，大蔟爲徵〔二一〕，沽洗爲羽〔二二〕。』商不合律，蓋與宫同聲也。五行則火土同位，五音則宫商同律〔二三〕，闇與理合，不其然乎？吕静之撰《韻集》〔二四〕，分取無方。王微之製《鴻寶》〔二五〕，詠歌少驗〔二六〕。平上去入，出行閭里〔二七〕。沈約取以和聲之律吕相合〔二八〕。竊謂宫商徵羽角，即四聲也。羽，讀如括羽之羽〔二九〕。亦之和同〔三〇〕，以拉群音，無所不盡〔三一〕。豈其藏埋萬古〔三二〕，而未改於先悟者乎〔三三〕？」經每見當世文人〔三四〕，論四聲者衆矣，然其以五音配偶，多不能諧，李氏忽以《周禮》證明商不合律，與四聲相配便合，恰然懸同。愚謂鍾、蔡以還，斯人而已〔三五〕。

【校箋】

〔一〕讚：文體一種，由四字句構成，偶句末押韻。《四聲讚》：《魏書》及《北史》常景本傳未言及，嚴可均《全上古三代秦漢三國六朝文》亦未輯。常景（？—五五〇）爲北人，《魏書·常景傳》謂其「愛玩文詞，若遇新異之書，殷勤求訪」，或者亦求訪過沈約《四聲譜》《答甄公論》及其他聲譜之書。以下常景四言八句讚語，基本上每句平仄交錯，上下句多平仄相對。

〔二〕龍圖：即河圖。象：八卦之象。

〔三〕「摛」，原作「樆」，據高甲等本改。鳥跡：許慎《説文解字序》：「黄帝之史蒼頡，見鳥獸蹄迒之跡，知分理之可相别異也，初作書契。」（中華書局一九六三年）摛光：放射光芒。

〔四〕「辭溢」二句：「輕商」，疑爲「清商」。流徵、清商，並音調名。二句即音韻調暢，辭氣流靡之意。

〔五〕八體：指八病，説已見前。含章：包含美質。

〔六〕「充」，原作「夰」，從豹軒藏本注、《校勘記》改。浮景：霞光浮動。玉充：與「金鏘」相對，形容「浮景」，疑爲玉色透瑩，光彩充澤浮溢之意。

〔七〕《文心雕龍·頌讚》：「（讚）古來篇體，促而不廣，必結言於四字之句，盤桓乎數韻之辭。」常景《四聲讚》爲四言讚體，故稱「章句短局」。

〔八〕《四聲指歸定本箋》：「俗下疑當作洛下，蓋傳寫之訛。」

〔九〕以上引北朝常景文以讚四聲可使文章音韻調暢，辭氣流靡，富於文彩。

〔一〇〕「休」，原作「体」，當爲「休」字筆誤，據《北齊書·陽休之傳》改。陽休之（五〇九？—五八二）：北朝齊隋間文人，字子烈，右北平無終（今天津薊縣）人，官至尚書右僕射，《北齊書》卷四二有傳。

〔一一〕「當」，原作「甞」，從詩話叢書本校補改。此稱陽休之齊官，且曰當世之文匠，明此文爲北人劉善經之筆。

〔一二〕「乃以」二句：左思《魏都賦》：「蓋音有楚夏者，土風之乖也。」（《文選》卷六）

〔一三〕五十六韻：維寶箋謂指平聲之韻有五十六字。然下文言「科以四聲」，不當僅爲平聲之韻。後世有等韻之説，合若干韻母爲一「轉」，又合若干轉爲「攝」。今傳張麟之《韻鏡》即有四十三轉。陽休之或者亦將若干韻依某種規則歸爲一類，因是早期歸類，故較疏野，故有「五十六韻」。所謂「尤相涉者」，或者即指母音相近，韻尾相同或相類，開合口相同等。

〔一四〕《韻略》：《隋書·經籍志》：「《韻略》一卷，陽休之撰。」《新唐書·藝文志》：「陽休之《韻略》一卷，又《辨嫌音》二卷。」陸法言《切韻序》記述諸家韻書：「吕静《韻集》、夏侯該《韻略》（盛江案：「該」當作「詠」）、陽休之《韻略》、周思言《音韻》、李季節《音譜》、杜臺卿《韻略》等，各有乖互。」（《廣韻校本》卷首）《顔氏家訓·音辭》：「陽休之造《切韻》，殊爲疏野。吾家子女，雖在孩稚，便漸督正之。」（《顔氏家訓集解》，上海古籍出版社一九八〇年）當亦指《韻略》。其書今佚，有任大椿（《小學鈎沈》所收）、馬國翰、黄奭、顧震福輯本。敦煌本王仁昫《切韻》記其分韻之部類，冬、鍾、江不分，元、魂、痕不分，山、先、仙不分，蕭、宵、肴不分，皆與《切韻》不合，而且分韻甚寬，内容祇是解釋字、詞。魏建功曾做《王仁昫〈刊謬補缺切韻〉韻目下注吕静、夏侯詠、陽休之、李季節、杜臺卿諸家韻部考目》，其中夏侯詠《韻略》凡一百七十三韻。

〔一五〕「咸」，原作「減」，據三寶等本改。制作：文章寫作。

〔一六〕以上言陽休之《韻略》辨韻而科以四聲，及對文章寫作之影響。

〔一七〕李節：即李概，字季節，北朝齊文人，生卒年不詳。《北史·李公緒傳》有附傳。

〔一八〕「土」，原作「工」，據三寶等本改。

〔一九〕《音譜決疑》：史籍所載不一。《北史·李公緒傳》附傳稱李概撰《音譜》行於世。《隋書·經籍志》：「《修續音韻決疑》十四卷，李概撰。」「《音譜》四卷，李概撰。」《日本國見在書目》小學家：「《音譜決疑》十卷，齊太子舍人李節撰。」「《音譜決疑》二卷，李概撰。」《顏氏家訓·音辭》：「李季節著《音韻決疑》，時有錯失。」陸法言《切韻序》：「呂靜《韻集》、夏侯該（詠）《韻略》、陽休之《韻略》、周思言《音韻》、李季節《音譜》、杜臺卿《韻略》等，各有乖互。」日僧安然《悉曇藏》卷二：「《韻詮序》曰：李季節之輩定《音譜》於前，陸法言之徒修《切韻》於後。」李概當是先撰述《音譜》，此爲以韻分類，與呂靜《韻集》等性質相同之字書。之後，再根據其中有問題之要點加以討論，編成《修續音譜決疑》。《文鏡秘府論》所言爲後者。《日本國見在書目》同様書名之二部書，二卷本當爲《音譜》，十卷本當爲《修續音譜決疑》。《顏氏家訓》作《音韻決疑》，非，當作《音譜決疑》。二書均佚，馬國翰輯佚有目無書。據魏建功《王仁昫〈刊謬補缺切韻〉韻目下注呂靜、夏侯詠、陽休之、李季節、杜臺卿諸家韻部考目》，李季節《音譜》凡一百六十三韻。《敦煌本王仁昫切韻》記其佳、皆不分，先、仙不分，蕭、宵不分，庚、耕、青不分，尤、侯不分，咸、銜不分，均與《切韻》不合。

〔二〇〕「圜」，原作「圓」，據《周禮》改。

〔二一〕「蔟」，原作「挨」，據江户刊本及《周禮》改。

〔二二〕自「凡樂」至「沽洗爲羽」：引自《周禮・春官・大司樂》，記述祭天神之樂。「沽洗」：《周禮》作「姑洗」。《大司樂》尚有祭地祇人鬼之樂如下：「凡樂，函鍾爲宫，大蔟爲角，姑洗爲徵，南吕爲羽。」（地祇）「凡樂，黄鍾爲宫，大吕爲角，大蔟爲徵，應鍾爲羽。」（人鬼）三大祭部與律相配，均祇有宫角徵羽而無商。其原因，鄭玄注：「凡五聲，宫之所生，濁者爲角，清者爲徵羽，此樂無商者，祭尚柔，商堅剛故也。」賈公彦疏：「云此樂無商者，祭尚柔，商堅剛也者，此經三者皆不言商，以商是西方金故，云祭尚柔，商堅剛不用。」李概謂宫商同聲（四聲中同爲平聲）故「商不合律」，與傳統經學及後儒解釋均不同。且《周禮》論祭法與律相配爲樂調，而非聲調。故李概不過用《周禮》祭不用商，祇有四聲與律相配之説法以證明四聲論淵源有自，並無聲韻學上實質性根據。

〔二三〕「五行」二句：五行中「水」亦爲上聲，與火土同位，故李概説並無聲韻學上實質性根據。

〔二四〕吕静：晉安復令，晉世義陽王典祠令任城吕忱之弟，傳未詳。《韻集》：《魏書・江式傳》（《北史》卷三四同）載江式《求撰集古今文字表》：「晉世義陽王典祠令任城吕忱表上《字林》六卷。……（吕）忱弟静别放故左校令李登《聲類》之法，作《韻集》五卷，宫商角徵羽各爲一篇，而文字與兄（案：指吕忱《字林》）便是魯、衛，音讀楚、夏，時有不同。」《顔氏家訓・音辭》：

「《韻集》以成、仍、宏、登合成兩韻，爲、奇、益、石分作四章。」《隋書·潘徽傳》載潘徽《韻纂序》：「末有李登《聲類》、吕静《韻集》，始判清濁，纔分宫羽，而全無引據，過傷淺局，詩賦所須，卒難爲用。」《隋書·經籍志》：「《韻集》六卷，晉安復令吕静撰。」《日本國見在書目》：「《韻集》五卷，吕静撰。」《韻集》今亡，《小學鈎沈》《玉函山房輯佚書》《黄氏逸書考》《小學搜佚》有輯佚。

〔二五〕「微」，原作「徵」，據高甲本改。王微（四一五—四五三）：劉宋詩人，字景玄，原籍琅邪臨沂（今屬山東），《宋書》卷六二、《南史》卷二一有傳。《鴻寶》：《隋書·經籍志》：「宋秘書監《王微集》十卷，梁有《録》一卷。」未言王微著《鴻寶》事。唯鍾嶸《詩品序》云：「李充《翰林》，疏而不切；王微《鴻寶》，密而無裁。」《隋書·經籍志》子部雜家類著録「《鴻寶》十卷」，未著撰人名氏，此書與《道術志》《道言》等同屬子部雜家類，則此《鴻寶》十卷當屬道術類書。王微《鴻寶》當是韻學字書類，與《隋書·經籍志》所著録之《鴻寶》十卷當非同一種書。

〔二六〕此類書無法用於文士製作，故曰「詠歌少驗」。

〔二七〕平上去入，出行閭里：鍾嶸《詩品序》：「余謂文製本須諷讀，不可蹇礙，但令清濁通流，口吻調利，斯爲足矣。至如平上去入，則余病未能；蜂腰鶴膝，閭里已具。」與此意同。

〔二八〕「沈約取以和聲」句：即《南史·陸厥傳》「（沈約等）爲文皆用宫商，以平上去入爲四聲，且以此製韻」，沈約《宋書·謝靈運傳論》「五色相宣，八音協暢，由乎玄黄律吕，各適物宜。欲使宫羽相變，低昂互節，若前有浮聲，則後須切響。一簡之内，音韻盡殊；兩句之中，輕重悉異」之意。「和聲」，即《文心雕龍·聲律》所謂「異音相從謂之和」。蓋謂四聲本於口語，而沈約取以製韻，使異音相從，用於創作。「之」作「與」解。

〔二九〕「括」，原作「栝」，據醍甲等本改。括羽：《孔子家語》卷五：「括而羽之，鏃而礪之，其入不益深乎！」（四部叢刊本）括者，矢之末，羽者，矢之羽。羽有上去兩讀，括羽之羽讀去聲。《廣韻》去聲十遇：「羽，鳥翅；又五聲，宫、商、角、徵、羽。」則宫商角徵羽之「羽」亦讀去聲。如此，宫商—平聲，徵—上聲，羽—去聲，角—入聲，恰與四聲一一對應，非爲考慮吟詠五聲之實際音值與四聲相配，而是五聲五字聲調以與四聲對應的理論，顯然牽强。天卷《調聲》引元兢曰：「聲有五聲，角徵宫商羽也。分於文字四聲，平上去入也。宫商爲平聲，徵爲上聲，羽爲去聲，角爲入聲也。」元兢之説蓋本於李概。

〔三〇〕「亦之和同」，此句不通，疑有訛字脱字。《校注》謂：「『之』，疑當作『云』。」饒宗頤《〈文心雕龍·聲律篇〉與鳩摩羅什〈通韻〉》（中華文史論叢，一九八五年第三輯）以爲此句宜讀作「與之和同」，可備一説。

〔三一〕《校注》：「『拉』，疑當作『位』。」「以拉群音」一句：即「四聲者無響不到，無言不攝」之意。

〔三二〕「埋」，原作「理」，從豹軒藏本鈴木虎雄注改。

〔三三〕「未改」，豹軒藏本鈴木虎雄注：「『改』字可疑。」自「案《周禮》」至「未改於先悟者乎」，劉善經引李概《音譜決疑序》。

〔三四〕「世」，原作「此」，從《考文篇》改。

〔三五〕鍾、蔡：鍾子期、蔡邕，均古之知音者。以上稱許李概《音譜決疑》能以《周禮》證明宫商五音與四聲相配。

「斯人而已」次行，宫内廳本、三寶院本有「天」字，醍甲、仁甲、寶壽、六地藏寺、義演本有尾題：「文鏡秘府論　天」，松本本尾題作：「文鏡秘府論」，江户刊本尾題作：「文鏡秘府論卷一終」。北卷尾題下，三寶院本校語「御草本無此内題也」，明空海自筆草稿本無尾題，從高甲等本删内題。以上《文鏡秘府論箋》卷第三。

文鏡秘府論　地〔一〕

金剛峰寺禪念沙門遍照金剛　撰〔二〕

論體勢等〔三〕　十七勢　十四例　十體　六義　八階　六志　九意〔四〕

十七勢〔五〕

王氏論文云〔六〕：詩有學古今勢一十七種〔七〕，具列如後：

第一，直把入作勢。第二，都商量入作勢。第三，直樹一句，第二句入作勢。第四，直樹兩句，第三句入作勢。第五，直樹三句，第四句入作勢〔八〕。第六，比興入作勢。第七，謎比勢。第八，下句拂上句勢。第九，感興勢。第十，含思落句勢。第十一，相分明勢。第十二，一句中分勢。第十三，一句直比勢。第十四，生煞迴薄勢。第十五，理入景勢。第十六，景入理勢。第十七，心期落句勢〔九〕。

【校箋】

〔一〕以下《文鏡秘府論箋》卷第四。

〔二〕「照金剛」三字右旁，成簣堂本有小字注「八對皎」，並用朱筆劃掉。

〔三〕體勢：當爲「十體」「十七勢」等併合之簡稱，「論體勢等」四字爲空海自擬地卷總題，欲概括地卷内容。

〔四〕「十七勢」至「九意」十六字，成簣堂本作「十七勢王　十四例皎　十體崔　六義　八對　八階　六志　九意　八對天　六對札　二種七對　七種言句例札」，其中「王」「皎」「崔」「八對」「八對天」「六對札」「二種七對」「七種言句例札」數字作小字，並用朱筆劃掉；「八對天　六對札　二種七對　七種言句例札」數字中，「天」「札」「札」三字作更小字；「十四例」之「四」字右旁有小字「五」，亦用朱筆劃掉。三寶院本、天海本正文「十七勢」下有小字注「王證本」，「十四例」下有小字注「皎證本」，「十體」下有小字注「崔證本」，「九意」下有小字注「證本」。三寶院本封面裏頁所記地卷另一卷首作「十七勢王　八對皎　十五例皎　十體崔　六義　八對　一種七對　八階　六對札　七種言句例札」，其中，「王」「皎」「皎」「崔」「札」「札」六字作小字注。「十四例」下，寶龜本小字注「皎」。「六志」，正丙本作「六意」。案：三寶院本封面裏頁、成簣堂本、三寶院本和天海藏本地卷卷首所保留爲草稿本痕跡。「十七勢」下注「王」，「十四例」下注「皎」，「十體」下注「崔」，「七種言句例」及「六對」下注「札」爲草稿本文。「王」謂王昌齡，「皎」謂皎然，「崔」謂崔融，「札」謂上官儀《筆札華梁》。由此草稿本卷首可知，對屬論在初稿本原擬編入地卷，且分開論述，至修訂本始編入東卷，且併爲一體，重新編排。三寶院本封面裏頁名目中無「九意」，三寶院本正文名目「九意」下注「證本」，疑草稿一稿本無「九意」，至二、三稿所謂「證本」時始加入。又，三寶院本封面裏頁「八階」「七種言句例」以下紙張蠹蝕，因此，「九意」二字亦可能恰在被蠹蝕之部位，因而不可得見。所謂「證本」，爲空海草本之後、一一三八年宫内廳本之前之一抄本。日本天正二十年義演抄本時尚存，今已不存。「十五例」之「五」字爲草稿本文，修訂本爲「十四例」。正智院丙本「六志」作「六意」，誤，當非抄寫者之誤，疑爲照録草本筆誤之故。「八對皎」當即東卷「二十九種對」有夾注説明「右八種對出皎公《詩議》」之鄰近對、交絡對、當句對、含境對、背體對、偏對、雙虚實對、假對八種對。「六對札」疑爲李淑《詩苑類格》、梁橋《冰川詩式》引上官儀之正名、同類、連珠、雙聲、疊韻、雙擬六種對。未標原典出處之「八對」疑爲東卷「二十九種對」夾注標明「右六種對出元兢髓腦」之平對、奇對、同對、字對、聲對、側對六種對，加以「第一的名對」「第六異類對」所引兩段元兢對屬論。三寶院本封面裏頁之「一種七對」，當即成簣堂本所記之「二種七對」。成簣堂本「二種七對」，「七」字乍看形似「十」字，然細辨其字形，似下所列「七種言句例」之「七」字，故當爲「七」字。此所言「二種七對」（「一種七對」）未標明原典出處，若爲「二種七對」，疑出《文筆式》與崔融《唐朝新定詩格》；若爲「一種七對」，則疑出其中之一種。成簣堂本卷首之「八對天」未詳，疑即「八對皎」，因誤寫成「八對天」而在「遍照金剛」之右注改成「八對皎」字樣。

〔五〕「十七勢」，原作「體例」。此二字爲草本文，據成簣堂本、三寶院本正文卷首改。《唐才子傳》

卷二「王昌齡」條載:「述作詩格、律體、體例共十四篇,爲《詩格》一卷。」此處「體例」或者從昌齡《詩格》此類條目中抄出,亦可能爲空海初稿擬地卷總題時所記,「體例」即「十體」「十四例」併合之簡稱,或者原擬用「體例」以概括地卷其他各部分内容作爲總題,而後改用「體勢」以概括。

〔六〕「王氏論文云」,成簣堂本作「或曰」,眉注「王氏論文云御草本如此以朱砂銷之」。「王氏論文云」爲草本文,王氏即王昌齡,可知「十七勢」作者爲王昌齡。成簣堂本眉注「御草本如此以朱砂銷之」十字爲抄寫者補記之文字。王昌齡《詩格》,一説率出依託(説見《四庫全書總目》卷一九五集部詩文評類司空圖《詩品》提要及卷一九七集部詩文評類存目《吟窗雜録》提要)。案:據空海《書劉希夷集獻納表》(《性靈集》卷四,已見前引),空海入唐親得王昌齡《詩格》。至晚於空海入唐,即王昌齡卒後五十年左右,王昌齡詩論著作已名爲「詩格」,此當是流傳最早之書名。後來其他種種名稱,當由此衍生而出。王昌齡詩論著作之相當部分,由門人從王昌齡學詩各記其所聞,爾後彙輯而成,但現存如《六義》等,爲書面語體,非講録體,故亦不排除王昌齡親筆著有詩論著作之可能。《詩格》中王昌齡之後詩作由空海補輯之可能性不大,當是由王昌齡門人拉雜摻入。

〔七〕「詩有學古今勢一十七種」以下爲王昌齡文,爲書面語體,當爲王昌齡自著。

〔八〕「四」,原作「五」。案:「五」當作「四」,觀正文「第五直樹三句第四句入作勢」項可知,據成簣堂等本改。

〔九〕《漢書·揚雄傳》:「先是時,蜀有司馬相如,作賦甚弘麗温雅,雄心壯之,每作賦,常擬之以爲式。」此處之「十七勢」,實亦爲十七式,欲後人「擬之以爲式」。「勢」即「式」。勢亦體,十七勢亦十七體,「第八下句拂上句勢」,南卷《論文意》即作「詩有上句言物色,下句更重拂之體」。「十七勢」之所謂「勢」,可以理解爲具有一定風貌趨勢之文學樣式,此類作法趨勢文學樣式形成詩文不同風格體貌,此種趨勢樣式又與具體詩文作法相通。

第一,直把入作勢〔一〕。

直把入作勢者,若賦得一物〔二〕,或自登山臨水,有閑情作〔三〕,或送别,但以題目爲定,依所題目,入頭便直把是也。皆有此例。昌齡《寄驩州》詩入頭便云〔四〕:「與君遠相知,不道雲海深〔五〕。」又《見譴至伊水》詩云〔六〕:「得罪由己招,本性易然諾〔七〕。」又《題上人房》詩云:「通經彼上人,無跡任勤苦〔八〕。」又《送别》詩云:「春江愁送君,蕙草生氛氲。」又《送别》詩云:「河口餞南客,進帆清江水。」又如高適云〔九〕:「鄭侯應棲遑,五十頭盡白〔一〇〕。」又如陸士衡曰:「顧侯體明德,清風肅已邁〔一一〕。」

第二,都商量入作勢〔一二〕。

都商量入作勢者,每詠一物,或賦贈答寄人,皆以入頭兩句平商量其道理,第三第四第五句入作是也〔一三〕。皆有其例。昌齡《上同州使君伯》詩言〔一四〕：「大賢本孤立，有時起絲綸〔一五〕。伯父自天稟，元功載生人〔一六〕。」是第三句入作〔一七〕。又《上侍御七兄》詩云：「天人俟明略，益稷分堯心〔一八〕。利器必先舉，非賢安可任。吾兄執嚴憲，時佐能鈎深〔一九〕。」此是第五句入作勢也。

【校箋】

〔一〕直把入作勢：直把即直接點明題意，入即入頭，開篇。作，興起，此指興起詩情，猶感興也。「第六比興入作勢」，吟窗本王昌齡《詩格》即作「託興入興體」。「有閑情作」即指興起閑情。開篇即直接叙起，點明詩意，並興起詩情，此種寫作格式，是爲「直把入作勢」。

〔二〕賦得：按規定詩句或事物爲題作詩，如庾信有《賦得集池雁》《暮秋野興賦得傾壺酒》等。

〔三〕「閑」，原作「開」，據六地藏寺等本改。

〔四〕驩州：日南下府。古越地，秦爲象郡，漢屬交州，梁武帝於此置德州，貞觀元年改爲驩州。本節所引王昌齡五詩十句及「大賢」等二詩十句，《全唐詩》等未見，日人市河世寧《全唐詩逸》將其收録。

〔五〕雲海狀驩州之遠，又喻別愁之深。二句直叙遠寄驩州別愁之意。

〔六〕伊水：即伊河，流經河南入洛水。

〔七〕然諾：言而有信。此詩作於王昌齡由汜水尉貶嶺南經伊洛時，在開元二十三年。

〔八〕上人：本指道德高尚之人，後多爲對僧人之尊稱。通經：通曉經學。無跡：無世俗之形跡。

〔九〕高適（七〇〇？—七六五）：字達夫，唐詩人。此爲高適詩《同群公題鄭少府田家》首二句。

〔一〇〕「盡」，原作「垂」，據《眼心抄》與《全唐詩》改。棲遑，通「悽惶」。

〔一一〕陸士衡：陸機。「顧侯」二句：陸機《贈顧交阯公真》詩首二句。顧侯：顧秘，字公真，爲交州刺史。明德：美德。吟窗本王昌齡《詩格》「起首入興體十四」：「直入興八，陸士衡詩：『顧侯體明德，清風肅已邁。』此入頭直叙題中之意。」

〔一二〕《眼心抄》目録無「入作」二字。都商量入作勢：先用幾句作鋪墊，然後引起正題之格式。

〔一三〕「也」字原無，據《眼心抄》及本篇體例補。

〔一四〕「言」疑爲「云」之誤。同州：在今陝西省大荔縣。以下二詩均爲逸詩。

〔一五〕大賢：才德超群之人。綠綸：釣絲，此當指垂釣隱居，東漢嚴光垂釣嚴陵瀨後爲光武帝起用。

〔一六〕伯父：或即王昌齡之伯父，抑或爲對刺史之尊稱，周王朝稱同姓諸侯爲伯父，又古稱管理一方之長官爲伯。元功：大功，首功。生人：生民，避唐太宗諱作生人。

〔一七〕《十七勢》爲書面著作，疑王昌齡後爲初學作詩之追從者講作詩法，故自注其詩。

〔一八〕益稷：相傳輔佐堯舜之賢臣。

〔一九〕「鈎」，原作「釣」，據三寶等本改。

第三，直樹一句，第二句入作勢〔一〕。

直樹一句者，題目外直樹一句景物當時者，第二句始言題目意是也。昌齡《登城懷古》詩入頭便云：「林藪寒蒼茫〔二〕，登城遂懷古。」又《客舍秋霖呈席姨夫》詩云：「黄葉亂秋雨，空齋愁暮心。」又：「孤煙曳長林，春水聊一望。」又《送鄢賁覲省江東》詩云：「楓橋延海岸〔三〕，客帆歸富春。」又《宴南亭》詩云：「寒江映村林，亭上納高潔〔四〕。」此是直樹一句，第二句入作勢。

第四，直樹兩句，第三句入作勢〔五〕。

直樹兩句，第三句入作勢者，亦題目外直樹兩句景物，第三句始入作題目意是也。昌齡《留别》詩云〔六〕：「桑林映陂水，雨過宛城西〔七〕。留醉楚山别，陰雲暮淒淒。」此是第三句入作勢也〔八〕。

【校箋】

〔一〕第一句寫景烘托氣氛，第二句導入題意。

〔二〕「蒼茫」，原作「蒼落范」，據《眼心抄》改。本條以下所引詩，除最後《宴南亭》外，均爲逸詩。

〔三〕「橋」，原作「橘」，據醍乙等本改。

〔四〕《宴南亭》爲王昌齡詩，見《全唐詩》卷一四一，此爲首二句。「高」，《全唐詩》作「鮮」。

〔五〕此爲前兩句寫景烘托，第三句切入題意之寫作格式。

〔六〕此詩《全唐詩》佚載。

〔七〕桑林：商湯苦旱，以身禱於桑林。宛城即宣城，此爲過宣城留別之作。

〔八〕「此是第三句入作勢也」九字原作單行小字注，從三寶等本作雙行小字注。

第五，直樹三句，第四句入作勢〔一〕。

直樹三句，第四句入作勢者，亦有題目外直樹景物三句，然後即入其意。亦有第四第五句直樹景物，後入其意，然恐爛不佳也。昌齡《代扶風主人答》云〔二〕：「煞氣凝不流，風悲日彩寒。浮埃起四遠，遊子彌不歡〔三〕。」此是第四句入作勢〔四〕。又《旅次盩厔過韓七別業》詩云〔五〕：「春煙桑柘林，落日隱荒墅。泱漭平原夕，清吟久延佇。故人家於兹，招我漁樵所。」此是第五句入作勢〔六〕。

第六，比興入作勢〔七〕。

比興入作勢者，遇物如本立文之意，便直樹兩三句物，然後以本意入作比興是也。昌齡《贈李侍御》詩云〔八〕：「青冥孤雲去，終當暮歸山。志士杖苦節，何時見龍顏。」又云：「眇默客子魂，倏鑠川上暉。還雲慘知暮，九月仍未歸。」又：「遷客又相送，風悲蟬更號。」又崔曙詩云：「夜臺一閉無時盡，逝水東流何處還〔九〕。」又鮑照詩云〔一〇〕：「鹿鳴思深草〔一一〕，蟬鳴隱高枝。心自有所疑〔一三〕，傍人那得知〔一三〕。」

【校箋】

〔一〕起首三句寫景，第四句切入題意之寫作格式。

〔二〕扶風：長安西，今陝西鳳翔一帶，漢右扶風之地，以出良將與豪士出名。

〔三〕遊子：當指作者。此爲王昌齡《代扶風主人答》詩前四句。此詩爲王昌齡邊塞詩中能確定年代最早之作品，作於開元十四年，一説作於開元十三年暮。

〔四〕「此是第四句入作勢也」九字原作單行小字注，從三寶等本作雙行小字注。

〔五〕盩厔：在今陝西。韓七：不詳。此詩爲逸詩。

〔六〕「此是第五句入作勢」八字原作單行小字注，從三寶等本作雙行小字注。

〔七〕用比興手法切入題意之寫作格式。

〔八〕李侍御：不明，《校注》：「李侍御，即李邕也，邕嘗爲殿中侍御史。」李邕（六七八—七四七）：字泰和。以下所引王昌齡三詩均爲逸詩。

〔九〕夜臺：長夜之臺，指墳墓。逝水：喻指逝去之光陰。

〔一〇〕「照」，原作「昭」，據六地藏寺本改。鮑照（？—四六六）：字明遠，南朝宋詩人。

〔一一〕「思」，《鮑參軍集》（《漢魏六朝百三名家集》，清光緒三年［一八七七］滇南唐氏壽考堂刊本）作「在」。鹿鳴：思慕友人之聲。

〔三〕「疑」，《眼心抄》作「懷」，《鮑參軍集》作「存」。

〔三〕「鹿鳴」詩爲鮑照《代別鶴操》之末四句。吟窗本王昌齡《詩格》：「起首入興體十四：一曰感時入興。二曰引古入興。三曰犯勢入興。四曰先衣帶後叙事入興。五曰先叙事後衣帶入興。六曰叙事入興。七曰直入比興。八曰直入興。九曰託興入興。十曰把情入興。十一曰把聲入興。十二曰景物入興。十三曰景物兼意入興。十四曰怨調入興。」

第七，謎比勢〔一〕。

謎比勢者，言今詞人不悟有作者意，依古勢有例。昌齡《送李邕之秦》詩云〔二〕：「別怨秦楚深，江中秋雲起〔三〕。言別怨與秦、楚之深遠也。別怨起自楚地。既別之後，恐長不見，或偶然而會。以此不定，如雲起上騰於青冥〔四〕，從風飄蕩，不可復歸其起處，或偶然而歸爾〔五〕。天長夢無隔，月映在寒水〔六〕。」雖天長，其夢不隔。夜中夢見，疑由相會，有如別〔七〕。忽覺，乃各一方，互不相見。如月影在水，至曙〔八〕，水月亦了不見矣〔九〕。

第八，下句拂上句勢〔一〇〕。

下句拂上句勢者〔一一〕，上句說意不快，以下句勢拂之，令意通。古詩云：「夜聞木葉落，疑是洞庭秋〔一二〕。」昌齡云〔一三〕：「微雨隨雲收，濛濛傍山去〔一四〕。」又云：「海鶴時獨飛，永然滄洲意〔一五〕。」

【校箋】

〔一〕兩「謎」字，原均作「讉」，據宫内廳等本目次改。謎比勢：用謎一樣旨趣隱微之比興導入詩意之寫作格式。

〔二〕此詩爲五言絶句，《全唐詩》卷一四三作《送李十五》。

〔三〕「别怨」，《全唐詩》作「怨别」。李邕於開元中因事貶遵化尉，後徙澧州司馬（州治澧陽在今湖南澧縣），開元二十三年起爲括州刺史，改官奉調入京，王昌齡於楚地與李邕話别。

〔四〕「冥」，原作「宜」，據成簣堂等本改。

〔五〕「言别怨」至「或偶然而歸爾」一段當爲王昌齡自釋其詩。

〔六〕《全唐詩》「夢」作「杳」，「映」作「影」。

〔七〕《校注》：「『由』，古通『猶』。」「『有』，古通『又』。」

〔八〕「水至」，原作「至水」，據成簣堂等本改。

〔九〕「雖天長」至「水月亦了不見矣」，當爲王昌齡自釋其詩。

〔一〇〕上句故留未盡之意，以下句補足之，下句與上句相輔相成，使之成曲伸抑揚之勢。拂：輔佐。《墨子·耕柱》：「我何故疾者之不拂而不疾者之拂？」（《諸子集成》）于省吾新證：「拂，弼古字通，……弼猶輔助也。」

〔一一〕「勢」字原無，據寶龜院本補。

〔二〕「夜聞」二句：詩題撰者不詳。吟窗本王昌齡《詩格》「起首入興體十四」「敘事入興六」引四句云：「遥聞木葉落，疑是洞庭秋。中宵起長望，正見滄海流。」謂：「此三句叙事，一句入興。」

〔三〕當爲「昌齡詩云」。

〔四〕「微雨」二句：王昌齡《山行入涇州》詩中句。《全唐詩逸》誤以此詩爲逸詩。此二句下《眼心抄》尚有「又曠野饒悲風颼颼黄蒿草」十一字，二句詩爲王昌齡《長歌行》之前二句。

〔五〕「海鶴」二句：王昌齡《緱氏尉沈興宗置酒南溪留贈》詩中句。

第九，感興勢〔一〕。

感興勢者，人心至感，必有應説，物色萬象，爽然有如感會。亦有其例。如常建詩云〔二〕：「泠泠七絃遍，萬木澄幽音。能使江月白，又令江水深〔三〕。」又王維《哭殷四》詩云〔四〕：「泱漭寒郊外，蕭條聞哭聲〔五〕。愁雲爲蒼茫，飛鳥不能鳴。」

第十，含思落句勢〔六〕。

含思落句勢者，每至落句，常須含思，不得令語盡思窮。或深意堪愁，不可具説。即上句爲意語，下句以一景物堪愁，與深意相愜便道。仍須意出感人始好〔七〕。昌齡《送别》詩云〔八〕：「醉後不能語，鄉山雨雰雰〔九〕。」又落句云〔一〇〕：「日夕辨靈藥，空山松桂香。」又：「墟落有懷縣，長煙溪樹邊〔一一〕。」又李湛詩云〔一二〕：「此心復何已，新月清江長。」

【校箋】

〔一〕吟窗本王昌齡《詩格》「起首入興體十四」：「感時入興一，古詩：『凜凜歲雲暮，螻蛄多鳴悲。涼風率以厲，遊子寒無衣。』江文通詩：『西北秋風起，楚客心悠哉。日暮碧雲合，佳人殊未來。』此皆三句感時，一句叙事。」與此略有不同。

〔二〕「建」，原作「遠」，據《全唐詩》改。「詩」字原無，據成簣堂等本補。常建：盛唐詩人，生卒年未詳。

〔三〕「泠泠」四句：常建《江上琴興》詩中句。

〔四〕王維（七〇一？—七六一）：字摩詰，盛唐詩人。《哭殷四》：《全唐詩》卷一二五作《哭殷遥》。殷遥，丹陽人，與王維同時。

〔五〕「條」，原作「滌」，據成簣堂本改。

〔六〕含思落句勢：落句含蓄留有餘韻之寫詩格式。落句，即末句，結句。吟窗本王昌齡《詩格》「落句體七」：「含思四。陸韓卿詩：『惜哉時不與，日暮無輕舟。』陳拾遺詩：『蜀門自兹始，雲山方浩然。』」又，本書南卷《論文意》：「落句須含思，常如未盡始好。」

〔七〕「感人」前原有「成」字，據成簣堂等本删。

〔八〕本節諸詩例均爲逸詩。

〔九〕「鄉」，原作「卿」，據三寶等本改。

〔一〇〕「云」字原無，據三寶等本補。

〔一一〕「邊」，原作「還」，據江户刊本改。

〔一二〕李湛：字興宗，唐詩人，生年未詳，開元初卒。

第十一，相分明勢〔一〕。

相分明勢者，凡作語皆須令意出，一覽其文，至於景象，恍然有如目擊。若上句説事未出，以下一句助之，令分明出其意也。如李湛詩云：「雲歸石壁盡，月照霜林清。」崔曙詩云：「田家收已盡，蒼蒼唯白茅〔二〕。」

第十二，一句中分勢〔三〕。

一句中分勢者，「海淨月色真」〔四〕。

第十三，一句直比勢〔五〕。

一句直比勢者，「相思河水流」〔六〕。

第十四，生煞迴薄勢〔七〕。

生煞迴薄勢者，前説意悲涼，後以推命破之，前説世路矜騁榮寵〔八〕，後以至空之理破之入道是也。

【校箋】

〔一〕相分明勢：二句共寫一景象，下句與上句互相映發使意與景均鮮明生動。

〔二〕本節二詩例均爲逸詩，《全唐詩逸》收。

〔三〕「十二」，原作「十一」，據成簣堂等本改。一句中分勢：一句中上半下半分寫，而又合爲一景。

〔四〕海淨月色真：王昌齡《送韋十二兵曹》中句。

〔五〕一句直比勢：一句中前半與後半直接相比。

〔六〕相思河水流：唐李頎《題綦毋校書別業》中句。

〔七〕生煞：指萌生凋落、陰陽消長等自然規律。生煞迴薄勢爲將欲抑之，先故揚之，將欲一筆抹倒，先故重筆渲染之手法。

〔八〕矜騁，當作「伶俜」，孤單貌。

第十五，理入景勢〔一〕。

理入景勢者，詩不可一向把理〔二〕，皆須入景，語始清味。理欲入景勢〔三〕，皆須引理語，入一地及居處〔四〕，所在便論之。其景與理不相愜，理通無味〔五〕。昌齡詩云：「時與醉林壑，因之墮農桑。槐煙稍含夜，樓月深蒼茫〔六〕。」

第十六，景入理勢〔七〕。

景入理勢者，詩一向言意，則不清及無味，一向言景，亦無味。事須景與意相兼始好。凡景語入理語，皆須相愜，當收意緊，不可正言〔八〕。景語勢收之便論理語，無相管攝〔九〕。方今人皆不作意，慎之。昌齡詩云：「桑葉下墟落，鵾鷄鳴渚田。物情每衰極，吾道方淵然。」

第十七，心期落句勢〔一〇〕。

心期落句勢者，心有所期是也。昌齡詩云：「青桂花未吐，江中獨鳴琴〔一一〕。」言青桂花吐之時，期得相見。花既未吐，即未相見，所以江中獨鳴琴。又詩云：「還舟望炎海，楚葉下秋水〔一二〕。」言至秋方始還。此《送友人之安南》也〔一三〕。

【校箋】

〔一〕理入景勢：寫理寫意之時需轉入景，與景物描寫融爲一體之寫詩格式。吟窗本王昌齡《詩格》「常用體十四」：「理入景體九。丘希範詩：『漁潭霧未開，赤亭風已颺。』江文通詩：『一聞苦寒奏，再使豔歌傷。』顔延年詩：『淒矣自遠風，傷我千里目。』」

〔二〕一向：猶一味，一意。

〔三〕羅根澤《中國文學批評史》：「（欲）疑當作語。」（上海書店二〇〇三年）

〔四〕「一」字原無，據六地藏寺等本補。寓情寓理於景，是爲「入景」，景物爲詩中情或理寄寓之所，是所謂「入一地及居處」。

〔五〕未能寓情寓理於景，情景不相融洽，故雖理通，詩亦無味。

〔六〕「茫」，原作「范」，據江户刊本改。「時與」四句爲逸詩，《全唐詩逸》據此録入。

〔七〕景入理勢：與「理入景勢」相反，由寫景引出詩意，引出理語。吟窗本王昌齡《詩格》「常用體十四」：「景入理體十。鮑明遠詩：『侵星赴早路，畢景逐前儔。』謝玄暉詩：『天際識孤舟，雲中辨江樹。』」

〔八〕情景融合自然無間，是爲相愜。情景相兼，旨在達意，故情與景均需緊扣詩意，是爲收意緊。不可爲寫景而寫景，是爲不可正言。

〔九〕寫景歸寫景，寫情理歸寫情理，情景不相融，不相干，是爲無相管攝。

〔一〇〕心期落句勢：末句寄託有所期待心情之寫詩方法。

〔一一〕「青桂」二句爲逸詩，詩題未詳。

〔一二〕「還舟」二句爲逸詩。

〔一三〕此二詩之注亦爲昌齡自作自解。「安南也」之下《眼心抄》有「又此心復何已新月清江長李湛」。

十四例[一]

一，重疊用事之例。二，上句用事，下句以事成之例。三，立興以意成之例。四，雙立興以意成之例。五，上句古，下句以即事偶之例。六，上句意[二]，下句以意成之例。七，上句體物，下句以狀成之例。八，上句體時，下句以狀成之例。九，上句用事，下句以意成之例。十，當句各以物色成之例[三]。十一，立比以成之例[四]。十二，覆意之例。十三，疊語之例。十四，避忌之例。御草本銷之[五]。十五，輕重錯謬之例[六]。

【校箋】

〔一〕「十四例」：寶龜本「四」作「五」，右注「四イ」，題下雙行小字注「皎公時議雜立八種對十五例如後」。松本、醍乙、江户刊本、維寶箋本題下雙行注「皎公詩議新立八種對十五例具如後十五例御草本錯之」。此注當爲空海草本原注，空海當初抄出《詩議》十五例全文，後將「十四避忌之例」移入西卷《文二十八種病》，將「十五輕重錯謬之例」作爲第十四例，故曰「十五例御草本錯（銷）之」。皎然及其詩論著作，見天卷序校箋。

〔二〕「上句意」：吟窗雜録本《詩議》（以下簡稱吟窗本《詩議》）作「上句立意」。

〔三〕「各」字原無，據吟窗本《詩議》補。

〔四〕「以」字原無，據吟窗本《詩議》補。

〔五〕「十四避忌之例御草本銷之」十一字原無，據江户刊本補。

〔六〕「五」，原作「四」，據江户刊本改。吟窗本皎然《詩議》：「詩有十五例。一、重疊用事例。詩曰：『浄宫連博望，香刹對承華。』二、上句用事，下以事成之例。詩曰：『子玉之敗，屢增堆塵。』上句出《傳》，下句出《詩》。三、立興以意成之例。詩曰：『明月照高樓，流光正徘徊。上有愁思婦，悲歎有餘哀。』四、雙立興以意成之例。詩曰：『青青陵上柏，磊磊澗中石。人生百歲間，忽如遠行客。』五、上句古，下句以即事偶之例。詩曰：『昔聞汾水遊，今見塵外鑣。』六、上句立意，下句以意成之例。詩曰：『假樂君子，顯顯令德。宜民宜人，受禄于天。』七、上句體物，下句以狀成之例。詩曰：『朔風吹飛雨，蕭蕭江上來。』八、上句體時，下句以狀成之例。詩曰：『昏旦變氣候，山水含清輝。』九、上句用事，下句以意成之例。詩曰：『雖無玄豹姿，終隱南山霧。』十、當句各以物色成之例。詩曰：『明月照積雪，朔風勁且哀。』十一、立比以成之例。詩曰：『餘霞散成綺，澄江浄如練。』十二、覆意之例。詩曰：『延州協心許，楚老惜蘭芳。解劍竟何及，撫墳徒自傷。』十三、疊語之例。詩曰：『故人心尚爾，故心人不見。』又詩曰：『既爲風所開，還爲風所落。』十四、避忌之例。詩曰：『何以雙飛龍，羽異(翼)臨當乖。』又詩曰：『吾兄既鳳翔，王子亦龍飛。』十五、輕重錯謬之例。詩曰：『陳王之誄武帝，稱尊靈永蟄。孫楚之哀人臣，乃云奄忽登遐。』此錯繆之例。」王昌齡《詩中密旨》：「詩有九格。一曰重疊用事格。二曰上句立興下句是意格。三曰上句立興下句是比格。四曰上句體物下句狀成格。五曰上句體時下句狀成格。六曰上句體事下句意成格。七曰句中比物成意格。八曰句中疊語格。九曰句中輕重錯謬格。重疊用事格一。詩曰『淨宮連薄望，香刹對(承)花』是也。上句立興下句是意格二。詩曰『明月照高臺，孤光正徘徊』是也。上句立興下句是比格三。詩曰『青青陵上柏，磊磊澗中石。人生天地間，猶如遠行客』是也。上句體物下句狀成格四。詩曰『朔風吹飛雨，蕭蕭江上來』是也。上句體時下句狀成格五。詩曰『昏旦變氣候，山水含清輝』是也。上句體事下句意成格六。詩曰『雖無玄豹姿，終隱南山霧』是也。句中比物成語意格七。詩曰『餘霞散成綺，澄江淨如練』是也。句中疊語格八。詩曰『既爲風所開，還爲風所落』是也。句中輕重錯謬格九。詩曰『天子憂征伐，黎民常自胎』是也。」(《吟窗雜録》)

一，重疊用事之例〔一〕。詩曰：「淨宮鄰博望，香刹對承華〔二〕。」

二，上句用事，下句以事成之例〔三〕。詩曰：「子玉之敗，屢增惟塵〔四〕。」上句出《傳》，下句出《詩》也。

三，立興以意成之例〔五〕。《詩》曰：「營營青蠅〔六〕，止于樊。愷悌君子，無信讒言〔七〕。」又詩曰：「明月照高樓，流光正徘徊。上有愁思婦，悲歎有餘哀〔八〕。」

四，雙立興以意成之例〔九〕。《詩》曰：「鼓鐘鏘鏘，淮水湯湯，憂心且傷〔一〇〕。」又詩曰：「青青陵上柏，磊磊澗中石。人生天地間，忽如遠行客〔一一〕。」

五，上句古，下句以即事偶之例〔一三〕。詩曰：「昔聞汾水遊，今見塵外鑣〔一三〕。」

六，上句意，下句以意成之例〔一四〕。《詩》曰：「假樂君子，顯顯令德。宜民宜人，受禄于天〔一五〕。」

七，上句體物，下句以狀成之例。詩曰：「朔風吹飛雨，蕭條江上來〔一六〕。」

八，上句體時，下句以狀成之例。詩曰：「昏旦變氣候，山水含清暉〔一七〕。」

【校箋】

〔一〕「例」，《詩中密旨》作「格」。

〔二〕「鄰」，吟窗本《詩議》作「連」。「淨宮」二句：詩題及撰者不詳。淨宮：佛寺。博望：即博望苑，漢宮苑名。香刹：亦佛寺。承華：太子宫門名。

〔三〕二句分用兩個事典，下句申發上句之事，上下之事典相互關聯。

〔四〕「子玉」二句見魏嵇康《幽憤詩》，上句出《左傳》僖公二十八年，謂楚國令尹子文舉薦子玉代己治政，結果子玉與晉作戰大敗，敗在子玉而責在子文。後句出《詩·小雅·谷風》，詩曰：「無將大車，維塵冥冥。」意爲大夫進舉小人，恰恰自作憂患。嵇康性慎言行，却因吕安爲其兄吕巽枉訴事，被鍾會與吕巽陷罪繫獄。二句詩正抒發嵇康幽憤之情，後事正申發上句之意。

〔五〕《詩中密旨》作「上句立興下句是意格」。此例意爲，先以比興之象營造抒情氣氛，然後引出抒情之意。

〔六〕「蠅」下原有「々」，據成簣堂等本删。

〔七〕「營營」四句：《詩·小雅·青蠅》第一章，吟窗本《詩議》無此詩例。青蠅立興，以比讒人，接着申明本意，謂和樂平易君子不得信從讒言。

〔八〕「明月」四句：曹植《七哀詩》中句。

〔九〕《詩中密旨》作「上句立興下句是比格」。以二事起興，營造抒情氣氛，後引出抒情之意。

〔一〇〕「鼓鐘」三句：《詩·小雅·鼓鍾》第一章之前三句。毛傳：「幽王用樂不以德，比會諸侯于淮上，鼓其淫樂以示諸侯，賢者爲之憂傷。」鏘鏘，鼓鐘之聲。湯湯，猶蕩蕩，大水急流貌。吟窗本《詩議》無此詩例。

〔一一〕「青青」四句：爲《古詩十九首》其三之前四句。

〔一二〕此以下數例與王昌齡《十七勢》下句拂上句勢等數例相仿，論前後二句如何相輔相成。

〔一三〕「昔聞」二句：謝靈運《從遊京口北固應詔》中句。前句用《莊子·逍遥遊》之典，謂堯往見四子於汾水之陽，窅然而喪其天下，是所謂「古」。下句寫宋高祖登北固山，若飄然出於塵外，是所謂今事。所謂「以即事偶之」，意爲古事今意相稱相合。

〔一四〕「上句意」，吟窗本《詩議》作「上句立意」。

〔一五〕「假樂」四句：《詩·大雅·假樂》首章之前四句。前二句寫天嘉樂周成王有盛明之善德，寫意。

下二句寫成王安民官人，皆得其宜，以受福禄於天。下句申足前句之意，是所謂「以意成之」。

〔二六〕《詩中密旨》「雨」作「雪」，「蕭條」作「蕭蕭」。「朔風」二句：謝朓《觀朝雨》之前二句。下句用更爲具體生動之描繪，使上句陳述之情狀更爲形象鮮明。

〔二七〕「昏旦」二句：謝靈運《石壁精舍還湖中作》首二句。

九，上句用事，下句以意成之例〔一〕。詩曰：「雖無玄豹姿，終隱南山霧〔二〕。」

十，當句以物色成之例〔三〕。詩曰：「明月照積雪，朔風勁且哀〔四〕。」

十一，立比成之例〔五〕。詩曰：「餘霞散成綺，澄江淨如練〔六〕。」

十二，覆意之例〔七〕。詩曰：「延州協心許，楚老惜蘭芳。解劍竟何及，撫墳徒自傷〔八〕。」

十三，疊語之例〔九〕。詩曰：「故人心尚爾，故心人不見〔一〇〕。」又詩曰：「既爲風所開，還爲風所落〔一一〕。」

十四，避忌之例。詩曰：「何況雙飛龍，羽翼縱當乖。」又詩曰：「吾兄既鳳翔，王子亦龍飛〔一二〕。」

十五，輕重錯謬之例〔一三〕。陳王之誄武帝〔一四〕，遂稱「尊靈永蟄」〔一五〕；孫楚之哀人臣，乃云「奄忽登遐」〔一六〕。子荆《王驃騎誄》〔一七〕。此錯謬一例也，見《顔氏傳》〔一八〕。今於古律之上，始末酷論，以祛未悟，則反正之道，可得而聞也。

【校箋】

〔一〕此一例亦講前後二句如何相輔相成。

〔二〕「雖無」三句：謝朓《之宣城出新林浦向板橋》末二句。玄豹姿：漢劉向《列女傳·陶答子妻》載，南山玄豹藏而遠害，霧雨七日而不下食，欲以澤其毛而成文章。

〔三〕「當句」下，吟窗本《詩議》有「各」字。一句一景，一句中兩意象相輔而成爲一統一景象。

〔四〕「明月」二句：謝靈運《歲暮》中句。

〔五〕「成」字前，吟窗本《詩議》有「以」字。立比成之例：《詩中密旨》作「句中比物成語意格」。當句出現喻體與本體，用形象之比喻以描繪物象。

〔六〕「餘霞」二句：謝朓《晚登三山還望京邑》中句。此與《十七勢》之「一句直比勢」相似。

〔七〕同一詩意反覆申之。

〔八〕「延州」四句：謝靈運《廬陵王墓下作》中句。第一句用《史記·吴太伯世家》之典，謂季札心許徐君，徐君死後解其寶劍繫之徐君塚樹，第二句用《漢書·龔勝傳》之典，龔勝卒，楚老哭而哀其熏以香自燒，膏以明自銷。同一傷悼之意，前二句連用兩個典故，後二句又反覆抒寫，是所謂「覆意」。

〔九〕同一語上下句重疊用之，以求迴環往復之抒情效果。

〔一〇〕「心人」，《文選》作「人心」。「故人」二句：謝朓《和王主簿怨情》詩末二句。

〔一一〕「既爲」二句：沈約《詠風》中句。

〔一二〕「十四避忌之例……王子亦龍飛」三十一字原無，據醍乙、江户刊本等本補。此三十一字之下醍乙本有「御草本銷之」五字，據醍乙本注，此三十一字，係空海初稿本之文。此一條，初稿時在地卷，修訂時移入西卷《文二十八種病》「第十五忌諱病」，故地卷删去此例。「十四避忌之例」，校箋見西卷《文二十八種病》。吟窗本《詩議》作：「十四，避忌之例。詩曰：『何以雙飛龍，羽翼臨當乖。』又詩曰：『吾兄既鳳翔，王子亦龍飛。』」

〔一三〕「十五」，原作「十四」，據江户刊本改。用詞輕重失當，不符合描寫物件之身份地位，是爲輕重錯謬。此爲詩病。

〔一四〕陳王：即陳思王曹植，參天卷《四聲論》校箋。

〔一五〕曹植《武帝誄》末爲：「潛闥一扃，尊靈永蟄。聖上臨穴，哀號靡及。群臣陪臨，佇立以泣。」（《藝文類聚》卷一三）昆蟲休眠始用「蟄」字，爲魏武帝作誄文而用「蟄」字，用辭失當。

〔一六〕「登遐」一詞可作爲人死去之諱稱，然同時有登仙而去之意，驃騎將軍死去稱爲「登遐」亦爲錯謬。

〔一七〕孫楚《王驃騎誄》，今佚。

〔一八〕《顔氏傳》：指《顔氏家訓》。以上論輕重錯謬例。《顔氏家訓·文章》：「古人之所行，今世以爲諱，陳思王《武帝誄》，遂深永蟄之思。潘岳《悼亡賦》，乃愴手澤之遺。是方父於蟲，匹婦於考也。蔡邕《楊秉碑》云：『統大麓之重。』潘尼《贈盧景宣詩》云：『九五思飛龍。』孫楚《王驃騎誄》云：『奄忽登遐。』……今爲此言，則朝廷之罪人也。」

十體〔一〕

一，形似體。二，質氣體。三，情理體。四，直置體。五，雕藻體。六，映帶體。七，飛動體。八，婉轉體。九，清切體。十，菁華體〔二〕。

【校箋】

〔一〕「十體」：此題下寶龜本雙行注：「崔氏雜定詩體開十種體具列如」，松本、醍乙、江户刊本、維寶箋本雙行注：「崔氏新定詩體困十種體具列如後出右」，各本題下注爲空海草稿本文，「困」當爲「開」字之誤。《十體》：出崔融《唐朝新定詩格》，即題下注所謂《新定詩體》。崔氏即崔融，見天卷序校箋。《日本國見在書目》小學著録「《唐朝新定詩體》一卷」，不著撰人，當爲崔融作。除地卷《十體》外，天卷《調四聲譜》、東卷《二十九種對》、西卷《文二十八種病》均引有崔融説。

〔二〕傳李嶠《評詩格》：「詩有十體。一曰形似，二曰質氣，三曰情理，四曰直置，五曰雕藻，六曰影帶，七曰婉轉，八曰飛動，九曰情切，十曰精華。形似一，謂邈其形而得似也。詩曰：『風花無定影，露竹有餘清。』質氣二，謂有質骨而依其氣也。詩曰『霜峰暗無色。』『雪覆登道白。』情理三，謂叙情以入理致也。詩曰：『游禽知暮返，行客獨未歸。』直置四，謂直書可置於句也。詩曰：

『隱隱山分地，滄滄海接天。』雕藻五，謂以凡目前事而雕妍之也。詩曰：『岸柳開河柳，池紅照海榴。』影帶六，謂以事意相愜而用之也。詩曰：『露花如濯錦，泉月似沉鈎。』婉轉七，謂屈曲其詞，婉轉成句也。詩曰：『流波將月去，湖水帶星來。』飛動八。詩曰：『空葭凝露色，落葉動秋聲。』情切九。詩曰：『猿聲出峽斷，月影落江寒。』精華十。詩曰：『青田凝駕鶴，丹穴欲乘鳳。』」(《吟窗雜録》)案：上「情切」當作「清切」，「邈」當作「貌」，「岸柳」當作「岸緑」，「湖水」當據《樂府詩集》作「潮水」，「空葭」作「寒葭」爲佳，「凝」當作「擬」。李嶠《評詩格》諸家書目皆未著録，唯《直齋書録解題》文史類載：「《評詩格》一卷，唐李嶠撰，嶠在昌齡之前，而引昌齡《詩格》八病，亦未然。」傳李嶠《評詩格》最早見收於《吟窗雜録》，所存「詩有十體」「詩有八對」，均與《文鏡秘府論》所收崔融《唐朝新定詩體》同而有節略。空海多處稱及崔融而無一字及於李嶠。崔融與李嶠均珠英學士，或者《新定詩體》早佚，後人不知其作者書名，而以其遺文託名李嶠題作《評詩格》。

一，形似體。

形似體者，謂貌其形而得其似，可以妙求，難以粗測者是。詩云：「風花無定影，露竹有餘清。」又曰：「映浦樹疑浮，入雲峰似滅〔二〕。」如此即形似之體也。

二，質氣體。

質氣體者，謂有質骨而作志氣者是。詩曰：「霧烽黯無色，霜旗凍不翻。雪覆白登道，冰塞黄河源〔二〕。」此是質氣之體也〔三〕。

三，情理體。

情理體者，謂抒情以入理者是。詩曰：「遊禽暮知返，行人獨未歸〔四〕。」又曰：「四鄰不相識，自然成掩扉〔五〕。」此即情理之體也。

四，直置體。

直置體者，謂直書其事，置之於句者是。詩曰：「馬銜苜蓿葉，劍瑩鷫鸘膏〔六〕。」又曰：「隱山分地，滄滄海接天〔七〕。」此即是直置之體。

【校箋】

〔一〕「滅」，《眼心抄》作「截」。二例詩題及撰者均未詳。

〔二〕「霧烽」四句：隋虞世基《出塞二首和楊素》中句，作：「雪暗天山道，冰塞交河源。霧烽黯無色，霜旗凍不翻。」（《先秦漢魏晉南北朝詩》，中華書局一九八三年）

〔三〕「也」字原無，據江户刊本補。

〔四〕「遊禽」二句：王融《和王友德元古意二首》中句。「暮知」，《眼心抄》作「知暮」。

〔五〕「四鄰」二句：詩題及撰者不詳。

〔六〕「馬銜」二句：梁戴暠《度關山》中句。「鸊」，原作「鴨」，據《樂府詩集》戴暠原詩改。《史記·大宛列傳》：「（大宛）俗嗜酒，馬嗜苜蓿。」鸊鵜，水鳥名，鸊鵜膏，鸊鵜之脂肪，古人用於涂刀劍，使不生銹。

〔七〕「隱隱」二句：詩題及撰者均未詳。

五，雕藻體。

雕藻體者，謂以凡事理而雕藻之，成於妍麗，如絲彩之錯綜，金鐵之砥鍊是。詩曰：「岸緑開河柳，池紅照海榴〔一〕。」又曰：「華志怯馳年，韶顏慘驚節〔二〕。」此即是雕藻之體。

六，映帶體。

映帶體者，謂以事意相愜，複而用之者是〔三〕。詩曰：「露花疑濯錦，泉月似沉珠〔四〕。」此意花似錦〔五〕，月似珠，自昔通規矣。然蜀有濯錦川，漢有明珠浦，故特以爲映帶〔六〕。又曰：「侵雲蹀征騎，帶月倚雕弓〔七〕。」「雲」「騎」與「月」「弓」是複用，此映帶之類。又曰：「舒桃臨遠騎，垂柳映連營〔八〕。」

七，飛動體。

飛動體者，謂詞若飛騰而動是〔九〕。詩曰：「流波將月去，湖水帶星來〔一〇〕。」又曰：「月光隨浪動，山影逐波流〔一一〕。」此即是飛動之體。

八，婉轉體〔一二〕。

婉轉體者，謂屈曲其詞，婉轉成句是〔一三〕。詩曰：「歌前日照梁，舞處塵生襪〔一四〕。」又曰：「泛色松煙舉，凝華菊露滋〔一五〕。」此即婉轉之體。

【校箋】

〔一〕「岸緑」二句：陳江總《山庭春日》中句。

〔二〕「華志」二句：鮑照《發後渚》中句。「怯」，《鮑參軍集》作「分」。「韶」，原作「脂」，據《鮑參軍集》改。

〔三〕以雙關之語，互相映帶，表現意外之味之體式，是所謂複而用之。

〔四〕「露花」二句：隋孔德紹《登白馬山護明寺》詩中句。「疑」，《眼心抄》作「如」。

〔五〕「意」，《眼心抄》作「言」。

〔六〕此當爲崔融自注。濯錦、明珠語含雙關，構詞精巧，是爲映帶。

〔七〕「侵雲」二句：詩題及撰者未詳。「雲」「騎」與「月」「弓」均引發人們雙重聯想，是爲映帶。

〔八〕「舒桃」二句：出唐褚亮《奉和禁苑餞别應令》。桃花馬：毛色白中帶紅點之馬。細柳營：漢文帝時，周亞夫屯軍細柳，漢文帝至此，無軍令不得入，事見《史記·絳侯周勃世家》。細柳在今陝西咸陽市西南。二語實景描寫之外，又分别映帶而聯想到「桃花馬」與「細柳營」。

〔九〕詞若飛騰而動，爲表現手法，亦爲詞風體貌，爲此體貌之美而用之寫作體式。

〔一〇〕「流波」二句：出隋煬帝楊廣《春江花月夜》二首其一。

〔二〕「月光」二句：出梁劉孝綽《月半夜泊鵲尾》。

〔三〕《評詩格》所載此例，定義語與《文鏡秘府論》同，而引詩則異。《評詩格》當有誤。

〔三〕詩之婉轉之美爲體貌，然造成此種體貌者爲修辭，故曰「屈曲其詞，婉轉成句」，謂以婉轉抒情述懷手法表現出詩之美。

〔四〕「歌前」二句：詩題及撰者不詳。漢劉向《别録》：「漢興以來，善歌者魯人虞公，發聲清哀，蓋動梁塵，受學者莫能及也。」（《太平御覽》卷五七二）曹植《神女賦》：「陵波微步，羅襪生塵。」（《文選》卷一九）

〔五〕「泛色」二句：詩題及撰者不詳。

九，清切體。

清切體者，謂詞清而切者是〔一〕。詩曰：「寒葭凝露色，落葉動秋聲〔二〕。」又曰：「猿聲出峽斷，月彩落江寒〔三〕。」此即是清切之體。

十，菁華體〔四〕。

菁華體者，謂得其精而忘其粗者是〔五〕。詩曰：「青田未矯翰，丹穴欲乘風〔六〕。」鶴生青田，鳳出丹穴。今只言青田，即可知鶴〔七〕，指言丹穴，即可知鳳，此即是文典之菁華。又曰：「曲沼疎秋蓋，長林卷夏帷〔八〕。」曲沼，池也。又曰：「積翠徹深潭，舒丹明淺瀨〔九〕。」丹即霞，翠即煙也。今只言丹、翠，即可知煙霞之義。況近代之儒，情識不周於變通，即坐其危險，若兹人者，固未可與言〔一〇〕。

【校箋】

〔一〕用自然清新之詞，恰切生動地傳導其時之境界氣氛，是爲清切體。

〔二〕「寒葭」二句：詩題及撰者不詳。

〔三〕「猿聲」二句：出唐崔信明《送金竟陵入蜀》。

〔四〕菁華體：《尚書大傳》卷一下：「菁華已竭，褰裳去之。」（四部叢刊本）《晉書·文苑傳序》：「《翰林》志其菁華，《典論》詳其藻絢。」

〔五〕所謂「精」，爲事物精華所在，最能表現事物特點之處。舍粗取精，是爲菁華體。

〔六〕「翰」，原作「幹」，據《眼心抄》改。「風」，原作「鳳」，據三寶等本改。《校勘記》：「青田未矯翰，『矯』爲『撟』之假。」「青田」二句：詩題及撰者未詳。青田：青田白鶴，年年生子，精白可愛，長大便去。事見劉宋鄭緝之《永嘉郡記》。丹穴：丹穴之山有五彩鳳皇，事見《山海經·南山經》。用青田指代鶴，用丹穴代指鳳，是爲舍粗取精之菁華體。

〔七〕「即」，原作「只」。《考文篇》：「只可知鶴，『只』疑作『即』，『即』草體與『只』相似。」案，下文作「即可知風」，故小西甚一説是。今從之改。

〔八〕「曲沼」二句：詩題及撰者未詳。

〔九〕「積翠」二句：詩題及撰者未詳。

〔一〇〕以上《文鏡秘府論箋》卷第四。

六　義〔一〕

一曰風，二曰賦，三曰比，四曰興，五曰雅，六曰頌。

【校箋】

〔一〕以下《文鏡秘府論箋》卷第五。六義：《周禮·春官·大師》：「教六詩，曰風，曰賦，曰比，曰興，曰雅，曰頌。」《毛詩序》：「《詩》有六義焉：一曰風，二曰賦，三曰比，四曰興，五曰雅，六曰頌。」王昌齡《詩中密旨》：「詩有六義，一曰諷，二曰賦，三曰比，四曰興，五曰雅，六曰頌。諷一。諷者，風也。謂體一國之風教，有王者之風，有諸侯之風。賦二。賦者，布也。象事布文，錯雜萬物，以成其象，以寫其精。比三。比者，各令取外物，象已興事。興四。興者，立象於前，然後以事喻之。雅五。雅者，正也。當正其雅言，語與切爲雅也。頌六。頌者，定也，欲續其初嘗爲頌之也。」「曰諷」「諷」，當作「曰風」「風」，「其精」當作「其情」，「象已」當作「象以」，「語與」當作「語典」，「頌者定」當作「頌者容」。以下正文，有「王云」及「皎云」，當爲王昌齡説與釋皎然説。《六義》引「皎曰」之「風」「賦」「比」「興」諸項，均同於最早見録於《吟窗雜録》之王昌齡《詩中密旨》，而引「王云」唯有「雅」一項與《詩中密旨》相同。「風」一項二條中，唯後一條題名「王云」，前一條則未見題名。「賦」「比」「興」「雅」各條均爲「皎曰」在前，「王云」在後，而「頌」一項相反，「王云」在前，「皎云」在後。此甚可疑。空海所録當無誤。由體例觀之，

「風」一項未題名之一條當爲皎説。「頌」一項「皎云」在「王云」之後，順序與其他各項雖不同，然「皎曰」解「風」「雅」「頌」均同於《毛詩序》，當爲一家之説。「皎曰」解「比」「興」與皎然《詩式》卷一「用事」一項對比興解釋相同（「取象曰比，取義曰興」）。又，日本觀智院本《作文大體》有「皎曰：賦者布也，匠事布文，以寫情也」，王云：賦者錯雜萬物，謂之賦也」，恰與《文鏡秘府論》合。《作文大體》似另有所據，而非抄自《文鏡秘府論》。是則空海並未誤抄録，王説和皎説並未顛倒。《六義》中「皎曰」仍當爲皎然説，「王云」仍當爲王昌齡説。或者後人雜抄皎然王昌齡之説而編入《詩中密旨》，或者王説與皎説有相同之内容，空海爲免重複，將其删去，而《詩中密旨》恰恰保留與皎説相同之内容，而删去其餘。結果是《文鏡秘府論》之《六義》「皎説」反合於王昌齡《詩中密旨》説。

一曰風。

體一國之教謂之風。《關雎》《麟趾》之化，王者之風也。《鵲巢》《騶虞》之德，諸侯之風也〔一〕。王云〔二〕：「天地之號令曰風。上之化下，猶風之靡草，行春令則和風生，行秋令則寒風煞，言君臣不可輕其風也〔三〕。」

二曰賦。

皎曰：「賦者，布也。匠事布文〔四〕，以寫情也。」王云：「賦者，錯雜萬物，謂之賦也。」

三曰比〔五〕。

皎云：「比者，全取外象以興之〔六〕，『西北有浮雲』之類是也〔七〕。」王云：「比者，直比其身，謂之比假，如『關關雎鳩』之類是也。」

【校箋】

〔一〕「體一國之教」五句：《毛詩序》：「是以一國之事，繫一人之本，謂之風。……然則《關雎》《麟趾》之化，王者之風，故繫之周公。南，言化自北而南也。《鵲巢》《騶虞》之德，諸侯之風也，先王之所以教，故繫之召公。」此一説由順序而言，當爲皎然説。

〔二〕「王」當即王昌齡。

〔三〕「天地」六句：蔡邕《上封事陳政要七事》：「風者天之號令，所以教人也。」（《後漢書・蔡邕傳》）《毛詩序》：「上以風化下，下以風刺上。」《禮記・月令》：「孟春之月……命相布德和令，行慶施惠，下及兆民。……是月也，天氣下降，地氣上騰，天地和同，草木萌動，王命布農事，命田舍東郊，皆修封疆，審端經術。」「仲秋之月，……殺氣浸盛，陽氣日衰。」

〔四〕「匠」，當從《詩中密旨》作「象」。

〔五〕比：《周禮・春官・大師》鄭玄注：「比，見今之失不敢斥言，取比類以言之。」摯虞《文章流别論》：「比者，喻類之言也。」（《藝文類聚》卷五六）

〔六〕「全」，《眼心抄》作「直」。

〔七〕「之」字原無，據《眼心抄》補。西北有浮雲：句出曹丕《雜詩二首》其二。西北浮雲，自喻。皎然《詩式》「西北有浮雲」：「魏文帝有吞東南之意，軍至揚子江口，觀其洪濤洶湧，乃歎曰：『此天地所以限南北也。』遂賦詩而還。」（吟窗雜録本）皎然《詩式》「用事」：「今且於六義之中，略論比興。取象曰比，取義曰興。義即象下之意，凡禽魚草木，人物名數，萬象之中，義類同者，盡入比興，《關雎》即其義也。如陶公以孤雲比貧士，鮑照以直比朱絃，以清比玉壺，時人呼比爲用事，呼用事爲比。」

四曰興〔一〕。

皎云：「興者，立象於前，後以人事諭之〔二〕，《關雎》之類是也〔三〕。」王云：「興者，指物及比其身説之爲興，蓋託喻謂之興也。」

五曰雅〔四〕。

皎云：「正四方之風謂雅。正有小大，故有大小雅焉。」王云：「雅者，正也。言其雅言典切〔五〕，爲之雅也〔六〕。」

六曰頌〔七〕。

王云：「頌者，讚也。讚歎其功，謂之頌也。」皎云：「頌者，容也。美盛德之形容，以其成功告於神明也。」古人云：「頌者，敷陳似賦〔八〕，而不華侈，恭慎如銘，而異規誡〔九〕。」以六義爲本，散乎情性，有君臣諷刺之道焉，有父子兄弟朋友規正之義焉。降及遊覽答贈之例，各於一道，全其雅正。

【校箋】

〔一〕興：《周禮·春官·大師》鄭玄注：「興，見今之美，嫌於媚諛，取善事以喻勸之。」

〔二〕「諭」，原作「誂」，據成簣堂等本改。

〔三〕「皎云」條：《詩·周南·關雎》「關關雎鳩」鄭玄箋：「興也。」皎然《詩式》「用事」：「比興，取象曰比，取義曰興，義即象下之意。」

〔四〕雅：《毛詩序》：「言天下之事，形四方之風，謂之雅。雅者，正也，言王政之所由廢興也。」

〔五〕雅言：《論語·述而》：「《詩》《書》、執禮，皆雅言也。」孔安國注：「雅言，正言也。」典切：典雅切直。

〔六〕《校注》：「『爲』，古通『謂』。」

〔七〕頌：《毛詩序》：「頌者，美盛德之形容，以其成功告於神明者也。」

〔八〕「似」，原作「以」，據三寶等本改。

〔九〕「頌者」五句：《文心雕龍·頌讚》：「原夫頌惟典雅，辭必清鑠，敷寫似賦，而不入華侈之區；敬慎如銘，而異乎規戒之域。」

八階〔一〕 文筆式略同〔二〕

一，詠物階。二，贈物階。三，述志階。四，寫心階。五，返訓階。六，讚毁階。七，援寡階。八，和詩階。

【校箋】

〔一〕八階：階猶體，佚名《詩格》作「八體」可證。此體（階）爲學詩入門，由淺入深之體與初階，「八階」即提示學詩入門之八種方法。

〔二〕「文筆式略同」：此題下小字注寶龜本作雙行注「文筆式略同詩格轉變爲八體後採八階」，醍乙本作雙行注「文筆式略同又詩格轉反爲八體後採八階御草本有此而以朱抄銷之」，松本、江户刊本、維寶箋本作雙行注「文筆式又詩格轉反爲八體後採八階御草本有此而以朱銷之」。據此注，知《八階》原典當爲《筆札華梁》，《文筆式》和《詩格》有大體相同之内容，而《詩格》稱爲「八體」，空海原擬用「八體」，後採用「八階」。此題下注爲草稿本文。所謂「詩格」，一説即王昌齡《詩格》，然無確據。《省試詩論》引大江匡衡《奉試詩狀》：「《文筆式》云：『蜂腰者，第二字與第五字同聲也。所爲證詩，以上句第二字與第五字同聲爲病云云。』又《詩格》所釋：『初句第二字不得與第五字同聲，又是劇病云云。』然則依下句不可避蜂腰。《文筆式》《詩格》下句已不載蜂腰之有無。」據《八階》題下注，《文筆式》和《詩格》同有「八階」一項（《詩格》作「八體」，然内容一致），據大江匡衡《奉試詩狀》，《文筆式》和《詩格》又同論蜂腰，且觀點一致，因疑《八階》題下空海出注之《詩格》，即大江匡衡所言之《詩格》。此書已流入日本，故空海和大江匡衡均可採用此同一書。

第一，詠物階〔一〕。

詩曰：「雙眉學新緑，二瞼例輕紅〔二〕。言摸出浪鳥，字寫入花蟲〔三〕。」又曰：「灑塵成細跡，點水作圓文。白銀花裏散，明珠葉上分〔四〕。」釋曰〔五〕：聞神嶺而賦金花，覩仙蓬以歌玉葉〔六〕。或思今而染墨，乍感昔以抽毫。此乃詠物之階斯顯，即事之言是著。

第二，贈物階〔七〕。

詩曰：「心貞如玉性，志潔若金爲。託贈同心葉，因附合歡枝〔八〕。」又曰：「合暝刺縫罷，守啼方達曙。帶長垂兩巾，代人交手處〔九〕。」釋曰：乍遺茝葍之㯶葉，時贈滴瀝之輕花〔一〇〕。假類玉以制文，託如金而起詠〔一一〕。雖復表心著跡，還以贈物爲名。

【校箋】

〔一〕詠物階：即詠物體，對某一物從不同角度進行描摹歌詠之詩體。

〔二〕「瞼」，原作「瞼」，當爲「臉」之俗寫，從周校、《校注》等改。

〔三〕「雙眉」四句：詩題及撰者未詳，疑爲《八階》作者自擬。此詩詠美人。

〔四〕「灑塵」四句：詩題及撰者未詳。一説爲詠露。當爲詠小雨。

〔五〕「釋曰」之形式，《文鏡秘府論》中常見。「釋曰」以下内容當出中國原典，非空海釋語。

〔六〕神嶺：神仙之嶺。仙蓬：仙境蓬萊。金花：《神仙傳》有金華山，沈約有《游金華山》詩。玉葉：當爲蓬萊仙境之物。

〔七〕贈物階：贈物爲名表心著跡，抒寫情志之詩歌體式。

〔八〕「心貞」四句：詩題及撰者未詳。詩贈人寄思，陳述忠貞愛情。玉性：《淮南子・俶真訓》：「譬若鍾山之玉，炊以爐炭，三日三夜而色澤不變，則至德天地之精也。」若金：《易・繫辭上》：「二人同心，其利斷金。」同心葉：當指蓮葉，含「蓮」（戀）字。贈同心葉，並附合歡枝，借所贈之物以寓情。

〔九〕「合瞑」四句：詩題及撰者未詳。《眼心抄》無此詩例。帶長：喻思緒之長。交手：攜手。此爲送別情人之作。

〔一〇〕葐蒀：亦作氛氲，煙靄氤氲或香氣郁盛。滴瀝：圓潤明麗貌。「乍遺」二句就例詩其一後二句言。「菉葉」「輕花」，當指「同心葉」與「合歡枝」。

〔一一〕此二句就例詩其一前二句言。例詩其二未見解釋。「假類玉以制文」指「心貞如玉性」句，「託如金而起詠」指「志潔若金爲」。此「釋曰」説明，寫此類詩，可用「金」「玉」之類事物表現忠貞之志，用緑葉紅花之類意象寄託心中戀情。

第三，述志階〔一〕。

詩曰：「有鳥異孤鸞，無群飛獨漾〔二〕。鶴戲逐輕風，起嚮三台上〔三〕。」又曰：「丈夫懷慷慨，膽上湧波奔〔四〕。只將三尺劍，決搆一朱門〔五〕。」釋曰：燕雀之爲易測，鸞鳳之操難知。有如候雁銜蘆〔六〕，騰龍附雲。上哲託以呈抱，明賢因而表志。坦蕩之位既陳〔七〕，慷慨之雄是立〔八〕。

第四，寫心階〔九〕。

詩曰：「命禮遣舟車，佇望談言志。若值信來符，共子同琴瑟〔一〇〕。」又曰：「插花花未歇，薰衣衣已香。望望遥心斷，悽悽愁切腸〔一一〕。」釋曰：春光暖暖，託青鳥以通言〔一二〕；夏日悠悠，因紅牋而表意。若也招朋命侶，方事一斟兩酌，追舊狎新〔一三〕，如應三揮四撫。既傾一樽若是，故以寫心爲名。

【校箋】

〔一〕述志：述寫心志之體，主要抒寫壯志情懷。

〔二〕「無群飛獨漾」，原作「飛無群獨漾」，維寶箋加地哲定注：「案：『飛』字當在『群』下。」今從正之。

〔三〕「鄕」，原作「聊」，據高甲本改。「有鳥」四句：詩題及撰者未詳。

〔四〕「膽」，原作「瞻」，據《眼心抄》、成簣堂本改。

〔五〕「丈夫」四句：詩題及撰者未詳。

〔六〕銜蘆：《淮南子·脩務訓》：「夫雁順風以愛氣力，銜蘆而翔，以備矰弋。」

〔七〕「位」，當作「志」字。

〔八〕「雄是立」，原作「雄立」，從《校勘記》補「是」字。「坦蕩之位既陳」二句，與「第六讚毀階」末「褒貶之事既彰，讚毀之階是立」句式相似，當爲同一原典，或者出《八階》題下注提到的《詩格》。

〔九〕寫心階：陳述心情之體。由例詩及「釋曰」觀之，主要是陳述友情。

〔一〇〕「命禮」四句：詩題及撰者未詳。「命禮」句：言設禮召賓客，故遣舟車。琴瑟：喻指情誼融洽。

〔一一〕「插花」四句：詩題及撰者未詳。此例詩所寫，似爲意中戀人。

〔一二〕青鳥：傳爲西王母取食傳信之神鳥。

〔一三〕「狎」，原作「押」，據成簣堂等本改。

第五，返訓階〔一〕。

詩曰：「盛夏盛光炎〔二〕，燋天燋氣烈。」又曰：「清階清溜瀉，涼户涼風入〔三〕。」釋曰：此述涼秋，彼陳盛暑〔四〕。九冬雪狀悽人，三春風光可翫〔五〕。即二節各舉，且兩時互列〔六〕。語既差舛，故以訕爲名〔七〕。

第六，讚毁階〔八〕。

詩曰：「施朱桃惡采，點黛柳慚色〔九〕。」又曰：「皓雪已藏暉，凝霜方疊影〔一〇〕。」釋曰：讚此練葛無方，毁彼羅紈取證。既近辱緹錦，亦遠恥霜雪〔一一〕。至如梁家畫黛〔一二〕，漢女久已低顔〔一三〕；宋里施朱〔一四〕，江妃故宜歛色〔一五〕。且自重〔一六〕。又云：褒貶之事既彰，讚毁之階是立〔一七〕。

【校箋】

〔一〕此當爲酬答體之一種。訕：即酬，應對，對答。由例詩觀之，後詩當爲對前詩之酬答，與「和詩階」相似，然句型尚須相偶（二例詩均用雙擬對）。尤要者，此類酬答須從相反方面著筆。涼須對暑，夏須對秋。返：猶反，違背，「返酬階」即「反酬階」。

〔二〕「光炎」，原作「炎光」，據《眼心抄》、六地藏寺本作「光炎」。

〔三〕溜：水流，此處當指霤，屋簷水。二詩詩題及撰者均未詳。疑爲《八階》作者自擬詩。後詩爲前詩之返酬詩，故涼風以應燋氣，清秋以應盛夏，前詩兩「夏」「燋」，後詩兩「清」「涼」，均用雙擬對，均押入聲韻。從相反方面酬答，是爲返酬階。

〔四〕「暑」，原作「署」，據成簣堂等本改。所舉兩例詩，後詩寫秋日涼風，故曰「此述涼秋」，前詩寫盛夏燋氣，曰「彼陳盛暑」。「彼」出盛夏詩，「此」則返酬秋涼之詩，是爲返酬階。

〔五〕由此二句觀之，當有描寫九冬三春之例詩，或者被删去。意謂，彼出九冬之詩，寫淒人雪狀，則此當以三春之詩返酬，且寫可玩風光。

〔六〕如前述，彼寫夏，則此答以秋時；彼寫九冬，則此酬以三春，是爲「二節各舉，兩時互列」。

〔七〕從相反方面酬答，一寫燋熱，一寫清涼；一寫冬寒，一寫春暖，故曰「語既差舛」。是爲返酬。

〔八〕貶毁一方，以更好地讚譽另一方之詩，即反襯手法之詩。

〔九〕「施朱」二句：詩題及撰者未詳。貶毁桃花細柳以讚譽妝色之美。

〔一〇〕「皓雪」二句：詩題及撰者未詳。貶毁雪與霜以極讚練葛之白。

〔一一〕「讚此」四句，或者爲對例詩其二之説明，謂爲讚練葛，而不惜貶毁羅紈，且近辱緹錦，遠恥霜雪，以作反襯。然二句例詩祗有遠恥霜雪之意，或者貶毁羅紈，近辱緹錦之句未予列出。

〔一二〕「畫」，原作「盡」，據成簣堂等本改。梁家畫黛：指東漢梁冀妻孫壽色美而善爲妖態，作愁眉事，見《後漢書・梁冀傳》。

〔一三〕漢女：漢水之神女。

〔一四〕宋里施朱：宋玉《登徒子好色賦》謂其里東家之子，著粉則太白，施朱則太赤。

〔一五〕江妃：即江妃二女，逢鄭交甫。以上四句例詩未列出，其意爲以漢女、江妃等襯托美女之美。

〔一六〕此句疑有誤。

〔一七〕「又云」以下所引或爲另一家之説，或者出《八階》題下注所言之《詩格》。

第七，援寡階〔一〕。

詩曰：「女蘿本細草，抽莖信不功。憑高出嶺上，假樹入雲中〔二〕。」又曰：「愁臨玉臺鏡，淚垂金縷裙〔三〕。」釋曰：登巖眺遠，陟嶺瞻高。此乃假彼敷榮，因他茂實〔四〕。且復何異鸞鏡絶塵，遂寫如花之嫩頰；龍津屏浪，乃照似月之蛾眉〔五〕。既憑有功，亦假託於信〔六〕。又云而住〔七〕。

第八，和詩階〔八〕。

詩曰：「花桃微散紅，萌蘭稍開紫。客子情已多，春望復如此。」又曰：「風光摇隴麥，日華映林蕊。春情重以傷，歸念何由弭〔九〕。」釋曰：黄蘭碧桂，風舞葉上之飛香；紫李紅桃，日漾花中之艷色〔一〇〕。彼既所呈九暖，此即復答三春〔一一〕。兼疑秋情，齊嗟夏抱〔一二〕。染墨之辭不異，述懷之志皆同〔一三〕，彼此宫商，故稱相和。王斌有言曰：「無山可以減水，有日必應生月〔一四〕。」夫訓采答詩〔一五〕，言往語復〔一六〕，但令切著，施教無兼〔一七〕。

【校箋】

〔一〕「援寡」，原作「授寘」，據江户刊本改。援寡階：假託烘襯手法。寡爲弱小，亦爲孤獨、孤單，援爲援助。直接孤立寫某物，常顯孤單弱小，借助他物，便可突出表現，是所謂「援寡階」。

〔二〕詩題及撰者未詳。或者爲士子爲求入仕而投詩求援之作。

〔三〕詩題及撰者未詳。玉臺：玉飾之鏡臺。愁因臨玉臺之鏡而愈顯，淚垂於金縷之衣而更悲。是爲援寡。

〔四〕登巖陟嶺，方能眺遠瞻高，敷榮茂實，則須假彼因他，亦爲須假借某物以烘托映襯之意。

〔五〕「嫩頰」，原作「軟顔」，據成簣堂等本改。鸞鏡：罽賓王獲鸞鳥，懸鏡覩影，慨焉悲鳴，一奮而絶，見劉宋范泰《鸞鳥詩序》。此指妝鏡。龍津：即龍門。然此處鸞鏡、龍津爲妝鏡、津池之美稱。「且復」四句意爲，如花之容顔因照明淨之鸞鏡而更顯其美，如月之蛾眉因臨平靜之龍津而愈現其媚。此亦襯托援寡之説明。

〔六〕詩中表現之情、意爲抽象，無可憑信，借助某種具體可憑信之事物，加以烘托映襯對照，便形象化、具體化了，是謂「既憑有功，亦假託於信」。

〔七〕「而住」，《譯注》、林田校本作「而佳」。「而住」二字或者爲「於信」二字之異本異文。《八階》本爲《筆札華梁》與《文筆式》略同之内容，或者以上二本略同，而「而住」二字二本有異文，《筆札華梁》作「於信」，而《文筆式》作「而住」。

〔八〕和詩階：與返酬階均爲彼此酬答唱和之體，非謂同一人同一詩須情景相和。返酬階須從反面應對，和詩階則需依對方詩意作答。

〔九〕以上二例詩詩題及撰者未詳。二例詩當爲一唱一和，前詩爲唱後詩爲和。依對方詩意作答，且詩意一致而語辭不重，是爲和詩階。

〔一〇〕「黄蘭」四句，均下文所謂「九暖」「三春」之景，蓋謂述春之詩，彼呈「黄蘭碧桂，風舞葉上之飛香」之詩，此則可依其詩意，和以「紫李紅桃，日漾花中之艷色」。

〔一一〕九暖：猶九春。所謂呈九暖者，指彼以九暖之意爲詩，對方所寫爲春意，答詩亦需體現春之意。九暖三春均爲春意。

〔一二〕「疑」，疑「擬」之訛誤。二句意爲，唱和詩或者兼擬秋情，或者齊嗟夏抱。

〔一三〕彼此相和詩意不異，故曰「染墨之辭不異」。唱和之詩若述志則均需述志，是爲「述懷之志皆同」。

〔一四〕二句當爲王斌《五格四聲論》中語。二句謂，唱和詩中山水日月需相應。

〔一五〕「訓采」，原作「訓採」，不通，從《校注》等本改。「訓采」與「答詩」對應。

〔一六〕「往」，原作「法」，《校注》：「『法』，疑『往』形近而誤。」今從之改。「言往」「語復」相應。

〔一七〕切著：切至。

六志 筆札略同〔一〕

一曰，直言志。二曰，比附志。三曰，寄懷志。四曰，起賦志。五曰，貶毁志。六曰，讚譽志〔二〕。

【校箋】

〔一〕六志：作詩六種詠志方法。《六志》當出《文筆式》，《筆札》與此有略同之内容。傳《魏文帝詩格》亦載相同《六志》，當爲同一出典。《筆札》即《筆札華梁》，《日本國見在書目》小學家著録《筆札華梁》二卷，未題撰人。《宋秘書省續編到四庫闕書目》文史類著録「《筆九花梁》二卷，上官儀撰」，「九」即「札」之筆誤，知《筆札華梁》爲上官儀所撰。上官儀（六〇七？—六六四）：字遊韶，陝州陝縣（今屬河南）人，移居江都（今江蘇揚州），太宗、高宗朝著名宮廷詩人，生平見《舊唐書》《新唐書》本傳。

〔二〕傳《魏文帝詩格》：「六志。一曰直言，二曰比附，三曰寄懷，四曰賦起，五曰貶毁，六曰讚譽。直言一，謂的中物體，指事而直。畫屏風詩：『去馬不移足，來車豈動塵。』比附二，謂論體寫狀，寄物方形。贈别詩：『離情絃上急，别曲雁邊嘶。』寄懷三，謂含情鬱抑，語帶幾微。幽蘭詩：『有怨生幽地，無情逐遠風。』賦起四，謂就跡題篇，因事遣筆。贊魯司寇詩：『避席談曾子，趙庭誨伯魚。』貶毁五，謂指物實佳，興文要毁其美。田家詩：『且悦丘園死，未甘冠蓋榮。』讃譽六，謂小中出大，短内生長。古詩：『妝罷花更醜，眉成月對慚。』」（吟窗雜録本）

一曰，直言志。

直言志者，謂的申物體〔一〕，指事而言，不藉餘風，別論其詠。即假作《屏風》詩曰〔二〕：「緑葉霜中夏，紅花雪裏春。去馬不移跡〔三〕，來車豈動輪。」釋曰：畫樹長青，不許經霜變色。圖花永赤，寧應度雪改容〔四〕。毫模去跡〔五〕，料判未移蹤。筆寫行輪，何能進轍〔六〕。如斯起詠，所例曰直，不藉煩詞，自然應格悟〔七〕。

二曰，比附志〔八〕。

比附志者，謂論體寫狀，寄物方形，意託斯間，流言彼處。即假作《贈別》詩曰：「離情絃上急，別曲雁邊嘶。低（別本行）雲（百種千過）鬱，垂露（幾千）行啼〔九〕。」釋曰：無方叙意，寄急狀於絃中〔一〇〕；有意論情，附嘶聲於雁側。上見低雲之鬱，託愁氣以合詞；下矚垂露懸珠，寄啼行而奮筆〔一一〕。意在妝頰，喻説鮮花；欲述眉形，假論低月〔一二〕。傳形在去〔一三〕，類體在來，意涉斯言，方稱比附。

【校箋】

〔一〕的：鮮明，明白。申：表明，表達。的申即明白地表達抒寫。

〔二〕假：暫且，權宜之意，此類「假作」詩或者爲原典作者所作。

〔三〕「去」，原作「玄」，據三寶等本改。

〔四〕「畫樹」四句：解釋例詩前二句。

〔五〕「去」，原作「玄」，據三寶等本改。

〔六〕「毫模」四句：解釋例詩後二句。「料」爲「判」之校字。判：判然，顯然。

〔七〕「悟」爲「格」之校字。應格：應詩格律。

〔八〕寄情於物，是所謂「附」；以物喻情，是所謂「比」。用比喻方法寄情於物，是爲比附志。

〔九〕「別本行」，別本作「行」字之義，「行」字爲「低」字之校字。原典一並存有校字。「百種千過」，一本作「百種」，一本作「千過」，互爲校字。「幾千行啼」，一本作「幾」，一本作「千」，互爲校字。

〔一〇〕「急」，原作「忿」，據六地藏寺等本改。

〔一一〕「無方」八句解釋例詩比附之意。

〔一二〕「意在」四句當是解釋另一例詩，此例詩蓋以鮮花比喻美女妝飾過之臉頰，用低月描述美麗彎彎眉毛之形。然此例詩未列出。

〔一三〕「傅」，原作「傳」，從《譯注》改。「傅」同「附」。

三曰，寄懷志〔一〕。

寄懷志者，謂情含鬱抑〔二〕，語帶譏微，事(側列)膏肓，詞褒譎詭〔三〕，即假作《幽蘭》詩曰：「日月雖不照，馨香要自豐。有怨生幽地，無由逐遠風〔四〕。」釋曰：悋道日月不明，自表生於幽地；略述馨香有質，還論逐吹無由〔五〕。猶屈原多俠，《離騷》之詠勃興；賈誼不用，《伏鳥》之歌云作〔六〕。如斯之例，因號寄懷。

四曰，起賦志。

起賦志者，謂斨論古事，指列今詞〔七〕，模《春秋》之舊風〔八〕，起筆札之新號〔九〕。或指人爲定，就跡行以題篇；或立事成規，造因由而遣筆〔一〇〕。附申名況，託志(浮流)言，例此之徒，皆名起賦。即假作《賦得魯司寇》詩曰〔一一〕：「隱見通榮辱，行藏備卷舒〔一二〕。避席談曾子，趨庭誨伯魚〔一三〕。」釋曰：有道無道之説，備列前聞；用之捨之之事〔一四〕，名傳後代。曾參避席，文載《孝經》；鯉也過庭，義班《論語》。如斯之例，事得成言，因舊行新。故名起賦者也。

【校箋】

〔一〕寄懷志：寄託某事以表述情懷之體式。

〔二〕「抑」，原作「柳」，據三寶等本改。

〔三〕「側」「列（例）」二字互爲異文，而以「側」爲是。側：藏伏。《校注》：「『褒』，疑『裒』之誤。」譎詭：變化多端。「謂情」四句意爲，描寫一樣事物，又另含鬱抑之情，譏微之語，欲寫之事情深伏於膏肓之中，而情詞譎詭。

〔四〕例詩謂，日月不照而自有豐厚之馨香，生於幽暗之地而其香無由隨風遠揚，内寓懷才不遇之情，是爲寄懷志。

〔五〕「悋道」四句解釋例詩。悋：同「吝」，顧惜。

〔六〕「用」，原作「申」，據六地藏寺等本改。《伏鳥》之歌，即《鵩鳥賦》。漢賈誼作《鵩鳥賦》以寄失意之情，見《史記·屈原賈生列傳》。

〔七〕「斨」，原作「行行」，當爲「斨」誤，「斨」爲「析」之古字。《隸釋·漢司隸校尉魯峻碑》：「承堂弗構，斨薪弗何。」洪适釋：「以斨爲析。」根據古人古事組織成今日新詞章，此爲起賦志。

〔八〕《春秋》之舊風，指據事直書的史筆，此處當用指起賦志須據實而用古事之義。

〔九〕筆札：本指毛筆與簡牘，後指用筆札書寫之作品。

〔一〇〕「或立事成規造因由而遺筆」，原作「或立事立成規貌造因由不遺筆」，《校勘記》改校如下「或立事成規立貌造因由而遺筆」，以爲「成」與「立」，「規」與「貌」互爲校字，「不」爲「而」之誤字。今從之改。「或指」四句意爲，或者根據古人之跡行而題詠成篇，或者根據古事之因由而遺筆成文。

〔一一〕「詩」上原衍「詞」字，據成簣堂等本删。魯司寇：指孔子，據《史記·孔子世家》，孔子曾爲魯定公大司寇。

〔一二〕行藏：出處或行止。卷舒：猶進退隱顯。

〔一三〕曾子：孔子弟子曾參。曾子避席，見《孝經·開宗明義》。伯魚：孔子之子孔鯉之字。孔鯉趨庭受誨而學《詩》，見《論語·季氏》。本詩四句，均組織古人古事而成今詞，是爲起賦志。

〔一四〕「捨之之事」，原少一「之」字，從《校勘記》補。

五曰，貶毁志〔一〕。

貶毁志者，謂指物實佳，興文道惡，他言作是，我説宜非〔二〕。文筆見貶，言詞致毁，證善爲惡，因以名之。即假作《田家》詩曰：「有意嫌千石，無心羨九卿〔三〕。且悦丘園好，何論冠蓋生。」釋曰：千石崇高，興言有棄；九卿位重，所願無心。番非冠蓋，倒悦丘園〔四〕，貶毁之情，自然隆著。

六曰，讚譽志〔五〕。

讚譽志者，謂心珍賤物，言貴者不如；意重今人，先賢之莫及〔六〕。詞褒筆味，玄欺豐歲之珠；語讚文峰，劇勝饑年之粟〔七〕。小中出大，短内生長，拔滯昇微，方云讚譽。即假作《美人詩》，詩曰：「宋臘何須説，虞姬未足談。頬態花翻愧，眉成月倒慚〔八〕。」釋曰：宋臘無雙，播徽音於筆札〔九〕；虞姬罕匹，飛令譽於含章。鮮花笑樹，刺施妝之未如〔一〇〕；初月開雲，信圖眉而莫及。俱論彼弱，玄識此强〔一〕。假名具陳，方申指的。

【校箋】

〔一〕「曰」字原闕，據江户刊本補。貶毀志：反面着筆，貶毀有價值之物，以突現詩文主題之寫作格式。

〔二〕「作」，原作「你」，據江户刊本改。「宜」，原作「官」，從《校注》改。「謂指」四句意爲，所指之物爲佳物，而寫文章則謂之爲惡，本爲是之事，却謂之曰非。貶毀佳物，以顯詩旨。

〔三〕千石：秦漢時年俸千石之官員品級較高，因以千石指高官。九卿：古代朝廷九個高級官職，泛指朝廷大臣。

〔四〕「倒」，原作「例」，從《校注》改。

〔五〕讚譽志：突出地讚譽所描寫事物，誇張到勝過强者美者之程度，以突出地表現事物之寫作體式。

〔六〕周校：「『之』疑爲『云』字形誤，上文言『言貴者不如』，此句似宜作『云先賢莫及』。」

〔七〕玄：大，玄波猶言大波，玄夏猶言大殿，此處與劇相對，玄欺猶言劇勝，均甚爲誇飾之辭。豐年之珠、饑年之粟：語均見《世説新語·賞譽》。「文峰」，疑爲「文鋒」之訛。「詞褒」四句意爲，世稱庾亮爲豐年之玉，以讚其有廊廟之器，庾翼爲荒年之穀，以讚其有匡世之才，而文中筆底，爲述褒讚之意，則謂某人之才之器大欺豐歲之珠，劇勝饑年之粟。

〔八〕「倒」，原作「例」，據《眼心抄》改。宋臘：三國魏歌姬。虞姬：楚項羽愛妾。

〔九〕「徽」，原作「微」，據成簣堂等本改。

〔一〇〕「剌」，疑當作「判」。判：判然，顯然。「妝」，原作「莊」，從維寶箋改。

〔一一〕玄識：玄，亦甚辭，作大解，與「俱」相對，謂完全知曉此方之强。

九　意[一]

一，春意。二，夏意。三，秋意。四，冬意。五，山意。六，水意。七，雪意。八，雨意。九，風意。

【校箋】

〔一〕九意：四季及山水雨雪風九種詩意，以四言韻文形式，羅列表現九種詩意之古語佳句，以作爲作詩發興之隨身卷子。「九意」之意，即詩意文意之意。《九意》有陽唐韻中用東韻與庚韻，押韻帶日本用韻習慣。「夏意」中「雲從土馬」一句出典當在日本（詳「雲從土馬」句校箋），當時中國人寫不出此類句子。空海曾奉旨祈雨，有過類似「雲從土馬」所寫祭祀求雨之經歷。日人忌諱「九」之數，而空海信奉之密教恰恰推崇「九」之數。《九意》一些詩題和細目可在《玉臺新詠》等中見到，有六朝部類意識，所列詩句亦有六朝色彩，梁周興嗣《千字文》已是長篇四言韻語。故《九意》當爲空海依據傳入日本之中國六朝原典，又融入日本典故，編撰而成。

春　意[一]

雲生似蓋，霧起如煙[二]。山行。　垂松萬歲，卧柏千年。山行。

羅雲出岫，綺霧張天〔三〕。山行。　紅桃繡苑，碧柳裝田。遊園。

風生玉艷，日帶金妍〔四〕。野望。　窗中落粉，瑟上鳴絃〔五〕。

朝雲蔽日，夕雨傾天〔六〕。大雨。　三山引霧，六澤浮煙〔七〕。望晴。

鴻歸塞北，雁入幽邊〔八〕。望晴。　蜂歌樹裏，蝶舞花前。遊園。

悲瞻漢地，泣望胡天。從戎。　秦娥鼓瑟，越女調絃〔九〕。席興。

離衿十載，别袂三年。怨别。　風飄綺袖，日照花鈿。美人。

鳴鐘伏趙，摻鼓降燕〔一〇〕。劍騎。　三山帶霧，五仞含煙〔一一〕。劍騎〔一二〕。

【校箋】

〔一〕春意：梁元帝《春日篇》：「春意春已繁，春人春不見。」（《梁元帝集》，《漢魏六朝百三名家集》卷八四）

〔二〕「雲生」二句：曹丕《雜詩二首》其二：「西北有浮雲，亭亭如車蓋。」（《文選》卷二九）

〔三〕「羅雲」二句：晉陶淵明《歸去來兮辭》：「雲無心以出岫，鳥倦飛而知還。」（《陶淵明集》卷五，

中華書局一九七九年)

〔四〕「妍」，原作「研」，與上句「艷」不對，從《校注》等本改。

〔五〕「窗中」二句：何遜《詠春風》：「鏡前飄落粉，琴上響餘聲。」(《玉臺新詠》卷一〇，中華書局一九八五年)

〔六〕「朝雲蔽日」右下原小字注「旭」，蓋言别作「朝雲蔽旭」，下仿此。「朝雲」二句：用巫山雲雨故事。宋玉《高唐賦》：「旦爲朝雲，暮爲行雨。」(《文選》卷一九)

〔七〕「三山」二句：三山，傳説中海上三神山，據晉王嘉《拾遺記》卷一，一曰方壺，則方丈也；二曰蓬壺，則蓬萊也；三曰瀛壺，則瀛洲也。六澤未詳。

〔八〕「北」，右下原有小字注「表」，「表」爲「北」的異文。「鴻歸」二句：曹操《却東西門行》：「鴻雁出塞北，乃在無人鄉。」(《樂府詩集》卷三七，中華書局一九七九年)幽邊，幽州邊地，《後漢書·鮮卑傳》稱幽州、并州、涼州爲「三邊」。

〔九〕秦娥：古代歌女。越女：古代越地多美女，西施其著者，泛指越地美女。

〔一〇〕「摻」，原作「蹭」，從維寶箋改。

〔一一〕「山」，右下原小字注「峰」。三山：已見前。五仞：未詳，疑作五嶺，或即指五岳。

〔一二〕「劍騎」疑「望晴」之誤。

以上三十二句十六韻，《廣韻》下平聲一先韻(煙、年、天、田、妍、絃、邊、前、鈿、燕)。

平原皎潔，下蔡芬芳〔一〕。遊園。　金池水緑，玉苑花紅。遊園。

燈前覆盞，燭下傾觴。夜飲。　鵬鴻辭繡沼，燕入花梁〔二〕。傷別。

遊蜂熠燿，舞蝶翱翔〔三〕。酣飲。　花開故苑，柳發新裝。遊池。

同觀比翼，共眺鴛鴦。遊池。　眉間葉緑，瞼上花黄。美女。

琴宜袖短，舞勢裙長。妓女。　懸情憶土，舉目思鄉〔四〕。客怨。

雲生鶴嶺，霧起鸞崗〔五〕。山行。　天開寶艶，日寫金光〔六〕。淵居。

風飄洞户，月照長廊。淵居。　環欹照曜，珮動鏗鏘。擣練。

蘭腰婀娜，玉手低昂。擣練。　猿啼柏阜，鳥唤松崗。山行。

三危鳥翅，九折羊腸〔七〕。山行。

【校箋】

〔一〕「平原」，原作「平源」，與下句「下蔡」地名相對，當作「平原」，據江户刊本改。平原：在今山東。下蔡：縣名，楚之貴介公子所封。

〔二〕「鴻」爲「鵬」之校字，下同。

〔三〕「遊」下原有「蕩」字，當爲「蕩」之俗字。「舞」下原有「周」字。均據江户刊本等本删。

〔四〕「鄉」，原作「卿」，據三寶等本改。

〔五〕鶴嶺、鸞崗：均仙道所居之山嶺。

〔六〕「寫」爲「瀉」之假借。

〔七〕三危，傳説中的仙山，三青鳥居之。

以上三十四句十七韻，押下平聲陽韻（芳、觴、梁、翔、裝、鴦、長、鄉、鏘、腸）與十一唐韻（黄、崗、光、廊、昂、崗），祇有第二聯「紅」爲上平聲一東韻。

鳴鳩振羽，嘐雁番歸〔一〕。風飄芍藥〔二〕，日照薔薇〔三〕。野望。

嬌同漢婦，態若湘妃〔四〕。美人。朝悲鳳幕，夜泣鸞帷。閨怨。

良人惆默，賤女歔欷。送別。娼人過漢，蕩婦桑媒〔五〕。寓目。

房櫳夜泣，洞户朝悲。閨怨。持花夕返，採蕊朝歸〔六〕。蠶婦。

孤眠繡帳，獨寢羅幃。閨怨。

裙開鳳轉〔八〕，袖動鸞飛。美人。

稚兒荷篠，織女鳴機。田家。

啼淹武服，泣爛戎衣。從戎。

萍開舊沼，藕發新泥。遊池。

丹桃曄曄，緑竹猗猗〔一〇〕。遊池〔一一〕。

桃蹊遺爵，菊浦酬卮〔一四〕。園醮。

新梅婀娜，嫩柳逶迤〔一六〕。

龍城馬倦，雁塞人疲〔一八〕。從戎。

雲從浪覆，日逐波欹。

顔同趙燕，面似西施〔七〕。美人。

登山意亂，入谷心疑。山行。

尋山採蕨，亘野收薇。田家。

紅桃似頰，碧柳如眉。遊園。

黄禽命駕，紫燕相隨〔九〕。寓目。

觀魚引詠，視鳥興詩〔一二〕。同上〔一三〕。

風光紫闕，日曜丹墀。同上〔一五〕。

宜男窈窕，少女參差〔一七〕。芳草。

通情荳蔻，寄意相思〔一九〕。美人。

由來廣額，本自長眉。美人。

君心易改，妾意難移〔二〇〕。美人。

【校箋】

〔一〕「番」，疑「翻」之訛。唦：口含物曰唦。曰雁含蘆。

〔二〕「芍」，原作「苟」，據江户刊本改。

〔三〕「薔薇」，原作「牆微」，據六地藏寺本改。

〔四〕漢婦：即漢女，漢水之神女。湘妃：湘水女神。

〔五〕「過漢」二字疑有誤。桑媒：古代有男女桑間濮上之幽會。

〔六〕「蕊」下原注「葉」字。

〔七〕趙燕：趙飛燕，體輕能掌上舞。西施：越美女。

〔八〕「鳳」，原作「風」，旁注「鳳」，據成簣堂等本改。

〔九〕黄禽：既言命駕，又與下句對應，當是駿馬名。紫燕：古代駿馬名。

〔一〇〕「丹桃」二句：《詩·周南·桃夭》：「桃之夭夭，灼灼其華。」《詩·衛風·淇奥》：「瞻彼淇奥，緑竹猗猗。」毛傳：「猗猗，美盛貌。」

〔一一〕「遊池」二字原無，據江户刊本補。

〔一二〕《左傳》隱公五年：「如棠觀魚。」（《十三經注疏》）

〔一三〕「同上」二字原無，據江户刊本補。

〔一四〕桃蹊：《史記·李將軍列傳》引諺：「桃李不言，下自成蹊。」菊浦：即菊水，在今河南省内鄉縣，傳飲其水長壽。

〔一五〕「同上」二字原無，據江户刊本補。

〔一六〕「嫩」，原作「嬾」，據三寶等本改。

〔一七〕宜男：草名。少女：據注，亦當爲草名。

〔一八〕龍城：漢時匈奴地名。雁塞：北方邊塞。

〔一九〕「意」，原作「思」，據成簣堂等本改。荳蔻：南方生草名，常用以喻少女。相思：即相思樹。

〔二〇〕以上五十八句二十九韻，上平聲五支（施、隨、猗、巵、迤、差、疲、欹、移）、同六脂（帷、悲、眉、墀、眉）、同七之（疑、詩、思）、同八微（歸、薇、妃、欷、幃、飛、機、衣）通押。據王力《南北朝詩人用韻考》（《龍蟲並雕齋文集》第一册，中華書局一九八〇年），劉宋謝靈運等有脂、之、微、齊、灰通用之例。以上《文鏡秘府論箋》卷第五。

夏　意〔一〕

煙雲夕卷，火霧朝開。　招涼入苑，避暑登臺〔二〕。遊園。

臨池命盞，入水呼盃。池醼。
風挼翠柳，月灼芳梅〔三〕。遊園。

單紗夜翦，輕縠朝裁。妓女。
湯風乍舉，炎氣翻來。焰氣。

尋風照灼，逐水徘徊。遊池。
浮瓜百隻，沈李千枚〔四〕。

朱霞東起，赤日西頹。日晚。
飄風蝶起，拂水蓮開。遊園。

松禽風響，柏鳥聲哀。山行。
愁心叵却，眼淚難裁。閨怨。

榴觴滿榼，菊酒盈盃〔五〕。對飲。
酬觴玉德，獻雅金才〔六〕。叙觴〔七〕。

同酣嘗鳳髓，共乳龍胎〔八〕。貴席。
時登水殿，或上風臺〔九〕。避暑。

【校箋】

〔一〕以下《文鏡秘府論箋》卷第六。

〔二〕「暑」，原作「署」，據成簣堂等本改。

〔三〕挼：揉搓。

〔四〕曹丕《與吳質書》：「浮甘瓜於清泉，沈朱李於寒水。」（《文選》卷四二）

〔五〕菊酒：即菊花酒。菊花酒當是秋之意，或爲與「榴觴」對文而用之。

〔六〕雅：古酒器名。

〔七〕「叙觴」，原作「叙觴」，據高甲本改。

〔八〕鳳髓、龍胎：並指珍奇美味。

〔九〕以上三十二句十六韻，上平聲十五灰（盃、梅、徊、枚、頽），與十六咍（開、臺、裁、來、哀、胎）通押。

三桃宜獻，五柳堪酬〔一〕。望人。　峌山我愛，洛浦君求〔二〕。神女。

移床就沼，改幕依流。　蘭池遜遁，金谷周遊〔三〕。遊園。

長宵繾綣，永夜綢繆。美人。　胡城足怨，隴幕多愁。客怨。

分桃入寵，割袖爲儔〔四〕。美人。　臨池顧影，就水搔頭〔五〕。美人。

終輕七貴，焉重五侯〔六〕。逸仕。　顰眉造態，雹粉佯羞〔七〕。美人。

【校箋】

〔一〕三桃：西王母致三桃，食之可得極壽，事見《漢武故事》。五柳：陶淵明作《五柳先生傳》以自況。

〔二〕 巠山：即巫山，巫山神女故事，見宋玉《高唐賦》。洛浦：即洛水，洛水之神宓妃，伏犧氏之女，曹植《洛神賦》有虚構描寫。

〔三〕 金谷：晉石崇别墅，士人常在此游宴，潘岳有《金谷集作詩》。

〔四〕 分桃：彌子瑕分桃啖君受寵，事見《韓非子·説難》。割袖：漢董賢晝寢偏藉上袖，上斷袖而起，事見《漢書·佞幸傳》。二句均指男寵之事。

〔五〕 顧影：王昭君丰容靚姿，顧影徘徊，事見《後漢書·南匈奴傳》。搔頭：漢武帝過李夫人，就取玉簪搔頭，事見《西京雜記》卷二。

〔六〕 七貴：漢庭七貴，吕、霍、上官、丁、趙、傅、王，並后族。五侯：漢成帝悉封舅王譚、王立、王根、王逢、王商爲列侯，世謂五侯。又，東漢梁冀擅權時亦封其子等爲五侯，漢桓帝時封宦官爲五侯。此泛指達官顯宦。

〔七〕 「雹」，疑爲「撲」音訛。

以上二十句十韻，下平聲十八尤（酬、求、流、遊、愁、儔、羞）與十九侯（頭、侯）及二十幽（繆）通押。

江邊亂蒲，溪上迷紅〔一〕。美人。　天開龍日，海放魚風〔二〕。寓目。

追涼上苑，避暑幽宮。避暑〔三〕。　觀魚濠上，眺美桑中〔四〕。寓目。

閑門耿耿，寂帳忡忡。有懷。　朝看列缺，暮望豐隆〔五〕。雨貌。

雲從土馬，水逐泥牛〔六〕。雨貌。　元輕別鵠，本謝蜩蟲〔七〕。謙短。

金聲漏盡，玉潤番終。傷情。　芳涼易竭，玉井先窮〔八〕。傷遊〔九〕。

秦庭奮猛。漢室馳雄。　先持寶劍，却挽烏弓〔一〇〕。

平生好怒，立性從戎。　才非白馬，智鬪青牛〔一一〕。謙短。

【校箋】

〔一〕「蒲」原作「浦」，「溪」原作「漠」，「紅」原作「江」，均據江户刊本改。

〔二〕「天開」句：《楚辭·天問》：「日安不到，燭龍何照？」（《楚辭補注》，中華書局一九八三年）海放魚風：疑指《莊子·逍遥遊》所謂鯤鵬海運之風。

〔三〕二「暑」字原均作「署」，據成簣堂等本改。

〔四〕觀魚濠上：見《莊子·秋水》。眺美桑中：用《詩·鄘風·桑中》句意。

〔五〕「隆」，原作「降」，據三寶等本改。列缺：閃電。豐隆：傳説中雷神。

〔六〕土馬：日本古代用以祈雨之土製馬。日本考古出土有土製馬形，其年代在五至八世紀末，其地遍於日本關東、中部、近畿、中國、四國、九州等絶大部分縣（府、都），日本古文獻亦多處記述過「土馬」，當即現代考古所發現之土製馬形。日本平安時代以前，文獻記載之馬多與祈雨祈止雨有關，日本古代祈雨多在夏天。土製馬形出土地點，多在直接與水有關之池、河、湖、水田等地，亦與水、雨有關。中國唐以前重要典籍未見「土馬」一詞，中國未有如日本流行四百年以土馬祭祀祈雨之文化背景。「雲從土馬」爲「夏意」之「雨貌」，與日本「土馬」各種情況相合，故知此句所寫即爲日本古代夏旱時以土馬祭神祈雨之情景。夏旱祈雨，極爲靈驗，捧出（或獻上等等）土馬，祭祀祈禱，隨即雲從雨就，正如顧微《廣州記》所記述殺牛祈雨，以牛血和泥，泥石牛背，祠畢天雨，極爲靈驗一樣。其出典當在日本。當時中國人不可能寫出日本出典，故而此句當爲日本人所寫，當爲空海所寫，《九意》亦當爲空海利用中國原典材料，融入日本典故而作。泥牛：顧微《廣州記》：「郁林郡山東南有池，池有一石牛，歲旱，百姓殺牛祈雨，以牛血和泥，泥石牛背，祠畢天雨，洪注洗牛背，泥盡即晴。」（《初學記》卷二，中華書局一九八〇年）

〔七〕別鵠、蜩蟲：疑指《莊子·逍遥遊》所謂之斥鷃與蜩。

〔八〕「芳涼」二句：《莊子·山木》：「直木先伐，甘井先竭。」

〔九〕「遊」疑爲「逝」之誤。

〔一〇〕烏弓：即烏號弓。《淮南子·原道訓》：「射者扞烏號之弓。」

〔一一〕白馬：《韓非子·外儲説左上》：「兒説，宋人，善辯者也，持『白馬非馬也』服齊稷下之辯者。」

公孫龍亦有白馬非馬之辨，見《初學記》卷七引劉向《别録》。青牛：老子乘青牛西遊，事見《史記·老子韓非列傳》索隱引《列異傳》。

以上二十八句十四韻，上平聲一東（紅、風、宫、中、忡、隆、蟲、終、窮、雄、弓、戎）。第七聯與第十四聯的「牛」屬前一段下平聲尤韻。

簷前花笑，户外鶯嬌。　花園命駕，綺殿相招。
彈琴弱腕，妙舞纖腰。妓女。　興言嗚咽，發語號咷。
歌持越劍，舞拔吴刀〔一〕。劍騎。　池傍寄意，折藕相嫽〔二〕。採蓮。
魚燈晃夜，龍燭明宵〔三〕。夜飲。　關山迢迢，津路遥遥。遠移。
長安遠遠，白日迢迢〔四〕。　馳輪漢室，策馬胡橋。
終軍棄帛，司馬題橋〔五〕。求遷。　心存驥尾，意託鴻毛〔六〕。求遷。

【校箋】

〔一〕越劍：《周禮·冬官考工記》：「鄭之刀，宋之斤，魯之削，吴粤之劍，遷乎其地而弗能爲良，地氣然也。」吴刀：《吕氏春秋·行論》：「舜於是殛之於羽山，副之以吴刀。」（《諸子集成》）

〔二〕與「折藕」相對，「池傍」當爲「傍池」。

〔三〕魚燈：魚形之燈。龍燭：本指燭龍神所銜之燭，此當指龍飾之燭。

〔四〕「長安」二句：晉明帝兒時答長安何如日遠，事見《世説新語·夙惠》。

〔五〕終軍棄帛：漢終軍懷壯心，棄繻入關，事見《漢書·終軍傳》。司馬題橋：司馬相如初入長安，題昇仙橋謂，不乘赤車駟馬，不過橋下，事見《華陽國志·蜀志》。

〔六〕「心存」二句：《史記·伯夷列傳》：「附驥尾而行益顯。」王褒《聖主得賢臣頌》：「翼乎，如鴻毛遇順風。」（《文選》卷四七）

以上二十四句十二韻，下平聲三蕭（嫽、迢）、四宵（嬌、招、腰、宵、遥、橋）及六豪（咷、刀、毛）通押。《廣韻》中豪與蕭、宵不同用，然《南北朝詩人用韻考》有同用之例。

秋意

火雲將闋，水月翻明〔一〕。錦霞朝暗，碧霧霄清〔二〕。

晨看度雁，夜視飛螢。燈來若月，火度如星。秋夜。

金風乍動，縠袖時輕。花凋玉苑，日落金城。傷逝。

鴻辭漢沼，燕別吴庭。怨別。秦宮振響，漢室揚名〔三〕。美人。

燈前滅影，燭下流形〔四〕。傷逝。龍門泣淚，馬邑悲鳴〔五〕。從戎。

啼看繡帳，泣望花屏。閨情。能妝面貌，巧畫蛾眉。美人。

能歌緩唱，妙舞腰輕。好。蒲桃我酌，竹葉君傾〔六〕。樂飲。

蓬門匿影，甕牖藏形〔七〕。隱士。桑中遺意，漢側留情〔八〕。

追朋阮籍，命友劉靈〔九〕。飲士。

【校箋】

〔一〕「閡」，原作「閡」，據寶龜院本改。閡：止息，終止。水月：《淮南子·天文訓》：「水氣之精者爲月。」

〔二〕「清」，原作「消」，據成簣堂等本改。

〔三〕「秦宮」二句：上句指漢武帝皇后衛子夫，下句謂成帝皇后趙飛燕。

〔四〕「燈前」二句：漢武帝思念李夫人，夜張燈燭，遥見好女如李夫人之貌，思而作《李夫人歌》，見《漢書·外戚傳》。

〔五〕龍門：當指禹門口，在今山西河津西北與陝西韓城東北，黄河至此，兩岸峭壁對峙，形如門闕，故名。馬邑：秦時依馬跡築城以備胡，城乃不崩，遂名馬邑，其故城今在朔州，見《搜神記》。

〔六〕蒲桃：即葡萄。蒲桃、竹葉均美酒名。

〔七〕蓬門：編蓬爲户。甕牖：以破甕蔽牖。均言貧陋。

〔八〕桑中：《詩·鄘風》有《桑中》詩，寫男女互歌。漢側：《詩·周南·漢廣》：「漢有遊女，不可求思。」

〔九〕阮籍、劉靈（一般作劉伶）：均魏末士人，任誕嗜飲，《世説新語·任誕》載其任誕事蹟。

以上三十四句十七韻，下平聲庚（明、鳴）、十四清（清、輕、城、名、屏、傾、情）及十五青（螢、星、庭、形、靈）通押。《廣韻》裏，青和庚、清不同用，然在《南北朝詩人用韻考》可見用例。十二聯「眉」字爲上平聲脂韻，不押韻，《譯注》：「此聯當屬第三段（上平聲十二齊韻）之錯簡。」

遲遲璧玉，皎皎羅雲。鴻歸熠燿，鶴度繽紛。

蟲鳴東圃，蟬叫西園。風高塞邑，日慘函關〔一〕。

遊風索索，逝水渾渾。花凋下蔡，木落平原。

龍城念子，馬邑思君。三清滿榼，九醞盈罇〔二〕。樂飲。

蒲桃瀺灂，竹葉氛氳〔三〕。鳴絃雁塞，佩劍龍門。

心怨憤憤，眼淚渾渾。愁意。　心羅天地，意網乾坤。雄士。

晨招公子，夕餞王孫〔四〕。逝遇。　山傍日暗，嶺上雲昬。山行。

風驚樹動，水激雷奔〔五〕。山行。

【校箋】

〔一〕「塞」，原作「寒」，據成簣堂等本改。「慘」，原作「燦」，據六地藏寺等本改。

〔二〕三清：《周禮・天官・酒正》：「辨三酒之物，一曰事酒，二曰昔酒，三曰清酒。」九醖：《西京雜記》卷一：「漢制，宗廟八月飲酎，用九醖、太牢。」

〔三〕瀺灂：小水聲，又石在水中出没之貌，此當指蒲桃酒流出之貌。

〔四〕《楚辭・招隱士》：「王孫遊兮不歸，春草生兮萋萋。」

〔五〕以上三十句十五韻，上平聲二十文（雲、紛、君、氳）與二十二元（園、原）、二十三魂（渾、罇、門、坤、孫、昬、奔）及二十七删（關）通押。《廣韻》中，祇有元與魂同用，然《南北朝詩人用韻考》中，可見元、魂、删同用之例，然文韻與上三韻無同用之例。

踟蹰三徑〔一〕，涉獵幽蹊。　羅雲靄靄〔二〕，玉露淒淒。

蟬鳴飲露，燕罷銜泥。　登山雉唤，入谷猨啼。山行。

摧藏夜泣，悵望孤棲。閨怨。　山斜馬惑，澗曲人迷。

金風動壁，桂月霄低。　風飄曲澗，水噎長溪。山行。

無方日暗，有意雲梯。求士。　三虞風一，五百聲齊〔三〕。美人。

揮戈出塞，拔劍龍蹊〔四〕。從戎。　風飄綺袖，日照金堤。美人。

衡門寂寂，白社棲棲〔五〕。　朝瞻澗雉，曉候山雞。

開門出獻，閉户酬稽。　昏昏綺帳，寂寂蘭閨。閨怨。

朝悲焍鼓，夕泣摇鞞〔六〕。從戎。

【校箋】

〔一〕三徑：晉趙岐《三輔決録·逃名》：「蔣詡……隱於杜陵，舍中三徑，唯求仲、羊仲從之遊。」（《文選》卷四五陶淵明《歸去來》李善注引）後指歸隱者所居。

〔二〕「羅雲」，原作「雲羅」，據成簣堂等本改。

〔三〕維寶箋：「三虞，《齊語》曰：澤立三虞，注：掌川澤大小及所主育。」《校勘記》：「『百』爲『陌』形假歟？」

〔四〕《校注》：「『出塞』，疑當作『馬塞』。」龍蹊：當作龍溪，在今福建省龍海縣。或爲龍淵，劍名。

〔五〕「社」，原作「杜」，從維寶箋改。衡門：指隱者所居。白社：晉隱士董京隱居之處。棲棲：皇皇不安之貌，此指孤寂零落貌。

〔六〕以上三十四句十七韻，上平聲十二齊韻。

珠星皎皎，璧月朧朧。　風飄紫柏，日翳青桐。
新花罷緑，晚蕊開紅。　花飛木悴，葉落條空。
秋天秋夜，秋月秋蓬。　秋池秋雁，秋渚秋鴻。
朝雲漠漠，夕雨濛濛〔一〕。　猿啼紫柏，蟬泣青松。山行。
時迎牧子，乍送田翁。　南池養雁，北澤呼鴻。
歌迎白鶴，舞送玄龍。遇佳〔二〕。　兒栽白薤，女蒔青葱。田家。
千愁入臆，百恨填胸。愁意。　心悲易足，眼淚難供。
本稱桃李，今謝芙蓉。傷逝。　燈暉幕靜，月照人空。
眉如葉緑，頰類花紅〔三〕。美人。　呼歌八表，叱吒三公〔四〕。劍騎。

弓穿白虎，手制黄龍〔五〕。　俱傾鄭盞，共覆堯鍾〔六〕。

躊躇陌上，搔手房櫳〔七〕。　行如月度，立若花叢〔八〕。

【校箋】

〔一〕「濛濛」，原作「朦朦」，從《校勘記》改。陶淵明《停雲》：「靄靄停雲，濛濛時雨。」（《陶淵明集》）

〔二〕「遇佳」，原作「遇住」，據高甲本改。

〔三〕「葉緑」，原作「緑葉」，與下句「花紅」相對，當作「葉緑」，從周校本改。

〔四〕八表：八方之外。三公：古代朝廷三種最高官銜。周代以太師、太傅、太保爲三公，一説以司馬、司徒、司空爲三公，西漢以丞相（大司徒）、太尉（大司馬）、御史大夫（大司空）爲三公。

〔五〕弓穿白虎：秦昭襄王時，巴郡閬中夷人作白竹之弩，射殺白虎。事見《後漢書·南蠻西南夷傳》。手制黄龍：東阿王勇士菑丘訢，拔劍入水，二日一夜，殺二蛟一龍。事見《博物志》。射虎殺蛟，又有李廣、周處，見《史記·李將軍列傳》及《世説新語·自新》。

〔六〕鄭盞：指鄭玄善飲酒事，見《世説新語·文學》注引《玄别傳》。堯鍾：《孔叢子·儒服》引遺諺：「堯舜千鍾，孔子百觚」（《太平御覽》卷八四四），謂古之聖賢，無不善飲。

〔七〕「手」，當作「首」。「櫳」，原作「籠」，據高甲等本改。《詩·邶風·静女》：「愛而不見，搔首踟躕。」

〔八〕以上四十四句二十二韻，上平聲一東（朧、桐、紅、空、蓬、鴻、濛、翁、葱、公、櫳、叢）與三鍾（松、龍、胸、供、蓉、鍾）通押。據《廣韻》，東、鍾不通用，然《南北朝詩人用韻考》有同用之例。

冬意

瓊梅落葉，玉樹凋柯。冰開雁沼〔一〕，凍結鴛河。
龍城風少，馬邑寒多。重帷艷錦，複帳珠羅〔二〕。
雲凝五岫，霧結三河〔三〕。宮商韻動，律吕音和〔四〕。奏樂。
方筵趙舞，曲宴韓娥〔五〕。妓女。佯嗔怨少，笑語嬌多。夜伎。
花仙妙舞，月燭清歌。千門涉獵，萬户經過。
持觴隱亞，促酒嵬峨〔六〕。飲〔七〕。松谿萬仞，石水千過。山行。
馳鞸響轄〔八〕，蹀馬聲珂。盧龍惆悵，碣石呼嗟〔九〕。從戎。
蒙憐是笑，得寵由歌。美人。三危怨少，九折悲多。

龍泉乍拭，巨闕新磨〔一〇〕。劍騎。

【校箋】

〔一〕「冰開」，疑「冰閉」。

〔二〕複帳：古時一種華麗夾帳，用於冬季。

〔三〕「河」，原作「阿」，據江户刊本改。五岫：五嶽。三河：漢代以河内、河東、河南三郡爲三河，即今河南洛陽市黄河南北一帶。

〔四〕「宫商」二句：古代以冬至爲基準確定音律。律吕：即十二音律。

〔五〕趙舞：傳古代趙國女子善舞，因指美妙舞蹈，一説指趙飛燕體輕能掌上舞。曲宴：私宴，多指宫中之宴。韓娥：傳古代韓國善歌者，其歌餘音繞梁，三日不絶，見《列子·湯問》。

〔六〕隱亞：疑姻亞之訛，姻親。《左傳》杜預注：「婿父曰姻，兩婿相謂曰亞。」嵬峨：傾側不穩，形容醉態。

〔七〕「飲」，當爲「宴飲」。

〔八〕「轝」，同「輿」。

〔九〕「碣石」，原作「竭石」，從維寶箋本加地哲定注改。盧龍：《夢溪筆談·雜誌一》：「北方水多黑色，故有盧龍郡。北人謂水爲龍，盧龍即黑水也。」（上海古籍出版社一九八七年）

〔一〇〕龍泉：寶劍名。巨闕：古良劍名。

以上三十四句十七韻，下平聲七歌（柯、河、多、羅、娥、歌、峨、珂）和八戈（和、過、磨）、九麻（嗟）通押。《廣韻》中，歌、戈、麻不同用，然《南北朝詩人用韻考》有其用例。

枯藤望鬱，落樹希榮。　寒雲夜斂，苦霧朝驚。
燕風蕭蕭，岱霧縱横。　寒朝促日，冷夜延更。
寒雲寒暗，寒夜寒明。　臨池月出，照日花生。明金。
才非郭太，智謝荀卿〔一一〕。謙意。　遊燕獨步，人洛孤行。
眉間柳翠，頰上花生。　徑中遥見，路上逢迎。美人。
西施越第，褒姒周京〔一二〕。貴人。　胡笳切響，塞笛哀鳴〔一三〕。從戎。
征雲乍舉，陳火初驚〔一四〕。從戎。　愁雲夕起，苦霧朝興。
羊腸叵越，鹿徑難行〔一五〕。從戎。　金壺獸炭，玉頂龍鐺〔一六〕。

【校箋】

〔一〕郭太：即郭泰（一二七—一六九），東漢人，才識淵博。荀卿：戰國思想家荀況。

〔二〕「第」，原作「弟」，據高乙本改。西施：春秋越美女，越王勾踐敗於會稽，范蠡取西施獻吴王夫差，使其迷惑忘政，越遂亡吴。褒姒：周幽王寵妾，周幽王因寵幸褒姒終至被殺。

〔三〕「塞」，原作「寒」，據三寶等本改。

〔四〕「陳火」，當作「陣火」。

〔五〕「徑」，原作「侹」，據三寶等本改。

〔六〕「炭」，原作「火」，據江户刊本等改。「頂」，疑「鼎」聲近之訛。「金壺」二句：《晉書·外戚傳》：「（羊）琇性豪侈，費用無復齊限，而屑炭和作獸形以温酒。洛下豪貴咸競效之。」龍鐺：畫雕鐺而有龍形。

以上三十二句十六韻，下平聲十二庚（榮、驚、橫、更、明、生、卿、行、迎、京、鳴、鐺）與十六蒸（興）通押。據《廣韻》，庚、蒸不同用，《南北朝詩人用韻考》亦未見用例。

龍門日慘，兔苑風酸〔一〕。龍門水凍，兔苑幡凝〔二〕。

園含白雪，池結清冰〔三〕。寒朝亘度，寒夜難勝。

雲含十嶺，日照九層〔四〕。埋蹤五命，匿響三徵〔五〕。隱士。

平原宋鵲，上苑梁鷹〔六〕。田家。　悲看花燭，泣望蘭燈。閨怨。

當年婿寵〔七〕，今日夫憎。棄妾。　金山忽倒，玉嶺翻崩。傷逝〔八〕。

巫山忽倒，玉岫翻崩〔九〕。傷逝。　悲逢郭大，愧見孫登〔一〇〕。過德〔一一〕。

松間霧起，柏上雲騰。　妍無常闕，笑罷金陵〔一二〕。傷逝。

林玄霧映，樹白雲飛〔一三〕。

【校箋】

〔一〕兔苑：亦稱梁園，在今河南商丘東，漢梁孝王劉武所築，爲遊賞與延賓之所。

〔二〕「幡」，原作「翻」，從《校注》改。《考文篇》：「龍門水凍，兔苑翻凝，此句與『龍門日慘兔苑風酸』半同。蓋『龍門日慘兔苑風酸』即是初稿歟？然『酸』字不協『蒸』韻，乃易『風酸』爲『翻凝』歟？」

〔三〕「冰」，原作「水」，據成簣堂等本改。

〔四〕十嶺：十方嶺。《册府元龜》卷三五八：「王思禮爲關内節度使，乾元二年，於潞城縣東直十嶺擊破史思明兵馬使楊是等一萬餘衆。」（中華書局一九六〇年）九層：九層之臺。

〔五〕五命：《左傳》襄公十三年：「楚子疾，告大夫曰：……莫對。及五命，乃許。」楊伯峻注：「五次命令，大夫乃許之。」（《春秋左傳注》，中華書局一九八一年）此當指五次朝廷徵辟。三徵：朝廷三次徵召。

〔六〕「鷹」，原作「雁」，據成簣堂等本改。宋鵲：春秋時宋國良犬名。

〔七〕「當」，原作「常」，據江户刊本改。「婿」，原作「智」，訓「セイ」，爲「婿」之俗字。

〔八〕以下三「逝」字，原均作「遊」，據醍乙本改。

〔九〕「翻」，原作「番」，據江户刊本改。《校注》：「此二句即上聯『金山忽倒，玉嶺翻崩』之訛衍。」

〔一〇〕「登」，原作「燈」，據高甲本改。孫登：魏隱者。

〔一一〕《考文篇》：「『過德』似爲『遇德』。」

〔一二〕「妍無」二句：此聯意思不明，疑有訛誤。金陵：即建康（今南京）。

〔一三〕《譯注》：「此二句可能爲前句『松間霧起，柏上雲騰』之異文。」

以上三十句十五韻，除去開頭與末尾二句，下平聲十六蒸（凝、冰、勝、徵、鷹、陵）與十七登（層、燈、憎、崩、登、騰）通押。

寒鴻寒嘯，寒雁寒吟。玄風振野，白霧張林。

重帷雪入，複幔霜侵。雕薪鏤火〔一〕，鳳幕鴛衾。

車經巇峴，馬度嵚崟〔二〕。山行。笙抽鳳響，笛發龍吟〔三〕。歡樂。

蒲桃我酌，竹葉君斟。樂飲。　從時散誕，與日浮沉。逸如。

懷金鵲起，蘊玉龍潛〔四〕。隱士。　君爲柏意，妾作松心。附意。

綢繆稱昔，態摘云今〔五〕。棄奴。　傾看劉胥，舞拍陶琴〔六〕。

松長日少，澗曲多陰〔七〕。山行。

【校箋】

〔一〕《陳書·世祖紀》：「晝卵雕薪，或可易革。」（中華書局一九七二年）

〔二〕巁峴、嶔崟：山高聳險峻貌。

〔三〕「笙抽」二句：《列仙傳》：「王子晉者，周靈王太子晉也，好吹笙，作鳳凰鳴，遊伊、雒間。」（《藝文類聚》卷四四）馬融《長笛賦》：「近世雙笛從羌起，羌人伐竹未及已。龍鳴水中不見已，截竹吹之聲相似。」（《文選》卷一八）

〔四〕「懷金」二句：「鵲」，原作「鵠」，據寶龜院本改。揚雄《法言·學行》：「使我紆朱懷金，其樂不可量也。」金，金印。《論語·子罕》：「子貢曰：有美玉於斯，韞櫝而藏諸？求善賈而沽諸？」龍潛，《易·乾卦》初九爻辭：「潛龍勿用。」

〔五〕綢繆：猶纏綿。「態摘」句意不明。與「綢繆」相對，疑類似擬態詞。

〔六〕「傾看」二句：維寶箋：「劉胥恐劉酺歟。酺，酒也，劉伶嗜酒。」陶琴，指陶淵明之無絃琴。

〔七〕日少：指冬日短而弱，當從《校注》本作「少日」。

以上二十六句十三韻，下平聲二十一侵（吟、林、侵、衾、崟、斟、沉、心、今、琴、陰），二十四鹽（潛）通押。據《廣韻》，侵與鹽不同用，《南北朝詩人用韻考》亦無用例。以上《文鏡秘府論箋》卷第六。

山　意〔一〕

嶔崟嵑㠊〔二〕，嵲峴嵯峨。　春禽嘲哳，夏鳥嘍囉〔三〕。

林高日少，樹密風多。　青春鳥哢，朱夏禽歌。

人呼嶺應，馬叫山和。　浮丘涉獵，王晉經過〔四〕。

時稱鳳穴，亦謂龍窠〔五〕。　開雲若錦，引霧如羅。

能流萬水，巧納千河。　朝聞海嘯，夜聽禽歌。

黄熊西麓，白虎東阿〔六〕。　望之鬱鬱，盼之峨峨。

湧川開瀆，納海吞河。　唐蒙附柏，松掛女蘿。

齊君憫默，鄭后咨嗟〔七〕。　千尋嶒崚，萬仞嵯峨〔八〕。

【校箋】

〔一〕以下《文鏡秘府論箋》卷第七。

〔二〕嶔崟：山勢聳立貌。

〔三〕「夏」，原作「憂」，據成簣堂等本改。嘲哳：鳥鳴聲。嘍囉：《敦煌掇瑣》卷四《燕子賦》：「燕子實難及，能語復嘍羅。」（臺北新文豐出版公司一九八五年）

〔四〕「經」，原作「侄」，據六地藏寺等本改。浮丘：傳説中仙人。王晉：周靈王太子晉，後隨浮丘公成仙，成爲仙人王子喬。

〔五〕鳳穴：即丹穴。《山海經·南山經》：「丹穴之山，……有鳥焉，其狀如雞，五采而文，名曰鳳凰。」（諸子百家叢書本，上海古籍出版社一九八九年）龍窠：梁元帝蕭繹有《早發龍巢》詩。

〔六〕「熊」，原作「態」，據三寶等本改。黄熊：傳説中獸名。《左傳》昭公七年：「昔堯殛鯀于羽山，其神化爲黄熊，以入于羽淵。」

〔七〕「齊君憫默」以下至「萬仞嵯峨」十六字，原在後文「帶後千松」之下，作「嶄巖岝峉巒崞崆峒腰前萬柏帶後千松齊君憫默鄭后諮嗟千尋嶒崚萬仞嵯峨」。《考文篇》：「『齊君』至『嵯峨』十六字，當在『湧川開瀆納海吞河唐蒙附柏松掛女蘿』之後，『峨』字不協冬韻。」《校勘記》：「這一聯與下一聯『千尋……』爲歌韻，而混入冬韻群中，這二聯恐應在一行前的『唐蒙附柏松掛女蘿』之後，誤寫。」今從維寶箋、《考文篇》《校勘記》正之。齊君：春秋時齊景公。《晏子春秋·

諫上》：「景公游于牛山，北臨其國城而流涕曰：『若何滂滂去此而死乎？』艾孔、梁丘據皆從而泣。」鄭后故事未詳。

〔八〕「崚」，原作「巉」，從《譯注》改。嶒崚：高而險峻不平貌。

以上三十二句十六韻，下平聲七歌（峨、囉、多、歌、河、阿）與八戈（和、過、窠）、九麻（嗟）通押。《廣韻》歌、戈、麻不同用，《南北朝詩人用韻考》可見用例。

嶄巖岝㟯，巉嵂崆峒〔一〕。腰前萬柏，帶後千松〔二〕。
或藏棲鳳，或隱遊龍。魚鱗百疊，鳥翅千重〔三〕。
猿啼北岫，雉鴝南峰。招河引濟，納海吞江。
時逢赤子，數值黄公〔四〕。飛簾出岫，屏翳昇峰〔五〕。
豐隆南北，列缺西東。春林照灼，夏卉青葱。
凌明巧更，負局遊蹤〔六〕。陽抽雪白，陰放花紅〔七〕。

【校箋】

〔一〕嶄巖岝㟯：山勢險峻貌。巉嵂：山勢曲折蜿蜒。崆峒：傳黄帝問於廣成子之所，在甘肅平涼市西。

〔二〕「帶後」，原作「却帶」，據江户刊本改。

〔三〕「重」，原作「里」，據六地藏寺本改。魚鱗、鳥翅：山重疊貌。

〔四〕赤子：赤松子，神農時雨師。黄公：黄石公，漢初仙人，傳授張良《太公兵法》，見《史記·留侯世家》。

〔五〕「簾」，當作「廉」。飛廉：風神。屏翳：傳説中神名，或謂指雲神，或謂指雨師，一説指雷師、風師。

〔六〕淩明：謂陵陽子明。晉郭璞《遊仙詩》李善注引《列仙傳》謂陵陽子明者，銍鄉人也，好釣魚，於涎溪釣得白魚，腸中有書，教子明服食之法，子明遂上黄山，採玉石脂服之，三年，龍來迎去。又謂，負局先生，負石磨鏡，狥吴中街磨鏡，得一錢因磨之。局即棋局也。又引《晉書》謂，王質入山斫木，見二童子圍棋，坐觀之，及起，斧已爛矣。

〔七〕以上二十四句十二韻，上平聲一東（峒、公、東、紅）與三鍾（松、龍、重、峰、蹤）及四江（江）通押。據《廣韻》，東、鍾、江互不同用，《南北朝詩人用韻考》此三韻有同用之例。

玄犀競入，白虎爭居。黄熊東越，赤豹西踰。
狌狌殞命，狒狒殘軀〔一〕。巖棲六駮，岫隱騶虞〔二〕。
時看麋鹿，乍見騊駼〔三〕。猿公騰跳，獋子赽趄〔四〕。
文麟重踏，巨象踟蹰〔五〕。神能致雨，湧氣成朱〔六〕。

舒陽罄絶，奮足騰虚〔七〕。　　歌鸞棲蔭，舞鳳陽居〔八〕。

【校箋】

〔一〕「狌狌」，原作「牲牲」，據江户刊本改。狌狌：即猩猩。狒狒：《爾雅·釋獸》：「狒狒如人，被髮迅走，食人。」（《十三經注疏》）

〔二〕六駮：《詩·秦風·晨風》：「山有苞櫟，隰有六駮。」毛傳：「駮，如馬，倨牙，食虎豹。」騶虞：傳説中義獸名。

〔三〕騊駼：良馬名。

〔四〕猿公：越有袁公善騰跳，後變爲白猿，見《吴越春秋·勾踐陰謀外傳》。獋子：獸名，猿之一種。

〔五〕文鱗：司馬相如《上林賦》：「珉玉旁唐，玢豳文鱗。」（《文選》卷八）鱗當指麒麟。重騎：即重疊。

〔六〕「成朱」，原作「城朱」，從《考文篇》改。《校注》：「『朱』亦疑當作『珠』。」上句用巫山雲雨故事。

〔七〕「舒陽」二句：維寶箋：「舒陽，山足，指陽方也。奮足，奮山足也。騰虚，云其高峻也。《廣韻》曰：『麓，山足也。』」《譯注》：「『罄絶』，山峭立貌。『騰虚』，聳立空中。鄭德明《南康記》：『遠望嵯峨，靈闕騰空。』」

〔八〕以上二十句十韻，上平聲九魚（居、趄、蹰、虚）與十虞（踰、軀、虞、朱）及十一模（駼）通押。據

《廣韻》，魚與虞、模不同用，然《南北朝詩人用韻考》有同用之例。

王睢頡頏，鴆鵲翺翔〔一〕。鶢鶋寶艷，翡翠花光〔二〕。

山鷄或隱，澤雉翻藏〔三〕。孤鴻拂岫，旅雁遊崗〔四〕。

四文成體，五德爲章〔五〕。聞弓睒眼，見彈侏張〔六〕。孤雁。

能依寒暑，善逐陰陽〔七〕。銜蘆意迫，刷羽神惶〔八〕。

遊燕爲侣，出塞成行〔九〕。

【校箋】

〔一〕「王」，原作「五」，據成簣堂等本改。王睢：雕類，今江東呼之爲鶚，好在江渚邊食魚。頡頏：鳥飛上曰頡，飛下曰頏。鴆鵲：據王嘉《拾遺記》卷六，漢永寧元年，條支國來貢異瑞，有鳥名鴆鵲，形高七尺，解人語，其國太平，則鴆鵲群翔。

〔二〕「寶」，原作「琁」，《校勘記》：「『琁』爲『瑶』之誤，『瑶』爲『寶』的古體。」今從之改。鶢鶋：海鳥名，似鳳。翡翠：鳥名。

〔三〕「翻」，原作「番」，據江户刊本改。

〔四〕「旅」，原作「張」，據成簣堂本改。

〔五〕四文：指鳳凰，《山海經·海内經》：「鳳鳥首文曰德，翼文曰順，膺文曰仁，背文曰義。」五德：

指雞，《韓詩外傳》卷二謂雞有五德：「首戴冠者，文也；足樽距者，武也；敵在前敢鬭，勇也；得食相告，仁也；守夜不失時，信也。」

〔六〕《校勘記》：「『睒眼』爲『睒睗』之訛。」睒睗：禽獸暫視爲睒，疾視爲睗。侏張：即輈張，又作譸張、侜張、輈張、周章，驚懼之貌。

〔七〕「暑」，原作「署」，據六地藏寺本改。「能依」二句：謂雁候陰陽，冬南夏北，待時乃舉。

〔八〕銜蘆：雁銜蘆而翔，以備矰弋。刷羽：禽類以喙整刷羽毛，以便奮飛。

〔九〕以上十八句九韻，下平聲十陽（翔、章、張、陽），十一唐（頏、光、藏、崗、惶、行）通押。

水　意

朝宗尾壑，派别昆崙〔一〕。千途浩浩，萬里渾渾。

聲淫宇宙，響震乾坤。滉瀁霆激，浩汗雷奔〔二〕。

清波瀄汩，緑浦潺湲〔三〕。

【校箋】

〔一〕「朝」，原作「潮」，從《校注》改。《書·禹貢》：「江漢朝宗于海。」尾壑：即尾閭，傳説中泄海水之處。

〔二〕 滉瀁：廣闊無涯。又作蕩漾。浩汗：水盛大貌。

〔三〕 瀄汩：水流激蕩貌。潺湲：水流貌。

以上十句五韻，上平聲二十三魂（崙、渾、坤、奔），衹有第五聯「湲」屬上平聲二十八山韻。《廣韻》魂與山不同用，《南北朝詩人用韻考》有同用之例。

泓澄沉瀁，泙湃漣漪〔一〕。　蜃蛛或滿，蜯水能虧〔二〕。
雲從浪覆，日逐波欹。　青楊映浦，緑竹生湄。
溝清沸瀆，含緑由潴〔三〕。　澄如碧玉，皎若瑠璃。
朝看白獺，暮視玄黿。　三眸競出，六眼奔馳〔四〕。
楚臣嗚咽，舜婦含悲〔五〕。　彈琴就岸，寫曲臨池〔六〕。
湘妃遥曳，洛女逶迤〔七〕。　年來若此，歲去如兹〔八〕。

【校箋】

〔一〕 沉瀁：水廣闊貌。泙湃：形容波浪衝擊。漣漪：《詩·魏風·伐檀》：「河水清且漣猗。」

〔二〕 「蜃蛛」二句：《淮南子·天文訓》：「方諸見月，則津而爲水。」高誘注：「方諸，陰燧，大蛤也。」左思《吴都賦》：「蚌蛤珠胎，與月虧全。」（《文選》卷五）

〔三〕 維寶箋：「由潴，恐『由漪』歟。韻不調故。」

〔四〕「競」，原作「竟」，據三寶本改。維寶箋：「三眸，三眼之龜也。六眼，《義興記》曰：『君山廟，其下有池，池中有三足六眼龜。』」《校注》：「『三眸』，疑當作『三足』。」郭璞《江賦》：「有鼈三足，有龜六眸。」李善注：「《山海經》曰：『三足鼈，歧尾。』《爾雅》：『鼈三足曰能。』郭璞曰：『今吴興郡陽羨縣，山上有池，池中出三足鼈，又有六眼龜。』」

〔五〕楚臣：戰國楚詩人屈原投身汨羅事。舜婦：指舜之二妃。

〔六〕「彈琴」句：用伯牙鼓琴，志在流水之事，事見《吕氏春秋·孝行》。「寫曲」句：朝鮮高氏墮河而死，其妻麗玉援箜篌而歌，曲終亦投河而死。事見《樂府詩集》引崔豹《古今注》。

〔七〕湘妃：指舜之二妃。遥曳即摇曳。洛女：洛水女神。魏曹植有《洛神賦》。

〔八〕「年來」二句：《論語·子罕》：「子在川上曰：『逝者如斯夫，不舍晝夜。』」

以上二十四句十二韻，上平聲五支（漪、虧、欹、璃、馳、池、迤）與六脂（湄、龜、悲）、七之（兹）通押。第五聯「瀦」屬上平聲九魚韻，《廣韻》中魚韻獨用。

鯤鰌鮫鮨，鱣鮪鱒魴〔一〕。鯸鮐比目，鯑鱧魦鱛〔二〕。

紫鱗素甲，春躍冬藏。朱頭活活，赬尾洋洋〔三〕。

聽琴踴躍，逐餌低昂〔四〕。時逢豫子，或值文王〔五〕。

冠山跳吼，呼舳翱翔〔六〕。睛如兔影，目似烏光〔七〕。

【校箋】

〔一〕鯤：《莊子・逍遥遊》謂北冥有魚，其名曰鯤。鱎：魚名，鬣黄色。鮫：海中鯊魚。鯌：鯊魚，古稱鮫魚。鱣：鱘鰉魚。鮪：鱘魚和鰉魚之古稱。鱒：赤眼鱒，亦名紅眼魚。魴：鯿魚之古稱。

〔二〕鯸鮐：河豚之别稱。比目：魚名，不比不行。鮷：大鮎魚。鱧：俗稱黑魚，烏鱧。魦：同「鯊」。鱠：黄鱠魚，又名黄頰魚。

〔三〕朱頭：疑頭爲紅色之魚。赬尾：魚名，魚肥則尾赤。活活：水流貌。洋洋：盛大貌。

〔四〕「聽琴」二句：《荀子・勸學》：「瓠巴鼓瑟，而流魚出聽。」（《諸子集成》）

〔五〕豫子：古代傳説中漁師豫且，亦稱余且、予且。文王：周文王，用太公望吕尚釣於渭濱遇見周文王事。事見《史記・齊太公世家》。

〔六〕「冠山」二句：《符子》：「東海有鼇焉，冠蓬萊而游於滄海，……群蟻曰：『彼之冠山，何異乎我之戴粒也？』」（《藝文類聚》卷九七）

〔七〕兔影：月光。烏光：指日光。此處描寫巨鯨。《古今注》：「鯨大者亦長千里，眼睛爲明月珠。」（《太平御覽》卷九三八）

以上十六句八韻，下平聲十陽（魴、鱠、洋、王、翔）與十一唐（藏、昂、光）通押。

雪　意

光含秋月，麗若春霞。　飄飄天際，散漫欹斜。

從風玉礫，逐吹瓊砂。　朝疑柳絮，夜似梅花〔一〕。

花生桂苑〔二〕，粉落田家。　看鴻入苑〔三〕，望蝶歸花。

燕人惆默，漢使咨嗟〔四〕。　同觀瑞鳥，共眺仙車。

寒添薄帳，冷足單家〔五〕。

【校箋】

〔一〕「朝疑」二句：東晉謝道韞以柳絮詠雪，見《世説新語·言語》。

〔二〕「苑」，原作「花」，據六地藏寺等本改。

〔三〕「苑」，原作「花」，據高乙本改。

〔四〕燕人未詳。「漢使」句：漢蘇武使於單于被拘齧雪之事，見《漢書·李廣蘇建傳》。

〔五〕單家：猶寒家。

以上十八句九韻，下平聲麻韻（霞、斜、砂、花、家、嗟、車）。

平原蕊落，上苑花開。　隨風宛轉，逐吹徘徊。

朝光玉殿，夜照瓊臺。　歸林蝶去，入苑鴻來。

登絃曲美，入調聲哀〔一〕。　班婕扇至，洛媛裙開〔二〕。

凝階似粉，凍木如梅〔三〕。

【校箋】

〔一〕「登絃」二句：入於樂曲之雪。《淮南子·覽冥訓》：「昔者師曠奏《白雪》之音，而神物爲之下降。」高誘注：「《白雪》，太乙五十絃琴瑟名也。」宋玉《對楚王問》：「其爲《陽春》《白雪》，國中屬而和者不過數十人。」（《文選》卷四五）

〔二〕「班婕」二句：班婕妤《怨歌行》：「新裂齊紈素，皎潔如霜雪，裁爲合歡扇，團團似明月。」（《文選》卷二七）曹植《洛神賦》：「仿佛兮若輕雲之蔽月，飄颻兮若流風之迴雪。」（《文選》卷一九）

〔三〕「木」，原作「水」，從《譯注》改。

以上十四句七韻，上平聲十五灰（徊、梅）、十六咍（開、臺、來、哀）通押。

花飛染樹，蕊落遥天。　朝看玉扇，夜望瓊塵。

依樓玉砌，入野銀田。　霏霏户際，皎皎簷前。

雰雰入水，沫沫登山。　還同碎玉，不異銀田。

先滋粟麥，亦表豐年〔一〕。　　芬芳入扇，婉約登絃〔二〕。

林間皎絜，月下光鮮〔三〕。

【校箋】

〔一〕「先滋」二句：孫楚《雪賦》：「肅肅三麥，實從豐年。」（《藝文類聚》卷二）謝惠連《雪賦》：「盈尺則呈瑞於豐年，袤丈則表沴於陰德。」（《文選》卷一三）

〔二〕「芬芳」二句：前句用班婕妤《團扇》詩意，下句用歌《白雪》意。

〔三〕以上十八句九韻，下平聲一先（天、田、前、年、絃）與二仙（鮮）通押，然第二聯之「塵」爲上平聲真韻，第五聯之「山」爲二十八山韻，押韻不合理。

雨　意

山雲靄靄，海氣濛濛〔一〕。　　投林亂鳥，入塞迷龍〔二〕。

玉女之雹，美人之虹〔三〕。　　夜瞻神女，朝看海童〔四〕。

鸞崗住柏，鳳嶺傾松。　　滂沱入海，瀺灂歸江〔五〕。

南堂草碧，北苑花紅。　　朝瞻白馬，夕眺玄龍〔六〕。

【校箋】

〔一〕靄靄：雲煙密集貌。濛濛：迷茫貌。《詩·豳風·東山》：「零雨其濛。」

〔二〕「塞」，原作「寒」，據六地藏寺本改。「投林」二句：《三國志·魏書·管輅傳》注引《管輅別傳》：「輅言：『樹上已有少女微風，樹間又有陰鳥和鳴，又少男風起，衆鳥和翔，其應至矣。』須臾果有艮風鳴鳥。……大雨河傾。」《淮南子·墜形訓》：「土龍致雨，燕雁代飛。」高誘注：「湯遭旱，作土龍以象龍。雲從龍，故致雨也。」

〔三〕「玉女」二句：《神異經》：「東王公與玉女投壺，梟而脱，誤而不接，天爲之笑，開口流光，今電是也。」（《太平御覽》卷一三）《異苑》：「古語有之曰：『古者，有夫妻，荒年菜食而死，俱化成青虹，故俗呼爲美人虹。』」（《太平御覽》卷一四）

〔四〕「夜瞻」二句：宋玉《高唐賦》：「旦爲朝雲，暮爲行雨。朝朝暮暮，陽臺之下。」（《文選》卷一九）李善注：「朝雲、行雨，神女之美也。」左思《吴都賦》李善注引《神異經》：「西海有神童，乘白馬，出則天下大水。」

〔五〕滂沱：雨大貌。瀺灂：水聲。

〔六〕「朝瞻」二句：《神異經》：「西海上有人焉，乘白馬，……名曰河伯使者，其所至之國，雨水滂沱。」（《太平御覽》卷一一）

以上十六句八韻，上平聲一東（濛、虹、童、紅）與三鍾（龍、松）通押，然第六聯「江」字屬上平聲四江，《廣韻》此三韻不同用，《南北朝詩人用韻考》有同用之例。

霞遊桂棟，礎潤蘭房〔一〕。林風窈窕，山石玄黄。

不殊京縣，還如洛陽〔二〕。淋泠檀邑，霡霂金鄉〔三〕。

分遊洞澗，派入枯塘〔四〕。浮池汗汗，覆沼湯湯〔五〕。

波中月動，水上雲蕩。霄埋兔影，晝掩龍光〔六〕。

田農獻疋，治粟酬觴〔七〕。能除蜀忿，巧滅齊遑〔八〕。

雲開斗上，月度星傍〔九〕。平原沛沛，下隰湯湯〔一〇〕。

番人西怨，姬客東傷〔一一〕。

【校箋】

〔一〕桂棟：桂木所作梁棟，形容華麗房屋，且常與雨有關。庾信《終南山義谷銘》：「桂棟凌波，柏梁乘雨。」（《庾子山集注》卷一二，中華書局一九八〇年）蘭房：高雅之居房。礎潤：《淮南子・説林訓》：「山雲蒸，柱礎潤。」

〔二〕「陽」，原作「湯」，據成簣堂等本改。京縣：謝脁《晚登三山還望京邑》：「灞涘望長安，河陽視京縣。……餘霞散成綺，澄江靜如練。」（《文選》卷二七）

〔三〕淋泠：義不詳，疑霖雨之貌。檀邑：維寶箋：「《博物志》曰：『太公爲灌檀令，三日疾風暴雨過。』」霡霂：小雨。金鄉：《校勘記》：「《後漢書·郡國志》：『山陽郡金鄉。』」

〔四〕「塘」，原作「溏」，據六地藏寺本改。維寶箋：「洞澗：張元賓得仙入花陽洞，爲理禁伯，其職主水，蓋雨官也。」

〔五〕汗汗、湯湯：水盛大貌。

〔六〕兔影：月光。龍光：此當指日光。

〔七〕「田農」二句：《荆楚歲時記》：「六月必有三時雨，農家以爲甘雨。」（四庫全書本）二句當寫因雨豐收景象。

〔八〕能除蜀忿：《太平御覽》卷一一引《蜀本紀》，秦王誅蜀侯惲，後迎葬咸陽，天雨三月，不通，因葬成都，故蜀人求雨祠蜀侯，必雨。巧滅齊遑：《孔子家語》謂齊有一足之鳥，止於殿前。訪諸孔子，「孔子曰：『此鳥名曰商羊，水祥也。……且謡曰：天將大雨，商羊鼓儛。今齊有之，其應至矣。』急告民趨治溝渠，修堤防，將有大水爲災。頃之大霖雨，水溢泛，諸國傷害民人，唯齊有備不敗」。

〔九〕「雲開」二句：《天文要集》：「北斗之旁有氣，往往而黑，狀似禽獸，大如皮席，不出三日，必雨。」（《太平御覽》卷一〇）《詩·小雅·漸漸之石》：「月離于畢，俾滂沱矣。」

〔一〇〕「平原」二句：陸雲《愁霖賦》：「高岸涣其無涯兮，平原蕩而爲淵。」（《陸雲集》卷一，中華書局一九七二年）沛沛：充盛貌。

〔三〕番人、姬客二句未詳，當爲感歎大雨之害事。

以上二十六句十三韻，下平聲十陽（房、陽、鄉、湯、觴、傷）與十一唐（黄、塘、光、湟、傍）通押，然第七聯「蕩」爲去聲，與前後文不協韻。

青牛道絶，白馬雲行〔一〕。澆魚鳥吼，樹液龍驚〔二〕。

添桃葉淨，灌李花明。波中月出，浪裏雲生〔三〕。

【校箋】

〔一〕青牛：舊時習俗，立春日塑青土牛用以勸耕。又，顧微《廣州記》：「鬱林郡山東南有一池，池邊有一石牛，人祭祀之，若旱，百姓殺牛祈雨，以牛血和泥，泥石牛背，祠畢則天雨大注。」（《太平御覽》卷一一）白馬：《山川記》：「鄱陽長壽山，山形似馬，白雲出於鞍中，不崇朝而雨。」（《太平御覽》卷一一）

〔二〕「澆魚」二句：當謂下雨之前兆。《淮南子·泰族訓》：「其且雨也，陰曀未集而魚已噞矣。」樹液之「樹」，疑「澍」字誤訛。液即液雨。「澍液」即澍雨、澍霖，《尚書大傳》：「久矣天無烈風澍雨。」鄭玄注：「暴雨也。」

〔三〕以上八句四韻，押下平聲十二庚韻（行、驚、明、生）。

風　意

遊江入漢，拂水摇臺。飄飄鄉竹，涉獵敲梅。

從花宛轉，逐葉徘徊。逕窗燭滅，入户燈摧。

從絃逐管，合律應灰〔一〕。過林響切，入樹聲哀。

昇臺帳卷，入户簾開。歎能葉舞，怨則林頹。

飄飄日去，颯颯時來〔二〕。

【校箋】

〔一〕「從絃」二句：梁費昶《詠入幌風》：「飄香雙袖裏，亂曲五絃中。」（《藝文類聚》卷一）《周禮·春官·保章氏》：「以十有二風，察天地之和，命乖别之妖祥。」鄭玄注：「十有二辰，皆有風吹其律，以知和不。」應灰：《後漢書·律曆志上》：「陰陽和則景至，律氣應則灰除。」

〔二〕以上十八句九韻，上平聲十五灰（梅、徊、摧、灰、頹）與十六咍（臺、哀、開、來）通押。

無形無像，能重能輕〔一〕。冬涼白黑，夏暖朱青〔二〕。

八方異號，四序殊名〔三〕。銅禽已舉，石燕番零〔四〕。

偏從暈月，好逐箕星〔五〕。颸飀馬叫，飉颮雷驚。

吹天西側，鼓地東傾〔六〕。

【校箋】

〔一〕「無形」二句：何遜《詠風》：「可聞不可見，能重復能輕。」（《藝文類聚》卷一）

〔二〕「冬涼」二句：《養性經》：「治身之道，春避青風，夏避赤風，秋避白風，冬避黑風。」（《太平御覽》卷九）

〔三〕八方異號：各家所説不一，據《吕氏春秋·有始》，東北曰炎風，東方曰滔風，東南曰熏風，南方曰巨風，西南曰淒風，西方曰飂風，西北曰厲風，北方曰寒風。四序殊名：《爾雅·釋天》：「南風謂之凱風，東風謂之谷風，北風謂之涼風，西風謂之泰風。」

〔四〕銅禽：長安宫南靈臺上有相風銅烏，見《述征記》。又建章宫南亦鑄有銅鳳，向風若翔，見《三輔黄圖·漢宫》。石燕：據《水經注·湘水》，零陵山有石燕，遇風雨則飛，雨止還化爲石。

〔五〕「偏從」二句：《周易函書別集·篝燈約旨》：「月暈知風。」（四庫全書本）《書·洪範》：「星有好風。」孔傳：「箕星好風。」

〔六〕「吹天」二句：《淮南子·天文訓》：「昔者共工與顓頊爭爲帝，怒而觸不周之山，天柱折，地維絶，天傾西北，故日月星辰移焉。地不滿東南，故水潦塵埃歸焉。」

以上十四句七韻，下平聲十二庚（驚）與十四清（輕、名、傾）、十五青（青、零、星）通押。《廣韻》中，青獨用，庚、清不同用，《南北朝詩人用韻考》可見同用之例。

能馳嘯馬，巧運飛車〔一〕。　指南指北，若有若無〔二〕。

傾林若實，倒薄疑虚〔三〕。　逢崖自卷，入野申舒〔四〕。

昇沉洌洌，上下徐徐〔五〕。　遥過芍藥，參次芙蓉〔六〕。

燈前舞鳥，燭下吟烏〔七〕。

【校箋】

〔一〕「能馳」句：劉宋顔延之《天馬狀》：「遇山爲風，值雲爲電。」（《藝文類聚》卷九三）飛車：晉皇甫謐《帝王世紀》：「奇肱氏能爲飛車，從風遠行。」（《叢書集成初編》）

〔二〕「指南」二句：《西京雜記》卷五：「（董仲舒曰）（陰陽）二氣之初蒸也，若有若無。」

〔三〕薄：深草曰薄。

〔四〕「逢崖」二句：宋玉《風賦》：「夫風生于地，起于青蘋之末，侵淫谿谷，盛怒于土囊之口，緣泰山之阿，舞于松柏之下。」（《文選》卷一三）

〔五〕洌洌：寒冷貌。徐徐：遲緩貌。

〔六〕「蓉」，疑爲「蕖」之誤，方協韻。

〔七〕以上十四句七韻，上平聲九魚（車、虚、舒、徐、〔蕖〕）與十虞（無）、十一模（烏）通押。《廣韻》中，魚韻獨用，虞、模不同用，然《南北朝詩人用韻考》有同用之例。以上《文鏡秘府論箋》卷第七。

文鏡秘府論 東

金剛峯寺禪念沙門遍照金剛　撰

論　對[一]

或曰[二]：「文詞妍麗，良由對屬之能[三]；筆札雄通，寔安施之巧[四]。若言不對[五]，語必徒申；韻而不切，煩詞枉費。」元氏云[六]：「《易》曰：『水流濕，火就燥[七]。雲從龍，風從虎[八]。』《書》曰：『滿招損，謙受益[九]。』此皆聖作切對之例。況乎庸才凡調，而對而不求切哉[一〇]。」余覽沈、陸、王、元等詩格式等[一一]，出没不同。今棄其同者，撰其異者，都有二十九種對[一二]，具出如後。其賦體對者，合彼重字、雙聲、疊韻三類，與此一名[一三]。或疊韻、雙聲，各開一對，略之賦體[一四]。或以重字屬聯綿對[一五]。今者，開合俱舉，存彼三名[一六]，後覽達人，莫嫌煩冗。

【校箋】

〔一〕「論對」二字，既爲東卷序之小題，又爲整個東卷之大題，標題當爲弘法大師自擬，欲以概括東卷内容。依地卷體例，「論對」之下，當有「二十九種對」「筆札七種言句例」二細目，然被省略。

〔二〕「或曰」以下至「莫嫌煩冗」，爲弘法大師文，爲東卷序，序題即「論對」。「元氏云」以下至「不求切哉」引元兢説，「文詞妍麗」至「煩詞枉費」引或人之説，故稱「或曰」，與「元氏云」相對。

〔三〕「對屬」，原作「對囑」，據醍甲等本改。

〔四〕《校注》：「寔」下「疑脱『賴』字」。

〔五〕與下句「韻而不切」相對，此句「言」下疑脱「而」字。

〔六〕「元氏云」以下當出元兢《詩髓腦》。

〔七〕「燥」，原作「燦」，據江户刊本改。

〔八〕「水流」四句：《易・乾卦・文言》文。

〔九〕「滿招」二句：《書・大禹謨》文。

〔一〇〕《校注》：「『而』字重見，於文不順，當衍其一。」

〔一一〕此處之「王、元」指王昌齡、元兢，「沈」指沈約，「陸」指陸厥。

〔一二〕「二十」，原作「廿」，據江户刊本改。

〔一三〕本篇「第七賦體對」包括重字、雙聲、疊韻三種對，故稱「合彼重字、雙聲、疊韻三類，與此一名」。合彼三類而爲賦體，爲一種分類方法，爲空海所用。

〔一四〕「或疊韻」三句：本篇第八爲雙聲對，第九爲疊韻對，是爲「各開一對」，分列雙聲、疊韻，而不另列賦體，此種方法亦爲空海採用，故「第七賦體對」已有雙聲、疊韻，又另列「第八雙聲對」「第九疊韻對」，蓋各種分類並存。

〔一五〕本篇「第四聯綿對」「一句之中，第二字、第三字是重字，即名爲聯綿對」，是所謂「以重字屬聯綿對」。此又一分類方法。「第七賦體對」中已有「重字對」，然與「第四聯綿對」中「重字對」含義有別，或者因此於「第七賦體對」之外，並存另一説，「以重字屬聯綿對」，另列「第四聯綿對」。

〔一六〕存彼三名：「第七賦體對」已含重字、雙聲、疊韻三對而另列「第四聯綿（重字）對」「第八雙聲對」「第九疊韻對」三名也。爲並存諸説，故聲明「後覽達人，莫嫌煩冗」也。

二十九種對〔一〕

一曰的名對，亦名正名對，亦名正對。二曰隔句對。三曰雙擬對。四曰聯綿對。五曰互成對。六曰異類對。七曰賦體對。八曰雙聲對。九曰疊韻對。十曰迴文對。十一曰意對〔二〕。

右十一種古人同出斯對〔三〕。

十二曰平對。十三曰奇對。十四曰同對。十五曰字對。十六曰聲對。十七曰側對。

右六種對出元兢《髓腦》〔四〕。

十八曰鄰近對。十九曰交絡對。廿曰當句對。廿一曰含境對。廿二曰背體對。廿三曰偏對。廿四曰雙虛實對。廿五曰假對。

右八種對出皎公《詩議》〔五〕。

廿六曰切側對。廿七曰雙聲側對。廿八曰疊韻側對。

右三種出崔氏《唐朝新定詩格》〔六〕。

廿九曰總不對對。

【校箋】

〔一〕「二十」，原作「廿」，據江户刊本改。二十九種對：此爲《二十九種對》之目録，當爲空海所編。

〔二〕傳《魏文帝詩格》：「八對：一曰正名，二曰隔句，三曰雙聲，四曰疊韻，五曰連綿，六曰異類，七曰迴文，八曰雙擬。」《詩苑類格》引有上官儀「六對」「八對」（詳下各條引）。吟窗本皎然《詩議》：「詩對有六格：的名對（例略），雙擬對（例略），隔句對（例略），聯綿對（例略），互成對（例略），類對體（例略）。」佚名撰《詩格》「七種對」：「詩格一部，第一的名對，第二隔句對，第三雙擬對，第四聯綿對，第五互成對，第六異類對，第七賦體對。第一的名對，上句……詩格一部，第一的名對，詩格一部，天青白雨多，山陡□□上，□□□□□□□□花落□□」（敦煌殘卷斯三〇一一背面，《敦煌寶藏》二五册，臺北新文豐出版公司一九八五年）

〔三〕十一種對所録，有《文筆式》《筆札華梁》、皎然《詩議》、元兢《詩髓腦》及崔融《唐朝新定詩格》。此所謂「同出斯對」之「古人」，當指此數家，主要爲唐人，唐前是否已有論及此十一種對屬，限於資料，難以詳考。

〔四〕元兢《髓腦》即《詩髓腦》，中國歷代書目未有著録，《日本國見在書目》小學家類著有「《詩髓腦》一卷」「《注詩髓腦》一卷」，當即元兢所作。《新唐書·藝文志》文史類載「元兢宋約《詩格》一卷」，《宋史·藝文志》題「元兢《詩格》一卷」，當即元兢《詩髓腦》。此六種對，主要出元兢《詩髓腦》，另有崔融《唐朝新定詩格》及《筆札華梁》之説。

〔五〕吟窗本皎然《詩議》：「詩有八種對：一曰鄰近，二曰交絡，三曰當句，四曰含境，五曰背體，六曰偏對，七曰假對，八曰雙虛實對。」「假對」在「雙虛實對」前，其餘與本書順序同。

〔六〕傳李嶠《評詩格》：「詩有九對：一曰切對，二曰切側對，三曰字對，四曰字側對，五曰聲對，六曰雙聲對，七曰側雙聲對，八曰疊韻對，九曰疊韻側對。」

第一，的名對〔一〕。又名正名對〔二〕，又名正對〔三〕，又名切對〔四〕。

的名對者，正也〔五〕。凡作文章，正正相對〔六〕。上句安天，下句安地；上句安山，下句安谷；上句安東，下句安西；上句安南，下句安北；上句安正，下句安斜；上句安遠，下句安近；上句安傾，下句安正〔七〕。如此之類，名爲的名對。初學作文章，須作此對，然後學餘對也。

或曰：天、地〔八〕，日、月，好、惡，去、來，輕、重，浮、沉，長、短，進、退，方、圓，大、小，明、暗，老、少，凶、儜，俯、仰，壯、弱，往、還，清、濁，南、北，東、西〔九〕。如此之類，名正名對〔一〇〕。

詩曰：「東圃青梅發〔一一〕，西園緑草開。砌下花徐去，階前絮緩來〔一二〕。」釋曰：上二句中，「東」「西」是其對，「園」「圃」是其對，「青」「緑」是其對，「梅」「草」是其對，「開」「發」是其對。下二句中，「階」「砌」是其對，「前」「下」是其對，「花」「絮」是其對，「徐」「緩」是其對，「來」「去」是其對。如此之類，名爲的名對〔一三〕。

又曰：「手披黄卷盡，目送白雲征。玉霜摧草色，金風斷雁聲。片雲愁近戍，半月隱遥城[一四]。」釋曰：上有「手披」，下有「目送」，上「黄」下「白」，上「玉」下「金」，故曰的名對。

又曰：「雲光鬢裏薄，月影扇中新。年華與妝面，共作一芳春[一五]。」釋曰：上有「雲光」，下有「月影」，落句雖無對，但結成上意而已。自餘詩皆放此最爲上[一六]。

又曰：「送酒東南去，迎琴西北來[一七]。」釋曰：「迎」「送」詞翻，「去」「來」義背，下言「西北」，上説「東南」，故曰正名也。

又曰：「鮮光葉上動，艷采花中出。疏桐映蘭閣，密柳蓋荷池[一八]。」釋曰：持「艷」偶「鮮」，用「光」匹「采」，「疏桐」「密柳」之相酬[一九]，故受的名[二〇]。

又曰：「日月光天德，山河壯帝居[二一]。」有虚名實名，上對實名也[二二]。又曰：「恒斂千金笑，長垂雙玉啼[二三]。」

元兢曰[二四]：正對者，若「堯年」「舜日」。堯、舜皆古之聖君，名相敵，此爲正對。若上句用聖君，下句用賢臣，上句用鳳，下句還用鸞，皆爲正對也。如上句用松桂，下句用蓬蒿，松桂是善木，蓬蒿是惡草，此非正對也。

【校箋】

〔一〕的名對：由明確（的）概念（名）構成之對偶。的：明也。「名」爲概念，亦爲名物。本節爲空海綜合各家之説，既有《文筆式》之「的名對」，亦有《筆札華梁》之「正名對」「的名對」，有元兢之「正對」。

〔二〕正名對：《筆札華梁》稱迎送、去來之類反對爲正名對。

〔三〕正對：《筆札華梁》與元兢均有「正對」。《筆札華梁》稱天地、日月、好惡、輕重之類反對爲正對，元兢以堯舜、聖君賢臣、鳳鸞之類名相敵之同對爲正對。

〔四〕傳李嶠《評詩格》：「切對一，謂家（象）物切正不偏枯。」或者「切對」出崔融，然《文鏡秘府論》「的名對」一目未見引述崔氏説。

〔五〕「的名對者正也」以下至「然後學餘對也」，當出《文筆式》。其句式均爲「上句安×」「下句安×」，用詞亦單調少變。

〔六〕正正相對，即整齊相對。

〔七〕以上均各爲統一體中關係明確而密切，相互對立的反對性實體性語詞。

〔八〕「或曰天地」以下至「如此之類名正名對」，出《筆札華梁》。《詩苑類格》引上官儀「六對」：「詩有六對：一曰正名對，天地日月是也。」（《詩人玉屑》卷七，上海古籍出版社一九七八年）與此相合。

〔九〕以上亦各爲統一體中關係明確而密切，相互對立的反對性實體性語詞。

〔一〇〕「正名對」，原作「正對」，《詩苑類格》引上官儀曰「六對」：「一曰正名對」，本節下引「送酒東南去，迎琴西北來」之詩例，出《筆札華梁》，是上官儀稱爲「正名對」，據三寶、六地藏寺等本改。

〔一二〕「詩曰東圃青梅發」至「自餘詩皆放此最爲上」，當出《文筆式》。

〔一三〕「東圃」四句：詩題及撰者未詳。傳《魏文帝詩格》：「正名一。古詩：『東圃青梅發，西園緑草開。砌下花徐去，階前絮緩來。』」

〔一三〕「類」前原有「對」字，據寶壽本、六地藏寺本删。傳《魏文帝詩格》内容多襲取《文筆式》而來。此節文字均散文句式，質樸少文，用詞單調少變，亦合於多處所引《文筆式》之文風。

〔一四〕「手披」六句：詩題及撰者未詳。

〔一五〕「雲光」四句：出唐李百藥（五六五—六四八）《戲贈潘徐城門迎兩新婦》（《全唐詩》卷四三）。「妝」，原作「壯」，據《全唐詩》改。引李百藥詩，知《文筆式》當作於李百藥之後。

〔一六〕「的名對者正也」一段，「東圃青梅發」「手披黄卷盡」「雲光鬟裏薄」三詩例之釋文，多理論論述性文字，散文句式居多，嚴謹而質木少文，均爲「上句」「上二句」「上有」如何，「下句」「下二句」「下有」如何，句式、用詞均單調少變，當出一家，當出《文筆式》。

〔一七〕「又曰送酒」以下至「故受的名」，引自《筆札華梁》。「送酒」二句詩題及作者未詳。《詩苑類格》引上官儀「八對」：「一曰的名對。送酒東南去，迎琴西北來，是也。」知此例出上官儀《筆札華梁》。唯一作「的名對」，一作「正名對」，未知孰爲原目。

〔一八〕「鮮光」四句，詩題及作者未詳。一篇詠月。

〔一九〕此處疑闕「蘭閣荷池之互應」類句。

〔二〇〕此例釋文與前述出《文筆式》之質木無文者文風迥異，而與「送酒東南去」一條文字均儷對整齊，可信均出《筆札華梁》。

〔二一〕「日月」二句：陳後主詩，見《南史·陳後主紀》引。吟窗本皎然《詩議》：「詩對有六格：的名對。詩曰：『日月光天德，山河壯帝居。』」又，南卷引皎然《詩議》有「可以對虚，亦可以對實」之語，知「又曰日月」以下至「上對實名也」出皎然《詩議》。

〔二二〕虚名、實名：皎然關於詞類虚實之説較複雜，就此處言之，似以名詞爲實，上對之日月與山河均爲名詞，故曰「上對實名也」。

〔二三〕「恒斂」二句：出隋薛道衡《昔昔鹽》。《校注》：「(恒斂)詩例下疑脱釋文『上對，虚名也』一句五字，謂『啼』『笑』虚名也。」皎然此處以名詞爲實，故曰「上對實名也」，以動詞爲虚，此例「笑」與「啼」爲動詞，爲虚，故曰「下對虚名也」。故「恒斂千金笑」二句詩例亦出皎然《詩議》。

〔二四〕「元兢曰」以下至「非正對也」，出元兢《詩髓腦》。

第二，隔句對〔一〕。

隔句對者〔二〕，第一句與第三句對，第二句與第四句對。如此之類，名爲隔句對。

詩曰：「昨夜越溪難，含悲赴上蘭。今朝逾嶺易，抱笑入長安〔三〕。」釋曰：第一句「昨夜」

與第三句「今朝」對〔四〕，「越溪」與「逾嶺」是對。第二句「含悲」與第四句「抱笑」是對〔五〕，「上蘭」與「長安」對。並是事對，不是字對〔六〕。如此之類，名爲隔句對〔七〕。

又曰：「相思復相憶，夜夜淚霑衣。空悲亦空歎，朝朝君未歸〔八〕。」釋曰：兩「相」對於二「空」，隔以「霑衣」之句；「朝朝」偶於「夜夜」，越以「空歎」之言。從首至末，對屬間來，故名隔句對。

又曰：「月映茱萸錦，艷起桃花頰。風發蒲桃繡，香生雲母帖〔九〕。」又曰：「翠苑翠叢外，單蜂拾蕊歸。芳園芳樹裏，雙燕歷花飛〔一〇〕。」釋曰：夫「艷起」對「香生」，隔以「映茱萸」之錦；「月」「錦」偶「風」「繡」，又間諸「雲母」之帖〔一一〕。其雙「芳」、「燕」匹兩「翠」、「蜂」〔一二〕，「裏」「外」盡間成，故云隔句〔一三〕。

又曰：「始見西南樓，纖纖如玉鉤。末映東北墀，娟娟似蛾眉〔一四〕。」

【校箋】

〔一〕隔句對：後人有稱之爲扇對。

〔二〕「隔句對者」至「不是字對如此之類名爲隔句對」，當出《文筆式》。《文筆式》多用「如此之類，名爲××對」。

〔三〕「抱」，原作「拖」，據三寶等本改。「昨夜」四句：詩題及撰者未詳。上蘭：苑名，在上林中。傳

《魏文帝詩格》：「隔句二。古詩：『昨夜越溪難，含悲赴上蘭。今朝逾嶺易，抱笑入長安。』」傳《魏文帝詩格》多襲用《文筆式》，是知此例出《文筆式》。

〔四〕「夜」，原作「日」，與上「昨夜越溪難」不合，據寶壽等本改。

〔五〕「抱」，原作「拖」，據三寶等本改。

〔六〕據「第十五字對」「謂義別字對是」，此處謂「越溪」非作爲固有名詞，「逾嶺」之「逾」字與「越」字非爲字對，「越溪」與「逾嶺」爲事對，故曰「並是事對，不是字對」。

〔七〕又是「第一句」如何，「第二句」如何，又是「如此之類，名爲××對」，句式用詞單調少變，合於多處所引《文筆式》之文風。

〔八〕「相思」四句：詩題及撰者未詳。《詩苑類格》引上官儀「八對」：「八曰隔句對。『相思復相憶，夜夜沾衣裳，空歎復空泣，朝朝君未歸』是也。」

〔九〕「月映」四句：詩題及撰者未詳。詩詠美人。茱萸錦：茱萸圖案之織錦。蒲桃繡：繡有蒲桃文之織綿。雲母帖：據《鄴中記》，石虎作雲母，純金如蟬翼，二面采漆畫列仙奇鳥異獸，隨扇大小，雲母帖其中。

〔一〇〕「翠苑」四句：詩題及撰者未詳。

〔一一〕「間諸」下，《校注》據上句文例補「生」字。

〔一二〕「四」，原作「亦」，據江户刊本改。

〔一三〕此「釋曰」，並釋「月映茱萸錦」及「翠苑翠叢外」二詩例，並前例「相思復相憶」，三詩例之釋文，均用生動整齊之駢儷之句，與《文筆式》句式單調質木乏采文風迥異，而與「的名對」中上官儀說之文風一致，「相思復相憶」四句見《詩苑類格》引上官儀「八對」。知此三例並出《筆札華梁》。

〔一四〕吟窗本皎然《詩議》：「隔句對。詩曰：『始見西南樓，纖纖如玉鉤。末映東北墀，娟娟似蛾眉。』」知「又曰始見」以下至「似蛾眉」，皎然說。「始見」四句：出鮑照《翫月城西門廨中》。「始見」，《鮑參軍集》作「始出」。「末」，原作「未」，據六地藏寺本及《鮑參軍集》改。

第三，雙擬對〔一〕。

雙擬對者〔二〕，一句之中所論，假令第一字是「秋」，第三字亦是「秋」，二「秋」擬第二字，下句亦然。如此之類，名爲雙擬對。

詩曰：「夏暑夏復衰〔三〕，秋陰秋未歸。炎至炎難却，涼消涼易追〔四〕。」釋曰：第一句中，兩「夏」字擬一「暑」字。第二句中，兩「秋」字擬一「陰」字。第三句中，兩「炎」字擬一「至」字。第四句中〔五〕，兩「涼」字擬一「消」字。如此之法〔六〕，名爲雙擬對。

又曰：「乍行乍理髮，或笑或看衣〔七〕。」又曰：「結萼結花初，飛嵐飛葉始〔八〕。」釋曰：既雙「結」居初，亦兩「飛」帶末〔九〕；宜書宜時之句，可題可憐之論〔一〇〕，準擬成對，故以名云〔一二〕。而又以雙擬爲名〔一三〕。

又曰：「可聞不可見，能重復能輕〔一三〕。」

又曰：「議月眉欺月，論花頰勝花〔一四〕。」釋曰：上陳二「月」〔一五〕，隔以「眉欺」；下説雙「花」，間諸「頰勝」〔一六〕。文雖再讀，語必孤來，擬用雙文，故生斯號〔一七〕。

或曰：春樹春花，秋池秋日；琴命清琴，酒追佳酒；思君念君，千處萬處。如此之類，名雙擬對〔一八〕。

【校箋】

〔一〕雙擬對：有窄義、寬義二種。窄義之雙擬對，爲五言句中，第一第三字相重，而雙擬第二字，即圍繞第二字寫狀擬態。寬義之雙擬對，則唯須同一句中有二字相重且隔開，又與下句相對，用同一字兩次擬寫某種情態，不論此二字處於句中第幾字均可。

〔二〕「雙擬對者」至「如此之法名爲雙擬對」，當出《文筆式》。均爲「第一字」如何，「第三字」如何，「第一句」如何，「第二句」如何，「如此之法（類）名爲××對」，句式單調，與前引《文筆式》文風句式相仿。

〔三〕「暑」，原作「署」，據醍甲等本改。

〔四〕「夏暑」四句：詩題及撰者未詳。傳《魏文帝詩格》：「雙擬八。古詩：『夏暑夏復衰，秋陰秋未歸。』」此傳《魏文帝詩格》襲《文筆式》之例。

〔五〕「中」，原無，據六地藏寺本補。

〔六〕「此」，原作「比」，據三寶等本改。

〔七〕二句詩題及撰者未詳，釋文亦未見，或有脱誤。前句二「乍」字雙擬「行」字，後句二「或」字雙擬「笑」字。此爲窄義之雙擬對。

〔八〕二句詩題及撰者未詳。嵐：山風。

〔九〕「末」，原作「未」，據三寶等本改。「既雙」二句爲「結蕚結花初」二句之釋文。此亦爲窄義之雙擬對。

〔一〇〕「晝」，原作「書」，據高甲等本改。「宜晝」二句，文義不明，或者例詩包含「宜晝宜時」「可題可憐」二句，然轉寫時有脱訛。

〔一一〕「又曰乍行」至「故以名云」，爲駢儷文筆，與前引《筆札華梁》均作「故××」（如：第一的名對「故曰的名對」，「故曰正名也」，「故受的名」，第二隔句對「故名隔句對」，「故云隔句」云云），故當出《筆札華梁》。然未詳「釋曰」何以祇解釋後一詩例。

〔一二〕「以」，原作「所」，從祖風會本注及《譯注》改。此句或者引另一説。

〔一三〕「可聞」二句：出何遜《詠風》。吟窗本皎然《詩議》：「雙擬對。詩曰：『可聞不可見，能重復能輕。』」知此二句詩例爲皎然《詩議》所引。二句詩例之釋文未見。前句二「可」字，後句二「能」

字，爲寬義之雙擬對。

〔一四〕「議月」二句：詩題及撰者未詳。《詩苑類格》引上官儀「八對」：「六曰雙擬對。『議月眉欺月，論花頰勝花。』」前句二「月」字，後句二「花」字，亦爲寬義之雙擬對。

〔一五〕「上」字原無，據醍甲等本補。

〔一六〕「間」，原作「𥜥」，從《校注》改。

〔一七〕「又曰議月」至「故生斯號」，詩例與上官儀「八對」之「雙擬對」合，釋文亦爲整齊之駢儷之句，當出《筆札華梁》。

〔一八〕「或曰春樹」以下至「名雙擬對」，出《筆札華梁》。《詩苑類格》引上官儀「六對」：「六曰雙擬對，春樹秋池是也。」

第四，聯綿對〔一〕。

聯綿對者〔二〕，不相絶也。一句之中，第二字、第三字是重字，即名爲聯綿對。但上句如此，下句亦然。

詩曰：「看山山已峻，望水水仍清〔三〕。聽蟬蟬響急，思卿卿别情〔四〕。」釋曰：一句之中，第二字是「山」，第三字亦是「山」，餘句皆然。如此之類，名爲聯綿對〔五〕。

又曰：「嫩荷荷似頰〔六〕。殘河河似帶，初月月如眉〔七〕。」釋曰：兩「荷」連讀，放諸上句之中〔八〕：雙「月」並陳，言之下句之腹。一文再讀，二字雙來，意涉連言，坐兹生號〔九〕。又曰：「煙離離萬代，雨絶絶千年〔一〇〕。」釋曰：情起多端〔一一〕，理曖昧難分〔一二〕，情參差迢述〔一三〕。且自無關賦體〔一四〕，實乃偏用開格〔一五〕。又曰：「望日日已晚，懷人人不歸。」又曰：「霏霏斂夕霧，赫赫吐晨曦。軒軒多秀氣，奕奕有光儀。」又曰：「視日日將晚，望雲雲漸積〔一六〕。」或曰：朝朝、夜夜，灼灼、菁菁，赫赫、輝輝，汪汪、落落，索索〔一七〕、蕭蕭，穆穆、堂堂，巍巍、訶訶〔一八〕。如此之類，名連綿對〔一九〕。

【校箋】

〔一〕聯綿對：亦有兩種。一種爲尋常之重字相對。五言詩一般爲前二字爲一意義與節奏單位，後三字爲另一意義節奏單位，此聯綿對所重二字則處同一意義節奏單位。另一種，一句之中，第二字、三字重字，相重二字並不處同一意義節奏單位，而是於意義節奏單位連接處聯綿相對。前一種，一説不作聯綿對，而與雙聲對、疊韻對同爲賦體對，另一説則將其視爲聯綿對。空海並存二説，並於東卷序加以説明。然空海之傾向，是以不同意義節奏單位相連處之二字相重作爲聯綿對。本段主要是論述此種情況。

〔二〕「聯綿對者」至「如此之類名爲聯綿對」，當出《文筆式》。

〔三〕「仍」，原作「乃」，據江户刊本改。

〔四〕「看山」四句：詩題及撰者未詳。傳《魏文帝詩格》：「連綿五。古詩：『望山山似峻，看水水仍清。』」此傳《魏文帝詩格》襲《文筆式》。

〔五〕「第二字」如何，「第三字」如何，「如此之類名爲×× 對」，句式單調少變，與前引《文筆式》一致，是當出《文筆式》。

〔六〕「嫩」，原作「懶」，據寶壽等本改。

〔七〕「殘河河似帶」原旁注「一本以上五字注也」。「又曰嫩荷」以下至「實乃偏用開格」，當出《筆札華梁》。《詩苑類格》引上官儀「八對」有「五曰聯綿對。殘河若帶，初月如眉，是也」可證。「嫩荷」三句，詩題及撰者未詳。「荷—荷」「河—河」「月—月」均爲不同意義節奏單位相連處之二字相重。

〔八〕「放」字下原衍「請」字，據醍甲等本删。

〔九〕釋文整齊駢儷，與前引《筆札華梁》文風合。祇解釋「嫩荷」「初月」二句，故「殘河」句疑爲校文。

〔一〇〕「煙離」二句：詩題及撰者均未詳。「離—離」「絶—絶」亦爲不同意義節奏單位相連處之二字相重。

〔一一〕《校注》：「（情起多端）此句上疑脱『理□□□』四字一句，於文始儷。」

〔二〕「暧」，原作「暖」，據江户刊本改。

〔三〕《校勘記》：「『述』爲『遞』『遥』之訛。」《校注》：「『述』疑『遰』之誤。」

〔四〕「且」下原衍「辭也」二字，據六地藏寺本删。

〔五〕東卷序：「其賦體對者，合彼重字、雙聲、疊韻三類，與此一名。或疊韻、雙聲，各開一對，略之賦體。或以重字屬聯綿對。今者，開合俱舉，存彼三名，後覽達人，莫嫌煩冗。」即此處「且自無關賦體，實乃偏用開格」之意。此處釋文仍爲整齊駢儷句，與《筆札華梁》文風合。

〔六〕「又曰望日」至「雲漸積」，出皎然《詩議》。三例詩之詩題及撰者均未詳。吟窗本皎然《詩議》：「聯綿對。詩曰：『望日日已晚，懷人人未歸。』」與前一詩例合。「望日」「視日」二詩例均爲不同意義節奏單位相連處之二字相重，且意相近，疑均出《詩議》。「霏霏」四句爲一般重字，爲另一種聯綿對。

〔七〕「索索」，原作「素素」，據寶龜院本改。

〔八〕「訶訶」二字原無，據江户刊本補。

〔九〕「或曰朝朝」以下至「名連綿對」，出《筆札華梁》。《詩苑類格》引上官儀「六對」：「三曰連珠對。蕭蕭赫赫是也。」舉例相合。索索：心不安之貌。訶訶：大言而怒。《筆札華梁》之聯綿對實爲重字對，即東卷序所言「以重字屬聯綿對」，故與《文筆式》不同。

第五，互成對〔一〕。

互成對者〔二〕，天與地對，日與月對，麟與鳳對，金與銀對，臺與殿對，樓與榭對。兩字若上下句安〔三〕，名的名對；若兩字一處用之，是名互成對，言互相成也〔四〕。

詩曰：「天地心間靜，日月眼中明。麟鳳千年貴，金銀一代榮〔五〕。」釋曰：第一句之中，「天地」一處；第二句之中〔六〕，「日月」一處；第三句之中，「麟鳳」一處；第四句之中〔七〕，「金銀」一處。不在兩處用之，名互成對〔八〕。

又曰：「玉釵丹翠纏，象榻金銀鏤。」「青昳丹碧度，輕霧歷簷飛〔九〕。」釋曰：「丹翠」自擬，「金銀」別對，各途布列，而互相成。「飛」「度」二言，並如斯例〔一〇〕。

又曰：「歲時傷道路，親友念東西〔一一〕。」

【校箋】

〔一〕「互」，原作「㸦」，當爲「互」之俗別字，今改。下同。互成對：實含二義。當句互對，如例詩中「天—地」「日—月」各當句對，又上下句中互對，如例詩之「天地—日月」。二義缺一不可。

〔二〕「互成對者」至「用之名互成對」，當出《文筆式》。

〔三〕《校注》「安」下據下句例補「之」字。

〔四〕「互成對言」四字原無，原旁小字補「互成對言」，據底本旁注及六地藏寺本補。意謂相對兩字置於上下句，爲的名對；若置於同一句同一處，則爲互成對。此實爲兩重對仗，同一句中相對，又上下句互相成對，且相對二詞（實際爲三字）又同在一處。

〔五〕「天地」四句：詩題及撰者未詳。

〔六〕「之」，原無，據寶壽等本補。下二「之」字同。

〔七〕「之」，原無，據江户刊本補。

〔八〕又是「第一句」如何，「第二句」如何，單調少變，與前引《文筆式》句式文風一致。

〔九〕以上四句詩題及撰者未詳。由押韻觀之，當爲二詩。

〔一〇〕此釋文釋前二例，釋文爲駢儷之句，與前引《筆札華梁》一致。自「又曰玉釵」至「並如斯例」爲一家説，當出《筆札華梁》。

〔一一〕二句詩題及撰者未詳。吟窗本皎然《詩議》：「牙（互）成對。詩曰：『歲時傷道路，親友在東西。』」知「又曰歲時」至「東西」，皎然《詩議》説。

第六，異類對〔一〕。

異類對者〔二〕，上句安天，下句安山；上句安雲，下句安微〔三〕；上句安鳥，下句安花；上句安風，下句安樹。如此之類，名爲異類對。非是的名對，異同比類〔四〕，故言異類對。但解如此對，並是大才。籠羅天地，文章卓秀，才無擁滯〔五〕，不問多少，所作成篇，但如此對，益詩有功〔六〕。

詩曰：「天清白雲外，山峻紫微中。鳥飛隨去影，花落逐摇風〔七〕。」釋曰：上句安「天」，下句安「山」，「天」「山」非敵體，「白雲」「紫微」亦非敵體。第三句安「鳥」，第四句安「花」，「花」「鳥」非敵體，「去影」「摇風」亦非敵體。如此之類，名爲異類對〔八〕。

又曰：「風織池間字，蟲穿葉上文〔九〕。」釋曰：「風」「蟲」非類，而附對是同〔一〇〕；「池」「葉」殊流，而寄巧歸一。或雙聲以酬疊韻，或雙擬而對迴文。别致同詞，故云異類〔一一〕。

又曰：「鯉躍排荷戲，燕舞拂泥飛。」「琴上丹花拂，酒側黄鸝度〔一二〕。」釋曰：鳥飛魚躍，琴歌酒唱〔一三〕，事跡既異。至如鳥飛樹動，魚躍水淺〔一四〕，葉潤憑水而成文，枝摇託風而制語，諺赤鯉爲對，引酒歌傍傳〔一五〕，酒唱一□〔一六〕，各相無敵〔一七〕，異類題目，空中起事〔一八〕。

又曰：「離堂思琴瑟，别路繞山川〔一九〕。」又如以「早朝」偶「故人」，非類是也〔二〇〕。

元氏云：異對者，若來禽、去獸，殘月、初霞。此來與去、初與殘，其類不同，名爲異對。異對勝於同對〔二一〕。

【校箋】

〔一〕異類對：下引《文筆式》《筆札華梁》以不同範疇、不同類别語詞相對爲異類對。元兢以爲若來禽、去獸，殘月、初霞者，來與去、初與殘相對，其類不同，名爲異對，其所謂異對，實際爲的名對中反對。

〔二〕「異類對者」至「如此之類名爲異類對」，當出《文筆式》。

〔三〕「上句安雲下句安微」八字原無，據高甲等本補。

〔四〕「比」，原作「此」，據高甲等本改。

〔五〕「擁」當爲「壅」之假。

〔六〕以上「上句」如何，「下句」如何，句式與前引《文筆式》一致。

〔七〕「天清」四句：詩題及撰者未詳。傳《魏文帝詩格》：「異類六。古詩：『鳥飛隨去影，花落逐摇風。』」此傳《魏文帝詩格》襲用《文筆式》，知出《文筆式》。

〔八〕又是「上句」如何，「下句」如何，「第三句」如何，「第四句」如何，句式文風與前引《文筆式》一致。相對名物語詞份量並不相敵相稱，故曰「非敵體」。

〔九〕「風織」二句：詩題及撰者未詳。《詩苑類格》引上官儀「八對」：「二曰異類對。『風織池間樹，蟲穿草上文』是也。」知此例及以下釋文出《筆札華梁》。

〔一〇〕「而」字原無，據三寶等本補。

〔一一〕此段釋語文詞有變化，儷對整齊，合於前引《筆札華梁》説。

〔一二〕「鯉躍」四句：詩題及撰者均未詳。「飛」（平聲微韻）、「度」（去聲遇韻）不協，前二句與後二句爲不同詩例。

〔三〕「唱」，原作「昌」，據三寶本改。

〔四〕「躍」，原作「跳」，前有「鳥飛魚躍」，從江户刊本改。「淺」，《校注》作「濺」。

〔五〕「引」，原作「别」，從《校勘記》改。「傳」，原作「傳」，據三寶本改。

〔六〕「唱」，原作「昌」，據三寶等本改。「酒唱二□」，原作「酒唱二」，意思不明，就前後句意觀之，當有脱文。今從《譯注》作脱字，或當補「字」或「言」等字。

〔七〕「敵」，原作「故」，從《考文篇》改。

〔八〕「諺赤鯉」以下，文屈曲難解。或者「諺」爲「援」字音訛，「傳」與附同，「故」爲「敵」訛，「二」字後或脱「言」或「字」字。赤鯉與酒歌爲異類對，其意或爲，引赤鯉酒歌爲對，各無相類相敵之處，故爲異類題目異類之對。於寬泛範圍之内完成對偶句式，此猶如空中起事，並無直接憑依。此節釋語文詞有變化，儷對整齊，與前引《筆札華梁》文風一致。且又引有上官儀「八對」之例，故自「又曰風織」至「空中起事」，當出《筆札華梁》。

〔九〕「離堂」二句：出陳子昂《春夜别友人》。

〔一〇〕吟窗本皎然《詩議》：「類對體。詩曰：『離堂思琴瑟，别路繞山川。』又宋員外詩（原注缺），以『早潮』偶『故人』，非類爲類是也。」知「又曰離堂」至「非類是也」，皎然説。宋員外當爲宋之問。

〔一一〕「元氏云」以下爲元兢説。元兢所謂異對，實爲的名對中反對。

第七，賦體對[一]。

賦體對者，或句首重字[二]，或句首疊韻，或句腹疊韻，或句首雙聲，或句腹雙聲。如此之類，名爲賦體對。似賦之形體，故名賦體對。

詩曰：句首重字：「褭褭樹驚風，麗麗雲蔽月[三]。」「皎皎夜蟬鳴[四]，朧朧曉光發。」句腹重字：「漢月朝朝暗[五]，胡風夜夜寒。」句尾重字：「月蔽雲曬曬，風驚樹褭褭。」句首疊韻：「徘徊四顧望，悵悢獨心愁[六]。」句腹疊韻：「君赴燕然戍，妾坐逍遥樓[七]。」句尾疊韻：「疎雲雨滴瀝，薄霧樹朦朧[八]。」句首雙聲：「留連千里賓，獨待一年春[九]。」句腹雙聲：「我陟崎嶇嶺，君行嶢峅山[一〇]。」句尾雙聲：「妾意逐行雲，君身入暮門[一一]。」釋曰：上句若有重字、雙聲、疊韻，下句亦然。上句偏安，下句不安，即爲犯病也[一二]。但依此對，名爲賦體對。

又曰：「團團月掛嶺[一三]，納納露霑衣[一四]。」頭。「花承滴滴露，風垂褭褭衣[一五]。」腹。「山風晚習習，水浪夕淫淫[一六]。」尾。

釋曰：有鸞鳴噲噲[一七]，鹿響幼幼[一八]，往往處處，婀娜之名[一九]，澤陂菡萏之狀[二〇]，模朝隮而薈蔚[二一]，寫苻菜而參差[二二]。既正起重言，亦傍生疊字者。

【校箋】

〔一〕「第八雙聲對」與「第九疊韻對」均編録有《筆札華梁》相關内容，無論《文鏡秘府論》抑或《詩苑類格》載上官儀「六對」「八對」，未見有「賦體對」。《筆札華梁》有聯綿對，且聯綿對有類似「重字」之對屬。東卷卷首《論對》之序所謂「或疊韻、雙聲，各開一對，略之賦體。或以重字屬聯綿對」，故「第七賦體」不當出《筆札華梁》。「十一種對」正文，「第八雙聲對」與「第九疊韻對」未見有《文筆式》之内容，是則其未將「雙聲」與「疊韻」「各開一對」，而當如東卷《論對》之序所謂「合彼重字、雙聲、疊韻三類，與此一名」，其名則爲「賦體對」。「第七賦體對」正文，「或句首……或句首……或句腹……」，「上句……下句……上句……下句……」，句式單調，又以「如此之類，名××對」結尾，與前述《文筆式》句式一致。傳《魏文帝詩格》「八對」有頭疊韻、腹疊韻、尾疊韻、頭雙聲、腹雙聲、尾雙聲之説，又有「徘徊四顧望」「君赴燕然戍」「疏雲雨滴瀝」「留連千里賓」「我陟崎嶇嶺」等句例，與《文鏡秘府論》「賦體對」相合，當是襲《文筆式》之説。故此一條當全爲《文筆式》。賦體作品需鋪采摛文，體物狀態，《詩經》之賦體亦然，並多用重字、雙聲、疊韻句式，故對偶中此體，或亦因此而稱爲「賦體對」。

〔二〕豹軒藏本鈴木虎雄注：「『句首重字』下脱『或句腹重字』五字。」

〔三〕「雲蔽」，原作「雲蔽」，「蔽」爲「蔽」之俗字，今改。一句詩題及撰者未詳。賦體對所引詩之出處多不知，或多爲假作詩。

〔四〕《譯注》：「『皎皎』，白色光輝之狀。但如果用作蟬鳴之聲的擬聲詞，則或當是『咬咬』。」

〔五〕「漢」，原作「漠」，據三寶等本改。

〔六〕徘徊：《廣韻》上平聲十一灰韻之疊韻。悵恨：去聲四十一漾韻之疊韻。

〔七〕「赴」，原作「起」，三寶本欄脚注「赴證」，據改。燕然：山名，在今蒙古國境内，後漢竇憲在此地大破匈奴。「燕」下平聲一先韻，「然」下平聲二仙韻。「逍遥」，下平聲四宵韻之疊韻。

〔八〕滴瀝：入聲二十三錫韻之疊韻。朦朧：上平聲一東韻之疊韻。傳《魏文帝詩格》「八對」引以上三詩例：「疊韻四。古詩：『徘徊四顧望，悵怏獨心愁。』此頭疊韻也。又古詩：『君赴燕然戍，妾守逍遥樓。』此腹疊韻也。又古詩：『疎雲雨滴瀝，薄霧樹朦朧。』此尾疊韻也。」此蓋傳《魏文帝詩格》襲《文筆式》。

〔九〕留連：屬半舌音來母雙聲。獨待：屬舌音定母雙聲。

〔一〇〕崎嶇：牙音群母雙聲。墝埆：牙音疑母雙聲，土地瘠薄貌。

〔一一〕「行雲」非雙聲，或有誤。「暮門」疑作「墓門」。傳《魏文帝詩格》「八對」：「雙聲三。古詩：『留連千里賓，獨待一年春。』此頭雙聲句也。又古詩：『我出崎嶇嶺，君行磝碻山。』此腹雙聲句也。又古詩：『野外風蕭索，雲裏日朦朧。』此尾雙聲句也。」引以上二詩例，蓋傳《魏文帝詩格》襲《文筆式》。

〔一三〕南卷《論文意》引王昌齡《詩格》：「凡文章不得不對。上句若安重字、雙聲、疊韻，下句亦然。

若上句偏安，下句不安，即名爲離文。」與此意同。此蓋王昌齡《詩格》用《文筆式》成説。

〔一三〕「掛」，原作「桂」，據江户刊本改。

〔一四〕納納：濡濕貌。

〔一五〕《校注》：「『滴滴』疑『瀼瀼』之誤。《詩·鄭風·野有蔓草》《小雅·蓼蕭》俱曰：『零露瀼瀼。』」

〔一六〕「淫淫」，原作「滛滛」，據三寶等本改。習習：和調之貌。淫淫：流貌。以上三例詩題及撰者均未詳。

〔一七〕鸞鳴噲噲：《詩·小雅·庭燎》：「鸞聲噦噦。」毛傳：「噦噦，言其聲也。」

〔一八〕《校勘記》：「『幼幼』爲『呦呦』之假。」《詩·小雅·鹿鳴》：「呦呦鹿鳴，食野之苹。」

〔一九〕《校注》：「『往往處處』四字，於此無義，當是『萇楚』二字之誤而衍爲重文者。」「此書原文之『往往處處婀娜之名』實即『萇楚猗儺之名』而訛衍者。」《詩·大雅·公劉》：「于時處處。」

〔二〇〕「陂」，原作「波」，據《毛詩》改。《詩·陳風·澤陂》：「彼澤之陂，有蒲菡萏。」《校勘記》：「『澤陂菡萏之狀』與『婀娜之名』不對，恐『澤陂』爲『菡萏』出典之注，誤入正文。」

〔二一〕「朝」，原作「潮」，據《毛詩》正之。「模朝」句：《詩·曹風·候人》：「薈兮蔚兮，南山朝隮。」

〔二二〕「寫荇」句：《詩·周南·關雎》：「參差荇菜。」

第八，雙聲對〔一〕。

詩曰：「秋露香佳菊，春風馥麗蘭〔二〕。」釋曰：「『佳菊』雙聲，係之上語之尾；『麗蘭』疊韻，陳諸下句之末〔三〕。秋朝非無白露，春日自有清風，氣側音諧，反之不得。『好花』『精酒』之徒，『妍月』『奇琴』之輩〔四〕。如此之類，俱曰雙聲。

又曰：「飂颲歲陰曉，皎潔寒流清。結交一顧重，然諸百金輕〔五〕。」又曰：「五章紛冉弱，三冬粲陸離〔六〕。」「悵望一途阻，參差百慮違〔七〕。」釋曰：「『飂颲』『皎潔』，即是雙聲，得對疊韻〔八〕。『冉弱』『陸離』即是知雙聲，自得成對〔九〕。

又曰：「洲渚遞縈映，樹石相因依〔一〇〕。」

或曰〔一一〕：奇琴、精酒，妍月、好花，素雪、丹燈〔一二〕，翻蜂、度蝶，黄槐、緑柳，意憶、心思，對德、會賢，見君、接子〔一三〕。如此之類，名雙聲對。

【校箋】

〔一〕賦體對之外另列雙聲對，蓋賦體對屬《文筆式》，而雙聲對屬《筆札華梁》與崔融《唐朝新定詩格》等。

〔二〕二句詩題及撰者未詳。《詩苑類格》引上官儀「八對」：「三曰雙聲對。『秋露香佳菊，春風馥麗蘭』是也。」「詩曰秋露」至「知雙聲自得成對」，當出《筆札華梁》。

〔三〕「疊韻」二字，恐「雙聲」之誤。「佳菊」，牙音見母雙聲，「麗蘭」，半舌音來母雙聲。

〔四〕「好花」喉音曉母雙聲，「精酒」齒音精母雙聲。「妍月」牙音疑母雙聲，「奇琴」牙音群母雙聲。

〔五〕「飂飀」四句，詩題及撰者未詳。飂飀：風迅疾貌。一顧：《戰國策・燕策二》有經伯樂一顧而馬價百倍之説，喻經人稱揚而有知遇之感。然諾：《史記・季布列傳》：「楚人諺曰：『得黄金百斤，不如得季布一諾。』」《譯注》：「『飂』，《廣韻》入聲七櫛韻；『飀』，同五質韻。『皎潔』，牙音見母雙聲。」「後半句，衹有『結交』爲雙聲，不成爲雙聲對。」

〔六〕「五章」二句：詩題及撰者未詳。

〔七〕「帳望」二句：出謝朓《酬王晉安》，《文選》「違」作「依」。帳望：去聲四十一漾韻之疊韻。參差：齒音清母之雙聲。離：四支韻。違：五微韻。「帳望」二句與前二句疑非同出一詩。

〔八〕此二句當爲「即是疊韻，得對雙聲」。

〔九〕冉弱：半齒音日母雙聲。陸離：半舌音來母雙聲。依前引詩例，此下當還有「『帳望』『參差』，即是疊韻，得對雙聲」之句。

〔一〇〕詩題及撰者未詳。洲渚：齒音照母雙聲。樹石：齒音禪母雙聲。縈映、因依：均喉音影母雙聲。傳李嶠《評詩格》「九對」：「雙聲對六。詩曰：『洲渚近環映，樹石相因依。』」傳李嶠《評詩格》所編實爲崔融説。知「又曰洲渚」至「因依」爲崔融説。

〔一一〕「或曰」，寶龜本作「筆札云」，右注「或曰イ」。《詩苑類格》引上官儀「六對」：「四曰雙聲對，黄槐緑柳是也。」與引例合，知以下爲《筆札華梁》。

〔二〕《校注》：「『丹燈』疑『丹磴』之誤。鮑照《登黄鶴磯》：『三崖隱丹磴，九派引滄流。』」

〔三〕奇琴、精酒、妍月、好花：參前注。素雪：齒音心母之雙聲。丹燈：舌音端母之雙聲。翻蜂：脣音敷母之雙聲。度蝶：舌音定母之雙聲。黄槐：喉音匣母之雙聲。緑柳：半舌音來母之雙聲。意憶：喉音喻母之雙聲。心思：齒音心母之雙聲。對德：舌音端母之雙聲。會賢：喉音匣母之雙聲。見君：牙音見母之雙聲。接子：齒音精母之雙聲。並各成對偶。

第九，疊韻對〔一〕。

詩曰：「放暢千般意，逍遥一箇心。漱流還枕石，步月復彈琴〔二〕。」釋曰：「放暢」雙聲〔三〕，陳之上句之初；「逍遥」疊韻，放諸下言之首。雙道二文，其音自疊；文生再字，韻必重來。「曠望」「徘徊」「綢繆」「眷戀」〔四〕，例同於此，何藉煩論。

又曰：「徘徊夜月滿，肅穆曉風清。此時一樽酒，無君徒自盈〔五〕。」又曰：「鬱律構丹巘，稜層起青嶂〔六〕。」「鬱律」「稜層」是。

《筆札》云〔七〕：徘徊、窈窕、眷戀、彷徨、放暢、心襟、逍遥、意氣、優遊、陵勝、放曠、虚無、䕶酌、思惟、須臾。如此之類，名曰疊韻對〔八〕。

【校箋】

〔一〕賦體對之外另列疊韻對，蓋賦體對屬《文筆式》，而疊韻對屬《筆札華梁》與崔融《唐朝新定詩格》等。

〔二〕「放暢」四句：詩題及撰者未詳。《詩苑類格》引上官儀「八對」：「四曰疊韻對。『放蕩千般意，遷延一介心』是也。」與此處引例略同。就文筆視之，均爲整齊駢儷之句，與《二十九種對》中引《筆札華梁》同，「徘徊」「眷戀」之例同下引《筆札華梁》之文，故「詩曰放暢」以下至「何藉煩論」，當出《筆札華梁》。

〔三〕「放暢」爲疊韻，故「雙聲」二字當作「疊韻」。

〔四〕放暢：去聲四十一漾韻疊韻。逍遥：下平聲宵韻之疊韻。曠望：去聲四十二宕韻之疊韻。徘徊：上平聲十五灰韻之疊韻。綢繆：下平聲十八尤韻之疊韻。眷戀：去聲三十三綫韻之疊韻。

〔五〕「徘徊」四句：詩題及撰者未詳。肅穆：同入聲一屋韻之疊韻。後半二句非疊韻句。「又曰徘徊」以下至「鬱律稜層是」，崔融説。崔融説慣用「××是」之句。

〔六〕「鬱律」二句：出沈約《鍾山詩應西陽王教》其二，見《文選》卷二二，「稜層」作「崚嶒」。鬱：入聲八物韻。律：入聲六律韻。稜層：下平聲十七登韻之疊韻。

〔七〕「筆札云」以下出《筆札華梁》。《詩苑類格》引上官儀「六對」：「五曰疊韻對。彷徨放曠是也。」此處引例有「彷徨」「放暢」（放曠），亦可證。

〔八〕「徘徊」「眷戀」「放暢」「逍遥」已見前。窈窕：同上聲二十九篠韻。彷徨：同下平聲十一唐韻。心襟：同下平聲二十一侵韻。意：去聲七志韻。氣：去聲八未韻。優遊：同下平聲十八尤韻。陵勝：同下平聲十六蒸韻。放：去聲四十一漾韻。曠：去聲四十二宕韻。虚：上平聲九魚韻。無：上平聲十虞韻。蘋：入聲二十陌韻。酌：入聲十八藥韻。思：上平聲七之韻。惟：上平聲六脂韻。須臾：同上平聲十虞韻。

以上《文鏡秘府論箋》卷第八。

第十，迴文對〔一〕。

詩曰：「情親由得意，得意遂情親。新情終會故，會故亦經新〔二〕。」釋曰：雙「情」著於初、九，兩「親」繼於十、二。又顯頭「新」尾「故」，還標上下之「故」「新」。列字也久〔三〕，施文已周，迴文更用〔四〕，重申文義，因以名云。

第十一，意對〔五〕。

詩曰：「歲暮臨空房，涼風起坐隅。寢興日已寒，白露生庭蕪〔六〕。」又曰：「上堂拜嘉慶，入室問何之。日暮行採歸，物色桑榆時〔七〕。」釋曰：「歲暮」「涼風」，非是屬對；「寢興」「白露」，罕得相酬〔八〕。事意相因，文理無爽，故曰意對耳〔九〕。

【校箋】

〔一〕以下《文鏡秘府論箋》卷第九。《詩苑類格》引上官儀「八對」：「七曰迴文對。『情親因得意，得意逐情新』，是也。」傳《魏文帝詩格》「八對」：「迴文七。古詩：『情親由得意，得意逐（遂）情親。』」詩例與此處同。「釋曰」之文筆，儷對整齊，與前引《筆札華梁》風格一致。「第十迴文對」全部當出《筆札華梁》。迴文對借文辭與文義之交互，有回環往復語言節奏之美。

〔二〕「會故會故」，原作「會々故々」，蓋古書連語重文之例，今正之。詩題及撰者未詳。

〔三〕「久」疑「交」字之訛。

〔四〕「文」，原作「又」，從《考文篇》改。

〔五〕由「釋曰」駢儷句式觀之，「第十一意對」當出《筆札華梁》。吟窗本王昌齡《詩格》「勢對例五」：「意對三。陸士衡詩：『驚飈褰友信，歸雲難寄音。』《古詩》：『四顧何茫茫，東風摇百草。』」亦有「意對」，當襲《筆札華梁》。

〔六〕「歲暮」四句：出顔延之《秋胡詩》其四。歲暮則有涼意，白露生庭蕪，爲日寒之意，前後二句意味氛圍可相對，是爲意對。

〔七〕「上堂」四句：出顔延之《秋胡詩》其七。

〔八〕此數句釋前一詩例。後一詩例當亦有釋文，而未見録。

〔九〕「故曰意對耳」句後，三寶、天海本注「右十一種古人同出斯對證本如此」。

第十二，平對〔一〕。

平對者，若青山、緑水，此平常之對，故曰平對也。他皆放此〔二〕。

第十三，奇對。

奇對者，若馬頰河、熊耳山〔三〕，此「馬」「熊」是獸名，「頰」「耳」是形名，既非平常，是爲奇對。他皆放此。

又如漆沮、四塞〔四〕，「漆」與「四」是數名，又兩字各是雙聲對。又如古人名，上句用曾參，下句用陳軫〔五〕，「參」與「軫」者同是二十八宿名。若此者，出奇而取對，故謂之奇對。他皆放此。

第十四，同對。

同對者〔六〕，若大谷、廣陵，薄雲、輕霧，此「大」與「廣」、「薄」與「輕」，其類是同，故謂之同對。同類對者〔七〕，雲、霧，星、月，花、葉〔八〕，風、煙，霜、雪，酒、觴，東、西，南、北，青、黄，赤、白，丹、素，朱、紫，宵、夜，朝、旦，山、岳，江、河，臺、殿，宫、堂，車、馬，途、路。

【校箋】

〔一〕以下至「第十七側對」，以元兢説爲主，附有《筆札華梁》與崔融説（除注明者外，均爲元兢説）。

〔二〕「放」通「仿」。下同。

〔三〕馬頰河：《爾雅》「釋水」所列九河之一，今已湮，故道約在今河北省東光縣之北，泊頭市之南。熊耳山：在今河南省宜陽縣。

〔四〕漆沮：漆水沮水。四塞：四塞之國。漆、沮、四塞，漆（七）與四是數名，又兩字各是雙聲對，包含數名與雙聲二層對偶。

〔五〕曾參：孔子弟子。陳軫：戰國時遊説家，《史記·張儀列傳》記有其事跡。曾參與陳軫，作爲古人名爲一層對偶，參與軫同是二十八宿名，是又一層對偶。此之謂奇對。

〔六〕「同對者」至「故謂之同對」爲元兢説。

〔七〕此以下引有上官儀「六對」，故「同類對者」以下至「車馬途路」爲上官儀《筆札華梁》説。

〔八〕《詩苑類格》引上官儀「六對」：「二曰同類對。花葉草芽是也。」

第十五，字對〔一〕。

或曰〔二〕：字對者，若桂楫、荷戈，「荷」是負之義，以其字草名，故與「桂」爲對。不用義對〔三〕，但取字爲對也。

或曰〔四〕：字對者，謂義別字對是。詩曰：「山椒架寒霧，池篠韻涼飈〔五〕。」「山椒」〔六〕，即山頂也。「池篠」〔七〕，傍池竹也。此義別字對。又曰〔八〕：「何用金扉敞，終醉石崇家〔九〕。」「金扉」「石家」即是〔一〇〕。又曰：「原風振平楚，野雪被長菅〔一一〕。」即「菅」與「楚」爲字對。

第十六，聲對〔一二〕。

或曰〔一三〕：聲對者，若曉路、秋霜，「路」是道路，與「霜」非對，以其與「露」同聲故。

或曰〔一四〕：聲對者，謂字義俱別，聲作對是。詩曰：「彤騶初驚路，白簡未含霜〔一五〕。」「路」是途路，聲即與「露」同，故將以對「霜」。又曰：「初蟬韻高柳，密蔦掛深松〔一六〕。」「蔦」，草屬，聲即與「飛鳥」同〔一七〕，故以對「蟬」〔一八〕。

【校箋】

〔一〕此一條編入元兢與崔融之説。

〔二〕「或曰字對者若桂楫」以下至「但取字爲對也」，引自元兢《詩髓腦》。

〔三〕「義」字原無，下文有「義别字對是」，從維寶箋補。

〔四〕「或曰」，三寶、天海本左旁注「崔氏證本」，寶龜本作「崔氏曰」。知此以下至本節末尾「爲字對」，引崔融《唐朝新定詩格》。

〔五〕「椒」，原作「柳」，據三寶等本改。「篠」，原作「條」，據高甲等本改。「山椒」二句：詩題及撰者未詳。「山椒」意爲山頂，「池篠」意爲傍池竹，本不相對，然僅就字面，「山」與「池」，「椒」與「篠」可相對，是爲字對。傳李嶠《評詩格》「九對」：「字對三。詩曰：『山柳（椒）架寒露，池篠韻涼飆。』」傳李嶠《評詩格》多襲崔融《唐朝新定詩格》，亦知此以下引崔融説。

〔六〕「椒」，原作「柳」，據三寶等本改。

〔七〕「篠」，原作「條」，據高甲等本改。

〔八〕「又曰」二字原無，據三寶等本補。

〔九〕「何用」二句：詩題及撰者未詳。「金扉」爲普通名詞，非人名，「石崇」爲人名，本不相對，然其另一字義，「金」與「石」，「扉」與「崇」可對。

〔一〇〕「××是」，爲崔融慣用句式。

〔一一〕「原風」二句：詩題及撰者未詳。「平楚」爲草木廣遠貌，與「長菅」本不相對。然其字面，「楚」爲灌木，「菅」爲草名，可相對。

〔一二〕此一條亦編入元兢與崔融之説。

〔一三〕「或曰聲對者若曉路」至「同聲故」，引元兢《詩髓腦》。

〔一四〕「或曰」，寶龜本作「崔氏曰」，三寶、天海本左注「崔氏證本如此」。知「或曰聲對者謂字義」以下至末尾「對蟬」，引崔融説。

〔一五〕「初驚」二字原作小字注於行間，據六地藏寺本補入。「彤騶」二句：詩題及撰者未詳。

〔一六〕「掛」，原作「桂」，據三寶等本改。「初蟬」二句：詩題及撰者未詳。傳李嶠《評詩格》「九對」：「聲對五。謂字義別，聲名對也。詩曰：『疏蟬韻高柳，密鳥掛深松。』」又王昌齡《詩中密旨》「犯病八格」：「對聲病八。字義全別，借聲類對。詩曰：『疏蟬高柳谷，掛鳥隱松深。』」前例

「聲名對」當爲「聲各對」之誤，兩例之「鳥」均當爲「蔦」字。後例「對聲病」當作「聲對病」。

〔一七〕「聲即與飛鳥」：原作「飛聲即與鳥」，據高甲等本改。

〔一八〕「故以」，原作「故聲即與以」，「聲即與」三字涉上衍，據高甲等本删。

第十七，側對。崔名「字側對」〔一〕。

元氏曰〔二〕：側對者，若馮翊、地名，在右輔也〔三〕。龍首，山名，在西京也。此爲「馮」字半邊有「馬」，與「龍」爲對；「翊」字半邊有「羽」，與「首」爲對。此爲側對。又如泉流、赤峰，「泉」字其上有「白」，與「赤」爲對。凡一字側耳，即是側對，不必兩字皆須側也。以前八種切對〔四〕。時人把筆綴文者多矣，而莫能識其徑路。于今義藏之於篋笥〔五〕，不可示於非才〔六〕。深秘之，深秘之〔七〕。

或曰：字側對者〔八〕，謂字義俱別，形體半同是〔九〕。詩曰：「忘懷接英彦，申勸引桂酒〔一〇〕。」「英彦」與「桂酒」〔一一〕，即字義全別，然形體半同是。又曰：「玉雞清五洛，瑞雉映三秦〔一二〕。」「玉雞」與「瑞雉」是〔一三〕。又曰：「桓山分羽翼，荆樹折枝條〔一四〕。」「桓山」與「荆樹」是〔一五〕。如此之類，名字側對。

【校箋】

〔一〕側對、字側對：用字體一側相對。元兢名「側對」，崔融名「字側對」。後之切側對、雙聲側對、疊韻側對，均爲崔融説。此數種對屬之名之特點爲「××側對」。

〔二〕「元氏曰」以下至「深秘之」，引自元兢《詩髓腦》。

〔三〕右輔：據《漢書・景帝紀》當爲「左輔」。

〔四〕八種切對：平、奇、同、字、聲、側六種對之外，的名對有元兢之「正對」，異類對有元兢之「異對」，總爲八對。

〔五〕「今」，原作「公」。《校注》以「于公義」爲人名「于公異」，然元兢爲初唐時人，所言「于公異」爲中唐時人，説不妥。「公」字或爲「今」字形訛，據義演本改。此句當訓爲「于今義藏之篋笥」，乃謂筆者即元兢欲將此義藏之篋笥。

〔六〕「示於非才」前原有「棄」字，據高甲本正之。

〔七〕「深秘之深秘之」，原作「深々秘々之々」，蓋古文重文之例，據寶壽等本改。

〔八〕「第十七側對」注「崔名字側對」，知「字側對者」以下至末尾「名字側對」爲崔融説。其格式爲「……是」（「謂……是」「即……是」）。亦可知傳李嶠《評詩格》襲崔融《唐朝新定詩格》。

〔九〕「形體」下原衍「即字義」三字，據寶壽等本正之。

〔一〇〕「忘懷」二句：詩題及撰者未詳。

〔二〕「英」之半體爲「艸」，「桂」之半體爲「木」，「彦」之半體爲「彡」，「酒」之半體爲「氵」，爲字側對。

〔三〕「玉雞」二句：詩題及撰者未詳。傳李嶠《評詩格》「九對」：「字側對四。謂字義俱別，形體半同。詩曰：『玉雞清五洛，瑞雪映三秦。』」「雪」爲「雉」之誤。玉雞：用昭靈后游於洛池，受玉雞之瑞之事，事見《太平御覽》卷八七引《帝王世紀》。

〔三〕「玉雞」爲神鳥，「瑞雉」指雉堞，字義俱別。然「玉」與「瑞」均屬「玉」旁。「雞」與「雉」均「隹」旁，故曰形體半同，是爲字側對。「××是」爲崔融用語習慣。

〔四〕「折」，原作「析」，據高甲等本改。「桓山」二句：詩題及撰者未詳。王昌齡《詩中密旨》「犯病八格」：「側對病七。凡詩字體全別，其義相背。詩曰：『桓山分羽翼，荊樹折枝條。』」「字體全別」當爲「字體半同」之誤。「桓山」句：《孔子家語·顔回》：「聞桓山之鳥，生四子焉，羽翼既成，將分于四海，其母悲鳴而送之。」「荊樹」句：據《太平御覽》卷九五九引周景式《孝子傳》：古有兄弟，忽欲分異，出門見三荊同株，接葉連陰，歎而還爲雍和。

〔五〕「桓」之側「木」與「荊」之側「艸」對應，「樹」之側「村」與「山」成對。「××是」爲崔融用語習慣。

第十八，鄰近對〔一〕。

詩曰：「死生今忽異，歡娱竟不同〔二〕。」又曰：「寒雲輕重色，秋水去來波〔三〕。」上是義，下是正名也〔四〕。此對大體似的名〔五〕，的名窄〔六〕，鄰近寬〔七〕。

第十九，交絡對〔八〕。

賦詩曰〔九〕：「出入三代，五百餘載〔一〇〕。」或謂：此中「餘」屬於「載」，不偶「出入」〔一一〕。古人但四字四義皆成對，故偏舉以例焉。

第廿，當句對〔一二〕。

賦詩曰〔一三〕：「薰歇燼滅，光沉響絶〔一四〕。」

第廿一，含境對〔一五〕。

賦曰〔一六〕：「悠遠長懷，寂寥無聲〔一七〕。」

第廿二，背體對〔一八〕。

詩曰：「進德智所拙，退耕力不任〔一九〕。」

【校箋】

〔一〕據本卷《二十九種對》目録注，知「第十八鄰近對」至「第廿五假對」，皎然説。鄰近對：用鄰近之義相對。吟窗本皎然《詩議》「詩有八種對」：「鄰近對一。詩曰：『死生今忽異，歡娱竟不同。』又詩曰：『寒雲輕重色，秋水去來波。』上是義，下是正名。」

〔二〕「死生」二句：出北周無名法師《過徐君墓》。「死生」之義與或歡樂或悲哀之情相鄰，故可與

「歡娛」相對。

〔三〕「寒雲」二句：出陳後主《幸玄武湖餞吴興太守任惠》。「寒雲」爲秋寒之雲，字與「秋」義相鄰，故可與「秋水」字相對。

〔四〕兩例上半均用鄰近之義對，故曰「上是義」，其下半，前詩「今忽異」與「竟不同」，後詩「輕重色」與「去來波」，却爲的名對或謂正名對，故曰「下是正名也」。

〔五〕「也此對」，原作「此也對」，當爲「也此對」之倒，今正之。

〔六〕「似的名的名窄」，原作「似的々名々窄」，蓋古文重文之例，今正之。

〔七〕此對爲的名對與意對之結合，的名對（即正對）嚴格，鄰近對寬松，故謂。

〔八〕交絡對：非同位之詞相對，而交叉錯絡相對。吟窗本皎然《詩議》：「交絡對體。賦曰：『出入三代，五百餘載。』」

〔九〕下所引爲賦，故「詩」字當衍。

〔一〇〕二句出鮑照《蕪城賦》。「百」，原作「有」，今據《鮑參軍集》及《文選》所收《蕪城賦》改。前句第三字「三」與下句一二字「五百」相對，一二字「出入」與下句第三字「餘」相對。交叉錯絡相對，是爲交絡對。此實爲北卷《論對屬》之「上昇下降」。

〔一一〕《校勘記》：「『不』爲『而』形訛。」

〔一二〕當句對：當句自身上下成對。吟窗本皎然《詩議》：「當句對體。賦曰：『薰歇燼滅，光沉響絶。』」

〔一三〕下所引爲賦，故「詩」字當衍。

〔一四〕「薰歇」二句：出鮑照《蕪城賦》。王昌齡《詩格》「勢對例五」：「句對四。曹子建詩：『浮沉各異物，會合何時諧。』」實亦爲當句對，可參看。

〔一五〕含境對：所包含之景狀及内藴之心境成對。吟窗本皎然《詩議》：「含境對體。賦曰：『悠遠長懷，寂寥無聲。』」

〔一六〕「賦」，原作「詩」，據吟窗本《詩議》改。

〔一七〕二句出司馬相如《上林賦》。

〔一八〕背體對：字義相背而相對。吟窗本皎然《詩議》：「背體對。詩曰：『進德智所拙，退耕力不任。』」

〔一九〕「進德」二句：出謝靈運《登池上樓》。

第廿三，偏對〔一〕。

詩曰：「蕭蕭馬鳴，悠悠旆旌〔二〕。」謂非極對也。又曰：「古墓犂爲田，松柏摧爲薪〔三〕。」又曰〔四〕：「日月光太清，列宿曜紫微〔五〕。」又曰〔六〕：「亭皋木葉下，隴首秋雲飛〔七〕。」全其文彩，不求至切，得非作者變通之意乎〔八〕！若謂今人不然，沈給事詩亦有其例〔九〕。

詩曰：「春豫過靈沼，雲旗出鳳城〔一〇〕。」此例多矣，但天然語，今雖虛亦對實。如古人以「芙蓉」偶「楊柳」〔一一〕，亦名聲類對〔一二〕。

第廿四，雙虛實對〔一三〕。

詩曰：「故人雲雨散，空山來往疎〔一四〕。」此對當句義了，不同互成〔一五〕。

第廿五，假對〔一六〕。

詩曰：「不獻胸中策，空歸海上山〔一七〕。」或有人以「推薦」偶「拂衣」之類是也〔一八〕。

【校箋】

〔一〕偏對：詩有半句工整對偶，另半句不構成工整對偶，所謂「非極對」，是爲「偏對」。偏對出皎然《詩議》，吟窗本皎然《詩議》：「偏對體。《詩》曰：『蕭蕭馬鳴，悠悠旆旌。』謂非極對也。古詩：『古墓犂爲田，松柏摧爲薪。』又曰：『日月光太清，列宿曜紫微。』又詩：『亭皐木葉下，隴首塞雲飛。』全其文彩，不求至切，沈給事詩：『春豫過靈沼，雲旌出鳳城。』但天然語，雖虛亦實。」吟窗本王昌齡《詩格》「勢對例五」：「偏對五。重字與雙聲疊韻是也。」

〔二〕「蕭蕭」，原作「肅肅」，據寶壽等本改。「蕭蕭」二句：出《詩·小雅·車攻》。

〔三〕「古墓」二句：見《古詩十九首》。

〔四〕「曰」字原無，據高甲等本補。

〔五〕「日月」二句：出晉傅咸《贈何劭王濟》。太清：天空。紫微：紫宫垣十五星，天帝居所。列宿：衆星宿，特指二十八宿。

〔六〕「曰」字原無，據高甲等本補。

〔七〕「亭皋」二句：出梁柳惲《擣衣》其二。

〔八〕「作者」下原衍「洗給事詩亦」五字，據高甲等本删。

〔九〕沈給事：唐詩人沈佺期（？—七一三），《舊唐書·文苑傳》《新唐書·文藝傳》有傳。

〔一〇〕「春豫」二句：出沈佺期《昆明池侍宴應制》，《全唐詩》卷九七「靈」作「鯨」。春豫：指帝王春天出巡。雲旗：畫有熊虎圖案之大旗。

〔一一〕「芙蓉」偶「楊柳」：指北齊蕭慤《秋思詩》中句：「芙蓉露下落，楊柳月中疎。」見《顔氏家訓·文章》，又見《北齊書·顔之推傳》。

〔一二〕此處或者以聯綿詞亦爲「聲類」。

〔一三〕兩虚詞對兩實詞，是爲雙虚實對。雙虚實對出皎然《詩議》。吟窗本皎然《詩議》：「雙虚實對。詩曰：『故人雲雨散，空山來往疎。』此互成。」

〔一四〕「故人」二句：詩題及撰者未詳。前句「雲雨」雙名詞，爲雙實。後句「來往」，雙動詞，爲雙虚，是爲雙虚實對。

〔一五〕「此對」二句：上句「雲—雨」相對，下句「來—往」相對，爲當句對，故曰「當句義了」。又，「雲雨」與「來往」相對可稱爲互成對，而又虛以對實，非一般之互成對，故曰「不同互成」。

〔一六〕吟窗本皎然《詩議》：「假對體。詩曰：『不獻胸中策，空歸海上山。』或有人以推薦偶拂衣是也。至如『渡頭浦口』『水面波心』，俗類也。」

〔一七〕「不獻」二句：詩題及撰者未詳。上句「策」字借「澤」之音與下句「山」字相對，是爲借聲爲對。一謂「策」借「筴竹」之義而與「山」相對，是則爲借義爲對。

〔一八〕「推薦」之「薦」爲動詞，借其草席之字面義與「拂衣」之「衣」字相對。

第廿六，切側對〔一〕。

切側對者，謂精異粗同是。詩曰：「浮鍾宵響徹，飛鏡曉光斜〔二〕。」「浮鍾」是鍾，「飛鏡」是月，謂理別文同是〔三〕。

第廿七，雙聲側對〔四〕。

雙聲側對者，謂字義別，雙聲來對是。詩曰：「花明金谷樹，葉映首山薇〔五〕。」「金谷」與「首山」字義別，同雙聲對〔六〕。又曰：「翠微分雉堞〔七〕，丹氣隱簷楹〔八〕。」「雉堞」對「簷楹」，亦雙聲側對〔九〕。

第廿八，疊韻側對〔一〇〕。

疊韻側對者，謂字義別，聲各疊韻對是〔一一〕。詩曰：「平生披黼帳，窈窕步花庭〔一二〕。」「平生」「窈窕」是〔一三〕。又曰：「自得優遊趣，寧知聖政隆〔一四〕。」「優遊」與「聖政」，義非正對，字聲勢疊韻〔一五〕。

或曰〔一六〕：夫爲文章詩賦，皆須屬對，不得令有跛眇者〔一七〕。跛者，謂前句雙聲，後句直語，或復空談。如此之例，名爲跛。眇者，謂前句物色，後句人名，或前句語風空，後句山水。如此之例，名眇。何者？風與空則無形而不見，山水則有蹤而可尋，以有形對無色。如此之例，名爲眇。

或云〔一八〕：景風心色等，可以對虚，亦可以對實。

今江東文人作詩，頭尾多有不對。如：「俠客倦艱辛，夜出小平津〔一九〕。馬色迷關吏〔二〇〕，鷄鳴起戍人〔二一〕。露鮮花劍影，月照寶刀新。問我將何去？北海就孫賓〔二二〕。」

此即首尾不對之詩，其有故不對者若之〔二三〕。

【校箋】

〔一〕「第廿六切側對」至「第廿八疊韻側對」（至「如此之例名爲眇」）俱出崔融《唐朝新定詩格》，據本卷《二十九種對》目録注得知，又與傳李嶠《評詩格》相合。崔融尚有「側對」之「字側對」。傳李嶠《評詩格》「九對」：「切側對二。詩曰：『漁戲新荷動，鳥散餘花落。』」「疊韻切對九。

詩曰：『浮鍾霄響徹，飛鏡晚光斜。』」「浮鍾」二句當爲切側對之詩例。傳李嶠《評詩格》引例有誤。切對之一側，不完全之切對，是爲切側對。

〔二〕「浮鍾」二句：詩題及撰者未詳。「宵」，原作「霄」，與「曉」不對，據《眼心抄》改。

〔三〕「浮鍾是鍾」至「文同是」二十四字，原作小字注於行間，據三寶等本正之。「浮鍾」直寫，「飛鏡」借代爲月，其用詞之理有別，是爲理別文同。祇爲切對之一側，爲不完全之切對，是爲切側對。前文「謂精異粗同是」，此處「謂理別文同是」，均「××是」，爲崔融用語習慣，故此十五字亦爲崔融之文，而非空海之注。

〔四〕雙聲側對：詩句之半（側）成對，另一半（側）字義皆別，僅取雙聲相對，是爲雙聲側對。

〔五〕「花明」二句：詩題及撰者未詳。傳李嶠《評詩格》「九對」：「雙聲側對七。詩曰：『花明金谷樹，菜映首山薇。』」

〔六〕「首山」即首陽山，爲「山」名，「金谷」爲金谷澗或金谷園之名，非爲「谷」名，故曰「字義別」。此詩之一側「花明」與「葉映」成對，而其另一側，「金谷」牙音見母雙聲，「首山」齒音審母雙聲，字義不對，僅因同雙聲而成對，故曰雙聲側對。

〔七〕「堞」，原作「蝶」，據高乙本改。

〔八〕「翠微」二句：詩題及撰者未詳。

〔九〕「簷」（屋簷）「楹」（堂前柱）爲二名詞同位並列。「雉」爲計算城牆面積單位，「堞」爲城上齒狀女牆，「雉堞」合爲一個名詞，泛指城牆，並非二名詞同位並列，故與「簷楹」亦「字義別」。此詩之一側「翠微」與「丹氣」成對，而其另一側「雉堞」，舌音澄母和定母雙聲。「簷楹」，喉音喻母雙聲，字義不對，僅因同雙聲而對，故爲雙聲側對。

〔一〇〕疊韻側對：詩句之半（側）成對，另一半（側）字義皆别，僅取疊韻相對，是爲疊韻側對。本條收入崔融、皎然、《文筆式》各家之説。

〔一一〕「各」，原作「名」，第廿七雙聲側對有「謂字義别雙聲來對是」，此處「名」當爲「各」字形訛，從《校勘記》改。

〔一二〕「平生」二句：詩題及撰者未詳。傳李嶠《評詩格》「九對」：「疊韻對八。詩曰：『平明披黼帳，窈窕步花庭。』」「平生」二句當爲疊韻側對之例，傳李嶠《評詩格》誤作爲疊韻對之例。

〔一三〕平生：下平聲十二庚韻疊韻。窈窕：上平聲二十九篠韻疊韻。「平生」爲名詞，「窈窕」爲聯綿狀詞，是謂「字義别」。「披黼帳」與「步花庭」成對而其一側之「平明」「窈窕」僅因疊韻而成對，故稱「疊韻側對」。

〔一四〕「自得」二句：詩題及撰者未詳。

〔一五〕「優遊」狀詞，「聖政」名詞，是亦「字義别」。優遊：下平聲十八尤韻疊韻。聖政：去聲四十五勁韻疊韻。「自得」與「寧知」，「趣」與「隆」各自成對，而「優遊」與「聖政」僅因疊韻而成對，故稱「疊韻側對」。

〔一六〕「或曰」，寶龜本作「崔氏云」，三寶、天海右旁注「崔氏證本」。此句至「如此之例名爲眇」，仍爲崔融《唐朝新定詩格》。

〔一七〕「令」，原作「合」，據《眼心抄》及三寶本注改。

〔一八〕吟窗本皎然《詩議》：「夫境象不一，虚實難明。有可覩而不可取，景也；可聞而不可見，風也；雖繫乎我形，而妙用無體，心也；義貫衆象，而無定質，色也。凡此等，可以偶虚，亦可以偶實。」此段論述又見本書南卷《論文意》引皎然之説。是知「或云景風」至「亦可以對實」十六字爲皎然説。

〔一九〕「小」，原作「少」，據寶龜本及《文苑英華》改。小平津：東漢靈帝時所設，在今河南省孟津縣東北黄河上，爲河南八關之一。

〔二〇〕馬色迷關吏：用戰國時詭辯家公孫龍用「白馬非馬」之論迷惑關吏，越關而去之事，見《初學記》卷七地部引劉向《七略》。

〔二一〕「戍」，原作「戎」，據《眼心抄》及《文苑英華》改。鷄鳴起戍人：用孟嘗君食客模仿鷄鳴聲打開函谷關之事，見《史記·孟嘗君列傳》。

〔二二〕傳《魏文帝詩格》：「頭尾不對例。古詩：『使客倦艱辛，夜出小平津。馬色迷關吏，雞鳴越戍人。露鮮花斂影，月照寶刀新。問我將何去？北海問孫賓。』」「俠客」八句：出顔之推《從周人齊夜度砥柱》（《文苑英華》卷二八九），「倦」作「重」。《詩紀》卷百十云：「《梁詞人麗句》作惠慕道士詩，題云《犯虜將逃作》。」又《吟窗雜録》卷十四李商隱《梁詞人麗句》亦載，亦爲惠慕道士作，題《犯虜將逃作》。孫賓：即孫賓石，《後漢書·趙歧傳》載其事，謂：「我北海孫賓石」云云，與此處「北海就孫賓」者合。末二句，一問一答，意正相對。

〔三〕顔之推爲北齊人，且下引「俠客倦艱辛」例詩寫北地邊戍生活，當爲北朝人作，不當稱「江東文人」，疑「頭尾多有不對」句下先引有江東文人詩，後再引顔之推詩，或僅指出「江東文人作詩頭尾多有不對」一事實，本無意引詩例證，「如俠客」云云以下始轉述河朔詩例。「今江東」以下，前述「頭尾多有不對」，後述「此即首尾不對之詩」，當爲一家之説。傳《魏文帝詩格》有「頭尾不對例」，且詩例亦同（已見前）。傳《魏文帝詩格》多襲《文筆式》。引北朝詩爲例，「江東文人」爲北朝人稱江東人慣用口吻，如本書西卷《文二十八種病》「第四鶴膝」引劉善經稱謝朓、任昉、王融等人爲「江東才子」，故此段文字或爲隋時人所作，而爲《文筆式》所引。

第廿九，總不對對〔一〕。

如：「平生少年日，分手易前期。及爾同衰暮，非復别離時。勿言一樽酒，明日難共持。夢中不識路，何以慰相思〔二〕？」此總不對之詩，如此作者，最爲佳妙。夫屬對法，非直風花竹木用事而已〔三〕。若雙聲即雙聲對，疊韻即疊韻對〔四〕。

【校箋】

〔一〕「總不對對」，原作「總不對」，據《眼心抄》補一「對」字。整篇文辭不對，而詩中之意處處相對，整篇事意相因，文理無爽，是爲總不對對。意對着眼於句，總不對對着眼於篇，均以意相對。

〔二〕「平生」八句：傳《魏文帝詩格》：「俱不對例。古詩：『平生年少日，分手易前期。及爾同衰暮，無復别離時。勿言一樽酒，明日難重持。夢中不識路，何以慰相思？』」例詩出沈約《别范安成》詩，見《文選》卷二〇。「夢中」二句，李善注引《韓非子》：「六國時，張敏與高惠二人爲友，每相思，不能得見，敏便於夢中往尋，但行至半道，即迷不知路，遂回，如此者三。」

〔三〕「直」，原作「真」，從《校勘記》《校注》改。「夫屬對法」二句意爲非唯風花竹木及用事可爲屬對，此「總不對之詩」，全篇以意相對，亦爲屬對法之一種。

〔四〕雙聲與疊韻既非風花竹木，亦非用事，而可爲屬對法。傳《魏文帝詩格》有「俱不對例」，引例與此同。知此節亦出《文筆式》。

筆札七種言句例[一]

一曰，一言句例。二曰，二言句例。三曰，三言句例。四曰，四言句例。五曰，五言句例。六曰，六言句例。七曰，七言句例[二]。

一曰，一言句例。一言句者：天，地。陰，陽。江，河。日，月。是也。

二曰，二言句例[三]。二言句者：天高，地下[四]。露結，雲收。是[五]。又翼乎、沛乎等，是[六]。

三曰，三言句例[七]。三言句者：斟清酒，拍青琴。尋往信，訪來音。是也。又云：春可樂，秋可哀[八]。

四曰，四言句例。四言句者：朝燃獸炭，夜秉魚燈。宋臘已歌[九]，秦姬欲笑[一〇]。是也。

五曰，五言句例[一一]。五言句者：霧開山有媚，雲閉日無光。燥塵籠野白，寒樹染村黄[一二]。是也。

六曰，六言句例[一三]。六言句者[一四]：訝桃花之似頰，笑柳葉之如眉。拨笙簧而數熌，促箏柱而劬移[一五]。

七曰，七言句例[一六]。七言句者[一七]：素琴奏乎五三拍，緑酒傾乎一兩巵[一八]。忘言則貴於得趣，不樂則更待何爲〔一九〕。

八曰，八言句例〔二〇〕。八言句者〔二一〕：吾家嫁我兮天一方，遠託異國兮烏孫王〔二二〕。

九曰，九言句例〔二三〕。九言句者：嗟余薄德從役至他鄉，筋力疲頓無意入長楊〔二四〕。

十曰，十言句例。

十一曰，十一言句例。《文賦》云〔二五〕：「沈辭怫悅〔二六〕，若遊魚銜鈎而出重淵之深；浮藻聯翩，猶翔鳥纓繳而墜曾雲之峻。」下句皆十一字是也〔二七〕。

【校箋】

〔一〕由地卷《八階》《六志》觀之，《文鏡秘府論》所引《筆札華梁》與《文筆式》常有相同内容。此篇標題既言「筆札七種言句例」，則前七種言句例當出《筆札華梁》，八至十一種言句例當出《文筆式》。疑《文筆式》全文照録「筆札七種言句例」，而補加八至十一種言句例並部分注文。

〔二〕傳《魏文帝詩格》：「一言句。天、地，江、河，日、月。二言句。天高，地下；露結，雲收。三言句。斟清酒，撫素琴。四言句。朝燃獸炭，夜秉魚燈。五言句。雪開山有媚，雲閉日無光。六言句。仰桃花之類錦，笑柳葉之齊眉。七言句。素琴奏兮三五弄，緑酒傾兮一兩卮。」

〔三〕「例」，原作「々」，據三寶等本改。

〔四〕「下」，《眼心抄》作「卑」。

〔五〕二言句例：《文心雕龍·章句》：「至於詩頌大體，以四言爲正，唯『祈父』『肇禋』，以二言爲句。尋二言肇於黄世，《竹彈》之謡是也。」

〔六〕「又翼乎沛乎等是」，此七字《眼心抄》無。此注與南卷《定位》「短有極於二」云云同，疑爲《文筆式》所補。漢王褒《聖主得賢臣頌》：「翼乎，如鴻毛遇順風；沛乎，若巨魚縱大壑。」（《文選》卷四七）

〔七〕「例」，原作「々」，據三寶等本改。

〔八〕「又云春可樂秋可哀」八字，《眼心抄》無。所舉三言句例出典未詳。

〔九〕「臘」，原作「獵」，當爲「臘」字形訛，從豹軒藏本鈴木虎雄注改。宋臘：三國魏人，善歌。

〔一〇〕所舉四言句例出典未詳。

〔一一〕《文章流别論》：「五言者，『誰謂雀無角，何以穿我屋』之屬是也。」（《藝文類聚》卷五六，詩見《詩·召南·行露》）

〔一二〕所舉五言句例出典未詳。

〔一三〕《文章流别論》：「六言者，『我姑酌彼金罍』之屬是也。」（詩見《詩·周南·卷耳》）《文心雕龍·章句》：「六言、七言，雜出《詩》《騷》。」

〔一四〕「句」下原衍「例」字，據高甲等本删。

〔一五〕「劬」，原作「劶」，據寶壽等本改。六言句例出典未詳。

〔一六〕《文章流别論》:「七言者,『交交黄鳥止于桑』之屬是也。」(詩例見《詩·秦風·黄鳥》)《文章緣起》:「七言詩,漢武帝《柏梁殿聯句》。」(《叢書集成初編》)

〔一七〕「句」下原衍「例」字,據高甲等本删。

〔一八〕「戹」,原作「厄」,據江户刊本改。

〔一九〕所舉七言句例出典未詳。

〔二〇〕《續文章緣起》:「八言詩,漢中大夫東方朔作。按:《史記》(案當作《漢書》)本傳曰:『八言、七言上下』,謂八言、七言各有上下篇。《小雅》『我不敢效我友自逸』,八言之屬也。」(《叢書集成初編》)

〔二一〕「句」字原無,據江户刊本補。

〔二二〕兩「兮」字原均作「号」,均據高甲等本改。詩例出《漢書·西域傳》,爲烏孫公主歌。

〔二三〕《文章流别論》:「九言者,『洞酌彼行潦挹彼注兹』之屬是也。」(《藝文類聚》卷五六,引例見《詩·大雅·洞酌》)

〔二四〕所舉九言句例出典未詳。

〔二五〕陸機《文賦》,見《文選》卷一七。南卷《定位》亦引此條,並有「下句皆十一字也」。

〔二六〕「佛」,原作「髴」,據《文選》改。

〔二七〕以上《文鏡秘府論箋》卷第九。

文鏡秘府論　西〔一〕

金剛峰寺禪念沙門遍照金剛　撰

論　病〔二〕　文二十八種病〔三〕　文筆十病得失〔四〕

夫文章之興〔五〕，與自然起；宮商之律，共二儀生。是故奎星主其文書〔六〕，日月煥乎其章，天籟自諧，地籟冥韻〔七〕。葛天唱歌〔八〕，虞帝吟詠〔九〕，曹、王入室摛藻之前，游、夏昇堂學文之後，四紐未顯〔一〇〕，八病莫聞〔一一〕。雖然，五音妙其調，六律精其響〔一二〕，銓輕重於毫忽，韻清濁於錙銖〔一三〕，故能九夏奏而陰陽和，六樂陳而天地順〔一四〕。和人理，通神明，風移俗易，鳥翔獸舞，自非雅詩雅樂，誰能致此感通乎？顒、約已降，兢、融以往〔一五〕，聲譜之論鬱起，病犯之名爭興，家製格式，人談疾累〔一六〕，徒競文華，空事拘檢，靈感沈秘，雕弊寔繁。竊疑正聲之已失〔一七〕，爲當時運之使然。洎八體〔一八〕、十病〔一九〕、六犯〔二〇〕、三疾〔二一〕，或文異義同，或名通理隔，卷軸滿机，乍閱難辨，遂使披卷者懷疑，搜寫者多倦。予今載刀之繁，載筆之簡〔二二〕，總有二十八種病〔二三〕，列之如左。其名異意同者，各注目下。後之覽者，一披總達〔二四〕。

【校箋】

〔一〕高乙本封面有「文鏡秘府論卷第□」，「第」字後當爲「四」字，被墨筆塗掉，右補一「五」字，旁補「五」字較正文字體拙劣，墨蹟較新，封面紙質與正文一樣。以下《文鏡秘府論箋》卷第十四。

〔二〕「論病」，三寶本作「論體病」，右注「亻」。「論病」爲西卷篇首序題，亦爲西卷大題，與地卷「論體勢等」、東卷「論對」相對。

〔三〕文二十八種病：據《文二十八種病》篇目「二十八曰駢拇」之左三寶院本注，《文鏡秘府論》草本原有三十種病，天卷序亦作「文三十種病累」，蓋原有第九水渾、第十火滅二目，修訂時將此二目改屬第一平頭，始爲二十八種病。此處作「文二十八種病」，知爲修訂後之文。

〔四〕「文筆十病得失」條下三寶、天海本有「筆四病異本無也」七字。天卷目次作「十種疾」。《眼心抄》作「筆十病得失」。「文二十八種病」與「文筆十病得失」爲西卷細目。

〔五〕「夫文」以下至「一拔總達」，空海作西卷序，序題即「論病」。

〔六〕奎星：即奎宿，二十八宿之一，主文章。

〔七〕天籟、地籟：語見《莊子·齊物論》。

〔八〕《吕氏春秋·古樂》：「昔葛天氏之樂，三人操牛尾，投足以歌《八闋》。」

〔九〕虞帝即虞舜，《禮記·樂記》：「昔者舜作五絃之琴，以歌《南風》。」

〔一〇〕四紐：即四聲，本書天卷《調四聲譜》：「凡四字一紐。」西卷「第八正紐」：「凡四聲爲一紐。」

〔一一〕八病：今所知「八病」之名較早見於：隋王通《中説·天地篇》：「四聲八病，剛柔清濁，各有端序。」唐盧照鄰《南陽公集序》：「八病爰起，沈隱侯永作拘囚；四聲未分，梁武帝長爲聾俗。」唐殷璠《河岳英靈集叙》：「夫能文者，匪謂四聲盡要流美，八病咸須避之。」唐皎然《詩式》「明四聲」：「沈休文酷裁八病，碎用四聲，故風雅殆盡。」齊梁時未見「八病」之名，然齊梁間沈約《答甄公論》：「善用四聲，則諷詠而流靡；能達八體，則陸離而華潔。」北魏常景（？—五五〇）《四聲讚》：「四聲發彩，八體含章。」已有「八體」之説。「八體」當即「八病」（參天卷《四聲論》「能達八體」句校箋）。「八病」之具體内容，據宋魏慶之《詩人玉屑》卷一一，謂：「詩病有八（沈約），一曰平頭，二曰上尾，三曰蜂腰，四曰鶴膝，五曰大韻，六曰小韻，七曰傍紐，八曰正紐。」傳《魏文帝詩格》同八病。又，宋王應麟《困學紀聞》卷一〇「諸子」：「李百藥曰：分四聲八病。」按《詩苑類格》，沈約曰：詩病有八：平頭、上尾、蜂腰、鶴膝、大韻、小韻、傍紐、正紐。唯上尾鶴膝最忌，餘病亦通。」則恰爲本卷「文二十八種病」之前八種。

〔一二〕六律：《周禮·春官·大師》：「大師掌六律六同，以合陰陽之聲。……皆文之以五聲，宫商角徵羽。」

〔一三〕「韻」，《「文二十八種病」解説》作「調」。

〔一四〕九夏：周之九種音樂。六樂：謂黄帝、堯、舜、禹、湯、周武王六代之古樂。

〔一五〕「顒約」「兢融」，三寶、天海本分别左注「周顒沈約草本如此」，「元兢崔融草本如此」。顒謂周顒，約謂沈約，兢謂元兢，融謂崔融。

〔一六〕「聲譜」四句：聲譜之論，泛指當時論音韻聲律類著作。天卷序：「沈侯、劉善之後，王、皎、崔、元之前，盛談四聲，争吐病犯。」

〔一七〕正聲：《禮記・樂記》：「正聲感人而順氣應之。」

〔一八〕「泊」，原作「洎」，據六地藏寺等本改。八體：即八病，説已見前。本卷《文二十八種病》平頭、上尾、蜂腰、鶴膝各條劉善經説均引有沈氏即沈約之説，傍紐條劉善經説引有沈約小紐、大紐之説。梁劉勰《文心雕龍・聲律》謂「雙聲隔字而每舛，疊韻雜句而必睽」，實論及傍紐、正紐及大韻、小韻。是齊梁時已有平頭、上尾、蜂腰、鶴膝、大韻、小韻、傍紐、正紐（沈約作小紐、大紐）等「八病」之説，此「八病」當時稱爲「八體」。

〔一九〕十病：即水渾病「聊説十規」之「十規」，指水渾、火滅、金缺、木枯、土崩、闕偶、繁説、觸絶、傷音、爽切十病。水渾、火滅、金缺、木枯、土崩以五行命名；本卷《文二十八種病》引闕偶、繁説二病與水渾、火滅、木枯、金缺四病，筆致形式類似，即「謂……假作××詩曰……釋曰……」；《眼心抄》所引觸絶、傷音、爽切三病，筆致與土崩病同，此「十病」當爲同一家之説。

〔二〇〕六犯：三寶院本以及天海藏本「第二十三支離」條空白處注：「《詩式》六犯：一犯支離，二犯缺偶，三犯相濫，四犯落節，五犯雜亂，六犯文贅。」「六犯」即指此。

〔三〕三疾：三寶院本、天海藏本「第二十九相重」條頁邊空欄注：「《四聲指歸》云：又五言詩體義中含疾有三：一曰駢拇，二曰枝指，三曰疣贅。異本。」「三疾」即指此。

〔三〕「予今」二句：三寶、天海本左注「今删彼數卷重疊留此一家單名總有如御草本寫之」，其中「删彼數卷重疊留此一家單名總有」數字用朱筆劃掉。

〔三〕「種」字原無，據高甲等本補。

〔四〕「後之覽者一披總達」句之左，三寶、天海本注「庶使後生進學者一披總達云爾草案本如此」，「庶使」「生進」四字用朱筆劃掉，其右三寶本注「之覽」。

文二十八種病〔一〕

一曰平頭。或一六之犯名水渾病，二七之犯名火滅病〔二〕。

二曰上尾。或名土崩病。

三曰蜂腰。

四曰鶴膝。

五曰大韻。或名觸絶病。

六曰小韻。或名傷音病。

七曰傍紐。亦名大紐，或名爽切病。

八曰正紐。亦名小紐，或名爽切病。

九曰水渾。

十曰火滅〔三〕。

九曰木枯。

十曰金缺〔四〕。

十一曰闕偶。

十二曰繁説。或名疣贅，崔名相類。

十三曰齟齬。或名不調。

十四曰叢聚。或名叢木〔五〕。

十五曰忌諱。或名避忌之例。

十六曰形跡。崔同。

十七曰傍突。

十八曰翻語。崔同。

十九曰長擷腰。或名束。

二十曰長解鐙〔六〕。或名散。

二十一曰支離。　二十二曰相濫。崔同。

二十三曰落節。　二十四曰雜亂。

二十五曰文贅。或名涉俗。　二十六曰相反〔七〕。

二十七曰相重〔八〕。　二十八曰駢拇〔九〕。

【校箋】

〔一〕此篇名及篇目均爲弘法大師據中國原典内容所編。《文鏡秘府論》初稿爲三十種病，天卷序仍作「文三十種病累」，此作「文二十八種病」，知此篇名及篇目爲本文完成且補寫天卷序之後所編，然保留初稿如「九曰水渾」「十曰火滅」之内容。

〔二〕五言詩一六之犯名水渾病者，蓋據《書·洪範》，五行以水爲首，且如一六犯同聲，而聲韻不清亮，猶如清澈之水而至渾濁，故名水渾。同理，二七之犯名火滅病者，蓋火於五行中居第二，若犯此病，則猶如火滅，頓時黯然，失詩韻之光彩。

〔三〕「九曰水渾十曰火滅」八字，《眼心抄》、三寶、楊、六地藏寺本無。宮内廳、高乙本眉注「第一卷中詩病有三十唱安屬今盡三十篇以知此水渾與火滅二名此篇立之中落失也」。

〔四〕「九曰木枯」「十曰金缺」旁楊本分別注「水渾イ」、「火滅イ」。「九曰水渾十曰火滅九曰木枯十曰金缺」十六字，松本、江户刊本、維寶箋本作「九曰水渾或本九曰木枯十曰火滅或十曰金缺」。案：

宫内廳等本作「九曰水渾十曰火滅九曰木枯十曰金缺」，有重複，是將初稿本與修訂本内容混編一起。「九曰水渾十曰火滅」是初稿本文。「九曰木枯十曰金缺」是修訂本文。

〔五〕「木」，原作「不」，據三寶等本改。

〔六〕王昌齡《詩中密旨》：「詩有六病例：一曰齟齬病，二曰長擷腰病，三曰長解鐙病，四曰叢雜病，五曰形跡病，六曰反語病。」

〔七〕「反」，各古抄本原作「及」，各校本均改作「反」，今從之。

〔八〕王昌齡《詩中密旨》：「病犯八格：一曰支離病，二曰缺偶病，三曰落節病，四曰叢木病，五曰相反病，六曰相重病，七曰側對病，八曰聲對病。」

〔九〕「二十八曰駢拇」，三寶本左注「私云見御草案本舊别立水渾火滅病爲第九第十而總有三十種病後改屬第一病合成廿八病也」。

第一，平頭〔一〕。

平頭詩者，五言詩第一字不得與第六字同聲，第二字不得與第七字同聲〔二〕。同聲者，不得同平上去入四聲〔三〕，犯者名爲犯平頭。平頭詩曰：「芳時淑氣清，提壺臺上傾〔四〕。」如此之類，是其病也。又詩曰：「山方翻類矩，波圓更若規。樹表看猿掛〔五〕，林側望熊馳〔六〕。」又詩曰：「朝雲晦初景，丹池晚飛雪〔七〕。飄枝聚還散，吹楊凝且滅〔八〕。」釋曰：上句第一、二兩字是平聲，則下句第六、七兩字不得復用平聲〔九〕，爲用同二句之首〔一〇〕，即犯爲病。餘三聲皆爾，不可不避。三聲者，謂上去入也〔一一〕。

【校箋】

〔一〕「平頭」爲八病之首，又爲聲調四病第一病，故用平上去入四聲中之第一聲即平聲命名。「平頭」之「平」即平上去入之「平」。五言頭二字之病，是爲「平頭」。

〔二〕八病首段爲《文筆式》雜編諸家之説而成，説詳下。下引《四聲指歸》引沈約云：「第一、第二字不宜與第六、第七同聲。」知此處「平頭詩者」至「與第七字同聲」爲《文筆式》所引沈約原説。

〔三〕「不得」二字疑衍。

〔四〕「芳時」二句：詩題及撰者未詳。

〔五〕「掛」，原作「桂」，據高乙等本改。

〔六〕「山方」四句：詩題及撰者未詳。

〔七〕「丹」，原作「舟」，據三寶等本改。

〔八〕「朝雲」四句：詩題及撰者未詳。四句亦見《詩苑類格》沈約「八病」及傳《魏文帝詩格》「八病」引。若可證《詩苑類格》及傳《魏文帝詩格》所引「朝雲」四句詩爲沈約「八病」説之詩例，則此處亦當爲《文筆式》引沈約原説，據此詩例而作之「釋曰」亦可能爲沈約原説。

〔九〕「復」，原作「度」，據六地藏寺等本改。

〔一〇〕「爲用」二字未詳，疑「用」爲「同」之校字而誤入正文。

〔一一〕「餘三聲皆爾」四句説明，二句之首不僅同平聲爲病，同上去入亦爲病。開頭「平頭詩者」至「謂平上去入也」爲「平頭」首段。《文二十八種病》前「八病」首段均有名稱、意義、例詩、釋曰之例。「八病」首段當同一出典。檢《文鏡秘府論》全書，《筆札華梁》與《文筆式》均慣用「釋曰」之例，均引王斌之説（見地卷《八階》之「和詩階」），「第三蜂腰」首段亦引有王斌之説），八病首段有詩例當出《筆札華梁》，故八病首段當編有《文筆式》與《筆札華梁》共有之内容。然其文多「上句……下句……」之句，質樸單調，近於《文筆式》，而與《筆札華梁》之駢儷文體迥異。日本《省試詩論》引《文筆式》，以上句即首句第二字與第五字同聲爲蜂腰病，「八病」首段論蜂腰，即謂「初腰事須急避之」，「初腰」即首句蜂腰，與日本《省試詩論》引《文筆式》者相合。「第六小韻」引《文筆式》謂「凡小韻，居五字内急」，「第七傍紐」首段即謂傍紐詩者「五字中犯最急」，均主五字内急避病，當均出《文筆式》。據「第八正紐」引《文筆式》，知《文筆式》論聲紐之病，以元、阮、願、月等爲例字，元、阮、願、月等聲紐例字，未見其他原典引用。「第七傍紐」首段恰用此類聲紐例字。《文筆式》本爲雜編之著，故其編入《筆札華梁》之内容，亦編入齊梁遺説，包括沈約聲病説之内容乃或原文。

或曰〔一二〕：此平頭如是，近代成例，然未精也。欲知之者，上句第一字與下句第一字，同平聲不爲病，同上去入聲一字即病。若上句第二字與下句第二字同聲，無問平上去入，皆是巨病〔二〕。此而或犯，未曰知音〔三〕。今代文人李安平、上官儀〔四〕，皆所不能免也。

【校箋】

〔一〕「或曰」，三寶本作「元兢本」，「元兢」二字用朱筆劃掉，右注「或」。當是草本作「元兢」，後修訂爲「或」。是知「或曰此平頭」至「不能免也」，引元兢《詩髓腦》。

〔二〕「巨」，原作「臣」，據高甲等本改。下同。

〔三〕本書天卷《調聲》引元兢論「雙換頭」又《眼心抄》論「拈二」，曰《省試詩論》引《髓腦》云：「平頭有二等之病：上句第二字與下句第二字同聲者，巨病也，必避之；上句第一字、下句第一字同上去入者，雖立爲病之文，不避之。」均爲元兢説。

〔四〕李安平：安平公李百藥（五六五—六四八），字重規，初唐詩人。

或曰〔二〕：沈氏云：「第一、第二字不宜與第六、第七同聲〔三〕。」若能參差用之，則可矣。謂第一與第七、第二與第六同聲〔三〕，如「秋月」「白雲」之類，即《高宴》詩云：「秋月照緑波，白雲隱星漢〔四〕。」此即於理無嫌也。四言、七言及詩賦頌〔五〕，以第一句首字，第二句首字，不得同聲，不復拘以字數次第也。如曹植《洛神賦》云「榮曜秋菊，華茂春松」是也〔六〕。銘誄之病，一同此式，乃疥癬微疾，不爲巨害〔七〕。

【校箋】

〔一〕「或曰」，三寶、天海本注「指歸草」，「指歸」二字用朱筆劃掉，注「或」。六地藏寺本左注「指歸」。當是草本作「指歸」，後修訂爲「或」。「指歸」即劉善經《四聲指歸》。是知「沈氏曰」以下至「不爲巨害」引自劉善經《四聲指歸》。

〔二〕「沈氏云」以下至此，《四聲指歸》引沈約説。

〔三〕「謂第」二句：如下例詩，第一字（秋）與第七字（雲）同聲，第二字（月）和第六字（白）同聲，此爲參差用之，是則無妨。

〔四〕此二句詩宫内廳、三寶等本另行别書，據六地藏寺等本正之。三寶、天海本朱筆眉注「證本此詩相次而書之不别書之草本亦然」。《高宴》詩：撰者未詳。

〔五〕此句當作「四言七言詩及賦頌」，或「詩」字爲「諸」字之訛。

〔六〕二句「榮」與「華」同平聲，「曜」與「茂」同去聲，前文所謂「首字」，疑當指首二字。

〔七〕「銘誄」，《眼心抄》作「賦頌銘誄」。本卷《文筆十病得失》：「然五言頗爲不便，文筆未足爲尤，但是疥癬微疾，非是巨害。」可與參看。

第二，上尾〔一〕。或名土崩病〔二〕。

上尾詩者，五言詩中，第五字不得與第十字同聲，名爲上尾〔三〕。詩曰：「西北有高樓，上與浮雲齊〔四〕。」如此之類，是其病也。又曰：「可憐雙飛鳧，俱來下建章。一箇今依是，拂翮獨先翔〔五〕。」又曰：「蕩子別倡樓，秋庭夜月華。桂葉侵雲長，輕光逐漢斜〔六〕。」若以「家」代「樓」，此則無妨〔七〕。釋曰：此即犯上尾病，上句第五字是平聲，則下句第十字不得復用平聲，如此病，比來無有免者〔八〕。此是詩之疣，急避〔九〕。

【校箋】

〔一〕上尾爲八病之第二病，亦爲聲調四病中之第二病，故以四聲之第二聲「上」字命名。因是尾字同聲之病，故謂之「上尾」。

〔二〕「土」，原作「云」，據三寶、高甲等本改。土崩：《眼心抄》上尾病下有土崩例：「土崩。謂以平居五而不疊韻者，此與上尾同。『追涼游竹林，對酒如調箏。』箏字言琴即好。又『避熱暫追涼，攜琴入水宮。』宮云堂乃妙。」「土崩」與水渾、火滅、木枯、金缺四病均以五行命名，「土」爲五行之末，上尾爲五言末字同聲之病；五言上下二句句末字若不押韻而用同聲字，則律不調而韻不協，聲韻猶如土崩瓦解，頓然破壞，故「上尾」又名「土崩」。

〔三〕八病首段爲《文筆式》雜編諸家之説而成，説已見前。又「第一平頭」首段首句爲沈約原説，據體例，則「第二上尾」首段首句所引亦當爲沈約原説。

〔四〕「西北」二句出《古詩十九首》其五。二句尾字「樓」與「齊」同平聲且不押韻，故犯上尾。二句亦見《詩家全體》、《冰川詩式》引沈約「八病」及《金針詩格》「八病」引。

〔五〕「可憐」四句：詩題及撰者未詳。建章：漢武帝離宫。前二句尾字「梟」與「章」同平聲且不押韻，故犯上尾。

〔六〕「蕩子」四句：詩題及撰者未詳。二句亦見《詩苑類格》沈約「八病」及傳《魏文帝詩格》「八病」引。前二句尾字「樓」與「華」，後二句尾字「長」與「斜」同平聲且不押韻，故犯上尾。若可證「蕩子」四句及前引「西北」二句爲沈約「八病」説之詩例，則此處亦當爲《文筆式》引沈約原説，據此詩例而作之「釋曰」亦可能沈約原説。

〔七〕以「家」代「樓」，「家」「華」均屬麻韻而爲首句韻，故無妨。

〔八〕「比」，原作「此」，據三寶等本改。

〔九〕「急」，原作「忽」，據高甲等本改。以上爲「上尾」首段，爲《文筆式》雜編各家之説而成。據下引《四聲指歸》引沈氏言「上尾者，文章之尤疾」，「釋曰」既言「此是詩之疣」，可證當爲沈約遺説。此上或亦有沈約所引之例，有沈約原説。

或云〔一〕：如陸機詩云：「衰草蔓長河，寒木入雲煙〔二〕。」河與煙平聲〔三〕。此上尾〔四〕，齊梁已前，時有犯者。齊梁已來，無有犯者。此爲巨病。若犯者，文人以爲未涉文途者也。唯連韻者，非病也。如「青青河畔草，綿綿思遠道」是也〔五〕。下句有云「鬱鬱園中柳」也〔六〕。

【校箋】

〔一〕「或云」，六地藏寺本旁注「髓腦」，三寶本旁注「髓腦如本」，「髓腦」二字朱筆劃掉，改作「或」字。當是草本作「髓腦」，後修訂爲「或」。「髓腦」即《詩髓腦》。知「或云如陸機詩」以下至「園中柳也」，元兢《詩髓腦》説。

〔二〕「衰草」二句：出晉陸機《尸鄉亭》詩。《藝文類聚》卷二七引，「衰」作「秋」，「河」作「柯」。「河」（柯）與「煙」同平聲而不押韻，犯上尾。

〔三〕「河」，原作「珂」，據三寶等本改。

〔四〕此句三寶本右旁注「元兢曰」，又以朱筆劃掉。「此」字前天海本有「元兢曰」三字。

〔五〕「青青」二句：出古樂府《飲馬長城窟行》。「草」「道」俱上聲皓韻，二字押韻，故非病。

〔六〕「鬱鬱園中柳」出《古詩十九首》：「青青河畔草，鬱鬱園中柳。」二句亦見《詩苑類格》沈約「八病」引。「草」、「柳」均上聲而非連韻，犯上尾病。

或云[一]：其賦頌，以第一句末不得與第二句末同聲。如張然明《芙蓉賦》云「潛靈根於玄泉，擢英耀於清波」是也[二]。蔡伯喈《琴頌》云「青雀西飛，《别鶴》東翔，《飲馬長城》，楚曲《明光》」是也[三]。其銘誄等病，亦不異此耳。斯乃辭人痼疾，特須避之。若不解此病，未可與言文也。沈氏亦云[四]：「上尾者，文章之尤疾。自開闢迄今，多慎不免[五]，悲夫〔六〕。」若第五與第十故爲同韻者，不拘此限。即古詩云：「四座且莫諠，願聽歌一言〔七〕。」此其常也，不爲病累。其手筆〔八〕，第一句末犯第二句末，最須避之。如孔文舉《與族弟書》云〔九〕「同源派流，人易世疎，越在異域，情愛分隔」是也〔一〇〕。凡詩賦之體，悉以第二句末與第四句末以爲韻端。若諸雜筆不束以韻者，其第二句末即不得與第四句同聲，俗呼爲隔句上尾，必不得犯之。如魏文帝《與吳質書》云「同乘共載，北遊後園。輿輪徐動，賓從無聲。清風夜起，悲笳微吟」是也〔一一〕。劉滔云〔一二〕：「下句之末，文章之韻，手筆之樞要。在文不可奪韻，在筆不可奪聲〔一三〕。且筆之兩句，比文之一句〔一四〕，文事三句之內，筆事六句之中〔一五〕，第二、第四、第六，此六句之末〔一六〕，不宜相犯。」此即是也。

【校箋】

〔一〕「或云」，六地藏寺本左注「善經」，三寶本右注「善經」，又用朱筆將「善經」二字劃掉，旁朱筆注「或」字。當是草本作「善經」，後修訂爲「或」。是知「或云其賦頌」以下至「不宜相犯此即是也」，劉善經《四聲指歸》。

〔二〕張然明：漢文人張奐（一〇四—一八一），然明爲其字。張奐《芙蓉賦》，《初學記》卷二七引有佚文：「緑房翠蒂，紫飾紅敷。黃螺圓出，垂蕤散舒。纓以金牙，點以素珠。」然未見本文所引二句。《淵鑒類函》卷四〇七「芙蓉」項引夏侯湛賦有：「潛靈藕於元泉，濯修莖乎清波。」（四庫全書本）二句尾字「泉」「波」同平聲而非連韻，故犯上尾。

〔三〕「飲」，原作「餘」，據三寶等本改。蔡伯喈：漢文人蔡邕。《琴頌》：《藝文類聚》卷四四等作《琴賦》。《太平御覽》卷九二三引三國時麋元詩亦有「青雀西飛，別鵠東翔」二句。青雀：據《琴頌》辭意，當爲琴曲名。《別鶴》：即《別鶴操》，琴曲名。《飲馬長城》：即《飲馬長城窟行》，詩載《文選》卷二七，李善注引《音義》：「行，曲也。」則《飲馬長城窟行》亦曲名。楚曲《明光》：琴曲《楚明光》（《太平御覽》卷五七八引《琴歷》）。又，《太平御覽》卷五七九引吴均《續齊諧記》記《楚明光》曲事。四句尾字「飛」與「翔」，「城」與「光」，均爲平聲而非連韻，故犯上尾。

〔四〕「沈」，原作「洗」，據三寶等本改。

〔五〕「慎」，疑爲「懼」字之訛。

〔六〕以上沈氏之説。

〔七〕「四座」二句：詩見《玉臺新詠》卷一。二句尾字「諠」「言」同韻，故言「不拘此限」。

〔八〕手筆：當指無韻之「筆」。本卷常用「雜筆」「筆體」等，並當與此義同。

〔九〕「弟」，原作「第」，今以意改。孔文舉：孔融（一五三—二〇八），字文舉，東漢末文人，魯國（今山東曲阜）人，《後漢書》卷一〇〇有傳。《與族弟書》，現存文集中未見。

〔一〇〕「域」，原作「城」，據江户刊本改。陶淵明《贈長沙公族祖》詩亦有「同源分流，人易世疏」二句。「同源派流」四句，「流」與「疏」均爲平聲，「域」與「隔」均爲入聲，犯上尾。

〔二〕《與吴質書》：見《文選》卷四二。「同乘」六句：《文選》「共」作「並」，「北」作「以」，「賓」作「參」，文字稍異。「園」「聲」「吟」並隔句同聲而未押韻，故爲隔句上尾。

〔三〕「劉滔云」，以下至「不宜相犯」，劉善經引劉滔説。

〔三〕奪韻：當押韻而不押韻。奪聲：樞要之處同聲。

〔四〕「比」，原作「此」，據高甲等本改。

〔五〕「文事」二句：「三句」疑爲「二句」之誤，「六句」疑爲「四句」之誤。

〔六〕此句之左三寶本朱筆注「以上證本皆下書之御草本無行上下衹文之始闕字許也始終如此」。

第三，蜂腰〔一〕。

蜂腰詩者，五言詩一句之中，第二字不得與第五字同聲。言兩頭粗，中央細，似蜂腰也。詩曰：「青軒明月時，紫殿秋風日。曈朧引夕照〔二〕，晻曖映容質〔三〕。」又曰：「聞君愛我甘，竊獨自雕飾〔四〕。」又曰：「徐步金門出，言尋上苑春〔五〕。」釋曰：凡一句五言之中而論蜂腰，則初腰事須急避之〔六〕。復是劇病〔七〕。若安聲體〔八〕，尋常詩中，無有免者〔九〕。

【校箋】

〔一〕「蜂腰」及「鶴膝」之名，最早見於鍾嶸《詩品序》：「至平上去入，則余病不能，蜂腰、鶴膝，閭里已具。」

〔二〕「朣朧」，原作「童朧」，據六地藏寺本改。

〔三〕「暖」，原作「暖」，據六地藏寺等本改。「青軒」四句：出南齊虞炎《詠簾》。此詩首句第二字「軒」、第五字「時」均平聲，故犯蜂腰。另三句不犯，唯第一句犯蜂腰。此與「釋曰」所謂「初腰事須急避之」相應。

〔四〕「聞君」二句：出《古詩》（《太平御覽》卷九七三）。二句亦見《詩苑類格》、《冰川詩式》引沈約「八病」及《金針詩格》「八病」引。若可證此二句爲沈約之引例，則「蜂腰」首段有沈約原説。上句「君」與「甘」均平聲，下句「獨」與「飾」均入聲。

〔五〕「徐步」二句：詩題及撰者未詳。二句亦見《詩家全體》引沈約「八病」及傳《魏文帝詩格》「八病」引。首句「步」爲去聲，「出」爲入聲，不犯蜂腰。次句「尋」與「春」均平聲，猶蜂腰。若可證此二句爲沈約之引例，則此當爲沈約原説，可證沈約既重首句蜂腰，又重次句蜂腰。

〔六〕「初腰」當指「初句」避蜂腰。日《省試詩論》：「夫蜂腰病者，上句可避之由，見《文筆式》。因之先儒古賢不避下句蜂腰。」「《文筆式》云：『蜂腰者，第二字與第五字同聲也。所爲證詩，以上句第二字與第五字同聲爲病云云。』又《詩格》所釋：『初句第二字不得與第五字同聲，又是劇病云云。』然則依下句不可避蜂腰，《文筆式》《詩格》下句已不載蜂腰之有無。」説明蜂腰重視首句初腰爲《文筆式》與佚名《詩格》之説。此處主張「初腰事須急避之」，可證「蜂腰」首段爲《文筆式》説。另參《文筆十病得失》「蜂腰」條校箋。近體詩律句型中，平平仄仄平必犯蜂腰，故齊梁之後仍多犯此病，下引元兢則言平聲非病。五言詩多押平聲韻，平平仄仄平之句型必在第二句，另一仄仄平平仄句型多在第一句，雖二五同爲仄聲，却可以不同去上入聲，故此處又曰初腰事須急避之。

〔七〕此言「復是劇病」，前引「第二上尾」沈氏言「上尾者，文章之尤疾」，又「釋曰」言「此是詩之疣」，與之相應，疑此處亦爲沈約遺説。

〔八〕「若安聲體」四字難訓。下有「平聲非病也」，可能四字爲「安平聲體」之誤，意謂若第二字與第五字若爲平聲則非病。

〔九〕以上爲「蜂腰」首段，爲《文筆式》雜編各家之説而成，其中或有沈約所引之例，有沈約原説。有首句與第二句均須避蜂腰之説（此説或爲沈約原説），有重視「初腰」即首句蜂腰之説，此説據日本《省試詩論》，爲《文筆式》與佚名《詩格》之説。

或曰〔一〕：「君」與「甘」非爲病，「獨」與「飾」是病〔二〕。所以然者，如第二字與第五字同去上入，皆是病，平聲非病也〔三〕。此病輕於上尾、鶴膝，均於平頭，重於四病〔四〕，清都師皆避之〔五〕。已下四病〔六〕，但須知之，不必須避。

【校箋】

〔一〕「或曰」，六地藏寺本左注「元兢」，三寶本右注「元兢」，用朱筆劃掉，朱筆改作「或」字。當是草本作「元兢」，後修訂爲「或」。知「或曰」以下至「不必須避」，元兢説。

〔二〕所言詩例爲「聞君愛我甘，竊獨自雕飾」，此詩例「蜂腰」首段已有，故此處省略。「蜂腰」首段言「初腰事須急避之」，此處言首句之「君」與「甘」「非爲病」，説有不同。

〔三〕《省試詩論》引元兢説：「《詩髓腦》云：『蜂腰者，每句第二字與第五字同聲是也。如古詩云：「聞君愛我甘，竊獨自雕飾」。君與甘同平聲，獨與飾同入聲。是也。』元兢曰：『君與甘非爲病，獨與飾是病，所以然者，如第二字與第五字同上去入皆是病，平聲非爲病也。此病輕於上尾、鶴膝，均於平頭，重於四病。』」所載亦元兢説，可與參看。蓋近體詩律基本句式有平平仄仄平，第二字第五字必須平聲，必然犯蜂腰，故謂「平聲非病」；而仄仄平平仄句式，第二字與第五字雖必須仄聲，却可以不同上去入聲，故謂「第二字與第五字同上去入皆是病」。

〔四〕《省試詩論》：「案《髓腦》，八病之中，以四病爲可避之，所謂平頭、上尾、鶴膝、蜂腰也。此四病之中，平頭、蜂腰，斟酌避之。」所載亦元兢説。

〔五〕清都：長安，紫微帝之都，故稱清都。

〔六〕「下」，原作「上下」，據高甲等本删「上」字。

劉氏云〔一〕：蜂腰者，五言詩第二字不得與第五字同聲〔二〕。古詩云「聞君愛我甘，竊獨自雕飾」是也〔三〕。此是一句中之上尾〔四〕。沈氏云〔五〕：「五言之中，分爲兩句，上二下三〔六〕。凡至句末，並須要煞〔七〕。」即其義也。劉滔亦云〔八〕：「爲其同分句之末也。其諸賦頌，皆須以情斟酌避之〔九〕。如阮瑀《止欲賦》云：『思在體爲素粉，悲隨衣以消除〔一〇〕。』即『體』與『粉』、『衣』與『除』同聲是也〔一一〕。又第二字與第四字同聲，亦不能善。此雖世無的目，而甚於蜂腰〔一二〕。如魏武帝《樂府歌》云〔一三〕『冬節南食稻，春日復北翔』是也〔一四〕。」劉滔又云：「四聲之中，入聲最少，餘聲有兩，總歸一入〔一五〕，如征整政隻、遮者柘隻是也〔一六〕。平聲賒緩，有用處最多〔一七〕，參彼三聲，殆爲太半〔一八〕。且五言之内，非兩則三，如班婕妤詩云：『常恐秋節至，涼風奪炎熱。』此其常也〔一九〕。亦得用一用四〔二〇〕。若四，平聲無居第四〔二一〕。如古詩云『連城高且長』是也〔二二〕。用一，多在第二〔二三〕。如古詩云『九州不足步』〔二四〕，此謂居其要也〔二五〕。然用全句平，止可爲上句〔二六〕，取固無全用〔二七〕。如古詩云『迢迢牽牛星』〔二八〕，亦並不用〔二九〕。若古詩云『脈脈不得語』〔三〇〕，此則不相廢也〔三一〕。猶如丹素成章，鹽梅致味，宮羽調音，炎涼御節，相參而和矣。」

【校箋】

〔一〕「劉氏云」，六地藏寺本左注「善經云」，三寶本右注「善經」，用朱筆劃掉，旁朱筆注「劉氏」。當是草本作「劉善經」，後修訂爲「劉氏」。知此以下至「相參而和矣」，劉善經說。

〔二〕「第五」下原衍「言」字，據三寶等本删。

〔三〕「獨」，原作「欲」，前有「竊獨自雕飾」即作「獨」，據江户刊本改。

〔四〕下云，五言分爲上二下三兩個分句，第二字第五字恰爲分句之尾，故言一句中之上尾。

〔五〕「沈」，原作「洗」，據三寶等本改。沈氏：沈約。「沈氏云」以下至「要煞」，劉善經引沈約説。

〔六〕「五言」三句：本書天卷《詩章中用聲法式》：「上二字爲一句，下三字爲一句。五言。」

〔七〕要煞：要緊處需處理好之意。

〔八〕「劉滔亦云」，以下至末尾「相參而和矣」，劉善經引劉滔説。

〔九〕「情」字原無，據三寶等本補。

〔一〇〕阮瑀（？—二一二），建安詩人。《止欲賦》：佚文輯入《藝文類聚》卷一八，而仍佚此二句。

〔一一〕「體」與「粉」，「衣」與「除」，爲三六同聲，「爲其同分句之末」，故被視爲病。此爲筆之蜂腰。此爲劉滔之説，亦爲劉善經之説。而此説與《文筆十病得失》前半不同，可證二者非同一原典。

〔一二〕五言詩句，第二字與第四字亦節奏點。二、四同聲爲甚於蜂腰之病，《文筆十病得失》前半未見此説。

〔一三〕「武」，原作「文」，當作「武」，今改。《樂府歌》，即曹操《却東西門行》，見《樂府詩集》卷三七。

〔一四〕「節」「食」，「日」「北」，並入聲，犯二四同聲之病。「南食」，《樂府詩集》作「食南」。

〔一五〕「四聲」四句：據《廣韻》，入聲字數最少。入聲之外，陽聲之平上去與陰聲之平上去，紐屬中央入聲，故曰餘聲有兩，總歸一入。即天卷《調四聲譜》所謂「上三字，下三字，紐屬中央一字，是故名爲總歸一入」。

〔一六〕征整政隻：本書天卷《四聲論》：「且夫平上去入者，四聲之總名也；征整政隻者，四聲之實稱也。」遮者柘隻：《韻鏡》内轉第二十九開齒音清第三等有「遮者柘○」。征整政（陽聲之平上去）及遮者柘（陰聲之平上去）都歸一入聲「隻」。

〔一七〕賒緩：神珙《四聲五音九弄反紐圖序》引《四聲譜》：「平聲者哀而安。」哀而安即賒緩。四聲之中平聲數量最多，詩文中實際出現最多，可能調聲作用更佳，是以謂平聲「有用處最多」。元兢論單換頭，論「護腰」，論「平頭」病，論「蜂腰」，均以平聲非病。

〔一八〕將平聲與上去入三聲區分，四聲二元化之認識，此爲所見最早之材料。與上去入等三聲字相比，平聲字占百分之四十點七，故曰「參彼三聲，殆爲太半」。

〔一九〕班婕妤（前四八？—前六？），漢辭賦家。「常恐」二句：出《怨歌行》。或疑此詩爲後人僞託。

前句「常」「秋」兩字，後句「涼」「風」「炎」三字平聲，是爲「非兩則三」。

〔二〇〕亦得用一用四：謂五言詩時或亦有一平聲或四平聲。

〔二一〕「聲」字原無。本卷《文筆十病得失》：「若四平聲，無居第四。」從《考文篇》補。若四平聲，何以平聲無居第四，蓋因第四字爲五言詩句節奏點。

〔二二〕連城高且長：見《古詩十九首》，據《文選》卷二九，「連」爲「東」之訛。此句四字均爲平聲，唯第四字「且」字爲上聲，是所謂「若四，平聲無居第四」，「若四」者，若四字爲平聲之謂也。

〔二三〕「第二」，原作「第四」，此與「九州不足步」相矛盾。又，《文筆十病得失》謂：「若一平聲，多在第二。」《眼心抄》亦有「九州不足步，用一平居二其要」。從《考文篇》改。

〔二四〕九州不足步：出曹植《五遊詠》。此句平聲字唯「州」字，且居第二，故曰「用一，多在第二」。何以在第二，亦因第二字爲節奏點。

〔二五〕「此」字原無，據六地藏寺等本補。

〔二六〕「止」，原作「上」，六地藏寺本作「正」，當爲「止」之誤，今改。

〔二七〕「然用」三句：謂若全句五字皆平聲，則此類句止可爲上句，而固無上下句全用平聲者。

〔二八〕迢迢牽牛星：出《古詩十九首》，此句爲上句，五字全爲平聲，而下句「皎皎河漢女」唯第三字「河」爲平聲，余全爲仄聲，正所謂「然用全句平，止可爲上句」。

〔二九〕五字並不用平聲，即五字全爲仄聲之意。

〔三〇〕脈脈不得語：亦出《古詩十九首》。此句五字全爲仄聲，是爲「亦並不用」。而此句爲下句，上句爲「盈盈一水間」。是以若五字全爲仄聲，則止可爲下句，而上句須多有平聲字，以此保持二句間聲調諧調。

〔三一〕「廢」，原作「癈」，據江户刊本改。

第四，鶴膝〔一〕。

鶴膝詩者，五言詩第五字不得與第十五字同聲。言兩頭細，中央粗，似鶴膝也，以其詩中央有病〔二〕。詩曰：「撥棹金陵渚，遵流背城闕。浪蹙飛船影，山掛垂輪月〔三〕。」又曰：「陟野看陽春，登樓望初節。緑池始霑裳，弱蘭未央結〔四〕。」釋曰：取其兩字間似鶴膝〔五〕，若上句第五「渚」字是上聲，則第三句末「影」字不得復用上聲，此即犯鶴膝〔六〕。故沈東陽著辭曰〔七〕：「若得其會者，則脣吻流易；失其要者，則喉舌蹇難。事同暗撫失調之琴〔八〕，夜行坎壈之地〔九〕。」蜂腰、鶴膝，體有兩宗，各立不同。王斌五字制鶴膝，十五字制蜂腰，並隨執用〔一〇〕。

【校箋】

〔一〕左思《吴都賦》：「家有鶴膝」，《文選》李善注：「上大下小，謂之鶴膝。」

〔二〕「言兩」四句：第五字與第十五字爲「兩頭」，第十字爲「中央」。五言詩一般雙句尾即第十字押韻，而單句尾即第五字不得與第十字同聲，否則犯上尾。今再提出第五字不得與第十五字同聲，是則五言詩尾字可四聲迭用，此爲永明體「以四聲制韻」之具體體現。

〔三〕「掛」，原作「桂」，據六地藏寺等本改。「撥棹」四句：詩題及撰者未詳。第一句末「渚」與第三句末「影」同上聲，故犯鶴膝。《眼心抄》注：「上之犯。」

〔四〕「陟野」四句：詩題及撰者未詳。初節：謂元日。此四句，第一句末「春」與第三句末「裳」同平聲，故犯鶴膝。《眼心抄》注：「平之犯。」《詩家全體》引沈約「八病」鶴膝病，傳《魏文帝詩格》「八病」引此四句。若可證此四句爲沈約引例，則此當爲沈約原説。

〔五〕「似」，原作「以」。上文云：「似鶴膝。」傳梅聖俞《續金針詩格》云：「所以兩頭細，中心麄，似鶴膝之形。」（吟窗雜録本）字俱作「似」，從《札記續記》改。第五字與第十五字之間，兩頭細，兩字間之第十字則聲粗，是謂「兩字間似鶴膝」。

〔六〕「若上」三句，所釋爲「撥棹」四句，當屬同一家之説。「陟野」四句亦當有解釋之詞，或者省略。

〔七〕「沈」字下原有「玉」字，當爲校字誤入正文，今從維寶箋刪。沈東陽：沈約，據《梁書》，沈約於南齊末任東陽太守。

〔八〕「琴」，原作「瑟」，據高甲等本改。

〔九〕「坎壈」，原作「壈坎」，據高甲等本改。「若得」六句：沈約《與陸厥書》：「若以文章之音韻，同絃管之聲曲，則美惡妍蚩，不得頓相乖反，譬由子野操曲，安得忽有闡緩失調之聲。」（《南齊書·陸厥傳》，中華書局一九七二年）

〔一〇〕以上爲「鶴膝」首段，爲《文筆式》雜編各家之説而成，其中或有沈約所引之例，有沈約原説，有王斌五字制鶴膝，十五字制蜂腰之説。

或曰[一]：如班姬詩云：「新裂齊紈素，皎潔如霜雪。裁爲合歡扇，團團似明月[二]。」「素」與「扇」同去聲是也。此云第三句者，舉其大法耳。但從首至末，皆須以次避之，若第三句不得與第五句相犯[三]，第五句不得與第七句相犯。犯法準前也。

【校箋】

〔一〕「或曰」一行之欄眉三寶本注「筆札」，「筆札」二字用朱筆劃掉，其左朱改「或」。六地藏寺本左注「筆札曰」。當是草本作「筆札」，後修訂爲「或」。「筆札」即《筆札華梁》。知「或曰如班姬詩」以下至「準前也」，引《筆札華梁》。

〔二〕班姬即班婕妤。「新裂」四句：出班婕妤《怨歌行》。第一句末「素」與第三句末「扇」同去聲，故犯鶴膝。《詩家全體》引沈約「八病」鶴膝病及傳梅聖俞《續金針詩格》亦引此四句。若可證此爲沈約引例，則此當爲沈約原説。

〔三〕「第五句」之「句」字原脱，從周校本補。

劉氏云[一]：鶴膝者，五言詩第五字不得與第十五字同聲[二]。即古詩云「客從遠方來，遺我一書札。上言長相思，下言久離别」是也[三]。皆次第相避，不得以四句爲斷[四]。吴人徐陵，東南之秀[五]，所作文筆，未曾犯聲。唯《横吹曲》[六]：「隴頭流水急，水急行難渡。半入隗囂營[七]，傍侵酒泉路。心交贈寶刀，少婦裁紈袴[八]。欲知别家久，戎衣今已故〔九〕。」亦是通人之一弊也。凡諸賦頌，一同五言之式。如潘安仁《閒居賦》云：「陸擴紫房，水掛赬鯉〔一〇〕。或宴于林，或禊于汜〔一一〕。」即其病也。其諸手筆，第一句末不得犯第三句末，其第三句末復不得犯第五句末，皆須鱗次避之。溫、邢、魏諸公，及江東才子〔一二〕，每作手筆，多不避此聲。故溫公爲《廣陽王碑序》云〔一三〕：「少挺神姿，幼標令望〔一四〕。顯譽羊車，稱奇虎檻〔一五〕。」邢公爲《老人星表》云〔一六〕：「定律令於遊麟，候宣夜於鳴鳥〔一七〕，醴泉代伯益之功，甘露當屏翳之力〔一八〕。」魏公爲《赤雀頌序》云〔一九〕：「能短能長，既成章於雲表；明吉明凶，亦引氣於蓮上〔二〇〕。」謝朓《爲鄱陽王讓表》云〔二一〕：「玄天蓋高，九重寂以卑聽；皎日著明，三舍迴於至感〔二二〕。」任昉《爲范雲讓吏部表》云〔二三〕：「寒灰可煙，枯株復蔚。鎩翮奮飛，奔蹄且驟〔二四〕。」王融《求試效啓》云〔二五〕：「蒲柳先秋，光陰不待。貪及明時，展志愚效〔二六〕。」劉孝綽《謝散騎表》云〔二七〕：「邀幸自天，休慶不已。假鳴鳳之條，躡應龍之跡〔二八〕。」諸公等〔二九〕，並鴻才麗藻，南北辭宗，動靜應於風雲，咳唾合於宮羽，縱情使氣，不在此聲。後進之徒，宜爲楷式。其詩、賦、銘、誄，言有定數，韻無盈縮，必不得犯，且五言之作，最爲機妙，既恒充口實〔三〇〕，病累尤彰，故不可不事也。自餘手筆，或賒或促，任意縱容〔三一〕，不避此聲，未爲心腹之病。又今世筆體，第四句末不得與第八句末同聲，俗呼爲踏發聲〔三二〕。譬如機關，踏尾而頭發，以其軒輊不平故也〔三三〕。若不犯此病，謂之鹿盧聲，即是不朽之成式耳。沈氏云：「人或謂鶴膝爲蜂腰，蜂腰爲鶴膝。疑未辨[三四]。」然則孰謂公爲該博乎！蓋是多聞闕疑，慎言寡尤者歟[三五]。

【校箋】

〔一〕「劉氏」，三寶本左注「善經」並朱筆抹銷，右朱筆注「劉氏」，六地藏寺本左注「善經」。當是草本作「善經」，後修訂爲「劉氏」。知「劉氏云」以下至「寡尤者歟」，劉善經説。

〔二〕「同聲」下原有「々」，據三寶等本删。

〔三〕「客從」四句：出《古詩十九首》其十七。第一句末「來」與第三句末「思」同平聲，故犯鶴膝。此四句《詩苑類格》、《冰川詩式》引沈約「八病」鶴膝病及《金針詩格》「八病」亦引。若可證此爲沈約引例，則此當爲沈約原説。

〔四〕不得以四句爲斷：不限於首四句，第三句末與第五句末、第五句末與第七句末，亦須次第避鶴膝病。

〔五〕徐陵（五〇七—五八三），南朝梁陳間詩人、駢文家。

〔六〕「曲」字原無，據三寶等本補。《横吹曲》：樂府古題。

〔七〕隗囂：字季孟，天水成紀人，《後漢書》有傳。

〔八〕「少」，原作「小」，據三寶等本改。

〔九〕「隴頭」八句：陳張正見《隴頭水》二首其二，見《樂府詩集》卷二一横吹曲辭，「水急」作「流急」，「半入」作「遠入」，「贈」作「賜」，「少婦」作「小婦」，「裁」作「成」。現行徐陵文集未收此詩，《樂府詩集》卷二一有徐陵《隴頭水》一首，但非此詩。第三句末「營」與第五句末「刀」同平聲，犯鶴膝。

〔一〇〕「掛」，原作「桂」，據六地藏寺等本改。

〔一一〕所引潘岳《閒居賦》四句，第一句末「房」與第三句末「林」同平聲，犯鶴膝。

〔一二〕温邢魏諸公：温：温子昇（四九五—五四七），北魏文人，字鵬舉。邢：邢邵（四九六—？），北齊文人，字子才。魏：魏收（五〇六—五七二），北齊文人，字白起。江東才子：即指下文所舉謝朓、任昉、王融、劉孝綽等。

〔一三〕《廣陽王碑序》：此序《温侍讀集》佚載。廣陽王謂元淵。

〔一四〕「幼」，原作「幻」，據高甲等本改。

〔一五〕顯譽羊車：《世説新語·容止》：「玠少時乘白羊車，遊洛陽，市共觀，咸曰誰家璧人。」稱奇虎檻：《廣陽王碑序》寫廣陽王「少挺神姿，幼標令望」，據此意，當以王戎觀虎而湛然不動，了無恐色之事爲是。事見《世説新語·雅量》。「少挺」四句，第一句末「姿」與第三句末「車」同平聲，犯鶴膝。

〔一六〕《老人星表》：收入《藝文類聚》卷一天部星，然無以下數句。老人星：據《漢書·天文志》，狼北地有大星，曰南極老人星，見，治安，常以秋分時候之於南郊。

〔一七〕遊麟：龍。宣夜：司天之官夜間宣報時辰星象。鳴鳥：此指鳴啼之鳥，亦指鳳凰。

〔一八〕伯益：舜時東夷部落首領，嬴姓各族祖先，相傳伯益助禹治水有功，禹讓位於益，益避居箕山之北。見《書·舜典》《孟子·萬章上》。屏翳：古代傳説神名，所指各異，或謂指雲神，或謂指雷師，指風師，此處當指雨師。「定律」四句，第一句末「麟」與第三句末「功」同平聲，犯鶴膝。

〔一九〕《赤雀頌序》：《魏特進集》及《全上古三代秦漢三國六朝文·全齊文》佚載。赤雀：傳説中瑞鳥。

〔二〇〕「能短」四句：第一句末「長」與第三句末「凶」同平聲，犯鶴膝。

〔二一〕「眺」，原作「眺」，據三寶等本改。《爲鄱陽王讓表》：《謝宣城集》佚載。鄱陽王：或者爲南齊太祖蕭道成第七子鄱陽王鏘。

〔二二〕《吕氏春秋·制樂》載子韋答景公問：「天之處高而聽卑，君有至德之言三，天必三賞君。今昔熒惑其徙三舍，君延年二十一歲。」「玄天」四句，第一句末「高」與第三句末「明」同平聲，犯鶴膝。

〔二三〕「表」字原無，從周校本補。任昉（四六〇—五〇八）：字彦昇，齊梁間駢文家。《爲范尚書讓吏部封侯第一表》載《文選》卷三八，此蓋其《續讓表》中語。范雲（四五一—五〇三）：字彦龍，齊梁間文人。

〔二四〕「寒灰」四句：第一句末「煙」與第三句末「飛」同平聲，犯鶴膝。

〔二五〕《求試效啓》：《南齊書》本傳載此文而無題，云「啓世祖求自試」，或因此編輯者題爲「求自試啓」，然文中有「展志愚效」，則本有求試其才而效其力之意，或因此一題作「求試效啓」。

〔二六〕「蒲柳」四句：第一句末「秋」與第三句末「時」同平聲，犯鶴膝。蒲柳先秋：語見《世説新語·言語》。

〔二七〕劉孝綽（四八一—五三九）：南朝梁文人，本名冉，字孝綽，以字行。劉孝綽曾爲散騎常侍，《謝散騎表》當爲其時所作。此表《劉秘書集》《全上古三代秦漢三國六朝文·全梁文》佚載。

〔二八〕「邀幸」二字原無，據三寶等本補。「休」，原作「体」；「鳳」，原作「風」，均據三寶等本改。「邀幸」四句：第一句末「天」與第三句末「條」同平聲，犯鶴膝。鳴鳳之條：指梧桐之枝。應龍：古代傳説中有翼之龍。

〔二九〕諸公：温、邢、魏、謝、任、王、劉等。

〔三〇〕「充」，原作「宛」。《四聲指歸定本箋》：「案『充』字六朝寫體似『宛』字，故讀者多誤爲『宛』。」今從改之。

〔三一〕「縱容」，當作「從容」。

〔三二〕「踏」，原作「踰」，據三寶等本改。下同。

〔三三〕「輊」，原作「輕」。維寶箋：「『輕』恐『輊』歟。」今據改。

〔三四〕「沈氏云」以下至「疑未辨」，劉善經引沈約説。

〔三五〕以上《文鏡秘府論箋》卷第十四。

第五，大韻〔一〕。或名觸絶病〔二〕。

大韻詩者，五言詩若以「新」爲韻，上九字中，更不得安「人」「津」「鄰」「身」「陳」等字，既同其類，名犯大韻〔三〕。詩曰：「紫翮拂花樹，黄鸝閑緑枝〔四〕。思君一歎息，啼淚應言垂〔五〕。」又曰：「遊魚牽細藻，鳴禽哢好音。誰知遲暮節，悲吟傷寸心〔六〕。」釋曰：如此即犯大韻。今就十字内論大韻，若前韻第十字是「枝」字，則上第七字不得用「鸝」字，此爲同類〔七〕，大須避之。通二十字中，並不得安「籭」「羈」「雌」「池」「知」等類〔八〕。除非故作疊韻，此即不論〔九〕。

【校箋】

〔一〕以下《文鏡秘府論箋》卷第十五。《眼心抄》：「大韻。謂本韻之外九字内，用同韻字，是。或名觸絶病。」

〔二〕「觸絶病」，宫内廳、高甲、高乙等本作「觸地病絶」，三寶、江户刊本、維寶箋本等作「觸地病」。「觸地病」當是初稿本文，據《眼心抄》作「觸絶病」。「觸絶病」爲「十病」之一。「十病」當爲初唐之説，疑爲《筆札華梁》之説。若犯大韻，則如共工怒而觸不周之山，句子之聲律如天柱折，地維絶，遭到破壞，或者因此又名「觸絶」。《眼心抄》：「觸絶。謂趣有餘文觸絶正韻，是。此即大韻同。『英桂浮香氣，通照碎簾光。』香、光是。又：『簾密明翻碎，雲趍轍倒行。』明、行是。」「英桂」二句及「簾密」二句詩題及撰者均未詳。前二句「香」爲陽韻，「光」爲唐韻，兩韻通用，犯大韻。後二句「明」「行」均爲庚韻，故犯大韻。所謂「謂趣有餘文觸絶正韻」，「趣」字疑衍。五言詩以「新」爲韻，是爲正韻。上九字爲餘文。上九字而安「人」「津」「鄰」「身」「陳」等押韻之字相犯，是爲「餘文觸絶正韻」。既有「正韻」，或者另有「傍韻」。既以與押韻之字相犯爲「正韻」，或者便以與韻之外迭相犯者爲「傍韻」。

〔三〕新、人、津、鄰、身、陳均上平聲十七真韻，第十字爲韻脚，上九字用同韻字之病，是爲大韻。《文心雕龍·聲律》：「疊韻離句其必睽。」大韻即「疊韻離句」之病。

〔四〕「閑」，《眼心抄》、三寶院等本作「開」。

〔五〕「紫翩」四句：出南齊虞炎《有所思》（《玉臺新詠》卷一〇），「鸝」作「鳥」，「閑」作「間」，「啼」作「苦」。前二句，「枝」字爲韻，「鸝」字與「枝」同韻。後二句，「垂」字爲韻，「思」字與「垂」同韻。是犯大韻。

〔六〕「遊魚」四句：詩題及撰者未詳。前二句，「音」字爲韻，「禽」字與「音」同韻。後二句，「心」爲韻，「吟」字與「心」同韻。是犯大韻。

〔七〕「同」，原作「用」。前有「既同其類」，「用」爲「同」字形近而誤。從《札記續記》改。

〔八〕「雌」，原作「准」，據三寶等本改。鸝、籭、羈、雌、池、知均與韻字「枝」同上平聲五支韻。

〔九〕「除非」二句意爲，除非同韻字爲疊韻字，如此則十字中即使有同韻字亦可不論。以上爲「大韻」首段，爲《文筆式》雜編各家之説而成。

元氏曰〔一〕，此病不足累文，如能避者彌佳。若立字要切，於文調暢，不可移者，不須避之。

【校箋】

〔一〕「元氏」，三寶本欄眉注「元兢」，又朱筆銷之，其右朱筆改作「元氏」。當是草本作「元兢」，後修訂爲「元氏」。是知「元氏曰」以下至「不須避之」，元兢説。

劉氏云〔一〕：大韻者，五言詩若以「新」爲韻，即一韻内，不得復用「人」「津」「鄰」「親」等字〔二〕。若一句内犯者，曹植詩云：「涇渭揚濁清。」即「涇」「清」是也〔三〕。十字内犯者，古詩云：「良無槃石固，虚名復何益。」即「石」「益」是也〔四〕。

【校箋】

〔一〕「劉氏云」，三寶、六地藏寺本右注「善經」，「善經」二字三寶本又朱銷之，其右朱改作「劉氏」。當是草本作「劉善經」，後修訂爲「劉氏」。知「劉氏云」以下至「即石益是也」，劉善經説。

〔二〕新、人、津、鄰、親等字，並上平聲十七真韻。

〔三〕兩「涇」字原均作「經」，據高甲等本改。「濁」，原作「渴」，據三寶等本改。「涇渭揚濁清」：出曹植《又贈丁儀王粲》。「清」屬下平聲十四清韻，「涇」屬下平聲十五青韻，二韻並不通用，然此處視作同韻。元兢論小韻：「居五字内急。」此爲大韻，亦五字内。

〔四〕「良無」二句：出《古詩十九首》。「石」「益」並入聲十二昔韻，是犯大韻。元兢論小韻：「九字内小緩。」此爲大韻，亦十字内。

第六，小韻〔一〕。或名傷音病〔二〕。

小韻詩，除韻以外，而有迭相犯者，名爲犯小韻病也。詩曰：「搴簾出户望，霜花朝瀁日。晨鶯傍杼飛，早燕挑軒出〔三〕。」又曰：「夜中無與悟〔四〕，獨寤撫躬歎。唯慚一片月，流彩照南端〔五〕。」釋曰〔六〕：此即犯小韻。就前九字中而論小韻〔七〕，若第九字是「瀁」字，則上第五字不得復用「望」字等音，爲同是韻之病〔八〕。

【校箋】

〔一〕小韻：五言詩除韻字之外二句九字中，使用隔字同韻之字。與大韻同是關於疊韻之病。

〔二〕傷音：有傷音韻和諧之意。「傷音」亦爲「十病」之一。「十病」當爲初唐之説，疑爲《筆札華梁》之説。《眼心抄》：「傷音。謂不當是目中間自犯，是。此即小韻同。『四鳥□憎見，三荆不用□。』□、荆。又：『絃心一往過，泉□萬行流』。絃、泉。」「謂不當是目中間自犯」，當即下引劉善經説「小韻者，五言詩十字中，除本韻以外，自相犯者」之意，「中間」即本韻之外九字，「自犯」即自相犯。「是目」意不明，或謂即指「傷音病」，或謂爲衍字，或者此句爲「謂不當中間自犯是」之誤訛。「四鳥」二句及「絃心」二句詩題及撰者未詳。四鳥：桓山之鳥生四子，羽翼既成，將分於四海，而有離別哀聲，事見《孔子家語・顔回》，後因以「四鳥」喻離別之人。三荆：古有兄弟，忽欲分異，出門見三荆同株，接葉連陰，深爲感歎，事見《藝文類聚》卷八九引周景式《孝子傳》。後以三荆喻同胞兄弟。前二句「鳥」下之「□」當是與「荆」同韻之字。後二句，「絃」爲先韻，「泉」爲仙韻，二韻通用，犯傷音病。

〔三〕「傍」，原作「㔙」，爲「傍」之俗字，今改。「挑」，原作「排」，據江户刊本改。「搴簾」四句：詩題及撰者未詳。瀁：同漾，水溢貌。上二句第五字「望」與第九字「瀁」同屬去聲四十一漾韻，犯小韻。

〔四〕「悟」，《眼心抄》作「語」。

〔五〕「夜中」四句：詩題及撰者未詳。前二句「中」與「躬」同平聲東韻，「悟」與「寤」同上聲遇韻，犯小韻病。下二句「慚」下平聲談韻，與「南」同下平聲覃韻，兩韻通用，犯小韻病。

〔六〕「曰」，原作「若」，據三寶等本改。

〔七〕「論」，原作「須」，據三寶等本改。

〔八〕爲同是韻之病：七字難訓。或當作「爲同是小韻之病」，或爲「是爲同韻之病」。以上爲「小韻」

首段，爲《文筆式》雜編各家之説而成。

元氏曰〔一〕：此病輕於大韻，近代咸不以爲累文。或云〔二〕：凡小韻，居五字内急，九字内少緩。然此病雖非巨害，避爲美〔三〕。

【校箋】

〔一〕「元氏曰」，三寶本欄眉注「元兢」，又朱銷「兢」字，右注「氏」字。當是草本作「元兢」，後修訂爲「元氏」。知「元氏曰」至「不以爲累文」，元兢説。

〔二〕「或云」，三寶、六地藏寺、天海本左注「文筆式」，「文筆式」三字三寶本朱筆銷之，其右朱改「或」。當是草本作「文筆式」，後修訂爲「或」。知「或云」至「避爲美」，《文筆式》説。

〔三〕「美」，原作「義」，據三寶等本改。

劉氏曰〔一〕：小韻者，五言詩十字中，除本韻以外自相犯者，若已有「梅」，更不得復用「開」「來」「才」「臺」等字〔二〕。五字内犯者，曹植詩云：「皇佐揚天惠。」即「皇」「揚」是也〔三〕。十字内犯者，陸士衡《擬古歌》云：「嘉樹生朝陽，凝霜封其條〔四〕。」即「陽」「霜」是也。若故爲疊韻，兩字一處，於理得通，如「飄颻」「窈窕」「徘徊」「周流」之等，不是病限〔五〕。若相隔越，即不得耳〔六〕。

【校箋】

〔一〕「劉氏」，三寶本右注「善經」，又朱筆銷之，朱筆改爲「劉氏」，六地藏寺本注「善經」。當是草本作「劉善經」，後修訂爲「劉氏」。知「劉氏曰」以下至末尾「即不得耳」，劉善經説。

〔二〕梅：上平聲灰韻。開、來、才、臺：同平聲咍韻。兩韻通用。

〔三〕皇佐揚天惠：見上引《又贈丁儀王粲》。「皇」下平聲十一唐韻，「揚」下平聲十陽韻，兩韻通用，故犯小韻。

〔四〕「凝」，原作「擬」，據高甲等本改。「嘉樹」二句：出陸機《擬古詩十二首》其七《擬蘭若生朝陽》。「陽」「霜」均下平聲陽韻，犯小韻。

〔五〕「病限」，《眼心抄》作「病」。「第七傍紐」有「於理即通，不在病限」。「飄飖」，同平聲蕭韻，「窈窕」，同上聲篠韻，「徘徊」，同平聲灰韻，「周流」同平聲尤韻，均爲疊韻詞，故不是病限。

〔六〕「若相」二句：《文心雕龍·聲律》：「疊韻雜句而必睽。」雜句即隔越。

第七，傍紐〔一〕。亦名大紐〔二〕，或名爽切病〔三〕。

傍紐詩者，五言詩一句之中有「月」字，更不得安「魚」「元」「阮」「願」等之字，此即雙聲，雙聲即犯傍紐〔四〕。亦曰，五字中犯最急，十字中犯稍寬〔五〕。如此之類，是其病。詩曰：「魚遊見風月，獸走畏傷蹄〔六〕。」如此類者，是又犯傍紐病。又曰：「元生愛皓月，阮氏願清風。取樂情無已，賞翫未能同〔七〕。」又曰：「雲生遮麗月，波動亂遊魚。涼風便入體，寒氣漸鑽膚〔八〕。」釋曰：「魚」「月」是雙聲，「獸」「傷」並雙聲，此即犯大紐〔九〕，所以即是〔一〇〕，「元」「阮」「願」「月」爲一紐〔一一〕。今就十字中論小紐，五字中論大紐〔一二〕，所以即是，「元」「阮」「願」「月」爲一紐〔一三〕。王斌云：「若能迴轉，即應言『奇琴』『精酒』『風表』『月外』，此即可得免紐之病也〔一四〕。」

【校箋】

〔一〕「傍紐」有三説。一、五言詩一句（一作一韻）之中隔字雙聲爲傍紐。二、同韻異紐四聲各字相犯爲傍紐。此爲劉滔説。沈約以此爲「大紐」。三、《眼心抄》之「爽切」有疊韻相犯之例，「傍紐」同「爽切」，是亦有疊韻相犯爲「傍紐」之説。

〔二〕「大紐」有二説。一爲下文所謂「五字中論大紐」，是五字中隔字雙聲爲「大紐」。一爲五字之中異紐異聲同韻之犯。此爲沈約「大紐」之説。沈約之「大紐」，即劉滔之「傍紐」。説均詳下。

〔三〕《眼心抄》：「爽切。謂從平至入，同氣轉聲爲一紐，是。此即正紐、傍紐同。『矚目轉鍾興，風月最關情。』鍾矚。又：『光音同宴席，歌嘯動梁塵。』同動。又：『望懷申一遇，敦交訪二難。』望訪。又：『交情猶勞到，得意乃歡顏。』勞到，歡顏。又：『未告班荆倦，寧辭倒屣勞。』倒勞。」「從平至入，同氣轉聲爲一紐」即謂平上去入四聲一紐。爽切即是正紐，是謂「此即正紐」。「傍紐同」，謂「傍紐」同「爽切」之意。然以下望訪、勞到、歡顔、倒勞各例，既以疊韻爲傍紐，又以異紐異聲同韻之字相犯爲傍紐，或謂下列（勞、到，倒、勞）異紐同韻四聲各字相犯均屬同氣轉聲。「矚目」二句，「光音」二句，「望懷」二句，「交情」二句，「未告」二句，詩題及撰者均未詳。一遇：梁任昉《知己賦》：「惟忘年之陸子，定一遇於班荆。」（《任昉集》，《漢魏六朝百三名家集》）二難：指兄弟皆佳，難分高低。見《世説新語·德行》。班荆：布荆坐地，共議國事，見《左傳》襄公二十六年。倒屣：蔡邕倒屣出門迎王粲，見《三國志·魏書·王粲傳》。據《韻鏡》，「鍾矚」屬内轉第二開合齒音清第三等「鍾腫種燭」之紐；「同動」屬内轉第一開舌音濁第一等「同動洞獨」之紐，均犯正紐病。「訪」在《韻鏡》屬内轉第三十一開脣音次清第三等「芳髣訪霶」之紐，「望」屬同清濁第三等「亡罔妄〇」之紐。「望」若爲上聲，則與「訪」字同屬漾韻，似以疊韻爲傍紐。「望」若爲平聲，則爲明紐陽韻，「訪」屬敷紐漾韻，則以異紐異聲而同韻之字相犯爲傍紐。「勞」屬外轉第二十五開半舌音清濁第一等「勞老嫪〇」之紐，「到」爲同舌音清第一等「刀倒到〇」之紐。「勞」爲豪韻，「到」爲號韻，爲異紐同韻四聲各字相犯，即所謂「字從連韻而紐聲相參」，爲傍紐。「歡」屬外轉第二十四合喉音清第一等「歡濺喚豁」之紐，「顔」屬外轉第二十三開牙音清濁第二等「顔齴雁〇」之紐。「歡」爲桓韻，「顔」爲刪韻，二韻如果通用，則爲疊韻，似以疊韻爲傍紐。「倒勞」爲異紐同韻四聲各字相犯。「爽切」爲「十病」之一，疑上官儀説。由《眼心抄》所引「爽切」觀之，似編入各家之説。

〔四〕「元」「阮」「願」「月」爲《韻鏡》外轉第二十二合平上去入四聲一紐，即後面所謂正紐。「魚」字屬《韻鏡》内轉第十一開「魚語御〇」一紐。「月」與「元」「阮」「願」相犯當爲正紐，「魚」字與「元」「阮」「願」「月」等字相犯則爲傍紐。此處之意，或者不論紐相同抑或相異，一句中用雙聲字即爲犯傍紐。

〔五〕「第六小韻」引《文筆式》有「居五字内急，九字内小緩」，此處亦言「五字中犯最急，十字中犯稍寬」，或者可證「傍紐」首段出《文筆式》。

〔六〕「魚遊」二句：詩題及撰者未詳。「魚」「月」、「獸」「傷」並五字内隔字雙聲，犯傍紐，亦名大紐。

〔七〕「元生」四句：詩題及撰者未詳。「元生」未詳。「阮氏」當指阮籍。前二句，「元」「阮」「願」「月」四字同屬一紐四聲，當犯正紐。後二句，「無」「未」均微紐，犯傍紐。

〔八〕「雲生」四句：詩題及撰者未詳。上二句「麗」與「亂」，「月」與「魚」，下二句「風」與「膚」，各爲雙聲，犯傍紐。

〔九〕「魚月」三句：解釋前引「魚遊」詩例。「魚月」「獸傷」並犯五字内隔字雙聲，故謂犯大紐。

〔一〇〕「即」字原無，據三寶等本補。

〔一一〕「所以即是元阮願月爲一紐」十一字與下文重。

〔一二〕前文數例，「魚遊」二句，「魚月」「獸傷」並犯五字内隔字雙聲，故爲五字内大紐。「元生」四句，前二句「元」「阮」「願」「月」四字，既有五字内犯聲，又有十字内犯聲，是既爲五字内大紐，又爲十字内小紐；後二句，「無」「未」相犯，是十字内小紐。「雲生」四句，前二句「麗」與「亂」，「月」與「魚」，下二句「風」與「膚」，均十字内犯聲，是爲小紐。

〔三〕此處或者釋前引「元生」四句，此四句恰有「元」「阮」「願」「月」四字犯聲。

〔四〕奇琴、精酒、風表、月外，均雙聲字，見天卷《四聲論》校箋。此爲王斌之説。以上爲「傍紐」首段，爲《文筆式》雜編各家之説而成。有王斌之説，有十字内小紐，五字内大紐之説，雙聲即犯傍紐之説，而元、阮、願、月一紐四聲之字相犯，實爲正紐，亦被視作傍紐。

或云〔一〕：傍紐者，據傍聲而來與相忤也〔二〕。然字從連韻〔三〕，而紐聲相參〔四〕，若「金」「錦」「禁」「急」，「陰」「飲」「蔭」「邑」〔五〕，是連韻紐之〔六〕。若「金」之與「飲」，「陰」之與「禁」〔七〕，從傍而會，是與相參之也〔八〕。如云：「丈人且安坐，梁塵將欲飛〔九〕。」「丈」與「梁」，亦「金」「飲」之類，是犯也〔一〇〕。

【校箋】

〔一〕「或云」，三寶、天海本欄眉注「文筆式」，「文筆式」三字三寶本朱筆銷之，六地藏寺本左注「文筆」。當是草本作「文筆式」，後修訂爲「或」。知「或云」至「是犯也」，出《文筆式》。此段典出《文筆式》，然所據則爲劉滔傍紐説。劉滔以異紐異聲同韻之字相犯爲傍紐，恰與此段所論相合。劉滔傍紐説詳下《四聲指歸》引。

〔二〕「而」，原作「事」；「與」，原作「而」，均據江户刊本改。此傍紐爲異紐異聲同韻之字相犯，異紐即相傍之紐，即傍聲，故爲傍聲而來與相忤。

〔三〕「連」，原作「遭」，據醍甲等本改。

〔四〕相傍四聲一紐之字，同聲調之字韻部相同，是爲字從連韻。四聲之紐相傍，是爲紐聲相參。

〔五〕「陰飲」，原作「飲陰」。「飲陰蔭邑」當爲「陰飲蔭邑」之訛。《金針詩格》即作「連韻陰飲蔭邑」，據楊、六地藏寺本改。

〔六〕「韻紐」，原作「飲陰」，據三寶等本改。金、錦、禁、急：此四聲爲一紐，見於《韻鏡》内轉第三十八合牙音清第三等。陰、飲、蔭、邑：此爲四聲一紐，見於《韻鏡》内轉第三十八合喉音清第三等（作「音飲蔭邑」）。此二組四聲一紐之字紐聲相傍，是爲前述「據傍聲而來與相忤」。二組之字，同聲調之字韻部相同，如金與陰同侵韻，錦與飲同寑韻，禁與蔭同沁韻，急與邑同緝韻，相傍之紐而韻部相連，是爲連韻紐之。所謂「連韻」，乃謂相同之韻母將其連結一起。所謂「紐聲相參」，「連韻紐之」，乃謂其因相傍之紐而連結一起，此所謂「紐」，既爲聲紐傍紐之紐，亦爲紐結之紐。相同之韻母因相傍之紐而紐結一起，是爲字從連韻，而紐聲相參，是爲連韻紐之。

〔七〕「若金之與飲陰之與禁」，原作「與錦禁」，據三寶等本改。

〔八〕「相參」之後原衍「韻紐之若金之飲與」八字，據三寶等本删。「金」「禁」爲見紐，「飲」「陰」爲影紐，聲紐不同，聲紐相傍，是爲從傍而會。「金」爲平聲，「飲」爲上聲，「陰」爲平聲，「禁」爲去聲，聲調亦不同。唯相傍之紐同聲調之字韻部相同（如上言，金與陰同侵韻，錦與飲同寢韻，禁與蔭同沁韻，急與邑同緝韻），同韻異紐異聲之字相犯，是爲連韻紐之，而紐聲相參。此爲劉滔傍紐之説。

〔九〕「丈」，原作「大」，據仁甲、六地藏寺等本改。「丈人」二句：出荀昶《擬相逢狹路間》（《樂府詩集》卷三五作《長安有狹斜行》）。《詩家全體》、《冰川詩式》引沈約八病及《金針詩格》、傳梅聖俞《續金針詩格》「傍紐」病亦引「丈人且安坐，梁塵將欲起」二句。

〔一〇〕「丈」爲上聲定紐，「梁」爲平聲來紐。與「金」之與「飲」、「陰」之與「禁」一樣，均屬異紐異聲而同韻母。是爲劉滔傍紐説。

元氏云〔一〕：傍紐者，一韻之内，有隔字雙聲也。元兢曰：此病更輕於小韻，文人無以爲意者。又若不隔字而是雙聲，非病也。如「清切」「從就」之類是也〔二〕。

【校箋】

〔一〕「元氏」，三寶、六地藏寺本旁注「髓腦」，「髓腦」二字三寶本用朱筆劃掉，其右朱筆注「元氏」。當是草本作「髓腦」，後修訂爲「元氏」。信範《九弄十紐圖私釋》所引文作「詩髓腦云」。知「元氏云」以下至「之類是也」，元兢説。

〔二〕「清」「切」，均清紐；「從」「就」，均從紐。俱雙聲之字。

劉氏曰〔一〕：傍紐者，即雙聲是也。譬如一韻中已有「任」字〔二〕，即不得復用「忍」「辱」「柔」「蠕」「仁」「讓」「爾」「日」之類〔三〕。沈氏所謂「風表」「月外」「奇琴」「精酒」是也〔四〕。劉滔亦云〔五〕：「重字之有『關關』〔六〕，疊韻之有『窈窕』，雙聲之有『參差』，並興於《風》如《詩》矣〔七〕。」王玄謨問謝莊〔八〕：「何者爲雙聲？何者爲疊韻〔九〕？」答云：「『懸瓠』爲雙聲，『碻磝』爲疊韻〔一〇〕。」時人稱其辨捷〔一一〕。如曹植詩云：「壯哉帝王居，佳麗殊百城〔一二〕。」即「居」「佳」「殊」「城」，是雙聲之病也〔一三〕。凡安雙聲唯不得隔字〔一四〕，若「踟躕」「躑躅」「蕭瑟」「流連」之輩，兩字一處，於理即通，不在病限。

沈氏謂此爲小紐〔一五〕。劉滔以雙聲亦爲正紐〔一六〕。其傍紐者，若五字中已有「任」字，其四字不得復用「錦」「禁」「急」「飲」「蔭」「邑」等字，以其一紐之中，有「金」「音」等字，與「任」同韻故也〔一七〕。如王彪之《登冶城樓》詩云〔一八〕：「俯觀陋室，宇宙六合，譬如四壁。」即「譬」與「壁」是也〔一九〕。沈氏亦云以此條謂之大紐〔二〇〕。如此負犯，觸類而長，可以情得。

韻紐四病〔二一〕，皆五字内之瘕疵〔二二〕，兩句中則非巨疾〔二三〕，但勿令相對也〔二四〕。

【校箋】

〔一〕「劉氏」，三寶本欄眉注「善經」，又朱筆銷之，其右朱筆改「劉氏」。六地藏寺本注「善經曰」。當是草本作「劉善經」，後修訂爲「劉氏曰」。知「劉氏曰」以下至「但勿令相對也」，劉善經説。

〔二〕「譬」，原作「避」，據三寶等本改。

〔三〕「復」字原無，據六地藏寺等本補。任、忍、辱、柔、蠕、仁、讓、爾、日：九字均屬半齒音第三等日紐。

〔四〕「沈」，原作「洗」，據三寶等本改。「奇」字原無，據三寶等本補。沈氏：即沈約。據此知沈約亦有傍紐説。前文引王斌説亦有「奇琴精酒風表月外」之説，是傍紐説者爲當時通説，非止沈氏一人之説。

〔五〕「劉滔亦云」以下至「如詩矣」，劉善經引劉滔説。一説引劉滔説至「不在病限」。

〔六〕「關關」，原作「開之」，據江户刊本改。

〔七〕「風如詩」，當有誤，或者當删「如」字，可能「如詩」二字原爲「風」字之注，後誤入本文。

〔八〕王玄謨（三八八—四六八）：劉宋將領。謝莊（四二一—四六六）：劉宋辭賦家、詩人。

〔九〕「爲疊」，原作「疊」，據三寶等本改。

〔一〇〕事見《南史·謝莊傳》。《南史》「懸瓠」作「玄護」。「玄」爲王玄謨，「護」爲垣護之，均劉宋將領，元嘉末均參與北伐。「懸瓠」（河南省）和「碻磝」（山東省），均南北朝時要塞之地。劉裕北伐之時，王玄謨爲寧朔將軍，在碻磝爲魏兵大敗，流矢中臂，並和徐州刺史垣護之共被免官。謝莊巧妙應對，以雙聲疊韻語挖苦王玄謨。

〔一一〕「稱」，原作「消」，據三寶等本改。

〔二〕「壯哉」二句：出曹植《又贈丁儀王粲》詩。

〔三〕居、佳均見紐，殊、城均禪紐，是犯雙聲之病即傍紐之病。劉滔以雙聲爲正紐，而此處以雙聲爲傍紐，是知此節非引劉滔説，而爲劉善經自説。

〔四〕「聲」字原無，據三寶等本補。

〔五〕「沈」，原作「洗」，據三寶本注及六地藏寺本改。沈氏即沈約。是知沈約以傍雙聲相犯爲小紐。殊、城爲五字中相犯，是知沈約非十字中論小紐。

〔六〕劉滔之意，不唯正雙聲爲正紐，傍雙聲亦爲正紐。是前所述傍雙聲者，於劉滔均視爲正紐。隔字雙聲，劉善經稱爲傍紐，沈約稱爲小紐，劉滔稱爲正紐。

〔一七〕「其傍紐者」六句，劉滔傍紐説。劉滔傍紐之説涉及三紐四聲一紐之字。任與荏、紝、入爲四聲一紐（日紐），金與錦、禁、急爲四聲一紐（見紐），音與飲、蔭、邑爲四聲一紐（影紐）。相應之平上去入四聲韻部，分别爲侵韻、寑韻、沁韻、緝韻。其謂若五字中已有日紐（任）之字，其他四字不得復用見紐（錦、禁、急）及影紐（飲、蔭、邑）等字，是不以同紐之字相犯，即不以雙聲相犯爲傍紐。其謂以其一紐之中，有「金」「音」等字，與「任」同韻故也，是以同韻之字相犯爲傍紐。然所列不得復用之字，見紐唯列「錦」「禁」「急」三字，影紐唯列「飲」「蔭」「邑」三字，唯列上去入三字，恰缺與「任」字（日紐）同爲平聲之「金」（見紐）、「陰」（影紐）字。此説明劉滔非以疊韻爲傍紐，非以同聲調之字相犯爲傍紐。其實以同韻異聲異紐之字相犯爲傍紐。

〔一八〕「治」，原作「治」，當爲「治」，今改。王彪之（三〇五—三七七）：東晉詩人、辭賦家。《全晉詩》未收此詩。

〔一九〕「譬」字原無，據三寶等本補。「譬」爲滂紐，「壁」爲幫紐，一爲脣音次清，一爲脣音清，一爲内轉六開，一爲外轉三十五開，不屬同一紐。二字一爲去聲寘韻，一爲入聲錫韻，聲調亦不相同，不屬同聲調之韻部。「俯觀」三句中，「陋」「宙」同爲宥韻，「譬」「四」同爲至韻，「俯」「宇」同爲虞韻，「陋」「六」同爲來紐，然均未被視作劉滔所謂傍紐，可見劉滔既不以雙聲爲傍紐，亦不以隔字疊韻爲傍紐，「譬」與「壁」之所以犯病，乃因爲二字韻母均爲「i」，且二字既不同聲紐，亦不同聲調。是以同韻異紐異聲之字相犯爲傍紐。其所謂同韻，乃指聲調不同韻母相同，非指聲調相同韻部相同。

〔二〇〕「沈」，原作「洗」，據三寶等本改。沈約所謂大紐，即劉滔所謂傍紐，即以同韻異紐異聲之字相犯爲大紐。

〔二一〕韻紐四病：當指大韻、小韻、正紐、傍紐。

〔二二〕「瘕」，原作「二瘕」，據醍甲等本改。

〔二三〕「兩」字原無。據三寶等本補。「巨」，原作「臣」，據六地藏寺等本改。

〔二四〕但勿令相對也：此句費解。以前文之意揣之，當是指勿令韻紐四病之字於兩句中相對。

第八，正紐〔一〕。亦名小紐〔二〕，或亦名爽切病〔三〕。

正紐者，五言詩「壬」「衽」「任」「入」〔四〕，四字爲一紐。一句之中，已有「壬」字〔五〕，更不得安「衽」「任」「入」等字。如此之類，名爲犯正紐之病也。詩曰〔六〕：「撫琴起和曲，疊管泛鳴驅〔七〕。停軒未忍去，白日小踟躕〔八〕。」又曰：「心中肝如割，腹裏氣便燋。逢風迴無信，早雁轉成遥〔九〕。」「肝」「割」同紐，深爲不便。釋曰：此即犯小紐之病也。今就五字中論，即是下句第九、十雙聲兩字是也〔一〇〕。除非故作雙聲，下句復雙聲對〔一一〕，方得免小紐之病也〔一二〕。若爲聯綿賦體類〔一三〕，皆如此也〔一四〕。

【校箋】

〔一〕正紐：四聲一紐之字爲正雙聲，亦爲正紐，正紐之字相犯爲正紐病。

〔二〕小紐：「第七傍紐」首段就十字中論小紐。劉善經引沈約説以傍紐爲小紐。此處以正紐爲小紐。是小紐有二家之説。

〔三〕爽切：前文「傍紐」亦謂爲爽切。又，《眼心抄》有「爽切」一目（已見前引），其中既有正紐之犯，又有疊韻之犯，有同韻異紐異聲之字相犯。是「爽切」亦有數家之説。

〔四〕壬衽任入：四字均見於《韻鏡》内轉第三十八合半齒音清濁第三等。

〔五〕「已」，原作「以」，當作「已」，《詩家全體》《續金針詩格》即作「已」，下文亦云「五言詩一韻中已有任字」云云，今據改正。

〔六〕「詩」，原作「又」，據六地藏寺等本改。

〔七〕「泛」，原作「洗」，據六地藏寺等本改。　鳴驅：意難詳，或當作「鳴謳」。

〔八〕「撫琴」四句：詩題及撰者未詳。　四句下《眼心抄》小字注「此十字中犯又踟蹰兩字雙聲犯也」。第三句「忍」（上聲）與第四句「日」（入聲）屬《韻鏡》外轉第十七開半齒清濁第三等，爲日紐四聲之字，犯正紐。據此下及《眼心抄》之解釋，「踟蹰」亦犯正紐，然此二字非正雙聲，且未隔字。或者其時於正紐亦有各家之説。

〔九〕「心中」四句：詩題及撰者未詳。　「肝」（平聲）與「割」（入聲）屬《韻鏡》外轉第二十三開牙音清見母第一等「干笴肝葛」，犯正紐。

〔一〇〕「第九十」，原作「第十九」，此當指「白日」句之「踟蹰」二字，今乙正。因知此爲對「撫琴」四句之解釋。　此爲一家之説。　此家以正紐爲小紐，未隔字之雙聲（如「踟蹰」爲澄紐雙聲）亦謂之正紐。

〔一一〕由此知，此家之説免小紐之病條件需二：一，故作雙聲；二，下句復雙聲對。　一如聯綿賦體。由此可知上述「白日」句之「踟蹰」二字何以犯小紐，蓋下句未有雙聲對之故。

〔一二〕「第七傍紐」首段「釋曰」有：「王斌云：『若能迴轉，即應言奇琴、精酒、風表、月外，此即可得免紐之病也。』」語氣與此相似，或者此處論小紐亦爲王斌之説。

〔三〕關於「聯綿賦體」，參看東卷《二十九種對》「賦體對」一項。

〔四〕以上爲「正紐」首段，爲《文筆式》雜編各家之説而成，其中正紐之説，小紐之説，以雙聲字爲犯正紐之説，或有沈約所引之例，有沈約原説，有王斌之説。

或云〔一〕：正紐者，謂正雙聲相犯。其雙聲雖一，傍正有殊，從一字紐之得四聲，是正也〔二〕。若「元」「阮」「願」「月」是〔三〕。若從他字來會成雙聲，是傍也。若「元」「阮」「願」「月」是正，而有「牛」「魚」「妍」「硯」等字來會「元」「月」等字成雙聲是也〔四〕。如云：「我本漢家子，來嫁單于庭〔五〕。」「家」「嫁」是一紐之内〔六〕，名正雙聲，名犯正紐者也〔七〕。傍紐者，如：「貽我青銅鏡，結我羅裙裾〔八〕。」「結」「裾」是雙聲之傍，名犯傍紐也〔九〕。又一法，凡入雙聲者，皆名正紐〔一〇〕。

【校箋】

〔一〕「或云」，三寶院本欄眉注「文筆式」，朱銷之改「或」，右旁朱筆注「以下證本下書之」。六地藏寺本左注「文筆式」。日本《悉曇字記創學抄》卷八引亦作「文筆式」。當是草本作「文筆式云」，後修訂爲「或云」。知「或云」以下至「皆名正紐」，出《文筆式》。

〔二〕「是正也」句下原衍「若元阮願月是若元阮願硯等字來」十四字，據高甲、醍甲等本删。

〔三〕元、阮、願、月爲《韻鏡》外轉第二十二合平上去入四聲一紐，疑紐。已見前引。此即爲正紐。

〔四〕 牛魚妍硯：與元、阮、願、月俱疑紐。然「牛」（平聲）屬《韻鏡》内轉第三十七開牙音清濁第三等「牛〇鼿〇」，「魚」（平聲）爲内轉第十一開牙音清濁第三等「魚語御〇」，「妍」（平聲）爲外轉第二十三開牙音清濁第三等「妍齴彦孽」，「硯」（去聲）爲外轉第二十三開牙音清濁第四等「研齞硯齧」。各紐，與元、阮、願、月非四聲一紐，故爲「從他字來會成雙聲」，故爲「傍紐」。

〔五〕「我本」二句：出晉石崇《王明君詞》，《文選》下句作「將適單于庭」。《詩家全體》卷十、《冰川詩式》卷四、卷五引沈約「八病」，傳《魏文帝詩格》《金針詩格》正紐病亦引此二句，文字有異。

〔六〕 家嫁：據《韻鏡》，「家」（平聲）與「嫁」（去聲），屬内轉第二十九開牙音清第二等「嘉賈駕〇」之紐。是正雙聲，犯正紐。

〔七〕「名正雙聲名犯正紐者也」，原誤作「正名紐者也也名正雙聲名犯正紐者也」，據三寶、醍甲等本正之。

〔八〕「貽我」二句：出漢辛延年《羽林郎》。

〔九〕「傍紐者如……名犯傍紐也」二十六字，原闕，據三寶院本夾注及高甲、醍甲等本補。結裾是雙聲之傍：結裾均爲見紐，是爲同雙聲，而非四聲一紐，是爲雙聲之傍，犯傍紐。

〔一〇〕「又一法」三句：「第七傍紐」引《四聲指歸》：「劉滔以雙聲亦爲正紐。」知此爲劉滔之説，而爲《文筆式》所引。是知劉滔正紐之説，既包括四聲一紐即常言之正雙聲相犯，亦包括傍雙聲相犯；既包括常言之正紐，亦包括常言之傍紐，是所謂「凡入雙聲者，皆名正紐」。

元氏云〔一〕：正紐者，一韻之内，有一字四聲分爲兩處是也。如梁簡文帝詩云：「輕霞落暮錦，流火散秋金〔二〕。」「金」「錦」「禁」「急」，是一字之四聲〔三〕，今分爲兩處，是犯正紐也。元兢曰：此病輕重，與傍紐相類〔四〕。近代咸不以爲累，但知之而已。

【校箋】

〔一〕「元氏」，三寶本左注「髓腦」，又朱筆銷之，朱筆改作「元氏」。當是草本作「髓腦」，後修訂爲「元氏」。知「元氏云」以下至「但知之而已」，元兢《詩髓腦》説。

〔二〕「輕霞」二句：梁簡文帝現存作品未見，爲佚句。

〔三〕「之四聲」，原作「犯之正四聲」，據三寶等本改。

〔四〕「與」字原無，據三寶等本補。

劉氏曰〔一〕：正紐者〔二〕，凡四聲爲一紐，如「任」「荏」「衽」「入」，五言詩一韻中已有「任」字，即九字中不得復有「荏」「衽」「入」等字。古詩云：「曠野莽茫茫。」即「莽」與「茫」是也〔三〕。凡諸文筆〔四〕，皆須避之。若犯此聲〔五〕，即齟齬不可讀耳。

【校箋】

〔一〕「劉氏曰」，三寶本欄眉注「善經云」，又朱筆銷之，其右朱筆改作「劉氏」。當是草本作「劉善經」，後修訂爲「劉氏」。知「劉氏曰」以下至「不可讀耳」，劉善經説。

〔二〕「正紐」後，原衍「正紐」二字，據三寶等本删。

〔三〕曠野莽茫茫：出阮籍《詠懷詩》。「莽」與「茫」均屬内轉第三十一開脣音清濁明母第一等「茫莽漭莫」之紐。

〔四〕「筆」前原衍「章」字，據三寶等本删。

〔五〕「若」字原無，據三寶等本補。

第九，水渾病〔一〕。

謂第一與第六之犯也。假作《春詩》曰：「沼萍遍水纈，榆莢滿枝錢〔二〕。」又曰：「斜雲朝列陳，迴娥夜抱絃〔三〕。」釋曰：「沼」文處一，宜用平聲。池好〔四〕。「迴」字在六，特須宫語。宜趍〔五〕。一爲上言之首，六是下句之初，同建水渾，以彰第一。且條嘉況，開示文生，製作之家，特宜鑒察〔六〕。三隅已發〔七〕，一角須求，聊説十規，以張群目〔八〕。

第十，火滅病〔九〕。

謂第二與第七之犯也〔一〇〕。即假作《閨怨》詩曰：「塵暗離後鏡，帶永別前腰〔一一〕。」又曰：「怨心千過絶，啼眼百迴垂〔一二〕。」釋曰：「暗」文處二，宜用「埋」「生」之言〔一三〕。「眼」字居七，特貴「眸」「行」之語〔一四〕。「離」當陰位，命于南方〔一五〕，用字致尤〔一六〕，故云火滅。一本云離位命滅因以名焉。

【校箋】

〔一〕「第九水渾病」，原右注「此水火二病篇立無之又證本無之故且正之可」。「第九水渾病」全文與「第十火滅病」全文，楊守敬本、六地藏寺本無，以下順序接以「第九木枯病」與「第十金缺病」直至「第廿八駢拇病」。《眼心抄》無水渾、火滅二病。水渾、火滅二病爲初稿本文。據本卷《文二十八種病》篇目三寶院本注記，知原有三十種病，後將「第九水渾病」和「第十火滅病」併入「第一平頭病」中，因成爲「二十八種病」。「水渾」與火滅、木枯、金缺均當爲「十病」，由諸病「釋曰」文筆等觀之，疑出初唐《筆札華梁》。五行以水爲首，故五言詩一六之犯爲水渾。

〔二〕詩題及撰者未詳。稱爲「假作」，或者爲論者爲説明此一詩病而自作之詩。二句第一字「沼」爲上聲，第六字「榆」爲平聲，未犯一六同聲之水渾。疑有誤，或者古今音有別。

〔三〕迴娥：嫦娥，月宫迴轉圓天，故云迴娥。抱絃：謂初月。「斜雲」二句第一字「斜」與第六字「迴」同平聲，犯水渾。

〔四〕「沼文」二句並注：釋「沼萍」二句。第一字「沼」字改爲平聲，用「池」字（平聲），反而犯水渾。

〔五〕「迴」，原作「曲」，據詩例，當作「迴」，據醍甲等本改。「須」，原作「頂」，據三寶等本改。「迴字」二句並注：釋「斜雲」二句。宫語：與前句「宜用平聲」相對，當指平聲，天卷《四聲論》有「宫商爲平聲」。然「迴」字已是平聲。「宜趍」，宜用「趍」字之意。然用「趍」字（平聲）仍犯水渾。

〔六〕「鑒」，原作「監」，當是「鑒」之訛，從《考文篇》改。

〔七〕三隅：《論語·述而》：「舉一隅不以三隅反，則不復也。」

〔八〕十規：當即「十病」，本例之筆致，爲「謂……假作××詩曰……釋曰……」，下引火滅、木枯、金缺及闕偶、繁説五病與此筆致形式類似，當爲同一家之説。土崩與水渾、火滅、木枯、金缺均以五行命名，亦當爲同一家之説。《眼心抄》所引觸絶、傷音、爽切三病，筆致與土崩病同，爲同一家之説。故「十病」當指水渾、火滅、金缺、木枯、土崩、闕偶、繁説、觸絶、傷音、爽切。説已見前注。

〔九〕「第十」下原有「曰」字，據前後體例及江户刊本删。修訂本無火滅病。火於五行中居第二，故二七之犯名火滅。「火滅」爲「十病」之一，疑出初唐《筆札華梁》。

〔一〇〕此句下三寶、天海本有「此亦即平頭同」六字。

〔一一〕「塵暗」二句：第二字「暗」爲去聲，第七字「永」爲上聲，未犯火滅。或者古今音有異。或者同仄聲亦犯火滅，則是初唐已改四聲製韻之原則。

〔一二〕「怨心」二句，第二字「心」爲平聲，第七字「眼」爲上聲，未犯火滅。

〔一三〕此釋「塵暗」二句。用「埋」「生」之言（俱平聲）與第七字「永」（上聲）自不犯火滅。

〔一四〕「特」，原作「物」；「眸」，原作「牉」，均據江户刊本改。此釋「怨心」二句。用「眸」「行」之語（二字俱平聲）與第二字「心」（平聲）仍犯火滅。

〔一五〕「于」，原作「三」，「三」當作「于」，金缺病有「應命秋律于西」。「離當」二句：《易·彖傳》荀注：「離者陰卦。」《易·説卦傳》：「離爲火。」疏：「離爲火，取南方之行。」離於五行中象徵火，於方位象徵南。

〔一六〕「用」，原作「周」，據高乙本改。

第十一，木枯病〔一〕。

謂第三與第八之犯也〔二〕。即假作《秋詩》曰：「金風晨泛菊，玉露霄霑蘭〔三〕。」一本「霄懸珠」。又曰：「玉輪夜進轍，金車晝滅途〔四〕。」釋曰：「霄」爲第八，言「夜」已精；「夜」處第三，須「霄」乃妙〔五〕。自餘優劣，改變皆然，聊著二門，用開多趣。

第十二，金缺病〔六〕。

謂第四與第九之犯也。夫金生兑位，應命秋律於西，上句向終〔七〕，下句欲末，因數命之，故生斯號〔八〕。即假作《寒詩》曰：「獸炭陵晨送，魚燈徹霄燃〔九〕。」又曰：「狐裘朝除冷，褥夜排寒〔一〇〕。」釋曰：「霄」文處九，言「夜」便佳；「除」字在四，云「卻」爲妙〔一一〕。自餘致病，例成此規，告往知來〔一二〕，自然多悟。

【校箋】

〔一〕「第十一」，醍甲、仁甲、六地藏寺、義演本作「第九」，楊本作「九曰」；三寶、天海本作「第十一曰」，「十一」二字朱筆銷之，右旁朱筆注「九」；松本、江户刊本、維寶箋本作「第九又」。案：從初稿本爲三十種病中之第十一，從修訂本則削去水渾、火滅二病，當作「第九木枯病」。以下各病初稿本與修訂本之序數均有異。五行中木爲第三，故將五言詩第三字同聲之病犯名爲「木枯」。「木枯」爲「十病」之一，疑出初唐《筆札華梁》。此病與元兢之「護腰」意同，然元兢「護腰」謂上下句第三字同平聲無妨。

〔二〕「謂第三與第八之犯也」八字原作小字注，據前後體例從周校正之。

〔三〕「金風」二句：第三字「晨」與第八字「霄」同平聲，犯木枯病。

〔四〕「晝」，原作「盡」，據醍甲等本改。「玉輪」二句：第三字「夜」與第八字「晝」同去聲，犯木枯病。

〔五〕「金風」二句第八字改爲去聲之「夜」字，則與第三字平聲之「晨」不同聲；「玉輪」二句第三字改平聲之「霄」字，則與第八字去聲之「晝」不同聲，不犯病。

〔六〕「第十二」，醍甲、仁甲、六地藏寺、義演本作「第十」；三寶、天海本作「第十二曰」，「二」字朱筆銷之；楊本作「十曰」；松本、江户刊本、維寶箋本作「第十又」。修訂本作「第十金缺病」，五行中金爲第四，故將五言詩一句第四字同聲之病犯名爲「金缺」。「金缺」爲「十病」之一，疑出初唐《筆札華梁》。

〔七〕「向」，原作「勿」，據三寶等本改。

〔八〕五言詩上句第四字，故曰上句向終；下句第九字，故曰下句欲末；五行中金居第四，應命秋律，於時節亦將向終，故曰「因數命之，故生斯號」。

〔九〕「獸炭」二句：晉羊琇搗小炭爲屑，作獸形，後以温酒着火，猛獸皆開口向人，諸豪效之。事見《晉書·羊琇傳》。陵晨：自夕宵至晨曉。魚燈，用魚油之燈。第四字「晨」與第九字「宵」同平聲，犯金缺病。

〔一〇〕「狐裘」二句：第四字「除」與第九字「排」同平聲，犯金缺病。

〔一一〕「獸炭」二句第九字用去聲之「夜」代替「宵」字，則與第四字平聲之「晨」不同聲。「狐裘」二句，第四字用入聲之「却」代替「除」字，則與第九字平聲之「排」不同聲，不犯金缺病。

〔一二〕《論語·學而》：「告諸往而知來者。」

第十三，闕偶病〔一〕。

謂八對皆無〔二〕，言靡配屬〔三〕，由言匹偶，因以名焉〔四〕。假作《述懷》詩曰：「鳴琴四五弄，桂酒復盈盃。」又曰：「夜夜憐琴酒，優遊足暢情。」釋曰：上有「四五」之言，下無「兩三」之句；不對「朝朝」之字，空垂「夜夜」之文。如此之徒，名爲闕偶，題斯一目，餘況皆然〔五〕。

或曰〔六〕：詩上引事，下須引事以對之。若上缺偶對者〔七〕，是名缺偶。犯詩曰：「蘇秦時刺股〔八〕，勤學我便耽。」釋曰：上句「蘇秦」，是其人名，下將「勤學」對之，是其缺偶。不犯詩曰：「刺股君稱麗，懸頭我未能〔九〕。」釋曰：上有「刺股」，下有「懸頭」，各爲一事，上下相對，故曰不犯〔一〇〕。

【校箋】

〔一〕「第十三」，醍甲、仁甲、六地藏寺、義演、松本、江户刊本、維寶箋本作「第十一」；三寶、天海本作「第十三曰」，「三」字朱筆銷之，右注「一」字；楊本作「十一曰」。修訂本作「第十一闕缺病」。前半「闕偶」爲「十病」之一，疑爲《筆札華梁》之説。後半「缺偶」，爲佚名《詩式》「六犯」之一。闕（缺）偶爲缺少對偶之病。

〔二〕八對：當指上官儀之「八對」。因疑「十病」爲上官儀説。

〔三〕「屬」，原作「矚」，據《眼心抄》校正。

〔四〕「由言」疑爲「由無」之誤。「由言匹偶因以名焉」八字《眼心抄》無。此句之右三寶院本朱筆注「與六犯中缺偶同」，並且於其右朱筆劃一綫。

〔五〕以上筆致，「謂……假作××詩曰……釋曰……」，與前引水渾、火滅、木枯、金缺病同，知同爲「十病」之説。「釋曰」之文字，爲整齊之駢儷文，與《秘府論》多處引《筆札華梁》文風相合。

〔六〕三寶本眉注二「凡」字，朱筆銷之，朱筆改作「或曰」。句頭有「凡」字，與「第二十三落節」「第二十四雜亂」「第二十五文贅」體例同。前引三寶院本注「與六犯中缺偶同」，「第二十三支離」三寶院本注「詩式六犯」中有「缺偶」，此處作「缺偶」，不作「闕偶」，與「詩式六犯」作「缺偶」者合。「或曰詩上」以下至「故曰不犯」，引佚名《詩式》「六犯」。

〔七〕「缺」上之「上」字疑衍。

〔八〕刺股：《戰國策·秦策一》：「（蘇秦）讀書欲睡，引錐自刺其股，血流至足。」

〔九〕懸頭：《太平御覽》卷三六三引《漢書》：「孫敬字文寶，好學，晨夕不休，及至眠睡疲寢，以繩繫頭，懸屋梁。後爲當世大儒。」

〔一〇〕本書南卷《論文意》引王昌齡《詩格》：「若上句用事，下句不用事，名爲缺偶。」王昌齡《詩中密旨》「犯詩八格」：「缺偶病二。詩中上句引事，下句空言也。詩曰：『蘇秦時刺股，勤學我便登。』」同爲「缺偶」，引例相類，當有同一源頭。此節後半「犯詩曰……」「不犯詩曰……」，格式與同爲「六犯」之「第二十一支離」與「第二十二相濫」同。

第十四，繁説病〔一〕。

謂一文再論〔二〕，繁詞寡義。或名相類〔三〕，或名疣贅〔四〕。即假作《對酒》詩曰〔五〕：「清觴酒恒滿，緑酒會盈杯〔六〕。」又曰：「滿酌余當進，彌甌我自傾。」釋曰：「清觴」「緑酒」，本自靡殊；「滿酌」「盈杯」〔七〕，何能有別。「余」之與「我」，同號己身，一説足明，何須再陳〔八〕。如斯之類，寡義繁文，製作之家，特宜詳察。詩曰：「遠岫開翠霧，遥山卷青靄〔九〕。」此兩句，字别理不殊，是病。

崔氏曰〔一〇〕：「從風似飛絮，照日類繁英。佛巖如寫鏡，封林若耀瓊〔一一〕。」此四句相次，一體不異，「似」「類」「如」「若」是其病。

【校箋】

〔一〕「第十四」，醍甲等本作「第十二」；三寶等本作「第十四曰」，「四」字朱筆銷之，右朱筆注「二」；楊本作「十二曰」。修訂本作「第十二繁説病」。「繁説」爲「十病」之一，疑出初唐《筆札華梁》。此節編入「十病」之説，崔融之説。崔融名「相類」。

〔二〕此句右之行間三寶、天海本墨注「詩格相濫詩體相類與此同也」，全部朱筆銷之，再其右朱筆注「或名相類或名疣贅」，其左旁朱筆注「御草本如此」。知此墨注與朱筆注均空海草本之文。三寶院本注之「詩格」，一説爲王昌齡《詩格》，然無確據。吟窗本王昌齡《詩格》及《詩中密旨》均未見「相濫」病目。地卷《八階》寶龜院本注：「文筆式略同詩格轉變爲八體後採八階。」其中「詩格」疑爲同一書。佚名《詩式》「六犯」亦有「相濫」，見「第二十四相濫」。《文二十八種病》叙目注語云「崔名相類」，是知「相類」爲崔融所定名稱，而三寶院本注之「詩體」當爲崔融《唐朝新定詩體》。「疣贅」詳下。

〔三〕「或名相類」，《眼心抄》作「詩體相類即此同」。「相類」爲崔融説，「詩體」即崔融《唐朝新定詩體》。

〔四〕疣贅：據「第二十九相重」三寶院本注，爲《四聲指歸》「三疾」之一。見「第二十九相重」引三寶院本、天海藏本頁邊空欄注。

〔五〕「作」字原無，據本卷前後文通例補。

〔六〕「杯」，原作「坏」，據三寶等本改。

〔七〕據前所引詩例，「盈杯」當爲「彌甌」。

〔八〕「陳」，原作「練」，據楊本改。

〔九〕「遠岫」二句：詩題及撰者未詳。「遠岫」即「遥山」，「翠雰」即「青靄」，是以字别理不殊，重複相同旨意，是爲繁説病。

〔一〇〕「崔氏曰」，三寶、楊、六地藏寺、天海本作「又曰」，三寶、天海本右注「草本崔氏曰」。《眼心抄》無「崔氏曰」三字。「崔氏曰」以下至「是其病」，引崔融説。

〔一一〕「從風」四句：詩題及撰者未詳。四句分用「似」「類」「如」「若」，字殊而意同，是爲病。

第十五，齟齬病者〔一〕，一句之内，除第一字及第五字，其中三字，有二字相連，同上去入是〔二〕。若犯上聲，其病重於鶴膝。此例文人以爲秘密〔三〕，莫肯傳授。上官儀云：「犯上聲是斬刑，去入亦絞刑〔四〕。」如曹子建詩云：「公子敬愛客〔五〕。」「敬」與「愛」是。其中三字，其二字相連，同去聲是也。元兢曰〔六〕：平聲不成病，上去入是重病，文人悟之者少，故此病無其名。兢案《文賦》云：「或齟齬而不安。」因以此病名爲齟齬之病焉。

崔氏是名「不調」〔七〕。不調者，謂五字内，除第一第五字，於三字用上去入聲相次者〔八〕，平聲非病限。此是巨病〔九〕，古今才子多不曉。如：「晨風驚疊樹，曉月落危峰〔一〇〕。」「月」次

「落」同入聲。如：「霧生極野碧，日下遠山紅〔二〕。」「下」次「遠」同上聲。如：「定惑關門吏，終悲塞上翁〔三〕。」「塞」次「上」，同去聲。

【校箋】

〔一〕「第十五」，醍甲等本作「第十三」；三寶等本作「第十五曰」，三寶本「五」字朱筆銷之，右旁朱筆注「三」字；楊本作「十三曰」。修訂本作「第十三齟齬病者」。此行右旁頁邊三寶、天海本注「元氏云兢於八病之別爲八病自昔及今無能盡知之者近上官儀謝其三河間公義府思其於事矣八者何一曰齟齬二曰叢聚三曰忌諱四曰形跡五曰傍突六曰翻語七曰長頡腰八曰長解證」（案：「證」爲「鐙」之訛）。三寶本此注全文用朱綫劃掉，三寶、天海本在其下朱筆注「草本第十三之上有此文但以朱正了仍如本寫之」。此注爲初稿本文，「謝」字疑「識」之訛。一説，元兢對上官儀直稱名，對李義府則稱河間公，疑其所作八病之説明，在顯慶初到龍朔末數年之間。據《舊唐書·李義府傳》，顯慶二年（六五七）始封李義府爲河間郡公，然至龍朔三年（六六三）即奪職流於嶲州，越三年，死於貶所。此言若出於龍朔之後，或當不如是稱李爲「河間公」。由此注可知「第十三齟齬病」至「第二十長解鐙病」爲元兢説，另參以崔融説。本節齟齬病崔融名「不調」。

〔二〕下言「平聲不成病」，而同上去入爲重病，寬容平聲，體現劉滔「平聲賒緩，有用處多」之思想。

〔三〕「此」，原作「比」，據高甲等本改。

〔四〕「上官儀云」至「絞刑」，元兢引上官儀説。王昌齡《詩中密旨》「詩有六病例」：「齟齬病一。一句除第一字及第五字，其中三字同上聲及去入聲也。平聲都不爲累。若犯上聲，其病重於上尾；若犯去入聲，其病重於鶴膝。上官儀所謂『犯上聲是斬刑也』。」二家之説當有同一源頭。

〔五〕公子敬愛客：出曹植《公讌詩》。

〔六〕「齟齬病者」至「名爲齟齬之病焉」，元兢説。

〔七〕「崔氏是名不調」：此六字爲空海説明性文字，此以下至「塞次上同去聲」，崔融説。

〔八〕此句「用」疑爲「同」之訛。前有「二字相連同上去入是」，「其二字相連同去聲是也」等可證。

〔九〕「巨」，原作「臣」，據高甲等本改。「病」，原作「瘵」，據江户刊本改。

〔一〇〕詩題及撰者未詳。

〔一一〕詩題及撰者未詳。

〔一二〕「定惑」二句：出上官儀《從駕閶山詠馬》。「塞上翁」用塞翁失馬之典，出《淮南子・人間訓》。

第十六，叢聚病者〔一〕，如上句有「雲」，下句有「霞」，抑是常。其次句復有「風」〔二〕，下句復有「月」〔三〕。「雲」「霞」「風」「月」，俱是氣象，相次叢聚，是爲病也。如劉鑠詩云：「落日下遥林，浮雲靄曾闕。玉宇來清風，羅帳迎秋月〔四〕。」此上句有「日」，下句有「雲」，次句有「風」，次句有「月」，「日」「雲」「風」「月」，相次四句，是叢聚〔五〕。元兢曰〔六〕：蓋略舉氣象爲例，觸類而長，庶物則同。上十字已有「鸞」對「鳳」，下十字不宜更有「梟」對「鶴」。上十字已有「桂」對「松」，下十字不宜更用「桐」對「柳」。俱是叢聚之病〔七〕，此又悟之者鮮矣。

崔名叢木病〔八〕，即引詩云：「庭梢桂林樹〔九〕，簷度蒼梧雲。棹唱喧難辨，樵歌近易聞〔一〇〕。」「桂」「梧」「棹」「樵」俱是木，即是病也〔一一〕。

【校箋】

〔一〕「第十六」，醍甲等本作「第十四」，三寶等本作「第十六曰」，「六」字旁注「四」，楊本作「十四曰」。修訂本作「第十四叢聚病」。叢聚：連續四句同類詞語相次叢聚之病。本節編入元兢與崔融説。崔融名爲叢木，含義略有不同。

〔二〕「其」字原無，據三寶等本補。

〔三〕「月」字原無，據三寶等本補。

〔四〕劉鑠（四三一—四五三）：字休玄，劉宋文人。「落日」四句：出劉鑠《擬明月何皎皎》，《文選》卷三一「日」作「宿」，「林」作「城」。「迎」，《眼心抄》作「延」。

〔五〕王昌齡《詩中密旨》「詩有六病例」：「叢雜病四。上句有『雲』，下句有『霞』，次句有『風』，下句有『月』。沈休文詩：『寒瓜方卧壟，秋菰正滿枝。紫茄紛爛熳，緑芋鬱參差。』『瓜』『菰』『茄』

『芋』，同是草類，是叢雜也。」以上爲元兢説。

〔六〕「元兢曰」以下至「此又悟之者鮮矣」，元兢説。

〔七〕「是」，原作「足」，據高甲等本改。「叢聚」，原作「叢々」，據三寶等本改。

〔八〕「崔名叢木病」以下至末尾「即是病也」，崔融説。

〔九〕「稍」，原作「梢」，據江户刊本改。

〔一〇〕「庭稍」四句：詩題及撰者未詳。

〔一一〕叢木病源自《文心雕龍·練字》所謂「半字同文」。王昌齡《詩中密旨》「犯病八格」：「叢木病四。詩句中皆有木物也。詩曰：『庭稍（梢）桂林樹，簷度蒼梧雲』。」二家當同一源頭。

第十七，忌諱病者〔一〕，其中意義有涉於家國之忌是也。如顧長康詩云：「山崩溟海竭，魚鳥將何依〔二〕。」「山崩」「海竭」，於國非所宜言，此忌諱病也〔三〕。元兢曰〔四〕：此病或犯，雖有周公之才，不足觀也。又如詠雨詩稱「亂聲」，泝水詩云「逆流」，此類皆是也。皎公名曰避忌之例〔五〕，詩云：「何況雙飛龍，羽翼縱當乖。」又云：「吾兄既鳳翔，王子亦龍飛〔六〕。」

第十八，形跡病者〔七〕，於其義相形嫌疑而成。如曹子建詩云：「壯哉帝王居，佳麗殊百城〔八〕。」即如近代詩人，唯得云「麗城」〔九〕，亦云「佳麗城」〔一〇〕，若單用「佳城」，即如滕公佳城[一二]，爲形跡病也[一三]。元兢曰[一三]：文中例極多，不可輕下語也。崔云[一四]：「佳山」「佳城」，非爲形跡墳埏[一五]，不可用。又如「侵天」「干天」[一六]，是謂天與樹木等[一七]，犯者爲形跡[一八]。他皆效此。

【校箋】

〔一〕「第十七」，醍甲等本作「第十五」；三寶等本作「第十七曰」，「七」字朱筆銷之，旁注「五」；楊本作「十五曰」。修訂本作「第十五忌諱病」。本節編入元兢與皎然之說。

〔二〕顧長康：顧愷之（三四九？—四一〇？），字長康，東晉文人。「山崩」二句，見《世說新語·言語》。「將何依」，原作「依將何」，據《世說新語·言語》改。

〔三〕「忌」字原無，從《考文篇》補。帝王之死爲「崩」，「山崩」「海竭」預示國家不祥，故犯忌諱病。

〔四〕「元兢曰」以下至「此類皆是也」，仍爲元兢說。以上爲元兢說。

〔五〕「皎公名曰」以下爲皎然說。此節原編入地卷，爲《十五例》之一，後移作西卷《文二十八種病》之「第十五忌諱病」。

〔六〕「何況」二句：出漢蘇武《詩四首》其二。雙龍：喻己及朋友。「吾兄」二句：出晉傅咸《贈何劭王濟》。「鳳」「龍」象徵帝王，故「鳳翔」「龍飛」均須避忌。乖爲離別，「當乖」亦不吉祥。

〔七〕「第十八」，醍甲等本作「第十六」；三寶等本作「第十八曰」，「八」字朱筆銷之，旁注「六」；楊本作「十六曰」。修訂本作「第十六形跡病者」。形跡：此處謂詩句中有不吉祥形跡之病，與忌諱病同。本節編入元兢説與崔融説。一説，「形跡病者」至「殊百城」爲崔融《唐朝新定詩格》文。然疑非是。「第十三齟齬病」至「第二十長解鐙病」均爲元兢説在前，崔融説在後，此處亦當如是。王昌齡《詩中密旨》「詩有六病」：「形跡病五。篇中勝句清詞，其意涉忌諱者也。」與此當有同一源頭，可與參看。

〔八〕「壯」，原作「松」，據三寶等本改。「壯哉」二句：出曹植《又贈丁儀王粲》。

〔九〕麗城：唐太宗《月晦》：「晦魄移中律，凝暄起麗城。」（《全唐詩》卷一）

〔一〇〕佳麗城：梁元帝《劉生》：「結交李都尉，遨遊佳麗城。」（《藝文類聚》卷三三）

〔一一〕滕公佳城：滕公即西漢夏侯嬰。據《西京雜記》卷四，滕公駕至東都門，使士卒掘馬所跑地，得石槨，有銘曰：「佳城鬱鬱，三千年見白日。吁嗟！滕公居此室。」滕公死遂葬焉。事亦見《博物志》卷七，然時間不一，一在滕公生前，一在滕公死後。

〔一二〕以上爲元兢説。

〔一三〕「元兢曰」以下至「不可輕下語也」，亦元兢説。

〔一四〕「崔云」至末尾「他皆效此」，崔融説。

〔一五〕「非」疑爲「皆」字。

〔一六〕「干天」二字原作小字注，據三寶等本正之。

〔一七〕「謂」字原無，據三寶等本補。

〔一八〕「形」，原作「刑」，據三寶等本改。

第十九，傍突病者〔一〕，句中意旨，傍有所突觸。如周彦倫詩云〔二〕：「二畝不足情，三冬俄已畢〔三〕。」「二畝」涉其親，寧可云「不足情」也。元兢曰〔四〕：此與忌諱同，執筆者咸宜戒之，不可輒犯也。

第二十，翻語病者〔五〕，正言是佳詞〔六〕，反語則深累是也〔七〕。如鮑明遠詩云：「鷄鳴關吏起，伐鼓早通晨〔八〕。」「伐鼓」，正言是佳詞，反語則不祥，是其病也〔九〕。崔氏云〔一〇〕：「伐鼓」〔一一〕，反語「腐骨」，是其病〔一二〕。

【校箋】

〔一〕「第十九」，醍甲等本作「第十七」；高乙本作「第十九曰」；三寶本「九」字朱筆銷之，旁注「七」，下有「曰」字；楊本作「十七曰」。修訂本作「第十七傍突病者」。傍突：本意爲犬從穴中趁人不意，突然而出，此喻詩句不意中犯有忌諱。此病亦與忌諱病同。本節元兢説，未見引崔融説。

〔二〕「彦」，原作「充」，據高乙本改。周彦倫：周顒。

〔三〕「二畝」二句：現存周顒作品中未見。意指無暇回顧田作，冬天三個月亦很快就要過去。二畝與二母諧音，二母指親母及妻或夫之母。不能説二母不足情。故犯傍突病。

〔四〕「元兢曰」以下至「不可輒犯也」，元兢説。

〔五〕「第二十」，醍甲等本作「第十八」；三寶、高乙本作「第二十曰」，三寶本「二」字朱銷之，「十」字下右旁注「八」；楊本作「十八曰」。修訂本作「第十八翻語病者」。因反切而産生不祥語詞之病爲翻語病。翻語，即反語。本節編入元兢與崔融説。

〔六〕「正」字原無，據三寶等本補。

〔七〕反語：本書天卷《調四聲譜》：「土煙天隖，右已前四字，縱讀爲反語，横讀是雙聲，錯讀是疊韻。」詳天卷《調四聲譜》注。

〔八〕「鷄鳴」二句：出鮑照《行藥至城東橋》詩。王昌齡《詩中密旨》「詩有六病例」：「反語病六。篇中正字是佳詞，反語則深累。鮑明遠詩：『伐鼓早通晨。』『伐鼓』則正字，反語則反字。」

〔九〕以上當爲元兢説。

〔一〇〕「崔氏云」至「是其病」，崔融説。

〔一一〕「伐」，原作「代」，據三寶等本改。

〔一二〕伐鼓反「腐」，鼓伐反「骨」，故反語爲「腐骨」。前有「伐鼓，正言是佳詞，反語則不祥，是其病」，此又言「伐鼓，反語腐骨，是其病」，若同一家之説，不當重複，是前後當爲兩家説，後爲崔融説而前爲元兢説。

第二十一，長擷腰病者〔一〕，每句第三字擷上下兩字，故曰擷腰。若無解鐙相間，則是長擷腰病也。如上官儀詩云〔二〕：「曙色隨行漏，早吹入繁笳。旗文縈桂葉，騎影拂桃花。碧潭寫春照，青山籠雪花〔三〕。」上句「隨」，次句「入」，次句「縈」，次句「拂」，次句「寫」，次句「籠」，皆單字，擷其腰於中，無有解鐙者，故曰長擷腰也。此病或名束〔四〕。

【校箋】

〔一〕「第二十一」，醍甲等本作「第十九」；三寶等本作「第廿一曰」，「廿一」朱筆銷之，右旁注「十九」；楊本作「十九曰」。修訂本作「第十九長擷腰病者」。腰謂五字之中第三字。五言詩一句，第一第二兩字意思相連，第四第五兩字意思相連，第三字單一字爲一意，是爲縭（擷）腰，意爲把上下兩字結束起來。若一詩多句均爲縭腰之句，而無解鐙，則爲長縭腰。本節元兢説。可能崔融名「束」，爲最後所引。

〔二〕「官」，原作「宫」，據六地藏寺等本改。

〔三〕「曙色」六句：《全唐詩》上官儀詩未載。王昌齡《詩中密旨》「詩有六病例」：「長擷腰病一。每一句上下兩字之要，無解鐙相間。上官儀詩：『曙色隨行漏，早吹入繁笳。』」當有同一源頭。

〔四〕「束」，原誤作「來」，據三寶等本改。此病或名束：疑爲崔融説。説詳「第二十二長解鐙病」「此病亦名散」校箋。以上《文鏡秘府論箋》卷第十五。

第二十二，長解鐙病者〔一〕，第一第二字意相連〔二〕，第三第四字意相連，第五單一字成其意，是解鐙。不與擷腰相間，是長解鐙病也。如上官儀詩云〔三〕：「池牖風月清，閑居遊客情。蘭泛樽中色，松吟絃上聲〔四〕。」「池牖」二字意相連，「風月」二字意相連，「清」一字成四字之意，以下三句，皆無有擷腰相間，故曰長解鐙之病也。

元兢曰〔五〕：擷腰、解鐙並非病，文中自宜有之。不間則爲病。然解鐙須與擷腰相間，則屢遷其體〔六〕。不可得句相間，但時然之。近文人篇中有然，相間者偶然耳。然悟之而爲詩者，不亦盡善者乎〔七〕。此病亦名散〔八〕。

【校箋】

〔一〕以下《文鏡秘府論箋》卷第十六。「第二十二」，醍甲等本作「第二十」；三寶本作「第二十二曰」，「二」字朱筆銷之；楊本作「廿曰」。修訂本作「第二十長解鐙病者」。五言詩二二一節奏，前四句二字一意，最後一字一意，是爲「解鐙」，若四句以上均爲此類句式，則爲長解鐙病。本節元兢説。可能崔融名「散」，爲最後所引。

〔二〕「連」字前原衍「違」字，據三寶等本删。

〔三〕「官」，原作「宫」，據六地藏寺等本改。

〔四〕「池牖」四句：上官儀此詩《全唐詩》佚載，《全唐詩逸》據此四句收載。王昌齡《詩中密旨》「詩有六病例」：「長解鐙病三。第一、第二字義相連，第三、第四字義相連。上官儀詩：『池牖風月清，閑居遊客情。』」

〔五〕「元兢」，原作「元氏」，據江户刊本改。

〔六〕「屢」，原作「屬」，據六地藏寺等本改。

〔七〕「元兢曰」至「不亦盡善乎」，元兢説。

〔八〕此病亦名散：當爲崔融説。元兢八病，多亦爲崔融《唐朝新定詩格》所有，唯名稱有異。齟齬病叙目稱「或名不調」而正文稱「崔氏是名不調」；叢聚病，叙目稱「或名叢木」，正文稱「崔名叢木病」；形跡病、翻語病，叙目均稱「崔同」，正文均引有崔氏之説；長擷腰病，叙目亦稱「或名束」，正文稱「此病或名束」；長解鐙病，叙目亦稱「或名散」，正文稱「此病亦名散」。由前數病之例推測，長擷腰之異名「束」，長解鐙病之異名「散」，亦當爲崔氏之説。

第二十三，文離〔一〕。

不犯詩曰：「春人對春酒，新樹間新花。」犯詩曰：「人人皆偃息，唯我獨從戎〔二〕。」

第二十四，相濫〔三〕。或名繁説〔四〕。

謂一首詩中再度用事，一對之内反覆重論，文繁意疊，故名相濫。犯詩曰：「玉繩耿長漢，金波麗碧空。星光暗雲裏，月影碎簾中〔五〕。」釋曰：「玉繩」者星名，「金波」者月號。上既論訖，下復陳之，甚爲相濫，尤須慎之〔六〕。

崔氏云〔七〕：相濫者〔八〕，謂形體、途道、溝淖、淖泥、巷陌、樹木、枝條、山河、水石、冠帽、裯衣〔九〕，如此之等，名曰相濫。上句用「山」，下句用「河」，上句有「形」，下句安「體」，上句有「木」〔一〇〕，下句安「條」，如此參差，乃爲善焉。若兩字一處，自是犯焉，非關詩處〔一一〕。或云兩目一處是〔一二〕。

【校箋】

〔一〕「第二十三」，高甲本作「第二十一曰」，醍甲等本作「第二十一」，楊本作「廿一曰」。「第二十三支離」六字，三寶、天海本無。三寶本欄下注「第廿一曰犯支離餘本有之」。修訂本作「第二十一支離」。三寶、天海本前頁邊空白處注「詩式六犯一犯支離二犯缺偶三犯相濫四犯落節五犯雜亂六犯文贅」。三寶本當爲空海初稿本文。據三寶本注，「第二十三支離」至「第二十七文贅」（支離、相濫、落節、雜亂、文贅諸病，六犯中缺偶已見前），引佚名《詩式》。《詩式》撰者未詳，今本皎然《詩式》未見此六病。此節「犯詩曰……」「不犯詩曰……」，格式與同爲「六犯」之「第十三闕偶」中後半「缺偶」及「第二十四相濫」同。支離爲對偶不工整之病。南卷《論文意》引王昌齡《詩格》：「凡文章不得不對。上句若安重字、雙聲、疊韻，下句亦然。若上句偏安，下句不安，即名爲離支。」王昌齡《詩中密旨》「犯病八格」：「支離病一。五字之法，切須對也，不可偏枯。詩曰：『春人對春酒，芳樹間新花。』」

〔二〕二例詩題及撰者未詳。前詩「春人」與「春酒」，「新樹」與「新花」爲當句對，上下二句又相對，故不犯。後詩「人人」與「唯我」不對，故犯支離。

〔三〕「第二十四」，高乙本作「第二十四曰犯」；三寶本「四」字朱筆銷之，旁注「二」；醍甲等作「第二十二」；楊本作「廿二曰」。修訂本作「第二十二相濫」。

〔四〕此行三寶本眉注「或名相類病」。知草本作「或名繁説或名相類」。「繁説」爲「十病」之一，已見前。「相類」爲崔融説。下引崔融説亦作「相濫」。崔融説以意義相同之二字重複用爲熟語爲相濫。本節編入佚名《詩式》及崔融説，另有出處未詳之兩目一處説。佚名《詩式》以詩中反覆用同一事爲相濫，其説與「繁説」病同。

〔五〕「玉繩」四句：詩題及撰者未詳。

〔六〕玉繩、金波相濫之外，前二句長漢與碧空，後二句星光與月影亦同意，故相濫。以上佚名《詩式》「六犯」之一。

〔七〕「崔氏云」至「非關詩處」，崔融説。崔氏説範圍各家不一，王夢鷗《初唐詩學著述考》録至「自是犯焉」，張伯偉《全唐五代詩格校考》録至「或云兩目一處是」。

〔八〕「者」，原作「都」，據三寶等本改。相濫者：詩中反覆用同一事，佚名《詩式》名之曰「相濫」，崔融名之曰「相類」。而崔氏另有「相濫」，指同義二字堆疊用爲熟語。

〔九〕 裼衣：不明，或爲褐衣之誤。

〔一〇〕「有」字原無，據醍甲本補。

〔一二〕「關」，原作「開關」，「開」當爲校字誤入本文，今改正。非關詩處：四字難訓。崔融説當至此。

〔一三〕「目」，原作「月」，據三寶等本改。「或云兩目一處是」，原典未詳，當爲另一家之説。「目」爲名目。此句意謂屬於同類之二名目置於一處之意。

第二十五，落節〔一〕。

凡詩詠春，即取春之物色；詠秋，即須序秋之事情。或詠今人，或賦古帝，至於雜篇詠，皆須得其深趣，不可失義意。假令黄花未吐〔二〕，已詠芬芳〔三〕；青葉莫抽，逆言蓊鬱；或專心詠月，翻寄琴聲；或意論秋〔四〕，雜陳春事；或無酒而言有酒，無音而道有音，並是落節〔五〕。若是長篇託意，不許限。即假作《詠月》詩曰：「玉鈎千丈掛〔六〕，金波萬里遥。蚌虧輪影滅，蓂落桂陰銷。入風花氣馥，出樹鳥聲嬌。獨使高樓婦，空度可憐霄〔七〕。」釋曰：此詩本意詠月〔八〕，中間論花述鳥，乍讀風花似好〔九〕，細勘月意有殊。如此之輩，名曰落節。又《詠春》詩曰：「何處覓消愁，春園可暫遊。菊黄堪泛酒，梅紅可插頭〔一〇〕。」釋曰：菊黄泛酒，宜在九月，不合春日陳之；或在清朝，翻言朗夜，並是落節〔一一〕。

【校箋】

〔一〕「第二十五」，三寶等本作「第二十五曰」；高甲等本作「第二十三曰」；醍甲等本作「第二十三」；楊本作「廿三曰」。修訂本作「第二十三落節」。脱漏失落本意之節度，是謂之落節。本節爲佚名《詩式》「六犯」之一。

〔二〕「令」，原作「今」，據三寶等本改。

〔三〕「芬」，原作「芥」，據三寶等本改。

〔四〕「意」上疑有脱文，當作「或□意論秋」。

〔五〕「並」字原無，據三寶等本補。

〔六〕「掛」，原作「桂」，據江户刊本改。

〔七〕「玉鈎」六句：玉鈎，彎月。金波，月光。蚌虧，月晦則蚌蛤虚群陰虧。蓂，蓂莢，傳説堯時瑞草名。

〔八〕「此」，原作「比」，據高甲等本改。

〔九〕「好」字原無，據三寶等本補。

〔一〇〕此亦當是筆者「假作」之詩。王昌齡《詩中密旨》「犯病八格」：「落節病三。一篇之中，合春秋言是犯。詩曰：『菊花好泛酒，樓花好插頭。』」（「樓」當爲「榴」之訛）。

〔一一〕「並」，原作「亟」，據三寶等本改。

第二十六，雜亂〔一〕。

凡詩發首誠難，落句不易〔二〕，或有制者，應作詩頭，勒爲詩尾，應可施後，翻使居前，故曰雜亂。假作《憶友》詩曰：「思君不可見，徒令年鬢秋。獨驚積寒暑〔三〕，迢遰阻風牛〔四〕。粤余慕樵隱，蕭然重一丘〔五〕。」釋曰：「粤余」一對，合在句端，「思君」一對，合居篇末。然則篇章之内〔六〕，義别爲科，先後無差，文理俱暢，混而不别，故名雜亂。

【校箋】

〔一〕「第二十六」，三寶等本作「第二十四曰」。「雜亂」前，原有「犯」字，據《眼心抄》、六地藏寺本删。修訂本作「第二十四雜亂」。雜亂：詩句安排首尾錯亂之病。本節爲佚名《詩式》「六犯」之一。

〔二〕《滄浪詩話·詩體》：「有發端，有落句。」原注：「結句也。」

〔三〕「暑」，原作「署」，據高甲等本改。

〔四〕風牛：風馬牛之省略語，言其遠，典出《左傳》僖公四年。

〔五〕「粤余」二句：《漢書·叙傳》班嗣論莊周：「漁釣於一壑，則萬物不奸其志；棲遲於一丘，則天下不易其樂。」

〔六〕「章」，原作「帝」，據三寶等本改。

第二十七，文贅〔一〕。或名涉俗病〔二〕。

凡五言詩，一字文贅，則衆巧皆除；片語落嫌，則人競褒貶〔三〕。今作者或不經雕匠，未被揣磨，輒述拙成，多致紕繆。雖理義不失，而文不清新；或用事合同〔四〕，而辭有利鈍。即假作《秋詩》曰〔五〕：「熠燿庭中度〔六〕，蟋蟀傍窗吟。條間垂白露，菊上帶黄金〔七〕。」釋曰：此詩據理，大體得通。然「庭中」「傍窗」，流俗已甚；「黄金」「白露」，語質無佳。凡此之流，名曰文贅。又《詠秋》詩曰：「熠燿流寒火，蟋蟀動秋音。凝露如懸玉，攢菊似披金。」

此則無贅也〔八〕。

又曰：「渭濱迎宰相〔九〕。」官之「宰相」即是涉俗流之語，是其病〔一〇〕。

又曰：「樹蔭逢歇馬，魚潭見洗船〔一一〕。」又曰：「隔花遥勸酒，就水更移牀〔一二〕。」是即俗巧弱弊之過也〔一三〕。

【校箋】

〔一〕「第二十七」，原作「第二十七犯」，據前後體例删「犯」字。三寶、天海本「七」字左有「ヒ」的銷除標記，右注「五犯イ」；高甲等本作「第二十五犯」。修訂本作「第二十五文贅」。文贅：文章疣贅，作者以詩中雜用俗語爲文贅。本節編入佚名《詩式》「六犯」之説，另有崔融之説（名「涉俗」）及皎然之説。

〔二〕「或名」，三寶、天海本左注「崔」。據此知或名「涉俗病」出崔融《唐朝新定詩格》。三寶、天海此頁右側頁邊空欄注「其例曰渭濱迎宰相是宰相即是陟俗流之語是其病也別本也」，有引綫補入此節。

〔三〕「人」，原作「大」，據三寶等本改。

〔四〕「合」，原作「令」，據高甲等本改。

〔五〕「秋」，原作「利」，據三寶等本改。

〔六〕「熠」字原無，據高甲等本補。

〔七〕「熠燿」四句：撰者未詳，疑亦爲作者假作之詩。熠燿：螢火。

〔八〕前一詩例爲犯詩，此詩例爲不犯詩。並舉犯詩與不犯詩，格式與「第二十三支離」及「第十三闕偶」條中「缺偶」一病同。以上佚名《詩式》「六犯」之「文贅」。

〔九〕「宰」，原作「辛」，據高甲等本改。

〔一〇〕「即」下原衍一「即」字，據三寶等本删。「又曰渭濱」至「是其病」，有「涉俗流」語，與三寶院本注「崔」字之注記「或名涉俗病」相合，當爲崔融説。渭濱迎宰相：詩題及撰者未詳。詩寫周文王與太公望吕尚在渭水之濱相見之事。

〔一一〕「潭」，原作「澤」，據三寶等本改。「又曰樹蔭」至「弱弊之過也」三十三字，皎然説。原非詩病。「樹蔭」二句：出庾信《歸田》。歇馬：《史記·留侯世家》：「休馬華山之陽，示以無所爲。」

〔二二〕「隔花」二句：出庾信《結客少年場行》。

〔二三〕吟窗本皎然《詩議》：「俗巧者，由不辨正氣，習弱師弊之道也，其詩曰：『樹陰（蔭）逢歇馬，魚潭見洗船。』又詩曰：『隔花遥飲酒，就水更移牀。』」南卷《論文意》引皎然《詩議》同。

第二十八，相反〔一〕。

謂詞理別舉是也〔二〕。詩曰〔三〕：「晴雲開極野，積霧掩長洲〔四〕。」上句既叙「晴雲」，下句不宜「霧掩」〔五〕，理不順耳〔六〕。

第二十九，相重〔七〕。

謂意義重疊是也。或名枝指也〔八〕。詩曰：「驅馬清渭濱，飛鑣犯夕塵。川波張遠蓋〔九〕，山日下遥輪。柳葉眉行盡，桃花騎轉新〔一〇〕。」已上有「驅馬」「飛鑣」〔一一〕，下又「桃花騎」，是相重病也〔一二〕。

又曰：「遊雁比翼翔，歸鴻知接翮〔一三〕。」

【校箋】

〔一〕「第二十八」，原作「第二十八曰」，三寶等本同，據前後體例删「曰」字；高甲等本作「第二十六曰」。修訂本作「第二十六相反」。「反」，原作「及」，當爲「反」訛，《詩中密旨》作「反」，今改。

篇中所叙之事互相矛盾相反，是爲相反病。地卷崔融之「十體」，東卷崔融之「切側對」「雙聲側對」「疊韻側對」之格式均爲「謂××是」，與此處之「第二十八相反」及下之「第二十九相重」格式相合，故當爲崔融説。

〔二〕「是也」，三寶本右注「其病也」，天海本作「是其病也」。

〔三〕「詩」，原作「又」，據高甲等本改。

〔四〕「晴雲」二句：詩題及撰者未詳。王昌齡《詩中密旨》「犯病八格」：「相返（反）病五。詩中兩句相反失其理也。詩曰：『晴雲開遠野，積霧掩長洲。』」當爲同一源頭。

〔五〕「霧掩」，疑當作「積霧」。

〔六〕「理不順耳」，原作「順不理耳」。「不」字，三寶、天海本左注「别草本」，右注「列證本」。從周校、《譯注》、林田校本作「理不順耳」。

〔七〕「第二十九」，原作「第二十九曰」，三寶、天海本同，據前後體例删「曰」字。三寶、天海本「九」字左注有抹銷符號「ヒ」，右注「七」；高甲等本作「第二十七曰」。修訂本作「第二十七相重」。意思相同之事重複而出，是爲相重病。本節收入崔融説及劉善經《四聲指歸》説（作「枝指」）。散見於其他各病之崔融説，計有相類（繁説）、不調（齟齬）、叢木（叢聚）、形跡、翻語、相濫、涉俗（文贅）、相反、相重諸病。長擷腰之别名「束」及長解鐙之别名「散」，亦疑爲崔融説。

〔八〕「枝指」下原衍「疊是」二字，據高甲等本删。「枝指」爲劉善經《四聲指歸》説（詳下）。「枝指」

語見《莊子・駢拇》，謂手大拇指傍枝生一指，成六指。

〔九〕「波」，原作「披」，據三寶等本改。

〔一〇〕「驅馬」六句：詩題及撰者未詳。王昌齡《詩中密旨》「犯病八格」：「相重病六。詩意並物色重疊也。詩曰：『驅馬清渭濱，飛鑣犯夕塵。川波增遠益，山月下重輪。』」

〔一一〕「已上有驅馬」五字原作雙行小字注，據三寶等本正之。

〔一二〕以上爲崔融説。

〔一三〕「遊雁」二句：出晉張華《雜詩三首》。此一行之右頁邊之空欄，三寶、天海本注：「四聲指歸云又五言詩體義中含疾有三一曰駢拇二曰枝指三曰疣贅異本」，並用細綫引至「第三十駢拇者」一行。知此例出劉善經《四聲指歸》。《四聲指歸》「三疾」，駢拇見下。枝指併入相重，疣贅併入繁説。由此處及「第三十駢拇」三寶院本，知此二句詩例爲劉善經《四聲指歸》。《文心雕龍・麗辭》：「張華詩稱『遊雁比翼翔，歸鴻知接翮』；劉琨詩言『宣尼悲獲麟，西狩泣孔丘』。若斯重出，即對句之駢枝也。」知劉勰時已提出避此病，劉善經所引「遊雁」之例，亦當與《文心雕龍》同源頭。

第三十，駢拇者〔一〕。

所謂兩句中道物無差，名曰駢拇〔二〕。庾信詩云〔三〕：「兩戍俱臨水，雙城共夾河〔四〕。」此之謂也〔五〕。

【校箋】

〔一〕「第三十」，原作「第三十曰」，三寶、高乙、天海本同。據前後體例删「曰」字，三寶、天海本「十」字右下朱筆注「八」；高甲等本作「第二十八曰」。「拇」，原作「梅」，據三寶等本改。修訂本作「第二十八駢拇者」。本節爲《四聲指歸》。兩句句意相重爲駢拇病。

〔二〕「拇」，原作「梅」，據六地藏寺等本改。

〔三〕「庾」，原作「庚」，據高甲等本改。

〔四〕「兩戍」二句：現存庾信作品中未見。

〔五〕「此之謂也」一行之後，下一節「文筆十病得失」之右頁邊空欄，三寶、天海本注「枝指者所謂一意兩出如張華詩云遊雁比翼翔歸鴻知接翮此是疣贅者此謂同辭重句道物無別亻本」。

文筆十病得失〔一〕

平頭。第一句上字、第二句上字，第一句第二字、第二句第二字，不得同聲。詩得者：「澄暉侵夜月，覆瓦亂朝霜〔二〕。」失者：「今日良宴會，歡樂難具陳〔三〕。」筆得者：「開金繩之寶曆，鈎玉鏡之珍符〔四〕。」失者：「嵩巖與華房迭遊，靈漿與醇醪俱別〔五〕。」然五言頗爲不便，文筆未足爲尤。但是疥癬微疾，非是巨害〔六〕。

【校箋】

〔一〕《文筆十病得失》後半開頭即謂「《文筆式》云」，知後半必出《文筆式》。同一問題，《文筆十病得失》前半與前「八病」引劉善經《四聲指歸》有不同。如前「八病」引劉說以三、六字（均節奏點）同聲論筆之蜂腰，《文筆十病得失》前半以第二字（非節奏點）與末字同聲論筆之蜂腰。《文筆十病得失》前半僅就第一句論「蜂腰」，而前「八病」引劉說兼論上下二句。《文筆十病得失》前半與前「八病」引劉氏説多有相同之處。然引例引言相同而實際觀點時有相左。如同引詩例「聞君愛我甘」，《文筆十病得失》前半僅引一句，以説明僅第一句須避蜂腰，而第二句不須避之。前「八病」引劉氏説則同時還引其下句即「竊獨自雕飾」，用來説明五言詩每句均須避蜂腰。有些可能兩家均同引前人，如沈約、劉滔之説。然《文筆式》本好引劉善經之説，此不足以證明其《文筆十病得失》前半出《四聲指歸》。《文筆十病得失》僅就第一句論「蜂腰」，與《省試詩論》所引《文筆式》一致，《文筆十病得失》後半開頭謂「《文筆式》云」，此「《文筆式》云」既統管後半，又統管前半。是知《文筆十病得失》前半亦出《文筆式》。東卷「第一的名對」引《文筆式》引有李百藥（五六五—六四八）《戲贈潘徐城門迎兩新婦》之例「雲光鬢裏薄，月影扇中新。年華與妝面，共作一芳春」，知《文筆式》成書於李百藥之後而常直接編録前人之文，包括《四聲指歸》之文。故其稱温子昇、邢子才、魏收諸人爲「近代詞人」，對劉善經獨冠以「文人」二字。

〔二〕「瓦」，原作「光」，據醍甲等本改。「澄暉」二句：詩題及撰者未詳。第一句第一字「澄」平聲，第二句第一字「覆」入聲，第一句第二字「暉」平聲，第二句第二字「瓦」爲上聲，未犯平頭，是爲詩得者。

〔三〕「歡」，原作「擁」，據高甲等本改。「今日」二句：出《古詩十九首》其四首二句。《詩家全體》《冰川詩式》引沈約「八病」平頭病引詩例「今日良宴會」。「今」與「歡」同平聲，「日」與「樂」同入聲，犯平頭，故爲失者。

〔四〕「鈎」，原作「鈞」；「符」，原作「荷」，均據高甲等本改。「開金」二句：出陳徐陵《爲貞陽侯與陳司空書》，然《文苑英華》卷六七七「暦」作「牒」，「鈎」作「紐」。第一字「開」與「鈎」同平聲，而以爲筆得者，是不以第一字同聲爲犯病。第二字「金」爲平聲，「玉」爲入聲，不犯平頭，故爲筆得者。

〔五〕「嵩巖」二句：題名及撰者未詳。第一字「嵩」與「靈」，第二字「巖」與「漿」均平聲，犯平頭。

〔六〕「巨」，原作「臣」，據高甲等本改。「然五」四句：本卷《文二十八種病》平頭病引《四聲指歸》中語：「銘誄之病，一同此式，乃疥癬微疾，不爲巨害。」此《文筆十病得失》作者引《四聲指歸》，《四聲指歸》指銘誄，《文筆十病得失》泛指「文筆」，略有不同。

上尾。第一句末字，第二句末字，不得同聲。

詩得者：「縈鬟聊向牖，拂鏡且調妝〔一〕。」失者：「西北有高樓，上與浮雲齊〔二〕。」筆得者：「玄英戒律，繁陰結序。地卷朔風，天飛隴雪〔三〕。」失者：「同源派流〔四〕，人易世疎。越在異域，情愛分隔〔五〕。」

筆復有隔句上尾。第二句末字，第四句末字，不得同聲〔六〕。得者：「設醴未同，興言爲歎〔七〕。深加將保，行李遲書〔八〕。」失者：「同乘共載，北遊後園。輿輪徐動，賓從無聲〔九〕。」又有踏發聲〔一〇〕。第四句末字，第八句末字，不得同聲。得者：「夢中占夢，生死大空。得無所得，菩提純淨。教其本有，無比涅槃〔一一〕。示以無爲，性空般若〔一二〕。」失者：「聚斂積寶，非惠公所務；記惡遺善〔一三〕，非文子所談。陰虬陽馬，非原室所構；土山漸臺〔一四〕，非顔家所營〔一五〕。」又諸手筆，第二句末與第三句末同聲，雖是常式，然止可同聲，不應同韻。

【校箋】

〔一〕「縈鬟」二句：出張正見《豔歌行》。「鬟」，原作「髮」，據高甲等本改。「妝」，原作「莊」，據《樂府詩集》卷二八改。「牖」爲上聲，「妝」爲平聲，不犯上尾。

〔二〕「北」，原作「比」；「上」，原作「筆」，均據三寶等本改。「西北」二句，出《古詩十九首》第五首首二句，《文二十八種病》「第二上尾」首段及《金針詩格》《詩家全體》《冰川詩式》引沈約「八病」説均引此例。「樓」與「齊」同平聲，犯上尾。

〔三〕「玄英」四句：題名及撰者未詳。句末之字，「律」爲入聲，「序」爲上聲，「風」爲平聲，「雪」爲入聲，不犯上尾。玄英：冬爲玄英。

〔四〕「源」，原作「厚」；「派流」，原作「流派」，均據三寶等本改。

〔五〕「同源派流」四句：出漢孔融《與族弟書》。本卷《文二十八種病》「第二上尾」引《四聲指歸》亦引此例。尾字「流」與「疎」同平聲，「域」與「隔」同入聲，四句均犯上尾病。

〔六〕「筆復」四句：本卷《文二十八種病》「第二上尾」引《四聲指歸》：「若諸雜筆不束以韻者，其第二句末即不得與第四句同聲，俗呼爲隔句上尾，必不得犯之。」是《文筆十病得失》直接轉録《四聲指歸》。

〔七〕「歎」，原作「難」，據高甲等本改。

〔八〕「行」下原衍「相」字，據醍甲等本改。「設醴」四句：題名及撰者未詳。設醴：漢穆生因王未設醴而稱疾退卧，事見《漢書·楚元王傳》。行李：《左傳》襄公八年：「君有楚命，亦不使一介行李告于寡君。」遲：希望。第二句末字「歎」去聲，第四句末字「書」平聲，不犯隔句上尾。

〔九〕「同乘」四句：出曹丕《與吴質書》，本卷《文二十八種病》「第二上尾」引《四聲指歸》亦引此例。第二句末字「園」、第四句末字「聲」同平聲而未押韻，犯隔句上尾。

〔一〇〕踏發聲：《文二十八種病》「第四鶴膝」引《四聲指歸》：「又今世筆體，第四句末不得與第八句末同聲，俗呼爲踏發聲。譬如機關，踏尾而頭發，以其軒輊不平故也。」此當爲《文筆十病得失》用《四聲指歸》説。

〔一一〕「比」，原作「此」，據三寶等本改。

〔一二〕「夢中」八句：題名及撰者未詳。夢中占夢：典出《莊子·齊物論》。第四句末字「淨」去聲，第八句末字「若」入聲，未犯踏發聲，故爲得者。

〔一三〕「惡」字原無，據三寶等本補。

〔一四〕「土」，原作「立」，據三寶等本改。

〔一五〕「聚斂」八句：「聚斂積實」，語出《左傳》文公十八年。惠公，當指魯惠公。文子，即季文子，季孫行父，齊桓公成名季友之孫。陰虬陽馬：建築上精緻之雕刻。原室：原憲居魯，環堵之室，茨以生草，蓬户不完，桑以爲樞，事見《莊子·讓王》。漸臺：漢武帝時所建。顔：顔回，家貧。第四句末「談」與第八句末「營」同平聲，犯踏發聲。

蜂腰。第一句中第二字、第五字不得同聲〔一〕。

詩得者〔二〕：「惆悵崔亭伯〔三〕。」失者：「聞君愛我甘〔四〕。」筆得者：「刺是佳人〔五〕。」四言。失者：「楊雄《甘泉》〔六〕。」四言。得者：「雲漢自可登臨〔七〕。」「摩赤霄而理翰〔八〕。」六言。失者：「美化行乎江漢〔九〕。」六言。「襲元凱之軌高〔一〇〕。」六言。得者：「高巘萬仞排虚空〔一一〕。」七言。「盛軌與三代俱芳〔一二〕。」七言。「猶聚鵠之有神鵷。」七言〔一三〕。失者：「三仁殊塗而同歸〔一四〕。」七言。「偃息乎珠玉之室〔一五〕。」七言。得者：「雷擊電鞭者之謂天〔一六〕。」八言。失者：「潤草霑蘭者之謂雨〔一七〕。」八言。或云：平聲賒緩，有用最多〔一八〕，參彼三聲，殆爲大半〔一九〕。

【校箋】

〔一〕謂「第一句」，而非「一句之中」或「每句」等，是謂上句始避蜂腰，而下句不須避。下所引詩得者「惆悵崔亭伯」，失者「聞君愛我甘」，均爲上句。筆得者、失者共十三例，可查得出處之句，有「揚雄甘泉」「美化行乎江漢」二句非上句。是知所謂上句避蜂腰，乃就五言詩而言。上句避蜂腰之説，與本卷《文二十八種病》「第三蜂腰」首段「初腰事須急避之」之説，及日本《省試詩論》引《文筆式》之説同，而與「第三蜂腰」引《四聲指歸》説異，是知《文筆十病得失》出《文筆式》而非出《四聲指歸》。

〔二〕「詩得者」之前原衍「同聲」二字，據高甲等本删。

〔三〕惆悵崔亭伯：出陳張正見《白頭吟》，此爲上句，下句爲「幽憂馮敬通」，見《樂府詩集》卷四一。崔亭伯，後漢文人崔駰。此句第二字「悵」去聲，第五字「伯」入聲，故爲詩得者。

〔四〕「甘」，原作「耳」，據三寶等本改。聞君愛我甘：此亦爲上句，下句爲「竊獨自雕飾」。本卷《文二十八種病》「第三蜂腰」首段及引元兢説、劉善經説均引此句爲例。《詩苑類格》《冰川詩式》引沈約「八病」及《金針詩格》「八病」亦引此句爲例。第二字「君」與第五字「甘」均平聲，犯蜂腰，故爲失者。

〔五〕刺是佳人：出典未詳。「是」去聲，「人」平聲，是第二字與末字不同聲。

〔六〕「楊」，即「揚」。揚雄甘泉：晉皇甫謐《三都賦序》：「相如上林，揚雄甘泉。」（《文選》卷四五）揚雄《甘泉賦》，見《文選》卷七。「雄」「泉」均爲平聲，故爲失者。是第二字與末字同聲爲犯蜂腰。

〔七〕雲漢自可登臨：出典未詳。「漢」去聲，「臨」平聲，故爲得者。亦是第二字與末字不同聲。

〔八〕摩赤霄而理翰：出沈約《齊丞相豫章文憲王碑》，爲上句，下句爲「望閶闔以上馳」，見《藝文類聚》卷四五。赤霄：天有九霄，赤霄爲其一。「赤」爲入聲，「翰」爲去聲，亦是第二字與末字不同聲，未犯蜂腰。

〔九〕「美化」，原作「義紀」，據高甲等本改。美化行乎江漢：出潘岳《荆州刺史東武戴侯楊使君碑》："「宏略被於南國，美化行乎江漢。」(《藝文類聚》卷五〇)爲下句。「化」與「漢」均爲去聲，故爲失者。亦是第二字與末字同聲爲犯蜂腰。

〔一〇〕襲元凱之軌高：出典未詳。元凱：昔高陽氏有才子八人，天下之民謂之八愷。高辛氏有才子八人，天下之民謂之八元，語見《左傳》文公十八年。「元」與「高」均爲平聲，故爲失者，亦是第二字與末字同聲爲犯蜂腰。

〔一一〕七言五句出典均未詳。高巘萬仞排虚空："「巘」爲上聲，「空」爲平聲，第二字與末字不同聲，未犯蜂腰，故爲得者。

〔一二〕盛軌與三代俱芳："「軌」爲上聲，「芳」爲平聲，亦是第二字與末字不同聲，未犯蜂腰，故爲得者。

〔一三〕「猶聚鴞之有神鵷七言」九字原無，據三寶等本補。猶聚鴞之有神鵷："「聚」爲上聲，亦作去聲，「鵷」爲平聲，是第二字與末字不同聲，未犯蜂腰，故爲得者。

〔一四〕三仁：語出《論語·微子》。殊塗同歸：語出《易·繫辭》。此句「仁」與「歸」均爲平聲，故爲失者。亦是第二字與末字同聲爲犯蜂腰。

〔一五〕偃息乎珠玉之室："「息」與「室」均爲入聲，故爲失者。亦是第二字與末字同聲爲犯蜂腰。

〔一六〕「雷」，原作「雪」，據三寶等本改。八言二句出典均未詳。雷擊電鞭者之謂天："「擊」爲入聲，「天」爲平聲，第二字與末字不同聲，未犯蜂腰，故爲得者。

〔一七〕潤草霑蘭者之謂雨："「草」與「雨」均爲上聲。亦是第二字與末字同聲爲犯蜂腰，故爲失者。

本節所引筆之蜂腰，均爲第二字與末字同聲，與本卷《文二十八種病》「第三蜂腰」引《四聲指歸》以第三字（節奏點）與末字同聲爲蜂腰之説有不同。是知《文筆十病得失》不當出《四聲指歸》。

〔一八〕「有」，原作「在」，本卷《文二十八種病》「第三蜂腰」引劉滔説作「有」，今據改。

〔一九〕「或云平聲」四句：本卷《文二十八種病》「第三蜂腰」引劉善經引劉滔曰：「平聲賒緩，有用處最多，參彼三聲，殆爲大半。」此爲《文筆十病得失》轉録劉滔説，可能據《四聲指歸》轉録，亦可能直接轉録。

鶴膝。第一句末字，第三句末字，不得同聲。

詩得者：「朝關苦辛地，雪落遠漫漫。含冰陷馬足，雜雨練旗竿〔一〕。」失者：「沙幕飛恒續，天山積轉寒。無同亂郢曲，逐扇掩齊紈〔二〕。」「客從遠方來，遺我一書札。上言長相思，下言久離别〔三〕。」筆得者：「定州跨躡夷阻〔四〕，領袖蕃維。跱神岳以鎮地，疎名川以連海〔五〕。」「原隰龍鱗，班頌何其陋；桑麻條暢，潘賦不足言〔六〕。」失者：「璇玉致美〔七〕，不爲池隍之用；桂椒信好，而非園林之飾〔八〕。」「西郊不雨〔九〕，彌迴天眷；東作未理，即動皇情〔一〇〕。」如是皆次第避之，不得以四句爲斷〔一一〕，若手筆〔一二〕，得故犯，但四聲中安平聲者，益辭體有力〔一三〕。如云：「能短能長，既成章於雲表；明吉明凶，亦引氣於蓮上〔一四〕。」

【校箋】

〔一〕「朝關」四句：此陳張正見《雨雪曲》前半四句，《樂府詩集》卷二四「朝」作「胡」，「苦辛」作「辛苦」，「落」作「路」，「陷」作「踏」，「練」作「凍」。此四句第一句末字「地」去聲，第三句末字「足」入聲，故曰得者。

〔二〕「沙幕」四句：張正見《雨雪曲》後半四句，《樂府詩集》「幕」作「漠」，「續」作「暗」，「無同亂郢曲」作「無因辭日逐」，「逐」作「團」。郢曲：楚歌，指陽春白雪之曲。「逐扇」句，用班婕妤《怨歌行》「新裂齊紈素」意。此四句「續」與「曲」均爲入聲，犯鶴膝。

〔三〕「客從」四句：出《古詩十九首》第十七首。本卷《文二十八種病》「第四鶴膝」條劉氏善經説亦引此詩，詳該條注。《詩苑類格》《冰川詩式》引沈約説及《金針詩格》均引此例。

〔四〕「夷」，原作「禹」，據高甲等本改。

〔五〕「定州」四句：出典未詳。「州」，原作「洲」，據《眼心抄》改。「夷」，原作「禹」，據高甲等本改。定州：今河北省定縣。夷阻：夷險。此四句「阻」爲上聲，「地」爲去聲，未犯鶴膝，故爲得者。

〔六〕「原隰」四句：出典未詳。班固《西都賦》：「溝塍刻鏤，原隰龍鱗。」（《文選》卷一）「班頌」即指班固此賦。潘岳《西征賦》：「華實紛敷，桑麻條暢。」（《文選》卷一〇）「潘賦」即指此賦。「鱗」爲平聲，「暢」爲去聲，未犯鶴膝，故爲得者。

〔七〕「美」，原作「義」，據醍甲等本改。

〔八〕「而」，原作「文」，據六地藏寺本改。「璇玉」四句：出劉宋顔延之《陶徵士誄一首并序》，《文選》卷五七「用」作「寶」，「好」作「芳」，「飾」作「實」。此四句「美」與「好」均爲上聲，犯鶴膝。

〔九〕「雨」，原作「兩」，據三寶等本改。

〔一〇〕「西郊」四句：北周庾信《三月三日華林園射馬賦并序》有此四句，然《庾子山集》卷一順序不同：「西郊不雨，即動皇情，東作未理，彌迴天眷。」西郊：《禮記·月令》：「迎秋於西郊。」東作：《書·堯典》：「平秩東作。」孔傳：「歲起於東，而始就耕，謂之東作。」皇情：《書·大禹謨》：「皇天眷命。」此四句「雨」與「理」均爲上聲，犯鶴膝，故爲失者。

〔一一〕此語亦見《文二十八種病》「第四鶴膝」條引劉氏善經説：「皆次第相避，不得以四句爲斷。」

〔一二〕「手」，原作「乎」，據三寶等本改。

〔一三〕本節後引「文人劉善經云：『筆之鶴膝，平聲犯者，益文體有力。』豈其然乎」。益：益加。

〔一四〕「能短能長」四句：出北齊魏收《赤雀頌序》，亦見本卷《文二十八種病》「第四鶴膝」條引劉氏善經説。此四句，「長」與「凶」均平聲，犯鶴膝，然作者以爲平聲益辭體有力，是則無妨。

大韻。一韻以上，不得同於韻字。如以「新」字爲韻，勿復用「鄰」「親」等字〔一〕。

詩得者：「運阻衡言革，時泰玉階平〔二〕。」失者：「新裂齊紈素，鮮潔如霜雪〔三〕。」筆得者：「播盡善之英聲，起則天之雄響〔四〕。百代欽其美德〔五〕，萬紀懷其至仁〔六〕。」失者：「傾家敗德〔七〕，莫不由於憍奢；興宗榮族〔八〕，必也藉於高名〔九〕。」凡手筆之式，不須同韻，或有時同韻者，皆是筆之逸氣。如云：「握河沈璧〔一〇〕，封山紀石。邁三五而不追〔一一〕，踐八九之遥跡〔一二〕。」

【校箋】

〔一〕本卷《文二十八種病》「第五大韻」條引劉氏曰：「大韻者，五言詩若以『新』爲韻，即一韻內，不得復用『人』『津』『鄰』『親』等字。」「勿」，原作「句」，據三寶等本改。

〔二〕「平」，原作「乎」，據三寶等本改。「運阻」二句：出梁任昉《出郡傳舍哭范僕射》（《文選》卷二三）。

〔三〕「新裂」二句：爲漢班婕妤《怨歌行》首二句。《文選》「鮮」作「皎」。上句「裂」字與韻脚「雪」字均屬《廣韻》入聲十七薛，下句「潔」字十六屑韻，與薛韻同用，二處犯大韻。

〔四〕「雄」，原作「雅」，據三寶等本改。

〔五〕「欽」，原作「飲」，據三寶等本改。

〔六〕「懷」，原作「壞」，據三寶等本改。「播盡」四句：出典未詳。則天：《孝經・三才》：「則天之明，因地之利。」

〔七〕「傾」，原作「傿」，據三寶等本改。

〔八〕「族」，原作「挨」，據六地藏寺本改。

〔九〕「傾家」四句：出典未詳。前二句，「家」與「奢」屬下平聲九麻韻。後二句，「榮」屬下平聲十二庚韻，「名」屬十四清，與庚同用。二處犯大韻。

〔一〇〕「璧」，原作「壁」，據三寶等本改。

〔一一〕「追」下原衍「退」字，據三寶等本删。

〔一二〕「握河」四句：出南齊王融《三月三日曲水詩序》。「璧」與押韻之「石」「跡」二字均爲入聲二十二昔，犯大韻。

小韻〔一〕。二句内除本韻，若已有「梅」字〔二〕，不得復用「開」「來」字〔三〕。詩得者：「功高履乘石，德厚贈昭華〔四〕。」失者：「昊天降豐澤，百卉挺威蕤〔五〕。」若故疊韻，兩字一處，於理得通〔六〕。故謝朓詩云：「悵望南浦時，徙倚北梁步〔七〕。」以筆準詩亦如此。筆得者：「西辭酆邑，南據江都〔八〕。」失者：「西辭酆邑，東居洛都〔九〕。」若故疊韻，理通亦爾，故徐陵《殊物詔》云〔一〇〕：「五雲曖曃，鱗宗所以效靈〔一一〕；六氣氛氲〔一二〕，柔和所以高氣〔一三〕。」

【校箋】

〔一〕「小」，原作「少」，據醍甲等本改。

〔二〕「梅」，原作「海」，據三寶等本改。

〔三〕《文二十八種病》「第六小韻」引劉氏曰：「小韻者，五言詩十字中，除本韻以外自相犯者，若已有『梅』，更不得復用『開』『來』『才』『臺』等字。」

〔四〕「乘」，原作「垂」，據三寶等本改。「履乘石」，原作「乘履石」，據《文選》及李善注改。「昭」，原作「照」，據高甲等本改。「功高」二句：出典未詳。梁任昉《百辟勸進今上箋》：「是以履乘石而周公不以爲疑。」（《文選》卷四〇）乘石：王所登上車之石。昭華：《尚書大傳》卷一：「堯致舜天下，贈以昭華之玉。」

〔五〕「昊天」二句：出王粲《公讌詩》。此二句，上句「澤」與下句「百」均入聲二十陌韻，犯小韻。

〔六〕「若故」三句：本卷《文二十八種病》「第六小韻」引劉氏曰：「若故爲疊韻，兩字一處，於理得通，如『飄飖』『窈窕』『徘徊』『周流』之等，不是病限。若相隔越，即不得耳。」

〔七〕「徙」，原作「徒」，據高甲本改。「倚」，原作「傍」，據三寶等本改。「悵望」二句：謝朓《臨溪送别》首二句。「悵望」與「徙倚」均爲疊韻。

〔八〕筆得者與失者二例句，出典均未詳。鄠邑：周文王滅崇作鄠邑，武王封其弟爲鄠侯，在今陝西户縣東。江都：在今揚州。

〔九〕「西辭」二句：上句「鄠」與下句「東」均上平聲一東韻，犯小韻。

〔一〇〕「徐」，原作「除」，據三寶等本改。《殊物詔》：今存徐陵文集未收。

〔一一〕「鱗」，疑當作「麟」。「宗」，原作「宋」，據三寶等本改。

〔二〕「氛」字原無，據三寶等本補。

〔三〕「柔和」，原作「乘知」，據六地藏寺本改。「氣」，原無，據江户刊本補。「五雲」四句：五雲，青、白、赤、黑、黄五色之雲。六氣，陰、陽、風、雨、晦、明爲六氣。「曖𣆶」「氛氲」均疊韻。

正紐〔一〕。凡四聲爲一紐〔二〕，如「壬」「荏」「衽」「入」，詩二句内，已有「壬」字，則不得復有「荏」「衽」「入」等字。詩得者：「《離騷》詠宿莽〔三〕。」失者：「曠野莽茫茫〔四〕。」凡諸手筆，亦須避之。若犯此聲，則齟齬不可讀〔五〕。如云〔六〕，得者：「藉甚岐嶷，播揚英譽〔七〕。」失者：「永嘉播越，世道波瀾〔八〕。」

【校箋】

〔一〕正紐：《文二十八種病》順序爲傍紐、正紐，此處順序有變。

〔二〕「一紐」，原作「正紐」，義不可通。《文二十八種病》「第八正紐」引劉氏曰：「正紐者，凡四聲一紐。」又，天卷《調四聲譜》：「凡四字一紐。」今據改。

〔三〕離騷詠宿莽：出典未詳。《楚辭·離騷》：「夕攬洲之宿莽。」王逸注：「草冬生不死者，楚人名曰宿莽。」

〔四〕「茫」，原作「范」，據江户刊本改。曠野莽茫茫：出阮籍《詠懷詩》。《文二十八種病》「第八正紐」引劉氏説亦引此例。「莽」與「茫」屬《韻鏡》内轉第三十一開脣音清濁第一等「茫莽漭莫」

紐，犯正紐。

〔五〕「凡諸」四句：《文二十八種病》「第八正紐」引劉氏説：「凡諸文筆，皆須避之。若犯此聲，即齟齬不可讀耳。」

〔六〕「如云」之下疑脱詩句。

〔七〕得者與失者二例出典均未詳。岐嶷：謂有識知。

〔八〕「永嘉」二句：「播」與「波」均屬《韻鏡》内轉第二十八合脣音清第一等「波跛播〇」紐，犯正紐。播越：離散，流亡。

傍紐。雙聲是也〔一〕。如詩二句内有「風」「一」字，則不得復有此等字。詩得者：「管聲驚百鳥，衣香滿一園〔二〕。」失者：「壯哉帝王居，佳麗殊百城〔三〕。」若故雙聲者，得有如此，故庾信詩云：「胡笳落淚曲〔四〕，羌笛斷腸哥〔五〕。」筆得者：「六郡豪家，從來習馬；五陵貴族，作性便弓〔六〕。」失者：「曆數已應，而《虞書》不以北面爲陋；有命既彰，而周籍猶以服事爲賢〔七〕。」若故雙聲者，亦得有如此。如云：「鑒觀上代，則天禄斯歸；逖聽前王，則曆數攸在〔八〕。」如是次第避之〔九〕，不得以二句爲斷。

【校箋】

〔一〕傍紐雙聲是也：《文二十八種病》「第七傍紐」引劉氏曰：「傍紐者，即雙聲是也。」

〔二〕「管聲」二句：出庾信《詠畫屏風詩二十四首》其四。《文苑英華》卷一五七作《詠春》詩。

〔三〕「壯哉」二句：出魏曹植《又贈丁儀王粲詩》，已見《文二十八種病》「第七傍紐」引劉氏説。

〔四〕「曲」，原作「回」，據高甲等本改。

〔五〕「羌」，原作「元」，據高甲等本改。「腸」，原作「腹」，據三寶等本改。「胡笳」二句：出北周庾信《擬詠懷二十七首》其七。「胡笳」「落淚」均雙聲。

〔六〕「六郡」四句：出典未詳。六郡：謂隴西、天水、安定、北地、上郡、西河。漢興，六郡良家子多出名將，見《漢書·地理志》。五陵：漢帝葬五陵，漢徙豪傑名家於諸陵，故五陵爲豪傑所聚。

〔七〕「而」字原無，據高甲等本補。「曆數」四句：題名及撰者未詳。第一、二句「數」與「書」，「不」與「北」，第三、四句「彰」與「周」、「籍」與「事」，均爲雙聲，犯傍紐。虞書：《書·堯典》雖曰唐事，本以虞史所録，故謂之《虞書》。北面：舜南面而立，堯帥諸侯北面而朝之，語見《孟子·萬章上》。周籍：當即《書·周書》。

〔八〕「逖」，原作「遊」，據三寶等本改。「攸在」，原作「彼在」，徐陵《陳武帝即位詔》：「梁氏以天禄永終，曆數攸在。」（《徐陵集》，《漢魏六朝百三名家集》卷一〇三上）《眼心抄》作「攸□」，今據改。「鑒觀」四句：「鑒觀」爲雙聲。逖聽：聽察遠古之風聲。曆數：謂列次。

〔九〕「如是」下原有「此」字，據《眼心抄》删。

或云〔一〕：若五字内已有「阿」字，不得復用「可」字〔二〕。此於詩章，不爲過病〔三〕，但言語不淨潔〔四〕，讀時有妨也。今言犯者，唯論異字。如其同字，此不言，言同字者〔五〕，如云「文物以紀之，聲明以發之〔六〕」「大東小東」「自南自北」等〔七〕，是也。

或云〔八〕：凡用聲，用平聲最多。五言内非兩則三，此其常也。亦得用一用四。若四，平聲無居第四；若一，平聲多在第二，此謂居其要也。猶如宫羽調音，相參而和。

又云：賦頌有第一、第二、第三、第四或至第六句相隨同類韻者。如此文句，儻或有焉，但可時時解鐙耳〔九〕，非是常式。五三文内〔一〇〕，時一安之，亦無傷也。又，辭賦或有第四句與第八句而復韻者〔一一〕，並是大夫措意〔一二〕，盈縮自由，筆勢縱横，動合規矩。

【校箋】

〔一〕「或云」二字原無，據高甲等本補。

〔二〕「阿」與「可」在《韻鏡》同爲内轉第二十七合之字，「阿」爲影紐平聲歌韻，「可」爲溪紐上聲哿韻。其韻同爲歌、哿、個之紐，屬傍紐同韻之字。「阿」與「可」，或者爲劉滔所謂從傍而會連韻相紐之傍紐病，或者爲劉滔異紐同韻爲傍紐之遺説。或者因此，此節《文筆十病得失》前半與《文筆眼心抄》均列於「傍紐」之後。一般之傍紐，指二句之内，此處限定「五字之内」，或者爲傍紐之又一説。

〔三〕「不爲過病」，原作「不過爲病」，據《眼心抄》改。

〔四〕「言」，原作「云」，據三寶等本改。

〔五〕「字」，原作「聲」，據《眼心抄》改。

〔六〕「文物」二句，典出《左傳》桓公二年。「之」字原無，據《左傳》補。

〔七〕「大東」二句：語出《詩・小雅・大東》與《詩・大雅・文王有聲》。

〔八〕「或云凡用聲」至「相參而和」，劉滔說，已見於本卷《文二十八種病》「第三蜂腰」引劉善經說，爲《文筆十病得失》作者與《四聲指歸》所共引。

〔九〕解鐙：此處當指轉換用韻。

〔一〇〕五三：意不詳。由前文觀之，或者指連續五韻三韻。一說指五言句、三言句。

〔一一〕復韻：第四句末與第八句末用同韻字。若非同韻而同聲，則成踏發聲。

〔一二〕「措」，原作「借」，據三寶等本改。大夫：《漢書・藝文志》：「登高能賦可以爲大夫。」

《文筆式》云〔一〕：製作之道，唯筆與文。文者，詩、賦、銘、頌、箴、讚、弔、誄等是也〔二〕；筆者，詔、策、移、檄、章、奏、書、啓等也。即而言之，韻者爲文，非韻者爲筆〔三〕；文以兩句而會，筆以四句而成。文繫於韻，兩句相會，取於諧合也。筆不取韻，四句而成，任於變通〔四〕。故筆之四句，比文之二句〔五〕，驗之文筆，率皆如此也。體既不同〔六〕，病時有異。

其文之犯避，皆准於前。假令文有四言、六言、七言等，亦隨其句字，准前勘其聲病，足晤之矣〔七〕。其蜂腰，從五言内辨之，若字或少多〔八〕，則無此病者也。

【校箋】

〔一〕此頁右邊空欄三寶、天海本注「筆四病筆札文筆略同異本」，並用細綫引至「文筆式」處。「《文筆式》云」以下至末尾「庶可免矣」，引《文筆式》。三寶院本夾注「筆札」即《筆札華梁》。又，西卷卷首目録「文筆十病得失」之次，亦有「筆四病異本無也」之注。「筆四病」指下文所述上尾、鶴膝、隔句上尾、踏發四病，據三寶院本注，《筆札華梁》有此四病。

〔二〕「弔」，原作「即」；「誄」，原作「誅」，均據三寶等本改。

〔三〕《文心雕龍·總術》：「今所常言，有文有筆，以爲無韻者筆也，有韻者文也。」《文心雕龍》題名所列文體，「文」有詩、樂府、賦、頌、讚、祝、盟、銘、箴、誄、碑、哀、弔、雜文、諧隱；「筆」有史傳、諸子、論、説、詔、策、檄、移、封、禪、章、表、奏、啓、議、對、書、記。

〔四〕「任」，原作「住」，據三寶等本改。

〔五〕「比」，原作「此」，據六地藏寺本改。本卷《文二十八種病》「第二上尾」引劉善經説引劉滔説：「筆之兩句，比文之一句。」

〔六〕「既」，原作「即」，據高甲等本改。

〔七〕「准」，原作「唯」，據三寶等本改。

〔八〕「少」，原作「小」，從《考文篇》改。

筆有上尾、鶴膝、隔句上尾、踏發等四病〔一〕，詞人所常避也。其上尾、鶴膝，與前不殊。束皙表云〔二〕：「薄冰凝池，非登廟之珍〔三〕。」「池」與「珍」同平聲，是其上尾也。左思《三都賦序》云〔四〕：「魁梧長者〔五〕，莫非其舊。風謡歌舞，各附其俗〔六〕。」「者」與「舞」同上聲，是鶴膝也〔七〕。

隔句上尾者，第二句末與第四句末同聲也。如鮑照《河清頌序》云〔八〕：「善談天者，必徵象於人〔九〕；工言古者，必考績於今〔一〇〕。」「人」與「今」同聲是也。但筆之四句，比文之二句〔一一〕。故雖隔句，猶稱上尾，亦以次避，第四句不得與第六句同聲，第六句不得與第八句同聲也。

踏發音廢者〔一二〕，第四句末與第八句末同聲也。如任孝恭書云〔一三〕：「昔鍾儀戀楚，樂操南音〔一四〕；東平思漢，松柏西靡〔一五〕。仲尼去魯，命曰遲遲〔一六〕；季后過豐，潸焉出涕〔一七〕。」「涕」與「靡」同聲是也。凡筆家四句之末，要會之所歸。若同聲，有似踏而機發，故名踏發者也〔一八〕。若其間際有語隔之者，犯亦無損，謂上四句末，下四句初，有「既而」「於是」「斯皆」「所以」「是故」等語也〔一九〕。此等之病，並須避之。

【校箋】

〔一〕「踏發」，原作「沓發」，據《眼心抄》改。下同。

〔二〕「束」，原作「東」，據三寶等本改。「晳」，原作「哲」，從《考文篇》改。束晳（二六三？—三〇二？）：字廣微，晉文人。束晳表，題名未詳。

〔三〕「廟」，原作「㕓」，據三寶等本改。「薄冰」二句：見《太平御覽》卷一二引《束晳集》，「珍」作「寶」。

〔四〕「左」，原作「在」，據三寶等本改。

〔五〕「梧」，原作「晤」，據《文選》改。

〔六〕此四句《文選》卷四作：「風謡歌舞，各附其俗。魁梧長者，莫非其舊。」順序與此互倒。

〔七〕「鶴膝也」三字原無，據三寶等本補。

〔八〕「照」，原作「昭」，今改。「鮑照」下原有「鶴膝也」三字，此三字爲上一行所脱，誤移至此處，據三寶等本删。

〔九〕「徵」，原作「微」，據江户刊本改。

〔一〇〕「必」，《宋書》作「先」，嚴可均輯《全上古三代秦漢三國六朝文·全宋文》作「允」。「績」，原作「續」，據《鮑參軍集》及《眼心抄》改。

〔一一〕「比」，原作「此」，據高甲等本改。「文」字原無，據三寶等本補。

〔二〕「音廢」，原作「癈音」，據高甲等本改。

〔三〕任孝恭（？—五四八）：梁代文人。

〔四〕「昔鍾」二句：楚鍾儀囚於晉而戴南冠，琴操南音，見《左傳》成公九年。南音，楚聲。

〔五〕「東」，原作「陳」，據江户刊本改。「東平」二句：梁劉孝標《重答劉秣陵沼書》：「冀東平之樹，望咸陽而西靡。」（《文選》卷四三）

〔六〕「仲尼」二句：《孟子・萬章下》：「孔子之去齊，接淅而行；去魯，曰：『遲遲吾行也。』」遲遲，不忍去。

〔七〕「季」，原作「秀」，據醍甲等本改。「出涕」，原作「步深」，據三寶等本改。「季后」二句：漢高祖還歸過沛，酒酣擊筑爲歌起舞，慷慨傷懷，泣數行下，事見《史記・高祖本紀》。《詩・小雅・大東》：「睠言顧之，潸焉出涕。」

〔八〕本卷《文二十八種病》「第四鶴膝」條引劉氏曰：「又今世筆體，第四句末不得與第八句末同聲，俗呼爲踏發聲。譬如機關，踏尾而頭發，以其軒輊不平故也。」

〔九〕「於是」，原作「提是」，據三寶等本改。

其鶴膝，近代詞人或有犯者，尋其所犯，多是平聲。如温子昇《寒陵山碑序》云：「並寂漠銷沈，荒涼磨滅。言談者空知其名〔一〕，經過者不識其地〔二〕。」又邢子才《高季式碑序》

云〔三〕：「楊氏八公，歷兩都而後盛〔四〕；荀族十卿，終二晉而方踐〔五〕。」又魏收《文宣謚議》云〔六〕：「九野區分〔七〕，四遊定判〔八〕。賦命所甄，義兼星象。」「沈」與「名」、「公」與「卿」、「分」與「甄」並同聲，是筆鶴膝也。文人劉善經云：「筆之鶴膝，平聲犯者〔九〕，益文體有力。」豈其然乎？此可時復有之，不得以爲常也〔一〇〕。

其雙聲疊韻，須以意節量。若同句有之，及居兩句之際而相承者，則不可矣。同句有者，還依前注〔一一〕。其居兩句際相承者〔一二〕，如任孝恭書云：「學非摩揣，誰合趙之連鷄。但生與憂偕〔一三〕，貧隨歲積〔一四〕。」「鷄」與「偕」相承而同韻，是其類也。又徐陵《勸進表》云〔一五〕：「蚩尤三塚，寧謂嚴誅〔一六〕。」「誅」「塚」相承雙聲，是也〔一七〕。

【校箋】

〔一〕「空」，原作「豈」，據三寶等本改。

〔二〕「經」下原有「位」字，據三寶等本删。「地」，原作「也」，據三寶等本改。《寒陵山碑序》：載《藝文類聚》卷七七，「並」字無，「漠」作「寞」，「經過」作「遥遇」。

〔三〕「邢」，原作「刑」，據三寶本注改。「季」字原無，據三寶等本補。邢子才：邢邵。《高季式碑序》：現存邢邵作品未見。

〔四〕「而後」後原衍「而後」二字，據三寶等本删。

〔五〕「楊氏」四句：楊氏八公：當指楊震一族，據《後漢書·楊震傳》，震八世祖喜，高祖時有功，封赤泉侯，昭帝時爲丞相，「自震至彪，四世太尉」。兩都：指西漢與東漢，班固有《兩都賦》。荀族十卿：據《後漢書·荀淑傳》等，荀淑、荀爽以下一族自東漢至晉，並或位至高官，或知名當時，至劉宋後無聞焉。荀族十卿當指此。

〔六〕「宣」，原作「寅」，據三寶等本改。「謚」，原作「溢」，據江户刊本改。現存魏收作品中未有《文宣謚議》一文，《藝文類聚》卷一四帝王部引有《文宣帝謚議》一文，然作者爲邢子才。

〔七〕九野：猶九天，天之八方中央。

〔八〕四遊：據《禮記·月令》孔穎達正義引鄭玄注《考靈耀》，地與星辰俱有四遊升降。自立春，地與星辰西遊，自立夏之後北遊，立秋之後東遊，立冬之後南遊。日與星辰四遊相反。

〔九〕「平聲」二字原無，據原注補。

〔一〇〕「不」字原無，據三寶等本補。

〔一一〕「注」，原作「住」，據三寶等本改。

〔一二〕「其」字原無，據三寶等本補。

〔一三〕「生」字原無，據三寶等本補。

〔一四〕「學非」四句：現存任孝恭作品中未見。趙之連鷄：《戰國策·秦策一》：「秦惠王謂寒泉子曰：『趙固負其衆，故先使蘇秦以幣帛約乎諸侯。諸侯不可一，猶連雞之不能俱上於棲之明矣。』」鮑彪注：「連謂繩繫之。」

〔一五〕「進」，原作「善」，據六地藏寺本改。《勸進表》：即《勸進梁元帝表》。

〔一六〕「蚩」，原作「豈」，據三寶等本改。「塚」，原作「家」，據三寶等本改。「嚴」字原無，據三寶等本補。「蚩尤」二句：《雲笈七籤》卷一〇〇引《軒轅本紀》：「所殺蚩尤，身首異處，帝閔之，令葬其首塚於壽張，其肩髀塚在山陽，其髀塚在巨鹿。」（中華書局二〇〇三年）

〔一七〕「塚」，原作「家」，據三寶等本改。「相承雙聲是也」，原作「相是承雙聲也」，據三寶等本改。

然聲之不等，義各隨焉。平聲哀而安，上聲厲而舉，去聲清而遠〔一〕，入聲直而促〔二〕。詞人參用，體固不恒。請試論之。筆以四句爲科，其內兩句末並用平聲，則言音流利，得靡麗矣；兼用上去入者，則文體動發，成宏壯矣。看徐、魏二作，足以知之。徐陵《定襄侯表》云〔三〕：「鴻都寫狀〔四〕，皆旌烈士之風；麟閣圖形〔五〕，咸紀誠臣之節。莫不輕死重氣，效命酬恩。棄草莽者如歸，膏平原者相襲。」上對第二句末「風」〔六〕，第三句末「形」〔七〕，下對第二句末「恩」〔八〕，第三句末「歸」，皆是平聲。魏收《赤雀頌序》云〔九〕：「蒼精父天〔一〇〕，銓與象立；黃神母地〔一一〕，輔政機修。靈圖之跡鱗襲，天啓之期翼布。乃有道之公器，爲至人之大寶。」上對第二句末「立」，第三句末「地」，下對第二句末「布」，第三句末「器」，皆非平聲，是也。徐以靡麗標名〔一二〕，魏以宏壯流稱，觀于斯文〔一三〕，亦其效也。又名之曰文，皆附之於韻〔一四〕。韻之字類，事甚區分。緝句成章，不可違越。若令義雖可取，韻弗相依〔一五〕，則猶舉足而失路，抃掌而乖節矣〔一六〕。故作者先在定聲，務諧於韻，文之病累，庶可免矣〔一七〕。

【校箋】

〔一〕「去」，原作「平」，據三寶等本改。

〔二〕「直」，原作「宜」，據三寶等本改。「平聲」四句，參天卷《四聲論》注。

〔三〕《定襄侯表》：今存徐陵作品未見。

〔四〕鴻都：漢代藏書之所，又東漢光和元年於洛陽鴻都設學校，稱鴻都門學，畫孔子及七十二弟子像。

〔五〕「形」，原作「刑」，據三寶等本改。麟閣：即麒麟閣，漢蕭何造，以藏秘書，處賢才。

〔六〕「二」字下原衍「三」字，據三寶等本删。

〔七〕「形」，原作「刑」，據三寶等本改。

〔八〕「末」，原作「不句」，據三寶等本改。

〔九〕《赤雀頌序》：魏收現存作品未見。本卷《文二十八種病》「第四鶴膝」條引魏收《赤雀頌序》中另一段佚文。

〔一〇〕蒼精：春之神。父天：《易·説卦傳》：「乾，天也，故稱乎父。」

〔一一〕黄神：中央之神。母地：《易·説卦傳》：「坤，地也，故稱乎母。」

〔一二〕「徐」，原作「條」，據三寶等本改。

〔一三〕「斯」，原作「期」，據三寶等本改。

〔一四〕「之」字原無，據三寶等本補。

〔一五〕「韻」，原作「龍」，據高甲等本改。

〔一六〕捺掌：抵掌。「捺」，「弄」之俗別字，《龍龕手鑒》二《手部》：「捺、挵、搑，三俗，盧貢反。」

〔一七〕以上《文鏡秘府論箋》卷第十六。

文鏡秘府論　南〔一〕

金剛峰寺禪念沙門遍照金剛　撰

論文意〔二〕

或曰〔三〕：夫文字起於皇道，古人畫一之後方有也〔四〕。先君傳之，不言而天下自理，不教而天下自然，此謂皇道。道合氣性，性合天理，於是萬物稟焉，蒼生理焉。堯行之，舜則之〔五〕，淳樸之教，人不知有君也。後人知識漸下，聖人知之，所以畫八卦，垂淺教〔六〕，令後人依焉。是知一生名，名生教，然後名教生焉〔七〕。以名教爲宗，則文章起於皇道〔八〕，興乎《國風》耳。自古文章，起於無作〔九〕，興於自然，感激而成，都無飾練，發言以當，應物便是。古詩云：「日出而作，日入而息，鑿井而飲，耕田而食〔一〇〕。」當句皆了也。其次，《尚書》歌曰：「元首明哉，股肱良哉，庶事康哉〔一一〕。」亦句句便了。自此之後，則有《毛詩》，假物成焉。夫子演《易》，極思於《繫辭》〔一二〕，言句簡易，體是詩骨〔一三〕。夫子傳於游、夏，游、夏傳於荀卿、孟軻〔一四〕，方有四言五言〔一五〕，效古而作。荀、孟傳於司馬遷，遷傳於賈誼〔一六〕。

誼謫居長沙，遂不得志，風土既殊，遷逐怨上，屬物比興，少於《風》《雅》〔一七〕，復有騷人之作，皆有怨刺，失於本宗〔一八〕。乃知司馬遷爲北宗，賈生爲南宗，從此分焉。漢魏有曹植、劉楨，皆氣高出於天縱，不傍經史，卓然爲文〔一九〕。從此之後，遞相祖述，經綸百代，識人虚薄，屬文於花草，失其古焉。中有鮑照、謝康樂，縱逸相繼，成敗兼行〔二〇〕。至晉、宋、齊、梁，皆悉頹毁。

【校箋】

〔一〕高山寺丙本封面有「文鏡秘府論卷第□」，「第」字後的字可辨認出爲「五」字，此字用一斜筆劃掉，右旁補一「四」字，旁補之「四」字較正文字體拙次，墨跡顯新一些，封面紙質與高山寺乙本一樣。高山寺丙本抄於平安末鎌倉初，南卷爲第五卷，則知在西卷之後。據天卷序、《眼心抄》内容順序、醍醐寺本天卷保留弘治三年（一五五七）九月題記及高山寺乙本丙本封頁保留之卷次痕跡，《文鏡秘府論》之卷次當爲天、地、東、西、南、北，而非天、地、東、南、西、北。以下《文鏡秘府論箋》卷第十。

〔二〕「論文意」，既爲南卷總題，又爲第一節之題。作爲第一節，《論文意》引王昌齡《詩格》與皎然《詩議》。

〔三〕「或曰」，原右注「王氏論文云」，六地藏寺本左注「王子論」。「或曰」至「思之者德之深也」，王昌齡《詩格》。

〔四〕畫一：《説文解字·一部》：「惟初太始，道立於一，造分天地，化成萬物。」

〔五〕「堯行」二句：《論語·泰伯》：「大哉堯之爲君也！巍巍乎，唯天爲大，唯堯則之。」

〔六〕《易·繫辭下》：「古者包犧氏之王天下也，……始作八卦，以通神明之德，以類萬物之情。」淺教：淺俗之教。

〔七〕名教：此處當指有文字内容之文明之教。

〔八〕「章」，原作「筆」，據高甲等本改。

〔九〕「章」，原作「筆」，據高甲等本改。無作：《莊子·齊物論》：「夫大塊噫氣，其名爲風。是唯無作，作則萬竅怒呺。」此處與自然相對，當指無爲、無所造作之意。

〔一〇〕「耕」，原作「科」，據三寶等本改。「日出」四句：爲擊壤之歌，見《太平御覽》卷八〇引《帝王世紀》。王昌齡《詩中密旨》「詩有二格」論詩之格高，引此二句。

〔一一〕「元首」三句：爲皋陶歌，見《書·益稷》。王昌齡《詩中密旨》：「句有三例。一句見意，『股肱良哉』是也。」

〔一二〕「辭」，原作「詞」，據江户刊本改。夫子：孔子。

〔一三〕《易·繫辭上》：「易簡而天下之理得矣。」《易》之《文言》與《繫辭》，文辭簡易，時亦押韻，故曰言句簡易，體是詩骨。

〔一四〕游夏：子游、子夏。《漢書·藝文志》：「又有毛公之學，自謂子夏所傳。」《隋書·經籍志》：「孔子爲《彖》《象》《繫辭》《文言》《序卦》《説卦》《雜卦》，而子夏爲之傳。」三國吴陸璣《毛詩草木鳥獸蟲魚疏》下：「孔子删《詩》授卜商，商爲之《序》，以授魯人曾申，申授魏人李克，克授魯人孟仲子，仲子授根牟子，根牟子授趙人荀卿，荀卿授魯國毛亨，亨作《詁訓傳》以授趙國毛萇。時人謂亨爲大毛公，萇爲小毛公，以其所傳，故名其《詩》曰《毛詩》。」（《叢書集成初編》）

〔一五〕《文選序》：「自炎漢中葉，厥塗漸異，退傅（韋孟）有『在鄒』之作，降將（李陵）著『河梁』之篇，四言五言，區以别矣。」《文心雕龍·明詩》：「漢初四言，韋孟首唱。……至成帝品録，……而辭人遺翰，莫見五言，所以李陵、班婕妤，見疑於後代也。」並不言四言五言始自荀況。

〔一六〕司馬遷（前一四五或前一三五—？）：漢史學家、文學家。賈誼（前二〇〇—前一六八）：漢政治家、文學家。司馬遷生於賈誼之後，不當謂「遷傳於賈誼」。蓋王昌齡之旨本在論文意，論南北宗，於文學歷史變遷傳承本無意深究，故難免訛誤，不足爲憑。

〔一七〕「誼謫」六句：謂賈誼謫居長沙，作《鵩鳥賦》。事見《史記·屈原賈生列傳》。

〔一八〕騷人：指《離騷》作者屈原。班固《離騷序》：「（屈原）責數懷王，怨惡椒蘭，愁神苦思，强非其人。……多稱崑崙冥婚宓妃虚無之語，皆非法度之政，經義所載。」（《楚辭補注》）

〔一九〕「漢魏」四句：鍾嶸《詩品》上評曹植：「其源出於《國風》，骨氣奇高，詞彩華茂。」評劉楨：「其源出於《古詩》，仗氣愛奇，動多振絶，貞骨凌霜，高風跨俗。」天縱：《論語·子罕》：「固天縱之將聖，而又多能也。」

〔二〇〕「中有」三句：謝康樂，即謝靈運。鍾嶸《詩品》上評謝靈運：「其源出於陳思，雜有景陽之體，故尚巧似，而逸蕩過之。」

凡作詩之體，意是格，聲是律，意高則格高，聲辨則律清，格律全，然後始有調〔一〕。用意於古人之上，則天地之境，洞焉可觀。古文格高，一句見意，則「股肱良哉」是也。其次兩句見意，則「關關睢鳩，在河之洲」是也。其次古詩，四句見意，則「青青陵上柏，磊磊澗中石。人生天地間，忽如遠行客」是也〔二〕。又劉公幹詩云：「青青陵上松，飂飂谷中風。風絃一何盛，松枝一何勁〔三〕。」此詩從首至尾，唯論一事，以此不如古人也。

詩本志也，在心爲志，發言爲詩，情動於中，而形於言，然後書之於紙也〔四〕。高手作勢〔五〕，一句更別起意，其次兩句起意。意如湧煙，從地昇天，向後漸高漸高，不可階上也〔六〕。下手下句弱於上句，不看向背，不立意宗，皆不堪也〔七〕。

凡文章皆不難，又不辛苦。如《文選》詩云「朝入譙郡界」「左右望我軍」〔八〕。皆如此例，不難不辛苦也〔九〕。

【校箋】

〔一〕「凡作」七句：聲即是律。「聲」側重詩歌聲法表現，「律」側重詩歌整體韻律審美效果。聲韻安排有序爲聲辨。詩歌韻律諧調流暢，不滯澀，清晰不雜亂，爲律清。格高律清，寓情於中，感情節奏與音律節奏和諧統一，以形成很高境界之詩美，達於很高審美層次，是之爲「調」。又，王昌齡《詩中密旨》：「詩有二格。詩意高謂之格高，意下謂之格下。古詩：『耕田而食，鑿井而飲。』此高格也。沈休文詩：『平生少年日，分手易前期。』此下格也。」天卷《調聲》：「格，意也。意高爲之格高，意下爲之下格。」可與參看。

〔二〕「古文」十二句：「股肱良哉」，見於《書·益稷》，已見前文校箋。「關關」二句，見《詩·周南·關雎》。「青青陵上柏」四句，見《古詩十九首》。王昌齡《詩中密旨》「句有三例」：「一句見意。『股肱良哉』是也。兩句見意。『關關雎鳩，在河之洲。』四句見意。『青青陵上柏，磊磊澗中石。人生天地間，猶如遠行客。』」

〔三〕「青青陵上松」四句：出劉楨《贈從弟》。吟窗本王昌齡《詩格》「常用體十四」：「立節體三。王仲宣《詠史》：『生爲百夫雄，死爲壯士規。』劉公幹詩：『風聲一何盛，松竹一何勁。』」可與參看。

〔四〕《毛詩序》：「詩者，志之所之也，在心爲志，發言爲詩。情動於中而形於言。」

〔五〕高手：善作詩者。作勢：構想詩歌表現意脈之趨勢。

〔六〕「漸高漸高」，原作「漸々高々」，蓋古文重文之例，今改。「意如」四句：謂詩須營造意蘊氛圍，高手作詩，意蘊氛圍越來越强，故「漸高漸高」。

〔七〕「下手」四句：拙於詩者，意藴氛圍越來越弱，是「下句弱於上句」。與詩統一氛圍意藴一致，是爲「向」。游離詩旨，與詩之總體意藴氛圍相違，是爲「背」。吟窗本王昌齡《詩格》「詩有三宗旨」：「立意一。立六義之意，風雅比興賦頌。」

〔八〕朝入譙郡界、左右望我軍：二句均出王粲《從軍詩》五首其五。

〔九〕吟窗本王昌齡《詩格》「詩有六式」：「不難二。王仲宣詩：『朝入譙郡界，曠然消人憂。』此謂絶斧斤之痕也。不辛苦三。王仲宣詩：『逍遥河堤上，左右望我軍。』此謂宛而成章也。」「常用體十四」：「曲存體二。王仲宣詩：『朝入譙郡界，曠然銷人憂。』此乃直叙其事而美之也。」

夫作文章，但多立意〔一〕，令左穿右穴，苦心竭智，必須忘身，不可拘束。思若不來，即須放情却寬之，令境生。然後以境照之〔二〕，思則便來，來即作文。如其境思不來，不可作也〔三〕。

夫置意作詩，即須凝心，目擊其物，便以心擊之，深穿其境〔四〕。如登高山絶頂，下臨萬象，如在掌中。以此見象，心中了見，當此即用〔五〕。如無有不似，仍以律調之定〔六〕，然後書之於紙。會其題目〔七〕，山林、日月、風景爲真，以歌詠之。猶如水中見日月〔八〕，文章是景，物色是本〔九〕，照之須了見其象也。

夫文章興作〔一〇〕，先動氣，氣生乎心，心發乎言，聞於耳，見於目，録於紙〔一一〕。意須出萬人之境，望古人於格下〔一二〕，攢天海於方寸〔一三〕。詩人用心，當於此也。

夫詩，入頭即論其意〔一四〕，意盡則肚寬，肚寬則詩得容預〔一五〕。物色亂下〔一六〕，至尾則却收前意，節節仍須有分付〔一七〕。

【校箋】

〔一〕意藴盡可能豐厚，是所謂「多立意」。

〔二〕「照」，原作「昭」，據三寶等本改。

〔三〕吟窗本王昌齡《詩格》「詩有六貴例」：「穿六三。古詩：『古墓犁爲田，松柏摧爲薪。』」吟窗本王昌齡《詩格》「詩有三境」：「處身於境，視境於心，瑩然掌中，然後用思，了然境象。」「詩有三格」：「搜求於象，心入於境，神會於物，因心而得。」可與參看。

〔四〕目擊其物，乃外在感官對客觀事物之觀察。以心擊之，乃以心靈感受外物。心物完全交融，交融程度極深，是爲「深穿其境」。

〔五〕於心中形成清晰鮮明之境界，最終化爲作品之藝術境界，是爲「心中了見」。

〔六〕律調：王昌齡常用語，意爲以某種規則規範約束之，調暢之。參天卷《調聲》校箋。

〔七〕會其題目：本書天卷《調聲》：「且須識一切題目義。」

〔八〕「猶如」上《眼心抄》有「是」字。《五燈會元》卷八祥禪師：「（僧問）『應物現形如水中月，如何是月？』師提起拂子。」（中華書局一九八四年）

〔九〕文章是景：景，即影，謂文章猶水中之日月，乃外物映照之結果。

〔一〇〕「夫」字原闕，據三寶等本補。《眼心抄》作「凡」。

〔一一〕「夫文」七句：鍾嶸《詩品序》：「氣之動物，物之感人，故摇蕩性情，形諸舞詠。」

〔一二〕「意須」二句：立意構思須高，既超越時人，亦超越古人。

〔一三〕攢天海於方寸：即陸機《文賦》「觀古今於須臾，撫四海於一瞬」之意。方寸指心。

〔一四〕入頭即論其意：本書地卷《十七勢》「第一直把入作勢」：「第一，直把入作勢。……但以題目爲定，依所題目，入頭便直把是也。」又《文心雕龍・鎔裁》：「履端於始，則設情以位體。」

〔一五〕「肚寬肚寬」，原作「肚々寬々」，蓋古文重文之例，今改。

〔一六〕作詩起始即不可游離詩意，故曰「入頭即論其意」。詩之主旨意蘊需充分表現，是所謂「意盡」。思路開闊，意藴豐富無限，可以縱横變轉，是所謂「肚寬」。容預：容與，從容閑舒貌，又，放縱，放任。亂下爲紛紛而下。

〔一七〕節節：逐一，處處。分付：當即「吩咐」，口頭指派。

夫用字有數般。有輕，有重，有重中輕〔一〕，有輕中重，有雖重濁可用者，有輕清不可用者，事須細律之〔二〕。若用重字，即以輕字拂之便快也〔三〕。

夫文章，第一字與第五字須輕清，聲即穩也，其中三字縱重濁〔四〕，亦無妨。如「高臺多悲風，朝日照北林」〔五〕。若五字並輕，則脱略無所止泊處〔六〕；若五字並重，則文章暗濁。事須輕重相間，仍須以聲律之。如「明月照積雪」〔七〕，則「月」「雪」相撥〔八〕。及「羅衣何飄飖」〔九〕，則「羅」「何」相撥〔一〇〕。亦不可不覺也。

【校箋】

〔一〕「有重中輕」，「有」字原無，據高甲等本補。

〔二〕事須：務須如何之意。本書天卷《調聲》引王昌齡説亦論律調其言，字之輕重相間。

〔三〕拂：輔弼，相佐。快：聲律流暢輕快。

〔四〕中三字：除第一字與第五字之外之中間三字。此處所謂輕清重濁，當就聲調而言。第一字與第五字用平聲，「聲即穩」，體現劉滔平聲有用處最多之思想。

〔五〕「高臺」二句：出曹植《雜詩六首》其一。據《韻鏡》，各字清濁如下：高（平清）臺（平濁）多（平清）悲（平清）風（平清），朝（平清）日（入清濁）照（去清）北（入清）林（平清濁）。是知前所言「其中三字縱重濁」就「朝日照北林」一句而言，此句中間三字均仄聲，是知前所言「重濁」，當即指仄聲，「輕清」，當即指平聲。

〔六〕脱略：輕易。無所止泊處：即《文賦》所謂「辭浮漂而不歸」之意。

〔七〕明月照積雪：出謝靈運《歲暮》詩。據《韻鏡》，各字清濁如下：明（平清濁）月（入清濁）照（去清）積（入清）雪（入清）。

〔八〕「月」「雪」同爲入聲，分爲五言詩第二字與第五字，犯蜂腰病。「月」字月韻，「雪」字薛韻，月、薛可通押，同一句内隔字用同韻字，又犯小韻病。故月、雪相撥。相撥，即聲韻互相碰撞、磨擦、相犯相礙之意。

〔九〕羅衣何飄飖：出曹植《美女篇》。據《韻鏡》，各字清濁如下：羅（平清濁）衣（去清，又平清）何（平濁）飄（平濁）飖（平清濁）。

〔一〇〕「羅」「何」同屬下平聲七歌韻，犯小韻病，或者因此謂其相撥。

夫詩，一句即須見其地居處〔一〕，如「孟夏草木長，繞屋樹扶疎。衆鳥欣有託，吾亦愛吾廬」〔二〕。若空言物色，則雖好而無味，必須安立其身。

詩頭皆須造意，意須緊〔三〕，然後縱橫變轉〔四〕。如「相逢楚水寒」〔五〕，送人必言其所矣。

凡屬文之人，常須作意〔六〕，凝心天海之外，用思元氣之前〔七〕。巧運言詞，精練意魄，所作詞句，莫用古語及今爛字舊意。改他舊語，移頭換尾，如此之人，終不長進。爲無自性〔八〕，不能專心苦思，致見不成。

【校箋】

〔一〕詩須簡潔明快，迅速切中詩意，故謂「一句即須見其地居處」。

〔二〕「孟夏」四句：出晉陶淵明《讀山海經》十三首其一。吟窗本王昌齡《詩格》「詩有五趣向」：「閑逸三。陶淵明詩：『衆鳥欣有託，吾亦愛吾廬。』」可與參看。

〔三〕「緊」，原作「豎」，據高甲本改。

〔四〕物色與主題之意旨相緊，是所謂「意須緊」。王昌齡《詩格》「常用體十四」：「緊體十一。范彦龍詩：『物情棄疵賤，何獨飲衡闈。』」從不同側面，反覆抒寫題意，渲染抒情氛圍，而有變化轉折，是爲縱横變轉。

〔五〕相逢楚水寒：出王昌齡《岳陽别李十七越賓》。「楚水」即送人之所，亦物色環境氛圍。

〔六〕作意：在精心構思的基礎上提煉詩情文意。

〔七〕天海之外：極言無限之空間。元氣：宇宙本原，元氣之前，即天地未始之前，極言久遠之時間。

〔八〕自性：佛教所言諸法各自所具不生不滅之性。作文須有自性，則立意須創新。

凡詩人，夜間牀頭明置一盞燈，若睡來任睡，睡覺即起。興發意生，精神清爽，了了明白〔一〕，皆須身在意中。若詩中無身，即詩從何有？若不書身心，何以爲詩？是故詩者，書身心之行李〔二〕，序當時之憤氣。氣來不適，心事不達〔三〕，或以刺上，或以化下，或以申心，或以序事，皆爲中心不決，衆不我知。由是言之，方識古人之本也。

凡作詩之人，皆自抄古今詩語精妙之處，名爲隨身卷子〔四〕，以防苦思。作文興若不來，即須看隨身卷子，以發興也。

【校箋】

〔一〕詩思被觸發的一刹那，天機駿利，思風清爽，是爲「興發意生」。此處之「意」，指感興之意。了了：明白，清楚。

〔二〕行李：行旅。

〔三〕「心事」下原有「或」字，據《眼心抄》删。

〔四〕隨身卷子：抄編佳句資以作詩文之隨身卷子。一些類書即爲作詩文而編。另有名爲「對林」「秀句」「兔園策」，當亦屬此類。《隋書·經籍志》「雜家」類載梁沈約《袖中記》二卷，《袖中略集》一卷，《珠叢》一卷，庾肩吾《采璧》三卷，書而可置於「袖中」，或者爲較早之隨身卷子。此類卷或者先爲「自抄」，自用，後再流傳開來，效而行之，成爲風氣。

詩有飽肚狹腹，語急言生〔一〕，至極言終始，未一向耳〔二〕。若謝康樂語，飽肚意多，皆得停泊，任意縱横〔三〕。鮑照言語逼迫〔四〕，無有縱逸，故名狹腹之語〔五〕。以此言之，則鮑公不如謝也。

詩有無頭尾之體。凡詩頭，或以物色爲頭，或以身爲頭，或以身意爲頭〔六〕，百般無定。任意以興來安穩，即任爲詩頭也〔七〕。

凡詩，兩句即須團却意〔八〕，句句必須有底蓋相承〔九〕，翻覆而用；四句之中，皆須團意上道。必須斷其小大，使人事不錯。

詩有上句言物色，下句更重拂之體〔一〇〕。如「夜聞木葉落，疑是洞庭秋」〔一一〕，「曠野饒悲風，颼颼黄蒿草」〔一二〕，是其例也。

詩有上句言意，下句言狀，上句言狀，下句言意〔一三〕。如「昏旦變氣候，山水含清輝」〔一四〕，「蟬鳴空桑林，八月蕭關道」是也〔一五〕。

凡詩，物色兼意下爲好〔一六〕。若有物色，無意興，雖巧亦無處用之。如「竹聲先知秋」〔一七〕，此名兼也。

【校箋】

〔一〕「肚」，原作「肞」，據高甲等本改。下同。飽肚猶言飽學，狹腹猶言狹學，此處分指下文所言謝靈運和鮑照二人不同之詩風。

〔二〕一向：唐宋時俗語，王昌齡多用，此處言一片或一派之意。

〔三〕據鍾嶸《詩品》及蕭子顯《南齊書·文學傳論》評謝靈運，知所謂「飽肚」，蓋指謝詩閑繹華曠，逸蕩迂迴，因其與「學多才博」即飽學有關，故稱爲「飽肚」。與前所謂「肚寬」聯繫，或者還指其詩意蕴豐厚深遠，是所謂「意多」。又因意多，而可以任意縱横。吟窗本王昌齡《詩格》「詩有六式」：「飽腹四。調怨閑雅，意思縱横。謝靈運詩：『出谷日尚早，入舟陽已微。』此迴停歇意容與。」所引謝詩，見《石壁精舍還湖中作》。

〔四〕「照」，原作「昭」，據三寶等本改。

〔五〕據鍾嶸《詩品》及蕭子顯《南齊書·文學傳論》評鮑照，知所謂「狹腹」，蓋指鮑詩言語危仄逼迫，操調險急，其意無有縱逸，意境不開闊，意藴不深遠。或者即與才學氣量褊狹有關，故稱爲「狹腹」。

〔六〕「意」，《眼心抄》作「心」。以物色爲頭，即入頭便描寫物色。以身爲頭，或者爲先直接表現詩人自我。以身意爲頭，當是先抒寫思想感情。

〔七〕何者爲頭，無固定模式，視詩思感發狀態而定，是爲「無頭尾之體」。

〔八〕團亦爲聚集，凝聚意，此處當引申爲彙總、歸納之意，兩句即須意有歸納。吟窗本王昌齡《詩格》「詩有六式」：「一管摶意六。謝玄暉詩：『繐帷飄井幹，罇酒若平生。』此一管論酒也。劉公幹詩：『誰謂相去遠，隔此西掖垣。拘限清切禁，中情無由宣。』此一管説守官有限，不得相見也。」一管即五言詩之兩句。一管摶意，即兩句團却意。摶：捏之成團；又，聚集。摶意，即團意。

〔九〕句句必須有底蓋相承：即前文所言「節節須有分付」之意。詩篇須前後意脈相承，關聯照應，全詩之意渾融一體。

〔一〇〕「詩有」二句：意爲上句故留未盡之意，以下句補足之。拂：輔佐，輔助。

〔二〕「夜聞」二句：詩題及撰者未詳。本書地卷《十七勢》「第八下句拂上句勢」亦以此二句爲例，意可與此相參。又，吟窗本王昌齡《詩格》「起首入興體十四」「叙事入興六」引古詩云：「遥聞木葉落，疑是洞庭秋。中宵起長望，正見滄海流。」

〔三〕「曠野」二句：出王昌齡《長歌行》。

〔三〕「詩有」四句：此與地卷《十七勢》之「第十五理入景勢」與「第十六景入理勢」相仿。

〔四〕「昏旦」二句：出謝靈運《石壁精舍還湖中作》。吟窗本王昌齡《詩格》「詩有五趣向」：「幽深四。謝靈運詩：『昏旦變氣候，山水含清輝。』」

〔五〕「蕭」，原作「簫」，據醍甲等本改。「蟬鳴」二句：出王昌齡《塞下曲》。王昌齡《詩格》「起首入興體十四」：「先衣帶，後叙事入興四。古詩：『清風動帷簾，晨月燭幽房。佳人處遐遠，蘭室無容光。』此兩句衣帶，兩句叙事。古詩：『蟬鳴空桑林，八月蕭關道。』此一句衣帶，一句叙事。」

〔六〕下言「無意興」，則「意下」疑爲「意興」之誤。

〔七〕竹聲先知秋：詩題及撰者未詳。竹聲是自然之物色，而竹聲引發清秋來臨之思，寓歲華流逝之感，有着言外深層意藴。《眼心抄》「二十七體」：「十七，物色兼意體。詩：『竹聲先知秋。』又：『聽鷄知曉月，聞雁覺秋天。』又：『見雨知心數，聞雷覺神通。』」又，王昌齡《詩格》「起首入興體十四」：「景物兼意入興十三。王正長詩：『朔風動秋草，邊馬有歸心。』古詩：『竹聲先知秋。』」

凡高手，言物及意皆不相倚傍〔一一〕。如「方塘涵清源，細柳夾道生」〔一二〕，又「方塘涵白水，中有鳧與雁」〔一三〕，又「綠水溢金塘」〔一四〕，「馬毛縮如蝟」〔一五〕，又「池塘生春草，園柳變鳴禽」〔一六〕，又「青青河畔草」〔一七〕，「鬱鬱澗底松」〔一八〕，是其例也。

詩有天然物色，以五綵比之而不及。由是言之，假物不如真象，假色不如天然。如此之例，皆爲高手〔一九〕。中手倚傍者，如「餘霞散成綺，澄江淨如練」〔二〇〕，此皆假物色比象〔二一〕，力弱不堪也。

詩有意好言真，光今絶古，即須書之於紙。不論對與不對，但用意方便〔一二〕，言語安穩〔一三〕，即用之。若語勢有對〔一四〕，言復安穩，益當爲善。

詩有傑起險作，左穿右穴〔一五〕。如「古墓犁爲田，松柏摧爲薪」〔一六〕，「馬毛縮如蝟，角弓不可張」〔一七〕，「鑿井北陵隈，百丈不及泉」〔一八〕，又「去時三十萬，獨自還長安。不信沙場苦，君看刀箭瘢」〔一九〕，此爲例也。

詩有意闊心遠，以小納大之體。如「振衣千仞崗，濯足萬里流」〔二〇〕。古詩直言其事，不相映帶，此實高也。相映帶詩云「響如鬼必附物而來」〔二一〕，「天籟萬物性，地籟萬物聲」〔二二〕。

【校箋】

〔一〕倚傍：即下文所謂「假物比象」，即雕琢詞采。不相倚傍，即白描手法，表現事物天然之美。

〔二〕「方塘涵清源」二句：出漢劉楨《贈徐幹》（《文選》卷二三），然二句倒植。《眼心抄》「二十七體」「十八言物意不相倚傍體」引此詩亦倒植。吟窗本王昌齡《詩格》「詩有六貴例」：「出意五。劉公幹詩：『細柳夾道生，方塘含清源。』」文未倒植。

〔三〕「方塘涵白水」二句：出漢劉楨《雜詩》。吟窗本王昌齡《詩格》「詩有六貴例」：「直意二。劉公幹詩：『豈不罹凝寒，松柏有本性。』又詩：『方塘含白水，中有鳧與雁。』此高手也。」

〔四〕「緑」，原作「渌」，據醍甲等本改。緑水溢金塘：詩題及撰者未詳。《眼心抄》「二十七體」：「十八言物意不倚傍體，……『流水溢金塘』，『馬毛縮如蝟』。」「緑水」作「流水」。

〔五〕馬毛縮如蝟：出鮑照《出自薊北門行》。

〔六〕「池塘」二句：出謝靈運《登池上樓》。

〔七〕青青河畔草：出《古詩十九首》其二，此句亦爲古樂府《飲馬長城窟行》首句。吟窗本王昌齡《詩格》「起首入興體十四」：「託興入興九。古詩：『青青河畔草，綿綿思遠道。』此起於《毛詩·國風》之體。」

〔八〕鬱鬱澗底松：出晉左思《詠史詩八首》其二。吟窗本王昌齡《詩格》「起首入興體十四」：「直入比興七。左太沖詩：『鬱鬱澗下松，離離山上苗。以彼徑寸條，蔭此百尺條。』此詩頭兩句比入興也。」

〔九〕「皆爲高手」句下《眼心抄》有「如池塘生春草園柳變鳴禽如此之例即是也」十八字。

〔一〇〕「餘霞」二句：出南齊謝朓《晚登三山還望京邑》。吟窗本王昌齡《詩格》「詩有六貴例」：「直意二。……謝玄暉詩：『餘霞散成綺，澄江靜如練。』此綺手也。」亦引此詩。

〔一一〕「比」，原作「此」，據六地藏寺本改。

〔一二〕方便：佛教語，謂以靈活方式因人施教，使悟佛法真義。

〔一三〕「安」字原無，據江户刊本補。

〔一四〕「勢」字下原有「者」字，據《眼心抄》删。

〔一五〕二句謂想像奇特，思路縱横開闊。

〔一六〕「古墓」二句：出《古詩十九首》其十四。

〔一七〕「馬毛」二句：出鮑照《出自薊北門行》。吟窗本王昌齡《詩格》「詩有六貴例」：「穿穴三。古詩：『古墓犂爲田，松柏摧爲薪。』」「傑起一。鮑明遠詩：『馬毛縮如蝟，角弓不可張。』」

〔一八〕「鑿井」二句：出鮑照《擬古八首》其四。

〔一九〕「去時」四句：出王昌齡《代扶風主人答》詩。

〔二〇〕「振衣」二句：出晉左思《詠史詩八首》其五。吟窗本王昌齡《詩格》「常用體十四」：「因小用大體十二。左太沖詩：『振衣千仞崗，濯足萬里流。』謝惠連詩：『裁用篋中刀，縫爲萬里衣。』」

〔二二〕此句疑有脱誤，或者爲關於後文例句之説明。

〔二三〕「天籟」二句：出典未詳。天籟、地籟，語出《莊子·齊物論》。

詩有覽古者〔一〕，經古人之成敗詠之是也。

詠史者〔二〕，讀史見古人成敗，感而作之。

雜詩者〔三〕，古人所作，元有題目，撰入《文選》，《文選》失其題目，古人不詳，名曰雜詩。

樂府者〔四〕，選其清調合律唱〔五〕，入管絃，所奏即入之樂府聚至〔六〕。如《塘上行》〔七〕、《怨詩行》〔八〕、《長歌行》〔九〕、《短歌行》之類是也〔一〇〕。

詠懷者〔一一〕，有詠其懷抱之事爲興是也。

古意者〔一二〕，若非其古意〔一三〕，當何有今意？言其效古人意，斯蓋未當擬古。

寓言者〔一四〕，偶然寄言是也。

【校箋】

〔一〕覽古：《文選》卷二一載晉盧諶之作，詩名「覽古」。

〔二〕詠史：《文選》卷二一有「詠史」部，録王粲以下九家二十一首詩。

〔三〕雜詩：《文選》卷二九、卷三〇有「雜詩」部，收《古詩十九首》以下作品若干，《文選》《古詩十九首》吕向注：「不知時代，又失姓氏，故但云雜詩。」王粲《雜詩》李善注：「雜者，不拘流例，遇物即言，故云雜也。」李周翰注：「興致不一，故云雜詩。」

〔四〕樂府：原爲官署名，後指詩體名，初指樂府官署採製之詩歌，後魏晉至唐可入樂之詩歌及仿樂府古題之作品統稱作樂府。《文選》卷二七、卷二八有「樂府」部，《文心雕龍》有《樂府》篇，宋郭茂倩編有《樂府詩集》，蒐集漢魏六朝唐五代樂府古辭。王昌齡此處所論，指合樂之詩歌。

〔五〕句意不清，「唱」疑「吕」訛。

〔六〕「聚至」後疑闕「詩官」「瞽師」之類。

〔七〕行：樂府之一體，其聲疏放不滯者曰行。《塘上行》：《文選》卷二八有陸機《塘上行》，李善注：「《歌録》曰：『《塘上行》，古辭，或云甄皇后造，或云魏文帝，或云武帝。歌曰：蒲生我池中，葉何一離離。』」

〔八〕《怨詩行》：《樂府詩集》卷四一「相和歌辭十六」收有《怨詩行》古辭，曹植、陶淵明等所作題爲《怨詩行》之樂府詩。卷二七有班婕妤《怨歌行》，李善注：「《歌録》曰：『《怨歌行》，古辭。』然言古者有此曲，而班婕妤擬之。」《樂府詩集》卷四二「相和歌辭十七」收有班婕妤、曹植、傅玄、梁簡文帝、江淹、沈約、庾信、李白等所作題爲《怨歌行》之樂府詩。

〔九〕《長歌行》：《文選》卷二七有佚名《長歌行》，卷二八有陸機《長歌行》。佚名《長歌行》李善注：「崔豹《古今注》曰：『長歌，言壽命長短定分，不妄求也。』此上一篇，似傷年命，而下一首，直叙怨情。古詩曰：『長歌正激烈。』魏武帝《燕歌行》曰：『短歌微吟不能長。』傅玄《豔歌行》

曰：『咄來長歌續短歌。』然行聲有長短，非言壽命也。」《樂府詩集》卷三〇「相和歌辭五」收有《長歌行》古辭及魏曹叡、陸機、傅玄等所作《長歌行》。

〔一〇〕《短歌行》：《文選》卷二七有曹操《短歌行》，卷二八有陸機《短歌行》，俱爲四言。《樂府詩集》卷三〇「相和歌辭五」收有魏曹操、曹丕、曹叡，晉陸機，梁張率，北周徐謙，隋辛德源等題爲《短歌行》之樂府詩。《古今樂録》：「王僧虔《技録》云：『《短歌行》「仰瞻」一曲，魏氏遺令，使節朔奏樂，魏文製其辭，自撫箏和歌，歌者云：「貴官彈箏。」貴官即魏文也。此曲制最美，辭不可入宴樂。』」《樂府解題》：「《短歌行》，魏武帝『對酒當歌，人生幾何』，晉陸機『置酒高堂，悲歌臨觴』，皆言當及時爲樂也。」

〔一一〕詠懷：《文選》卷二三有「詠懷」部，收有阮籍《詠懷詩》十七首，謝惠連《秋懷詩》、歐陽建《臨終詩》各一首。

〔一二〕古意：《文選》無「古意」一目，然卷二三有徐悱《古意酬到長史溉登琅邪城詩》，及范雲《古意贈王中書》詩。吕向注前詩曰：「古意，作古詩之意。」注後詩曰：「謂象古詩之意。」

〔一三〕「若非其」，原作「非若其」，從《校注》改。

〔一四〕寓言：《莊子》有《寓言》篇，謂：「寓言十九，重言十七，卮言日出。」陸德明《釋文》：「寓，寄也，以人不信己，故託之他人，十言而九見信也。」《文選》未有「寓言」一目，唐李白、杜牧等有《寓言》詩。

夫詩，有生煞迴薄[一]，以象四時，亦稟人事，語諸類並如之。諸爲筆，不可故不對，得還須對。夫語對者，不可以虚無而對實象[二]。若用草與色爲對，即虚無之類是也[三]。

夫詩格律，須如金石之聲。《諫獵書》甚簡小直置[四]，似不用事，而句句皆有事，甚善甚善[五]。《海賦》太能[六]。《鵬鳥賦》等[七]，皆直把無頭尾[八]。《天台山賦》能律聲[九]，有金石聲。孫公云「擲地金聲」[一〇]，此之謂也。《蕪城賦》[一一]，大才子有不足處，一歇哀傷便已，無有自寬知道之意。

詩有：「明月下山頭，天河横戍樓。白雲千萬里，滄江朝夕流。浦沙望如雪，松風聽似秋。不覺煙霞曙，花鳥亂芳洲[一二]。」並是物色，無安身處，不知何事如此也。

詩有平意興來作者[一三]。「願子勵風規，歸來振羽儀。嗟余今老病，此别恐長辭[一四]。」蓋無比興，一時之能也。

詩有：「高臺多悲風，朝日照北林[一五]。」則曹子建之興也。阮公《詠懷詩》曰：「中夜不能寐，謂時暗也。起坐彈鳴琴。憂來彈琴以自娱也。薄帷鑒明月，言小人在位，君子在野，蔽君猶如薄帷中映明月之光[一六]。清風吹我襟。獨有其日月以清懷也[一七]。孤鴻號外野，翔鳥鳴北林[一八]。近小人也。」

【校箋】

〔一〕本書地卷《十七勢》有「第十四生煞迴薄勢」。

〔二〕東卷《二十九種對》「第廿八疊韻對」載崔融説，亦謂爲文章詩賦皆須屬對，不得令有跛眇者，以有形對無色，則爲眇。載元兢説，則云，景風心色等，可以對虛，亦可以對實。

〔三〕虛無之類：指「色」。

〔四〕《諫獵書》：司馬相如《諫獵書》，《史記》《漢書》本傳及《文選》卷三九均收入。簡小，謂篇幅短小。直置：本書地卷《十體》有「四直置體」，謂直書其事，即直截了當，不事雕飾地加以表現。

〔五〕「甚善甚善」，原作「甚々善々」，蓋古文重文之例，今改。

〔六〕《海賦》太能：《文選》卷一二有晉木華《海賦》。木華，字玄虛，晉文人。《文選》李善注引李充《翰林論》：「木氏《海賦》，壯則壯矣，然首尾負揭，狀若文章，亦將由未成而然也。」與此處「直把無頭尾」者合。太能：未詳，疑有訛誤。或者爲對《海賦》作品評價之詞，或某一作品名。

〔七〕《鵩鳥賦》：賈誼作，《史記》《漢書》本傳及《文選》卷一三均收入。

〔八〕直把：即直接叙起。本書地卷《十七勢》有「第一直把入作勢」。無頭尾：任爲詩頭任爲詩尾。

〔九〕《天台山賦》：即《遊天台山賦》，晉孫綽之作。

〔一〇〕《世説新語·文學》：「孫興公作《天台賦》成，以示范榮期，云：『卿試擲地，要作金石聲。』范曰：『恐子之金石，非宫商中聲。』然每至佳句，輒云：『應是我輩語。』」

〔二〕《蕪城賦》：鮑照之作。

〔三〕「明月下山頭」八句，詩題及撰者未詳。

〔三〕「平」，疑當作「憑」。

〔四〕「願子」四句：出徐陵《别毛尚書》。風規：風度品格。羽儀：《易·漸卦》上九爻辭：「鴻漸于陸，其羽可用爲儀。」

〔一五〕「高臺」二句：出曹植《雜詩六首》其一，見《文選》卷二九。吟窗本皎然《詩議》：「二重意，如曹子建云：『高臺多悲風，朝日照北林。』」

〔一六〕「猶如」下原衍「也」字，據高甲等本删。

〔一七〕「獨」，原作「揭」，據三寶等本改。此當爲王昌齡自注阮詩。

〔一八〕此爲阮籍《詠懷詩十七首》第一首。吟窗本王昌齡《詩格》「詩有六式」：「淵雅一。詩有一覽意窮，謂之浮淺。阮嗣宗詩：『中夜不能寐，起坐彈鳴琴。』」

凡作文，必須看古人及當時高手用意處，有新奇調學之〔一〕。

詩貴銷題目中意盡，然看當所見景物與意愜者相兼道〔二〕。若一向言意〔三〕，詩中不妙及無味。景語若多，與意相兼不緊〔四〕，雖理通亦無味〔五〕。

昏旦景色，四時氣象，皆以意排之，令有次序，令兼意説之爲妙。且日出初〔六〕，河山林嶂涯壁間，宿霧及氣靄，皆隨日色照著處便開。觸物皆發光色者，因霧氣濕著處，被日照水光發。至日午，氣靄雖盡，陽氣正甚，萬物蒙蔽，却不堪用。至曉間〔七〕，氣靄未起，陽氣稍歇，萬物澄淨，遥目此乃堪用。至於一物，皆成光色，此時乃堪用思。所説景物必須好似四時者，春夏秋冬氣色，隨時生意。取用之意，用之時，必須安神淨慮。目覩其物，即入於心；心通其物，物通即言；言其狀，須似其景。語須天海之内，皆納於方寸。至清曉，所覽遠近景物及幽所奇勝概〔八〕，皆須任思自起。意欲作文〔九〕，乘興便作，若似煩即止，無令心倦。常如此運之，即興無休歇，神終不疲。

凡神不安，令人不暢無興，無興即任睡〔一〇〕，睡大養神。常須夜停燈任自覺，不須强起，强起即惛迷〔一一〕，所覽無益。紙筆墨常須隨身，興來即録。若無紙筆，羈旅之間，意多草草〔一二〕。舟行之後，即須安眠，眠足之後，固多清景。江山滿懷，合而生興，須屏絶事務，專任情興，因此，若有製作，皆奇逸。看興稍歇，且如詩未成，待後有興成，却必不得强傷神。

【校箋】

〔一〕此處之「調」，當兼意興景物構思境界言之。

〔二〕「看當」，疑爲「當看」之誤倒。

〔三〕一向：一味。

〔四〕吟窗本王昌齡《詩格》「常用體十四」有「緊體十一」，已見前引。

〔五〕「通」，原作「道」，當作「通」。地卷《十七勢》「第十五理入景勢」有「理通無味」可證。從《譯注》改。

〔六〕「出初」，疑當作「初出」。

〔七〕「曉」，疑當作「晚」。

〔八〕「幽」下「所」疑衍。勝概：美景。

〔九〕「欲」，《眼心抄》作「先」。

〔一〇〕「無興無興」，原作「無々興々」，蓋古文重文之例，今改。

〔一一〕「强起强起」，原作「强々起々」，蓋古文重文之例，今改。

〔一二〕草草：匆忙倉促貌。

斆古文章，不得隨他舊意，終不長進。皆須百般縱橫，變轉數出，其頭段段皆須令意上道，却後還收初意。「相逢楚水寒」詩是也。

凡詩立意，皆傑起險作，傍若無人，不須怖懼。古詩云「古墓犁爲田，松柏摧爲薪」，及「不信沙場苦，君看刀箭瘢」是也〔一〕。

詩不得一向把〔二〕，須縱橫而作。不得轉韻，轉韻即無力〔三〕。落句須含思〔四〕，常如未盡始好。如陳子昂詩落句云「蜀門自兹始，雲山方浩然」是也〔五〕。

夫文章之體，五言最難。聲勢沉浮〔六〕，讀之不美。句多精巧，理合陰陽；包天地而羅萬物，籠日月而掩蒼生。其中四時調於遞代，八節正於輪環〔七〕；五音五行，和於生滅〔八〕；六律六吕，通於寒暑〔九〕。

凡文章不得不對。上句若安重字、雙聲、疊韻，下句亦然〔一〇〕。若上句偏安，下句不安，即名爲離支〔一一〕。若上句用事，下句不用事，名爲缺偶〔一二〕。故梁朝湘東王《詩評》曰〔一三〕：「作詩不對，本是吼文，不名爲詩。」

【校箋】

〔一〕「古墓」二句：出《古詩十九首》其十四。「不信」二句：出王昌齡《代扶風主人答》。

〔二〕一向把：寫法思路單一。本書地卷《十七勢》「第十五理入景勢」：「理入景勢者，詩不可一向把理，皆須入景，語始清味。」

〔三〕「轉韻轉韻」，原作「轉々韻々」，蓋古文重文之例，今改。天卷《七種韻》有「轉韻」。關於轉韻，魏晉南北朝已有論述。曹操嫌於積韻，希望更迭轉韻。陸雲希望四句轉句即轉韻。劉勰以爲兩韻輙易與百句不遷均不行。

〔四〕「含」，原作「令」，從《考文篇》改。本書地卷《十七勢》有「第十含思落句勢」。

〔五〕陳子昂（六六一—七〇二）：字伯玉，初唐詩人。「蜀門」二句：陳子昂《西還至散關答喬補闕知之》之末句。

〔六〕聲勢：聲韻氣勢。沉浮：此當指聲韻之清濁輕重。

〔七〕八節：指立春、春分、立夏、夏至、立秋、秋分、立冬、冬至八個節氣。

〔八〕據《白虎通·五行》五音五行與季節相配如下：角—木—春，徵—火—夏，商—金—秋，羽—水—冬，宫—土—中。生滅：佛教語，依因緣和合而有謂之「生」，依因緣和合而無謂之「滅」。

〔九〕《周禮·春官·大師》：「大師掌六律六同，以合陰陽之聲，陽聲：黄鍾、大蔟、姑洗、蕤賓、夷則、無射。陰聲：大吕、應鍾、南吕、函鍾、小吕、夾鍾。」此六律六吕均通於歲時，是謂「通於寒暑」。

〔一〇〕「上句」二句：東卷《二十九種對》有重字對、雙聲對、疊韻對，可參看。

〔一一〕「離支」二字疑顛倒。西卷《文二十八種病》有「第二十三支離」病。又，王昌齡《詩中密旨》「病犯八格」有「支離病」。

〔一二〕缺偶：本書西卷《文二十八種病》「第十三闕偶病」有「缺偶」一病。王昌齡《詩中密旨》「病犯八格」：「缺偶病二。詩中上句引事，下句空言也。詩云：『蘇秦時刺股，勤學我便登。』」

〔一三〕梁朝湘東王：即梁元帝蕭繹。《詩評》：未詳。

夫作詩用字之法，各有數般。一敵體用字〔一〕，二同體用字〔二〕，三釋訓用字〔三〕，四直用字〔四〕。但解作詩，一切文章，皆如此法。若相聞書題、碑文、墓誌、赦書、露布、牋、章、表、奏、啓、策、檄、銘、誄、詔、誥、辭、牒、判〔五〕，一同此法。

【校箋】

〔一〕一敵體用字：用字範疇性質並列相對，相當對等。東卷《二十九種對》「第一的名對」引元兢説，正對若堯、舜，皆古之聖君，名相敵，「第六異類對」則謂天、山，花、鳥非敵體。

〔二〕同體用字：同對既同類又同義，可互換而用，類别義涵相同相近之字而用，是爲同體用字。

〔三〕釋訓用字：《廣雅》「釋訓」一篇列舉重言、雙聲、疊韻之類字，是釋訓用字當指重言、雙聲、疊韻等用字。

〔四〕直用字：不詳。地卷《十體》有直置體，直書其事，或者此類即謂之直用字。

〔五〕相聞：互相通消息。書題：當指書簡。碑文：又稱碑誄、碑誌、碑記，爲碑上記述死者生前事跡並表示哀悼之文字。墓誌：刻於石上，放於墓中，記述死者姓氏、生平事跡之文字。墓誌多用散文，另有墓誌銘，則爲韻文，用於對死者之讚揚、悼念。赦書：頒布赦令之文告。露布：檄之一種。牋：表文之一種，魏晉以後多用於上皇后、太子及諸王。章、表：臣下上呈皇帝之奏章、奏表。奏：臣下上帝王之文書。啓：泛指奏疏、公文、書函。策：君主對臣下封土、授爵、免官或發布其他教令之文書。檄：官府用於徵召、曉諭、聲討之文書。銘：常刻寫在碑版或器物上，或以稱功德，或用以自警之文辭。誄：此當指悼念死者之文章。詔：皇帝所下命令。誥：

《尚書》六體之一，用於告誡、告示或勸勉。又爲皇帝的制敕、命令，即誥令、誥命。辭：作爲文體，有「楚辭」，起於戰國時楚國，以屈原《離騷》爲代表之新詩體，亦稱「騷體」。作爲作品，有漢武帝《秋風辭》，亦爲一種詩體。有陶淵明《歸去來兮辭》，則爲一種抒情賦體。牒：爲官府應用文之一種。此爲朝廷議政未定時用於諮謀之短文。授予官職、敕令、同級官府之間往來之類公文亦稱牒。判：審理訴訟判決之文書，又爲契約、合同。

今世間之人，或識清而不知濁，或識濁而不知清。若以清爲韻，餘盡須用清；若以濁爲韻，餘盡須濁；若清濁相和，名爲落韻〔一〕。凡文章體例，不解清濁規矩，造次不得制作〔二〕。制作不依此法〔三〕，縱令合理，所作千篇，不堪施用。但比來潘郎〔四〕，縱解文章，復不閑清濁；縱解清濁，又不解文章〔五〕。若解此法，即是文章之士。爲若不用此法〔六〕，聲名難得。故《論語》曰「學而時習之」〔七〕，此謂也〔八〕。若「思而不學，則危殆」也〔九〕。又云：「思之者，德之深也〔一〇〕。」

【校箋】

〔一〕此下松本、江户刊本、維寶箋本雙行小字注「故李音序曰篇名落韻下篇通韻以草木如此」，「以」當爲「御」字草訛，「木」爲「本」之訛。六地藏寺本雙行小字注「故李概音序曰上篇名落韻下篇通韻」。此注當爲草本之注。注之「李音序」當爲李概《音譜決疑序》（或《音譜序》，或《音韻決疑序》)之略。李概，字季節，北朝齊文人，參天卷《四聲論》注。李概聲譜音韻著作，參天卷序校箋。安然《悉曇藏》卷二引《四聲譜》：「又云：韻有二種，清濁各別爲通韻，清濁相和爲落韻。」此注内容與《悉曇藏》所引《四聲譜》所説當爲同源。

〔二〕造次：急遽。

〔三〕「制作制作」，原作「制々作々」，蓋古文重文之例，今改。

〔四〕「比」，原作「此」，據六地藏寺本改。「潘」，原作「播」，據三寶等本改。比來：近來之意。潘郎：當指潘岳。

〔五〕「不」字原無，據高甲等本補。

〔六〕「爲若」，《眼心抄》作「若爲」。

〔七〕學而時習之：語出《論語·學而》。

〔八〕「謂」上當補「之」字。

〔九〕「思而不學」句：語出《論語·爲政》，原作「思而不學則殆」。

〔一〇〕思之者德之深也：出典未詳。《論文意》開頭至此，王昌齡説。此二句以上維寶《文鏡秘府論箋》卷第十。

或曰〔一〕：夫詩有三四五六七言之别〔二〕，今可略而叙之。三言始於《虞典》「元首」之歌[三]。四言本出《南風》[四]，流於夏世，傳至韋孟[五]，其文始具。六言散在《騷》《雅》[六]。七言萌於漢[七]。五言之作，《召南·行露》已有濫觴[八]，漢武帝時，屢見全什[九]，非本李少卿也[一〇]。以上略同古人[一一]。少卿以傷別爲宗，文體未備[一二]，意悲調切[一三]，若偶中音響[一四]，《十九首》之流也[一五]。古詩以諷興爲宗[一六]，直而不俗，麗而不朽[一七]，格高而詞温，語近而意遠，情浮於語，偶象則發，不以力制，故皆合於語，而生自然。建安三祖、七子[一八]，五言始盛[一九]，風裁爽朗，莫之與京[二〇]，然終傷用氣使才，違於天真，雖忌松容，而露造跡[二一]。正始中[二二]，何晏、嵇、阮之儔也，嵇興高邈，阮旨閑曠，亦難爲等夷，論其代[二三]，則漸浮侈矣。晉世尤尚綺靡，古人云：「采縟於正始，力柔於建安[二四]。」宋初文格，與晉相沿[二五]，更憔悴矣。

【校箋】

〔一〕以下《文鏡秘府論箋》卷第十一。六地藏寺本眉注「皎公詩議纂要」。「或曰」以下至「或賢於今論矣」，引皎然《詩議》。皎然另有《詩式》。皎然《詩議》與《詩式》評價建安文學、用事及齊梁詩均不同，尤以對俗巧看法迥異。《詩式》編定於貞元五年（七八九），作於皎然晚年，則《詩議》當作於早年。《詩式》當受浙西聯唱遊戲詩風影響，此詩風始於廣德二年（七六四），《詩議》當作於此年之前。

〔二〕摯虞《文章流别論》：「詩之流也，有三言、四言、五言、六言、七言、九言。」（《藝文類聚》卷五六）

〔三〕吟窗本皎然《詩議》無「於」字。「典」，原作「興」，據吟窗本《詩議》改。《文心雕龍·章句》：「三言興於虞時，『元首』之詩是也。」「元首」之歌：見《書·益稷》。

〔四〕「本出南風」，吟窗本《詩議》作「本於國風」。南風：《禮記·樂記》：「昔者舜作五絃之琴，以歌《南風》。」

〔五〕夏世：指禹。韋孟：漢高祖時人，其《諷諫》詩，見《漢書·韋賢傳》及《文選》卷一九，詩爲四言。《文心雕龍·明詩》：「漢初四言，韋孟首創，匡諫之義，繼軌周人。」

〔六〕「騷雅」，吟窗本《詩議》作「離騷」。摯虞《文章流别論》：「六言者，『我姑酌彼金罍』之屬是也。」

〔七〕「漢」，吟窗本《詩議》作「漢代」。《文心雕龍·章句》：「六言、七言，雜出《詩》《騷》，而□體之篇，成於兩漢。」

〔八〕「召南」，原作「邵南」，從《詩經》改。《詩·召南·行露》有五言。

〔九〕全什：《詩經》中《雅》《頌》部分，多以十篇爲一組，稱之爲「什」，如《鹿鳴之什》《清廟之什》等。此處云「漢武帝時，屢見全什」，未知所據。

〔一〇〕李少卿：李陵（？—前七四）。謂五言始於李陵，見鍾嶸《詩品序》及蕭統《文選序》。

〔一一〕「以上略同古人」，此六字吟窗本《詩議》無。古人當指摯虞、劉勰等。

〔一二〕「別」，原作「子」，據醍甲等本改。吟窗本《詩議》無「以傷別爲宗文體未備」九字。

〔一三〕「調」，吟窗本《詩議》作「詞」。

〔一四〕「音」，吟窗本《詩議》作「奇」。

〔一五〕《十九首》：指《古詩十九首》。

〔一六〕「古詩以諷興爲宗」至「而生自然」，吟窗本《詩議》闕。

〔一七〕「杇」，意不詳。一謂疑當作「巧」，一謂當解作同音字「汙」。

〔一八〕建安：後漢獻帝年號（一九六—二二〇），其時朝廷實權實際已歸入曹操之手。三祖：魏武帝太祖曹操、文帝高祖曹丕、明帝烈祖曹叡。七子：建安七位文人，爲孔融、陳琳、王粲、徐幹、阮瑀、應瑒、劉楨。

〔一九〕「盛」，吟窗本《詩議》作「成」。

〔二〇〕「風裁爽朗莫之與京然」九字，吟窗本《詩議》闕。莫之與京：語見《左傳》莊公二十二年。京，大。

〔二一〕「使才違於天真雖忌松容而露造跡」十四字，吟窗本《詩議》闕。「松容」，「松」疑爲「妝」之訛，「妝」爲「飾」之意。「造跡」即「造作之跡」之省言，與「斧斤之跡」同意。

〔二二〕正始：魏廢帝（曹芳）年號（二四〇—二四九）。

〔三三〕「也嵇興高邈……論其代則」十八字，吟窗本《詩議》闕。

〔三四〕「古人云采縟於正始力柔於建安」十三字，吟窗本《詩議》闕。「采縟」二句：出自《文心雕龍·明詩》。

〔三五〕「沿」，吟窗本《詩議》作「公」。

論人，則康樂公秉獨善之資〔一〕，振頹靡之俗。沈建昌評〔二〕：「自靈均已來〔三〕，一人而已。」此後，江寧侯温而朗〔四〕。鮑參軍麗而氣多〔五〕，《雜體》《從軍》〔六〕，殆凌前古，恨其縱捨盤薄，體貌猶少〔七〕。宣城公情致蕭散〔八〕，詞澤義精，至於雅句殊章，往往驚絶〔九〕。何水部雖謂格柔〔一〇〕，而多清勁〔一一〕，或常態未剪，有逸對可嘉，風範波瀾，去謝遠矣〔一二〕。柳惲、王融、江總三子〔一三〕，江則理而清，王則清而麗，柳則雅而高。予知柳吴興名屈於何，格居何上。中間諸子，時有片言隻句〔一四〕，縱敵於古人，而體不足齒。

或者隨流〔一五〕，風雅泯絶，八病雙拈，載發文蠹〔一六〕，遂有古律之别〔一七〕。古詩三等：正，偏，俗。律詩三等：古，正，俗〔一八〕。頃作古詩者〔一九〕，不達其旨，效得庸音，競壯其詞，俾令虚大〔二〇〕。或有所至，已在古人之後，意熟語舊，但見詩皮，淡而無味〔二一〕。予實不誣，唯知音者知耳。

【校箋】

〔一〕「秉」，原作「康」，據吟窗本《詩議》改。康樂公：謝靈運。獨善：語出《孟子·盡心上》。

〔二〕沈建昌：沈約，梁武帝受禪後，被封爲建昌侯。沈約《宋書·謝靈運傳論》：「自靈均以來，多歷年代，雖文體稍精，而此秘未覩。」皎然臆解沈約之語，藉以稱揚謝靈運。

〔三〕「自」，吟窗本《詩議》作「則」。靈均：屈原之字。

〔四〕「江寧侯温而朗」至「格居何上中間」，吟窗本《詩議》闕。江寧侯：未詳，或者指顔延之，然史書未載其被封江寧侯。

〔五〕鮑照曾爲臨海王劉子頊前軍參軍，故稱鮑參軍。

〔六〕《文選》卷三〇雜詩部選鮑照《數詩》《翫月城西門廨中》二首，所謂「雜體」或者指此。鮑照《擬行路難十八首》其十四有「君不見少壯從軍去，白首流離不得還」之句，「從軍」詩或者指此。

〔七〕「捨」，疑當作「横」。體貌猶少：或者指鍾嶸《詩品》中所評「不避危仄，頗傷清雅之調」。皎然着眼點在清雅。

〔八〕宣城公：謝朓，曾爲宣城太守，可稱謝宣城，然並未封公。此處稱「宣城公」，當是後人對謝朓之尊稱。

〔九〕鍾嶸《詩品》評謝朓：「然奇章秀句，往往警遒。」

〔一〇〕何遜曾爲梁尚書水部員外郎，故稱何水部。

〔一二〕「清」，原作「情」，據醍甲等本改。

〔一二〕《顔氏家訓·文章》：「何遜詩實爲清巧，多形似之言，揚都論者，恨其每病苦辛，饒貧寒氣，不及劉孝綽之雍容也。」

〔一三〕柳惲（四六五—五一七）：南朝齊梁間詩人，字文暢。王融：參天卷《調聲》校箋。江總（五一九—五九四）：南朝後期作家，字總持。

〔一四〕「片」，吟窗本《詩議》作「月」。「隻」，原無，據三寶等本補。

〔一五〕「或者隨流」至「唯知音者知耳」，吟窗本《詩議》闕。

〔一六〕「拈」，原作「拈」，據三寶本改。八病：參西卷《文二十八種病》校箋。雙拈：即《眼心抄》所謂「拈二」，見天卷《調聲》元兢「調聲三術」校箋引。「或者隨流風雅泯絶八病雙拈載發文蠹」十六字，《眼心抄》删。皎然《詩式》「明四聲」：「沈休文酷裁八病，碎用四聲，故風雅殆盡，後之才子，天機不高，爲沈生弊法所媚，懵然隨流，溺而不返。」

〔一七〕《眼心抄》：「凡詩有二種，一曰古詩，亦名格詩。二曰律詩。格詩三等：謂正、偏、俗。古詩以諷興爲宗，直而不俗，麗而不朽，格高而詞温，語近而意遠，情浮於語，偶象則發，不以力制，故皆合於語，而生自然。」與此略有不同。

〔一八〕古詩正、偏、俗三等當有所指。「偏」格與「俗」格詳下注。前注引《眼心抄》謂古詩亦名格詩，格詩三等，謂正偏俗，接論「古詩以諷興爲宗」云云，或者是以《古詩十九首》爲「古詩」之「正」格。

律詩三等之「古」體，可能指入律古風，可押仄韻，可以換韻；「正」當指完全合律之體；「俗」體當指下文所謂「俗巧」之體。

〔一九〕「頃」，原作「須」，據《眼心抄》改。

〔二〇〕此或者爲皎然所謂古詩三等之「偏」格。

〔二一〕此或者爲皎然所謂古詩三等之「俗」格。詩皮：詩之表層。

律家之流，拘而多忌〔一〕，失於自然，吾常所病也〔二〕。必不得已，則削其俗巧，與其一體〔三〕。一體者，由不明詩體〔四〕，未諧大道〔五〕。若《國風》《雅》《頌》之中，非一手作，或有暗同，不在此也〔六〕。其詩曰：「終朝采菉，不盈一掬〔七〕。」又詩曰：「采采卷耳，不盈傾筐〔八〕。」興雖別而勢同〔九〕。若《頌》中，不名一體〔一〇〕。夫累體成章〔一一〕，高手有互變之勢，列篇相望，殊狀更多。若句句同區，篇篇共轍，名爲貫魚之手〔一二〕，非變之才也。俗巧者，由不辨正氣，習俗師弱弊之過也〔一三〕。其詩曰：「樹陰逢歇馬，魚潭見洗船。」又詩曰：「隔花遥勸酒，就水更移牀〔一四〕。」何則，夫境象不一〔一五〕，虚實難明。有可覩而不可取〔一六〕，景也；可聞而不可見，風也；雖繫乎我形，而妙用無體，心也；義貫衆象，而無定質，色也。凡此等，可以對虚，亦可以對實〔一七〕。

【校箋】

〔一〕「忌」,《眼心抄》誤作「忘」。

〔二〕「常」,吟窗本《詩議》作「嘗」。

〔三〕關於「俗巧」,下文多有論述。師法詩之正道,削除俗對、俗名、俗字等鄙俚之俗,反對模仿因襲之古今相傳之俗,避免詞柔調輕、尖細工巧,是爲「削其俗巧」。不知變化,不同場合均重複使用同一體式,是爲「一體」。與前句「削」字相對,「與」疑當作「去」字。去除詩歌寫作體式重複、不知變化之病,是爲「與(去)其一體」。

〔四〕「一體一體」,原作「一々體々」,蓋古文重文之例,今改。「詩體」,原作「詩對」。吟窗本《詩議》作「詩體對」,「體」字或「對」字爲校字竄入,今據改正。詩體,詩應有之體式規律。

〔五〕「未諧大道」,原作「未皆大通」。吟窗本《詩議》作「未階大道」,《詩議》爲是,然「階」爲「諧」(合之意)之訛,今改。大道,爲作詩之大道,詩家高深藝術境界。

〔六〕「不在此也其」,吟窗本《詩議》闕。或有暗同不在此也:言外之意,若非暗同,而是毫無變化之重複類似表達方式,即爲「一體」。

〔七〕「菉」,吟窗本《詩議》及《詩・小雅・采緑》作「緑」。

〔八〕「傾」,《詩・周南・卷耳》作「頃」。

〔九〕「興雖别而勢同」,吟窗本《詩議》作「此雖興别而勢同也」。勢同:表達方式之趨勢相同。

〔一〇〕「若頌中不名一體」至「非變之才也」四十七字，吟窗本《詩議》闕。

〔一一〕「累體」，原作「累對」，據江户刊本改。

〔一二〕貫魚：《易·剥卦》：「貫魚，以宮人寵。」其本義蓋指如貫魚者排定順序，用宮人而寵愛之，輪流當夕，則宮人不致爭寵吃醋，相妒相軋，故卦辭曰「無不利」。後多以喻用人以次進御，不偏愛，不相越，有次序。此處爲不知變通之意。

〔一三〕「習俗師弱弊之過也」，吟窗本《詩議》作「習弱師弊之道也」。正氣：詩之正道。習弱師弊：師習時俗弱弊之處。此三句爲對「俗巧」之總評。

〔一四〕「樹陰」二句：出庾信《歸田》。洗船：未詳，與「歇馬」相對，當是寫停泊之船。「隔花」二句：出庾信《結客少年場行》。「勸」，吟窗本《詩議》作「飲」。西卷《文二十八種病》「第二十七文贅」：「又曰：『樹蔭逢歇馬，魚潭見洗船。』又曰：『隔花遥勸酒，就水更移牀。』是即俗巧弱弊之過也。」

〔一五〕吟窗本《詩議》無「何則」二字，「不」字作「非」。

〔一六〕「不」，吟窗本《詩議》下衍一「不」字。

〔一七〕兩「對」字吟窗本《詩議》均作「偶」。

又曰：至如渡頭、浦口，水面、波心，是俗對也〔一〕。上句青〔二〕，下句緑；上句愛，下句憐，下對也〔三〕。「青山滿蜀道，緑水向荆州」〔四〕，語麗而掩瑕也。句中多著映帶、傍佯等語，熟字也〔五〕。製錦、一同、仙尉、黄綬，熟名也〔六〕。溪湕、水隈、山脊、山肋，俗名也〔七〕。若箇、占剩，俗字也〔八〕。俗有二種〔九〕。一、鄙俚俗，取例可知〔一〇〕。二、古今相傳俗，詩曰「小婦無所作，挾瑟上高堂」之類是也〔一一〕。又如送别詩〔一二〕，山字之中，必有離顔〔一三〕；溪字之中，必有解攜〔一四〕；送字之中，必有渡頭字，來字之中，必有悠哉〔一五〕。如遊寺詩，鷲嶺鷄岑〔一六〕，東林彼岸〔一七〕。語居士以謝公爲首〔一八〕，稱高僧以支公爲先〔一九〕。又柔其詞，輕其調，以小字飾之，花字粧之，漫字潤之，點字采之，乃云「小溪花懸，漫水點山」〔二〇〕。若體裁已成，唯少此字，假以圓文〔二一〕，則何不可。然取捨之際，有斲輪之妙哉〔二二〕。知音之徒，固當心證〔二三〕。調笑叉語〔二四〕，似讁似讖，滑稽皆爲詩贅〔二五〕，偏入嘲詠，時或有之，豈足爲文章乎？剖宋玉俗辯之能〔二六〕，廢東方不雅之説〔二七〕，始可議其文也。

【校箋】

〔一〕「至如渡頭」至「是俗對也」，吟窗本《詩議》附在「詩有八種對」「七曰假對」之下。

〔二〕「上句青」至「俗字也」，吟窗本《詩議》闕。

〔三〕「青」「緑」「愛」「憐」，均語義相重相濫，過於細巧，或者因此謂之「下對」。

〔四〕「青山」二句：出唐崔顥《贈盧八象》詩。

〔五〕傍佯：可作徘徊解。人們熟用映帶、傍佯，或者因此被稱爲熟字。

〔六〕製錦：唐駱賓王《和李明府》有「霞殘疑製錦」之句。一同：全同，一樣。仙尉：漢梅福之美稱。福爲南昌尉，後歸鄉里，一朝棄妻子去，人以爲仙，故有此稱，見《漢書·梅福傳》，後亦以仙尉爲縣尉之譽稱。黄綬：古代官員繫官印之黄色絲帶，借指官位。一同與製錦何以被稱爲熟名，不詳。凡縣尉皆稱仙尉，凡官員皆稱黄綬，或者因此被稱爲熟名。

〔七〕溪浐：浐，疑「槎」字之誤。槎即木筏。溪浐、水隈、山脊、山肋當爲俚俗對地名之稱呼，或者因此被稱爲俗名。

〔八〕若箇：哪個，指人，亦可指物與處所。唐盧照鄰《行路難》：「若箇游童不競攀，若箇倡家不來折。」(《文苑英華》卷二〇〇)占剩：意不詳。若箇、占剩均爲俚俗用字，是爲「俗字」。俗對、下對、熟字、俗名、俗字均當屬皎然所謂「俗巧」。既熟又俗且尖細工巧，是爲俗巧。

〔九〕「俗有二種」至「挾瑟上高堂之類是也」，吟窗本《詩議》在「詩有八種對」之下獨立一條，作「詩有二俗一曰鄙俚俗二曰古今相傳俗詩曰小婦無所作挾瑟上高堂此俗類也」。

〔一〇〕前述俗對、下對、熟字、俗名、俗字均當屬鄙俚俗，前已大量舉例，故曰「取例可知」。

〔一一〕「小婦」二句：出古樂府《相逢行》(或作《相逢狹路間》，《玉臺新詠》卷一)。六朝人好作《三婦豔》詞以寫女子，模仿因襲，或者因此稱其爲「古今相傳俗」。

〔一二〕「又如送别詩」以下至「此三例非用事也」，吟窗本《詩議》闕。

〔一三〕離顔：離别之顔，送别詩送至山前必定有離顔之詞。

〔一四〕解攜：分手，離别。又有解奚。送至溪邊，登船而别，必有解攜之詞。

〔一五〕送别必盼早歸，盼朋友歸來，必寫悠哉其樂之詞。

〔一六〕「鷄」，《眼心抄》作「鶴」。鷲嶺：靈鷲山，傳釋迦説法之聖地，在中印度，後借指佛寺。雞岑：迦葉入定之雞足山，見《大唐西域記》卷二摩揭陀國下。《眼心抄》作「鶴岑」，則指釋迦入滅之「鶴林」。

〔一七〕東林：廬山東林寺，刺史桓伊爲名僧惠遠所建。彼岸：佛教以超脱生死之涅槃境界爲彼岸。

〔一八〕謝公：此處言居士，當指長卧東山之謝安。

〔一九〕支公：指晉高僧支遁（三一四—三六六）。

〔二〇〕「小溪」二句：出典未詳。

〔二一〕圓文：圓合圓妙之文。

〔二二〕斲輪之妙：輪扁斲輪，得之於手而應於心，見《莊子·天道》。

〔二三〕心證：佛教語，謂自心參悟印證。

〔二四〕調笑：皎然《詩式》「調笑格一品」：「戲俗。評曰：《漢書》云：『匡鼎來，解人頤。』蓋説詩也。此一品非雅作，足以爲談笑之資矣。李白《上雲樂》：『女媧弄黄土，摶作下愚人。散在六合間，濛濛若沙塵。』」又語，一作査語，唐時流行之特殊諧謔俗語。

〔三五〕滑稽：《史記》有《滑稽列傳》。此當指詩文中令人發笑而近俗之言語。《文心雕龍·諧隱》：「諧之言皆也，辭淺會俗，皆悦笑也。」所論即爲滑稽之文。詩贅：西卷《文二十八種病》有繁説病，或名疣贅，又有文贅，或名涉俗病，可與此相參。又，三寶院本西卷《文二十八種病》「第二十三支離」前頁邊空白處注「詩式六犯……六犯文贅」。亦名「詩式」，亦有「文贅」，疑與皎然《詩式》之論詩贅有某種關係。

〔三六〕宋玉：《文心雕龍·諧隱》：「楚襄宴集，而宋玉賦好色。」據《文選》，宋玉有《風賦》（卷十三）、《高唐賦》、《神女賦》、《登徒子好色賦》（卷十九）及《對楚王問》，均可見宋玉俗辯之能。

〔三七〕東方：東方朔（前一五四？—前九三？），《漢書》卷六五有傳，稱其「口諧倡辯，不能持論，喜爲庸人誦説」，「詼達多端，不名一行」。《漢書》本傳及《文選》並録其《答客難》《非有先生論》。《文心雕龍·諧隱》：「於是東方、枚皋，餔糟啜醨，無所匡正，而詆嫚媟弄，故其自稱爲賦，乃亦俳也。」所謂「東方不雅之説」，蓋指此。

又云：凡詩者，惟以敵古爲上，不以寫古爲能〔一〕。立意於衆人之先，放詞於群才之表，獨創雖取〔二〕，使耳目不接，終患倚傍之手〔三〕。或引全章，或插一句，以古人相黏二字、三字爲力，厠麗玉於瓦石，殖芳芷於敗蘭，縱善，亦他人之眉目，非己之功也，況不善乎？時人賦孤竹則云「冉冉」〔四〕，詠楊柳則云「依依」〔五〕，此語未有之前，何人曾道。謝詩曰：「江菼亦依依〔六〕。」故知不必以「冉冉」繫竹，「依依」在楊。常手旁之，以爲有味，此亦强作幽想耳。且引靈均爲證〔七〕，文譎氣貞，本於六經〔八〕，而製體創詞，自我獨致，故歷代作者師之。此所謂勢不同，而無模擬之能也〔九〕。班固雖謂屈原「露才揚己，引崑崙玄圃之事不經，然其文雅麗，可爲賦之宗」〔一〇〕。若比君於堯、舜，況臣於稷、卨〔一一〕，思列反也。綺里之高逸〔一二〕，於陵之幽貞〔一三〕，褒貶古賢，成當時文意，雖寫全章，非用事也。古詩：「胡馬依北風，越鳥巢南枝〔一四〕。」「南登灞陵岸，迴首望長安〔一五〕。」「彭薛纔知恥，貢公不遺榮。或可優貪競，豈足稱達生〔一六〕。」此三例，非用事也。

【校箋】

〔一〕「惟」，原作「雖」，據《眼心抄》改。敵古，可與古人匹敵。寫古，模寫古人。

〔二〕「取」，《眼心抄》作「在」。

〔三〕倚傍：此處指倚傍模擬古人。

〔四〕《古詩十九首》：「冉冉孤生竹，結根泰山阿。」

〔五〕《詩·小雅·采薇》：「昔我往矣，楊柳依依。」

〔六〕江菼亦依依：出謝朓《休沐重還道中》。菼：初生之荻，似葦而小。

〔七〕「且」字原無，據六地藏寺等本補。靈均：據《楚辭·離騷》自叙，爲屈原之字。

〔八〕王逸《楚辭章句序》：「夫《離騷》之文，依託《五經》以立義焉。」所謂「本於六經」者本此。

〔九〕「能」，疑當作「態」。

〔一〇〕「班固雖謂屈原」云云：語出班固《離騷序》而簡略。「然」，原闕，各本作「能」，據《離騷序》補。玄圃：同懸圃，傳説在崑崙山頂。《楚辭·天問》：「崑崙懸圃，其尻安在？」亦作縣圃。

〔一一〕「稷」，原作「禝」，據三寶等本改。稷、卨：事堯舜之二賢臣。稷，相傳爲周代祖先，舜時爲農官。卨，同「契」，傳説中商代始祖，舜時爲主管教育之司徒。

〔一二〕綺里：綺里季，漢初四皓之一。

〔一三〕於陵：地名，在今山東省，戰國時齊陳仲子隱居之所，因借指陳仲子。陳仲子居於陵，三日不食，匍匐往食井上殘李，事見《孟子·滕文公下》。幽貞：語出《易·履卦》九二爻辭：「履道坦坦，幽人貞吉。」後多以借指隱士。

〔一四〕「胡馬」二句：出《古詩十九首》。

〔一五〕「南登」二句：出王粲《七哀詩》二首。吟窗本王昌齡《詩格》「詩有五用例」：「用勢四。用氣不如用勢也。王仲宣詩：『南登灞陵岸，迴首望長安。』」

〔一六〕「彭薛」四句：出謝靈運《初去郡》。「薛」，原作「薩」；「榮」，原作「蘢」，均據《文選》改。彭薛：彭宣、薛廣德，與貢禹均漢末廉士，爲高官而乞歸鄉里。

或云：今人所以不及古者，病於儷詞。予曰：不然。先正時人，兼非劉氏〔一〕。六經時有儷詞〔二〕，揚、馬、張、蔡之徒始盛〔三〕。「雲從龍，風從虎」〔四〕，非儷耶〔五〕？但古人後於語〔六〕，先於意，因意成語〔七〕，語不使意，偶對則對，偶散則散。若力爲之，則見斤斧之跡〔八〕。故有對不失渾成，縱散不關造作，此古手也。

或曰：詩不要苦思，苦思則喪於天真〔九〕。此甚不然。固須繹慮於險中〔一〇〕，採奇於象外〔一一〕，狀飛動之句〔一二〕，寫冥奥之思〔一三〕。夫希世之珠，必出驪龍之頷〔一四〕，況通幽含變之文哉〔一五〕？但貴成章以後〔一六〕，有其易貌〔一七〕，若不思而得也。「行行重行行，與君生別離」〔一八〕，此似易而難到之例也。

【校箋】

〔一〕「先正時人」，吟窗本《詩議》作「先正詩人」，疑當作「先代詩人」。劉氏：未詳。

〔二〕「兼非劉氏六經」六字，吟窗本《詩議》闕。

〔三〕「揚馬張蔡之徒始盛」八字，吟窗本《詩議》闕。揚馬張蔡：揚雄、司馬相如、張衡、蔡邕。

〔四〕「雲從」二句：出《易·乾卦》。《文心雕龍·麗辭》：「龍虎類感，則字字相儷。」

〔五〕此下吟窗本《詩議》有「昔我往矣楊柳依依今我來斯雨雪霏霏非麗邪」十九字。

〔六〕「古」字原無，據吟窗本《詩議》補。

〔七〕「因意成語」至「此古手也」四十三字，吟窗本《詩議》闕。「意」字原無，據文義，當脱「意」字，從《考文篇》補。

〔八〕皎然《詩式》「詩有四不」：「力勁而不露，露則傷斤斧。」

〔九〕「苦思苦思」，原作「苦々思々」，此古文重文之例，今改。皎然《詩式》「取境」：「或曰：詩不假脩飾，任其醜樸，但風韻正，天真全，即名上篇。」

〔一〇〕「須」，吟窗本《詩議》作「當」。險中：《易·屯卦·彖傳》：「屯，剛柔始交而難生，動乎險中，大亨貞。」

〔一一〕「採」，吟窗本《詩議》作「采」。

〔一二〕「句」，許清雲《皎然詩式輯校新編》作「趣」（臺灣文史哲出版社一九八四年）。

〔一三〕「冥」，吟窗本《詩議》作「真」。

〔一四〕「夫希」二句：典出《莊子·列禦寇》。「珠」，吟窗本《詩議》作「珍」。

〔一五〕「含」，《眼心抄》作「合」，吟窗本《詩議》作「名」。「文」字原無，據吟窗本《詩議》補。

〔一六〕「但貴成章以後」以下至「豈非兼文美哉」，吟窗本《詩議》闕。

〔一七〕「其」字原無，據六地藏寺等本補。「易貌」，或當爲「氣貌」。皎然《詩式》「取境」有「觀其氣貌，有似等閒」之句。

〔一八〕「行行」二句：出《古詩十九首》。

且文章關其本性，識高才劣者，理周而文窒；才多識微者，句佳而味少〔一〕。是知溺情廢語〔二〕，則語樸情暗；事語輕情〔三〕，則情闕語淡〔四〕。巧拙清濁，有以見賢人之志矣。抵而論，屬於至解〔五〕，其猶空門證性〔六〕，有中道乎〔七〕。何者？或雖有態而語嫩，雖有力而意薄，雖正而質，雖直而鄙，可以神會，不可言得，此所謂詩家之中道也。又古今詩人，多稱麗句〔八〕，開意爲上〔九〕，反此爲下。如「盈盈一水間，脈脈不得語」〔一〇〕，「臨河濯長纓，念別悵悠阻」〔一一〕，此情句也。如「白雲抱幽石，緑篠媚清漣」〔一二〕，「露濕寒塘草，月映清淮流」〔一三〕，此物色帶情句也。

【校箋】

〔一〕「而」，《眼心抄》作「文」。

〔二〕「廢」，原作「癈」，據三寶等本改。

〔三〕「事」，疑當作「重」。

〔四〕「闕」字原蠹蝕，據江户刊本補。

〔五〕抵：推之意。抵而論即推而論。至解：猶至言，至論，最高超正確之見解。

〔六〕空門：泛指佛法，大乘以觀空爲入門，故稱。證：參悟，修行得佛道。證性：證本分之真性。

〔七〕中道：佛教大乘諸宗謂無差别、無偏倚之至理。

〔八〕麗句：麗對之句，亦指詞采華美之句。

〔九〕「開」，原作「關」，據三寶等本改。

〔一〇〕「盈盈」二句：出《古詩十九首》。王昌齡《詩格》「詩有五用例」：「用神五。用勢不如用神也。古詩：『盈盈一水間，脈脈不得語。』」

〔一一〕「臨河」二句：出李陵《與蘇武三首》其二。「悠阻」，《文選》卷二九作「悠悠」。

〔一二〕「緑」，原作「淥」，據六地藏寺等本及《文選》改。「篠」，原作「藤」，據高丙本、《文選》改。「白雲」二句：出謝靈運《過始寧墅》。

〔一三〕「露濕」二句：出何遜《與胡興安夜别》。

夫詩工創心，以情爲地，以興爲經，然後清音韻其風律〔一〕，麗句增其文彩。如楊林積翠之下，翹楚幽花〔二〕，時時間發。乃知斯文，味益深矣。

又有人評古詩，不取其句，但多其意，而古人難能。予曰不然。旨全體貞，潤婉而興深，此其所長也。請復論之，曰：夫寒松白雲，天全之質也；散木擁腫〔三〕，亦天全之質也。比之於詩，雖正而不秀，其擁腫之林〔四〕。《易》曰：「文明健〔五〕。」豈非兼文美哉〔六〕？古人云：「具體唯子建、仲宣〔七〕，偏善則太沖、公幹〔八〕。平子得其雅〔九〕，叔夜含其潤，茂先凝其清，景陽振其麗，鮮能兼通〔一〇〕。」況當齊、梁之後，正聲寖微，人不逮古，振頹波者，或賢於今論矣〔一二〕。

【校箋】

〔一〕風律：即音律。《管子·宙合》：「君失音則風律必流，流則亂敗。」（《諸子集成》，上海書店一九八六年）

〔二〕楊林：地名，生多楊，因名之。一説，即「陽林」。翹楚：木中之獨高者。

〔三〕「擁」，《眼心抄》作「臃」。散木：不材之木，語出《莊子·人間世》。

〔四〕「林」，當爲「材」。

〔五〕文明健：出《易·同人卦·彖傳》。

〔六〕前文「但貴成章以後」以下至此處「豈非兼文美哉」，吟窗本《詩議》闕。

〔七〕「具體」，吟窗本《詩議》作「其休」。

〔八〕「幹」，吟窗本《詩議》作「韓」。

〔九〕「平子」，吟窗本《詩議》作「子手」。

〔一〇〕「具體」七句：語出《文心雕龍·明詩》，然語序及文字均略有不同。

〔一一〕「波」，原作「彼」，據江户刊本及吟窗本《詩議》改。「或」下，吟窗本《詩議》有「有」字。

論體[一]

凡製作之士[二]，祖述多門，人心不同，文體各異。較而言之，有博雅焉[三]，有清典焉，有綺艷焉，有宏壯焉，有要約焉，有切至焉。夫模範經誥[四]，褒述功業，淵乎不測，洋哉有閑，博雅之裁也。敷演情志，宣照德音，植義必明，結言唯正，清典之致也。體其淑姿，因其壯觀，文章交映，光彩傍發，綺艷之則也。魁張奇偉[五]，闡耀威靈，縱氣凌人，揚聲駭物，宏壯之道也。指事述心，斷辭趣理[六]，微而能顯，少而斯洽，要約之旨也。舒陳哀憤，獻納約戒，言唯折中，情必曲盡，切至之功也[七]。

【校箋】

〔一〕題名「論體」疑爲空海草本時所擬，疑後又删去，故宫内廳、三寶、高甲、高丙、醍甲、仁甲、義演本等多本均無此題，唯松本、江户刊本、維寶箋本有此題，三寶本「凡製作之士」之前行下小字注「論體亻本」，六地藏寺本欄眉注「論體」。

〔二〕「凡製作之士」至「不復委載也」（《論體》全文及《定位》前半）疑出《文筆式》。《文筆式》「又翼乎沛乎等是」之注及「十一言句例」（東卷《筆札七種言句例》）均見於《定位》。《定位》論述連位成篇，累句成位，注云「筆皆四句合成一對」，此與《文筆十病得失》後半「筆以四句而成」之說合。《文筆式》好用「得者」「失者」比較(見西卷《文筆十病得失》前半)，《論體》論文體六事，恰是先論其得，再論其失。二篇正文多爲駢儷體，而注文則多爲散體，且注釋内容多不似作者自注，説明注文與正文非同一作者。或者一些正文原出《筆札華梁》，爲《文筆式》全部編入並有補充、修改和注釋，與《筆札七種言句例》同一體例。《定位》注云：「其犯避等狀，已具聲病條内。」或者即指收入《筆札華梁》及《文筆式》之論聲病條目。西卷《文筆十病得失》後半亦云：「其文之犯避，皆準於前。」正與《定位》之説明類似。《文筆式》雖作於初唐，但多直接編入隋前材料，故篇中不避「淵」字、「照」字之諱。劉善經《四聲指歸》重在論四聲及聲病，此二篇却多論文章體貌及謀篇佈局，體例不甚相合，故此二篇不當出《四聲指歸》。

〔三〕「焉」，原作「烏」，據醍甲等本改。

〔四〕「模」，原作「摸」，據六地藏寺本改。

〔五〕「偉」，原作「緯」，當爲「偉」訛誤，從《譯注》改。

〔六〕斷辭：原指《易》中決斷吉凶之辭，此處當指文章中遣辭用字。

〔七〕《文心雕龍·體性》：「若總其歸塗，則數窮八體：一曰典雅，二曰遠奥，三曰精約，四曰顯附，五曰繁縟，六曰壯麗，七曰新奇，八曰輕靡。」可與參看。

至如稱博雅，則頌、論爲其標。頌明功業，論陳名理，體貴於弘，故事宜博；理歸於正，故言必雅也〔一〕。語清典，則銘、讚居其極。

銘題器物，讚述功德〔二〕，皆限以四言，分有定準。言不沈遁〔三〕，故聲必清；體不詭雜〔四〕，故辭必典也〔五〕。陳綺艷，則詩、賦表其華。詩兼聲色，賦叙物象〔六〕，故言資綺靡，而文極華艷〔七〕。叙宏壯，則詔、檄振其響。詔陳王命，檄叙軍容，宏則可以及遠，壯則可以威物。論要約，則表、啓擅其能〔八〕。表以陳事，啓以述心，皆施之尊重，須加肅敬，故言在於要，而理歸於約。言切至，則箴、誄得其實。箴陳戒約，誄述哀情，故義資感動，言重切至也〔九〕。

凡斯六事，文章之通義焉。苟非其宜，失之遠矣。博雅之失也緩，清典之失也輕，綺艷之失也淫，宏壯之失也誕，要約之失也闌〔一〇〕，切至之失也直〔一一〕。體大義疏，辭引聲滯，緩之致焉。文體既大，而義不周密〔一二〕，故云疏。辭雖引長〔一三〕，而聲不通利，故云滯也。理入於浮，言失於淺，輕之起焉。叙事爲文，須得其理，理不甚會，則覺其浮。言須典正，涉於流俗，則覺其淺〔一四〕。體貌違方，逞欲過度，淫以興焉。文雖綺艷，猶須準其事類相當〔一五〕，比擬叙述〔一六〕。不得體物之貌，而違於道，逞己之心，而過於制也。制傷迂闊，辭多詭異，誕則成焉。宏壯者，亦須準量事類，可得施言，不可漫爲迂闊，虛陳詭異也。情不申明，事有遺漏〔一七〕，闌因見焉。謂論心意，不能盡申，叙事理，又有所闕焉也。體尚專直，文好指斥，直乃行焉。謂文體不經營，專爲直置〔一八〕，言無比附，好相指斥也。

故詞人之作也，先看文之大體〔一九〕，隨而用心。謂上所陳文章六種，是其大體也。遵其所宜，防其所失，博雅、清典、綺艷、宏壯、要約、切至等，是其所宜也〔二〇〕。緩、輕、淫、闌、誕、直等，是其所失也〔二一〕。故能辭成鍊覈，動合規矩。而近代作者，好尚互舛，苟見一塗，守而不易，至令摛章綴翰〔三〕，罕有兼善。豈才思之不足，抑由體制之未該也。

【校箋】

〔一〕「雅」字下原衍「之」字，從《譯注》删。

〔二〕「德」，原作「能」，據江户刊本改。

〔三〕聲律板滯，則爲「沈膇」。所謂「沈膇」，當即陸機《文賦》所謂「崎錡而難便」、「泱漭而不鮮」之意。

〔四〕「體」字原脱，據三寶等本補。

〔五〕「辭」，原作「辟」，據高甲等本改。

〔六〕「物象」，《眼心抄》作「形容」。

〔七〕「陳綺」二句並注：陸機《文賦》：「詩緣情而綺靡，賦體物而瀏亮。」

〔八〕「擅」，原作「檀」，據江户刊本改。

〔九〕關於文章體貌與文體之關係，《文心雕龍·定勢》亦有論述，對各種文體之風格要求與此處之《論體》多有不同。

〔一〇〕闌：樂曲半在半罷謂之闌，又可解作稀疏、寥落。爲文求要約而至過於簡略稀疏，中途半端而罷，不能盡其主旨，事理必有所遺漏，此之謂「闌」。豹軒藏本鈴木虎雄注：「二『闌』字並『闕』

之訛，注文『又有所闕焉』可證也。」

〔一一〕《禮記·經解》：「故《詩》之失愚，《書》之失誣，《樂》之失奢，《易》之失賊，《禮》之失煩，《春秋》之失亂。」此處句法與《禮記·經解》一致。

〔一二〕「周密」，原作「周蜜」，據醍甲等本改。

〔一三〕引：樂曲體裁名，此種樂曲或因有序曲而聲調舒緩。轉泛指吟唱。此處之「引長」，當指文辭舒緩曼聲吟唱。

〔一四〕「其」，原作「甚」，據醍甲等本改。

〔一五〕「須」字原闕，據三寶等本補。

〔一六〕「比」，原作「此」，據三寶等本改。

〔一七〕「有遺漏」，原作「有遺漏有遺漏」。此文並以十二字爲句，疑爲誤增，從《考文篇》删去重出。

〔一八〕「置」，原作「罝」，據《眼心抄》改。直置：即前所謂「專直」。本書地卷《十體》有「四直置體」。

〔一九〕「大體」，原作「本體」，與前文「先看作文之大體」相應，從《眼心抄》改。

〔二〇〕「其」「也」二字原無，據《眼心抄》補。

〔二一〕「是」字原無，據《眼心抄》補。

〔二二〕「令」，原作「今」，據三寶等本改。

凡作文之道〔一〕，構思爲先〔二〕，亟將用心，不可偏執。何者？篇章之內，事義甚弘。雖一言或通，而衆理須會。若得於此而失於彼，合於初而離於末，雖言之麗，固無所用之。故將發思之時，先須惟諸事物，合於此者。既得所求，然後定其體分〔三〕。必使一篇之內，文義得成；篇，謂從始至末，使有文義，可得連接而成也。一章之間，事理可結。章者，若文章皆有科別，叙義可得連接而成事，以爲一章〔四〕，使有事理，可結成義。通人用思，方得爲之。大略而論，建其首，則思下辭而可承；陳其末，則尋上義不相犯；舉其中，則先後須相附依，此其大指也。若文繫於韻者，則量其韻之少多。若事不周圓，功必疎闕。與其終將致患，不若易之於初。然參會事情，推校聲律〔五〕，動成病累，難悉安穩。如其理無配偶，音相犯忤，三思不得，足以改張〔六〕。或有文人，昧於機變，以一言可取，殷勤戀之，勞於用心，終是棄日〔七〕。若斯之輩，亦膠柱之義也〔八〕。又文思之來，苦多紛雜〔九〕，應機立斷，須定一途。若空勦品量，不能取捨，心非其決，功必難成〔一〇〕。然文無定方，思容通變，下可易之於上，前得迴之於後。若語在句末，得易之於句首；或在前言，可迻於後句也。研尋吟詠，足以安之，守而不迻，則多不合矣。然心或蔽通，思時鈍利，來不可遏，去不可留〔一一〕。若也情性煩勞，事由寂寞，强自催逼，徒成辛苦。不若韜翰屏筆，以須後圖，待心慮更澄，方事連緝。非止作文之至術，抑亦養生之大方耳〔一二〕。

【校箋】

〔一〕自「凡作文之道」至下篇之「不復委載也」爲定位論。主要討論附辭會義，使文章首尾前後，條理周圓。

〔二〕「構」，原作「稱」，據醍甲等本改。

〔三〕「故將」五句：《文心雕龍·鎔裁》：「是以草創鴻筆，先標三準。履端於始，則設情以位體；舉正於中，則酌事以取類；歸餘於終，則撮辭以舉要。然後舒華布實，獻替節文。」

〔四〕「爲」字原無，據高甲等本補。

〔五〕推校：猶推較，推求考校。

〔六〕改張：即改絃更張。

〔七〕「棄」，原作「奇」，據三寶等本改。棄日：虚棄時日。

〔八〕膠柱：膠柱鼓瑟，語見《史記·廉頗藺相如列傳》。

〔九〕「紛」，原作「粉」，據六地藏寺等本改。

〔一〇〕「功」，原作「切」，據三寶等本改。

〔一一〕「來不可遏」之前當有兩句，方與下文「若也情性煩勞，事由寂寞」二句相對。陸機《文賦》：「若夫應感之會，通塞之紀，來不可遏，去不可止。」「遏」，原作「過」，據《文選》所收《文賦》改。

〔一二〕以上《文鏡秘府論箋》卷第十一。

定位〔一〕

凡製於文，先布其位，猶夫行陳之有次〔二〕，階梯之有依也。先看將作之文，體有大小〔三〕。若作碑、誌、頌、論、賦、檄等，體法大。啓、表、銘、讚等，體法小也〔四〕。又看所爲之事，理或多少。叙人事、物類等，事理有多者，有少者。體大而理多者，定製宜弘；體小而理少者〔五〕，置辭必局。須以此義，用意准之，隨所作文，量爲定限。謂各准其文體事理，量定其篇句多少也〔六〕。既已定限，次乃分位，位之所據，義別爲科〔七〕，雖主一事爲文，皆須次第陳叙，就理分配，義別成科，其若夫、至如、於是、所以等，皆是科之際會也〔八〕。衆義相因，厥功乃就。科別所陳之義，各相准望連接〔九〕，以成一文也。故須以心揆事，以事配辭，謂人以心揆所爲之事，又以此事分配於將作之辭。總取一篇之理，析成衆科之義。謂以所爲作篇之大理，分爲科別小義〔一〇〕。

【校箋】

〔一〕以下《文鏡秘府論箋》卷第十二。題名「定位」二字，宫、三寶、高甲、高丙、仁甲、義演本無，六地藏寺本作小字注於欄眉，疑爲空海草本時所擬，疑後又删去。《眼心抄》有「定位四術」「定位四失」，可證有「定位」一目。此據松本、江户刊本、維寶箋本補。定位之論，實自前章《論體》之「凡作文之道」始，而終於本章「不復委載也」。本節所謂定位，指文章構成、謀篇佈局，所謂

「位」，指構成文章之各種因素，既指情思、事理等内容因素之安排佈置，亦指篇、章、句等構成安排，而主要指後者。

〔二〕「陳」，通「陣」，舊指軍隊，亦指軍隊的行列。

〔三〕此處之「體」，指文章之體式、體制。

〔四〕碑、誌、頌、論、賦、檄、啓、表、銘、讚等：解釋均已見前。體法：當指體制法式。

〔五〕「少」，原作「小」，據高甲等本改。

〔六〕據下文分述，布位有二，一爲定制，二爲分位。以上論定制，爲製文佈位之一。定制標準有二，一看文體，二看事理，由此確定文章體制。

〔七〕科：科分，當即是科段，文章段落、部分。

〔八〕際會：配合呼應。《文心雕龍·章句》：「其控引情理，送迎際會，譬舞容迴環，而有綴兆之位。」

〔九〕准望：辨正方位。准望連接，意爲文章各部分，各據其所佈之位，而相呼應連接，以成一文。

〔一〇〕以上論分位，爲製文佈位之二。

其爲用也，有四術焉〔一〕。一者，分理務周。謂分配其理，科別須相准望，皆使周足得所，不得令或有偏多偏少者也。二者，叙事以次。謂叙事理〔二〕，須依次第，不得應在前而入後，應入後而出前，及以理不相干，而言有雜亂者。三者〔三〕，義須相接。謂科別相連，其上科末義，必須與下科首義連接也。四者，勢必相依。謂上科末與下科末，句字多少及聲勢高下[四]，讀之使快[五]，即是相依也。其犯避等狀，已具聲病條内[六]。然文縱有非犯而聲不便者，讀之是悟[七]，即須改之，不可委載也。理失周，則繁約互舛[八]；多則義繁，少則義約，不得分理均等[九]，故云舛也[一〇]。事非次，則先後成亂。理相參錯，故失先後之次也。義不相接，則文體中絶；兩科際會，義不相接，故尋之若文體中斷絶也[一一]。勢不相依，則諷讀爲阻。兩科聲勢，自相乖舛[一二]，故讀之以致阻難也。若斯並文章所尤忌也[一三]。

故自於首句，迄於終篇，科位雖分，文體終合。理貴於圓備，言資於順序。使上下符契，先後彌縫，上科與下科，事相成合，如符契然。科之先後，皆相彌縫，以合其理也。擇言者不覺其孤，言皆符合不孤。尋理者不見其隙，隙，孔也[一四]。理相彌合，故無孔也。始其宏耳。又文之大者，藉引而申之；文體大者，須依其事理，引之使長，又申明之，便成繁富也。文之小者，在限而合之。文體小者，亦依事理，豫定其位，促合其理，使歸約也。申之則繁，合之則約。善申者，雖繁不得而減；言雖繁多，皆相須而成義，不得減之令少也。善合者，雖約不可而增。言雖簡少，義並周足，不可增之使多。合而遺其理，謂合之傷於疎略，漏其正理也。疎穢之起實在於兹。理不足，故體必疎。義相越，故文成穢也。皆在於義得理通，理相稱愜故也[一五]。若使申而越其義，謂申之乃虚相依託，越於本義也。此固文人所宜用意。或有作者，情非通晤[一六]，不分先後之位，不定上下之倫，苟出胸懷，便上翰墨，假相聚合，無所附依，事空致於混淆，辭終成於隙碎。斯人之輩，吾無所裁矣〔一七〕。

【校箋】

〔一〕有四術焉：《文心雕龍·總術》：「文場筆苑，有術有門。」

〔二〕「謂叙事理」上原有「得令有偏多偏少者也」，此九字蓋涉上而衍，據三寶等本删。

〔三〕「三者」上原重有「三者義」三字，據三寶等本删。

〔四〕「少」，原作「小」，據六地藏寺本改。聲勢：文章聲韻氣勢，文章聲韻形成之節奏律動。

〔五〕快：舒適，暢快，此處指聲韻調暢流麗。

〔六〕本書西卷《文筆十病得失》：「其文之犯避，皆準於前。」此可證《論體》與《定位》作者爲聲病論者，又説明其格式與《文筆十病得失》同，或者説明均出《文筆式》。

〔七〕「是悟」，疑「寤悟」字訛，方與「聲不便者」「即須改之」相應。

〔八〕「舛」，原作「殊」，據三寶等本改。

〔九〕「分理」二字原無，據《眼心抄》補。

〔一〇〕「故云舛也」上原有「事」字，蓋涉下「事」字衍。今仿以下三條原注體例删之。

〔一一〕「若」，原作「君」，據三寶等本改。

〔一二〕「舛」，原作「殊」，據三寶等本改。

〔一三〕此節《眼心抄》作「定位四失」。

〔一四〕「隙孔也」之注，不當爲自注。疑《文筆式》抄録《筆札華梁》之後所加注，《筆札七種言句例》即如此。

〔一五〕《譯注》以爲此段有錯簡，以意改作：「……不可增之使多。皆在於義得理通，理相稱愜故也。若使申而越其義，謂申之乃虚相依託，越於本義也。合而遺其理，謂合之傷於疎略，漏其正理也。疎穢之起實在於兹。理不足，故體必疎。義相越，故文成穢也。此固文人所宜用意。」興膳宏説有理，然今不遽改。「愜」，原作「慥」，從六地藏寺本改。

〔一六〕「晤」同「悟」，謂通敏，聰明。

〔一七〕以上論章法。

篇既連位而合，位亦累句而成〔一〕。然句無定方，或長或短。長有逾於十，如陸機《文賦》云：「沈辭怫悦，若遊魚銜鈎而出重淵之深；浮藻聯翩，猶翔鳥纓繳而墜曾雲之峻〔二〕。」下句皆十一字也〔三〕。短有極於二，如王褒《聖主得賢臣頌》云〔四〕：「翼乎，若鴻毛之順風〔五〕；沛乎，若巨鱗之縱壑〔六〕。」上句皆兩字也。在於其内，固無待稱矣。謂十字已下，三字已上，文之常體，故不待稱也。然句既有異，聲亦互舛。句長聲彌緩，句短聲彌促，施於文筆，須參用焉。雜文筆等，皆句字或長或短，須參用也。其若詩、讚、頌、銘，句字有限者，非也。就而品之，七言已去，傷於大緩，三言已還，失於至促。准可以間其文勢，時時有之。至於四言，最爲平正〔七〕，詞章之内，在用宜多。凡所結言，必據之爲述。至若隨之於文，合帶而以相參，則五言、六言，又其次也。至如欲其安穩，須憑諷讀〔八〕，事歸臨斷，難用辭窮。言欲安施句字，須讀而驗之，在臨時斷定，不可預言者也。

【校箋】

〔一〕以下論句法。先論短句長句各自聲情特點。此處之「位」，與「篇」「句」相對，相當於《文心雕龍·章句》所説之「章」。

〔二〕「沈辭佛悦」四句：東卷《筆札七種言句例》作爲十一言句之例。「佛」，原作「㚕」，據《文選》所收《文賦》改。「猶翔鳥」，《文選》作「若翰鳥」。佛悦：難出之貌。

〔三〕此注東卷《筆札七種言句例》亦有，《筆札七種言句例》之「十一言句例」當爲《文筆式》所加，故《定位》當出《文筆式》。

〔四〕王褒：漢辭賦家，字子淵。《聖主得賢臣頌》爲應宣帝詔之作，收入《文選》卷四七。

〔五〕「順風」上《文選》有「遇」字。《文選》李善注：「《春秋保乾圖》曰：『神明之應，疾於倍風吹鴻毛。』」

〔六〕「沛」，原作「浦」；「巨」，原作「臣」，均據三寶等本改。《文選》「鱗」作「魚」，「縱壑」作「縱大壑」。「短有」云云：東卷《筆札七種言句例》「一言句例」：「又翼乎、沛乎等，是。」即指此。

〔七〕《文心雕龍·章句》：「至於詩頌大體，以四言爲正。」

〔八〕諷讀則指聲韻。文章聲韻須安穩。

然大略而論，忌在於頻繁，務遵於變化〔一〕。若置四言、五言、六言等體〔二〕，不得頻繁，須變化相參用也。假令一對之語，四句而成〔三〕，筆皆四句合成一對。便用四言，以居其半〔四〕，其餘二句，雜用五言、六言等〔五〕。謂一對語內，二句用四言，餘二句或用五言、六言、七言是也。或經一對、兩對已後，乃須全用四言，若一對四句，並全用四言也。既用四言，又更施其雜體〔六〕，還謂上下對內，四言與五言等參用也。循環反覆〔七〕，務歸通利〔八〕。然之、於、而、以，間句常頻〔九〕，對有之，讀則非便，能相迴避，則文勢調矣〔一〇〕。謂而、以、之、於等間成句者，不可頻對體同。其七言、三言等，須看體之將變，勢之相宜，隨而安之，令其抑揚得所〔一一〕。然施諸文體，互有不同。文之大者，得容於句長；若碑、誌、論、檄、賦、誄等，文體大者，得容六言已上者多。文之小者，寧取於句促。若表、啓等，文體法小，寧使四言已上者多也。何則？附體立辭，勢宜然也。細而推之，開發端緒，寫送文勢〔一二〕，則六言、七言之功也。泛叙事由，平調聲律，四言、五言之能也。體物寫狀，抑揚情理，三言之要也。雖文或變通，不可專據〔一三〕，謂有任人意改變，不必當依此等狀。叙其大抵，實在於茲。其八言、九言、二言等，時有所值，可得施之，其在用至少，不復委載也〔一四〕。

【校箋】

〔一〕次論句式短長須有變化，並且間以虛字，使文勢調利。頻繁：此句指使用同一句式頻率繁多。

〔二〕「若置」二字原作大字記於「變化」二字下，據三寶等本正之。

〔三〕四句而成：西卷《文筆十病得失》：「筆以四句而成。」兩處語極相似，故當同出《文筆式》。

〔四〕「半」，原作「平」，據高甲等本改。

〔五〕「雜」，原作「誰」，據高甲等本改。

〔六〕「雜」，原作「誰」，據高甲等本改。

〔七〕「循」，原作「脩」，據六地藏寺等本改。

〔八〕通利：本卷《論體》：「辭雖引長，而聲不通利。」是知「通利」爲此家慣用語及對文章之要求。

〔九〕間句常頻：謂常以此類虛字間入句中。

〔一〇〕文勢：文氣聲韻形成之節奏律動。調：協調。

〔一一〕再論句之短長須與文體相宜，聲勢相安。

〔一二〕寫送文勢：敦煌唐寫本《文心雕龍·詮賦》：「序以建言，首引情本，亂以理篇，寫送文勢。」

〔一三〕專據：不知變通，專據一體。

〔一四〕自前章《論體》「凡作文之道」至此，爲定位論。題名「定位」置於篇中。《定位》論文章構成、謀篇佈局，承陸機《文賦》及劉勰《文心雕龍·鎔裁》《章句》《附會》等篇，而所論更詳或時有新説。自《論體》開頭「凡製作之士」至此，當出《文筆式》，多引《筆札華梁》而加注補。

或曰〔一〕：梁昭明太子撰《文選》後〔二〕，相效著述者十有餘家〔三〕，咸自稱盡善〔四〕。高聽之士〔五〕，或未全許。且大同至于天寶〔六〕，把筆者近千人，除勢要及賄賂〔七〕，中間灼然可上者〔八〕，五分無二，豈得逢詩輒纂〔九〕，往往盈帙。蓋身後立節，當無詭隨〔一〇〕。其應銓簡不精〔一一〕，玉石相混，致令衆口謗鑠〔一二〕，爲知音所痛。

【校箋】

〔一〕「或曰」，原右注「殷璠河岳英靈集叙曰王昭」，高丙本注「殷璠河岳英靈集叙曰御草本如此」，六地藏寺本眉注「殷璠河岳英靈集叙曰」。「或曰」以下至「梁竇終無取焉」，殷璠《河岳英靈集》之序。有《文苑英華》本和四部叢刊本。「或曰」，《文苑英華》作「序曰」，四部叢刊本作「叙曰」。殷璠：生卒年不詳。據南宋時《嘉定鎮江志》及《新唐書·藝文志》等史料及今人考證，殷璠與包融、儲光羲等人同時，生活於開元、天寶年間，居同里，爲潤州丹陽（今江蘇丹陽）人，難以證實是否進士及第。其《河岳英靈集》，編選開元、天寶間代表詩人作品，今存有宋刻二卷本、明末毛晉汲古閣刻三卷本、毛扆校本、四部叢刊初編收入涵芬樓影印沈曾植藏本。

〔二〕梁昭明太子：蕭統（五〇一—五三一），梁武帝長子，字德施。《文選》爲蕭統主持編定。

〔三〕「有」，《文苑英華》無。未詳此處所言「十有餘家」具體所指。

〔四〕「稱」字原無，據《文苑英華》補。

〔五〕高聽：敬詞，稱他人之聽聞。此處「高聽之士」當指識見高超非凡之士。

〔六〕「大同」，原作「太同」，據三寶等本改。大同（五三五—五四六）：梁武帝年號。天寶（七四二—七五六）：唐玄宗年號。大同元年至天寶末年，共二百二十二年。

〔七〕「賄賂」下《文苑英華》有「者」字。勢要：此處指以威勢賄賂求文名者。

〔八〕「可上」，《文苑英華》作「可尚」。

〔九〕「纂」，《文苑英華》作「贊」。

〔一〇〕節：此處當指法度，標準。詭隨：不顧是非而妄隨人。

〔一一〕「簡」，《文苑英華》作「揀」。

〔一二〕「謗」，《文苑英華》作「銷」。

夫文有神來、氣來、情來〔一〕，有雅體、鄙體、俗體〔二〕。編紀者能審鑒諸體，委詳所來〔三〕，方可定其優劣，論其取捨。至如曹劉詩〔四〕，多直語〔五〕，少切對〔六〕。或五字並側〔七〕，或十字俱平〔八〕，而逸價終存〔九〕。然挈瓶膚受之流〔一〇〕，責古人不辨宮商〔一一〕，詞句質素，恥相師範。於是攻異端〔一二〕，妄穿鑿〔一三〕，理則不足，言常有餘，都無興象〔一四〕，但貴輕艷〔一五〕。雖滿篋笥，將何用之？自蕭氏以還，尤增矯飾〔一六〕。武德初，微波尚在〔一七〕。貞觀末，標格漸高〔一八〕。景雲中，頗通遠詞〔一九〕。開元十五年後〔二〇〕，聲律風骨始備矣。寔由主上惡華好樸，去僞從真，使海内詞場，翕然尊古〔二一〕，有周《風》《雅》，再闡今日〔二二〕。

【校箋】

〔一〕「夫文」句：吟窗本王昌齡《詩格》「詩有五用例」：「用字一。用事不如用字也」；「用形二。用字不如用形也」；「用氣三。用形不如用氣也」；「用勢四。用氣不如用勢也」；「用神五。用勢不如用神也」。殷璠之「神來、氣來、情來」當分指三種不同之創作狀態及以此種創作狀態爲基礎而形成之不同詩歌藝術境界。「神來」既指興會神到，又當指構思之時於心中醖釀情景交融，韻味深遠之傳神境界。「氣來」指於心中醖釀跌宕激蕩之感情氣勢，於作品中表現氣揚采飛之氣勢美與風骨美。「情來」指於心中醖釀深婉之情，並於作品中表現此種深婉細潤平和之美。

〔二〕「有雅」句，四部叢刊本「雅體」下有「野體」二字。「夫文有神來」至「俗體」一段：《文苑英華》作「夫文友神情體雅」，脱誤甚多，不可取。不講委婉細膩之藝術表現，過於粗樸質直之文風文體，是殷璠所謂「野體」。多寫塵世庸俗之想及境界，徒誇悦目之美，是爲「俗體」。「自蕭氏以還，尤增矯飾」指齊梁格調鄙下，文風浮靡之體，是爲「鄙體」。「雅體」與野體、鄙體、俗體相對。廣義而言，《河岳英靈集》所選均當爲雅體，具體而言，於興象玲瓏之傳神境界中，以清秀雅潤之辭采，含蓄婉轉之興寄手法，表現深婉淡遠高雅之情思，是所謂「雅體」。

〔三〕「委」，《文苑英華》作「安」。

〔四〕曹劉：指曹植、劉楨。

〔五〕「直」下《文苑英華》有「致」字。由下文觀之，此處之「直語」，主要當指不講平仄聲韻。

〔六〕切對：此處當主要就聲韻而言，指聲韻精切和諧之對。

〔七〕曹植《野田黄雀行》之「利劍不在掌」，《仙人篇》之「萬里不足步」等，均五字並側。

〔八〕曹植《美女篇》「羅衣何飄飄，長裾隨風還」十字俱平。

〔九〕「價」，四部叢刊本作「駕」。

〔一〇〕「膚」，宋刻本、四部叢刊本作「庸」。挈瓶：語見《左傳》昭公七年，喻小知。膚受：語見《論語·顔淵》，喻浮泛不實，造詣淺薄。

〔一一〕「不辨」上原衍「異」字，據三寶等本删。四部叢刊本「辨」作「辯」，「宫商」下有「徵羽」二字。沈約《宋書·謝靈運傳論》：「自騷人以來，多歷年代，雖文體稍精，而此秘未覩。……張、蔡、曹、王，曾無先覺。」沈約《與陸厥書》：「自古辭人，豈不知宫羽之殊，商徵之别？雖知五音之異，而其中參差變動，所昧實多。……以此而推，則知前世文士，便未悟此處。」此所謂「責古人不辨宫商」，當指沈約等之論。

〔一二〕「異」，原作「累」，據三寶等本改。「攻」下《文苑英華》有「乎」字。攻異端：《論語·爲政》：「攻乎異端。」

〔一三〕「妄」下《文苑英華》有「爲」字。穿鑿：《漢書・禮樂志》：「以意穿鑿，各取一切。」

〔一四〕「興象」，《文苑英華》作「比興」。於傳神之意境氛圍中，自然藴含詩人情興與無窮韻味，是所謂「興象」。

〔一五〕輕艷：輕靡浮艷，指梁以後宫體詩風。

〔一六〕自蕭氏以還：蕭氏，梁王室姓蕭，蕭氏以還，當指梁代之後，尤其梁簡文帝蕭綱（五〇三—五五一）等倡宫體之後，即前所説「且大同至於天寶」的「大同」之後。矯飾：造作詩飾。

〔一七〕武德（六一八—六二六）：唐高祖年號。微波：此指六朝文風之餘波。

〔一八〕貞觀（六二七—六四九）：唐太宗年號。標格：風範、格調。

〔一九〕景雲（七一〇—七一二）：唐睿宗年號。「詞」，《文苑英華》、四部叢刊本作「調」。

〔二〇〕開元（七一三—七四一）：唐玄宗年號。「後」，《文苑英華》無。一説，開元十五年（七二七）乃王昌齡、常建進士及第之年，是以以此作爲觀察、記録文學史風尚變遷的一個標誌點，特標此目。可備一説。

〔一〕《文苑英華》「場」作「人」，「尊」作「遵」。

〔二〕「有周風雅」，四部叢刊本作「南風周雅」。「再」，四部叢刊本作「稱」。

璠不佞，竊嘗好事〔一〕，常願删略群才〔二〕，贊聖朝之美。爰因退跡，得遂宿心〔三〕。粵若王維、王昌齡、儲光羲等三十五人〔四〕，皆河岳英靈也〔五〕，此集便以「河岳英靈」爲號〔六〕。詩二百七十五首〔七〕，爲上下卷〔八〕。起甲寅，終癸巳〔九〕。論次于序〔一〇〕，品藻各冠篇額〔一一〕。如名不副實，才不合道，縱權壓梁、竇〔一二〕，終無取焉。

【校箋】

〔一〕「不佞」，《文苑英華》作「雖不佞」，四部叢刊本作「不揆」。「嘗」，原作「當」，據《文苑英華》及四部叢刊本改。

〔二〕「常」字四部叢刊本無。「删」，原作「那」，據六地藏寺等本改。删略：删去闕略。

〔三〕晚唐吴融《過丹陽》「藻鑒難逢耻後生」句自注：「殷文學於此集《英靈》。」（《全唐詩》卷六八四）疑殷璠曾任州郡文學一職，而後辭而退隱，或因屢試不中，遂絶意仕途，退跡鄉里，《河岳英靈集》即退跡後編。

〔四〕「王昌齡」，原作「昌齡」，據《文苑英華》補「王」字。「羲」，原作「儀」，據《文苑英華》改。「三十」，原作「卅」，據醍甲等本改。「三十五人」，《文苑英華》亦作「三十五人」，四部叢刊本作「二十四人」，今本《河岳英靈集》實收二十四人（詳下）。王維：參地卷《十七勢》「第九感興勢」校箋。王昌齡：參天卷序校箋。儲光羲（七〇六？—七六二？）：盛唐詩人。

〔五〕《詩·大雅·崧高》：「崧高維嶽，駿極於天。維嶽降神，生甫及申。」河岳英靈本此。河岳：黄河與五岳，泛指山河。「河岳英靈」指祖國河山所孕育之英傑靈秀詩才。

〔六〕「便」，《文苑英華》作「即」。「號」，《文苑英華》作「稱」。

〔七〕「詩二百七十五首」，《文苑英華》作「一百七十首」，「一百」恐「二百」之誤。四部叢刊本作「二百三十四首」。《中興館閣書目》作「二十四人，詩二百三十首」，《直齋書録解題》作「二十四人，詩二百三十四首」。現行本《河岳英靈集》，收常建、李白、王維、劉昚虚、張謂、王季友、陶翰、李頎、高適、岑參、崔顥、薛據、綦毋潛、孟浩然、崔國輔、儲光羲、王昌齡、賀蘭進明、崔曙、王灣、祖詠、盧象、李嶷、閻防二十四人，詩二百三十首。

〔八〕「爲」，《文苑英華》、四部叢刊本作「分爲」。《河岳英靈集》之卷數版本，《新唐書・藝文志》《直齋書録解題》《文獻通考》《中興館閣書目》及《文苑英華》都作二卷，然汲古閣本、四部叢刊本則作三卷。《四庫全書總目》亦作三卷，以爲隱鍾嶸三品之意。殷璠序云王維等二十四人皆河岳英靈，以今本《河岳英靈集》觀之，殷璠並無高下三品之意。是《河岳英靈集》本爲二卷。三卷出後人臆改。又，《日本國見在書目》《通志・藝文略》等均作一卷，當爲「二卷」之誤。

〔九〕甲寅：爲開元二年（七一四）。癸巳：爲天寶十二載（七五三），《文苑英華》作「乙酉」，乙酉爲天寶四載（七四五）。收入《河岳英靈集》之作品，多有作於天寶四載之後者，故不當終於「乙酉」。「起甲寅，終癸巳」當爲編纂時間。《河岳英靈集》未必不録存者。《河岳英靈集叙》稱「開元十五年後」，「實由主上惡華好樸，去僞從真」云云，此所謂「主上」當爲當今主上，當指玄宗。《河岳英靈集》不當編於德宗朝，而當編於玄宗朝，或者初編於玄宗朝，至少《叙》寫於玄宗朝，而《河岳英靈集》正文，特别是各詩人名下品藻題額，其初稿可能與《叙》作於同時，其後又有修改。殷璠因見「景雲中頗通遠詞」，又不滿於前代選本之銓簡不精，加以仕途失意，遂有意收集當代詩人作品。收集作品的時間，在「甲寅」年，即距「景雲中」文風漸變三四年時，而終止時間在「癸巳」年。《河岳英靈集》常建條有「今常建亦淪於一尉」之語。或者《河岳英靈集》編定後又有增補，故補大曆中常建爲盱眙尉事，亦可能在玄宗朝常建即已「淪於一尉」。至於宋元祐戊辰（三年）録《國秀集》後宋徽宗大觀年間曾彦和跋云：「殷璠所撰《河岳英靈集》，作於天寶十一載（七五二）。」所説「天寶十一載」别無他據，當爲「天寶十二載」之誤。

〔一〇〕「論」，四部叢刊本作「綸」。《河岳英靈集》以何爲序，不詳。綦毋潛起到賀蘭進明六人，除孟浩然，均按登第年代順序排列，然其他詩人未必依此順序。

〔一一〕《文苑英華》「品藻」作「以品藻」，「冠」作「冠于」。《河岳英靈集》各詩人作品前，均有簡短評語。品藻：定差品及文質。《世説新語》有「品藻」一章。

〔一二〕「權」，《文苑英華》無。梁竇：梁冀、竇憲，均後漢權勢之家。

集　論〔一〕

昔伶倫造律〔二〕，蓋爲文章之本也。是以氣因律而生〔三〕，節假律而明，才得律而清焉。豫於詞場〔四〕，不可不知音律焉。如孔聖刪詩〔五〕，非代議所及〔六〕。自漢、魏至於晉、宋，高唱者十有餘人〔七〕，然觀其樂府，猶時有小失。齊、梁、陳、隋，下品寔繁，專爭拘忌〔八〕，彌損厥道。夫能文者，匪謂四聲盡要流美，八病咸須避之，縱不拈二，未爲深缺〔九〕。即「羅衣何飄飄，長裾隨風還」〔一〇〕，雅調仍在〔一一〕，況其他句乎？故詞有剛柔，調有高下，但令詞與調合〔一二〕，首末相稱，中間不敗，便是知音。而沈生雖怪曹、王「曾無先覺」〔一三〕，隱侯去之更遠〔一四〕。璠今所集，頗異諸家，既閑新聲，復曉古體〔一五〕。文質半取，《風》《騷》兩挾〔一六〕。言氣骨則建安爲儔〔一七〕，論宮商則太康不逮〔一八〕。將來秀士，無致深憾〔一九〕。

【校箋】

〔一〕「集論」以下《文苑英華》無。《集論》即殷璠《河岳英靈集論》，與前引《河岳英靈集叙》可能爲同一篇文字，亦可能爲兩篇文字，一篇爲序，一篇爲論。「集論」二字，或者爲《河岳英靈集》原有，亦可能爲空海自擬。《集論》一篇，實際僅至「將來秀士無致深憾」。以下，「或曰晚代銓文者多矣」至「若斯而已矣」，爲元兢《古今詩人秀句序》；「或曰易曰」以下至「此明時所當變也」，一説疑爲《芳林要覽序》：「或曰余每覽才士之作」以下至卷末「流管絃而日新」爲陸機《文賦》。然以下幾篇空海未標題目。

〔二〕「昔伶倫造律」一句上四部叢刊本有「論曰」二字。伶倫造律：《吕氏春秋・古樂》：「昔黄帝令伶倫作爲律。」伶倫：黄帝臣。

〔三〕「以」，原作「八」，據醍甲等本改。氣因律而生：《吕氏春秋・音律》：「天地之風氣正，則十二律定矣。」

〔四〕「豫」，四部叢刊本作「寧預」。

〔五〕「如」字四部叢刊本無。孔聖删詩：《史記・孔子世家》：「古者《詩》三千餘篇，及至孔子，去其重，取可施於禮義，……三百五篇，孔子皆絃歌之，以求合《韶》《武》《雅》《頌》之音。」

〔六〕「代」，原作「伐」，據三寶等本改。「代」，即「世」，避唐諱「世」而作「代」。

〔七〕「十有餘人」，原作「千餘人」，據四部叢刊本《河岳英靈集》改。陸厥《與沈約書》：「自魏文屬論，深以清濁爲言；劉楨奏書，大明體勢之致。岨峿妥帖之論，操末續巔之説，興玄黄於律吕，比五色之相宣，苟此秘未覩，兹論爲何所指邪？」又，《文心雕龍・聲律》：「陳思、潘岳，吹籥之調也，陸機、左思，瑟柱之和也。」此處所謂「高唱者十餘人」，或者指此類較早認識到文章聲律之美之人。

〔八〕四部叢刊本「寔」作「實」，「爭」作「事」。鍾嶸《詩品序》：「故使文多拘忌，傷其真美。」此所謂

「專爭拘忌」，或者即指拘忌於聲病之說。

〔九〕「拈二」，四部叢刊本作「拈綴」，非也。《眼心抄》於「换頭换聲」下曾論「拈二」，即雙换頭。此處之「拈二」當泛指拈二等回忌聲病之說。

〔一〇〕「羅衣」二句：出曹植《美女篇》，十字全平。「衣」，原作「云」，據三寶等本改。「飄颻」，四部叢刊本作「飄飄」。

〔一一〕此處之「雅調」當指雅體之調，依詩之高雅情思而隨任自然聲律之調。

〔一二〕無論新聲古體，均須與詩之高雅情思格調相合，聲律須隨詩之内容格調而變化，須根據其他具體情況處理聲律問題，是爲「詞與調合」。

〔一三〕「雖」，原作「難」，據四部叢刊本改。此語見沈約《宋書・謝靈運傳論》，已見前引。

〔一四〕「去之」，四部叢刊本作「言之」。隱侯去之更遠：沈約《宋書・謝靈運傳論》批評潘、陸、顔、謝對聲律「去之彌遠」。此處用沈約之語反譏沈約「去之更遠」。

〔一五〕新聲：指自齊梁聲律發展而來之近體新詩聲律，包括聲病之説。「閑」即嫻（閑）熟。古體：指建安爲代表之風骨之體，兼指聲律之古體，不講近體詩律及聲病之説之體。

〔一六〕「騷」，原作「搔」，據六地藏寺本改。

〔一七〕「儔」，四部叢刊本作「傳」。

〔一八〕「太」，原作「大」，今改。太康（二八〇—二八九），晉武帝年號。

〔一九〕「憾」，原作「惑」，據四部叢刊本改。以上殷璠《河岳英靈集論》。

或曰〔一〕：晚代銓文者多矣。至如梁昭明太子蕭統與劉孝綽等撰集《文選》〔二〕，自謂畢乎天地，懸諸日月〔三〕。然於取捨，非無舛謬。方因秀句〔四〕，且以五言論之。至如王中書「霜氣下孟津」，及「遊禽暮知返」〔五〕，前篇則使氣飛動，後篇則緣情宛密，可謂五言之警策，六義之眉首〔六〕。棄而不紀，未見其得。及乎徐陵《玉臺》，僻而不雅〔七〕；丘遲《抄集》〔八〕，略而無當。此乃詳擇全文，勒成一部者，比夫秀句〔九〕，措意異焉〔一〇〕。似秀句者，抑有其例。皇朝學士褚亮〔一一〕，貞觀中，奉敕與諸學士撰《古文章巧言語》〔一二〕，以爲一卷。至如王粲「灞岸」〔一三〕，陸機《尸鄉》，潘岳《悼亡》，徐幹《室思》〔一四〕，並有巧句，互稱奇作，咸所不録。他皆效此。諸如此類，難以勝言。借如謝吏部《冬序羇懷》〔一五〕，褚乃選其「風草不留霜，冰池共明月」〔一六〕，遺其「寒燈耿宵夢〔一七〕，清鏡悲曉髮」。若悟此旨，而言於文，每思「寒燈耿宵夢」，令人中夜安寢〔一八〕，不覺驚魂，若見「清鏡悲曉髮」，每暑月鬱陶〔一九〕，不覺霜雪入鬢。而乃捨此取彼，何不通之甚哉〔二〇〕。褚公文章之士也，雖未連衡兩謝〔二一〕，實所結駟二虞〔二二〕，豈於此篇，咫步千里。良以箕畢殊好，風雨異宜者耳〔二三〕。

【校箋】

〔一〕「或曰」，六地藏寺本欄眉注「元兢古今詩人秀句後序曰」。知此以下至「若斯而已矣」，元兢《古今詩人秀句序》。元兢：參天卷序校箋。《古今詩人秀句》二卷蓋於咸亨二年（六七一）前後以十年之功編成。是書當爲摘抄古今詩人精妙秀句作爲隨身卷子一類著作。皎然《詩式》「重意詩例」：「疇昔，國朝協律吴兢，與越僧玄監集秀句。二子天機素少，選又不精，多采浮淺之言，以誘蒙俗，特入瞽夫偷語之便，何異借賊兵而資盜糧，無益於詩教也。」「吴兢」即「元兢」之誤，據皎然之言，《詩人秀句》「選又不精，多采浮淺之言」。

〔二〕「昭」，原作「照」，據三寶本改。「蕭」，原作「簫」，今改。蕭統：見本卷《定位》引殷璠《河岳英靈集叙》校箋。撰集《文選》：《梁書·昭明太子傳》及《隋書·經籍志》著録《文選》，撰者均祇作昭明太子，當時題爲帝王、太子、諸王編撰之大型著述，實多成於幕下文人之手。又據此處，則《文選》撰者還應有劉孝綽。

〔三〕「地」，原作則天字「埊」，據三寶等本注改。「自謂」二句：蕭統《文選序》：「若夫姬公之籍，孔父之書，與日月俱懸，鬼神爭奥。」以此作爲蕭統自著《文選》之讚辭，爲元兢之誤解。

〔四〕此句當有脱字。

〔五〕王中書：南齊詩人王融，曾爲中書郎。霜氣下孟津：王融《和王友德元古意二首》其二中句。游禽暮知返：同上詩其一中句。

〔六〕六義：當指《文心雕龍・宗經》之宗經「六義」，其「一則情深則不詭，二則風清而不雜」，恰在眉首，與此處云「使氣」「緣情」，言「眉首」者合。

〔七〕玉臺：本爲漢代臺名，此處指徐陵編《玉臺集》（亦稱《玉臺新詠》），其序自稱：「撰録豔詩，凡爲十卷」，或者因爲是豔詩，故謂「僻而不雅」。

〔八〕丘遲（四六四—五〇八）：南朝梁詩人，字希範。《抄集》：《隋書・經籍志》：「梁有《集鈔》四十卷，丘遲撰，亡。」《新唐書・藝文志》「總集類」：「丘遲《集鈔》四十卷。」

〔九〕「比」，原作「此」，據高甲等本改。

〔一〇〕「焉」，原作「爲」，據六地藏寺等本改。

〔一一〕褚亮（五六〇—六四七）：唐詩人，字希明。

〔一二〕《古文章巧言語》：當是書名，兩《唐書》之《褚亮傳》均未見編撰此書之記載。

〔一三〕「粲」，原作「癸」，據三寶等本改。灞岸：王粲《七哀詩》有「南登霸陵岸」句。

〔一四〕陸機《尸鄉》：即《尸鄉亭》詩，見《藝文類聚》卷二七。潘岳《悼亡》：即潘岳《悼亡詩》三首，見《文選》卷二三。徐幹（一七〇—二一七）：東漢末詩人。《室思》：載《藝文類聚》卷三二。

〔一五〕謝吏部：謝朓官至尚書吏部郎，故稱謝吏部。《冬序羈懷》：即謝朓《冬緒羈懷示蕭諮議虞田曹劉江二常侍》，見《謝宣城集》卷三。

〔一六〕「月」，原作則天字「匨」。

〔一七〕「耿」，原作「恥」，據今本《謝宣城集》改。

〔一八〕「人」，原作則天字「𤯔」。

〔一九〕「月」，原作則天字「囝」。

〔二〇〕「何」，原作「而」，據三寶等本改。

〔二一〕連衡：比配，比肩。兩謝：當指謝靈運、謝朓。

〔二二〕結駟：一車並駕四馬。二虞：當謂虞世基、虞世南兄弟。虞世基（五五二？—六一八），隋代詩人。虞世南（五五八—六三八），初唐詩人，字伯施。

〔二三〕「畢」，疑爲「箄」。「良以」二句：《書·洪範》：「庶民惟星，星有好風，星有好雨。」孔傳：「星，民象，故衆民惟若星。箕星好風，畢星好雨，亦民所好。」

余以龍朔元年〔一〕，爲周王府參軍〔二〕，與文學劉禕之〔三〕、典籤范履冰〔四〕。 䇿東閣已建〔五〕，期竟撰成此録〔六〕。王家書既多缺，私室集更難求，所以遂歷十年，未終兩卷。今剪《芳林要覽》〔七〕，討論諸集，人欲天從〔八〕，果諧宿志〔九〕。常與諸學士覽小謝詩〔一〇〕，見《和宋記室省中》〔一一〕，詮其秀句，諸人咸以謝「行樹澄遠陰，雲霞成異色」爲最。余曰：諸君之議非也。何則？「行樹澄遠陰，雲霞成異色」，誠爲得矣，抑絶唱也。夫夕望者，莫不鎔想煙霞，鍊情林岫，然後暢其清調，發以綺詞。府行樹之遠陰〔一二〕，瞰雲霞之異色，中人已下〔一三〕，偶可得之，但未若「落日飛鳥還〔一四〕，憂來不可極」之妙者也。觀夫「落日飛鳥還，憂來不可極」，謂捫心罕屬，而舉目增思，結意惟人〔一五〕，而緣情寄鳥。落日低照，即隨望斷〔一六〕，暮禽還集，則憂共飛來。美哉玄暉，何思之若是也。諸君所言，竊所未取。於是咸服，咨余所詳〔一七〕。余於是以情緒爲先，直置爲本〔一八〕；以物色留後，綺錯爲末。助之以質氣，潤之以流華，窮之以形似，開之以振躍。或事理俱愜，詞調雙舉。有一於此，罔或孑遺〔一九〕。時歷十代〔二〇〕，人將四百，自古詩爲始〔二一〕，至上官儀爲終〔二二〕。刊定已詳，繕寫斯畢，實欲傳之好事，冀知音。若斯而已，若斯而已矣〔二三〕。

【校箋】

〔一〕龍朔元年：六六一年三月改顯慶爲龍朔元年。唐高宗年號。

〔二〕周王爲高宗第七子李顯，即後來之中宗。顯生於顯慶元年（六五六），翌年封周王，儀鳳二年（六七七）徙英王，二十年間爲周王。王府參軍：未詳其職位。

〔三〕「褘」，原作「掉」，從周校、《校注》改。文學：王府之官，唐爲從六品上。劉褘之（六三一—六八七）：字希美，武后時文人。

〔四〕典籤：王府屬官，從八品下，掌宣傳教令事。范履冰（？—六九〇）：懷州河内人，武后時文人，《舊唐書·文苑傳》有傳。

〔五〕「旹」，原作「書」，「書」爲「旹」形近而誤，「旹」爲「時」之古字，從《校注》改。《譯注》、林田校本將「旹東閣已建」五字置於「與文學劉禕之」之前，以意改作：「旹東閣已建，與文學劉禕之、典籤范履冰，期竟撰成此録。」東閣：晉初，位從公以上，並置東閣、西閣祭酒，宋齊至唐皆相因，唐東閣祭酒從七品上。

〔六〕「期」，原作「斯」，形近而誤，從《校注》改。

〔七〕「令」，原作「令」，據高甲等本改。《芳林要覽》：一部選取優美詩句之總集類書。《新唐書・藝文志》總集類「《芳林要覽》三百卷」下注：「許敬宗、顧胤、許圉師、上官儀、楊思儉、孟利貞、姚璹、竇德玄、郭瑜、董思恭、元思敬集。」《舊唐書・文苑傳》：「元思敬者，總章中爲協律郎，預修《芳林要覽》，又撰《詩人秀句》兩卷，傳於世。」

〔八〕「人」，原作則天字「𤯔」。人欲天從：《書・泰誓》：「民之所欲，天必從之。」

〔九〕《芳林要覽》完成時間不詳，其編纂當始於龍朔三年（六六三）之前，完成於總章咸亨之前。《詩人秀句》之編撰，據其自述，凡歷十年。時在周王府中，若自龍朔元年（六六一）起編，經歷十載，則當成於咸亨二年（六七一），序文亦當作於此時。

〔一〇〕「常」，當假爲「嘗」。小謝：此指謝朓。

〔一一〕《和宋記室省中》：收入《謝宣城集》卷四。

〔一二〕「府」，當爲「俯」假借。

〔三〕中人：《論語·雍也》：「中人以上，可以語上也，中人以下，不可以語上也。」

〔四〕「還」，本集作「遠」。

〔五〕「人」，原作則天字「𤯔」。

〔六〕「即」下疑脱「目」字。

〔七〕「咨」，原作「恣」，從《考文篇》改。

〔八〕「直置」上原衍「其」字。從羅根澤《中國文學批評史》（上海古籍出版社二〇〇三年）删之。

〔九〕「孑」，原作「子」，據六地藏寺等本改。罔或孑遺：《詩·大雅·雲漢》：「周餘黎民，靡有孑遺。」

〔一〇〕十代：指兩漢、魏、晉、宋、齊、梁、陳、隋、唐十個王朝。

〔一一〕古詩：當指《文選》卷二九所收《古詩十九首》。

〔一二〕「終」，原作「定」，據高甲等本改。「至上官儀爲終」，當是仿鍾嶸《詩品》不録存者之原則。

〔一三〕「若斯而已若斯而已矣」，原作「若々斯々而々已々矣」，此古文重文之例，今改。

或曰〔一〕：《易》曰：「觀乎天文，以察時變；觀乎人文，以化成天下〔二〕。」《詩序》曰：「情發於中〔三〕，聲成文而謂之音。理世之音安以樂〔四〕，其政和。亂世之音怨以怒，其政乖。亡國之音哀以思，其人困。政得失，動天地〔五〕，感鬼神，莫近於詩。先王以是經夫婦，成孝敬，厚人倫，美教化，移風俗。」然則文章者，所以經理邦國，燭暢幽遐〔六〕，達於神鬼之情，交於上下之際。功成作樂，非文不宣；理定制禮，非文不載〔七〕。與星辰而等焕，隨橐籥而俱隆〔八〕，雖正朔屢移〔九〕，文質更變，而清濁之音是一，宫商之調斯在。

【校箋】

〔一〕「或曰」至「所當變也」，原典未詳。篇中避唐太宗、高宗諱，用則天字，而「隆」字未避玄宗諱，當是武后時期之作，一説疑《芳林要覽序》。

〔二〕「觀乎」四句：出《易·賁卦·彖傳》。

〔三〕「中」，今本《毛詩序》作「聲」。

〔四〕「理」，今本《毛詩序》作「治」，避唐高宗諱（治）而改作「理」。

〔五〕「人」，今本《毛詩序》作「民」，當是避唐太宗諱（民）改作「人」。「政」，今本《毛詩序》作「故正」。「地」，原作則天字「埊」。

〔六〕「燭暢」，此下原衍「燭暢」二字，據三寶等本删。

〔七〕「載」，原作「𡗜」，爲則天字「𡗜」（載）之誤，據六地藏寺本正之。

〔八〕《老子》五章：「天地之間，其猶橐籥乎？虚而不屈，動而愈出。」「隆」字未避唐玄宗之諱。

〔九〕「正」，原作則天字「缶」，據六地藏寺等本改。正朔屢移：帝王新頒曆法。古代帝王易姓受命，必改正朔，此謂時代遷移。

昔之才士，爲文者多矣。或濫觴姬、漢，或發源曹、馬〔一〕。宋、齊已降，迄于梁、隋，世出鳳雛之客，代有驪龍之寶。莫不言成黼黻〔二〕，家積縑緗〔三〕，盈委石渠之閣〔四〕，充牣蓬山之府〔五〕。自屈、宋已降，揚、班擅場〔六〕，諧合《風》《騷》之序，鏗鏘《雅》《頌》之曲〔七〕。長卿詞賦，色麗江波之錦〔八〕；安仁文藻，彩映河陽之花〔九〕。子建婉潤，張衡清綺，公幹氣質，景純宏麗〔一〇〕。陳琳書記遒健〔一一〕，文舉奏議詳雅〔一二〕。太沖繁博，仲宣響亮〔一三〕。謝永嘉之璀璨，袁東陽之浩盪〔一四〕。平原綺思，司空歎其寥廓；吏部英才，隱侯稱其絶世〔一五〕。莫不競宣五色，爭動八音。或工於體物，或善於情理。詠之則風流可想，聽之則舒慘在顔。足以比景先賢，軌儀來秀矣〔一六〕。

【校箋】

〔一〕姬漢：即周漢。姬，周王室之姓。曹馬：指魏晉，魏爲曹氏，晉爲司馬。

〔二〕黼黻：古天子之服，黼者織爲斧形，黻者刺爲亞文。

〔三〕縑緗：本指供書寫用之淺黄色細絹，亦指書册。

〔四〕石渠之閣：漢蕭何造，其下礲石爲渠以導水，因爲閣名。收藏入關所得秦之圖籍，至漢成帝，又於此藏秘書。

〔五〕蓬山之府：蓬山，即蓬萊山，傳爲仙人所居，藏幽經秘録，後亦用作秘書省之别稱。

〔六〕揚班：揚雄、班固。擅場：漢張衡《東京賦》：「秦政利觜長距，終得擅場。」（《文選》卷三）謂强者勝過弱者，專據一場，後指技藝超群。

〔七〕「鏗」，原作「悽」，從周校改。

〔八〕司馬相如字長卿。晉左思《蜀都賦》：「貝錦斐成，濯色江波。」（《文選》卷四）司馬相如爲蜀人，故以蜀地名産貝錦喻其詞賦之美。

〔九〕潘岳字安仁。《世説新語·文學》：「孫興公云：潘文爛若披錦，無處不善。」河陽：在今河南孟縣，潘岳曾爲河陽令，且有政績，因此用河陽花擬其詩文麗藻。

〔一〇〕曹植字子建。劉楨字公幹。郭璞（二七六—三二四），字景純，東晉文人。

〔一一〕「遒」，原作「道」，當爲「遒」形誤，今改。

〔一二〕孔融字文舉。

〔一三〕左思字太沖，王粲字仲宣。此言「太沖繁博」，當主要指其《三都賦》文藻繁富博麗。

〔一四〕謝靈運曾爲永嘉太守，故稱謝永嘉。袁宏（三二八？—三七六？），晉文人，曾爲東陽（在今浙江省）太守，故稱袁東陽。《晉書》卷九二有傳。

〔一五〕「平原」四句：陸機官至平原内史，故稱平原。張華（二三二—三〇〇），字茂先，官至司空，故稱司空。謝朓官至尚書吏部郎，故稱吏部。隱侯：沈約。《世説新語·文學》：「陸文若排沙簡金，往往見寶。」劉孝標注引《文章傳》：「機善屬文，司空張華見其文章，篇篇稱善，猶譏其作文大治，謂曰：『人之作文，患於不才，至子爲文，乃患太多也。』」「司空歎其寥廓」當指此。寥廓：廣遠。《南齊書·謝朓傳》：「朓善草隸，長五言詩，沈約常云：『二百年來無此詩也。』」

〔六〕軌儀：軌，道也，儀，法也。

然近代詞人〔一〕，爭趍誕節〔二〕，殊流並派〔三〕，異轍同歸。文乖麗則，聽無宫羽。聲高曲下，空驚偶俗之唱；綵涅文疎，徒夸悦目之美〔四〕。或奔放淺致，或嘈囋野音〔五〕。可以語宣，難以聲取；可以字得，難以義尋。謝病於新聲，藏拙於古體，其會意也僻，其適理也疎〔六〕。以重濁爲氣質〔七〕，以鄙直爲形似，以冗長爲繁富〔八〕，以夸誕爲情理。激浪長堤之表，揚鑣深埒之外〔九〕。詞多流宕，罕持風檢。庸生末學者慕之，若夕鳥之赴荒林；採奇好異者溺之，似秋蛾之落孤焰〔一〇〕。奔激潰潦，汩蕩泥波〔一一〕，波瀾浸盛，有年載矣。

【校箋】

〔一〕此「近代」，由前後文觀之，不當指齊梁。

〔二〕「趍」爲「趨」之俗寫。誕節：放縱不拘之品節。

〔三〕「派」，原作「泒」，據江户刊本改。

〔四〕「聲高」四句：「驚」，疑「鶩」之訛。陸機《文賦》：「或奔放以諧合，務嘈囋而妖冶。徒悦目而偶俗，固聲高而曲下。」聽無宫羽，故聲高曲下；謝病新聲，故爲偶俗。涅，密度高。

〔五〕野音：鄙野之音。

〔六〕僻則文不逮意，踈則辭不切理。

〔七〕唐魏徵《隋書·文學傳序》：「河朔詞義貞剛，重乎氣質。」盧照鄰《南陽公集序》：「北方重濁，獨盧黄門往往高飛。」

〔八〕「冗」，原作「宂」，從《考文篇》本改。《北史·儒林傳序》言，「南人約簡」，而「北學深蕪」。繁富、冗長或即針對北學深蕪而發。

〔九〕「揚」，原作「楊」，據三寶等本改。長堤、深埒，均喻創作規範，創作須循此規範，不可激浪其表，揚鑣其外。

〔一〇〕《符子》：「不安其昧，而樂其明，是猶夕蛾去暗赴燈而死矣。」（《藝文類聚》卷九七）

〔一一〕「汩」，原作「沕」，據六地藏寺等本改。「波」，原作「破」，從《校注》改。汩蕩泥波：《楚辭·漁父》：「世人皆濁，何不淈其泥而揚其波？」

且文之爲體也，必當詞與旨相經，文與聲相會。詞義不暢，則情旨不宣；文理不清，則聲節不亮。詩人因聲以緝韻〔一〕，沿旨以製詞，理亂之所由〔二〕，風雅之攸在。固不可以孤音絶唱，寫流遁於胸懷；棄徵捐商，混妍蚩於耳目〔三〕。變之者，自當晞聖藻於天文〔四〕，聽仙章於廣樂〔五〕。屈、宋爲涯島，班、馬爲堤防，粲、植爲陸落，潘、陸爲郊境〔六〕，搴琅玕於江、鮑之樹，採花蕊於顏、謝之園，何、劉準其衡軸，任、沈程其粉黛〔七〕，然後爲得也。若乃才不半古，而論已過之〔八〕，妄動刀尺〔九〕，輕移律吕，脱略先輩〔一〇〕，迷註後昆〔一一〕，此明時所當變也〔一二〕。

【校箋】

〔一〕下有「風雅」云云，是此處之「詩人」指《詩經》作者。

〔二〕「理」，當作「治」，當因避唐高宗名諱（治）而改作「理」。

〔三〕「棄徵」二句：即前所言「聽無宫羽」，「嘈囋野音」，「可以語宣，難以聲取」之類。「棄」，原作「奇」，據三寶等本改。

〔四〕「聖」，原爲則天字「㙐」，據六地藏寺本改。聖藻：一般指帝王之作，此處當指聖賢之文。

〔五〕廣樂：《穆天子傳》卷一：「天子乃奏廣樂。」（《漢魏六朝筆記小説大觀》，上海古籍出版社一九九九年）

〔六〕屈宋：指屈原宋玉爲代表之楚辭作家。班馬：班固與司馬遷、班固與馬融均可並稱班馬，此當指班固、司馬相如爲代表之兩漢辭賦作家。粲植：當指王粲、曹植爲代表之建安作家。潘陸：指潘岳、陸機爲代表之晉代作家。陆：因山谷遮禽獸爲陆。落：籬笆，以竹篾相連遮落之。涯島、堤防、陆落、郊境，均爲規範。其意須在規範内，遵循此類作家之規範爾後始可談變。

〔七〕江鮑：梁詩人江淹（四四四—五〇五）與劉宋詩人鮑照。唐代常以二人並稱。顏謝：顏延之

（三八四—四五六）、謝靈運，均晉宋間詩人。何劉：梁詩人何遜與劉孝綽。任沈：梁代詩人任昉、沈約。衡軸：原指古代天文儀器之轉軸，此指爲文之中樞準的。

〔八〕《孟子·公孫丑上》：「故事半古之人，功必倍之，惟此時爲然。」

〔九〕刀尺：原指裁剪工具，此借指對文章裁剪製作。

〔一〇〕脱略：輕慢不拘。

〔一一〕註：誤。後昆：後嗣子孫。

〔一二〕以上《文鏡秘府論箋》卷第十二。

或曰〔一〕：余每觀才士之作〔二〕，竊有以得其用心。夫其放言遣辭〔三〕，良多變矣。妍蚩好惡，可得而言。每自屬文，尤見其情。恒患意不稱物，文不逮意〔四〕，蓋非知之難，能之難也。故作《文賦》，以述先士之盛藻〔五〕，因論作文之利害所由，他日殆可謂曲盡其妙〔六〕。至於操斧伐柯，雖取則不遠〔七〕；若夫隨手之變，良難以辭逮。蓋所能言者，具於此云〔八〕。

【校箋】

〔一〕「或曰」，六地藏寺本眉注：「陸士衡文賦曰」。以下《文鏡秘府論箋》卷第十三。

〔二〕「余每觀才士」以下至卷末「流管絃而日新」，陸機《文賦》，載《文選》卷一七。「之作」，《文選》

作「之所作」。陸機（二六一—三〇三），字士衡，晉詩人、文論家，吴郡吴（今江蘇蘇州）人，《晉書》卷五四有傳。今人據陸雲《與兄平原書》第八書中提到《文賦》，又考出此書寫於陸機四十一歲時，故《文賦》當作於此時，即三〇一年。或以爲作於三〇〇年，陸機四十歲時。

〔三〕「夫」字下《文選》無「其」字。

〔四〕「恒患」二句：《易·繫辭上》：「書不盡言，言不盡意。」陸機所謂「物」，既爲動心觸情，引發寫作欲念之外物，亦是耽思旁訊時聯翩浮現於想像中之物，又爲文章寫作所需表現之事物。

〔五〕盛藻：水草之有文者爲藻，盛藻喻豐富多彩之文章。先士之盛藻即前云才士所作。

〔六〕他日：異日。可謂：可以。

〔七〕「操」，原作「掺」，據《文選》改。《詩·豳風·伐柯》：「伐柯伐柯，其則不遠。」鄭玄箋：「則，法也，伐柯者必用柯，其大小長短，近取法乎柯，所謂不遠求也。」李善注《文賦》曰：「此喻見古人之法不遠。」

〔八〕以上《文賦》之序，闡明寫作《文賦》之動機及需解決之主要問題。

佇中區以玄覽〔一〕，頤情志於典墳〔二〕。遵四時以歎逝，瞻萬物而思紛。悲落葉於勁秋，嘉柔條於芳春〔三〕。心懔懔以懷霜，志眇眇而臨雲〔四〕。詠世德之俊烈，誦先民之清芬〔五〕；遊文章之林府，嘉藻麗之彬彬〔六〕。慨投篇而援筆，聊宣之乎斯文〔七〕。

【校箋】

〔一〕佇中區以玄覽：中區即區中，天地之間，人世間，即《老子》所言域中有四大之域中。玄覽即玄鑒。《老子》十章：「滌除玄鑒，能無疵乎。」鑒即深邃明澈如鏡之坐忘之心。其所照察爲玄妙之道，道之爲物，惟恍惟惚，玄深不測，故爲玄鑒。體道之心若鏡（鑒），即《莊子·應帝王》所謂「至人之用心若鏡，不將不迎，應而不藏」。萬事萬物任其自來自去，我與物兩無礙，應之而已，應者無跡，不需滯於物，是之謂玄鑒。所謂佇中區以玄覽，即以空明坐忘體道心境處於天地寰宇之中，人世萬物之間。

〔二〕頤情志：既指道德情操修養，亦指文學情趣之涵養。典墳：三墳五典，三皇五帝之書，此泛指各種古代典籍。

〔三〕「嘉」，《文選》作「喜」。喜怒之情牽於四時之氣。主體心理反應來源於客觀萬物，從外物直接得到感受方能與物相稱。主體心理反應（歎逝、思紛、悲、喜）即意，客觀萬物（四時、萬物、勁秋、芳春）即物。欲意以稱物，即須直接感受萬物以觸發情思。

〔四〕心懔懔、志眇眇：照應「頤情志於典墳」之情志。心志高潔，既來自空明體道之心境、萬物之感發，亦緣於典墳之頤養。

〔五〕「俊」，原作「後」，據三寶等本改。《文選》作「駿」。「民」，《文選》作「人」。

〔六〕「藻麗」，《文選》作「麗藻」。林府：謂多如林木，富如府庫。彬彬：《論語·雍也》：「文質彬彬，然後君子。」孔安國注：「彬彬，文質見半之貌。」

〔七〕以上寫創作前應有之精神狀態，空明其心，遊物生情，讀書積累，頤養情志。

其始也，皆收視返聽，耽思傍訊〔一〕，精騖八極，心遊萬仞〔二〕。其致也，情曈曨而彌鮮，物昭晣而互進；傾群言之瀝液，漱六藝之芳潤〔三〕；浮天淵以安流，濯下泉而潛浸〔四〕。於是沈辭怫悅〔五〕，若遊魚銜鈎而出重淵之深；浮藻聯翩，若翰鳥纓繳而墜曾雲之峻〔六〕。收百世之闕文，采千載之遺韻〔七〕；謝朝華於已披，啓夕秀於未振〔八〕；觀古今於須臾，撫四海於一瞬〔九〕。

【校箋】

〔一〕「訊」，原作「誶」，據江户刊本改。《莊子·在宥》：「無視無聽，抱神以靜，……目無所見，耳無所聞，心無所知。」同《達生》：「用志不分，乃凝於神。」

〔二〕「精」，原作「晶」，據高甲等本改。「騖」，原作「鶩」，據《文選》改。《莊子·田子方》：「夫至人者，上闚青天，下潛黄泉，揮斥八極，神氣不變。」八極，八方之極也，言其遠。心遊：《莊子·田子方》：「吾遊心於物之初。」

〔三〕「漱」，原作「瀨」，據高甲等本改。群言：泛指各種文章。瀝液：去其渣滓，取其漿汁。漱：含英咀華。六藝：儒家六經，此處泛指古代典籍。芳潤：芳香潤澤，謂文之精粹。

〔四〕天淵：與「下泉」相對，當借指天漢。下泉：《詩·曹風·下泉》：「洌彼下泉，浸彼苞根。」

〔五〕「佛」，原作「拂」，據《文選》改。沈辭：沈於深邃之辭。佛悦：難出之貌。

〔六〕聯翩：鳥飛貌。前有浮天淵，故有翰鳥墜曾雲之峻。沈辭浮藻，均論文以逮意。

〔七〕「采」，《文選》作「採」。闕文、遺韻：泛指前人未曾有過之文章構思之境。

〔八〕謝：棄。披：開。啓：發。振：花怒放。

〔九〕「瞬」，原作「瞚」，據高甲等本改。

然後選義案部，考辭就班〔一〕。抱景者咸叩，懷響者必彈〔二〕。或因枝以振葉，或沿波而討源〔三〕。或本隱以末顯，或求易而得難〔四〕。或虎變而獸擾，或龍見而鳥瀾〔五〕。或妥帖而易施，或鉏鋙而不安〔六〕。罄澄心以凝思，眇衆慮而爲言〔七〕。籠天地於形内，挫萬物於筆端〔八〕。始躑躅於燥吻，終流離於濡翰〔九〕。理扶質以立幹，文垂條而結繁〔一〇〕。信情貌之不差，故每變而在顔〔一一〕。思涉樂其必笑，方言哀而以歎〔一二〕。或操觚以率爾，或含豪而邈然〔一三〕。

【校箋】

〔一〕「考」，原作「孝」，據三寶等本改。部：部伍，部隊。班：職位等次。

〔二〕「懷」，原作「壞」，據三寶等本改。「必」，《文選》作「畢」。天地萬物無不爲日月所照而有光景，是爲抱景者；天地之物必有聲響，是又爲懷響者。

〔三〕因枝振葉，由本及末。順流探源，由末及本。由隱到顯，逐步闡説。從易至難，層層深入。

〔四〕「末」，各本作「未」「末」未辨，從周校本作「末」。《文選》作「之」。

〔五〕擾：李善注引應劭曰：「擾，馴也。」《周禮·夏官·服不氏》：「服不氏掌養猛獸而教擾之。」鄭玄注：「擾，馴也。教習使之馴服。」龍見：《易·乾卦》九二爻辭：「見龍在田，利見大人。」瀾：大波曰瀾。鳥瀾：鳥驚於波瀾之中。就風雲鳥獸而言，龍虎爲王爲主，就文章而言，則有其統攝全域之總綱。二句謂總綱新變，細目自易安妥；主體凸現，全篇必將牽動。《文心雕龍·附會》言「附辭會義，務總綱領」，「並駕齊驅，而一轂統輻」，亦此意也。

〔六〕「妥」，原作「安」，據六地藏寺本及《文選》改。「鉏鋙」，《文選》作「岨峿」，不安貌。以上列八種結構佈局類型，且兩兩相對。仿《周易》八卦相對，推衍而成萬物變化，以説明謀篇結構千變萬化之特點。

〔七〕謀篇佈局階段仍須凝神靜思，衆慮妙發。眇：通妙，精微確切。

〔八〕謀篇佈局需考慮高度的藝術概括力與藝術容量。挫：折。筆端：筆鋒。

〔九〕始時文思艱澀，難以表達，後則流利暢達。躑躅：不進貌，此喻文詞難出於口。燥：乾。吻：脣。流離：猶言淋漓，津液流貌，此處爲水墨染於紙貌。

〔一〇〕先立主幹，次擇文辭，分清主次，處理好内容與形式之關係。此爲謀篇結構原則之一。

〔二〕謀篇佈局之貌，須與所需表達之感情相吻合，不同之意不同之情須有與之相一致之寫意抒情方式。「情貌不差」，即爲解決「文以逮意」問題。此爲謀篇結構基本要求之一。

〔三〕「以」，《文選》作「已」。《文心雕龍·夸飾》：「談歡則字與笑並，論慼則聲共泣偕。」文章結構風貌與其所反映之内容情感一致，是則能從結構方式上感受到其情感基調與特點。

〔三〕觚：木之方者，古人用之以書，猶今之簡。率爾：謂文速成。豪：通毫，謂筆毫。邈然：文思杳然難成貌。以上論謀篇佈局，示範於八種類型，論述其重要原則，其要則繼續凝神静思，衆慮妙發，高度藝術概括，處理好内容與形式關係，謀篇結構須與所寫之意所抒之情相一致，是爲文以逮意之要訣。

伊兹事之可樂，固聖賢之所欽。課虚無以責有，叩寂漠而求音〔一〕。函綿邈於尺素，吐滂沛乎寸心〔二〕。言恢之而彌廣，思按之而愈深〔三〕。播芳蕤之馥馥，發清條之森森〔四〕。粲風飛而猋起，鬱雲起乎翰林〔五〕。

【校箋】

〔一〕「漠」，《文選》作「寞」。《莊子·天地》：「視乎冥冥，聽乎無聲，冥冥之中，獨見曉焉，無聲之中，獨聞和焉。」文章雖感物而成，而所造乃心象，發爲文辭，而使可觀可聽，而無中生有。

〔二〕「函綿」二句：謂構思可以小涵大，内蕴深遠廣博。尺素：絹。古人爲書，多書於絹。滂沛：水流盛大、氣勢盛大貌。

〔三〕「言恢」二句：語言經過鋪張意藴更加豐富，思想經過研求内涵更加深刻。「愈」，《文選》作「逾」。恢：擴大、鋪張。

〔四〕「清條」，《文選》作「青條」。當以「青條」爲是。蕤：草木華垂貌。森森：多木長貌。以喻文采若芳蕤之馥馥，青條之森盛。

〔五〕「起」，《文選》作「豎」。粲：鮮明貌。猋：通「飆」，疾風。鬱：濃盛貌。翰林：文翰之多若林。

本段寫行文樂趣與寫作構思之作用。

體有萬殊，物無一量〔一〕。紛紜揮霍，形難爲狀〔二〕。辭程才以效伎，意司契而爲匠〔三〕。在有無而僶俛，當淺深而不讓〔四〕。雖離方而遁員，期窮形而盡相〔五〕。故夫誇目者尚奢，愜心者貴當〔六〕，言窮者無隘，論達者唯曠〔七〕。詩緣情而綺靡〔八〕，賦體物而瀏亮〔九〕，碑披文以相質〔一〇〕，誄纏綿而悽愴〔一一〕，銘博約而温潤〔一二〕，箴頓挫而清壯〔一三〕，頌優遊以彬蔚〔一四〕，論精微而朗暢〔一五〕，奏平徹以閑雅〔一六〕，説煒曄而譎誑〔一七〕。雖區分之在兹，亦禁邪而制放〔一八〕。要辭達而理舉，故無取乎冗長〔一九〕。

【校箋】

〔一〕物：外物。體：文章體貌風格，包括體裁風格，亦包括個人風格等。一量：原指統一度量，引申爲相同無差别。

〔二〕「紛紜」二句：體貌萬殊，故云紛紜。紛紜：亂貌。物象無常多變，故云揮霍。揮霍：疾貌。如此而欲意以稱物，文以逮意，殊爲不易，是以形難爲狀。

〔三〕程：見。效：致。伎：巧。司：主。契：合，即合於規矩準繩。

〔四〕「在有」二句：承司契爲匠，意爲在文辭材料取捨上需仔細斟酌，文意淺深問題上不能含糊，分毫不讓。

〔五〕「雖離」二句：「遁」，原作「道」，《文選》作「遯」，據三寶等本改。文章寫作可不受方圓規矩束縛，而其要旨在真切表現外物之形相。方員（圓）：規矩。離、遁：謂不守成法。窮形盡相：即意以稱物。

〔六〕「誇」，《文選》作「夸」。「愜」，原作「㥦」，據六地藏寺等本改。描寫夸張炫耀於眼目之題材内容，須表現鋪張奢麗文風。恰切表現内心情感之事物對象，寫作時文辭當切實得當。愜心：快意，滿意。

〔七〕「言窮」二句：談及窮賤之事，以窮賤之事爲表現對象，此時文章當有窘迫隘窄之辭氣。論及通達得意之事，文章當有曠放開朗之格調。無：語詞，同「唯」，無義。

〔八〕詩創作緣起於情，詩之創作構思、作品完成乃至作品欣賞整個過程均始終緣附於情，是爲詩緣情。綺靡：精妙。綺，本爲細綾。靡，細好。

〔九〕體物：摹寫物象。瀏亮：清明爽朗。

〔一〇〕碑以叙德，故展開文辭，輔助内容。

〔一一〕「誄」，原作「誅」，據江户刊本及《文選》改。誄以陳哀，故感情纏綿而哀傷。

〔一二〕博約：事博文約。温潤：温和柔潤。

〔一三〕箴以譏刺得失，故須語氣情感起伏變化，理清辭壯。

〔一四〕「優」，原作「漫」，據三寶本及《文選》改。頌以褒述功德，須氣度優遊從容，辭采華美豐茂。彬蔚：華盛貌。

〔一五〕「精」，原作「晶」，據六地藏寺本、《文選》改。論以評議臧否，故精審微密而明朗暢達。

〔一六〕奏以陳情叙事，故氣平理徹，穩重雅正。

〔一七〕説：辯口之詞，須光彩奪人而變幻莫測。煒曄：明曉也。

〔一八〕禁邪情而抑放辭。不論立意遣詞均不得越出正軌。

〔一九〕要在辭以達意，闡明道理，不可一味追求篇幅冗長。本段論文章體貌。

其爲物也多姿，其爲體也屢遷。其會意也尚巧，其遺言也貴妍。暨言聲之迭代，若五色之相宣〔一〕。雖逝止之無常，固崎錡而難便〔二〕。苟達變而識次，猶開流以納泉。如失機而後會，恒操末以續顛。謬玄黄之秩叙，故淟涊而不鮮〔三〕。

【校箋】

〔一〕暨：及，到。宣：明，引申爲映襯。

〔二〕「固」，原作「因」，據高甲等本改。逝止：去留。崎錡：不安貌。

〔三〕「秩」，《文選》作「袟」。泱泿：汙濁。本節論聲律運用之技巧。

或仰逼於先條〔一〕，或俯侵於後章。或辭害而理比〔二〕，或言順而義妨。離之則雙美，合之則兩傷。考殿最於錙銖，定去留於豪芒〔三〕。苟銓衡之所裁，固應繩其必當〔四〕。

或文繁理富，而意不指適〔五〕。極無兩致，盡不可益〔六〕。立片言以居要，乃一篇之警策〔七〕。雖衆辭之有條，必待兹而效績〔八〕。亮功多而累寡，故取足而不易〔九〕。

或藻思綺合，清麗千眠〔一〇〕。眪若縟繡〔一一〕，悽若繁絃。必所擬之不殊，乃闇合乎曩篇。雖杼軸於予懷〔一二〕，怵他人之我先。苟傷廉而愆義，亦雖愛而必捐〔一三〕。

或苕發穎豎〔一四〕，離衆絶致。形不可逐〔一五〕，響難爲係。塊孤立而特峙，非常音之所緯〔一六〕。心牢落而無偶〔一七〕，意徘徊而不能揥。石韞玉而山輝，水懷珠而川媚〔一八〕。彼榛楛之勿翦，亦蒙榮於集翠〔一九〕。綴《下里》於《白雪》，吾亦以濟夫所偉〔二〇〕。

【校箋】

〔一〕條：科條。

〔二〕比：順，排列順當。

〔三〕殿：極差。最：極好。錙銖：稱兩。豪：即毫，細毛，皆喻至微小者。

〔四〕銓衡：衡量輕重之工具，此指衡量。應繩：符合繩墨法度。本段文術之一，論精心剪裁定去留。

〔五〕適：中，主要之處。指適，指向中心要旨。

〔六〕極：中，中心思想。盡：盡頭，達於極限。益：通「溢」。

〔七〕「以」，《文選》作「而」。要：關鍵之處。警策：驅馬之鞭。此以馬喻文，馬因警策而彌駿，以喻文資秀句而靈動。

〔八〕「必待」下原衍「必」字，據六地藏寺等本删。

〔九〕亮：信，確實。本段文術之二，論突出中心立警策。

〔一〇〕千眠：光色盛貌。

〔一一〕「昞」，《文選》作「炳」，光耀。縟：多彩。

〔一二〕杼軸：織機，以喻文。

〔一三〕愆：喪失。本段文術三，論切忌雷同求創新。

〔一四〕「苕」，原作「苔」，據江户刊本改。苕：草花。穎：禾秀出。

〔一五〕「不可」，原無，旁注「不可亻」，據三寶等本補入。

〔一六〕塊：孤立貌。緯：經緯，引申爲組合。

〔一七〕牢落：猶遼落。

〔一八〕佳句當留，則若水石之藏珠玉，文章自能增色生輝。《荀子·勸學》：「玉在山而草木潤，淵生珠而崖不枯。」

〔一九〕榛楛：喻平庸之句。蒙榮：蒙上光彩。翠：翠鳥。

〔二〇〕《下里》：低俗之音。《白雪》：高雅之曲。見宋玉《對楚王問》。濟：濟助，成全。偉：奇偉。

本段文術四，論雅俗相濟留佳句。

或託言於短韻，對窮迹而孤興〔一〕。俯寂漠而無友，仰寥廓而莫承〔二〕。譬偏絃之獨張，含清唱而靡應〔三〕。

或寄辭於瘁音，言徒靡而弗華〔四〕。混妍蚩而成體，累良質而爲瑕〔五〕。象下管之偏疾，故雖應而不和〔六〕。

或遺理以存異，徒尋虚以逐微〔七〕。言寡情而鮮愛，辭浮漂而不歸。猶絃緩而徽急〔八〕，故雖和而不悲〔九〕。

或奔放以諧合，務嘈囋而妖冶〔一〇〕。徒悦目而偶俗，固聲高而曲下。寤《防露》與《桑間》，又雖悲而不雅〔一一〕。

或清虚以婉約，每除煩而去濫。闕大羹之遺味，同朱紘之清氾。雖一唱而三歎，固既雅而不艷〔一三〕。

【校箋】

〔一〕語言貧乏短小是爲短韻。内容事蹟貧乏是爲窮跡。情興單調是爲孤興。

〔二〕「漠」，《文選》作「寞」。二句似謂無對偶之句與之相配。

〔三〕謂偏絃，似亦謂言無屬對。以上六句論情辭單薄之病。

〔四〕「言徒靡」，《文選》作「徒靡言」。瘁音：憔悴無力之音。靡：美。瘁音即劉勰所謂風骨不飛、負聲無力之音。靡言即豐藻克贍之言。弗華即振采失鮮。

〔五〕妍謂靡言，蚩謂瘁音。妍蚩相混，内容雖好亦累而爲瑕。

〔六〕有如堂上升歌，堂下吹管樂，雖與歌聲相應，然不和諧。《禮記·仲尼燕居》：「升歌《清廟》，下管《象》《武》。」下管：堂下吹管。以上六句論瘁音累質之病。

〔七〕遺理：遺棄正理，離開文章須表現之内容。存異：標榜奇異。尋虚：務爲虚飾之辭。逐微：追究細微之事。

〔八〕「徽」，原作「徵」，據醍甲等本改。「緩」，《文選》作「幺」，則爲琴絃短小之意。

〔九〕以上六句論寡情鮮愛之病。

〔一〇〕嘈嚌：聲煩貌。

〔二〕《防露》《桑間》均古曲。《桑間》，據《禮記·樂記》，爲亡國之音，此處之《桑間》當指導致亡國之淫艷之曲。《防露》，未詳，與《桑間》並稱，應爲同一類曲子。寤：覺悟，領悟，聯想。以上六句論鄙俗不雅之病。

〔三〕唱：發歌句也。三歎：三人用讚歎聲和應。大羹：古代貴族祭祀所用不加調料之肉羹。以上六句論質木不艷之病。

若夫豐約之裁，俯仰之形，因宜適變，曲有微情。或言拙而喻巧，或理質而辭輕。或襲故而彌新，或沿濁而更清。或覽之而必察，或研之而後精〔一〕。譬猶舞者赴節以投袂〔二〕，歌者應絃而遣聲。是蓋輪扁之所不得言〔三〕，故亦非華説之所能明〔四〕。

普辭條與文律〔五〕，良予膺之所服。練世情之常尤，識前脩之所淑〔六〕。雖濬發於巧心，或受蚩於拙目〔七〕。彼瓊敷與玉藻，若中原之有叔〔八〕。同橐籥之罔窮〔九〕，與天地乎並育。雖紛藹於此世，嗟不盈於予掬。患挈瓶之屢空，病昌言之難屬〔一〇〕。故踸踔於短韻，放庸音以足曲〔一一〕。恒遺恨以終篇，豈懷盈以自足。懼蒙塵於叩缶，顧取笑於鳴玉〔一二〕。

【校箋】

〔一〕「精」，原作「晶」，據高甲等本改。

〔二〕袂：衣袖。投袂，即揚袖。赴節：隨着節拍。

〔三〕「之」,《文選》無。

〔四〕「明」,《文選》作「精」。以上强調文章寫作須因宜適變。

〔五〕辭條、文律:互文見義,指文章法則。

〔六〕練:熟悉。世情:世俗作文之情。尤:過失。淑:善,好。

〔七〕濬發:發自深處。蚩:即嗤,恥笑。

〔八〕瓊敷:敷以美玉之物。玉藻:王冠前後下垂之玉飾。叔:通「菽」。

〔九〕橐:排橐,風箱。籥:樂器。

〔一〇〕挈瓶:提水小瓶。昌言:美言。

〔一一〕「故踸」二句:踸踔:一足跳之狀。短韻:《文選》李善注本作「短垣」,由前後文推究,作「短垣」是,即矮垣,矮牆。一足而跳無法逾越矮牆,極言無法越過創作中的小障礙,唯有用平庸之調湊成全曲。

〔一二〕「顧」,原作「領」,據六地藏寺等本改。缶:瓦器。本不善鳴,更蒙之以塵,聲愈不揚。本段感慨才能有限,佳作難得。

若夫應感之會,通塞之紀〔一〕,來不可遏,去不可止。藏若影滅,行猶響起〔二〕。方天機之駿利,夫何紛而不理〔三〕。思風發於胸臆,言泉流於脣齒,紛葳蕤以馺遝,唯豪素之所擬〔四〕。

文徽徽以溢目，音泠泠而盈耳〔五〕。及其六情底滯〔六〕，志往神留，兀若枯木，豁若涸流。攬營魂以探賾，頓精爽而自求〔七〕。理翳翳而逾伏，思軋軋其若抽〔八〕。是以或竭情而多悔，或率意而寡尤。雖兹物之在我，非余力之所勠。故時撫空懷而自惋，吾未識夫開塞之所由〔九〕。

【校箋】

〔一〕應感：應物而生之創作感興，即靈感。通塞：文思之通暢阻塞。紀：規律。

〔二〕「影」，《文選》作「景」，意同。影滅：形影之滅没。響起：音聲響起。二句喻靈感之無法自主。

〔三〕天機：自然，靈感乃自然天賦，是謂天機。

〔四〕葳蕤：盛貌。馺遝：多貌，一説馬行疾貌，極言其駿利。豪：即毫，筆毫。素：素帛，指紙。

〔五〕徽徽：文采豐茂。泠泠：聲音清越、悠揚。以上極狀文思之通。

〔六〕六情：喜怒哀樂好惡。底滯：澀滯枯竭。

〔七〕「營」，《文選》作「營」。「精」，原作「晶」，據《文選》改。「而」，《文選》作「於」。攬營魂：收攬魂魄心神。探賾：探求深隱。頓精爽：振作精神。自求：自求文思。

〔八〕翳翳：隱晦不明。「軋軋」，《文選》作「乙乙」，難出之貌。以上寫文思滯塞、靈感失去之狀。

〔九〕開：謂天機駿利。塞：謂六情底滯。本段論創作靈感。

伊兹文其爲用〔一〕，固衆理之所因。恢萬里使無閡，通億載而爲津。俯貽則於來葉，仰觀象於古人〔二〕。濟文武於將墜，宣風聲於不泯〔三〕。途無遠而不彌，理無微而不綸〔四〕。配霑潤於雲雨，象變化乎鬼神〔五〕。被金石而德廣，流管絃而日新〔六〕。

【校箋】

〔一〕「其」，《文選》作「之」。

〔二〕「於」，《文選》作「乎」。貽則：貽留法則。來葉：猶來世。

〔三〕文武：指周文王、周武王，借指聖人之道。

〔四〕「不」，《文選》作「弗」。

〔五〕「象」，原作「寫」，據江户刊本改。

〔六〕本段論文章社會功用。末頁宫内廳本裏書：「保延四年代午四月三日移點了。」以上《文鏡秘府論箋》卷第十三。

文鏡秘府論　北〔一〕

金剛峰寺禪念沙門遍照金剛　撰

論對屬〔二〕

凡爲文章，皆須對屬，誠以事不孤立，必有配疋而成。至若上與下，尊與卑，有與無，同與異，去與來，虚與實，出與入，是與非，賢與愚，悲與樂，明與闇，濁與清，存與亡，進與退。如此等狀，名爲反對者也。事義各相反，故以名焉。除此以外，並須以類對之。一二三四，數之類也。東西南北，方之類也。青赤玄黄，色之類也。風雲霜露，氣之類也。鳥獸草木，物之類也。耳目手足，形之類也。道德仁義，行之類也。唐虞夏商，世之類也。王侯公卿，位之類也〔三〕。及於偶語重言，雙聲疊韻〔四〕，事類甚衆，不可備叙。

【校箋】

〔一〕以下《文鏡秘府論箋》卷第十七。

〔二〕「論對屬」既爲北卷之大題，又爲首篇文字之小題。首篇文字至「未可以論文矣」，所論仍是基本對屬，未論及更爲繁複之對屬形式，故當出於初唐。《論對屬》第一段所論各種對屬類型，與東卷「第一的名對」引《筆札華梁》不合而與《文筆式》合。《論對屬》第一段不當出《筆札華梁》，而當出《文筆式》。然《論對屬》第二段起的正文多駢儷體，多「將×偶×，持×擬×」句式，與東卷《二十九種對》引《筆札華梁》駢偶文采及「持×偶×，用×匹×」之句式類似，而與《文筆式》質木少文之散文句式有異。故其正文當出《筆札華梁》。然其注文不似作者自注，常用「上……，下……」類單調句式，質木無文，與東卷《二十九種對》引《文筆式》相似。故疑《論對屬》正文原出《筆札華梁》而爲《文筆式》全部收入，並補充第一段，加以修改與注釋，遂成《論對屬》之面貌。

〔三〕「一二三四數之類也」云云：傳《魏文帝詩格》：「對例。一二三四，數之對。東西南比（北），方之對。韓魏燕趙，國之對。王俠（侯）公卿，勢之對。陳張衛霍，姓之對。信布良平，名之對。長卿孟德，字之對。金木水火，物之對。」

〔四〕偶語：當是對屬之語。重言、雙聲、疊韻：參東卷「賦體對」「雙聲對」「疊韻對」。

在於文筆，變化無恒。或上下相承，據文便合，若云：「圓清著象，方濁成形。」「七曜上臨，五岳下鎮〔二〕。」方、圓、清、濁、象、形、七、五、上、下，是其對。或前後懸絶，隔句始應，若云：「軒轅握圖，丹鳳巢閣；唐堯秉曆，玄龜躍淵〔二〕。」軒轅、唐堯，握圖、秉曆，丹鳳、玄龜，巢閣、躍淵，是也〔三〕。或反義並陳，異體而屬，若云：「乾坤位定〔四〕，君臣道生。」「或質或文，且昇且降〔五〕。」乾坤、君臣、質文、昇降，並反義，而同句陳之。乾坤與君臣對，質文與昇降對，是異體屬也。或同類連用，別事方成，若云：「芝英蓂莢，吐秀階庭；紫玉黄銀，揚光巖谷〔六〕。」芝英蓂莢與紫玉黄銀，階庭與巖谷，各同類連對〔七〕，而別事相成。

此是四途，偶對之常也。比事屬辭〔八〕，不可違異。故言於上，必會於下，居於後，須應於前，使句字恰同，事義殷合，若上有四言，下還須四言；上有五字，下還須五字。上句第一字用青，下句第一字即用白、黑、朱、黄等字〔九〕。上句第三字用風，下句第三字即用雲、煙、氣、露等。上有雙聲疊韻，下還即須用對之。猶夫影響之相逐，輔車之相須也〔一〇〕。

若其上昇下降，若云：「寒雲山際起，悲風動林外〔一一〕。」山際在上句第三、第四言，是昇，林外在下句第四、第五字，是降。前複後單，若云：「日月揚光，慶雲爛色〔一二〕。」日月兩事，是複。慶雲一物，是單。語既非倫，事便不可。然文無定勢，體有變通，若又專對不迻，便復大成拘執。可於義之際會，時時散之。

【校箋】

〔一〕「曜」，原作「耀」，據江户刊本改。「圓清」二句及「七曜」二句，出典均未詳，此對相當於的名對。圓清指天，方濁指地。七曜：日月及金木水火土五星。五岳：東岳泰山，南岳衡山，西岳華山，北岳恒山，中岳嵩山。

〔二〕「曆」，原作「歷」，據江户刊本改。下同。「軒轅」四句：出典未詳。此對相當於隔句對。丹鳳巢閣：《尚書中候》：「黄帝時，天氣休通，五行期化，鳳皇巢阿閣讙樹。」（《太平御覽》卷九一五）秉曆：庾信《齊王憲碑》：「光宅受圖，欽明秉曆。」玄龜躍淵：《尚書中候》：「堯沉璧於雒，玄龜負書出，背甲赤文成字，止壇場。」（《藝文類聚》卷九九）

〔三〕「也」字原無，據六地藏寺本補。

〔四〕「乾」，原作「乹」，據三寶本改，下同。

〔五〕「乾坤」四句：出典未詳。此對相當於互成對。

〔六〕「芝英」四句：出典未詳，此對既有互成對，又爲隔句對。芝英：《瑞應圖》：「芝英者，王者親延耆養老，有道則生。」（《藝文類聚》卷九八）蓂莢：草名，夾階而生。「紫玉」二句：《宋書·符瑞志》：「黄銀紫玉，王者不藏金玉，則黄銀紫玉光見深山。」

〔七〕「各」字原無，據高甲等本補。

〔八〕「比」，原作「此」，據三寶等本改。比事屬辭：排比事類，寫作詩文。

〔九〕「即」，原在「用青」之前，從《校注》改。

〔一〇〕輔車之相須：《左傳》僖公五年：「諺所謂『輔車相依，脣亡齒寒』者，其虞、虢之謂也。」杜預注：「輔，頰輔；車，牙車。」

〔二〕「寒雲」二句：出典未詳。《眼心抄》作「二十五昇降體」。相對之「山際」在三四字，「林外」四五字，是爲上昇下降。

〔三〕「日月」二句：出典未詳。慶雲：喜慶吉祥之氣。《眼心抄》作「二十六單複體」。

夫對屬者，皆並見以致辭。謂並見事類以成辭。假令云：「便娟翠竹，聲韻金風。的歷紅荷，光垂玉露〔一〕。」翠竹與紅荷，金風與玉露，是異事並見也。凡爲對者，無不悉然也。不對者，必相因成義。謂下句必因上句，止憑一事以成義也。假令叙家世云：「自兹以降，世有異人。」叙先代云：「布在方策〔二〕，可得言焉。」叙任官云：「我之居此，物無異議。」叙能官云：「望之於君，固有慚色。」叙瑞物云：「委之三府〔三〕，不可勝記。」叙帝德云：「魏魏蕩蕩〔四〕，難得名焉。」皆下句接上句以成義也。何則？偶辭在於參事，凡爲對屬，皆偶其辭，事參用，始得成之也〔五〕。孤義不可別言故也。若不取對，即須就一義相因以置言，故不可用別也。在於文章，皆須對屬。其不對者，止得一處二處有之。若以不對爲常，則非復文章。若常不對，則與俗之言無異。就如對屬之間，甚須消息〔六〕。遠近比次〔七〕，若叙瑞云：「軒轅之世，鳳鳴阮喻〔八〕；漢武之時，麟遊雍畤〔九〕。」持軒轅對漢武，世懸隔也。大小必均，若叙物云：「鮒離東海，得水而游〔一〇〕；鵬翥南溟，因風而舉〔一一〕。」將鮒擬鵬，狀殊絶也。美醜當分，若叙婦人云：「等毛嬙之美容，類嫫母之至行〔一二〕。」毛嬙、嫫母，貌相妨也。强弱須異，若叙平賊云：「摧鯨鯢如折朽，除螻蟻若拾遺。」鯨鯢、螻蟻，

力全校
也〔一三〕。

苟失其類〔一四〕，文即不安。以意推之，皆可知也。而有以日對景，將風偶吹，持素擬白，取鳥合禽，雖復異名，終是同體。若斯之輩，特須避之。故援筆措辭，必先知對，比物各從其類，擬人必於其倫。此之不明，未可以論文矣。

【校箋】

〔一〕「垂」下原衍「流」字，據三寶等本删。「便娟」四句：出典未詳。以下例句均未詳。便娟：竹之苗條多姿貌。的歷：光亮鮮明貌。

〔二〕布在方策：《禮記·中庸》：「文、武之政，布在方策。」孔穎達疏：「布列在於方牘簡策。」

〔三〕三府：謂太尉、司徒、司空府。漢制，三公皆可開府，故稱三公爲三府。

〔四〕魏魏：通「巍巍」，崇高貌。蕩蕩：廣大貌。

〔五〕「成」下原有「孤」字，涉下文而衍，從周校本删。

〔六〕消息：斟酌。

〔七〕「比」，原作「此」，據三寶等本改。

〔八〕「阮」，原作「院」，據仁乙等本改。鳳鳴：黄帝令伶倫作爲律，於阮隃之陰，聽鳳皇之鳴，以别十二律。見《吕氏春秋·古樂》。阮隃：山名，一作崑崙。

〔九〕雍時：《漢書·終軍傳》：「從上幸雍祠五時，獲白麟。」時：古時帝王祭祀天地五帝之場所。

〔一〇〕轍中鮒魚而離東海，見《莊子·外物》。

〔一二〕北冥鯤鵬，徙於南冥，摶扶摇而上者九萬里，見《莊子·逍遥遊》。

〔一三〕毛嫱：美女，越王嬖妾。嫫母：傳黄帝時醜女。

〔一四〕「失」，原作「朱」，據高甲等本改。

校：差，相差。

句端[一]

屬事比辭，皆有次第，每事至科分之別[二]，必立言以間之[三]，然後義勢可得相承[四]，文體因而倫貫也[五]。新進之徒，或有未悟，聊復商略[六]，以類別之云爾[七]。

觀夫，惟夫，原夫，若夫，竊以[八]，竊聞，聞夫，惟昔，昔者，蓋夫，自昔，惟[九]。

右並發端置辭泛叙事物也。謂若陳造化物象、上古風跡及開廓大綱、叙況事理[一〇]，隨所作狀，量取用之[一一]。大凡觀夫、惟夫、原夫[一二]、若夫、蓋聞[一三]、聞夫、竊惟等語[一四]，可施於大文[一五]，餘則通用。其表、啓等，亦宜以「臣聞」及稱名爲首[一六]，各見本法[一七]。

至如，至乃，至其，於是，及有[一八]，是則，斯則，此乃[一九]，誠乃。

右並承上事勢申明其理也[二〇]。謂上已叙事狀[二一]，次復申重論之[二二]，以明其理。

洎於[二三]，逮於，至於，及於[二四]，既而，亦既，俄而，洎，逮[二五]，及，自，屬[二六]。

右並因事變易多限之異也。謂若述世道革易[二七]，人事推移[二八]，用之而爲異也[二九]。

【校箋】

〔一〕「句端」以下至「自可致如此」，引自杜正倫《文筆要決》，日本室町時代印融編撰《文筆問答抄》（有日本延寶九年〔一六八一〕刊本）亦有大量引用。《文筆要決》中土早佚，歷代書志亦未見著録。《日本國見在書目》:「《文筆要決》一卷,杜正倫撰。」日本現有五島慶太氏藏平安末期抄本,書題下署「撰者杜正倫」,然亦非完本。昭和十八年,由收藏者五島慶太氏用與原本相同之卷子本形式,與《賦譜》一卷合而影印,公開刊行。杜正倫(生卒年不詳),相州洹水(今河北魏縣)人,隋唐際文人。《舊唐書》卷七〇、《新唐書》卷一〇六有傳。

〔二〕「科」,原作「秤」,據三寶等本改。

〔三〕「之」,《文筆要決》(五島慶太氏藏本,下同)無。

〔四〕「勢」,《文筆要決》無。

〔五〕倫貫:倫次、條貫。

〔六〕「商」,《文筆要決》作「尚」。商略:商討。

〔七〕「句端屬事比辭」至「以類別之云爾」,印融《文筆問答抄》(日本延寶九年刊本,下同)無。

〔八〕「竊以」,原無,據六地藏寺等本補。「竊以」,《文筆要決》作「竊惟」。

〔九〕以上文字《文筆問答抄》「惟夫」「若夫」無,「竊聞聞夫」作「蓋聞」,「昔者蓋夫」無,「自昔惟」之「惟」字無。

〔一〇〕「謂若陳造化」以下至「以明其理」,《文筆要決》作雙行小字注。「況」,《文筆問答抄》作「准」。「事」,《眼心抄》無。

〔一一〕「取」,原作「取々」,據六地藏寺等本改。

〔一二〕「觀夫惟夫原夫」,《文筆問答抄》無。

〔一三〕「蓋聞」,《文筆要決》作「竊聞」。

〔一四〕以上文字《文筆問答抄》「若夫蓋聞」作「夫以道聞」,「聞夫」無,「竊惟」作「竊以」。

〔一五〕「於」,《文筆要決》作「之」。

〔一六〕「及」,《眼心抄》作「乃」。

〔一七〕「各見本法」,《文筆問答抄》無。

〔一八〕「及有」,《文筆要決》無。

〔一九〕「斯則此乃」,《文筆問答抄》無。

〔二〇〕「申」,原無,據三寶等本補。

〔二一〕「狀」,《文筆問答抄》作「情」。「謂上已叙事狀」至「以明其理」,《文筆要決》作雙行小字注。

〔二二〕「次」,《文筆要決》作「以」。「申」,原無,據高甲等本補。「重」,《文筆問答抄》無。

〔二三〕「洎」,《文筆要決》《文筆問答抄》作「泊」。

〔二四〕「及於」,《文筆問答抄》無。

〔二五〕「亦既俄而洎逮」,《文筆問答抄》無。「洎逮」,《文筆要決》作「逮洎」。

〔二六〕「自屬」下《文筆問答抄》有「乃於」二字。「及自屬」之「自」疑「洎」之訛,「及洎屬」即「及洎之屬」之意。

〔二七〕「謂若」以下至「爲異」，《文筆要決》爲雙行小字注。

〔二八〕「推」，《文筆要決》作「惟」。

〔二九〕「爲異也」，《眼心抄》無。「而」，《文筆問答抄》無。「也」，《文筆要決》無。

乃知，方知，方驗〔一〕，將知，固知〔二〕，斯乃，斯誠，此固，此實，誠知〔三〕，是知，何則，所以〔四〕，是故，遂使，遂令〔五〕，故能，故使〔六〕，可謂。

右並取下言證成於上也〔七〕。謂上所叙義〔八〕，必待此後語〔九〕，始得證成也〔一〇〕。或多析名理，或比況物類〔一一〕，不可委説者〔一二〕。

況乃，況則〔一三〕，矧夫，矧唯〔一四〕，何況，豈若，未若，豈有，豈至。

右並追叙上義不及於下也〔一五〕。謂若已叙功業事狀於上〔一六〕，以其輕小〔一七〕，後更云「況乃」「豈若」其事其狀云云也〔一八〕。

豈獨，豈唯，豈止〔一九〕，寧唯〔二〇〕，寧獨，寧止，何獨，何止〔二一〕，豈直〔二二〕。

右並引取彼物爲此類〔二三〕。謂若已叙此事〔二四〕，又引彼與此相類者，云「豈唯」彼如然也。

假令，假使〔二五〕，假復，假有，縱令，縱使，縱有〔二六〕，就令，就使〔二七〕，就如，雖令，雖使，雖復〔二八〕，設令，設使〔二九〕，設有，設復，向使〔三〇〕。

右並大言彼事不越此也〔三一〕。謂若已叙前事〔三二〕，「假令」深遠高大則如此，此終不越〔三三〕。

【校箋】

〔一〕「方驗」，《文筆問答抄》無。

〔二〕「固知」，《文筆問答抄》無。

〔三〕「此實誠知」四字，《文筆問答抄》無。「實」，《文筆要決》作「寳」。

〔四〕「何則所以」，《文筆要決》作「何知所知」。「所」，原作「可」，據六地藏寺等本改。

〔五〕「遂令」，《文筆問答抄》無。

〔六〕「故使」，《文筆問答抄》無。「故使」下《文筆要決》有「所知」二字。

〔七〕「成」，《文筆問答抄》作「誠」。本句意爲用下句證明上句之結果，而用「乃知」等相關聯，表明它們的因果關係。

〔八〕「謂上所叙義」以下至「不可委説」，《文筆要決》作雙行小字注。

〔九〕「必」，《文筆要決》作「女」。「此」，《文筆要決》無。

〔一〇〕「證」，《文筆要決》作「誠」。「成」，《文筆問答抄》作「誠」。

〔一一〕「或」，《文筆問答抄》無。

〔一二〕「者」，《文筆要決》無。

〔一三〕「況則」，《文筆問答抄》《文筆要決》無。

〔一四〕「矧唯」，《文筆問答抄》無。

〔一五〕「叙」，原無，據三寶等本補。

〔一六〕「謂若已」以下至「狀云」，《文筆要決》作雙行小字注。

〔一七〕「小」，原作「少」，據六地藏寺本改。

〔一八〕「乃」，原作「及」，據高乙本、《文筆要決》改。「云云也」，《文筆要決》作「云」，《文筆問答抄》作「云云」。

〔一九〕「豈止」，《文筆問答抄》無。

〔二〇〕「寧唯」，《眼心抄》及《文筆要決》無。

〔二一〕「寧止何獨何止」，《文筆問答抄》無。

〔二二〕「直」，原作「宜」，據高甲等本改。

〔二三〕「此類」下，《文筆要決》有「也」字。

〔二四〕「謂若已叙此事」以下至「唯彼如然也」，《文筆要決》作雙行小字注。「此」，原作「比」，據《文筆要決》改。

〔二五〕「假使」，《文筆問答抄》無。

〔二六〕「縱令縱使縱有」，《文筆問答抄》無。

〔二七〕「就使」，《文筆問答抄》無。

〔二八〕「雖令雖使雖復」，《文筆問答抄》無。

〔二九〕「設使」，《眼心抄》無。

〔三〇〕「設有設復向使」，《文筆問答抄》無。「向使」，原無，據六地藏寺等本、《文筆要決》補。

〔三一〕「事」，《文筆要決》作「言」。

〔三二〕「謂若已叙前事」以下至「此終不越」，《文筆要決》作雙行小字注。「已」，《文筆要決》無。

〔三三〕「越」，原作「遠」，據《眼心抄》、義演抄本、《文筆要決》、《文筆問答抄》改。

雖然，然而，但以，正以，直以，只爲。

右並將取後義反於前也〔一〕。謂若叙前事已訖〔二〕，云「雖然」乃有如此理也〔三〕。

豈令，豈使〔四〕，何容，豈容〔五〕，豈至，豈其〔六〕，何有，豈可〔七〕，寧可，未容〔八〕，未應，不容，詎可，詎令〔九〕，詎使〔一〇〕，而乃，而使，豈在，安在。

右並叙事狀所求不宜然也。謂若揆其事狀所不合然〔一一〕，云「豈令」其至於此也〔一二〕。

豈類，詎似〔一三〕，豈如，未若。

右並論此物勝於彼也。謂叙此物已訖〔一四〕，陳「豈若」彼物微小之狀也〔一五〕。

若乃，爾乃，爾其，爾則，夫其，若其，然其。

右並覆叙前事體其狀也〔一六〕。若前已叙事〔一七〕，次更云「若乃」等，體寫其狀理也〔一八〕。

【校箋】

〔一〕「反」，《文筆要決》作「及」。

〔二〕「謂若叙前事」以下至「如此理」，《文筆要決》作雙行小字注。「已」，《文筆要決》無。

〔三〕「乃」，《文筆要決》作「仍」。「也」，《文筆要決》無。

〔四〕「豈使」，《文筆問答抄》無。

〔五〕「豈容」，《文筆問答抄》《文筆要決》無。

〔六〕「豈」，原無，據六地藏寺等本補。「豈其」，《文筆問答抄》無。

〔七〕「豈可」，《文筆問答抄》無。

〔八〕「未容」，《文筆問答抄》無。

〔九〕「詎」，原作「詎」，據六地藏寺本改，下同。「不容詎可」，《文筆問答抄》無。「詎可詎令」，《文筆要決》作「詎令詎可」。「令」，《文筆問答抄》作「合」。

〔一〇〕「詎使」以下至「安在」，《文筆問答抄》無。

〔一一〕「謂若揆其事」至「於此也」，《文筆要決》作雙行小字注。「合」，《文筆要決》作「令」。

〔一二〕「此也」，《文筆要決》作「是」。

〔一三〕「似」，《文筆問答抄》《文筆要決》作「以」。

〔一四〕「謂叙此物」以下至「微小之狀」，《文筆問答抄》作雙行小字注。

〔一五〕「物微小之狀也」，《文筆問答抄》作「物少之狀云也」。「也」，《文筆要決》無。

〔一六〕「也」字原無，據《文筆要決》補。

〔一七〕「若前」至「狀理」，《文筆要決》作雙行小字注。

〔一八〕「更」，《文筆要決》作「便」。「也」，《文筆要決》無。

儻使，儻若〔一〕，如其，如使，若其，若也〔二〕，若使，脱若，脱使，脱復，必其〔三〕，必若，或若〔四〕，或可，或當。

右並逾分測量或當爾也〔五〕。譬如論其事異理，云「儻」如此如此〔六〕。

唯應，唯當〔七〕，唯可，只應，只可，只當〔八〕，乍可，必能，必應，必當，必使，會當。

右並看世斟酌終歸然也〔九〕。若云看上事形勢，「唯應」如此如此〔一〇〕。

方當，方使，方冀，方令，庶使，庶當，庶以，冀當，冀使〔一一〕，將使，使夫〔一二〕，未使〔一三〕，令夫，所冀，所望，方欲，便欲〔一四〕，便當，行欲，足令，足使〔一五〕。

右並勢有可然期於終也。謂若敘其事形勢〔一六〕，方「終當」如此。

豈謂，豈知，豈其，誰知〔一七〕，誰言，何期，何謂〔一八〕，安知，寧謂，寧知〔一九〕，不謂，不悟，不期，豈悟〔二〇〕，豈慮。

右並事有變常異於始也〔二一〕。謂若其事應令如彼，今忽如此如此〔二二〕。

【校箋】

〔一〕「儻使」，《文筆問答抄》無。「儻使儻若」，《文筆要決》作「儻若儻使」。

〔二〕「如使若其若也」，《文筆問答抄》無。

〔三〕「脱若脱使脱復必其」，《文筆問答抄》無。

〔四〕「必若或若」，《文筆問答抄》作「若或若必」。

〔五〕「或當爾也」，《文筆問答抄》作「當爾」。

〔六〕「譬如」至「如此如此」，《文筆要決》作雙行小字注。「其」下原有「某」字，據《文筆要決》删。「事」下《文筆要決》有「使」字。「云儻如此如此」，《文筆要決》作「云如此」。

〔七〕「唯應唯當」至「方終當如此」，《文筆問答抄》無。

〔八〕「只當」，《文筆要決》作「亦當」。

〔九〕「然」，原作「狀」，據《眼心抄》、六地藏寺本改。

〔一〇〕「若云」至「如此」，《文筆要決》作雙行小字注。「唯」，原作「准」，據三寶等本改。「如此如此」，《文筆要決》作「如此」。

〔一一〕「冀使」，《眼心抄》無。

〔一二〕「使夫」，《文筆要決》作「夫使」。

〔一三〕「未使」二字，原無，據高甲等本補。

〔一四〕「便欲」，《文筆要決》作「更欲」。

〔一五〕「使」，《文筆要決》作「便」。

〔一六〕「謂若」至「終當如此」，《文筆要決》作雙行小字注。

〔一七〕「豈其誰知」，《文筆問答抄》無。

〔一八〕「何謂」，《文筆問答抄》無，《文筆要決》作「可謂」。

〔一九〕「寧謂寧知」，《文筆問答抄》無。

〔二〇〕「不悟不期豈悟」，《文筆問答抄》無。「不悟」，《文筆要決》作「不語」。

〔二一〕「常」，《文筆問答抄》無。

〔二二〕「謂若」至「如此」，《文筆要決》作雙行小字注。「今忽」，《文筆要決》作「忽令」。「如此如此」，《文筆要決》作「如此」。「如此如此」後《文筆問答抄》有「也」字。

加以，加復，況復，兼以〔一〕，兼復〔二〕，又以，又復〔三〕，重以，且復〔四〕，仍復，尚且〔五〕，猶復，猶欲〔六〕，而尚，尚或，尚能〔七〕，尚欲，猶，仍〔八〕，且，尚〔九〕。

右並更論後事以足前理也。謂若叙前事已訖〔一〇〕，云「加以」又如此又如此也〔一一〕。

莫不，罔不〔一二〕，罔弗，無不〔一三〕，咸欲〔一四〕，咸將，並欲，皆欲，盡，皆〔一五〕，並，咸。

右並總論物狀也。

自非，若非[一六]，非夫[一七]，若不，如不，苟非。

右並引大其狀令至甚也[一八]。若叙其事至甚者，云「自非」如此云[一九]。

【校箋】

〔一〕「況復兼以」，《文筆問答抄》無。

〔二〕「兼」字原作小字記在右旁行間，據三寶等本補。

〔三〕「又以又復」，《文筆問答抄》無。「復」上「又」字原無，據三寶等本補。

〔四〕「且復」至「猶欲」，《文筆問答抄》無。

〔五〕「仍復」，《眼心抄》無。「復尚」二字，原蠹蝕，據三寶等本補。

〔六〕「猶」，原無，據三寶等本補。

〔七〕「尚或尚能」，《文筆問答抄》無。

〔八〕「尚欲猶仍」，《文筆問答抄》作「猶仍尚欲」。

〔九〕「且尚」，《文筆問答抄》無。

〔一〇〕「謂」，《文筆要決》作「論」。「謂若」至「又如此」，《文筆要決》作雙行小字注。

〔一一〕「以」後「又」字《文筆問答抄》無。「又如此又如此也」，《文筆要決》作「又如此」。

〔一二〕「罔不」，《文筆問答抄》無。

〔一三〕「無不」，《文筆問答抄》無。

〔一四〕「咸」，《文筆要決》作「成」。

〔一五〕「皆欲盡皆」，《文筆問答抄》無。「盡」字下《文筆要決》有「欲」字。

〔一六〕「若非」，《文筆問答抄》無。

〔一七〕「非夫」，《文筆要決》無，《文筆問答抄》在「苟非」下。

〔一八〕「大其」，《文筆要決》作「其大」。「狀」，《文筆問答抄》作「形」。

〔一九〕「如此云」，《文筆要決》作「如此之」。「若叙」至「如此之」，《文筆要決》作雙行小字注。

何以，何能〔一〕，何可，豈能，豈使〔二〕，詎能，詎使〔三〕，詎可，儔能〔四〕，奚可，奚能〔五〕。

右並因緣前狀論所致也〔六〕。若云自非行如彼〔七〕，「何以」如此也〔八〕。

方慮，方恐，所恐〔九〕，將恐〔一〇〕，或恐〔一一〕，或慮，只恐，唯恐〔一二〕，行恐。

右並預思來事異於今也〔一三〕。若云今事已然，「方慮」於後或如此也〔一四〕。

敢欲，輒欲，輕欲，輕用〔一五〕，輕以〔一六〕，輒用，輒以，敢以〔一七〕，每欲，常欲，恒願，恒望。

右並論志所欲行也〔一八〕。

每至，每有，每見，每曾〔一九〕，時復，數復，或復〔二〇〕，每，時，或〔二一〕。

右並事非常然有時而見也。謂若「每至」其時節，「每見」其事理也〔二二〕。

【校箋】

〔一〕「何能」，《文筆問答抄》無。

〔二〕「豈使」，《文筆問答抄》無。

〔三〕「詎使」，《文筆問答抄》無。

〔四〕「儔」，《文筆要決》作「疇」。

〔五〕「奚可奚能」，原作「可能」，據六地藏寺等本改。「奚能」，《文筆問答抄》無。

〔六〕「緣」，《文筆問答抄》無。「所」，《文筆要決》作「可」。「也」，原無，據《文筆要決》補。

〔七〕「如」，《文筆要決》無。「若云」至「如此」，《文筆要決》作雙行小字注。

〔八〕「也」，《文筆要決》無。

〔九〕「方恐所恐」，《文筆問答抄》無。

〔一〇〕「將恐」，《文筆要決》作「行恐」。

〔一一〕「或恐」，《文筆問答抄》無。

〔一二〕「唯恐」，《文筆問答抄》無。

〔一三〕「預」，《文筆要決》作「豫」。「今」，《文筆要決》無。

〔一四〕「若云今事」至「或如此」，《文筆要決》作雙行小字注。「也」，《文筆要決》無。

〔一五〕「輕用」至「每欲」，《文筆問答抄》無。

〔一六〕「輕以」，原無，據六地藏寺等本補。

〔一七〕「輒用輒以敢以」，《文筆要決》作「敢以輕以」。

〔一八〕「所」，《文筆要決》無。

〔一九〕「每曾」，《文筆問答抄》在「或復」之下。

〔二〇〕「或復」，《文筆要決》無。

〔二一〕「每時或」，《文筆問答抄》無。

〔二二〕「謂若」至「事理」，《文筆要決》作雙行小字注。「也」，《文筆要決》無。

則必，則皆，則當〔一〕，何嘗不〔二〕，未嘗不〔三〕，未有不〔四〕，則。

右並有所逢見便然也。若逢見其事，「則必」如此也〔五〕。

可謂，所謂，誠是，信是〔六〕，允所謂，乃云〔七〕，此猶，何異，奚異，亦猶〔八〕，猶夫，則猶，則是〔九〕。

右並要會所歸總上義也。謂設其事，「可謂」如此，「可比」如此也〔一〇〕。

誠願，誠當可〔一一〕，唯願，若令，若當，若使，必使〔一二〕。

右並勸勵前事所當行也。謂若謂其事，云「誠願」行如此也〔一三〕。

自可，自然〔一四〕，自應，自當〔一五〕，此則，斯則，則必〔一六〕，然則。

右並預論後事必應爾也〔一七〕。謂若行如彼，「自可」致如此〔一八〕。

【校箋】

〔一〕「當」，原作「常」，據《眼心抄》改。「則當」，《文筆問答抄》無。

〔二〕「當」，原作「當」，據《文筆要決》改。

〔三〕「嘗不」，《文筆要決》無。

〔四〕「未有」，《文筆問答抄》無。

〔五〕「若逢」至「如此」，《文筆要決》作單行小字注。「也」，《文筆要決》無。

〔六〕「信是」至「則猶」，《文筆問答抄》無。

〔七〕「乃」，原作「及」，據六地藏寺本改。

〔八〕「亦猶」，《文筆要決》作「只猶」。

〔九〕「則是」下《文筆問答抄》有「允所謂」。

〔一〇〕「謂設」至「如此」，《文筆要決》作雙行小字注。「也」，《文筆要決》無。

〔一一〕「誠當可」，《文筆問答抄》無。

〔一二〕「必使」，《文筆問答抄》無。

〔一三〕「謂若」至「如此」，《文筆要決》作雙行小字注。「也」，《文筆要決》無。

〔一四〕「自然」，《文筆問答抄》在「然則」下。

〔一五〕「自應自當」，《文筆問答抄》無。

〔一六〕「則必」，《文筆要決》作「必則」。作「必則」爲是。

〔一七〕「爾」，《文筆要決》作「示」。

〔一八〕「謂若」至「如此」，《文筆要決》作雙行小字注。「如此」下《文筆問答抄》有「也」字。

帝德録[一]

伏犧[二]，亦曰宓戲[三]，太昊[四]，皇雄[五]，庖犧[六]，皇犧[七]，風姓[八]。以木德王[九]，曰蒼精[一〇]，蒼牙[一一]。生於雷澤[一二]。日角[一三]。以龍紀官[一四]，曰龍師而龍名。狀有：通靈[一五]，出震[一六]，像日[一七]，作《易》[一八]，觀象，察法[一九]，畫八卦[二〇]，設十言[二一]，推三元以教民[二二]。

【校箋】

〔一〕以下至末尾，撰者未詳。《大日本古文書》卷之三天平二十年（七四八）六月十日《寫章疏目録》：「《帝德録》一卷。」（東京大學出版會一九六八年）《日本國見在書目》「總集家」：「《帝德録》二卷。」《帝德録》一書奈良時代前期應已傳入日本，當作隋至初唐時期。是書爲作文手册，内容爲彙集讚頌帝王之典故與詞藻。此書述古帝之部分，幾乎全部見於隋蕭吉《五行大義》第二十一《論五帝》（此書唐土早佚，傳存於日本，《日本國見在書目》有《五行大義》，今有穗久邇文庫藏本，日本古典研究會叢書第七卷，一九九〇年刊行）。

〔二〕伏犧，與下文之神農、黄帝，並稱爲三皇。關於三皇，《吕氏春秋·用衆》高誘注謂指伏犧、神農、女媧，班固《白虎通·號》謂指伏犧、神農、燧人，又引《禮》謂指伏犧、神農、祝融。此處《帝德録》用《易·繫辭下》及成玄英疏之説。《莊子·大宗師》：「伏戲氏得之，以襲氣母。」成玄英疏：「伏戲，三皇也，能伏牛乘馬，養伏犧牲，故謂之伏犧也。」隋蕭吉《五行大義》：「太昊帝庖羲者，姓風也，母華胥，履大人跡而生於成紀，虵身人首，以木德王天下，爲百王先。《易》曰：帝出於震，震，木，東方主春，象日之明，故曰太昊。因象龜文而畫八卦，爲網罟以田獵。古者人畜相食，爲害者多，帝觀蜘蛛之網，教民取犧牲以充庖廚，故曰庖犧，是謂羲皇。後世音謬，謂之伏犧。或云宓羲，一號雄皇氏。《孝經鈎命決》云：伏羲日角珠衡戴勝。《禮含文嘉》云：伏羲德洽上下，天應以鳥獸文章，地應以龜書，伏羲則象作八卦。」

〔三〕《戰國策·趙策二》：「宓戲神農，教而不誅。」《顔氏家訓·書證》：「皇甫謐云：『伏羲或謂之宓羲。』案諸經史緯候，遂無宓羲之號，虙字從虍，宓字從宀，下俱爲必，末世傳寫，遂誤以虙爲宓，而《帝王世紀》因更立名號。」

〔四〕《帝王世紀》：「象日之明，是稱太昊。」（《初學記》卷九）

〔五〕《易·繫辭下》「包犧氏没」孔穎達正義引《帝王世紀》：「包犧氏，……一號皇雄氏，在位一百一十年。」

〔六〕晉王嘉《拾遺記》卷一：「庖者包也，言包含萬象。以犧牲登薦于百神，民服其聖，故曰庖犧，亦曰伏犧。」（《漢魏六朝筆記小説大觀》，上海古籍出版社一九九九年）

〔七〕《楚辭·九思》：「紛載驅兮高馳，將諮詢兮皇羲。」王逸注：「皇羲，羲皇也。」

〔八〕《易·繫辭下》「包犧氏没」孔穎達正義引《帝王世紀》：「太皞帝包犧氏，風姓也。」

〔九〕曹植《庖羲贊》:「木德風姓,八卦創焉。」(《藝文類聚》卷一一)

〔一〇〕《禮記·月令》:「孟春之月,……其帝太皞,其神句芒。」鄭玄注:「此蒼精之君,木官之臣。」

〔一一〕《易坤靈圖》:「蒼牙通靈。」舊注:「蒼牙則伏羲也。」(《古微書》,《叢書集成初編》)

〔一二〕《易·繫辭下》「包犧氏没」孔穎達正義引《帝王世紀》:「包犧氏,風姓也,母曰華胥,燧人之世,有大人跡出於雷澤,華胥履之而生包犧。」

〔一三〕《孝經援神契》:「伏犧氏日角衡連珠。」(《太平御覽》卷七八)

〔一四〕《左傳》昭公十七年:「大皞氏以龍紀,故爲龍師而龍名。」杜預注:「大皞,伏犧氏,風姓之祖也。有龍瑞,故以龍命官。」

〔一五〕即《易·繫辭下》所謂通神明之德。

〔一六〕八卦中「震」卦位應東方,出震即出於東方。《易·説卦傳》:「帝出乎震。」孔穎達正義引王弼注:「帝者生物之主,興益之宗,出震而齊巽者也。」

〔一七〕「日」,原作「曰」,據三寶等本改。《帝王世紀》:「爲百王先,帝出於震。未有所因,故位在東方,主春。象日之明,是稱大昊。」(《太平御覽》卷七八)

〔一八〕《易通卦驗》:「宓犧方牙,蒼精作《易》。無書以畫事。」(《太平御覽》卷七八)

〔一九〕「象」,原作「像」,據高甲等本改。觀象、察法:《易·繫辭下》:「古者,包犧氏之王天下也,仰則觀象於天,俯則觀法於地。」

〔一〇〕「畫」，原作「盡」，據高甲等本改。《莊子·繕性》「及燧人伏羲始爲天下」成玄英疏：「伏羲則服牛乘馬，創立庖廚，畫八卦以製文字，放蜘蛛而造密網。」

〔一一〕鄭玄《六藝論》：「虙羲作十言之教，曰：乾，坤，震，巽，坎，離，艮，兑，消，息。」（《黄氏逸書考》）

〔一二〕《春秋内事》：「（伏羲）推列三光（元），建分八節，以爻應氣，凡二十四氣，消息禍福，以制吉凶。」（《太平御覽》七八）三元謂三光之元，曰日、月、星。

神農〔一〕，亦曰炎帝〔二〕，帝魁〔三〕，大庭〔四〕，烈山〔五〕，農皇〔六〕。以火德王，曰炎靈〔七〕，炎精。生於華陽，感龍首神生，以姜水成〔八〕。戴玉理石耳〔九〕。以火紀官〔一〇〕，曰火師而火名〔一一〕。乘六龍以出地輔〔一二〕。狀有：教農，作耒耜〔一三〕，嘗百草〔一四〕，甄度四海〔一五〕。

【校箋】

〔一〕神農：《五行大義》：「炎帝神農氏，姓姜，母任姒，名女登，感神龍而生帝於常羊，人身牛首，以火承木，位南方，主夏，故曰炎帝。作耒耜，始教民耕農，嘗別草木，令人食穀，以代犧牲之命，故號神農。一號魁隗氏，是爲農皇。」《風俗通義·皇霸》：「（《含文嘉》）神農，神者，信也；農者，濃也。始作耒耜，教民耕種，美其衣食，德濃厚若神，故爲神農也。」

〔二〕《帝王世紀》：「神農氏，……以火德王，故號炎帝。」（《史記·五帝本紀》張守節正義引）

〔三〕《孝經鈎命決》：「任己感龍生帝魁。」注：「任己，帝魁之母也。魁，神農名。」（《太平御覽》卷

七八）

〔四〕鄭玄《詩譜序》：「上皇之世，大庭軒轅逮於高辛。」孔穎達正義：「大庭，神農之别號。」（《毛詩正義》）

〔五〕《國語·魯語上》：「昔烈山氏之有天下也，其子曰柱，能殖百穀百蔬。」（上海古籍出版社一九八八年）韋昭注：「烈山氏，炎帝之號也，起於烈山。」烈山，在今湖北隨州北。

〔六〕《風俗通義·皇霸》：「遂人爲遂皇，伏羲爲戲皇，神農爲農皇也。」

〔七〕神農以火德王，故稱炎靈。

〔八〕「生於」三句：「神生」，原作「神之」，從周校改。《史記·五帝本紀》張守節正義引《帝王世紀》：「神農氏，姜姓也，母曰任姒，……遊華陽，有神龍首，感生炎帝。人身牛首，長於姜水。」

〔九〕《春秋命曆序》：「有神人名石耳，蒼色大眉，戴玉理。」（《藝文類聚》卷一一）

〔一〇〕「火」，原作「大」，據六地藏寺等本改。

〔一一〕兩「火」字，原均作「大」，據六地藏寺等本改。《左傳》昭公十七年：「炎帝氏以火紀，故爲火師而火名。」

〔一二〕《春秋命曆序》：「駕六龍，出地輔，號皇神農。」（《太平御覽》卷七八）

〔一三〕「耒」，原作「來」，據《五行大義》改。《易·繫辭下》：「神農氏作，斫木爲耜，揉木爲耒，耒耨之利，以教天下。」

〔四〕《淮南子·脩務訓》:「神農乃始……嘗百草之滋味,水泉之甘苦,令民知所辟就。」

〔五〕《春秋命曆序》:「號皇神農,始立地形,甄度四海,東西九十萬里,南北八十一萬里。」(《太平御覽》卷七八)注:「甄紀地形遠近,山川林澤所至。」

黄帝〔一〕,亦曰軒轅〔二〕,有熊〔三〕,縉雲之官〔四〕,歸藏〔五〕,云皇軒〔六〕,帝軒〔七〕,軒后,軒皇。以土德王,曰黄帝,黄神〔八〕,黄精〔九〕。感大電繞樞以生於壽丘〔一〇〕,長於姬水〔一一〕,居於軒轅之丘〔一二〕。天庭〔一三〕,日角〔一四〕,四面〔一五〕。狀有:提像〔一六〕,徇齊〔一七〕,叶律〔一八〕,造書契〔一九〕,模鳥跡〔二〇〕,車乘〔二一〕,宫室〔二二〕,衣服〔二三〕,文字〔二四〕,役使百靈〔二五〕,垂衣裳〔二六〕。

【校箋】

〔一〕「黄」,原作「皇」,據六地藏寺等本改。《五行大義》:「黄帝軒轅氏,姓姬,母附寶,見大電光繞北斗樞星,明照郊野,感而生帝於壽丘。以土承火,位在中央,故曰黄帝,治五氣,設五星,始垂衣裳,作舟車,造屋宇。古者巢居穴處,黄帝易之以上棟下宇,以蔽風雨,故號軒轅。亦云,居軒轅之丘,因以爲號。一號帝鴻氏,或歸藏氏,或有熊氏。《春秋文耀鈎》云:黄帝龍顔,得天庭,法中宿,取象文昌。《禮含文嘉》云:黄帝脩兵革,以德行,則黄龍至,鳳皇來儀。」《史記·五帝本紀》:「黄帝者,……有土德之瑞,故號黄帝。」

〔二〕《史記·五帝本紀》:「黄帝者,少典之子,姓公孫,名曰軒轅。」

〔三〕《史記·五帝本紀》：「黄帝者，少典之子。」裴駰集解：「譙周曰：『有熊國君，少典之子也。』皇甫謐曰：『有熊，今河南新鄭是也。』」

〔四〕《左傳》文公十八年：「縉雲氏有不才子。」杜預注：「縉雲，黄帝時官名。」

〔五〕《周禮·春官·太卜》：「掌三《易》之法：一曰《連山》，二曰《歸藏》，三曰《周易》。」鄭玄注引杜子春曰：「《連山》，宓戲；《歸藏》，黄帝。」

〔六〕《河圖握樞》：「黄帝名軒，北斗黄帝之精。」（《太平御覽》卷七九）

〔七〕《尚書中候》「帝軒提像」注：「軒，軒轅，黄帝名。」（《太平御覽》卷七九）

〔八〕《淮南子·覽冥訓》：「西老折勝，黄神嘯吟。」高誘注：「黄帝之神。」

〔九〕《河圖握樞》：「黄帝名軒，北斗黄神之精。」（《太平御覽》卷七九）

〔一〇〕《帝王世紀》：「少典氏又取附寶，見大電光繞北斗樞星，照郊野，感附寶，孕二十五月，生黄帝於壽丘。」（《太平御覽》卷七九）《史記·五帝本紀》張守節正義：「壽丘在魯東門之北，今在兖州曲阜縣東北六里。」

〔一一〕《國語·晉語四》：「黄帝以姬水成，炎帝以姜水成。」韋昭注：「姬、姜，水名。」

〔一二〕《山海經·西山經》：「又西四百八十里，曰軒轅之丘，無草木。」

〔一三〕天庭：星垣名，即太微垣。《春秋元命苞》：「黄帝龍顔，得天庭陽，上法中宿，取象文昌，戴天履陰，秉數制剛。」（《太平御覽》卷七九）

〔一四〕《史記·五帝本紀》張守節正義:「(黄帝)生日角龍顔。」

〔一五〕《尸子》:「黄帝取合己者四人,使治四方,不計而耦,不約而成,此之謂四面。」(《太平御覽》卷七九)

〔一六〕「提」,原作「堤」,據三寶本改。提:攝提,星名,屬亢宿,共六星,位於大角星兩側。《尚書中候》:「帝軒提像,配永循機。」(《太平御覽》卷七九)注:「黄帝軒轅觀攝提之像,配而行之,以長爲順,升機爲政。」

〔一七〕《史記·五帝本紀》:「黄帝……幼而徇齊。」裴駰集解:「徇,疾;齊,速也。言聖德幼而疾速也。」徇與侚同。

〔一八〕《吕氏春秋·古樂》:「昔黄帝令伶倫作爲律。」

〔一九〕《説文解字序》:「黄帝之史倉頡,見鳥獸蹏迒之跡,知分理之可相别異也,初造書契。」

〔二〇〕《帝王世紀》:「其史倉頡,又取像鳥跡,始作文字。史官之作,蓋自此始。」(《太平御覽》卷七九)

〔二一〕《易·繫辭下》:「黄帝、堯、舜……服牛乘馬,引重致遠以利天下,蓋取諸隨。」

〔二二〕《春秋内事》:「軒轅氏以土德王天下,始有堂廡,高棟深宇,以避風雨。」(《藝文類聚》卷一一)

〔二三〕《拾遺記》卷一:「(軒轅)始造書契。服冕垂衣,故有衮龍之頌。」

〔二四〕《説文解字序》:「蓋依類象形,故謂之文,其後形聲相益,即謂之字。」黄帝時史官倉頡造文字,見前引。

〔三五〕《抱朴子·極言》:「黄帝生而能言,役使百靈,可謂天授自然之體者也。」

〔三六〕《易·繫辭下》:「黄帝、堯、舜垂衣裳而天下治。」韓康伯注:「垂衣裳以辨貴賤。」

少昊〔一〕,亦曰金天〔二〕,青陽〔三〕。以金德王〔四〕。感大星如虹流華渚以生〔五〕。鳳皇適至,以鳥紀官,鳥師而鳥名〔六〕。

【校箋】

〔一〕少昊:一作「少皞」。《五行大義》:「少昊金天氏,姬姓,名摯,字青陽,母曰女節。有大星如虹下流華渚,夢接意感生帝,以金承土,故曰金天。即圖讖所謂白帝朱宣也。位在西方,主秋,金有光明,居小陰位,故曰少昊。《文耀鈎》云:帝嚳載干,是謂清明,發節稱度,蓋象招摇。」《古史考》:「或曰:宗師太昊之道,故曰少昊。」(《太平御覽》卷七九)

〔二〕《帝王世紀》:「少昊……都曲阜,故或謂之窮桑,即圖讖所謂白帝朱宣者也,故稱少昊,號金天氏。」(《藝文類聚》卷一一)

〔三〕《帝王世紀》:「少昊帝名摯,字青陽,姬姓也。」

〔四〕《古史考》:「窮桑氏,嬴姓也,以金德王,故號金天氏。」(《太平御覽》卷七九)

〔五〕《帝王世紀》:「(少昊帝)母曰女節。黄帝時有大星如虹,下流華諸,女節夢接意感,生少昊,是

爲玄囂。」(《太平御覽》卷七九)

〔六〕《左傳》昭公十七年:「我高祖少皞摯之立也,鳳鳥適至,故紀於鳥,爲鳥師而鳥名。」「而」,原作「如」,據《左傳》昭公十七年「爲鳥師而鳥名」改。

顓頊〔一〕,亦曰高陽〔二〕,窮桑〔三〕。以水德王〔四〕。感瑶光如蜺降幽房以生〔五〕。形云:併幹〔六〕。平九黎之亂〔七〕,定八風之音〔八〕。

【校箋】

〔一〕顓頊:《五行大義》:「顓頊高陽氏,姓姬,母景僕,見摇光星貫月如虹,感而生帝於若水,以水承金,位在北方,主冬,故號顓頊。」(「摇」當爲「瑶」之訛)

〔二〕高陽:《楚辭·離騷》:「帝高陽之苗裔兮,朕皇考曰伯庸。」王逸注:「高陽,顓頊有天下之號也。」

〔三〕《帝王世紀》:「(帝顓頊高陽氏)始都窮桑,後徙商丘。」(《太平御覽》卷七九)

〔四〕曹植《顓頊贊》:「昌意之子,祖自軒轅,始誅九黎,水德統天。」(《藝文類聚》卷一一)

〔五〕瑶光:北斗七星第七星名。《宋書·符瑞志》:「帝顓頊高陽氏,母曰女樞,見瑶光之星,貫月如虹,感己於幽房之宫,生顓頊於若水。」

〔六〕併幹:即併幹。「幹」爲「幹」之俗别字。《春秋元命苞》:「顓頊併幹,上法月参,集威成紀,以

理陰陽。」(《太平御覽》卷七九)

〔七〕《帝王世紀》:「顓頊生十年而佐少昊,二十而登帝位,平九黎之亂。」(《藝文類聚》卷一一)

〔八〕《帝王世紀》:「(顓頊)效八風之音,作樂五英,以祭上帝。」(《藝文類聚》卷一一)八風:八卦之風。

唐堯〔一〕,亦曰陶唐〔二〕,伊祁〔三〕,伊堯〔四〕,唐堯〔五〕,唐后,帝〔六〕;名放勳〔七〕。感赤龍以生〔八〕,長於伊水〔九〕,居丹陵〔一〇〕。形云:鳥庭〔一一〕,日角〔一二〕,八眉〔一三〕,八彩〔一四〕,珠衡〔一五〕。狀云:欽明,文思〔一六〕,睿哲〔一七〕,允龔尅讓〔一八〕,稽古則天〔一九〕,就日望雲〔二〇〕,光被,平章百姓,協和萬邦〔二一〕。

【校箋】

〔一〕唐堯:《五行大義》:「帝堯陶唐氏,祁姓,母慶都,出洛渚,遇赤龍,感孕十四月,而生帝於丹陵,名放勳。以火承木,其兄帝摯,封之於唐,故號陶唐氏。《文耀鈎》云:堯眉八彩,是謂通明,曆象日月,陳剬考功。《禮含文嘉》云:堯廣被四表,致于龜龍。」

〔二〕陶唐:原古部落名,唐堯治地,原在河北,堯時遷到山西南部汾水流域。《左傳》襄公二十四年:「昔匄之祖自虞以上,爲陶唐氏。」杜預注:「陶唐,堯所治地,太原晉陽縣也。」因以爲帝堯名。

〔三〕《帝王世紀》：「帝堯陶唐氏，祁姓也，……或從母姓伊祁氏。」(《太平御覽》卷八〇)

〔四〕《校注》引《帝堯碑》：「其先出自塊隗，翼火之精，有神龍首，出於常羊，慶都交之，生伊堯。」

〔五〕司馬相如《封禪文》：「君莫盛於唐堯，臣莫盛於后稷。」(《文選》卷四八)李善注引《漢書音義》：「唐堯之世，播殖百穀。」此「唐堯」疑衍。

〔六〕帝：《楚辭·九歌·湘夫人》：「帝子降兮北渚，目眇眇兮愁予。」王逸注：「帝子，謂堯女也。」是以「帝」稱「堯」。

〔七〕放勳：爲堯名，一説堯字。《書·堯典》：「若稽古帝堯，曰放勳。」蔡沈集傳：「放，至也，……勳，功也。言堯之功大而無所不至也。」

〔八〕堯母慶都，出觀於河，有赤龍負圖而至，赤龍與慶都合而生堯，見《淮南子·脩務訓》「堯眉八彩」高誘注。

〔九〕伊水：在今河南西部。《水經注·伊水》：「伊水出南陽魯陽縣西蔓渠山，……又東北至洛陽縣南，北入於洛。」

〔一〇〕《帝王世紀》：「母慶都孕十四月而生堯於丹陵。」(《藝文類聚》卷一一)

〔一一〕《孝經援神契》：「堯鳥庭荷勝。」(《太平御覽》卷八〇)注：「堯，火精人也。鳥庭，庭有鳥骨表，取像朱鳥與太微庭也，朱鳥戴聖，荷勝似之。」

〔一二〕《帝堯碑》：「(伊堯)龍顔日角，眉八彩。」

〔三〕《尚書大傳》卷五：「堯八眉，舜四瞳子，……八眉者，如八字。」

〔四〕《淮南子·脩務訓》：「堯眉八彩，九竅通洞，而公正無私。」高誘注：「眉有八彩之色。」

〔五〕珠衡：謂人眉間骨隆起如連珠，古人以爲帝王之相。《孝經援神契》：「伏羲大目山準，日角而連珠衡。」宋均注：「珠衡，衡中有珠，表如連珠，象玉衡星。」

〔六〕《書·堯典》：「帝堯曰放勳，欽明文思安安。」孔傳引馬融云：「威儀表備謂之欽，照臨四方謂之明，經緯天地謂之文，道德純備謂之思。」

〔七〕《書·舜典》：「濬哲文明，温恭允塞。」本爲言舜之德，此以言堯之德，未知所本。

〔八〕「龔」，通「恭」。《書·堯典》：「允恭克讓。」孔傳：「允，信；克，能。」

〔九〕《書·堯典》：「曰若稽古帝堯。」孔傳：「若，順；稽，考也。能順考古道而行之者帝堯。」《論語·泰伯》：「唯天爲大，唯堯則之。」何晏集解：「美堯能法天而行化也。」

〔一〇〕《大戴禮記》：「宰我曰：『請問帝堯。』孔子曰：『……其仁如天，其智如神，就之如日，望之如雲。』」（《藝文類聚》卷一一）

〔一一〕《書·堯典》：「九族既睦，平章百姓。百姓昭明，協和萬邦。」

虞舜〔一〕，亦曰有虞〔二〕，大舜〔三〕，有姚〔四〕，虞皇，虞后；名重華〔五〕，字都君〔六〕。感大虹始生於姚墟〔七〕，長於嬀水〔八〕。狀曰：濬哲，文明〔九〕，登庸〔一〇〕，納麓〔一一〕，受終〔一二〕，慎徽五典[一三]，懷神珠，秉石椎[一四]，哥琴[一五]，垂拱[一六]，彈五絃之琴，哥《南風》之詩[一七]。

【校箋】

〔一〕虞舜：《五行大義》：「帝舜有虞氏，姓姚，母握登，見大虹意感，生帝於姚墟，名重華，字都君，目重瞳子，故名重華。以土承火，堯封之於虞，故號有虞氏。設五色之服。《文耀鉤》云：舜重瞳子，是謂滋涼。上應攝提，以統三光。《禮含文嘉》云：舜損己，以安百姓，致鳥獸鶬鶬，鳳皇來儀。」

〔二〕有虞：舜之先封於虞，故跡在今山西平陸東北。《帝王世紀》：「（舜）嬪于虞，故因號有虞氏。」（《太平御覽》卷八一）

〔三〕《帝王世紀》：「初，舜既踐帝位，而父瞽瞍尚存，舜常戴天子車服而朝焉，天下大之，故曰大舜。」（《太平御覽》卷八一）謂謚法，仁聖盛明曰舜。

〔四〕《史記・五帝本紀》「虞舜者」張守節正義引《括地志》：「《會稽舊記》云：舜，上虞人，去虞三十里有姚丘，即舜所生也。」

〔五〕《書・舜典》：「重華協于帝。」孔傳：「華謂文德，言其光文重合於堯，俱聖明。」《史記・五帝本紀》：「虞舜者，名曰重華。」張守節正義：「目重瞳子，故曰重華。」

〔六〕《帝王世紀》：「目重瞳，故名重華，字都君。」（《藝文類聚》卷一一）

〔七〕「虹」，原作「蛇」，從《校注》改。《帝王世紀》：「陶唐之世，握登見大虹，意感生帝舜於姚墟。」

(《藝文類聚》卷一〇)

〔八〕《書·堯典》:「釐降二女于嬀汭,嬪于虞。」孔穎達正義:「嬀水在河東虞鄉縣歷山西,西流至蒲坂縣南入於河。舜居其旁。」

〔九〕《書·舜典》:「濬哲文明,温恭允塞,玄德升聞。」孔傳:「濬,深;哲,智也。舜有深智文明。」

〔一〇〕登庸:選拔任用,或者亦指登帝位。《書·堯典》:「疇諮若時登庸。」孔傳:「疇,誰;庸,用也。誰能咸熙庶績,順是事者,將登用之。」

〔一一〕納麓:《書·舜典》:「納子大麓,烈風雷雨弗迷。」孔傳:「麓,録也。納舜使大録萬機之政,陰陽和,風雨時,各以其節,不有迷錯愆伏,明舜之德合於天。」後謂總攬大政。

〔一二〕《書·舜典》:「正月上日,受終于文祖。」孔穎達正義:「受終者,堯爲天子,於此事終,而授與舜,故知終謂堯終帝位之事,終言堯終舜始也。」

〔一三〕「徽」,原作「微」,據六地藏寺本及《書·舜典》改。《書·舜典》:「慎徽五典,五典克從。」孔傳:「徽,美也。五典,五常之教:父義,母慈,兄友,弟恭,子孝。」

〔一四〕「椎」,原作「推」,從《考文篇》改。《雒書靈準聽》:「有人方面,日衡重華,握石椎,懷神珠。」(《藝文類聚》卷一一)注:「椎讀曰錘,錘,平輕重者也。握石錘,謂知璇璣玉衡之道也。懷神珠,喻有聖智也。」

〔一五〕哥琴:即彈五絃之琴,歌南風之詩。詳下。「哥」,古「歌」字。

〔一六〕《書·武成》：「惇信明義，崇德報功，垂拱而天下治。」孔穎達正義：「謂所任得人，人皆稱職，手無所營，下垂其拱。」

〔一七〕「彈五」二句：《孔子家語·辯樂解》：「昔者，舜彈五絃之琴，造《南風》之詩。其詩曰：『南風之熏兮，可以解吾民之愠兮；南風之時兮，可以阜吾民之財兮。』」

夏禹〔一〕，亦曰有夏〔二〕，伯禹〔三〕，夏禹；名文命〔四〕，字高密〔五〕。感流星生於石紐〔六〕。耳參漏〔七〕，懷玉斗〔八〕。狀有：疏通〔九〕，任土作貢〔一〇〕，盡力溝洫，卑宫室〔一一〕。

【校箋】

〔一〕夏禹：《史記·夏本紀》：「夏禹，名曰文命。」張守節正義：「夏者，帝禹封國號也。《帝王紀》云：『禹受封爲夏伯，在豫州外方之南，今河南陽翟是也。』」

〔二〕《左傳》襄公四年：「昔有夏之方衰也。」

〔三〕《書·舜典》：「伯禹作司空。」孔穎達正義引賈逵曰：「伯，爵也，禹代鯀爲崇伯，入爲天子司空，以其伯爵，故稱伯禹。」

〔四〕《史記·夏本紀》：「夏禹，名曰文命。」

〔五〕「高」下原衍「宓」字，據六地藏寺等本删。《史記·夏本紀》司馬貞索隱：「《系本》：『鯀取有辛氏女，謂之女志，是生高密。』宋衷云：『高密，禹所封國。』」一謂禹字高密。

〔六〕《史記·夏本紀》「名曰文命」張守節正義：「《帝王紀》云：『父鯀妻脩己，見流星貫昴，夢接意感，又吞神珠薏苡，胸坼而生禹。』……揚雄《蜀王本紀》云：『禹本汶山郡廣柔縣人也，生於石紐。』《括地志》云：『茂州汶川縣石紐山在縣西七十三里。』」

〔七〕「漏」，原作「偏」，據三寶本改。《淮南子·脩務訓》：「禹耳參漏，是謂大通。」高誘注：「參，三也。漏，穴也。大通，天下擁下滯之物。」

〔八〕《帝王世紀》：「（伯禹）胸有玉斗。」《太平御覽》卷八二謂懷璇璣玉衡之道，或以爲有黑子如玉斗。

〔九〕《孟子·滕文公上》：「禹疏九河，瀹濟漯而注諸海……」

〔一〇〕《書·禹貢》：「任土作貢。」孔傳：「任其土地所有，定其貢賦之差。此堯時事，而在《夏書》之首，禹之王以是功。」

〔一一〕《論語·泰伯》：「（禹）卑宮室而盡力乎溝洫。」何晏集解：「包曰：方里爲井，井間有溝，溝廣深四尺。十里爲成，成間有洫，洫廣深八尺。」

殷湯〔一〕，亦曰成湯〔二〕，商湯，商王〔三〕，殷后；名天乙〔四〕，字乙王。感白氣而生〔五〕。兩肘〔六〕，七名〔七〕，受金鈎，都於亳〔八〕。狀有：革命〔九〕，解網〔一〇〕，卅七征〔一一〕，討於鳴條〔一二〕，竄于南巢〔一三〕。

【校箋】

〔一〕殷湯：《史記·殷本紀》「殷契」司馬貞索隱：「契始封商，其後裔盤庚遷殷，殷在鄴南，遂爲天下號。」

〔二〕成湯：詳下。又《書·泰誓中》：「天乃佑命成湯。」

〔三〕《書·伊訓》：「惟我商王，布昭聖武，代虐以寬，兆民允懷。」

〔四〕《史記·殷本紀》：「主癸卒，子天乙立，是爲成湯。」司馬貞索隱謂殷人尊湯，故曰天乙。

〔五〕《春秋元命苞》：「扶都感白氣而生湯。」（《藝文類聚》卷一二）

〔六〕《雒書靈準聽》：「黑帝子湯，長八尺一寸，或曰七尺，連珠庭，臂二肘。」（《太平御覽》卷八三）

〔七〕《紀年》：「湯有七名而九征。」（《太平御覽》卷八三）

〔八〕《田俅子》：「商湯爲天子，都于亳，有神手牽白狼，口銜金鈎而入湯庭。」（《藝文類聚》卷九九）《史記·殷本紀》：「湯始居亳。」裴駰集解：「皇甫謐曰：『梁國穀熟爲南亳，即湯都也。』」

〔九〕「命」，原作「令」，據高甲等本改。《易·革卦·彖傳》：「天地革而四時成。湯武革命，順乎天而應乎人。」

〔一〇〕「網」，原作「綱」，據江户刊本改。《史記·殷本紀》：「湯出，見野張網四面，祝曰：『自天下四方皆入吾網。』湯曰：『嘻！盡之矣。』乃去其三面，……於是諸侯畢服，湯乃踐天子位，平定海内。」

〔二〕《帝王世紀》：「（成湯）凡二十七征，而德施于諸侯焉。」（《太平御覽》卷八三）據此，「卅七」當爲「廿七」之誤。

〔三〕「討」，原作「紂」，從周校改。《書·湯誓》：「伊尹相湯伐桀，升自陑，遂與桀戰于鳴條之野。」孔傳：「地在安邑之西。」

〔三〕《淮南子·本經訓》：「于是湯乃以革車三百乘伐桀于南巢，放之夏臺。」高誘注：「南巢，今廬江巢縣是也。」

高宗〔一〕，亦曰武丁，中宗〔二〕，殷宗〔三〕。狀云：中興〔四〕。

【校箋】

〔一〕高宗：殷第二十二代王，盤庚弟小乙之子，爲殷中興之主。《書·説命上》：「高宗夢得説。」孔傳：「盤庚弟，小乙子，名武丁，德高可尊，故號高宗。」《史記·殷本紀》：「武丁崩，子帝祖庚立，祖己嘉武丁之以祥雉爲德，立其廟爲高宗。」

〔二〕武丁，中宗：《書·無逸》：「昔在殷王中宗。」孔傳：「大戊也，殷家中世尊其德，故稱宗。」《史記·殷本紀》：「帝太戊立，……殷復興，諸侯歸之，故稱中宗。」是知中宗爲太戊，太戊爲殷湯第九代王。

〔三〕《漢書·宣帝紀贊》：「功光祖宗，業垂後嗣，可謂中興，侔德殷宗、周宣矣。」班固《東都賦》：

「遷都改邑，有殷宗中興。」

〔四〕《史記·殷本紀》：「武丁修政行德，天下咸驩，殷道復興。」

周文王，亦曰文昌〔一〕。武王，亦曰武發〔二〕。並云有周〔三〕，蒼精〔四〕。文王邑於灃〔五〕，受命於岐山〔六〕。武王都於鎬〔七〕。狀云：命唯新〔八〕，耆定武功〔九〕，虞代革命，伐罪〔一〇〕。

【校箋】

〔一〕周文王、文昌：《史記·周本紀》：「公季卒，子昌立，是爲西伯，西伯爲文王。」「謚爲文王。」張守節正義：「謚法：『經緯天地曰文。』」《春秋元命苞》：「伐殷者爲姬昌。」（《太平御覽》卷八四）注：「姬昌之言基始也。昌，兩日重見，言明象。」

〔二〕武王、武發：《史記·周本紀》：「明年，西伯崩，太子發立，是爲武王。」張守節正義：「謚法：『克定禍亂曰武。』」

〔三〕《書·泰誓下》：「惟我有周，誕受多方。」

〔四〕《春秋元命苞》：「姬昌，蒼帝之精，位在房心。」（《初學記》卷九）

〔五〕《詩·大雅·文王有聲》：「文王受命，有此武功，既伐于崇，作邑于豐。」豐在京兆鄠縣東。

〔六〕《書·無逸》：「文王受命惟中身。」受命：謂受天命而王天下。《墨子·非攻下》：「赤烏銜珪，降周之岐社，曰：天命周文王伐殷有國。」

〔七〕《詩・大雅・文王有聲》:「鎬京辟廱。」「考卜維王,宅是鎬京,維龜正之,武王成之。」毛傳:「武王作邑於鎬京。」

〔八〕《詩・大雅・文王》:「周雖舊邦,其命維新。」

〔九〕《詩・周頌・武》:「嗣武受之,勝殷遏劉,耆定爾功。」鄭玄箋:「耆,老也。嗣子武王受文王之業,舉兵伐殷而勝之,以止天下之暴虐而殺人者,年老乃定女之此功,言不汲汲於誅紂,須暇五年。」又一説,耆,致也。言武王誅紂,致定其功。

〔一〇〕「伐」,原作「代」,據三寶等本改。「虞代」,疑有誤。伐罪:《史記・周本紀》:「於是武王遍告諸侯曰:『殷有重罪,不可以不畢伐。』」

漢,曰天漢〔一〕,炎漢〔二〕,卯金刀〔三〕。高祖曰劉邦〔四〕,感玉英始生〔五〕,酆澤夢素靈哭〔六〕,芒山見紫雲〔七〕,灞壘浮奇氣〔八〕。狀云:肇戴天禄〔九〕,提劍〔一〇〕。

右並是古帝王名狀,至諸文歷叙先代處,可於此斟酌改用之。或可引軒、唐、虞、夏、商、周、秦、漢等國號,即以曆運、命祚、基業〔一一〕、道德等配之,隨其盛衰而叙。

【校箋】

〔一〕天漢:《漢書・蕭何傳》載:劉邦被立爲漢王,蕭何曰:「語曰『天漢』,其稱甚美。」顔師古注引孟康曰:「言地之有漢,若天之有漢,名號休美。」

〔二〕班固《高祖泗水亭碑》：「皇皇炎漢，兆自沛豐。……炎火之德，彌光以明。」（《藝文類聚》卷一二）

〔三〕《漢書·王莽傳》：「夫『劉』之爲字，『卯、金、刀』也。」

〔四〕《史記·高祖本紀》「高祖」裴駰集解：「《漢書音義》曰：『諱邦。』張晏曰：『禮謚法無「高」，以爲功最高，而爲漢之太祖，故特起名焉。』」

〔五〕《帝王世紀》：「太上皇之妃曰媪，是爲昭靈后，名含始，游於洛池，有玉鷄銜赤珠出，刻曰：玉英，吞此者王。含始吞之，生邦，字季。」（《太平御覽》卷八七）

〔六〕高祖拔劍斬蛇，老嫗夜哭，曰：吾子白帝子也，化爲蛇當道，今爲赤帝子斬之，故哭。見《史記·高祖本紀》。

〔七〕高祖亡匿隱於芒、碭山澤巖石之間，吕后謂其上常有雲氣，故與人俱求，常得之。見《史記·高祖本紀》。

〔八〕《楚漢春秋》：「項王在鴻門，而亞父諫曰：吾使人望沛公，其氣衝天，五彩相糺，或似雲，或似龍，或似人，此非人臣之氣也，不若殺之。」（《太平御覽》卷八七）

〔九〕天禄：天賜福禄。《書·大禹謨》：「四海困窮，天禄永終。」

〔一〇〕漢高祖自謂以布衣提三尺劍取天下，見《史記·高祖本紀》。

〔一一〕「基」，原作「其」，從《校注》改。

若叙盛，云：光啓，云始，唯新〔一〕，方熾，玄盛〔二〕，逾隆，尅明〔三〕，云永，逾遠，方弘，方茂，云恭〔四〕。若叙衰，云：造地〔五〕、陵遲〔六〕、將季、云喪、將盡、云替、已缺、將亡、告終等語。受命〔七〕，受終，定業，開基，啓祚，承天，乘時。生狀，云：誕靈，降神，誕聖，發祉，效靈〔八〕，啓聖，流祉。亦云：載誕，降生。臨狀，云：登樞〔九〕，踐極，馭宇，建國，乘時，踐位，君臨，乘乾〔一〇〕，出震〔一一〕。右若叙先代，並得通用。叙述帝德，體制甚多，配用諸文，動成混亂，今略辨之如右〔一二〕。

【校箋】

〔一〕《詩·大雅·文王》：「周雖舊邦，其命維新。」

〔二〕《校勘記》：「（玄盛）『玄』疑『玆』之訛。」

〔三〕尅明：《詩·大雅·皇矣》：「貊其德音，其德克明。」鄭玄箋：「照臨四方曰明。」

〔四〕《校注》：「『云恭』下當有闕文，竊疑下文『受命受終定業開基啓祚承天乘時』一行十四字當承此下，今此一行十四字誤植於『叙衰』之後，『生狀』之前，則不倫不類矣。」

〔五〕「造地」，疑爲「末造」之誤。班固《東都賦》：「顧曜後嗣之末造。」（《文選》卷一）

〔六〕陵遲：《詩·王風·大車序》：「禮義陵遲，男女淫奔。」

〔七〕受命：受命於天。《書·召誥》：「惟王受命，無疆惟休。」《考文篇》：「此上疑有脱文。」

〔八〕效靈：劉宋顔延年《三月三日曲水詩序》：「晷緯昭應，山瀆效靈。」（《文選》卷四六）李善注：「山出器車，瀆出圖書之類。」

〔九〕登樞：陳子昂《勸封禪表》：「陛下膺天受命，握紀登樞。」（《全唐文》卷二一〇）

〔一〇〕乘乾：本喻人臣權勢在人君之上，《左傳》昭公三十二年：「在《易》卦，雷乘《乾》曰《大壯》䷡，天之道也。」亦指帝王登極爲帝。

〔一一〕本條登樞—踐極，馭宇—建國，乘乾—出震均爲對偶。

〔一二〕「辨」，原作「弁」，從《考文篇》改。

或先叙感受符受命、形狀握運等一句於上，後以德從、臨馭、功業等承之。

若云盛降：炎上〔一〕、赤帝〔二〕、赤熛〔三〕、熛怒〔四〕、朱鳥〔五〕、翼軫〔六〕、瑶光〔七〕、白虹〔八〕、星虹〔九〕、樞電〔一〇〕、赤龍〔一一〕、玉英等〔一二〕。精靈：祉氣，正氣〔一三〕。握受膺〔一四〕：黄河〔一五〕、滎河〔一六〕、河洛〔一七〕、翠淵〔一八〕、玄扈〔一九〕、龍馬〔二〇〕、龜鳳〔二一〕、龜龍〔二二〕、黄龍〔二三〕、玄龜〔二四〕、玄精〔二五〕、朱文、緑錯〔二六〕、玄匣、玉匣〔二七〕、玉檢等圖録〔二八〕。文命〔二九〕、赤雀〔三〇〕、玉匱書、黄魚〔三一〕、金鈎、丹書等命降〔三二〕。玄珪〔三三〕、錫受、昭華等贈應〔三四〕。叶千年〔三五〕、千載〔三六〕、五期〔三七〕、五運等期運〔三八〕。數啓，三靈卜〔三九〕，戴玉理石耳形表〔四〇〕。蒼牙、珠衡等狀配。居踐、紫微〔四一〕、北辰〔四二〕、宸極等位居〔四三〕。大寶〔四四〕、九五〔四五〕、黄屋等位尊〔四六〕。並量其類以取對。

【校箋】

〔一〕炎上：《五行大義》：「赤帝望之，火煌煌然，視之炎上。」

〔二〕赤帝：《春秋繁露·三代改制質文》：「以神農爲赤帝。」（《諸子百家叢書》，上海古籍出版社一九八九年）又，南方之火神祝融亦稱赤帝，然此處叙感受符命，赤帝當指炎帝。又，漢高祖劉邦稱赤帝子，亦簡稱爲赤帝。

〔三〕《周禮·春官·小宗伯》「兆五帝於四郊」鄭玄注：「五帝，……赤曰赤熛怒，炎帝食焉。」

〔四〕熛怒：薛道衡《高祖文皇帝頌》：「若乃降精熛怒，飛名帝籙，開運握圖，創業垂統，聖德也。」（《隋書·薛道衡傳》）

〔五〕朱鳥：二十八宿中南方七宿，南方之神。《史記·天官書》司馬貞索隱引《春秋文耀鈎》：「南宫赤帝，其精爲朱鳥。」

〔六〕「軫」下原有「翼」字，據六地藏寺等本改。翼軫：二十八宿中翼宿和軫宿，古爲楚之分野。

〔七〕瑶光：北斗第七星，古以爲象徵祥瑞。

〔八〕白虹：日月周圍的白色暈圈。《禮記·聘禮》：「氣如白虹，天也。」

〔九〕星虹：有星如虹霓。梁劉孝標《辯命論》：「星虹樞電，昭聖德之符。」（《文選》卷五四）

〔一〇〕樞電：天樞星之光芒。《河圖握矩起》：「大電繞樞星，炤郊野，感符寶而生黄帝。」（《藝文類

聚》卷二)

〔一一〕赤龍:以火德王者之祥瑞。《左傳》昭公十七年「大皞氏以龍紀故爲龍師而龍名」孔穎達正義引服虔曰:「夏官爲赤龍氏。」

〔一二〕玉英:玉之精英。《史記·孝文本紀》:「欲出周鼎,當有玉英見。」

〔一三〕正氣:《春秋演孔圖》:「正氣爲帝,間氣爲臣,秀氣爲人。」(《藝文類聚》卷一一)本條盛降—炎上,赤帝—赤熛,瑶光—白虹,星虹—樞電均爲屬對。

〔一四〕握受膺:握符受籙膺河圖,接受所謂天賜符命之書,應運而興。張衡《東京賦》:「高祖膺籙受圖。」

〔一五〕黄河:魏李康《運命論》:「黄河清而聖人生。」(《文選》卷五三)此處或指河出圖之事。詳下。

〔一六〕《尚書中候》:「帝堯即政,榮光出河,休氣四塞。」(《藝文類聚》卷一一)

〔一七〕河洛:河圖洛書之簡稱。《易·繫辭上》:「河出圖,洛出書,聖人則之。」

〔一八〕翠淵:即翠嬀之淵。《河圖挺佐輔》(《藝文類聚》卷一一)謂爲黄帝之事。《龍魚河圖》:「堯時與群臣賢智到翠嬀之川,大龜負圖來投堯。」(《藝文類聚》卷九九)則是帝堯之事。

〔一九〕玄扈:《春秋合誠圖》:「黄帝遊玄扈雒水上,與大司馬容光等臨觀,鳳皇銜圖置帝前,帝再拜受圖。」(《藝文類聚》卷九九)注:「玄扈,石室。」《水經注·洛水》謂玄扈爲水名,受書者爲倉頡。《山海經·中山經》謂玄扈爲山名。

〔二〇〕《禮記·禮運》:「河出馬圖。」鄭玄注:「馬圖,龍馬負圖而出也。」

〔二一〕《禮記·禮運》:「何謂四靈,麟鳳龜龍,謂之四靈。」

〔二二〕《五行大義》:「《禮含文嘉》云:堯廣被四表,致於龜龍。」

〔二三〕《吕氏春秋·知分》:「禹南省,方濟乎江,黄龍負舟。」

〔二四〕玄龜:玄龜銜符獻黄帝,見《黄帝出軍決》(《藝文類聚》卷九九)。

〔二五〕玄精:北方黑帝之神。《尚書中候》:「赤勒文曰:元精天乙受神福,伐桀克。」(《古微書》)

〔二六〕「緑」,原作「録」,從《考文篇》改。《尚書中候》:「黄龍負卷舒圖,出水壇畔,赤文緑錯。」(《太平御覽》卷八一)注:「錯,分也,文而以緑色分其間。」

〔二七〕《魏氏春秋》:「有玉匣,開蓋於前,上有玉字……有字曰『大討曹金但取之』,此司馬氏革運之徵。」(《藝文類聚》卷一〇)

〔二八〕玉檢:玉牒書之封篋。《漢書·武帝紀》顔師古注引三國魏孟康曰:「玉者功成治定,告成功於天。……刻石記號,有金策玉函,金泥玉檢之封也。」圖録:圖讖符命之書,亦作「圖籙」。本條黄河—滎河,翠淵—玄扈,龍馬—龜鳳,黄龍—玄龜,朱文—緑錯,均可成屬對。

〔二九〕文命:文德教命。《書·大禹謨》:「文命敷於四海,祗承于帝。」

〔三〇〕《孫氏瑞應圖》:「赤雀者,王者動作應天時,則銜書來。」(《藝文類聚》卷九九)

〔三一〕黄魚:《尚書中候》:「天乙在亳,諸鄰國繈負歸德,東觀乎雒,降三分璧,黄魚雙躍,出濟于壇。

化爲黑玉，赤勒曰，玄精天乙，受神福，伐桀克。」（《藝文類聚》卷一一）

〔三二〕丹書：《史記·周本紀》「生日有聖瑞」張守節正義引《尚書帝命驗》：「季秋之月甲子，有赤爵銜丹書入于酆，止於昌户。」赤雀—黄魚，金鈎—丹書等可成屬對。

〔三三〕《書·禹貢》：「禹錫玄圭，告厥成功。」孔傳：「玄，天色。禹功盡加於四海，故堯賜玄圭以彰顯之。言天功成。」蔡沈集傳：「水色黑，故圭以玄云。」

〔三四〕「昭」，原作「照」，據三寶等本改。《尚書大傳》卷一：「堯致舜天下，贈以昭華之玉。」

〔三五〕晉王嘉《拾遺記》卷一：「黄河千年一清，至聖之君，以爲大瑞。」

〔三六〕《後漢書·竇融傳》：「王者迭興，千載一會。」

〔三七〕五期：五行易代之期。

〔三八〕五運：古代據五行生克説推算出王朝更替之氣運。《東觀漢記·光武紀》：「自帝即位，按圖讖，推五運，漢爲火德，周蒼漢赤，木生火，赤代蒼。」（《叢書集成初編》）

〔三九〕三靈卜：漢班固《典引》：「答三靈之蕃祉，展放唐之明文。」（《文選》卷四八）李善注：「三靈，天地人也。」

〔四〇〕「玉理」，原作「玉々」，右注「理石」，據六地藏寺等本改。「耳」字原無，據前文「神農」條補。

〔四一〕紫微：天上北斗北之十五星，大帝之坐，天子之常居，主命主度，借指帝王之宫殿。

〔四二〕《論語·爲政》：「譬如北辰，居其所而衆星共之。」《爾雅·釋天》：「北極謂之北辰。」

〔四三〕「宸」，原作「震」，據義演本改。宸極：即北極星，借指帝王、帝位。劉琨《勸進表》：「宸極失御，登遐醜裔。」（《文選》卷三七）李善注：「宸極，喻帝位。」

〔四四〕大寶：《易·繫辭下》：「聖人之大寶曰位。」後人因以指帝位。

〔四五〕《易·乾卦》：「九五，飛龍在天，利見大人。」孔穎達正義：「猶若聖人有龍德，飛騰而居天位。」後因以「九五」指帝位，亦指帝王。

〔四六〕黄屋：古代帝王專用之黄繒車蓋，亦指帝王所居宫室，指帝王之位。《風俗通義》：「殷湯寐寢黄屋。」（《太平御覽》卷四三一）以上千年—千載，五期—五運，蒼牙—珠衡等，均可成對屬。

亦可云〔一〕：熛怒，朱鳥，翼軫，瑶光，樞電，星虹，及雷澤、壽丘、華渚、華陽，石紐等〔二〕，降精、降靈、降神、發祉、流祉、誕聖、啓聖、榮河、河洛、黄龍、玄龜、龍馬、玄扈、玉檢等，授圖，薦籙，呈瑞。玄珪降錫，珠衡表狀。亦可云：握天鏡〔三〕、金鏡〔四〕、玉鏡、神珠，懷玉斗，秉石椎，擊玉鼓〔五〕，馭三龍〔六〕，定九鼎等云云〔七〕，而以踐極，踐位，馭世，乘時，臨民，承天，察璇璣、玉衡，齊七政〔八〕，秉玉燭以調時〔九〕。亦可云：天庭日角，兑上豐下〔一〇〕，龍顔虎鼻〔一一〕，八彩重瞳，珠衡玉理，握褒履己〔一二〕，握戊懷己〔一三〕。亦可云：挺著表資體，聖敬〔一四〕、神武、聖武、欽明、濬哲、文明、佝齊等姿德。

【校箋】

〔一〕「云」字原無，從周校補。

〔二〕雷澤、壽丘、華渚、華陽、石紐：分别爲伏犧、黄帝、少昊、神農、禹之誕生地。參前文各條校箋。

〔三〕握天鏡：天鏡，比喻監察天下之權力。陳徐陵《皇太子臨辟雍頌序》：「握天鏡而授河圖，執玉衡而運乾象。」（《藝文類聚》卷三八）

〔四〕金鏡：《尚書考靈曜》：「秦失金鏡，魚目入珠。」（《太平御覽》卷七一七）鄭玄注：「金鏡，喻明道也。」

〔五〕擊玉鼓：《春秋演孔圖》：「有人金豐，擊玉鼓，駕六龍。」（《太平御覽》卷五八二）

〔六〕《焦氏易林》卷四：「三龍北行，道逢六狼。」（《叢書集成初編》）喻三位傑出人物。

〔七〕「鼎」，原作「鼏」，據三寶等本改。九鼎：《左傳》桓公二年：「武王克商，遷九鼎于雒邑。」借指國柄。

〔八〕《書·舜典》：「在璇璣玉衡，以齊七政。」七政，一謂春、秋、冬、夏、天文、地理、人道，所以爲政；一謂北斗七星；一謂日月五星，各有所主，故曰七政。

〔九〕《尸子》卷上：「四氣和，正光照，此之謂玉燭。」（《叢書集成初編》）

〔一〇〕兑上豐下：《春秋合誠圖》：「有赤龍負圖出，慶都讀之：『赤受天運。』下有圖，人衣赤，光面八彩，鬚鬢長七尺二寸，兑上豐下，足履翼，翼署曰：『赤帝起誠天下寶。』」（《太平御覽》卷八〇）

《易》「兑」之上卦☱與「豐」之下卦☲組合起來，成爲革卦䷰，意味革命。

〔二〕龍顔：謂眉骨圓起，借指帝王之相。虎鼻：《帝王世紀》：「伯禹夏后氏，姒姓也。生於石坳，虎鼻大口，兩耳參漏。」（《藝文類聚》卷一一）

〔三〕握褒：《孝經援神契》：「舜龍顔重瞳，大口，手握褒。」（《藝文類聚》卷一一）注：「握褒，手中有褒字，喻從勞苦起，受褒飾，致大位也。」履己：《帝王世紀》：「伯禹夏后氏，……胸有玉斗，足文履己，故名文命，字高密。」（《藝文類聚》卷一一）

〔三〕握戊懷己：《雒書靈準聽》注：「戊己，土之日，故當平水土，故以爲名也。」（《太平御覽》卷八二）

〔四〕聖敬：《詩·商頌·長發》：「聖敬日躋。」鄭玄箋：「湯之下士尊賢甚疾，其聖敬之德日進。」

及云：神武天挺〔一〕，聖敬日濟。欽明文思，允龔克讓。聰明神武，含弘光大。及云：龍飛虎變〔二〕、出震乘乾等語作二句。次可云：得一通三〔三〕，居高望遠。就日望雲，則天法地〔四〕。握戊懷己，出震齊巽〔五〕。雲行雨施〔六〕，日照月臨〔七〕。握矩齊衡〔八〕，懷珠秉石。前疑後丞〔九〕，左規右矩〔一〇〕。執契持衡〔一一〕，觀象察法〔一二〕。及云：盡聖窮神，合元體極〔一三〕。誕靈縱聖〔一四〕，疎通知遠〔一五〕。立禮興仁，杖賢翼義〔一六〕。疏山填川〔一七〕，紀星量月〔一八〕。射日繳風〔一九〕，補維立柱〔二〇〕。亦可云：含吐陰陽，經緯天地。疏填山川，照臨日月。感會風雲，鼓動雷電。合德乾坤〔一二〕，齊明日月。重紐地維〔一三〕，更闢天象。陶鑄生靈，彈壓山川〔一三〕，織成宇宙。萬神協贊，萬物歸往。

【校箋】

〔一〕「挺」，原作「庭」，從《校注》改。天挺：謂天生卓越超拔。《後漢書·黄瓊傳》：「光武以聖武天挺，繼統興業。」

〔二〕龍飛：《易·乾卦》九五爻辭：「飛龍在天，利見大人。」虎變：《易·革卦》：「九五，大人虎變，未占有孚。《象》曰：『大人虎變，其文炳也。』」

〔三〕得一：《老子》三十九章：「昔之得一者，天得一以清，地得一以寧，神得一以靈，谷得一以盈，萬物得一以生，侯王得一以爲天下貞。」通三：據《説文解字》，三者，天地人，參通之者爲王。

〔四〕法地：《老子》二十五章：「人法地，地法天，天法道，道法自然。」

〔五〕齊巽：《易·説卦傳》：「帝出乎震，齊乎巽。……齊乎巽，巽，東南也，齊也者，言萬物之絜齊也。」

〔六〕《易·乾卦·彖傳》：「雲行雨施，品物流形。」《文言》：「雲行雨施，天下平也。」

〔七〕「照」，原作「臨」，從《校注》改。《詩·邶風·日月》：「日居月諸，照臨下土。」

〔八〕矩：法度。齊衡：猶平衡，《周禮·考工記·梓人》鄭玄注引《曲禮》：「執君器齊衡。」

〔九〕疑丞：供天子咨詢之大臣。《禮記·文王世子》：「虞、夏、商、周，有師保，有疑丞，設四輔，及三公。」孔穎達正義：「《尚書大傳》云：古者，天子必有四鄰：前曰疑，後曰丞，左曰輔，右曰弼。」

〔一〇〕《史記·夏本紀》：「（禹）左準繩，右規矩，載四時，以開九州。」

〔一一〕執契持衡：手持憑證，以相驗對。《老子》七十九章：「是以聖人執左契，而不責於人，有德司契，無德司徹。」

〔一二〕「象」，原作「像」，從周校、《校注》改。

〔一三〕「元」，原作「无」，據三寶等本改。

〔一四〕縱聖，《論語·子罕》何晏集解：「孔曰：『言天固縱大聖之德。』」

〔一五〕《禮記·經解》：「疏通知遠，《書》教也。」孔穎達正義：「事非繁密，是疏通；上知帝皇之世，是知遠也。」

〔一六〕漢陸賈《新語·輔政》：「杖聖者帝，杖賢者王。」翼義：維護義，猶翼教。

〔一七〕疏山填川：《符子》：「（禹）鑿山川，通河漢。」（《藝文類聚》卷一一）

〔一八〕紀星量月：《禮記·禮運》：「故聖人作則，必以天地爲本，以陰陽爲端，以四時爲柄，以日星爲紀，月以爲量。」

〔一九〕堯使羿射十日，繳大風，爲民除害，萬民皆喜，置堯以爲天子，見《淮南子·本經訓》。大風：風伯，能壞人屋舍。羿于青邱之澤繳遮，使不爲害。一曰：以繳繫矢射殺之。

〔二〇〕女媧煉五色石以補蒼天，斷鼇足以立四極，見《淮南子·覽冥訓》。又《天文訓》：「昔者，共工與顓頊爭爲帝，怒而觸不周之山，天柱折，地維絶，天傾西北，故日月星辰移焉。」

〔三〕合德乾坤：《易·乾卦·文言》：「大人者，與天地合其德。」

〔三〕重紐地維：薛道衡《高祖文皇帝頌》：「天柱傾而還正，地維絶而更紐。」（《隋書·薛道衡傳》）

〔三〕《淮南子·本經訓》：「帝者體太一。……秉太一者，牢籠天地，彈壓山川。」高誘注：「彈山川令出雲雨，復能壓止之也。」

亦可云：牢籠、囊括、苞舉〔一〕、控引、彌綸〔二〕、匣牘、彈壓、廓清、光被、朝宗〔三〕、明臨、亭毒等〔四〕。云：天地、乾坤、二儀、四海〔五〕、八荒〔六〕、八埏〔七〕、八極〔八〕、九域〔九〕、九土〔一〇〕、六幽〔一一〕、九縣〔一二〕、萬國、天下、海外〔一三〕、宇宙、遐邇、幽明〔一四〕、動植、萬物等。亦可云：利見大人〔一五〕，光臨寶位，下臨赤縣〔一六〕，上膺玄象，秉玉登樞，懷珠馭極，就日積明，則天爲大等語。

【校箋】

〔一〕囊括、苞舉：《易·坤卦》六四爻辭：「括囊，無咎無譽。」賈誼《過秦論》：「有席卷天下，包舉宇内，囊括四海之意，并吞八荒之心。」（《文選》卷五一）

〔二〕彌綸：統攝，籠蓋。《易·繫辭上》：「《易》與天地準，故能彌綸天地之道。」孔穎達正義：「彌謂彌縫補合，綸謂經綸牽引，能補合牽引天地之道。」

〔三〕朝宗：古代諸侯春夏朝見天子。《周禮・春官・大宗伯》：「春見曰朝，夏見曰宗。」

〔四〕亭毒：《老子》五十一章：「長之育之，亭之毒之，養之覆之。」王弼曰：「亭謂品其形，毒謂成其質。」引申爲養育。

〔五〕四海：《爾雅・釋地》：「九夷、八狄、七戎、六蠻，謂之四海。」

〔六〕八荒：《漢書・項籍傳》：「并吞八荒之心。」顔師古注：「八方荒忽極遠之地也。」

〔七〕八埏：地之八際。司馬相如《封禪文》：「上暢九垓，下泝八埏。」（《漢書・司馬相如傳》）

〔八〕八極：八方之極。《莊子・田子方》：「夫至人者，上闚青天，下潛黄泉，揮斥八極，神氣不變。」

〔九〕九域：九州。漢潘勖《册魏公九錫文》：「綏爰九域。」（《文選》卷三五）

〔一〇〕九土：九州之土。《國語・魯語上》：「共工氏之伯九有也，其子曰后土，能平九土。」

〔一一〕六幽：上下四方。班固《典引》：「神靈日照，光被六幽。」（《文選》卷四八）

〔一二〕九縣：九州。《後漢書・光武帝紀贊》：「九縣飈回。」

〔一三〕海外：四海之外。《詩・商頌・長發》：「相土烈烈，海外有截。」

〔一四〕幽明：有形無形之象。《易・繫辭上》：「仰以觀於天文，俯以察於地理，是故知幽明之故。」

〔一五〕利見大人：《易・乾卦》九二爻辭：「見龍在田，利見大人。」

〔一六〕赤縣：《史記・孟子荀卿列傳》：「中國名曰赤縣神州。」

亦可云：練五石以補天〔一〕，正八柱以承天〔二〕，乘四載以敷土〔三〕，落九日而正攝，穆通八風而調律吕，乘六龍以御天〔三〕，落九烏而拯物〔四〕。正絶柱而卷氣移於天地、二儀〔五〕，息横流、群飛、波瀾於四海、江海〔六〕，揚光華於日月〔七〕。舞干鏚而定四夷〔八〕，運機衡以齊七政。降寶命於岐山〔九〕，受靈圖於宛委〔一〇〕。懸明鏡以高臨，振長策而遠馭〔一一〕。運七政以機衡，通八風於律吕。亦可云：以至德光天下〔一二〕，神功截海外等〔一三〕。同類軒轅之徇齊，顓頊之静淵〔一四〕，唐堯之欽明，虞舜之文明。大知一周文聖敬〔一五〕，大度志漢祖神武〔一六〕。感二儀之至休〔一七〕，應千祀之嘉會〔一八〕。或可以感受符命等參對之〔一九〕。

【校箋】

〔一〕《楚辭·天問》：「八柱何當？東南何虧？」王逸注：「言天有八山爲柱。」

〔二〕《書·益稷》：「予乘四載。」孔傳：「所載者四：謂水乘舟，陸乘車，泥乘輴，山乘樏。」《書·禹貢》：「禹敷土，隨山刊木，奠高山大川。」

〔三〕《易·乾卦·彖傳》：「時乘六龍以御天。」孔穎達正義：「六龍即六位之龍也。以所居上下言之，謂之六位也。」

〔四〕「拯」，原作「極」，從林田校本以意改。羿落九烏（日）而拯物，見前文校箋。

〔五〕此句當有訛亂，大意當爲共工怒觸不周之山，天柱折，地維絶，天地傾移，而女媧補天，使天柱地維正之事。事見《淮南子·覽冥訓》《天文訓》，參前文校箋。然「卷氣」二字不知所云。

〔一六〕「息横」句：《孟子·滕文公上》：「當堯之世，天下猶未平，洪水横流，氾濫於天下。」揚雄《劇秦美新》：「（秦之世）神歇靈繹，海水群飛。」（《文選》卷四八）李善注：「海水喻萬民，群飛言亂。」此句意爲息横流（可换爲「息群飛」或「息波瀾」）於四海（或「於江海」）。横流與群飛、波瀾，四海與江海之間均可互相替换。

〔一七〕揚光華於日月：《尚書大傳》卷二載帝舜《卿雲歌》：「卿雲爛兮，禮縵縵兮，日月光華，旦或（復）旦兮。」（《藝文類聚》卷一）

〔一八〕「鉞」，原作「鉞」，據三寶等本改。舞干鉞：《書·大禹謨》：「帝乃誕敷文德，舞干羽于兩階，七旬，有苗格。」四夷：《書·畢命》「四夷左衽」孔傳：「言東夷、西戎、南蠻、北狄。」

〔一九〕「命」，原作「令」，據三寶等本改。

〔二〇〕受靈圖於宛委：《吴越春秋·越王無余外傳》引《黄帝中經歷》：「在於九山，東南天柱，號曰宛委。」「（禹）登宛委山，發金簡之書，案金簡玉字，得通水之理。」

〔二一〕賈誼《過秦論》：「振長策而御宇内，吞二周而亡諸侯。」（《文選》卷五一）

〔二二〕《禮記·樂記》：「奮至德之光，動四氣之和，以著萬物之理。」

〔二三〕《詩·商頌·長發》：「海外有截。」鄭玄箋：「截，整齊也。……四海之外率服，截爾整齊。」

〔二四〕《史記·五帝本紀》：「帝顓頊高陽者，……静淵以有謀，疏通而知事。」静淵：深沉穩重。

〔一五〕《禮記·中庸》:「舜其大知也與。」孔穎達正義:「既能包於大道,又能察於近言,即是大知也。」

〔一六〕「大度」,原在「神武」之後,從《校注》據上例乙正。《史記·高祖本紀》:「常有大度,不事家人生産作業。」

〔一七〕「儀」,原作「義」,從周校改。「休」,原作「体」,據高甲本改。

〔一八〕《易·乾卦·文言》:「亨者,嘉之會也。」「嘉會足以合禮。」

〔一九〕以上《文鏡秘府論箋》卷第十七。

若云:虹電流彩〔一〕,虹流華渚,虹下蜺貫,爰乃降感精靈、英靈,虹流、電繞、瑶光下降等,云應誕聖、啓聖之期。河洛龍躍,滎河龜浮,翠淵龍躍、龜浮,玉檢來浮等,爰、應受寶命、圖録〔二〕,告表興王之運,標受命之始。亦可云:感赤熛,瑶光、翼軫等氣祉〔三〕,允叶、允應、爰應等千齡、五期、三靈、二儀。受緑錯〔四〕、玉檢、龜龍等文圖,光臨、載臨〔五〕、撫臨等,云四海、八極、萬國、萬物〔六〕,握玄武〔七〕、蒼水、玉匱、金簡之符命〔八〕。疎通、尅平九土、九域。亦可云:天庭、日角、珠衡、玉理等載表神儀。玉檢、金繩、龜字、龍圖等受膺寶命。亦可云:玄龜出洛,應啓聖之期〔九〕;赤雀入酆,表維新之命〔一〇〕。

【校箋】

〔一〕以下《文鏡秘府論箋》卷第十八。

〔二〕「應受」，疑作「膺受」。

〔三〕「氣祉」，當作「祉氣」。

〔四〕「緑」，原作「録」，從《考文篇》改。

〔五〕「載臨」，原作「載濫」，據江户刊本改。

〔六〕「光臨載臨」等語：與「四海」等對應而用，即「光臨」(或載臨、或撫臨)「四海」(或八極、或萬國)。

〔七〕玄武：北方之神，此處當與「玄龜」同義。

〔八〕禹東巡，夢見赤繡衣男子，自稱玄夷蒼水使者，後登宛委山，發金簡之書，事見《吴越春秋·越王無余外傳》。

〔九〕「啓」，原無，從祖風會本注補。

〔一〇〕「維」，原作「惟」，從周校改。

叙功業

若云：補維立柱，斷鼇練石，功德被於乾坤、天地、二儀；射日繳風，戮豕斷蛇〔一〕，拯溺救焚，功業施於四海、萬物、群生、動植、遐邇。斷鰲練石，二儀更安；刊木隨山〔二〕，九土還定。上射九日〔三〕、上齊七政、考星叶日等〔四〕，云：玄象、乾象更明〔五〕。下導百川、疎山奠水等，蒼生、坤儀以定。璇璣、玉衡、機衡等運而七政齊〔六〕，銀編、金簡等推而九土、百川定。正天文〔七〕，通地理，干鏚舞，四夷服〔八〕。俊乂在官〔九〕，自覩四門穆穆〔一〇〕；遐荒奉職，無勞兩階之舞。弘文教，天下雍熙；定武功，海外有截。朱干玉鏚，海外率賓〔一一〕；黄斧黻衣，天下咸服〔一二〕。八紘大定，偃甲銷戈〔一三〕；九有宅心〔一四〕，同文共軌〔一五〕。允恭克讓，四表以和；保合大和〔一六〕，萬方咸謐。除凶定難，行仁義之兵；扶危履傾，崇聖賢之杖〔一七〕。一尉一候〔一八〕，遐邇承風；禮云樂云〔一九〕，幽明同化。此是並隔句相對〔二〇〕。

亦可云：儛干鏚以懷遠，運機衡以齊政。斷修蛇，戮封豕。落九日，通八風。正傾維，安絶柱。平九黎之亂，竄三苗之罪〔二一〕。正高天之絶柱，息滄海之横波。更穆四門，重安八柱。練石補天，積灰止水。偃甲銷戈〔二二〕，休牛放馬。放馬於華山陽，牧牛於桃林塞〔二三〕。及云：開闢辰象，織成宇宙。

【校箋】

〔一〕「射日」二句：羿射日等事，見《淮南子·本經訓》。

〔二〕《書·益稷》：「予乘四載，隨山刊木。」孔傳：「隨行九州之山林，刊槎其木，開通道路，以治水也。」

〔三〕「上射九日」，前後均爲整齊之對句，獨此句無，疑有闕誤。

〔四〕「考」，原作「孝」，據六地藏寺等本改。考星叶日：《周禮·考工記·匠人》：「匠人建國，……畫參諸日中之景，夜考之極星，以正朝夕。」

〔五〕玄象、乾象：均指天象。《易·繫辭上》：「成象之謂乾。」《後漢書·和熹鄧皇后紀》：「仰觀乾象，參之人譽。」

〔六〕機衡：王者正天文之器。《潛夫論》：「是以天地交泰，陰陽和平，民無奸慝，機衡不傾，德氣流布而頌聲作也。」（《諸子集成》）

〔七〕「正天文」三字：原在上文「七政齊」之後，「銀編」之前，從《譯注》改。

〔八〕干鋮舞，四夷服：語出《書·大禹謨》。

〔九〕「乂」，原作「叉」，據江户刊本改。《書·臯陶謨》：「九德咸事，俊乂在官。」孔傳：「俊德治能之士並在官。」

〔一〇〕《書·舜典》：「賓于四門，四門穆穆。」孔傳：「穆穆，美也。四門，四方之門。舜流四凶族，四方諸侯來朝者，舜賓迎之，皆有美德，無凶人。」

〔一一〕《禮記·明堂位》：「朱干玉戚，冕而舞大武。」鄭玄注：「朱干，赤大盾也。戚，斧也。」

〔一二〕「黄斧」二句：《書·牧誓》：「王左杖黄鉞，右秉白旄以麾。」孔傳：「鉞，以黄金飾斧。左手杖鉞，示無事於誅。右手把旄，示有事於教。」

〔一三〕「八紘」二句：「紘」，原作「宏」，從《校注》改。《淮南子·墬形訓》：「八殥之外，而有八紘。」高誘注：「紘，維也，維落天地而爲之表，故曰紘也。」《禮記·樂記》：「車甲衅而藏之府庫，而弗復用，倒載干戈，包之以虎皮，……然後天下知武王之不復用兵也。」

〔一四〕九有：《詩·商頌·玄鳥》：「方命厥后，奄有九有。」毛傳：「九有，九州也。」

〔一五〕《禮記·中庸》：「今天下車同軌，書同文，行同倫。」

〔一六〕《易·乾卦·彖傳》：「保合大和，乃利貞。」

〔一七〕「扶危」二句：漢陸賈《新語·輔政》：「是以聖人居高處上，則以仁義爲巢，乘危履傾，則以賢聖爲杖。故高而不墜，危而不仆者。」（《諸子集成》）

〔一八〕揚雄《解嘲》：「東南一尉，西北一候。」（《文選》卷四五）吕向注：「如淳曰：（東南一尉）《地理志》云在會稽。」李善注：（西北一候）《地理志》曰：龍勒玉門陽關有候也。」

〔一九〕《論語·陽貨》：「子曰：『禮云禮云，玉帛云乎哉？樂云樂云，鍾鼓云乎哉？』」

〔二〇〕「此是並」，疑爲「此並是」誤訛。東卷《二十九種對》第二爲隔句對，此言「隔句相對」，正與北卷卷首題「論對屬」相應。

〔二一〕「平九」二句：《國語·楚語下》：「及少皞之衰也，九黎亂德，民神雜糅，不可方物。……其後三苗復九黎之德。」韋昭注：「九黎，黎氏九人，蚩尤之徒也。」竄三苗之罪，已見前文校箋。

〔三〕「偃甲銷戈」，原作「偃伯脩戈」，從周校正之。

〔三〕「放馬」二字原不重，從《校注》補。「山」字原無，據江户刊本補。「於」字原無，據江户刊本補。《書·武成》：「乃偃武修文，歸馬于華山之陽，放牛于桃林之野，示天下弗服。」孔傳：「山南曰陽。桃林在華山東，皆非養牛馬之地，欲使自生自死，示天下不復乘用。」

叙禮樂法

若云：改正朔，殊徽號〔一〕。定憲章，同律度〔二〕。定禮樂，諧律吕。修五禮〔三〕，正六樂〔四〕。諧六樂，定八音〔五〕。及云：平分四氣〔六〕，推列三元〔七〕。齊七政，陳五紀〔八〕，定四時〔九〕，通八風，分九土。慎徽五典，弘宣八政〔一〇〕，叙以九疇〔一一〕，敷以五教〔一二〕，風通地理。叙人倫，授民時〔一三〕。亦云：命后夔合樂〔一四〕，伯夷典禮〔一五〕，容成定曆〔一六〕，伶倫叶律，臯陶典刑〔一七〕。

【校箋】

〔一〕「改正」三句：《禮記·大傳》：「聖人南面而治天下，必自人道始矣。立權度量，考文章，改正朔，易服色，殊徽號，異器械，别衣服。」

〔二〕漢班固《東都賦》：「憲章稽古，封岱勒成。」《書·舜典》：「協時月正日，同律度量衡。」

〔三〕《書・舜典》：「修五禮五玉。」孔傳：「修吉凶賓軍嘉之禮。」

〔四〕六樂：《周禮・地官・保氏》：「保氏掌諫王惡，而養國子以道，乃教之六藝：一曰五禮，二曰六樂。」鄭玄注：「六樂：《雲門》《大咸》《大韶》《大夏》《大濩》《大武》也。」

〔五〕八音：《史記・五帝本紀》：「八音能諧，毋相奪倫，神人以和。」張守節正義：「八音：金、石、絲、竹、匏、土、革、木也。」

〔六〕《禮記・樂記》：「奮至德之光，動四氣之和，以著萬物之理。」孔穎達疏：「謂感動四時之氣。」

〔七〕三元：農曆正月初一，爲年、月、日之始，是謂三元。

〔八〕《書・洪範》：「（洪範九疇）次四曰協用五紀：……一曰歲，二曰月，三曰日，四曰星辰，五曰曆數。」

〔九〕《書・堯典》：「期三百有六旬有六日，以閏月定四時成歲。」

〔一〇〕《書・洪範》：「（洪範九疇）次三曰農用八政，……一曰食，二曰貨，三曰祀，四曰司空，五曰司徒，六曰司寇，七曰賓，八曰師。」

〔一一〕《書・洪範》：「天乃錫禹《洪範》九疇，彝倫攸叙。」九疇指五行、五事、八政、五紀、皇極、三德、稽疑、庶徵、五福等九類治理天下之大法。

〔一二〕《書・舜典》：「敬敷五教在寬。」孔傳：「布五常之教務在寬。」孔穎達正義：「即父母兄弟子是也，教之以義慈友恭孝，此事可常行，乃爲五常耳。」

〔一三〕《孟子·滕文公上》：「契爲司徒，教以人倫，父子有親，君臣有義，夫婦有別，長幼有叙，朋友有信。」《書·堯典》：「乃命羲和，欽若昊天，曆象日月星辰，敬授人時。」孔傳：「敬記天時，以授人也。」

〔一四〕夔：舜之臣下。《書·舜典》：「帝曰：『夔，命汝典樂，教胄子。』」

〔一五〕《書·舜典》：「帝曰：『諮四岳，有能典朕三禮。』僉曰：『伯夷。』」孔傳：「三禮，天地人之禮。伯夷，臣名，姜姓。」

〔一六〕「容」，原作「客」，據三寶等本改。《吕氏春秋·勿躬》：「容成作曆，羲和作占日。」

〔一七〕「皐」，原作「臯」，據三寶等本改。《書·舜典》：「帝曰：『皐陶，蠻夷、猾夏，寇賊奸宄，汝作士，五刑有服。』」

亦可論：置立郊廟〔一〕、社稷〔二〕、明堂〔三〕，以宗祀天地神明之靈〔四〕，及朝宗萬國，群后〔五〕，百辟〔六〕。懸象魏以頒政〔七〕，降衢室以問道〔八〕，昇明堂以議政。開闡大學〔九〕、公宮〔一〇〕、東庠、西膠、庠序等〔一一〕，而以垂訓，施化，問道，貴德，尚齒〔一二〕。起置麟閣〔一三〕、天禄〔一四〕、虎觀等〔一五〕，以崇儒弘文〔一六〕。採五帝之英華，去三代之糟粕〔一七〕。定八刑糾民〔一八〕，考八風，定八音，任九土作賦。發以聲明，紀以文物〔一九〕，布之典刑〔二〇〕，納之軌物〔二一〕。

【校箋】

〔一〕郊廟：帝王祭天地之郊宫與祭祖先之宗廟。

〔二〕社稷：土神與穀神。《書·太甲上》：「社稷宗廟無不祗肅。」《禮記·王制》：「天子祭天地，諸侯祭社稷。」

〔三〕明堂：帝王宣明政教之所。《孟子·梁惠王下》：「夫明堂者，王者之堂也。」

〔四〕宗祀：對祖宗之祭祀。

〔五〕《書·舜典》：「班瑞于群后。」孔傳：「后，君也。」

〔六〕《詩·周頌·烈文》「百辟其刑之」鄭玄箋：「百辟，卿士及天下諸侯者。」萬國、群后、百辟，均指各方諸侯。

〔七〕懸象魏以頒政：《周禮·天官·大宰》：「正月之吉，始和，布治于邦國都鄙，乃縣治象之灋於象魏，使萬民觀治象，挾日而斂之。」

〔八〕衢室：《管子·桓公問》：「黄帝立明臺之議者，上觀於賢也，堯有衢室之問者，下聽於人也。」（《諸子集成》）傳爲唐堯徵詢民意之所，後泛指帝王聽政之所。

〔九〕大學：《禮記·王制》：「天子命之教，然後爲學。小學在公宫南之左，大學在郊。」

〔一〇〕公宫：《禮記·昏義》：「婦人先嫁三月，祖廟未毁，教于公宫。」鄭玄注：「公，君也。」

〔一一〕東序、西膠、庠序：皆學名。《禮記·王制》：「有虞氏養國老於上庠，養庶老於下庠；夏后氏養國老於東序，養庶老於西序；殷人養國老於右學，養庶老於左學；周人養國老於東膠，養庶老於虞庠，虞庠在國之西郊。」《禮記·學記》：「古之教者，家有塾，黨有庠，術有序，國有學。」

〔一二〕《莊子·天道》：「宗廟尚親，朝廷尚尊，鄉黨尚齒。」尚齒：尊尚老者。

〔一三〕麟閣：即麒麟閣。《三輔黄圖·閣》：「麒麟閣，蕭何造，以藏秘書、處賢才也。」（《叢書集成初編》）《漢書·蘇武傳》：「甘露三年，單于始入朝，上思股肱之美，乃圖畫其人於麒麟閣。」

〔一四〕天禄：天禄閣。班固《西都賦》：「又有天禄、石渠，典籍之府。」（《文選》卷一）李善注：「《三輔故事》曰：『天禄閣在大殿以北，以閣秘書。』」

〔一五〕「觀」，原作「視」，據六地藏寺等本改。虎觀：白虎觀，在未央宫中。《後漢書·章帝紀》：「於是下太常，將、大夫、博士、議郎、郎官及諸生諸儒會白虎觀，講議《五經》同異，……帝親稱制臨決，如孝宣甘露石渠故事，作《白虎議奏》。」

〔一六〕以上可組成對屬之句，如「開闡大學以垂訓施化，起置麟閣以崇儒弘文」等。

〔一七〕五帝：據《史記·五帝本紀》，爲黄帝、顓頊、帝嚳、堯、舜。三代：夏、商、周三代。

〔一八〕《周禮·地官·大司徒》：「以鄉八刑糾萬民：一曰不孝之刑，二曰不睦之刑，三曰不婣之刑，四曰不弟之刑，五曰不任之刑，六曰不恤之刑，七曰造言之刑，八曰亂民之刑。」

〔一九〕《左傳》桓公二年：「夫德，儉而有度，登降有數，文物以紀之，聲明以發之，以臨照百官。」

〔二〇〕《書·舜典》：「象以典刑。」孔傳：「象，法也。法有常刑，用不越法。」

〔三〕《左傳》隱公五年：「君，將納民於軌物者也。故講事以度軌量謂之軌，取材以章物采謂之物。不軌不物，謂之亂政。」

或可云：制定五禮、禮儀〔一〕、玉帛〔二〕、罇俎之制等〔三〕，以和邦國，叙人倫，與天地同節〔四〕，安上治民〔五〕。定諧奏六樂、八音，金石絲竹音，羽籥干戚容〔六〕，以同和天地〔七〕，合鬼神，移風易俗〔八〕。載定六律、律吕，以測寒暑，叶天地。東膠西庠，爰崇節義；麟閣虎觀，乃集墳典〔九〕。律吕云定，以合陰陽；禮樂聿脩，仍同天地。璇璣、玉衡等運，而七政斯齊；金科、玉條陳施〔一〇〕，而四民、百姓無犯〔一一〕。南正揆地司天〔一二〕，東膠弘風訓俗〔一三〕。敬敷五教，庶績惟熙〔一四〕；《鴻範》九疇，彝倫攸叙〔一五〕。侯甸荒要〔一六〕，合先王之德刑〔一七〕；火龍黼黻〔一八〕，得古人之象辨。正位〔一九〕，更立周官〔二〇〕；同律齊衡，仍追《舜典》〔二一〕。九成六變，更定樂章〔二二〕；五宅三居，仍定典刑〔二三〕。道德仁義，高視百王；文物聲明，聿追三代。

【校箋】

〔一〕禮儀：《禮記·中庸》：「禮儀三百，威儀三千。」

〔二〕玉帛：《左傳》莊公二十四年：「男贄，大者玉帛。」杜預注：「公侯伯子男執玉，諸侯世子、附庸孤卿執帛。」

〔三〕罇俎：《禮記·樂記》：「鋪筵席，陳尊俎。」尊、罇同。

〔四〕《禮記·樂記》:「樂者,天地之和也。禮者,天地之節也。」

〔五〕《禮記·經解》:「安上治民,莫善於禮。」

〔六〕「籥」,原作「蘥」,當爲「籥」形訛,今改。《禮記·樂記》:「故鐘鼓管磬,羽籥干戚,樂之器也。」

〔七〕《禮記·樂記》:「大樂與天地同和,大禮與天地同節。」

〔八〕《荀子·樂論》:「樂者,聖人之所樂也,而可以善民心,其感人深,其移風易俗,故先王導之禮樂而和民睦。」

〔九〕《書·序》:「討論墳典。」張衡《東京賦》薛綜注:「三墳,三皇之書也。五典,五帝之書也。」

〔一〇〕「玉」,原作「王」,據高甲等本改。揚雄《劇秦美新》:「懿律嘉量,金科玉條。」李善注:「金科玉條,謂法令也。言金玉,貴之也。」

〔一一〕四民:士農工商。此指所有百姓。

〔一二〕《國語·楚語下》:「顓頊受之,乃命南正重司天以屬神,命火正黎司地以屬民。」韋昭注:「南,陽位。正,長也。司,主也。屬,會也。所以會群神,使各有序,不相干亂也。」

〔一三〕「東膠」下原有「西膠」二字,據高甲等本删。

〔一四〕「惟」,原作「唯」,據三寶等本改。《書·堯典》:「允釐百工,庶績咸熙。」

〔一五〕《書·洪範》:「天乃錫禹《洪範》九疇,彝倫攸叙。」「鴻範」即洪範。

〔一六〕《書·禹貢》孔傳:規方千里之内謂之甸服,甸服外之五百里爲侯服,侯服外之五百里爲要服,要服外之五百里爲荒服。

〔一七〕德刑：恩澤與刑罰。《左傳》宣公十二年：「叛而伐之，服而舍之，德、刑成矣。伐叛，刑也；柔服，德也，二者立矣。」

〔一八〕「火」，原作「大」，據六地藏寺等本改。火龍黼黻：帝王服飾之圖案。《左傳》桓公二年：「火龍黼黻，昭其文也。」杜預注：「火，畫火也。龍，畫龍也。白與黑謂之黼，形若斧。黑與青謂之黻，兩已相戾。」

〔一九〕「正位」下疑有脱誤，因以下各句均四句一組。《隋圜丘舞·文舞》：「正位履端，秋霜春雨。」（《樂府詩集》卷四）

〔二〇〕周官：周代官制，《書》有《周官》篇，言：「成王既黜殷命，滅淮夷，還歸在豐，作周官。」孔傳：「言周家設官分職用人之法。」

〔二一〕「典」，原作「曲」，據三寶等本改。

〔二二〕九成：《書·益稷》：「簫韶九成，鳳皇來儀。」六變：古代祭百神，樂章變六次祭典始成。《周禮·春官·大司樂》：「凡六樂者：一變而致羽物，及川澤之示；……六變而致象物，及天神。」

〔二三〕「典」，原作「曲」，據三寶等本改。《書·舜典》：「五刑有服，五服三就，五流有宅，五宅三居。」孔傳：「五刑之流，各有所居。五居之差，有三等之居：大罪四裔，次九州之外，次千里之外。」

叙政化恩德

若云：握斗機以運行〔一〕，動巽風而號令〔二〕。順春夏而生長，隨秋冬而煞罰〔三〕。開日月以照臨，降雲雨以灑潤。均天地以載臨〔四〕，同陰陽以變化〔五〕。則天地以行道，依鬼神以制義〔六〕。履時以象天，養財以任地。察天象以定時，觀人文以成化〔五〕。治四氣以教民，通八音以宣六氣〔七〕。律文而訓俗。聲爲律，身爲度〔八〕。左准繩，右規矩〔九〕。保合大和，尅明俊德〔一〇〕。謨九德〔一一〕，叙九疇〔一二〕，張四維〔一三〕，陳二柄〔一四〕。興於仁，立於《禮》，成於《樂》〔一五〕。導之以德，齊之以禮〔一六〕。聖賢爲杖，仁義爲翼〔一七〕，道德爲城，禮樂爲囿，道德爲場〔一八〕。禮義爲干櫓，誠信爲甲冑〔一九〕。修文德，止武功〔二〇〕。先德教，後刑罰〔二一〕。以德不以威，以寛不以猛。不令而行，不言而化〔二二〕。開三面垂仁，揮五絃解愠〔二三〕。日臨月臨，雲行雨施。鼓之以雷電，潤之以雲雨〔二四〕。油然作雲，霈然下雨〔二五〕。煦和氣以臨民，扇薰風而養物〔二六〕。灑玄澤以周流〔二七〕，降陽光以照普。大道潛運，至德弘宣。榮光〔二八〕、陽光等輝映、昭晰、普燭〔二九〕，湛恩、鴻恩等汪濊，陽光充溢、洋溢、漫衍、浸洽，和氣、霈澤等周流〔三〇〕。亦論：道、仁、澤、化等，被、格、著、及、覃、通、流、施、霑、加。云：二儀、四海、九縣、八紘〔三一〕、四表、九域、九垓〔三二〕、八際、天下、海外，及淵泉〔三三〕、草木〔三四〕、昆蟲、行葦等語〔三五〕。

【校箋】

〔一〕斗機：王者正天文之器，可運轉。

〔二〕巽風：八卦主八風，巽風爲東南風，以喻帝王詔令，如風行之速，又如東南風之滋惠萬物。《易·巽卦·象傳》：「隨風，巽。君子以申命行事。」

〔三〕《管子·形勢解》：「故春夏生長，秋冬收藏，四時之節也。賞賜刑罰，主之節也，四時未嘗不生殺也，主未嘗不賞罰也。」四時各行其令，《禮記·月令》有詳細闡述。

〔四〕均天地以載臨：《莊子·大宗師》：「天無私覆，地無私載。」《禮記·中庸》：「天之所覆，地之所載。」多用以讚頌帝王仁德廣被。

〔五〕《易·賁卦·彖傳》：「觀乎天文，以察時變；觀乎人文，以化成天下。」

〔六〕《史記·五帝本紀》：「養材以任地，載時以象天，依鬼神以制義，治氣以教化。」

〔七〕六氣：《左傳》昭公元年：「天有六氣，降生五味。……六氣曰陰、陽、風、雨、晦、明也。」

〔八〕《史記·夏本紀》：「聲爲律，身爲度。」司馬貞索隱：「言禹聲音應鍾律。」裴駰集解：「王肅曰：以身爲法度。」

〔九〕《史記·夏本紀》：「左準繩，右規矩。」司馬貞索隱：「左所運用堪爲人之準繩。右所舉動必應規矩也。」

〔一〇〕「俊」，原作「後」，據高甲等本改。

〔一一〕「謨九德」下原有「叙九德」三字，據三寶等本删。《書·皋陶謨》：「皋陶曰：『都，亦行有九德，……』曰：『寬而栗，柔而立，愿而恭，亂而敬，擾而毅，直而温，簡而廉，剛而塞，彊而義。』」

〔一二〕九疇：指《洪範》九疇。

〔一三〕《管子·牧民》：「守國之度，在飾四維，……何謂四維？一曰禮，二曰義，三曰廉，四曰恥。」

〔一四〕《韓非子·二柄》：「明主之所導制其臣者，二柄而已矣。二柄者，刑德也。何謂刑德？曰，殺戮之謂刑，慶賞之謂德。」

〔一五〕「仁」，疑當作「詩」。《論語·泰伯》：「子曰：興於《詩》，立於禮，成於樂。」

〔一六〕「導之」二句：《論語·爲政》：「道之以德，齊之以禮，有恥且格。」

〔一七〕「聖賢」二句：語出陸賈《新語·輔政》。

〔一八〕「爲場」，原作「道德爲櫓楯也場」，據三寶等本正之。「道德」三句：《莊子·大宗師》：「以刑爲體，以禮爲翼，以知爲時，以德爲循。」「道德爲場」四字疑衍。

〔一九〕《禮記·儒行》：「儒有忠信以爲甲冑，禮義以爲干櫓。」「誠信」疑避隋諱。

〔二〇〕《論語·季氏》：「故遠人不服，則脩文德以來之。」《詩·大雅·文王有聲》：「文王受命，有此武功。」

〔二一〕《吕氏春秋·先己》：「三王先教而後殺，故事莫功焉。」

〔二二〕《論語·子路》：「其身正，不令而行。其身不正，雖令不行。」

〔二三〕《韓非子·外儲説左上》：「昔者舜鼓五絃，歌《南風》之詩而天下治。」

〔二四〕《易·繫辭上》：「鼓之以雷霆，潤之以風雨。」

〔二五〕《孟子·梁惠王上》：「王知夫苗乎，七八月之間旱，則苗槁矣。天油然作雲，沛然下雨，則苗浡然興之矣。」

〔二六〕薰風，初夏時和暖之東南風。隋薛道衡《高祖文皇帝頌》：「和氣薰風，充溢於宇宙。」

〔二七〕晉應貞《晉武帝華林園集》：「玄澤滂流，仁風潛扇。」（《文選》卷二〇）李善注：「玄澤，聖恩也。」

〔二八〕「榮光」，原作「螢光」，據高甲等本改。榮光：瑞光。《尚書中候·考河命》：「舜至于下稷，榮光休至。」（《太平御覽》卷八一）

〔二九〕「昭」，原作「照」；「普」，原作「晉」，均據江户刊本改。

〔三〇〕「周」，原作「同」，據醍丙等本正之。

〔三一〕「紘」，原作「宏」，從《校注》改。

〔三二〕九垓：亦作「九畡」「九陔」，中央至八極之地。《抱朴子·審舉》：「今普天一統，九垓同風。」

〔三三〕淵泉：《白虎通·封禪》：「德至淵泉，則黄龍見，醴泉湧。」（中華書局一九九四年）

〔三四〕草木：《白虎通·封禪》：「德至草木，則朱草生，木連理。」

〔三五〕行葦：路邊蘆葦。《瑞應圖》：「白虎者，仁而不害，王者不暴虐，恩及行葦則見。」（《藝文類聚》卷九九）

平章百姓，協和萬邦，光被四表。或云：敷兹五典、陳兹八政等，庶績咸熙〔一〕，載叙人倫〔二〕。布以九疇，張以四維。彝倫攸叙，允諧邦政〔三〕。韜戈偃甲〔四〕，燮定武功〔五〕；作樂制禮，載和文德。五絃云奏，更起舜哥；三面已開，還興湯咒。五絃解愠，德被生民；三面開羅，仁霑庶物。自南自北，德被華夷〔六〕；欲左欲右，仁霑鳥獸。秉鉞而舞，見遠夷、殊俗來賓；揮絃彈琴而哥，知吾民解愠。興仁立禮，俗以唯清；明法察令，民斯無犯。悠悠萬物〔七〕，並被仁心；芒芒九州，俱陶王化。亦可以上大道〔八〕、至德、榮光、湛恩、玄澤、和氣等被加於四海、八紘等語爲對〔九〕。

【校箋】

〔一〕「績」，原作「續」，據六地藏寺等本改。

〔二〕「人」，原作「仁」，仁倫不詞，上文有「叙人倫」語，從《校注》改。

〔三〕彝倫攸叙：語出《書·洪範》。允諧邦政：《書·益稷》：「庶尹允諧。」

〔四〕「甲」，原作「伯」，從周校據前文改。

〔五〕「燮」，原作「䜌」，據義演本改。

〔六〕《詩·大雅·文王有聲》：「自西自東，自南自北，無思不服。」

〔七〕「物」，原作「惣」，據六地藏寺等本改。

〔八〕此處疑有訛脱。

〔九〕「紘」，原作「宏」，從《校注》改。

叙天下安平

若云：二儀、天地、乾坤等交泰〔一〕、交暢〔二〕。日月光華，人神允協〔三〕。遐邇太康，幽平叶贊〔四〕，内外穆福。萬國咸寧〔五〕，萬邦協和，百姓昭明〔六〕，黎民於變時邕〔七〕。庶績咸熙〔八〕，品物咸亨〔九〕。柔遠能邇〔一〇〕，内外平成〔一一〕。天平地成〔一二〕，遠邇至，下通上漏〔一三〕。四海無波，璇曜階平〔一四〕。河清海晏〔一五〕，海鏡河湛〔一六〕，河溓海夷〔一七〕，年和氣叶，雨節風隨。尉候無虞，烽遂不警〔一八〕。脱劍明堂〔一九〕，焚甲宣室〔二〇〕。載戢干戈，載櫜弓矢〔二一〕。放馬華山之陽，放牛桃林之塞。偃甲韜戈〔二二〕，休牛放馬。榮光溢二儀〔二三〕，和氣行萬里，玄澤浸六幽〔二四〕。百姓食於膏火〔二五〕，飲於醴泉，照於玉燭〔二六〕。司禄益富而國實〔二七〕，司命益年而民壽〔二八〕。

【校箋】

〔一〕「坤」，原作「巛」，據三寶等本改。《易·泰卦·象傳》：「天地交泰。」

〔二〕《三國志·蜀書·後主傳》：「上下交暢，然後萬物協和，庶類獲乂。」

〔三〕張衡《東都賦》：「人神之和允洽，群臣之序既肅。」

〔四〕「平」，疑爲「明」之訛。

〔五〕《易·乾卦·彖傳》：「首出庶物，萬國咸寧。」

〔六〕《書·堯典》：「百姓昭明，協和萬邦。」

〔七〕「邕」，原作「邕」，據江户刊本改。《書·堯典》：「黎民於變時雍。」雍、邕古通。

〔八〕「績」，原作「續」，據江户刊本改。

〔九〕《易·坤卦·彖傳》：「含弘光大，品物咸亨。」孔穎達正義：「品類之物，皆得亨通。」

〔一〇〕《詩·大雅·民勞》：「柔遠能邇，以定我王。」

〔一一〕《左傳》文公十八年：「内平，外成。」杜預注：「内諸夏，外夷狄。」

〔一二〕《書·大禹謨》：「地平天成。」孔傳：「水土治曰平，五行叙曰成。」《左傳》文公十八年：「舜臣堯，舉八愷，使主后土，以揆百事，莫不時序，地平天成。」

〔一三〕「漏」，原作「淚」，據原眉注改。《淮南子·原道訓》：「揉桑爲樞，上漏下溼。」《校注》：「『下通上漏』疑當作『上通下漏』，謂上通天，下漏泉也。」

〔一四〕璇曜：北斗星與日月金木水火土七星，泛指天道。階平：即三階平。《漢書·東方朔傳》「願陳《泰階六符》」顔師古注引《黄帝泰階六符經》：「泰階者，天之三階也，上階爲天子，中階爲諸侯、公卿、大夫，下階爲士庶人。……三階平，則陰陽和，風雨時，社稷神祇咸獲其宜，天下大安，是爲太平。」

〔一五〕河清海晏：張衡《歸田賦》：「徒臨川以羨魚，俟河清乎未期。」（《文選》卷一五）呂延濟注：「河清喻明時。」

〔一六〕「海鏡」，原作「河鏡」，從《校注》改。顔延之《應詔宴曲水作》：「天臨海鏡。」（《文選》卷二〇）

〔一七〕《宋書·禮志三》：「故精緯上靈，動殖下瑞，諸侯軌道，河溓海夷。」

〔一八〕尉候：古代守邊都尉與伺敵之斥候。《北史·隋紀》：「七德既敷，九歌已洽，尉候無警，遐邇肅清。」《書·畢命》：「四方無虞，予一人以寧。」烽遂（燧）：古代邊防報警之信號。

〔一九〕「明堂」，原作「明黨」，據三寶等本改。脱劍：《禮記·樂記》：「裨冕搢笏而虎賁之士説劍也。」説同脱。

〔二〇〕宣室：殷代宫名，漢代未央宫中之宣室殿亦名宣室。又泛指帝王所居正室。

〔二一〕「櫜」，原作「藁」，據三寶等本改。「載戢」二句：《詩·周頌·時邁》：「載戢干戈，載櫜弓矢。」毛傳：「戢，聚。櫜，韜也。」鄭玄箋：「載之言則也，王巡守而天下咸服，兵不復用，此又著震疊之效也。」

〔二二〕「甲」，原作「伯」，從周校據前文改。

〔二三〕「榮」，原作「熒」，據六地藏寺本改。

〔二四〕「玄」，原作「去」，上言「灑玄澤以周流」，從《考文篇》改。

〔二五〕「火」，原作「大」，據六地藏寺等本改。

〔二六〕《尸子》：「舜南面而治天下，天下太平，燭於玉燭，息於永風，食於膏火，飲於醴泉。」（《太平御覽》卷八一）《爾雅·釋天》：「四氣和謂之玉燭。……甘雨時降，萬物以嘉，謂之醴泉。」

〔二七〕《周禮·地官·序官》「司祿」鄭玄注：「主班祿。」孫詒讓正義引江永云：「司祿職雖闕，觀其序於廩人、倉人、舍人之後，司稼之前，皆爲穀米之類，其爲頒穀祿於群臣可知矣。」

〔二八〕《史記·天官書》：「斗魁戴匡六星曰文昌宮，……四曰司命。」司馬貞索隱引《春秋元命苞》：「司命主老幼。」《晉書·天文志》：「三台，……上台爲司命，主壽。」

亦可云：容成氏世，結繩而用，鄰國鷄犬相聞〔一〕。東户季子世，路有雁行，道不拾遺，耒耜餘糧宿於畝首〔二〕。華胥氏世，民有含哺而熙，鼓腹而遊〔三〕。太古之時，烏鵲之巢，可俯而窺，虺蛇可蹠〔四〕。大道之行，天下爲公，不獨親其親，不獨子其子〔五〕。唐堯之時〔六〕，八十老人擊壤於路云：「鑿井而飲，耕田而食，日出而作，日入而息，帝有何力於我哉〔七〕。」堯舜之時，比屋可封〔八〕，百姓皆以堯舜之心爲心〔九〕。黄帝夢遊華胥之國，三年而治臻焉〔一〇〕。可量參對之。

右並帝德功業，其在諸文須叙述者，可於此參用之。若文大者，陳事宜多，若《太平頌》、巡狩、《賢臣頌》、檄文、《封禪表》之類體〔一一〕，須多；若雜表等體，須少。皆斟酌意義，須叙之。句數長短，皆在本注。

【校箋】

〔一〕《莊子・胠篋》：「昔者，容成氏，大庭氏……神農氏，當是時也，民結繩而用之，甘而食，美其服，樂其俗，安其居。鄰國相望，雞狗之音相聞，民至老死而不相往來。」

〔二〕「耒」，原作「來」，《淮南子》作「耒」，今改。《淮南子・繆稱訓》：「昔東户季子之世，道路不拾遺，耒耜餘糧宿諸晦首。」《淮南子・本經訓》：「昔容成氏之時，道路雁行列處。」高誘注：「雁行，長幼有差也。」

〔三〕《莊子・馬蹄》：「夫赫胥氏之時，民居不知所爲，行不知所之，含哺而熙，鼓腹而遊。」

〔四〕《荀子・哀公》：「烏鵲之巢，可俯而窺也。」《淮南子・本經訓》：「容成氏之時，……虎豹可尾，虺蛇可蹍，而不知其所由然。」

〔五〕《禮記・禮運》：「大道之行也，天下爲公，選賢與能，講信脩睦；故人不獨親其親，不獨子其子。」

〔六〕「之」字原無，據醍丙等本補。

〔七〕「唐堯」七句：事見《帝王世紀》，參本書南卷《論文意》校箋。

〔八〕「封」下原重「封」字，據高甲等本删。陸賈《新語·無爲》：「堯舜之民可比屋而封，桀紂之民可比屋而誅者，教化使然也。」

〔九〕《説苑·君道》：「禹曰：堯舜之人，皆以堯舜之心爲心。」

〔一〇〕《列子·黄帝》：「（黄帝）晝寢而夢，游於華胥氏之國。……其國無帥長，自然而已。……黄帝既寤，悟然自得，……又二十有八年，天下大治，幾若華胥氏之國，而帝登假。」

〔一一〕陸知命有《太平頌》，見《隋書》本傳。王褒有《聖主得賢臣頌》，見《漢書》本傳及《文選》卷四六。司馬相如有《封禪文》，見《文選》卷四八。

叙遠方歸向

東方有青丘〔一〕、扶木〔二〕、扶桑、蟠木〔三〕、少陽〔四〕、日域〔五〕、出日〔六〕。

南方有丹穴山〔七〕、丹徼〔八〕、炎洲〔九〕、風穴〔一〇〕、戴日〔一一〕、火鼠〔一二〕、北户〔一三〕、反户〔一四〕。

西方有白水〔一五〕、西王〔一六〕、崦陵〔一七〕、積石〔一八〕、流沙〔一九〕、玄圃〔二〇〕、弱水〔二一〕、麟州〔二二〕、囿隴〔二三〕。

北方有玄漠〔二四〕、幽陵〔二五〕、紫塞〔二六〕、孤竹〔二七〕、崆峒〔二八〕、玄闕〔二九〕、龍庭〔三〇〕、金微〔三一〕、瀚海〔三二〕、天山〔三三〕、龍燭等〔三四〕。

【校箋】

〔一〕「有」，原作「在」，據六地藏寺本改。青丘：傳説中海外國名。《吕氏春秋·求人》：「禹東至榑木之地，日出、九津、青羌之野，……鳥谷、青丘之鄉，黑齒之國。」《山海經·海外東經》：「朝陽之谷，……青丘國在其北，其狐四足九尾。」

〔二〕「扶木」，原作「林木」，從《校注》改。扶木：即扶桑，神話中樹名，又指日出處。《淮南子·墜形訓》：「扶木在陽州，日之所曊。」高誘注：「扶木，扶桑也，在湯谷之南。……陽州，東方也。」又，東方國名。《吕氏春秋·爲欲》：「北至大夏，南至北户，西至三危，東至扶木，不敢亂矣。」

〔三〕蟠木：《大戴禮記·五帝德》：「（顓頊）北至于幽陵，南至于交趾，西濟于流沙，東至于蟠木。」（四部叢刊本）

〔四〕少陽：《山海經·北山經》：「又西二百五十里曰少陽之山，其上多玉，其下多赤銀，酸水出焉，而東流注于汾水，其中多美赭。」《博物志》卷一：「東方少陽，日月所出。」（《諸子百家叢書》，上海古籍出版社一九九〇年）

〔五〕「域」，原作「城」，據三寶等本改。《漢書·揚雄傳》：「西厭月窟，東震日域。」顏師古注：「日域，日初出之處。」

〔六〕出日：日出之處。《書·君奭》：「我咸成文王功于不怠，丕冒海隅出日，罔不率俾。」

〔七〕丹穴山：《爾雅·釋地》：「岠齊州以南，戴日爲丹穴。」《淮南子·氾論訓》「丹穴」高誘注：「丹穴，南方當日下之地。」

〔八〕「徼」，原作「激」，從《校注》改。《古今注》卷上：「南方徼色赤，故謂之丹徼，爲南方之極也。」（四部叢刊三編本）

〔九〕《十洲記》：「炎洲在南海中，地方二千里，去北岸九萬里。」（《諸子百家叢書》）

〔一〇〕《淮南子·覽冥訓》：「羽翼弱水，暮宿風穴。」高誘注：「風穴，北方寒風從地出也。」

〔一一〕「戴」，原作「載」，從《校注》改。

〔一二〕「火」，原作「大」，據六地藏寺等本改。《吴録》：「日南比景縣有火鼠。」（《太平御覽》卷八二〇）

〔一三〕《爾雅·釋地》：「觚竹、北户、西王母、日下，謂之四荒。」邢昺疏：「北户者，即日南郡是也，顔師古曰：言其在日之南，所謂北户以向日者。」

〔一四〕《淮南子·墜形訓》：「南方曰都廣，曰反户。」高誘注：「言其在鄉日之南，皆爲北鄉户，故反其户也。」

〔一五〕「白水」，原作「泉」，據六地藏寺等本改。《楚辭·離騷》：「朝吾將濟於白水兮，登閬風而緤馬。」王逸注引《淮南子》：「白水出崑崙之山，飲之不死。」

〔一六〕西王：即西王母，見前注〔三〕引《爾雅・釋地》。郭璞注：「西王母在西，……皆四方昏荒之國。」

〔一七〕峆陵：當爲「崐崚」，即崑崙。《十洲記》：「崑崙，號曰崐崚，在西海之戌地，北海之亥地，去岸十三萬里。」

〔一八〕積石：山名，在今青海東南部，延伸至甘肅南部。《書・禹貢》：「導河積石，至于龍門。」孔傳：「積石山在金城西南，河所經也。」

〔一九〕流沙：《書・禹貢》：「導弱水至于合黎，餘波入于流沙。」本指沙漠，借指西域地區。《孔子家語・五帝德》：「西抵流沙，東極蟠木。」

〔二〇〕玄圃：張衡《東京賦》：「左瞰陽谷，右睨玄圃。」薛綜注：「玄圃，在崑崙山上。」《十洲記》：「（崑崙山）三角，……其一角正西，名曰玄圃堂。」

〔二一〕弱水：《書・禹貢》：「黑水西河惟雍州，弱水既西。」其上源指今甘肅山丹河。又指西方遠處。

〔二二〕「州」，原作「洲」，據三寶等本改。麟州：即鳳麟洲。《十洲記》：「鳳麟洲在西海之中央，地方一千五百里。洲四面有弱水繞之，鴻毛不浮，不可越也。」

〔二三〕「隴」，原作「瀧」，據高甲等本改。

〔二四〕玄漠：漠北，指北方邊疆。

〔二五〕《史記・五帝本紀》：「帝顓頊高陽……絜誠以祭祀，北至于幽陵。」張守節正義：「幽州也。」

〔二六〕紫塞：崔豹《古今注》：「秦築長城，土色皆紫，漢塞亦然，故稱紫塞也。」

〔二七〕孤竹：《國語·齊語》：「遂北伐山戎，刜令支，斬孤竹而南歸。」韋昭注：「令支，今爲縣，屬遼西，孤竹之城存焉。」

〔二八〕崆峒：《山海經·海内東經》：「温水出崆峒山，在臨汾南。」則在山西臨汾南。又，《史記·五帝本紀》：「西至於空桐。」張守節正義引《括地志》：「空桐山在肅州福禄縣東南六十里。」則當作「空桐」，在今甘肅平涼西。

〔二九〕玄闕：《淮南子·道應訓》：「盧敖游乎北海，經乎太陰，入乎玄闕，至於蒙穀之上。」高誘注：「玄闕，北方之山也。」

〔三〇〕龍庭：《後漢書·竇憲傳》：「躡冒頓之區落，焚老上之龍庭。」李賢注：「匈奴五月大會龍庭，祭其先、天地、鬼神。」

〔三一〕金微：即今阿爾泰山。《後漢書·耿夔傳》：「以夔爲大將軍左校尉，將精騎八百，出居延塞，直奔北單于廷，於金微山斬閼氏、名王以下五千餘級。」

〔三二〕「澣」，即「瀚」。瀚海：或曰指今呼倫湖、貝爾湖，或曰即今貝加爾湖，或曰杭愛山之音譯。《史記·衛將軍驃騎列傳》：「（霍去病）封狼居胥山，禪於姑衍，登臨瀚海。」

〔三三〕「山」，原作「仙」，據高甲等本改。天山：《漢書·武帝紀》：「貳師將軍三萬騎出酒泉，與右賢王戰于天山，斬首萬餘級。」顔師古注：「在西域，近蒲類國，去長安八千餘里。」「即祁連山也。」

〔三四〕龍燭：即燭龍。《山海經·大荒北經》：「西北海之外，赤水之北，有章尾山，有神，人面蛇身而赤，直目正乘，其瞑乃晦，其視乃明，不食不寢不息，風雨是謁，是燭九陰，是謂燭龍。」《楚辭·天問》「燭龍何耀」王逸注：「言天之西北有幽冥無日之國，有龍銜燭而照之也。」

並得云：地域鄉俗〔一〕，人表外所。亦云：夏禹所不記〔二〕，豎亥、大章所不步遊〔三〕，周穆王〔四〕、若士、盧敖所不至遊窺〔五〕，禹跡所不及〔六〕，穆轍所不遊〔七〕，方老所不遊〔八〕，方志所未傳〔九〕，《山經》所不載〔一〇〕。亦云：日月光景等所不照臨，霜露所不霑被，舟車所不通，冠帶所不及，轍跡所不至〔一一〕。

異俗名有：反風〔一二〕、厭火〔一三〕、三首〔一四〕、一目〔一五〕、雕齒〔一六〕、黑齒〔一七〕、儋耳〔一八〕、穿胸〔一九〕、頭飛〔二〇〕、鼻飲〔二一〕、金鱗〔二二〕、鐵面等國俗人鄉〔二三〕。及云：七戎、六蠻、九夷、八狄〔二四〕、赤狄〔二五〕、青羌〔二六〕、烏夷〔二七〕、犬戎〔二八〕、旄頭〔二九〕、皮服、編髮〔三〇〕、左衽等類群首長渠衆等〔三一〕。

【校箋】

〔一〕「鄉」，原作「卿」，據義演本改。

〔二〕「夏禹」句：夏禹巡遊九州之事，記在《禹貢》。

〔三〕豎亥、大章：善行人，皆禹臣，見《淮南子·墬形訓》。

〔四〕《穆天子傳》載周穆王乘八駿西行見西王母。《南史·王弘傳》：「周穆馬跡遍於天下。」

〔五〕若士、盧敖：傳説古之善遊者，曾周行四極。見《淮南子·道應訓》。

〔六〕「禹跡」，原作「蟲疏」，據江户刊本改。禹跡：大禹治水遍於九州之足跡。《左傳》襄公四年：「芒芒禹跡，畫爲九州。」

〔七〕穆轍：周穆王周行天下之車轍。《左傳》昭公十二年：「昔穆王欲肆其心，周行天下，將皆必有車轍馬跡焉。」

〔八〕方老：未詳，疑當作「五老」。《竹書紀年》卷上：「（堯）率舜升首山，遵河渚，有五老游焉，蓋五星之精也。」（四部叢刊本）《校注》謂當作「天老」。《校勘記》謂當作「二老」。

〔九〕方志：地方志。《周禮·地官·誦訓》：「掌道方志，以詔觀事。」

〔一〇〕《山經》：即《山海經》。

〔一一〕冠帶：本指制服，引申爲禮儀、教化。「跡」，原作「疏」，據六地藏寺本改。

〔一二〕反風：《道書》：「反風之國香逆風聞千里。」（《太平御覽》卷七九〇）或爲「防風」音近而訛。《國語·魯語下》：「丘聞之，昔禹致群神於會稽之山，防風氏後至，禹殺而戮之。」韋昭注：「防風，汪芒氏之君名。」《校注》謂爲「反踵」或「反舌」之誤。

〔一三〕《山海經·海外南經》：「厭火國在其國南，獸身黑色，生火出其口中。」

〔一四〕《山海經·海外南經》：「三首國在其東，其爲人一身三首。」

〔一五〕《山海經·海外北經》：「一目國在其東，一目中其面而居。一曰有手足。」《淮南子·墬形訓》

記海外三十六國有「一目民」，高誘注：「一目民，目在面中央。」

〔一六〕雕齒：《校注》疑即「鑿齒」。《山海經·海外南經》：「羿與鑿齒戰於壽華之野，羿射殺之，在昆侖墟東。羿持弓矢，鑿齒持盾。」郭璞注：「鑿齒亦人也，齒如鑿，長五六尺，因以名云。」《譯注》以爲「雕齒」疑即「雕題」。

〔一七〕《山海經·海外東經》：「黑齒國在其北，爲人黑齒，食稻啖蛇。」郭璞注引《東夷傳》：「倭國東四千餘里有裸國。裸國東南有黑齒國。」

〔一八〕《山海經·大荒北經》有「儋耳之國」。左思《吴都賦》：「儋耳、黑齒之酋。」（《文選》卷五）劉逵注：「儋耳人鏤其耳匡。」又《淮南子·墬形訓》：「夸父、耽耳在其北。」高誘注：「耽耳，耳垂在肩上。」疑「耽耳」即「儋耳」。

〔一九〕「穿」，原作「穽」，據高甲等本改。《淮南子·墬形訓》記海外三十六國有「穿胸民」，高誘注：「穿胸，胸前穿孔達背。」《山海經·海外南經》：「貫匈國在其東，其爲人匈有竅。」

〔二〇〕《博物志》：「南方有落頭民，其頭能飛。」（《太平御覽》卷七九〇）

〔二一〕鼻飲：以鼻飲水。《漢書·賈捐之傳》：「駱越之人父子同川而浴，相習以鼻飲。」

〔二二〕金鱗：南方少數民族名，亦作「金鄰」。左思《吴都賦》：「儋耳黑齒之酋，金鄰象郡之渠。」劉逵注：「南之外，有金鄰國，去夫南可二千餘里，土地出銀，人衆多。」

〔二三〕鐵面：南方少數民族名。梁簡文帝《大法頌序》：「金鱗鐵面，貢碧砮之琛；航海梯山，奉白環

之使。」(《廣弘明集》卷二〇，四部叢刊本)

〔二四〕《爾雅·釋地》：「九夷，八狄，七戎，六蠻。」郭璞注：「九夷在東。八狄在北。七戎在西。六蠻在南。」

〔二五〕《左傳》宣公三年：「赤狄侵齊。」亦作「赤翟」，《史記·匈奴列傳》：「晉文公攘戎翟，居於河西圁洛之間，號曰赤翟、白翟。」

〔二六〕青羌：西南地區羌之一支。晉常璩《華陽國志·南中志》：「移南中勁卒青羌萬餘家於蜀，爲五部。」(《華陽國志校注》，巴蜀書社一九八四年)又指東方。《吕氏春秋·求人》：「禹東至榑木之地，日出、九津、青羌之野。」高誘注：「青羌，東方之野也。」

〔二七〕鳥夷：《史記·五帝本紀》：「南撫交趾、北發、西戎、析枝，……東長、鳥夷，四海之内，咸戴帝舜之功。」《漢書·地理志》：「鳥夷皮服。」顔師古注：「此東北之夷，搏取鳥獸，食其肉而衣其皮。一説，居在海曲，被服容止皆象鳥也。」

〔二八〕《左傳》閔公二年：「虢公敗犬戎于渭汭。」杜預注：「犬戎，西戎别在中國者。」

〔二九〕《史記·天官書》：「昴曰旄頭，胡星也。」

〔三〇〕編髮：編髮爲辮，借指蠻夷。《尚書大傳》卷二：「武丁内反諸己，以思先王之道，三年辮髮重譯來朝者六國。」

〔三一〕《論語·憲問》：「微管仲，吾其被髮左衽矣。」《書·畢命》：「四夷左衽，罔不咸賴。」

慕恩狀云：並欽慕、承被、沐浴等，皇風，帝德，王化，皇恩，王澤，深仁，至化，玄功，至道〔一〕，大德〔二〕。亦直云：慕義，向化，沐德，浴恩，仰德，歸仁〔三〕，承風，慕道。來狀云：扣塞梯山〔四〕，架水泛海〔五〕，款關重譯〔六〕，候雨占風〔七〕，及稽首屈膝〔八〕，跡角接踵〔九〕，來王朝宗〔一〇〕，獻款入謁，來賓奉貢〔一一〕。貢獻狀云：獻琛〔一二〕，奉贐，薦寶。亦可云：委質藁街〔一三〕，納贐夷邸〔一四〕，映邦天庭〔一五〕，來朝帝闕〔一六〕。或可引：南方越常國〔一七〕，候無別風淮雨〔一八〕，江海不揚鴻波，重九譯來獻白雉及黑貂裘〔一九〕。西方大月氏國，候東風入律，百旬不休〔二〇〕，青雲干呂，連月不散，乘毛車，度弱水〔二一〕，貢神香猛狩〔二二〕。東方肅慎國，獻楛弓矢砮〔二三〕。西王母遣使，乘白鹿，獻玉環〔二四〕。西旅獻大獓〔二五〕。

【校箋】

〔一〕至道：《禮記·表記》：「至道以王，義道以霸。」

〔二〕以上可各自組成語句，如欽慕皇風，承被王澤，沐浴大德等。

〔三〕歸仁：《論語·顏淵》：「一日克己復禮，天下歸仁焉。」

〔四〕扣塞：《史記·太史公自序》：「海外殊俗，重譯款塞，請來獻見者，不可勝道。」款塞與扣塞同義。

〔五〕架水泛海：《宋書·明帝紀》：「日月所照，梯山航海。」

〔六〕《南齊書・高帝紀上》：「遐方款關而慕義，荒服重譯而來庭。」

〔七〕徐陵《陳文帝哀策文》：「帝載維遠，王靈維大，候雨占風，荒中海外。」（《藝文類聚》卷一四）

〔八〕「滕」下原有「稽首」二字，據高甲等本删。

〔九〕「跡角」疑當作「厥角」，音近而誤。《孟子・盡心下》：「若崩厥角稽首。」趙岐注：「厥角，叩頭，以額角犀厥地也。」接踵：《戰國策・秦策四》：「韓魏父子兄弟接踵而死於秦者百世矣。」

〔一〇〕來王：《書・大禹謨》：「四夷來王。」孔傳：「四夷歸往之。」朝宗：已見前文校箋。

〔一一〕來賓：前來賓服。《管子・宙合》：「王施而無私，則海内來賓矣。」奉貢：《後漢書・東夷・夫餘傳》：「二十五年，夫餘遣使奉貢，光武厚答報之。」

〔一二〕獻琛：進獻寶物，表示臣服。《詩・魯頌・泮水》：「憬彼淮夷，來獻其琛。」

〔一三〕委質：恭敬獻禮，引申爲臣服歸附。陸雲《盛德頌》：「越裳委贄，肅慎來王。」蒿街：漢時街名，在長安城南門内，爲屬國使節館舍所在地。陸機《飲馬長城窟行》：「振旅勞歸士，受爵蒿街傳。」（《文選》卷二八）

〔一四〕納賮夷邸：顔延之《赭白馬賦》：「或踰遠而納賮。」（《文選》卷一四）《漢書・元帝紀》：「冬，斬其首，傳詣京師，縣蠻夷邸門。」顔師古注：「蠻夷邸，若今鴻臚客館。」

〔一五〕映邦：未詳。天庭：帝王宫庭，朝庭。左思《蜀都賦》：「幽思絢道德，摛藻掞天庭。」

〔一六〕來朝帝闕：《左傳》僖公十四年：「夏，遇于防，而使來朝。」帝闕：皇城之門。

〔一七〕越常國：張衡《東京賦》：「北燮丁令，南諧越裳。」《論衡·恢國》：「成王之時，越常獻雉。」

〔一八〕候無別風淮雨：《文心雕龍·練字》范文瀾注引盧文弨《鍾山札記》引《尚書大傳》：「越裳以三象重九譯而獻白雉，其使請曰：『吾受命吾國之黄耇曰：久矣天無别風淮雨，意者中國有聖人乎！』」引鄭玄注：「淮，暴雨之名也。」

〔一九〕《韓詩外傳》卷五：「比期三年，果有越裳氏重九譯而至，獻白雉於周公。」（《韓詩外傳箋疏》，巴蜀書社一九九六年）

〔二〇〕「休」，原作「休」，據三寶等本改。

〔二一〕「弱」，原作「溺」，據江户刊本改。

〔二二〕「西方」八句：大月氏，古族名，月氏之一支。漢文帝初年，一部分遊牧於敦煌、祁連之月氏人，遷至今伊犁河上游流域，稱爲大月氏。《漢書·西域傳》：「安息東則大月氏。大月氏國，治監氏城，去長安萬一千六百里。」梁陸倕《新刻漏銘》「風雲律吕」（《文選》卷五六）李善注引《十洲記》：「天漢三年，西國王使獻靈膠四兩，吉光毛裘，受以付庫。使者曰：『常占東風入律，十旬不休，青雲干吕，連月不散，意者閻浮有好道之君，我王故搜奇而貢神香，天材而請猛獸，毛車以濟弱水，于今十三年矣。』」

〔二三〕「東方」三句：肅慎：古族名，居於我國東北地區。《國語·魯語下》：「昔武王克商，通道于九夷、百蠻，使各以其方賄來貢，使無忘職業。於是肅慎氏貢楛矢石砮，其長尺有咫。」

〔二四〕《瑞應圖》：「黄帝時，西王母使乘白鹿來獻白環。」(《太平御覽》卷八七二)

〔二五〕《書·旅獒》：「惟克商，遂通道于九夷八蠻，西旅厎貢厥獒，太保乃作《旅獒》，用訓于王。」

叙瑞物感致

若云：天不愛道種秘寶，地不潛珍必呈祥〔一〕。天監孔明〔二〕，神聽無爽〔三〕。明神、明靈、上玄等迴睠〔四〕、元監、叶贊。明命〔五〕、寶命、休祉〔六〕、靈瑞、珍符〔七〕、靈應等允歸、薦臻、薦至、昞著、照見、斯表等。瑞物若云：日月揚光〔八〕，光華煙雲，紛郁爛彩，山川效靈，星雲動色，河洛薦祉，銀玉揚光，草木革形，魚鳥變色〔九〕。甘露流掌〔一〇〕，醴泉出地〔一一〕。墜露凝甘，飛泉泄醴。榮光出河，景星出翼〔一二〕。兩曜合璧，五緯連珠〔一三〕。卿雲五彩〔一四〕，休氣四塞〔一五〕。四氣休通〔一六〕，五光垂曜。八風脩通〔一七〕，五雲紛郁〔一八〕。

【校箋】

〔一〕《禮記·禮運》：「天不愛其道，地不愛其寶，人不愛其情。」

〔二〕「天」，原作「文」，據三寶等本改。《詩·大雅·大明》：「天監在下，有命既集。」張衡《思玄賦》：「彼天監之孔明兮，用棐忱而佑仁。」(《文選》卷一五)

〔三〕神聽無爽：《詩・小雅・伐木》：「神之聽之，終和且平。」

〔四〕上玄：揚雄《甘泉賦》：「惟漢十世，將郊上玄。」（《文選》卷七）李善注：「上玄，天也。」

〔五〕明命：聖明之命。《禮記・太學》：「《太甲》曰：『顧諟天之明命。』」

〔六〕「休」，原作「俅」，據三寶等本改。

〔七〕「符」，原作「荷」，從《考文篇》改。《史記・司馬相如列傳》：「或謂且天爲質闇，珍符固不可辭。」

〔八〕《瑞應圖》：「日月揚光者，人君象也。君不假臣下之權，則日月揚光。」（《藝文類聚》卷一）

〔九〕隋盧思道《在齊爲百官駕甘露表》：「其間微禽弱草，改狀移形。」（《初學記》卷二）

〔一〇〕《漢書・郊祀志上》：「其後又作柏梁、銅柱，承露仙人掌之屬矣。」

〔一一〕《禮記・禮運》：「故天降膏露，地出醴泉。」

〔一二〕《尚書中候》：「帝堯即政七十載，景星出翼。」（《太平御覽》卷八七二）注：「翼，朱鳥宿也。」

〔一三〕「兩」，原作「雨」，據三寶等本改。「兩曜」二句：謂日月及金木水火土五星會集。《漢書・律曆志上》：「日月如合璧，五星如聯珠。」

〔一四〕五彩：《史記・項羽本紀》：「吾令人望其氣，皆爲龍虎，成五采，此天子氣也。」

〔一五〕「休」，原作「俅」，據三寶等本改。

〔一六〕《爾雅》：「四氣和爲通正。」（《藝文類聚》卷一）謂四時之氣和平。

〔一七〕《尚書大傳》：「舜將禪禹，八風脩通。」（《藝文類聚》卷一）《易通卦驗》：「八節之風謂之八風。」（《古微書》）

〔一八〕五雲：青、白、赤、黑、黄五種雲色。《周禮・春官・保章氏》：「以五雲之物，辨吉凶，水旱降豐荒之祲象。」此指五色瑞雲，庾信《周祀圓丘歌・雍樂》：「五雲飛，三步上。」（《樂府詩集》卷四）

亦云：鳳皇巢阿閣上庭，麒麟在囿〔一〕。黄龍負圖出河〔二〕，玄龜呈字出洛，白狼銜鉤入朝〔三〕。黄魚化玉，白虎銜珠〔四〕，黄龍負玉〔五〕，赤烏銜珪〔六〕。黄魚白麟〔七〕，朱雁作舞〔八〕，青鸞自舞〔九〕。白雉南至，天馬西來〔一〇〕，蒼烏東至〔一一〕。鳳皇蔽日〔一二〕，騶虞嘯風〔一三〕。亦云：河薦金繩，山開玉匱〔一四〕。黄金耀山〔一五〕，玄珪出地。山出靈車，澤薦神馬〔一六〕。金勝自出〔一七〕，銀甕斯滿〔一八〕。亦云：三苗合穎〔一九〕，九芝齊秀〔二〇〕。蓂莢抽莖〔二一〕，芝英吐秀〔二二〕。嘉禾合穎〔二三〕，奇木連理〔二四〕。地出嘉禾，廟生福草〔二五〕。朱草生郊〔二六〕，萐莆生廚〔二七〕，蓂莢抽砌。

【校箋】

〔一〕「鳳皇」二句：「阿」，原作「河」，據六地藏寺等本改。「麒麟」，原作「騏驎」，從《校注》改。《尚書中候》：「堯即政七十，鳳皇止庭，巢阿閣讙樹。」（《藝文類聚》卷九九）《尚書中候》：「帝軒提像配永修機，麒麟在囿，鸞鳳來儀。」（《藝文類聚》卷九八）

〔二〕「負」，原作「扆」，據江户刊本改。《龍魚河圖》：「天授元始，建帝號，黄龍負圖，從河中出，付黄帝，帝令侍臣寫以示天下。」（《藝文類聚》卷九八）

〔三〕《尚書璇璣鈐》：「湯受金符，白狼銜鈎入殷朝。」（《太平御覽》卷八三）

〔四〕《孝經援神契》：「德至鳥獸，白虎見。」（《藝文類聚》卷九九）銜珠：未詳。

〔五〕「負」，原作「扆」，據江户刊本改。黄龍負玉：《河圖》：「舜以太尉即位，與三公臨觀，黄龍五采，負圖出舜前，以黄玉爲柙，玉檢金繩，芝爲泥，章曰：天黄帝符璽。」（《藝文類聚》卷九八）

〔六〕《墨子·非攻下》：「赤鳥銜珪，降周之岐社，曰：天命周文王伐殷有國。」（《諸子集成》）

〔七〕《漢書·武帝紀》：「元狩元年冬十月，行幸雍，祠五畤。獲白麟，作《白麟之歌》。」

〔八〕「舞」，疑當作「歌」。朱雁即赤雁。《漢書·武帝紀》：「（太始三年二月）行幸東海，獲赤雁，作《朱雁之歌》。」

〔九〕《抱朴子》：「《崑崙圖》曰：鸞鳥似鳳而白纓，聞樂則蹈節而舞，至則國安寧。」（《藝文類聚》卷九九）

〔一〇〕《漢書·武帝紀》：「（太初）四年春，貳師將軍廣利斬大宛王首，獲汗血馬來。作《西極天馬之歌》。」

〔一一〕《禮斗威儀》：「江海不揚波，則東海輸之蒼烏。」（《藝文類聚》卷九九）

〔一二〕《白虎通·封禪》：「黄帝之時，鳳凰蔽日而至。」

〔一三〕《中興徵祥説》：「天下太平，則騶虞見。騶虞，仁獸也，狀如白虎。」（《藝文類聚》卷九九）

〔一四〕「匱」原作「遺」，據三寶本改。

〔一五〕「金」字原無，據六地藏寺等本補。「耀」，原作「鑃」，從維寶箋改。《孫氏瑞應圖》：「王者不藏金玉，則黄金見深山。」（《藝文類聚》卷八三）

〔一六〕《禮記·禮運》：「天降膏露，地出醴泉。山出器車，河出馬圖。」鄭玄注：「器，謂若銀甕丹甑也。」孔穎達正義：「山車，自然之車。」

〔一七〕「勝」，原作「縢」，從《校注》改。金勝：形狀似花之天然金首飾。《宋書·符瑞志》：「金勝，國平盜賊，四夷賓服則出。晉穆帝永和元年二月，春穀民得金勝一枚，長五寸，狀如織勝。」

〔一八〕《孝經援神契》：「銀甕也，不汲自隨，不盛自盈。」（《太平御覽》卷七五八）

〔一九〕「合」，原作「金」，從維寶箋改。《白虎通·封禪》：「成王之時，有三苗異畝而生，……成王召周公問之，周公曰：『三苗爲一穗，天下當和爲一乎？』」

〔二〇〕《漢書·武帝紀》：「甘泉宫内中産芝，九莖連葉。」

〔二一〕《白虎通·封禪》：「日曆得其分度，則蓂莢生於階間。蓂莢者，樹名也，月一日一莢生，十五日畢，至十六日一莢去，故夾階而生，以明日月也。」

〔二二〕《宋書·符瑞志》：「芝英者，王者親近耆老，養有道，則生。」

〔二三〕《書·微子之命》：「唐叔得禾，異畝同穎，獻諸天子。」

〔二四〕《瑞應圖》：「王者德化洽，八言合爲一家，則木連理。」（《藝文類聚》卷九八）

〔三五〕《孫氏瑞應圖》：「王者宗廟至敬，則福草生於廟。」（《太平御覽》卷八七三）

〔三六〕「郊」，原作「効」，據六地藏寺本改。《尚書中候》：「堯德清平，比隆伏羲，故朱草生郊。」（《太平御覽》卷八七三）

〔三七〕「萐」，原作「蒹」，據義演本改。《白虎通·封禪》：「孝道至，則萐莆生庖廚。萐莆者，樹名也，其葉大於門扇，不摇自扇，於飲食清涼，助供養也。」

或云：慶雲五彩，浮自帝庭；休氣四塞，映于河渚。卿雲晨映，彩爛非煙〔一〕；景星晝照，光浮助月〔二〕。紛紛郁郁〔三〕，雲彩映庭；青方赤方〔四〕，星光出翼。祥風下至〔五〕，乍應璇璣；黄雲上浮〔六〕，仍通寶鼎〔七〕。五老上入，乍覩流星〔八〕；八伯進歌，仍瞻嘉氣〔九〕。汾水寶鼎〔一〇〕，乍映黄雲；河渚靈圖，仍浮休氣。亦云：鳳皇已鳴，爰調律吕〔一一〕；龍馬云耀，載負圖書〔一二〕。鳳皇巢閣，鸑鷟雄雌。及五彩呈文〔一三〕，麒麟在郊〔一四〕，行中規矩。及一角示武，五蹄見質〔一五〕。

【校箋】

〔一〕「爛」，原作「蘭」，從維寶箋改。

〔二〕「景星」二句：《史記·天官書》：「天精而見景星，景星者，德星也。其狀無常，常出於有道之國。」張守節正義：「景星狀如半月，生於晦朔，助月爲明，見則人君有德，明聖之慶也。」

〔三〕「郁郁」，原作「都都」，據江户刊本改。

〔四〕《宋書·符瑞志》：「（黄帝）有景雲之瑞，有赤方氣與青方氣相連，赤方中有兩星，青方中有一星，凡三星，皆黄色，以天清明時。見於攝提，名曰景星。」

〔五〕《白虎通·封禪》：「德至八方則祥風至，佳氣時喜，鍾律調，音度施，四夷化，越裳貢。」

〔六〕《春秋演孔圖》：「黄帝之將興，黄雲升於堂。」（《藝文類聚》卷九八）

〔七〕《史記·封禪書》：「黄帝作寶鼎三，象天地人。……寶鼎出而與神通。」

〔八〕《論語讖》：「仲尼曰：吾聞堯率舜等，遊首山，觀河渚，有五老飛爲流星，上入昴。」（《藝文類聚》卷一）

〔九〕《尚書大傳》卷一：「維元祀巡守四嶽八伯，壇四奥，沈四海，封十有二山，兆十有二州，樂正定樂名。……故聖王巡十有二州，觀其風俗，習其性情，因論十有二俗，定以六律五聲八音七始，著其素，簇以爲八：此八伯之事也。」

〔一〇〕《漢書·武帝紀》：「元鼎元年夏五月，赦天下，大酺五日，得鼎汾水上。」

〔一一〕《吕氏春秋·古樂》：「昔黄帝令伶倫作爲律。……聽鳳皇之鳴，以別十二律，其雄鳴爲六，雌鳴亦六，以比黄鍾之宫。」

〔一二〕「負」，原作「肩」，據江户刊本改。

〔一三〕《山海經》：「丹穴之山，有鳥焉，狀如鶴，五色而文。」（《藝文類聚》卷九九）

〔四〕《禮記·禮運》：「河出馬圖，鳳皇麒麟皆在郊。」

〔五〕《漢書·終軍傳》：「從上幸雍，祠五時，獲白麟，一角而五蹄。」顔師古注：「每一足有五蹄也。」

亦云：蛇頸燕頷〔一〕，九苞六象〔二〕，嬰聖抱信〔三〕，棲梧食竹等之鳥禽〔四〕，飛自紫庭〔五〕，鳴自阮隃，響合簫韶〔六〕，來巢阿閣。麕身牛尾〔七〕，狼題員頂〔八〕，一角五蹄〔九〕，含仁懷義〔一〇〕，歸和遊聖等之狩〔一一〕，遊於雍畤〔一二〕，聲中鍾吕。麟遊雍畤，白質黑蹄〔一三〕；龍躍河壇，朱文緑錯〔一四〕。龍躍河渚，薦卷舒之圖〔一五〕；鳳鳴阮隃，協雄雌之管。黄龍載躍，吐甲臨壇〔一六〕；赤雀于飛，銜書入户〔一七〕。丹書入户，更自酆都；玄甲登壇，還從河渚。黄龍出水，玉檢斯呈；白狼入朝，金鈎以薦。烏從赤日，三足云章〔一八〕；狐自青丘，九尾斯見〔一九〕。馬從西域，赭汗斯流〔二〇〕；雉自南荒，素章仍表。河壇西嚮，龍馬呈休；河渚東覩，烏魚薦祉〔二一〕。蛇頸燕頷，鳴自阮隃；龍翼馬身，浮於河渚〔二二〕。縞身朱鬣，馬自殊方〔二三〕；黄輝彩鱗，龍浮水渚〔二四〕。青龍玄甲，赤文緑色〔二五〕，出表帝壇；白虎黑文〔二六〕，及白質黑蹄，來遊君囿。

【校箋】

〔一〕「頷」，原作「鴿」，據高甲等本改。《宋書·符瑞志》：「鳳凰者，仁鳥也。……蛇頭燕頷，龜背鱉腹，鶴頸雞喙。」

〔二〕《論語摘襄聖》：「鳳有六像九苞：一曰頭像天，二曰目像日，三曰背像月，四曰翼像風，五曰足像地，六曰尾像緯。九苞：一曰頭符命，二曰眼合度，三曰耳聰達，四曰舌詘伸，五曰色彩光，六曰冠短周，七曰距鋭鈎，八曰音激揚，九曰腹文户。」（《太平御覽》卷九一五）

〔三〕《莊子》佚文：「鳳鳥之文，戴聖嬰仁，右智左賢。」（《太平御覽》卷九一五）《宋書·符瑞志》：「鳳凰者……首戴德而背負仁，項荷義而膺抱信。」

〔四〕《韓詩外傳》卷八：「鳳乃止帝東國，集帝梧桐，食帝竹實，没身不去。」

〔五〕蔡邕《琴操》：「周成王時，天下大治，鳳皇來舞於庭。成王乃援琴而歌曰：『鳳皇翔兮於紫庭，余何德兮以感靈。』」（《藝文類聚》卷九九）

〔六〕「阮」，原作「院」，據六地藏寺等本改。「簫」，原作「蕭」，從《校注》改。《書·益稷》：「簫韶九成，鳳皇來儀。」毛傳：「韶，舜樂名，言簫見細器之備。」孔穎達正義：「簫是樂器之小者，……謂作樂之時，小大之器皆備也。」

〔七〕《爾雅·釋獸》：「麐，麕身牛尾一角。」

〔八〕「題」，原作「蹄」，從周校改。漢京房《易傳》：「麟，麕身牛尾，狼額馬蹄。」（《左傳》哀公十四年孔穎達正義引）

〔九〕《漢書·終軍傳》：「從上幸雍，祠五時，獲白麟，一角而五蹄。」

〔一〇〕《説苑·辨物》：「麒麟，麕身牛尾，圓頂一角，含仁懷義。」（《諸子百家叢書》本）

〔一一〕劉宋何法盛《徵祥記》:「麒麟者,毛蟲之長,仁獸也。牡曰騏,牝曰麟。牡鳴曰遊聖,牝鳴曰歸和。」(《太平御覽》卷八八九)

〔一二〕「雍」,原作「雞」,從《校勘記》改。下一「雍」字同。司馬相如《封禪文》:「濯濯之麟,遊彼靈畤。」(《文選》卷四八)

〔一三〕司馬相如《封禪文》:「般般之獸,樂我君圃,白質黑章,其儀可嘉。」(《文選》卷四八)李善注:「毛萇《詩傳》曰:騶虞白虎黑文。」

〔一四〕「緑」,原作「録」,從《考文篇》改。

〔一五〕「圖」下原衍「之圖」二字,據三寶等本删。

〔一六〕《宋書·符瑞志》:「乃有龍馬銜甲,赤文緑色,臨壇而止,吐甲圖而去。」

〔一七〕《晉書·樂志下》:「赤烏銜書至,天命瑞周文。神雀今來遊,爲我受命君。」

〔一八〕《春秋運斗樞》:「維星得則日月光,烏三足,禮儀修,物類合。」(《藝文類聚》卷九九)《論衡·説日》:「儒者曰:日中有三足烏。」

〔一九〕《山海經·海外東經》:「朝陽之谷,……青丘在其北,其狐四足九尾。」《瑞應圖》:「九尾狐者,六合一同則見。文王時東夷歸之。」(《藝文類聚》卷九九)

〔二〇〕《漢書·禮樂志》載《天馬歌》:「太一況,天馬下,霑赤汗,沫流赭。」

〔二一〕「河」字原無,據高甲等本補。「烏」,原作「鳥」,「祉」,原作「社」,均據三寶等本改。

〔二二〕《瑞應圖》：「龍馬者，仁馬，河水之精也，……骼上有翼，旁垂毛。」（《藝文類聚》卷九九）

〔二三〕「騶」，原作「騶」，從《校注》改。《山海經·海内北經》：「犬封國曰犬戎國，……有文馬，縞身朱鬣，目若黄金，名曰吉量，乘之壽千歲。」

〔二四〕班固《典引》：「擾緇文皓質於郊，升黄輝采鱗於沼。」（《文選》卷四八）蔡邕注：「聽德知正，則黄龍見。《禮記》曰：龜龍在宫沼。」

〔二五〕《禮斗威儀》：「青龍臨壇，吐玄甲之圖。」（《黄氏逸書考》）

〔二六〕《詩·召南·騶虞序》毛傳：「騶虞，義獸也，白虎黑文，不食生物，有至信之德則應之。」

亦云：王母之使，來獻玉環；玄武之神〔一〕，仍呈金簡。河精下蹕，爰掘地界〔二〕；海若東遊，是俟天命〔三〕。玄綈之録〔四〕，更薦滎河；赤繡之圖，仍呈宛委。蒼水使者，更候衡山〔五〕；白面長人，仍呈河渚。神芝吐秀，來自銅池〔六〕；甘露凝華，垂於金掌〔七〕。珪剋延嘉〔八〕，玄珪出地，載表成功〔九〕；草茂華平〔一〇〕，朱草生郊，爰應至德。萐莆作扇，下起清風；芝英似冠，仍浮黄氣〔一一〕。芝泥出水，載表河圖；萱莢生庭，還成帝曆。銀編金簡，開自重山〔一二〕；蘭葉芝泥，浮於河渚〔一三〕。白環入貢，更自西王〔一四〕；玄珪告錫，還從東海〔一五〕。

【校箋】

〔一〕「玄武之神」前原有「亦云」二字。從《校注》删。

〔二〕「蹛」，原作「帶」，從《譯注》改。河精：傳説中黄河之神。《尚書中候》：「伯禹曰：臣觀河伯，面長人首魚身，出曰：吾河精也。授臣河圖，帶足入淵。」（《太平御覽》卷八二）

〔三〕「俟」，原作「俣」，據六地藏寺本改。海若：海神名。張衡《西京賦》：「海若游於玄渚，鯨魚失流而蹉跎。」（《文選》卷二）

〔四〕玄綈之録：即河出圖之圖録。

〔五〕「赤繡」四句：禹東巡，夢見赤繡衣男子，自稱玄夷蒼水使者，後登宛委山，發金簡之書，事見《吴越春秋·越王無余外傳》。

〔六〕《漢書·宣帝紀》：「三月，行幸河東，祠后土。詔曰：……金芝九莖，産于函德殿銅池中。」

〔七〕《漢武故事》：「承甘露盤，仙人掌擎玉杯，爲取雲表之露。」（《藝文類聚》卷九八）

〔八〕延嘉：瑞草。《孫氏瑞應圖》：「延嘉，王者有德則見。又曰，王者孝道行，則延嘉生。」（《太平御覽》卷八七三）《校注》改「珪」爲「草」字。

〔九〕載表：即載表河圖。成功：《漢書·武帝紀》顔師古注引孟康曰：「王者功成治定，告成功於天。」

〔一〇〕張衡《東京賦》：「植華平於東圃，豐朱草於中唐。」薛綜注：「華平，瑞木也。」《宋書·符瑞志》：「華平，其枝正平，王者有德則生。德剛則仰，德弱則低。漢章帝元和中，華平生郡國。」

〔一一〕「浮」，原作「浮々」，據高甲等本改。

〔三〕「銀編」三句：《吴越春秋・越王無余外傳》引《黄帝中經曆》：「在於九山，東南天柱，號曰宛委。赤帝在闕，其巖之巔，承以文玉，覆以磐石，其書金簡，青玉爲字，編以白銀，皆瑑其文。」

〔三〕蘭葉：《禮斗威儀》：「君乘金而王，其政和平，則蘭常生。」（《太平御覽》卷八七三）

〔四〕「王」，原作「生」，從《考文篇》改。

〔五〕《書・禹貢》：「東漸于海，西被于流沙，朔南暨聲教，訖于四海，禹錫玄圭，告厥成功。」

或云：景風、蒼氣〔一〕、榮光、昌光〔二〕、嘉氣、祥風等〔三〕，輝映、晻映于帝庭〔四〕、宫闕、城闕〔五〕；甘露〔六〕、醴泉〔七〕、液醴、流甘等〔八〕，滂流、洋溢于林野。玄珪、白環、紫玉〔九〕、金鈎、玉環、璜玉〔一〇〕、金勝〔一一〕、銀甕、金車、玉馬、明珠、大貝〔一二〕，及玉檢、金繩、銀編、金簡等，云彪昞、焕爛、照章、照耀、磊砢等，相輝並映暉。丹烏、皓兔、白狐、玄豹、白雉〔一三〕、朱雁、黄魚、丹鳥、白虎、玄狐、素鱗、丹羽等〔一四〕，照彰，彪昞，紛綸以至、以見，集於林苑、原野。黄銀、紫玉等，昞見、輝映于山川、深山〔一五〕。玄豹、白豹騰驤〔一六〕，馴遊苑囿。白麟、朱雁、芝房、寶鼎等〔一七〕，並入詠哥，咸歌樂府，並著樂章，即引餘瑞對之，咸著圖牒，俱垂史策等〔一八〕。

【校箋】

〔一〕景風：《爾雅・釋天》：「四時和爲通正，謂之景風。」「蒼」，原作「養」，據六地藏寺等本改。

〔二〕《晉書・天文志》：「瑞氣，……三曰昌光，赤，如龍狀，聖人起，帝受終，則見。」

〔三〕《白虎通·封禪》：「德至八方，則祥風至，佳氣時喜。」

〔四〕《書·金縢》：「乃命于帝庭，敷佑四方。」

〔五〕「城闕」，二字原無，據三寶等本補。

〔六〕甘露：《孫氏瑞應圖》：「甘露者，神露之精也。其味甘，王者和氣茂，則甘露降於草木。」（《藝文類聚》卷九八）

〔七〕醴泉：《爾雅·釋天》：「甘雨時降，萬物以嘉，謂之醴泉。」

〔八〕流甘：北齊邢卲《甘露頌》：「休徵屢動，感極迴天，流甘委素，玉潤冰鮮。」（《藝文類聚》卷九八）

〔九〕紫玉：《宋書·符瑞志》：「王者不藏金玉，則黄銀紫玉光見深山。」

〔一〇〕璜玉：即玉璜。《尚書大傳》卷二：「周文王至磻溪，見吕望，文王拜之。尚父云：『望釣得玉璜，刻曰：周受命，吕佐檢，德合於今昌來提。』」後以「玉璜」指吕尚佐文王事。

〔一一〕「勝」，原作「騰」，從《譯注》改。

〔一二〕金車：《孝經援神契》：「上德至山陵，則山出木根車，應載萬物。金車，王者志行德則出。」（《太平御覽》卷七七三）玉馬：《宋書·符瑞志》：「玉馬，王者精明，尊賢者則出。」明珠、大貝：《白虎通·封禪》：「德至淵泉，……江出大貝，海出明珠。」

〔一三〕丹烏：揚雄《劇秦美新》：「白鳩丹烏，素魚斷蛇。」李善注引《尚書帝命驗》：「太子發渡河，中流，火流爲烏，其色赤。」皓兔：《宋書・符瑞志》：「白兔，王者敬耆老則見。」白狐：《瀶潭巴》：「白狐至，國民利；不至，下驕恣。」（《藝文類聚》卷九九）玄豹：《韓非子・喻老》：「翟人有獻豐狐、玄豹之皮於晉文公。」白雉：《春秋感精符》：「王者旁流四表則白雉見。」（《藝文類聚》卷九九）

〔一四〕丹烏：鳳之別稱。《三國志・魏書・管輅傳》「來殺我婿」裴松之注引《輅別傳》：「文王受命，丹烏銜書。」玄狐：徐陵《勸進梁元帝表》：「家冤將報，天賜黃鳥之旗；國害宜誅，神奉玄狐之籙。」（《梁書・元帝紀》）素鱗：即白魚。《史記・周本紀》：「武王渡河，白魚躍入王舟中。武王俯取以祭。」丹羽：同丹烏。

〔一五〕「等昞見」，原作「昞見等」，從《譯注》改。「輝映于」，原作「耀映等」，據六地藏寺本改。

〔一六〕白豹：《爾雅・釋獸》：「貘，白豹。」三國吴陸璣《毛詩草木鳥獸蟲魚疏・羔裘豹飾》：「毛白而文黑，謂之白豹。」（《叢書集成初編》本）

〔一七〕「房」，原作「茅」，據三寶本眉注改。「鼎」，原作「鼾」，從《考文篇》改。白麟、朱雁、芝房、寶鼎：《漢書・武帝紀》：「元狩元年冬十月，行幸雍，祠五時，獲白麟，作《白麟之歌》。」「（太始三年二月）行幸東海，獲赤雁，作《朱雁之歌》。」「（元封二年六月）詔曰：『甘泉宮内中産芝，九莖連葉，上帝博臨，不異下房，賜朕弘休……。』作《芝房之歌》。」「（元鼎四年六月）得寶鼎后土祠旁。秋，馬生渥洼水中。作《寶鼎》《天馬之歌》。」

〔一八〕「並入」六句：意爲以上可各自組成對偶，如：玄珪彪昞，白環焕爛。丹烏照彰於林苑，玄豹見集於原野。黄銀昞見於山川，紫玉輝映於深山。白麟朱雁，並入詠歌，芝房寶鼎，咸歌樂府，並著樂章等。

山車〔一〕、澤馬、神馬、騶虞、獬豸〔二〕、一角、三足、五蹄〔三〕、雙觡等〔四〕，雜沓，陸離來遊，競至於郊野、苑囿。華平、屈軼〔五〕、芝英、蓂莢〔六〕、神芝、福草、紫草、朱賓連〔七〕、蓮莆、嘉卉〔八〕、奇木、三苗〔九〕、九芝、連枝、合穎等，云昭彰、紛敷、葳蕤、著吐秀於階庭、原野。此等並得云之符瑞、休祉、貺珍、異祥。咸委，賚輸〔一〇〕，不絶，俱薦，云帝庭、天庭、王府〔一一〕、天闕、王闕〔一二〕。不絶史書，並著圖牒。史不絶書，府無虚月〔一三〕。

【校箋】

〔一〕《宋書·符瑞志》：「山車者，山藏之精也。不藏金玉，山澤以時，通山海之饒，以給天下，則山成其車。」

〔二〕「獬」，原作「解」，據六地藏寺等本改。司馬相如《上林賦》：「椎蜚廉，弄獬豸。」（《文選》卷八）郭璞注引張揖曰：「獬豸，似鹿而一角，人君刑罰得中，則生於朝廷，主觸不直者。」

〔三〕一角：即獬豸。又，指白麟。三足：即三足烏。五蹄：即白麟。均參前文校箋。

〔四〕雙觡：司馬相如《封禪文》：「犧雙觡共抵之獸。」（《文選》卷四八）李善注引服虔曰：「武帝獲白麟，兩角共一本，因以爲牲也。」

〔五〕「軼」，原作「轍」，據三寶本眉注改。屈軼：《博物志》卷三：「堯時有屈佚草，生於庭，佞人入朝，則屈而指之。」

〔六〕「莢」，原作「英」，據江户刊本改。

〔七〕神芝：《博物志》卷一：「名山生神芝不死之草，上芝爲車馬之形，中芝爲人形，下芝爲六畜之形。」福草：即朱草。《禮斗威儀》：「君乘木而王，其政升平，則福草生廟中。」（《太平御覽》卷八七三）紫草：當即紫芝。《論衡・驗符》：「建初三年，零陵泉陵女子傅寧宅，土中忽生芝草五本，長者尺四五寸，短者七八寸，莖葉紫色，蓋紫芝也。」「朱賓連」，當作「朱草賓連」。賓連：《白虎通・封禪》：「繼嗣平則賓連生於房户。賓連者，木名也，其狀連累相承。」

〔八〕嘉卉：《詩・小雅・四月》：「山有嘉卉，侯栗侯梅。」

〔九〕「苗」，原作「畝」，從《校注》改。

〔一〇〕「賚」，原作「賾」，從維寶箋加地哲定注改。

〔一一〕王府：指帝王收藏財物或文書之府庫，此當指帝王之府。

〔一二〕天闕：天子宫闕，朝廷或京都。王闕：此當指朝廷。

〔一三〕《左傳》襄公二十九年：「魯之於晉也，職貢不乏，玩好時至，公卿大夫相繼於朝，史不絶書，府無虚月。如是可矣。」杜預注：「（府無虚月）無月不受魯貢。」

亦可總云：日月、星辰、風雨〔一〕、山川、草木、羽毛、鱗介〔二〕、山宗〔三〕、海若、毛群、羽族〔四〕、風雲、氣露、禽魚卉等瑞祥〔五〕，祉貺，云雜沓、紛綸、焕爛〔六〕、彪昞等，照彰、競至、而臻、相輝〔七〕、允集、呈形、表質等。亦可在後總云：靈符、嘉瑞、瑞珍、休符、寶命等照普，羅生，並見，薦臻〔八〕，允歸，及雜沓、紛綸等〔九〕。或可叙前瑞物二句，即委輸王府庫〔一〇〕，縑緗著於史策〔一一〕，及云紛綸、雜沓以臻、至，不可勝紀，難以殫記，難得覼縷〔一二〕，不可勝數。

【校箋】

〔一〕「雨」，原作「雲」，據六地藏寺本改。

〔二〕羽毛：總稱鳥獸。漢禰衡《鸚鵡賦》：「雖同族於羽毛，固殊智而異心。」（《文選》卷一三）鱗介：總稱魚類。蔡邕《郭有道碑序》：「猶百川之歸巨海，鱗介之宗龜龍也。」（《文選》卷五八）

〔三〕山宗：《書·舜典》：「至于岱宗。」孔傳：「岱宗，泰山，爲四岳所宗。」

〔四〕左思《蜀都賦》：「毛群陸離，羽族紛泊。」劉逵注：「毛群，獸也。羽族，鳥也。」

〔五〕「卉」前疑有脱字。

〔六〕「爛」，原作「蘭」，據三寶等本改。

〔七〕「相」，原作「桐」，從《校注》改。

〔八〕「薦」，原作「荐」，據高甲等本改。

〔九〕「等」字下原有「論」字，從《譯注》删。

〔一〇〕委輸：積集，轉運。又，彙聚，注聚。王府庫：舊指國家貯藏財物、兵甲的處所。

〔一一〕「縑緗」前疑有脱文。縑緗：供書寫用之淺黄色細絹，轉指書册。史策：即史册，史書。《抱朴子·時難》：「有陷冰之徒，委積乎史策。」

〔一二〕覼覶：詳述。

右並瑞應。諸文須開處〔一〕，可於此叙之。文大者，可作三對、四對〔二〕，若太平、巡狩，及瑞頌、封禪、書表等〔三〕，可準前狀，或連句、隔句對，並總叙等語參用之。小者，或一句，若瑞表等，可用瑞物之善者，一句内並陳二事而對之，論其衆多之意〔四〕。

【校箋】

〔一〕開：陳説，表達。《史記·吕不韋列傳》：「不以繁華時樹本，即色衰愛弛後，雖欲開一語，尚可得乎？」

〔二〕三對、四對：此又可證《帝德録》何以與「論對屬」同編入北卷，蓋因其有對屬内容之故。

〔三〕若太平、巡狩，及瑞頌、封禪、書表等：當指文體，意爲作此文體時，可參用以上瑞應詞語以作對屬。巡狩：《孟子·梁惠王下》：「天子適諸侯曰巡狩。巡狩者，巡所守也。」封禪：古代帝王祭天地之大典。在泰山上築土爲壇，報天之功，稱封；在泰山下梁父山上辟場祭地，報地之德，稱禪。《史記・封禪書》："「自古受命帝王，曷嘗不封禪。」

〔四〕「論其衆多之意」："此行之次行，三寶本記有「對屬法第一（陳）」，用朱筆抹銷，朱筆注記「草本以朱如此正之」；天海本記有「對屬法第一（陳）草本以朱如此」；新町、義演本記有「對屬法」三字。此當爲初稿本文，修訂時删去。卷尾宫内廳、三寶、高乙、六地藏寺、醍丙、仁乙、松本、天海本有「文鏡秘府論北」六字；高甲本有「文鏡秘府論」五字；江户刊本有「文鏡秘府論卷六大尾」；新町本無尾題；「文鏡秘府論北」六字之左傍三寶本朱筆注「御草本無此内題也」。説明空海草本無内題。以上《文鏡秘府論箋》卷第十八。